ro
ro
ro

ro
ro
ro

HELENE SOMMERFELD

DIE ÄRZTIN

Die Wege der Liebe

— ROMAN —

Rowohlt Taschenbuch Verlag

3. Auflage September 2019
Originalausgabe
Veröffentlicht im Rowohlt Taschenbuch Verlag,
Hamburg, September 2019

Covergestaltung HAUPTMANN & KOMPANIE
Werbeagentur, Zürich
Coverabbildung DHM / Kaiserpanorama / ullstein bild;
Ildiko Neer / Arcangel
Karte Umschlaginnenseite Peter Palm
Satz aus der Garamond Premier Pro
bei Dörlemann Satz, Lemförde
Druck und Bindung CPI books GmbH, Leck, Germany
ISBN 978-3-499-27655-2

Zerreiß deine Pläne. Sei klug
Und halte dich an Wunder.
Sie sind lang schon verzeichnet
Im großen Plan.
Jage die Ängste fort
Und die Angst vor den Ängsten.

Aus: *Rezept*, Mascha Kaléko
(1907–75)

DIE WICHTIGSTEN PERSONEN

Ricarda Thomasius, geb. Petersen, verw. Kögler * 1863, Ärztin
Siegfried Thomasius * 1860, Arzt, ihr 2. Ehemann
Katharina Henriette «Henny» * 1890, Ricardas Tochter
Georg Kögler * 1893, Ricardas Sohn aus 1. Ehe
Antonia «Toni» * 1900, Ricardas und Siegfrieds Tochter

Karla Petersen * 1842, Ricardas Mutter
Rosamunde von Freystetten «Rosel» * 1865, Ricardas Schwester
Friedemann von Freystetten * 1864, Rosels Ehemann
Franz * 1888, Friedemanns und Rosels Erstgeborener
Florian * 1895, Sohn von Friedemann und Rosel
Frieda * 1907, Tochter von Friedemann und Rosel
Henriette von Freystetten «Jette» * 1842, Friedemanns Tante
Florentine von Freystetten * 1862, Friedemanns Schwester
Victor Vandenberg * 1892, Florentines Sohn

Käthe Hausmann * 1842, Ricardas mütterliche Ratgeberin
Kumari Kallstadt * 1864, Ricardas Freundin
Rupert Kögler * 1848, Bruder von Ricardas erstem Mann
Sophie Kögler * 1892, Ricardas Schwiegertochter
Marianne Kögler * 1873, Sophies Mutter
Annemarie Meister * 1900, Bäckertochter
Johannes Meister * 1898, ihr Bruder
Otto Stier * 1889, Prothesenbauer
Anselm Philippi * 1888, Privatsekretär
Hedda Holden * 1885, Schauspielerin

AUF DÜNNEM EIS

Weihnachten 1914

Die sanft hügelige Weite der östlichen Mark Brandenburg schlief unter einer dünnen Decke aus Schnee. Vereinzelte Gruppen mächtiger Eichen und Buchen trotzten dem Winterwind wie einsame Wächter. Auf Ricarda ging die unerschütterlich erscheinende Ruhe, die ihre Heimat ausstrahlte, nicht über. Sie war innerlich so aufgewühlt, dass sie nicht einmal den Apfel essen mochte, den Siegfried ihr anbot. Ihr Mann hatte noch kurz vor der Abfahrt des Zugs an einem Stand am Schlesischen Bahnhof etwas Obst gekauft. Nach der wochenlangen Schiffsreise, die hinter ihnen lag, hungerten sie nach Vitaminen. Dennoch stand Ricarda nicht der Sinn danach, denn das Rumpeln des Zugs brachte sie unweigerlich Freystetten näher.

In Gedanken sah Ricarda ihre Töchter Henny und Toni vor sich, die sie dort erwarteten. Seit einem Dreivierteljahr hatte sie die beiden nicht gesehen. Neun Monate, in denen viel geschehen war. Mit der ganzen Welt, mit den Mädchen, mit Siegfried, mit ihr. Übermorgen war Weihnachten. Ja, sie hatten den langen Weg von China bis hierher rechtzeitig geschafft. Und dennoch fürchtete Ricarda, zu spät zu kommen. Wenn die Wahrheit schneller als sie selbst gereist wäre.

An dem kleinen Bahnhof in Gusow erwartete niemand

von den Freystettenern Ricarda und Siegfried, denn niemand wusste von ihrem Kommen. So musste das Ehepaar zu Fuß dem eisigen Wind trotzen. Zum Glück las sie der alte Pfarrer Gutschmid auf der Landstraße auf. Er setzte sie im Rondell vor dem Schloss ab, Ricarda nahm ihren Koffer und entstieg seiner Kutsche.

«Wir sehen uns am Heiligen Abend», sagte der greise Gottesmann, der nur in seiner aus Feldsteinen erbauten Kirche ein großer Redner war.

Obwohl Ricarda es nicht so sehr mit dem Glauben hatte, freute sie sich auf die feierliche Stimmung in dem kleinen Gotteshaus, das sich schräg gegenüber vom Schloss befand. Sie war dort getauft, konfirmiert und getraut worden. Freystetten war ihr Zuhause, auch wenn sie von den bald zweiundfünfzig Jahren ihres Lebens nur die ersten vierzehn hier verbracht hatte. Und fast immer, wenn sie seitdem nach Hause gekommen war, war ihr Herz in zwei Gefühlshälften gespalten. Liebe und Abneigung kämpften wieder einmal miteinander. Doch wie immer wollte sie nicht zuerst ins Schloss gehen, sondern zu dem seitlich gelegenen Gesindehaus, in dem sie geboren worden war und in dem ihre Mutter Karla heute noch lebte.

Alles schien wie sonst zu sein. Nur die beiden teuren Autos direkt in der Auffahrt zum Schloss wirkten wie Eindringlinge aus einer Zukunft, die nach Ricardas Gefühl nicht hierher gehörte. Bei dem kleineren Wagen, einem Cabriolet mit geschlossenem Verdeck, standen die Türen offen, in Geschenkpapier gewickelte Päckchen lagen wie verloren im Schnee.

«Was ist denn hier los?», murmelte Ricarda.

Siegfried betrachtete das andere Auto: «Der silberne Wagen kommt aus der Schweiz. Ist das nicht der, der auf der Landstraße an uns vorbeigerast ist?»

In diesem Augenblick durchbrach ein Schuss die Stille.

Vielleicht wird gejagt, dachte Ricarda. Zu Weihnachten würde es gewiss Wild geben.

Doch dann gellte der Schrei. Ein zutiefst verzweifeltes «Nein!» fuhr Ricarda wie ein Dolchstoß ins Herz.

Als Ärztin hatte sie so viele Menschen dieses eine Wort in höchster Not rufen hören. Mit dem hilflosen «Nein» flehten Kranke das Schicksal um Gnade an und Sterbende baten den Tod innezuhalten. Doch die Bitte an den Allmächtigen, die Zeit um jene alles verändernde Sekunde zurückzudrehen, war meist vergeblich.

Das Entsetzliche an diesem «Nein» war jedoch, dass Ricarda die Stimme der Ruferin sofort erkannt hatte. All ihre Sorgen und Ängste bündelten sich in dieser einen Silbe zu der Erkenntnis, tatsächlich zu spät gekommen zu sein. Atemlos rannte sie los. Die Weite des Parks dehnte sich in frischem Weiß unter dem tiefhängenden Himmel des Spätnachmittags. In der Mitte des leicht hügeligen herrschaftlichen Anwesens ruhte der See, zugefroren. So wie damals, als sich hier das andere furchtbare Unglück ereignet hatte.

Zwei Menschen kauerten am Boden, ineinander wie verschlungen. Wieder zerriss das ohnmächtige «Nein!» die gespenstische Stille des heraufziehenden Abends.

«Henny!», rief Ricarda im Laufen. Und noch einmal: «Henny!»

Antonia hätte vor Freude laut jauchzen und jubeln mögen, als sie den jungen Wolf über die verschneite Wiese neben dem Schlosssee rennen sah. Sie hatte ihm das Leben gerettet. Was

Graf Freystetten natürlich niemals erfahren durfte, hielt er sie doch für seine Verbündete im Kampf gegen die Wölfe. Aber dieses struppige, magere Tier hatte doch auch nur Hunger wie jedes andere Lebewesen! Ganz kurz nur hatten sie einander im Hirschgehege Auge in Auge gegenübergestanden, und dann hatte Antonia dafür gesorgt, dass der Wolf unter dem Zaun hindurch entkommen konnte. Nun saß Antonia wieder auf dem leeren Heuwagen, der von den letzten beiden verbliebenen Rössern des Grafen gezogen wurde.

Im Sommer – einen Monat, bevor Deutschland der Welt den Krieg erklärt hatte – war Antonia vierzehn Jahre alt geworden. In dieser kurzen Spanne hatte sie ganz schnell erwachsen werden müssen. Zwar nannte sie noch jeder Toni. Bis auf Graf Friedemann von Freystetten, der Antonia gerade nicht nur das letzte Gespann anvertraut hatte, welches das Kriegsministerium ihm gelassen hatte. Der Graf hatte auch eingesehen, dass sie in diesen Zeiten mit vierzehn nicht mehr Kind sein durfte. Doch an einem Tag im Jahr wollte Toni unbedingt Kind sein dürfen – jetzt, zu Weihnachten. Für sie gab es keine schönere Zeit. Ausgerechnet heute einem ohnehin geschwächten Lebewesen helfen zu können, hatte ihre Vorfreude vollkommen gemacht.

Das Gespann der beiden alten Gäule trabte gemächlich auf das Schloss zu, als Antonia zwei Menschen in den Schlosspark rennen sah. Wegen der großen Entfernung erkannte sie ihre Schwester Henny und deren Verlobten Victor nicht sofort. Es sah so aus, als liefe Henny vor Victor davon. Ein übermütiges Spiel, vermutete Antonia und dachte, dass es wunderschön sein müsse, von jemandem so geliebt zu werden wie Henny von Victor.

Für sich selbst wünschte sich Antonia noch nicht solch

ein Liebesglück. In ein paar Jahren vielleicht. Ihre Schwester war schließlich zehn Jahre älter als sie, schon vierundzwanzig. Und dann sollte es nicht gerade so ein verrückter junger Mann wie Victor sein. Der hatte Henny doch schon glatt nach einem der ersten Treffen gesagt, dass er sie einmal heiraten würde! Dennoch, sie mochte Victor, obwohl er so ganz anders war als andere junge Männer. Schließlich war er ja auch Amerikaner. Noch dazu arbeitete er am Theater oder seit neuestem beim Film. Was auch immer er da machte, Antonia hatte davon keine Ahnung.

Als der Schuss die Stille dieses noch friedlichen Augenblicks zerriss, wandte Antonia in einem Reflex den Kopf, um nach dem Wolf zu sehen. Das Wildtier erreichte gerade wohlbehalten eine Baumgruppe auf der anderen Parkseite. Als Antonia wieder zu Henny und Victor blickte, lagen beide am Boden. Etwas wurde gerufen. Antonia verstand es nicht, aber sie spürte, dass ihre Hilfe gebraucht wurde.

«Lauft schneller!», befahl Antonia den alten Rössern.

«Wer hat da geschossen?», fragte die Komtess. Die betagte Dame versuchte, sich in ihrem Rollstuhl aufzurichten. Ihre Kräfte reichten nicht.

«Ich weiß es nicht», erwiderte ihre Freundin Käthe.

«Das war ganz nah! Sieh bitte nach!», drängte die Komtess unwirsch, obwohl sie sehr wohl sah, dass Käthe bereits zum Fenster eilte, um es zu öffnen.

Komtess Henriette von Freystetten verabscheute die Einschränkungen, die ihr die Krankheit aufzwang. Ganz besonders in solchen Momenten. Sie spürte genau, dass etwas vor sich ging, das in seiner dramatischen Konsequenz verheerend war.

Vor wenigen Minuten erst war Henny aus diesen Räumen gestürzt, nachdem die Komtess ihr die Wahrheit hatte sagen müssen. Schließlich war sie die Patentante des Mädchens. Sie hielt es für ihre Pflicht, das junge Ding vor dem schlimmsten Fehler seines Lebens zu bewahren. Was hätte sie denn sonst tun sollen? Zusehen, wie Henny in Blutschande mit ihrem eigenen Bruder lebte? Halbbruder, ja, gewiss. Aber das verschob den Akzent nur ein wenig, es blieb Blutschande. Schon längst hätte jemand Henny darüber aufklären müssen, wer Victor Vandenberg wirklich war. Jener kleine Junge nämlich, zwei Jahre jünger als Henny selbst, den sie vor zwei Jahrzehnten vor den Schneebällen der älteren Grafensöhne beschützt hatte! Allerdings trug er damals einen anderen Namen.

«Mein Gott!», rief Käthe vom Fenster aus.

«Was ist geschehen, Käthe?» Komtess Henriette von Freystetten versuchte die Fäuste zu ballen, doch es überfiel sie nur ein schweres Zittern.

«Ich glaube, Henny hat auf Victor geschossen», sagte Käthe fassungslos. Die Freundin war leichenblass, als sie sich dem Raum zuwandte. «Meine Arztasche. Schnell!»

«Neben meinem Schreibtisch. Da hast du sie vorhin hingestellt, nachdem du mich untersucht hast», erwiderte Komtess Henriette und deutete fahrig darauf. Sie verstand nicht, was Käthes Worte bedeuten sollten. Warum, um Himmels Willen, sollte Henny Victor erschossen haben? Und mit welcher Waffe?

Käthe ergriff ihre Tasche und stürzte aus dem Raum. Mit aller Kraft und ihrem eisernen Willen zwang Henriette ihre Hände dazu, den Rollstuhl, in dem sie saß, Zentimeter um Zentimeter zum Fenster zu bewegen. Es stand noch offen, die kalte Winterluft strömte hinein. Henriette stellte die Beine auf das Parkett des Zimmers und umklammerte das Holz des Fensterrahmens.

Eigentlich ließ das gegenwärtige Stadium ihrer Parkinson-Erkrankung nicht mehr zu, was sie vorhatte. Aber sie war eine von Freystetten und sie hatte in ihrem Leben schon unzählige Male Dinge zuwege gebracht, die ihr niemand zugetraut hatte. Jetzt, im Alter von zweiundsiebzig Jahren, stellte sich ihr niemand mehr entgegen – außer der eigene Körper. Sie würde ihn bezwingen, mit eisernem Willen.

Mit zusammengebissenen Zähnen zog die Komtess sich so weit in die Höhe, dass sie hinausspähen konnte. Von allen Seiten stürzten Menschen zu einem jungen Mann, der blutend im Schnee lag. Sie konnte nur vermuten, dass es Victor war. Persönlich begegnet war sie ihm zuletzt, als er ein kleiner Junge war.

Obwohl sie mit aller Kraft, über die sie noch gebot, versuchte, sich aufrecht zu halten, spürte Henriette, dass sie sich übernommen hatte. Ihre Beine gaben gegen ihren Willen nach, die Hände mussten den Fensterrahmen loslassen. Gleichzeitig wich der Rollstuhl zurück und wurde unerreichbar.

Es war alles so wahnsinnig schnell gegangen! Die furchtbaren Worte der Komtess und von Käthe, die alles zerstörten. Die Erkenntnis, dass die Liebe zu Victor keine Zukunft hatte. Aus dem Schloss war Henny geradezu kopflos gestürzt, war in Victor hineingerannt, der gerade die Weihnachtspakete aus dem Auto geholt hatte. Aus seiner Manteltasche ragte der Griff des Revolvers. Es war eine Art von Reflex gewesen, sich der Waffe zu bemächtigen. Plötzlich schien der Revolver alle Probleme lösen zu können, die Worte nicht mehr aus der

Welt schaffen konnten. Natürlich begriff Victor nicht, was in ihr vorging. Er lief ihr nach, holte sie ein, sie wandte sich um, richtete den Lauf auf den Geliebten.

Sie schrie ihm entgegen: «Wir dürfen uns nicht lieben!»

Ein solches Verbot ließ Victor nicht gelten.

Und da schleuderte sie ihm entgegen, was die Komtess ihr kurz zuvor enthüllt hatte: «Wir sind Geschwister!»

Die Liebe in Victors Augen machte alles so unerträglich. Er ignorierte, dass sie die Waffe auf ihn richtete. Weil er sie mehr als sein eigenes Leben liebte. «Das muss ein Irrtum sein.» Seine Stimme klang ganz sanft.

Doch Henny wusste, dass ihre Patentanten nicht mit der Wahrheit spielten. Wozu weiterleben, wenn das Leben auf Lügen und Betrug aufgebaut war? Blitzschnell richtete sie den Lauf gegen den eigenen Kopf und drückte den Abzug.

Nichts geschah. Es machte nicht einmal *klack*.

In Victors Gesicht las Henny Entsetzen. «Gib mir das, bitte», sagte er ruhig und streckte den Arm aus, um ihr die Waffe abzunehmen. Sie wehrte sich, wollte ihm den Revolver, den letzten Ausweg aus der Sackgasse, in die sich ihr Leben verwandelt hatte, nicht überlassen. Sie drehte sich weg, Victor folgte ihrer Bewegung. Eine kurze Rangelei, bei der keiner von beiden nachgeben wollte.

«Lass mich! Wir haben keine Chance, Victor», sagte sie gepresst.

«Ich liebe dich», sagte er, und dann fiel der Schuss.

Henny hatte nie zuvor das Geräusch gehört, das entsteht, wenn eine Kugel aus dem Lauf eines Revolvers gefeuert wird. Es war unwirklich laut. Der folgende Moment war umso stiller. Als zöge man sich ein dickes Kissen über den Kopf. Doch es umgab sie keine Dunkelheit. Stattdessen taumelte Victor vor ihren Augen ein paar Schritte seitwärts, starrte sie ungläubig an, ein seltsam gelöstes Lächeln im Gesicht. Als wollte er sagen: Besser, es trifft mich als dich. Er ließ den Revolver fallen, griff sich an den Kopf, starrte auf seine blutige Hand und sank in sich zusammen.

Henny stürzte zu ihm, kniete sich in den Schnee, bettete seinen blutenden Kopf in ihren Schoß. Mit schnellen, leichten Küssen bedeckte sie sein blutverschmiertes Gesicht, als könnte ihre Liebe seine Verletzung heilen. Doch Victor schien sie nicht zu spüren.

«Was habe ich getan?», flüsterte sie, und dann kam das Wort zum ersten Mal über ihre Lippen. «Nein.» Erst ganz leise, und dann schrie sie es hinaus, denn es war alles, was ihr noch blieb: «Nein!»

Als Ärztin war Ricarda an den Anblick von Blut gewöhnt. Vor allem in diesem Jahr hatte sie schon mehr als genug davon gesehen. Die eigene Tochter mit Blut besudelt zu sehen, das fühlte sich jedoch an, als wäre sie selbst verwundet. Es war überall, in ihrem Gesicht, auf ihrem hellen Kleid, das sie heute Morgen wohl gewählt hatte, um besonders hübsch zu sein. Viel zu dünn, um bei diesem Wetter im Park zu sein, dachte die Mutter in ihr und schalt sich gleichzeitig, dass das angesichts der Situation wohl Hennys geringstes Problem war.

Henny hob die Augen und sah sie an, der Blick völlig verstört, als wäre sie nicht mehr bei Sinnen. Ricarda konnte sich nicht einmal sicher sein, ob sie von ihrer Tochter erkannt wurde. Der Schock eines solchen Moments war wie ein Trauma, eine Verletzung, die Geist und Gemüt verwirren konnte, das war ihr hinlänglich bekannt.

Von Kindheit an war es Ricardas wahre Stärke gewesen, in solchen schicksalhaften Momenten einen klaren Kopf zu bewahren. Trotz der Liebe und des Mitgefühls, das sie durchströmte. Mit diesem inneren Abstand zu den Vorgängen sah sie zwei Dinge: den Revolver und das Blut am Kopf des jungen Mannes, den ihre Tochter verzweifelt liebkoste. Wer das war, das spielte in diesem Moment keine Rolle. Obwohl nicht viel Phantasie dazugehörte, sich diese Frage zu beantworten. Lebte der junge Mann? Darum ging es.

Die Routine einer Ärztin ergriff sie, die im Donner der Kriegsgeschütze dutzende Soldaten untersuchen und in Minuten über deren Weiterleben hatte befinden müssen.

Das Lid heben, den Puls fühlen, die Wunde sichten.

«Beschleunigter, stabiler Puls», hörte sie sich sagen.

Ihre Tochter war ebenfalls Ärztin, Henny hätte das also ohne weiteres selbst herausfinden können. Der Schock, die Liebe, das Blut hatten es ihr unmöglich gemacht.

In Hennys Augen sammelten sich Tränen, durch die sie ihre Mutter mit einem eigenartigen Lächeln ansah. «Er wird leben?»

«Ja, Henny. Was ist geschehen?»

Doch statt einer Antwort fragte Henny mit schwacher Stimme: «Wieso bist du plötzlich hier, Mutter?»

«Du brauchst mich doch», erwiderte Ricarda. Es war eine absolut logische Antwort, obwohl sie in diesem Moment absurd klang. Denn Henny musste davon ausgehen, dass ihre Mutter noch in China war.

Als gehörte es nicht wirklich zu diesem entsetzlichen Augenblick, nahm Ricarda wahr, dass nun auch Siegfried eintraf. Gleichzeitig kam auch Käthe angelaufen, die rettende Arzttasche in der Hand. Ricarda und sie tauschten einen kurzen, innigen Blick, ein angedeutetes Lächeln. Es brauchte keine Worte, um sich zu sagen: Ich bin so glücklich, dich zu sehen.

Siegfried, obwohl ebenso Arzt, war keine große Hilfe. Sein linker Arm war wegen der in China erlittenen Schussverletzung immer noch leicht gelähmt. Aber er half Käthe dabei, den Verletzten abzuhorchen, während Ricarda die Blutung mit Mull stillte. Es war ein Streifschuss, der entlang des rechten Unterkiefers zum Ohr verlief und dabei das Ohrläppchen zerstört hatte. Ob der Kiefer in Mitleidenschaft gezogen war, konnte Ricarda hier und jetzt nicht beurteilen.

Käthe sah in die Runde, während sie auf das Pochen des Herzens lauschte. Niemand sprach. Drei Ärztinnen, ein Arzt, ein Verletzter.

Das Klappern von Pferdehufen ließ Ricarda den Kopf wenden. Ein von zwei Pferden gezogener Heuwagen stoppte ein paar Schritte entfernt, die Feststellbremse quietschte. Leichtfüßig sprang jemand vom Kutschbock.

«Henny! Um Himmels Willen! Was ist mit Victor!», rief Antonia. Dann erst nahm sie wahr, wer sich sonst noch um den am Boden Liegenden versammelt hatte. «Mutter!» Sie stürzte auf Ricarda zu, um sie in die Arme zu schließen. Dann wurde ihr bewusst, dass auch ihr Vater nach so langer Zeit wieder zurück war. «Ihr seid hier! Ich bin so froh!» Schon kontrollierte sie ihren jugendlichen Überschwang. «Besteht Lebensgefahr?», fragte die Tochter zweier Ärzte.

Käthe und Ricarda hatten begonnen, Victors Kopf zu bandagieren. «Gott sei Dank nicht», sagte Käthe. «Ich glaube, er hat großes Glück gehabt.»

«Sollen wir ihn auf den Heuwagen legen?», schlug Antonia vor.

Alle fassten mit an, um den Bewusstlosen vorsichtig auf

die Ladefläche zu heben. Henny bettete seinen Kopf auf ihren blutgetränkten Schoß. Siegfried reichte seiner Frau die Hand, um ihr dabei zu helfen, ebenfalls auf den Wagen zu klettern.

«Nein, Mutter!» Henny starrte Ricarda mit einem Blick voller Feindseligkeit an. «Bleib uns fern!»

Von Henny Gefühlsausbruch überrascht, prallte Ricarda zurück, als wäre sie geohrfeigt worden.

«Ganz reizend von dir, dass du mir so unkompliziert Unterkunft gewährst», sagte Florentine von Freystetten.

Zwei Dienstmädchen richteten gerade die beiden Zimmer her, in denen Florentine schon ihre Jugendjahre verbracht hatte. Die Räume schienen vertraut und fremd zugleich.

«Wir haben doch Weihnachten», erwiderte Rosel von Freystetten mit liebenswürdigem Lächeln.

«Du sagst es, Schwägerin.»

Nur für einen Moment hatte Rosels Antwort Florentine aus dem Konzept gebracht. Sie hatte gehofft, mit ihrer ironischen Bemerkung die Frau ihres Bruders zu verunsichern. Stattdessen war die Jüngere ihr auf Augenhöhe begegnet.

Nun ja, das einstige Dienstmädchen Rosel hatte Zeit genug gehabt, eine selbstbewusste Schlossherrin zu werden, dachte Florentine.

Sie wusste nicht genau, wie alt ihr Gegenüber war. Auf die Fünfzig geht sie mittlerweile wohl auch zu, wenngleich sie gut und gerne zehn Jahre jünger aussieht, fand sie.

Ein wenig neidisch war Florentine auf Rosels jugendliche Frische. Für sich selbst machte sie sich keine Hoffnung, dass man sie für einen Tag jünger hielt, als sie war. Die Erfahrungen jedes einzelnen Tages waren es wert gewesen …

«Du warst lange nicht hier», sagte Rosel. «Ich denke, dein Bruder wird sich freuen, dass du gekommen bist. Friedemann ist gerade bei den Tieren im Park. Wegen des Krieges hat sich hier einiges verändert. Unser Schloss gleicht eher einem Bauernhof.»

Rosels Lächeln wirkte versöhnlich, fand Florentine. Doch ob der Einfluss ihrer Schwägerin reichte, um den Graben zwischen ihr selbst und ihrem Bruder zuzuschütten? Florentine hatte größte Zweifel. Die letzten Besuche hier hatten stets im Streit mit Friedemann geendet. Im Grunde hatte der Bruder ihr eine Art Hausverbot erteilt, was ihr nicht sonderlich viel ausmachte. Es gab auf der ganzen Welt keinen Ort, den Florentine von Freystetten mehr verabscheute als das Schloss, in dem sie vor fast dreiundfünfzig Jahren geboren wurde.

«Hattest du eine weite Reise?» Offenkundig bemühte sich Rosel, ein oberflächliches Gespräch in Gang zu halten.

«Ich komme geradewegs aus Zürich», erwiderte Florentine. «Drei Tagesetappen mit dem Auto. Sehr abwechslungsreich.»

Dass Florentine eine Villa am Zürichsee besaß, wusste ihre Schwägerin. Schließlich hatte Rosels Schwester Ricarda vor vielen Jahren dort gewohnt, während sie in Zürich Medizin studiert hatte.

«Wie lebt man denn so in Zürich?», erkundigte sich Rosel mit ehrlichem Interesse.

«Du meinst jetzt im Krieg? Davon spürt man nichts, die Schweizer sind ja neutral. Aber die Menschen sprechen dennoch von nichts anderem, weil drum herum die Säbel rasseln.» Sie lachte affektiert. «In den vier Wochen, die ich in Zürich war, hat man mir nicht weniger als fünf Kaufangebote für mein Haus gemacht. Vor allem Briten und Franzosen. Wobei der letzte Bieter das Doppelte vom ersten zahlen wollte.»

«Aber du hast nicht verkauft?»

«Natürlich nicht. Obwohl ich dort so gut wie nie bin.» Dass sie das Haus nicht besonders mochte, erwähnte sie nicht. Sie hatte es vor Jahrzehnten auf Drängen ihrer Tante Henriette erworben. Seitdem hatte sich sein Wert verzehnfacht. Was sie fragen ließ: «Wie geht es Komtess Henriette? Meinst du, ich kann sie einfach überfallen?»

Rosel zögerte einen Moment, in dem Florentine ihr ansah, dass sie nach der richtigen Formulierung suchte. Die Tante war manchmal schwierig, gelinde gesagt.

«Sie ist sehr krank», sagte Rosel. «Es gab Tage, da waren wir in größter Sorge um sie.»

Stand es so schlimm um Tante Jette? Käthe hatte in ihrem Brief, mit dem sie um Florentines Kommen bat, etwas in der Richtung angedeutet. Deswegen war Florentine ja hier. Und wegen Victor natürlich, der sich unbedingt verloben wollte. Dieser romantische Kindskopf.

An der Tür wurde geklopft, eines der Dienstmädchen kam herein, mit hektischen Flecken auf den Wangen. «Durchlaucht ...» Sie knickste. «Sie mögen bitte kommen. Der junge Herr Victor wurde angeschossen.»

Rosel und Florentine tauschten einen entsetzten Blick.

«Spricht sie etwa von meinem Sohn?», fragte Florentine.

Rosel hob ratlos die Schultern und eilte dem Dienstmädchen nach.

Florentine riss sich zusammen, um nicht laut aufzustöhnen. Familie bedeutete Stress. Sonst nichts.

Man hatte Victor in eines der eher schlichten Gästezimmer im Erdgeschoss des Seitenflügels gebracht, in dem Ricarda nie zuvor gewesen war. Weil es davon so viele gab, über dreißig, soweit Ricarda wusste.

Ricarda hielt sich bei der Versorgung des verwundeten Victor bewusst zurück und ließ Käthe und Siegfried gewähren. Und natürlich Toni und Henny. Die brüske Ablehnung, mit der Henny ihre Hilfe zurückgewiesen hatte, machte ihr deutlich, wie vorsichtig sie vorgehen musste.

Hatte Henny bereits erfahren, dass sie und Victor blutsverwandt waren? Allenfalls die Komtess konnte es ihr gesagt haben. Oder Käthe, was Ricarda für eher unwahrscheinlich hielt. Nur diese beiden einstigen mütterlichen Ratgeberinnen waren eingeweiht in das, was sich im Januar 1890 in Zürich zugetragen hatte.

Und die Waffe, der Schuss? Eine verzweifelte Kurzschlussreaktion? Wollten Henny und Victor sterben, weil sie gemeinsam nicht leben konnten? Aber dann war die Gefahr keineswegs gebannt!

Offenbar verfügte Käthe in ihrer Arzttasche über alles Notwendige. Gerade säuberte sie vorsichtig die Wunde großflächig mit Jod, während die blutverschmierte Henny Victors Kopf hielt.

Ihre Tochter tat Ricarda in diesem Moment fast mehr leid als der junge Mann, der noch immer bewusstlos war. Einzusehen, dass man den Menschen, den man liebt, nicht lieben darf. Das musste sich anfühlen wie eine Strafe, ohne dass man etwas verbrochen hätte. Wie gern hätte sie Henny jetzt getröstet. Nur wie? Es gab keinen Trost für eine Liebe, die das eigene Blut unmöglich machte.

«Wo ist mein Sohn?» Florentine riss die Tür auf, und alle

Köpfe wandten sich ihr zu. «Oh mein Gott! *My darling!*» Sie rauschte ein paar Schritte in den Raum hinein. Blieb abrupt stehen. «Er verblutet!» Sie riss den Arm hoch, wandte den Kopf ab.

Ricarda hatte den Eindruck, einer schlechten Komödie zuzusehen. «Das ist Jod an seinem Kopf, Flora», sagte sie. «Es war nur ein Streifschuss.»

«Rica! Du bist ja auch hier. Welch ein Glück!»

Unversehens fühlte sich Ricarda umarmt. Florentines Parfüm duftete wie stets etwas zu süßlich. Früher hatte Ricarda das nicht so sehr gestört. Inzwischen fand sie es unpassend, wenn eine Frau ihres Alters sich bemühte, nicht nur wie eine junge Frau aufzutreten, sondern auch so verführerisch zu riechen. Offensichtlich gelang es Flora ebenso wenig wie ihr selbst, im Kampf gegen die äußeren Nebenwirkungen des Älterwerdens siegreich zu bleiben. Das wundervolle einstige Rotgold von Floras Haar verbarg sich hinter einem Schleier von Grau, der allerdings noch nicht so ausgeprägt war wie bei Ricarda selbst.

«Er kommt zu sich», sagte Käthe. «Halt seine Hand fest, Henny, dass er sich nicht an den Kopf fasst.»

Gemeinsam mit Florentine trat Ricarda an das Bett. Es fühlte sich seltsam an, neben ihr zu stehen. So viel verband sie und Flora. Und so vieles trennte sie. Doch jetzt einte sie die Sorge um ihre Kinder, die schon lange keine Kinder mehr waren.

Victor blickte sich um. Verwundert musterte er die eigentümliche Versammlung, die sich um ihn geschart hatte. «Was ist denn hier los? Mutter? Du bist hier?», fragte er erstaunt.

«Victor-*darling*. Du machst ja Sachen. Wer hat denn auf dich geschossen?»

«Der Revolver.» Victor wagte ein schiefes Lächeln, das er sofort wieder verschwinden ließ.

«Dummer Junge!» Florentine wandte sich ab. «Ich brauche erst mal eine Zigarette.»

Damit ging sie hinaus. Alle sahen ihr verblüfft nach.

Victor wollte den Kopf wenden, um Henny anzusehen. Der Verband behinderte ihn. «Das war meine Mutter. Hätte sie gern vorgestellt dir.»

«Wie geht es dir, Victor? Hast du Schmerzen?», fragte Henny besorgt.

«Nur wenn ich lache.»

«Ihren Humor scheinen Sie nicht verloren zu haben», sagte Siegfried. «Jetzt mal im Ernst: Was ist vorgefallen?»

«Sind Sie Polizist?» Victor blickte den grauhaarigen Mann an seinem Bett verwundert an.

«Das ist mein Adoptivvater. Siegfried Thomasius. Vater, das ist Victor», sagte Henny. «Wir werden heiraten», setzte sie trotzig hinzu.

«Herr Professor, ich freue mich, Sie kennenzulernen. Auch wenn die Umstände sind ungünstig.»

Victors Aussprache klang wegen der Schmerzen etwas schleppend. Seinen teilweise ungelenken Satzbau schob Ricarda jedoch auf den Umstand, dass er in den USA aufgewachsen war.

Den Tag, an dem seine Mutter ihn aus Freystetten abgeholt hatte, wo er bis dahin aufgewachsen war, hatte Ricarda nie vergessen. Mit seinen damals vier Jahren hatte sie den Jungen in eine fremde Welt verfrachtet, wo er in der Nähe von Boston heranwuchs. Viel mehr als das wusste Ricarda nicht über ihn.

«Also: Vorgefallen ist, dass ich habe hantiert unvorsichtig mit dem Revolver. Es ist allein meine Schuld», sagte Victor.

«Dann sollten Sie lernen, damit umzugehen.» Siegfried machte eine kurze Pause. «Besser, Sie schmeißen das Ding weg. Der Lauf ist verzogen, und die Trommel klemmt.»

Ansonsten wäre alles wohl nicht so glimpflich ausgegangen, ergänzte Ricarda in Gedanken.

«Sie brauchen Ruhe, Victor», sagte Käthe.

Es war für alle das Signal hinauszugehen. Nur Henny blieb bei ihm. Für ihre Mutter hatte sie keinen Blick übrig.

Vor der Tür begrüßte Ricarda endlich ihre Schwester, wofür im Zimmer keine Gelegenheit gewesen war. «Was für ein Wiedersehen, Rosel!»

«Ich wusste doch: Ihr müsst alle nur wiederkommen, und dann ist uns garantiert nicht mehr langweilig.» Rosel lachte und nahm ihre Schwester in den Arm. «Du siehst erschöpft aus, Rica.»

«Erschöpft? Das ist nett gesagt, Rosel. Ich habe zusehen können, wie ich in den letzten Monaten grau geworden bin.»

«Eines der Mädchen kann sehr gut mit Schere, Farbe und Brenneisen umgehen.» Rosel strich ihrer Schwester über deren ungepflegte Frisur. «Ich lasse dir und Siegfried bereits das Graf-Franz-Zimmer herrichten. Ich glaube, ihr beide braucht erst mal Ruhe. Kommt ihr etwa direkt aus Tsingtau?»

Ricarda nickte. «Wir konnten das letzte deutsche Schiff nehmen, das unsere einstige Kolonie verlassen hat.»

«Ist Tsingtau verloren?»

«Wir hatten keine Chance gegen die Übermacht der Japaner. So viele Tote, Tausende, ein Gemetzel über Wochen hinweg. Soldaten, die völlig sinnlose Tode starben.» Die Bilder des Grauens lebten vor ihren Augen fort. Sie riss sich zusammen. «Aber jetzt sind wir hier. Und ich glaube, ich muss dringend mit der Komtess sprechen.»

«Willst du nicht erst mal ankommen?»

«Ich bin schon viel zu sehr angekommen!» Sie hatte versucht zu scherzen, aber Rosels Frage machte Ricarda im Grunde klar, dass ihre Schwester von nichts wusste. Unverzüglich machte sie sich auf zu den Gemächern der alten Komtess. Es würde auf ein unerfreuliches Wiedersehen hinauslaufen, befürchtete sie.

Steinstufen, ausgetreten von Generationen, führten in den ersten Stock hinauf. Obwohl Ricarda schon lange nicht mehr diesen Weg genommen hatte, schienen ihre Füße sich an jede Unebenheit des Bodens zu erinnern.

Als knapp Vierzehnjährige war sie zum ersten Mal hier hinaufgegangen. Die Komtess hatte ihr ein Mikroskop zeigen wollen, das sie in ihren Zimmern aufbewahrte. Den Anlass wusste Ricarda, als wäre es gestern erst gewesen: Sie hatte die Komtess zu Hilfe gerufen, weil ihre eigene Mutter mit dem Tod kämpfte. Welche unglaubliche Bedeutung es damals, vor bald vierzig Jahren, hatte, dass die Komtess eine Ärztin war – davon hatte sich das Mädchen Ricarda Petersen, Tochter des Gärtners und der Köchin, keine Vorstellung machen können. Nur verschüchtert war sie gewesen, als die Komtess sie umstandslos mit in ihre Gemächer im Schloss mitgenommen hatte. Heute wusste Ricarda, dass dieser Moment alles verändert hatte. Für die Komtess, für sie selbst. In den Jahren danach war die Komtess ihre Mentorin geworden, ihr Vorbild, ihre Ratgeberin und leider auch manches Mal ihre Gegnerin.

«Komtess?» Ricarda klopfte an der schweren Eichentür.

Keine Antwort.

«Komtess, ich bin es, Ricarda. Darf ich eintreten?»

Nichts.

Ricarda drückte die Klinke nach unten und schob die schwere Tür auf. Kühle Luft wehte ihr entgegen. Die Komtess mochte es, wenn es in den Räumen eher kalt als warm war. *Das belebt das Gehirn*, pflegte sie zu sagen. Aber das war zu kalt. Es brannten kaum Lampen. Ein ungutes Gefühl beschlich die Besucherin.

Der vordere Raum diente der Komtess als Empfangszimmer, daran schlossen sich ihre Privatgemächer an, das Studier- und das Schlafzimmer. Dort standen beide Fensterflügel weit geöffnet. Davor zeichnete sich im Licht einer einzigen Lampe, die viel zu wenig Helligkeit spendete, ein Rollstuhl ab. Leer. Ricarda eilte darauf zu.

Die Komtess lag seltsam verkrümmt zwischen Fenster und Rollstuhl. «Ich fürchte, ich brauche Hilfe», sagte sie leise, keine Emotion in der Stimme.

«Komtess!» Ricarda erschrak, als sie jene Frau, die immer versucht hatte, sie zu beherrschen, derart hilflos am Boden liegen sah. Fragen zu stellen, war nicht angebracht, und die Situation war eindeutig. Beherzt packte sie die Komtess von hinten unter den Armen, hob sie in den Rollstuhl.

Wie leicht sie ist, dachte Ricarda, schloss das Fenster und schob die Komtess zu ihrem Bett.

«Sie müssen sich hinlegen, Komtess. Erlauben Sie?»

«Ruf die Mädchen. Die machen das», sagte die Komtess.

Für den Bruchteil einer Sekunde stand Ricarda an einer entscheidenden Schwelle. Wollte sie weiter die Rolle spielen, die ihr die Komtess vor so langer Zeit zugewiesen hatte?

«Ich lege Sie jetzt ins Bett.»

Ricarda packte beherzt zu. Tatsächlich ließ die Komtess es geschehen, half sogar mit, soweit sie konnte. Ricarda deckte sie sorgfältig mit einer dicken Daunendecke zu.

«Sie sind vollkommen ausgekühlt. Wie lange haben Sie denn am Boden gelegen?» Ricarda läutete nach dem Dienstmädchen, das auch sogleich kam. «Bringen Sie mehrere Wärmflaschen für Durchlaucht», sagte Ricarda. «Und das muss sehr schnell gehen!»

«Gewiss, Frau Doktor.» Das Dienstmädchen knickste und eilte hinaus.

«Ist jemand verletzt worden?», fragte die Komtess.

Die alte Dame hatte also vom Fenster aus noch etwas von dem Vorfall im Park mitbekommen, bevor ihre Kräfte sie verließen.

«Victor hat zum Glück nur einen Streifschuss abbekommen.»

«Hat Henny ...?»

«Ich weiß es nicht. Mich interessiert auch mehr, wie es so weit kommen konnte. Haben Sie ...» Ricarda suchte nach den richtigen Worten. Es war offensichtlich, dass die Komtess in einem kritischen Zustand war. Sie jetzt mit Vorwürfen zu konfrontieren, empfand Ricarda als taktlos.

«Was habe ich, Rica?» Die Komtess klang herrisch.

«Mit Henny geredet, bevor es passiert ist? Ihr etwas über ihren Vater gesagt? Dass die beiden Halb ...»

Ricarda brach ab, denn zwei Dienstmädchen brachten mehrere blank polierte Blech-Wärmflaschen. Sie halfen Ricarda, sie unter der Decke der Komtess zu verteilen.

«Durchlaucht braucht mehr Decken», sagte Ricarda. «Und bitte holen Sie Doktor Käthe Hausmann.»

«Sofort, Frau Doktor.»

«Warum siezt du das Personal, Ricarda?», erkundigte sich die Komtess.

Ricarda überhörte die Frage. Sie blickte auf ihre einstige Mentorin herab, die nur noch ein Schatten ihrer selbst war. Ihre Wangen waren bleich und eingefallen, die Augen jedoch funkelten wach und kampfeslustig.

«Henny ist mir sehr feindselig begegnet. Ich wüsste gern, weshalb», sagte Ricarda.

«Und da fragst du mich? Anstatt sie?»

Die Mädchen kamen mit den Decken zurück und häuften sie über die kranke Matriarchin. «Doktor Hausmann ist schon unterwegs», sagte eines der Mädchen.

Im nächsten Moment eilte Käthe in den Raum. «Jette, was machst du denn?»

«Die Komtess lag vor dem Fenster. Sie war vollkommen ausgekühlt», sagte Ricarda.

«Sprich nicht für mich, Rica. Das schaffe ich schon noch selbst», knurrte die alte Dame.

Käthe zwinkerte Ricarda in der alten Vertrautheit zu. «Ich übernehme. Danke, dass du dich um Jette gekümmert hast. Ruh dich erst mal aus, Rica.»

Ricarda verließ die Zimmerflucht mit dem eindeutigen Gefühl, dass die Komtess etwas vor ihr zu verbergen versuchte. Oder sie hatte einfach nur ein schlechtes Gewissen, weil sie wusste, dass sie zu weit gegangen war.

Das Licht, das die vier Kerzen auf dem Adventskranz spendeten, reichte aus, um die Wohnstube zu erhellen. Im Kaminofen loderte ein Holzfeuer, dessen Helligkeit durch die offenstehende Tür vom Holzfußboden gespiegelt wurde. Großmutter Karla legte einen weiteren Scheit hinein und schloss die Tür. Aus Erfahrung wusste Ricarda, dass es nun in dem niedrigen Raum bis zum nächsten Morgen warm bleiben würde.

«Sie waren alle beide hier, heute Vormittag», sagte Ricardas Mutter, «gleich nachdem sie angekommen waren. Victor saß da, wo du jetzt sitzt, Rica. Er erzählte davon, wie er in Amerika Weihnachten gefeiert hatte. Dass er ein einsames Kind war und von seiner Mutter verlassen wurde, als er elf war. Er tat mir so leid. Gleichzeitig war ich froh, dass er Henny hat.»

Karla Petersen nahm wieder am Tisch Platz, auf dem ein Marmorkuchen stand, von dem einige Scheiben abgeschnitten worden waren.

«Und du weißt nicht, wer von beiden geschossen hat?», fragte Großmutter Karla, wie sie schon lange im Schloss genannt wurde, «oder warum?»

«Ich hoffte, du wüsstest mehr, Mutter.»

«Henny war zuvor bei der Komtess.» Großmutter Karla lächelte tiefgründig. «Hennys Verhältnis zur Komtess ist nicht einfach. Während du in China warst, hat sie mehrfach nach ihr gesehen. Als Ärztin. Aber die Komtess behandelte sie wie ein Kind. Das hat Henny sehr verletzt.»

«Sie ist eigensinnig, die Komtess.»

«Genau das hat Henny auch gemeint, als ich ihr ausrichtete, die Komtess wünsche, sie und Victor zu sehen.»

Ricarda stutzte. «Sie hat ausdrücklich nach beiden verlangt?»

«Nur Henny ist dann zu ihren Patentanten hinauf. Victor blieb hier. Er hat sich über den Kuchen hergemacht.» Sie lachte. «Ich habe den Jungen so gern.»

Für dich ist er wie ein weiterer Enkel und kein künftiger

Schwiegersohn, dachte Ricarda. «Sorge dich nicht, Mutter», sagte sie. «Er wird wieder gesund.» Vermutlich wird eine Narbe bleiben, dachte sie und schnitt sich eine Scheibe Kuchen ab.

Ihre Mutter sah Ricarda fest in die Augen. «Henny war vorhin kurz hier. Sie ist völlig verzweifelt. Sie weint nur noch. Rica, was ist mit deinem Kind? Rede mit ihr. Mein Gefühl sagt mir: Das im Park war kein Unfall.» Sie schüttelte den Kopf. «Ich weiß noch, wie du mich besucht hast, als Henny ein Säugling war. Immer hast du von deiner Arbeit gesprochen. Böse bist du mit mir geworden, als ich fragte: Und Henny? Was ist mit ihr?» Sie nahm Ricardas Hand. «Ich hatte immer den Eindruck, als würdest du Henny nicht liebhaben. Was ist damals geschehen, Rica?»

«Das ist lange her, Mutter.»

«Manchmal sind die Bande, die heute mit gestern verbinden, sehr stark. Henny hat gesagt, dass sie dich hasst. Wie kann eine Tochter so etwas sagen?» Der Großmutter traten Tränen in die Augen. «Ich möchte, dass ihr euch aussprecht. Morgen. Damit ihr gemeinsam unter dem Christbaum sitzen könnt.»

Ricarda schob den Teller sanft von sich. Sie hatte kaum von dem leckeren Kuchen genascht. «Du hast völlig recht.» Sie beugte sich zu ihr und küsste ihre Wange. Es würde alles gut werden mit ihr und Henny.

Es musste gut werden. Auch wenn die Wahrheit wehtat.

Die Nacht über hatte es geschneit, jetzt jedoch schien die Sonne aus einem klaren Himmel und ließ die weiße Pracht kalt funkeln. In den Ställen gackerten Hühner, Schweine grunzten. Eine Mischung aus Gehöft und Schloss, dachte

Ricarda. Sie hatte Badili, eine Mischlingshündin mit fuchsfarbenem Fell, mitgenommen. Die Hündin gehörte eigentlich Henny, aber in deren Leben war schon lange kein Platz mehr für sie, sodass Badili zumeist bei Antonia war. Nun genoss sie die Freiheit, durch den Park zu tollen.

Als Treffpunkt hatte Ricarda die ehemalige Orangerie gewählt, die ihr Vater einst angelegt hatte und die nun ein Treibhaus für Gemüse war. Die verbliebenen Palmen und Oleander, die darin überwinterten, wirkten, als hätten sie sich verirrt.

«Warum wolltest du dich hier mit mir treffen?», fragte Henny, als sie eintraf. Sie trug einen dicken Mantel und zwei breite Schals, ihre Augen waren verweint. Ricarda hätte sie umarmen mögen, aber aus Hennys Körperhaltung sprach nach wie vor Feindseligkeit.

«Weil nur du hören sollst, was ich sagen muss.»

«Victor und ich sind Geschwister. Das weiß ich schon. Haben die Komtess und Käthe mir gestern an den Kopf geknallt. Victor meint, sie wollten uns wohl ein Weihnachtsgeschenk damit machen.»

Sie gingen ein Stück, Henny blieb abrupt stehen.

«Wie heißt mein Vater? Mein wahrer Erzeuger?»

Ricarda atmete tief durch. Es war Hennys Recht, diese Frage zu stellen. Keine Lügen mehr, keine Geheimnisse, beschloss sie. «Cossata d'Aperi. Giacomo mit Vornamen. Glaube ich. Ich habe versucht, die Erinnerung an ihn zu löschen.»

«Die Tanten sagen, du wurdest vergewaltigt.» Henny klang schroff.

«Ja.»

«Wo und wann?»

«Was sollen diese Fragen, Henny?»

«Ich will das wissen.»

Ricarda seufzte. «In Zürich. Im Januar. Exakt neun Monate vor deiner Geburt.»

«Woher weißt du, dass dieser Mann mein Vater ist?»

«Henny! Wie redest du mit mir! Aber wenn du es wissen willst: Ich war Jungfrau!» Nicht nur die Befragung durch die eigene Tochter, auch die dadurch heraufbeschworene Erinnerung war demütigend. Tränen schossen ihr in die Augen. «Er fiel auf der Treppe über mich her. Hätte ich dir das vielleicht jemals erzählen sollen? Henny, ich habe mein Leben lang dafür gekämpft, dass du das nie erfährst.» Sie wischte sich die Tränen wütend aus dem Gesicht. «Du hättest es auch nie erfahren. Glaube mir. Ich hätte das Geheimnis in mein Grab genommen. Du solltest das nicht wissen. Du solltest nicht mit dieser Hypothek durchs Leben gehen.»

«Da waren die Tanten anderer Meinung.»

«Die Komtess ...», setzte Ricarda an. «Ach, was bringt das jetzt noch.» Sie seufzte. «Es konnte doch niemand ahnen, dass du dich ausgerechnet in deinen Halbbruder verliebst!»

Henny starrte ihre Mutter herausfordernd an. «Wie ist das eigentlich möglich, dass Victors Mutter und du euch einen Mann geteilt habt?»

«Wir haben ihn uns nicht geteilt! Donnerwetter noch mal! Wie redest du denn! Flora wusste nichts von der Vergewaltigung, niemand wusste es. Du kamst ehelich zur Welt, weil Georg mich geheiratet hat.»

«Wusste Georg Bescheid?» Henny klang ein wenig versöhnlicher.

«Er war der großherzigste Mensch, der mir je begegnet ist.

Heute bin ich überzeugt, dass er es wusste. Damals war ich unsicher. Er hat mich geliebt. Seine Liebe wurde unser Zuhause.» Sie umfasste die Oberarme ihrer Tochter. «Henny, ich habe die ganze Nacht gegrübelt, wann ich dir die Wahrheit über deinen Vater hätte sagen sollen. Es gab diesen Zeitpunkt nicht, glaube mir.»

Henny schüttelte ihre Mutter ab. «Du machst es dir zu einfach. Weißt du eigentlich, was das bedeutet? Victor und ich, wir lieben uns. Da könnt ihr alle machen, was ihr wollt.» Sie lächelte bitter. «Nur der Tod wird uns trennen.»

Sie drehte sich trotzig weg. Ricarda sah ihrer Tochter nach, wie sie mit schnellen Schritten durch den Park davonging. Das alles war zu viel für das Mädchen. Sie musste sie jetzt in Ruhe lassen. Henny brauchte Zeit, um alles zu verarbeiten.

Jetzt erkannte Ricarda, wohin ihre Tochter lief. Sie ging geradewegs auf den zugefrorenen See zu. *Nur der Tod wird uns trennen*. Plötzlich begriff Ricarda. Deshalb der Revolver! Ricarda rannte los.

«Henny! Bleib stehen!»

Die furchtbaren Bilder der Erinnerung schoben sich vor den Augenblick. Der Weihnachtstag 1876. Zwei Mädchen laufen auf diesem See Schlittschuh, die erste bricht ein, die zweite versucht, sie herauszuholen, beide verschwinden.

«Henny, das Eis! Es trägt nicht! Es ist zu dünn!»

Ihre Tochter hatte die Fläche längst betreten, als Ricarda das Ufer erreichte. Plötzlich ein Knacken, ganz leicht nur.

«Komm zurück! Bitte, Henny, sei vernünftig.»

Jetzt schien auch Henny das Knacken wahrzunehmen, denn sie blickte sich um. Und dann rannte sie los. Fort von ihrer Mutter, das andere Seeufer schien ihr wohl inzwischen näher zu sein. Das Eis knackte unaufhörlich weiter. Wie eine Uhr, die die Sekunden zählt.

Ricarda hielt den Atem an. Erst als sie sah, dass Henny wieder sicheren Boden unter den Füßen hatte, atmete sie aus.

Der Geruch. Florentine hielt ihn kaum aus. Es war der Geruch, den ein kranker alter Mensch verströmt. Am liebsten wäre sie wieder gegangen. Das war natürlich unmöglich. Schließlich war sie ja in erster Linie wegen ihrer Tante nach Freystetten gekommen. Dass es so schlimm um sie stand, hatte sie sich allerdings nicht ausgemalt.

Die Komtess saß in ihrem Bett, den Rücken von zwei dicken Kissen gestützt. Die Haare waren perfekt frisiert, aber ihre Haut war wie Pergament. Unvermittelt begann sie zu husten. Florentine stand von dem Stuhl auf, auf dem sie neben dem Bett saß, um der Tante zu helfen. Doch die alte Dame bezwang den Husten, tupfte sich die spröden, bleichen Lippen mit einem Tuch.

«Ich fürchte, wir beide werden uns nicht mehr sehr oft treffen, Flora», sagte die Komtess schließlich mit brüchiger Stimme.

Florentine setzte zum nun angebrachten Widerspruch an, aber ihre Tante winkte müde ab.

«Ich entwickle eine Lungenentzündung», stellte die Komtess fest. «Und ich habe die Parkinson-Erkrankung. Daraus kannst du selbst Schlüsse ziehen.» Wieder hustete sie.

Florentine war in der Tat ebenfalls Ärztin, pro forma jedenfalls. Zu praktizieren war nie ihr Ehrgeiz gewesen. Dass sie überhaupt in Zürich fast zeitgleich mit Ricarda studiert hatte, lag vor allem an ihrer Tante, der Komtess. Mehr oder weniger hineingezwungen hatte die sie in die medizinische Laufbahn. Florentine hatte sich nie etwas vorgemacht: Der Grund dafür war einzig Ricarda gewesen, die mit brennendem Ehrgeiz in die Fußstapfen ihrer Gönnerin getreten war. Und die wollte, dass ihre Nichte es der Gärtnertochter gleich tat.

«Dein Sohn will Ricas Tochter heiraten», sagte die Komtess. «Ich erwarte, dass du ihm das ausredest.»

«Ach?» Florentine zuckte erstaunt zurück. «Denkst du nicht, dass ich das selbst entscheiden sollte? Und was lässt dich überhaupt zu diesem Urteil kommen?»

Die Komtess legte ihr Gesicht in Zornesfalten. Doch bevor sie etwas erwidern konnte, hustete sie. «Die Kinder haben denselben Vater!»

Gespielt amüsiert schüttelte Florentine den Kopf. «Warst du bei der Zeugung dabei?» Sobald sie sich beruhigt hatte, fragte sie: «Wie kommst du darauf, Tante? Hennys Vater ist Georg Kögler. Der Brauer.»

«Ricas erster Mann war kein Brauer, sondern Anwalt, Flora. Das nur, um dir zu zeigen, dass ich keineswegs senil bin. Und Georg war nicht der Vater. Er sprang nur ein, um Verantwortung zu übernehmen. Ein grundanständiger Mann, obwohl er Jurist war. Hennys Vater ist Cossata d'Aperi.»

«Wie bitte? Unsinn!», rief Florentine. «Rica konnte ihn nicht ausstehen!»

«Weil er sie in deiner Villa am Zürichsee vergewaltigt hat.»

«Er hat ... Was? Wann?» Sie sah ihrer Tante an, dass sie die Wahrheit sagte. Tante Jette stand an der Schwelle zum Jenseits. Da schwindelte man nicht mehr. Obwohl ihre Tante nie einen Hehl daraus gemacht hatte, dass sie Giacomo verabscheute. «Das ... das tut mir leid», brachte Florentine hervor. «Die arme Rica. Sie hat nie einen Ton gesagt. Oh mein Gott, welch eine Bürde!»

Florentine sah Giacomo vor sich. Die Polizisten, die ihn aus ihrer Villa abführten. Bigamist. Er war ein Betrüger, ein Aufschneider und Hochstapler. Ein Vergewaltiger? Florentine erinnerte sich an Szenen, die sie selbst mit ihm erlebt hatte. Er neigte zur Gewalt. Auch beim Geschlechtsverkehr. Sie hatte das sehr gemocht. Damals. Die wilden Zeiten, als das Blut noch heiß war. Eine *amour fou* wie aus dem Bilderbuch. Wäre es dabei nur geblieben ...

Florentine stand auf. «Ich werde die Angelegenheit klären, Tante Jette.»

«Wie willst du das machen?»

«Lass das meine Sorge sein, Tante», erwiderte Florentine selbstbewusst. «Du werde gesund. Morgen ist schließlich Weihnachten.» Sie warf ihr eine Kusshand zu und ging hinaus.

Einfach nur durch den Park spazieren, so ganz ohne Ziel. Ricarda erinnerte sich nicht, wann sie das je gemacht hatte. Nach dem unerfreulichen Gespräch mit Henny schlug sie zwar den Rückweg zum Schloss ein, doch dann trugen ihre Füße sie in den Park zurück. Sie brauchte Zeit zum Nachdenken.

Ja, ihre Mutter hatte sie wohl durchschaut. Ricarda hatte lange gebraucht, um in Henny nicht das Ergebnis einer Vergewaltigung zu sehen, sondern sie um ihrer selbst willen zu lieben. Es war ihr nie richtig gelungen, gestand sie sich ein.

Gründe gab es mehrere. Sie hatte ein schlechtes Gewissen dem Mann gegenüber gehabt, der sie wegen Henny – und nicht, obwohl sie eine ledige werdende Mutter war – geheiratet hatte. Das hatte sie versucht, gutzumachen, indem sie Georg Kögler möglichst bald ein eigenes Kind schenkte – Georg junior. Natürlich spielte das neue Kind die erste Geige. Und als die Familie Kögler ihr nach Georgs Unfalltod den kleinen Jungen wegnahm, stahl der Schmerz dieses Verlustes ihr die Kraft, sich ausreichend um Henny zu kümmern. Immer hatte die Frage, wie geht es jetzt wohl dem kleinen Georg, alles dominiert.

Und dann war Siegfried wieder aufgetaucht. Die große Liebe ihres Lebens. Der Mann, dem sie nicht zugetraut hatte, dass er ihr beistehen würde. Dem sie deshalb die kalte Schulter gezeigt hatte, um Georg Kögler zu heiraten. Das Schicksal gab Siegfried und ihr jedoch eine zweite Chance. Das Ehepaar nutzte sie, um seinen Traum wahr werden zu lassen vom Platz an der Sonne in Deutsch-Ostafrika. Schon bei der Überfahrt war Ricarda schwanger gewesen. Und Henny hatte ihre Mutter spüren lassen, dass sie erkannte: Ich werde immer nur am Rande stehen. Manchmal hatte Henny das mit Schroffheit gezeigt, meistens jedoch, indem sie ihre eigenen Wege ging. Und schließlich heimlich Käthe schrieb, damit die ins ferne Afrika reiste, um ihr erst dreizehn Jahre altes Patenkind heim nach Berlin zu holen. In der Folge waren Mutter und Kind in der entscheidenden Phase des Erwachsenwerdens über Jahre hinweg getrennt ...

«Ach, Henny, ich liebe dich doch trotzdem», sagte Ricarda in die Weite des Parks hinein.

Doch welche Möglichkeiten hatte sie nun noch, ihr das zu zeigen? Ausgerechnet jetzt, wo Henny nicht wusste, wie es weitergehen sollte. Und vor allem: Wie konnte sie Henny beistehen? Die Situation war völlig verfahren.

Atemlos stürzte Henny in das Gästezimmer, in dem Victor auf dem Bett lag. Sein Kopf war dick bandagiert. Er stierte auf eine Weise vor sich hin, die Henny nicht an ihm kannte. Er sprühte stets vor Esprit und Lebenslust. Sie hatte das Gefühl, ihr Herz krampfe sich zusammen.

In dem Augenblick, als Victor sie sah, hellte sich seine Miene schlagartig auf. «Und? Was sagt deine Mutter? Es ist alles ein Irrtum, nicht wahr?»

Henny warf den Mantel und die beiden Schals achtlos zu Boden und schmiegte sich auf dem Bett an ihn. Sie hatten die Nacht nicht zusammen verbringen dürfen. Der leidige Kuppelparagraph bedrohte Tante Rosel mit Strafe, wenn sie ihre Nichte und deren Fast-Verlobten in einem Zimmer nächtigen ließ.

«Unser Vater hat meine Mutter vergewaltigt, sagt meine Mutter.» Die Worte platzten aus Henny hervor.

«Glaubst du ihr?»

Henny zögerte keine Sekunde: «Ja.»

«Was für ein Scheusal muss unser Vater sein», sagte Victor. «Mir wird ganz schlecht.»

«Vergiss ihn, Victor. Wir haben uns.» Henny bettete den Kopf auf seine Schulter und strich eine seiner dunklen Locken aus seiner Stirn. «Und wir lieben uns. Dann werden wir eben keine Kinder haben.»

«Baby schreit und stinkt nur.» Victor bemühte sich zu grinsen.

«Brauchen wir nicht», sagte Henny mit angestrengtem Lachen.

In Wahrheit liebte sie Kinder. Als Mädchen hatte sie mitgeholfen, ihre kleine Schwester Toni aufzuziehen.

«Liebling, hast du Schmerzen?», fragte sie.

«Doktor Käthe war bei mir. Sie hat mir gegeben Laudanum. Ich glaube, sie mag mich.»

«Käthe ist eine großartige Frau», sagte Henny. So viele tiefe Erinnerungen und ein Gefühl ewiger Dankbarkeit verband sie mit ihrer Patentante. Das machte ja alles umso schlimmer. Käthe hätte nie und nimmer zugelassen, dass die Komtess etwas sagte, das nicht stimmte.

Henny suchte Victors Mund und küsste ihn ganz sanft, weil sie befürchtete, ihm wehzutun.

«Das können wir besser», flüsterte er und bewies es.

Genau in diesem Moment klopfte es. «*Darling?* Ich bin es, deine Mutter.»

Henny wollte sofort vom Bett herunter springen, doch Victor legte den Arm umso fester um sie. «*Come in*», sagte er.

«Oh, ich störe.» Florentine von Freystetten machte gleichwohl keine Anstalten, sich zurückzuziehen. Im Gegenteil: Sie schloss die Tür hinter sich, trat ein und sah sich nach einer Sitzgelegenheit um.

Bei ihrer ersten, kurzen Begegnung hatte Henny keinen guten Eindruck von Victors Mutter bekommen. Da Victor ohnehin nie ein freundliches Wort über sie verloren hatte, war es ihr leichtgefallen, Komtess Florentine nicht zu mögen.

«Es gibt hier große Verwirrungen, hörte ich», begann Victors Mutter und entschied sich, nicht auf dem einzigen verfügbaren Stuhl Platz zu nehmen. Sie blieb am Fußende des Bettes stehen. «Ihr beide seid ein hübsches Paar», sagte sie. «Du ähnelst deiner Mutter, Henny. Du erlaubst doch, dass ich Du sage?»

«Ja, Durchlaucht.»

Victors Mutter machte eine wegwerfende Handbewegung. «Nenn mich Florentine, Kleines. Und sag Du zu mir. Um es kurz zu machen: Ihr dürft heiraten und so viele Kinder machen, wie ihr wollt.» Sie lachte gekünstelt. «Solange ich nicht gebeten werde, Windeln zu wechseln.»

Henny meinte, ihr Herz würde aussetzen.

«Aber ...», wandte Victor ein und wurde sofort von seiner Mutter unterbrochen.

«*Darling*, ich bin noch nicht fertig mit meiner Ansprache.» Sie nahm den einzigen, unkomfortabel aussehenden Stuhl erneut in Augenschein und entschied, sich darauf niederzulassen. «Wir haben nie darüber gesprochen, wer dein Vater ist, Victor. Dafür hatte ich Gründe. Wichtig ist nur: Es ist nicht derselbe Mann, der dein Vater ist, Henny.»

Florentine machte eine Pause, um ihre Worte wirken zu lassen, und Henny wusste nicht mehr, ob sie lachen oder weinen sollte. Sie wusste nur eines: Victors Mutter war die ungewöhnlichste Person, die sie kannte. Ihr Herz sagte Henny, dass das eine positive Erkenntnis war. Doch sie brachte kein Wort heraus.

Auch Victor brauchte lange, bis er endlich etwas sagen konnte. «*Okay, mom*. Wer ist mein Vater?»

Henny spürte, wie sich sein ganzer Körper anspannte.

Es war Florentine anzusehen, wie sie mit sich kämpfte, ob sie ihrem Sohn die ganze Wahrheit enthüllen sollte. Schließlich sagte sie: «Er war Arzt. Ein Franzose. Ich lernte ihn in Monte Carlo kennen. Ich war dort früher oft, um im Casino zu spielen. Ich gewann viel Geld. In diesen Dingen war das Glück immer auf meiner Seite.»

Sie schwieg, richtete fahrig ihr Haar.

«Ich hoffte, mit ihm eine Familie gründen zu können.» Ein trauriges Lächeln umspielte Florentines Lippen. «Aber dann sagte er mir, dass er schon verheiratet ist.» Sie stand ruckartig auf und strich ihrem Sohn kurz durchs Haar. «In der Liebe hatte ich nie Glück. Mach es besser als deine Mutter, *darling.*» Sie wandte sich Henny zu: «Ich mag dich, Kleines. Im Prinzip habe ich auch deine Mutter immer gemocht, trotz allem.»

Florentine richtete sich auf, als wollte sie noch etwas hinzufügen, dann wandte sie sich zum Gehen.

«*Mom.*» Victors Stimme hielt sie zurück. «Wie heißt mein Vater? Ich will ihn kennenlernen.»

Florentines Miene veränderte sich auf eine Weise, als würde sich ein Vorhang auf ihr Gesicht legen. «*Sorry, darling*», sagte sie kühl. «Er ist schon lange tot.» Um ihre harten Worte zu mildern, schickte Florentine ihnen ein gekünsteltes Lächeln hinterher und verließ endgültig das Zimmer.

Die beiden Liebenden sprachen lange kein einziges Wort, hielten einander nur ganz fest im Arm. Während Henny auf den Herzschlag ihres Liebsten horchte, überkam sie ein seltsames Gefühl. Sie fühlte sich plötzlich ganz leicht, als könnte sie fliegen wie ein Vogel.

«Wir sind frei, Victor», sagte sie und bedeckte sein Gesicht mit Küssen.

Durchgefroren betrat Ricarda die Eingangshalle des Schlosses. Der Spaziergang hatte sie zu keinem wirklichen Ergebnis geführt. Sie lief gerade die Treppe hinauf, als ihr Florentine entgegenkam, eine Zigarette in der Hand.

«Rica! Ich wollte mir gerade die Beine vertreten. Schließt du dich mir an? Ich glaub, wir haben etwas zu besprechen.»

«Wie wahr! Aber ich komme gerade von draußen. Setzen wir uns nach drinnen?»

«In den kleinen Salon?», schlug Florentine vor.

Der extravaganteste Raum im Schloss, mit roter Seidentapete und weißem Mobiliar, passte zu Florentine. Es war der liebste Raum ihres Vaters Raimund gewesen. Nur in diesem Zimmer hatte sein ausgefallener Stil überlebt.

«Wer hätte das gedacht? Unsere Kinder ein Paar!» Florentine lachte. «Wusstest du davon?» Sie musterte Ricarda und steckte sich dabei die Zigarette an.

Ricarda schnappte nach Luft. Die Frage war eine Frechheit. Als hätte sie es darauf ankommen lassen, dass die beiden in ihr Unglück rennen! Sie riss sich zusammen, blieb sachlich: «Ich war seit Jahresanfang in China.»

«Und ich in New York. Wir sind ganz schön rumgekommen, wir beide.» Sie verzog den Mund zu einem spöttischen Lächeln. «Da war es natürlich klar, dass wir nicht miteinander sprechen konnten über Dinge, die bald ein Vierteljahrhundert zurückliegen. Meine Tante hat mich über das ins Bild gesetzt, was du durchleiden musstest. Ich bedaure es natürlich sehr. Aber ich bin auch verärgert.»

Sie schnippte Asche von der Zigarette und zog energisch an der Klingel, um ein Dienstmädchen herbeizuordern. Sie bestellte sich Cognac.

«Warum hast du mir nicht gesagt, was Giacomo dir angetan hat, Rica? Meinst du, das wäre mir egal gewesen? Ich habe diesen Mann geheiratet. Warum hast du das nicht zu verhindern versucht?»

Gelegenheit dazu gab es wirklich, dachte Ricarda. Sie erinnerte sich genau an eine Begegnung mit der Komtess in deren damaligem Palais Unter den Linden. An deren eindringliche Bitte, Cossata wegen der Vergewaltigung anzuzeigen, um auf diesem Weg Floras Hochzeit mit ihm zu verhindern. So eindringlich hatte die Komtess Ricarda darum gebeten! Selbst Käthe hatte sich deshalb eingeschaltet. Doch Ricarda hatte sich geweigert, um nicht die tatsächliche Vaterschaft preiszugeben. Was nun umso schmerzlicher geschehen war.

«Wie sollte ich damals wissen, wie sich alles entwickelt?», fragte Ricarda, nachdem die Mädchen für Florentine ein Glas Cognac gebracht hatten. «Ich wollte nur Henny beschützen.»

Florentine nahm einen Schluck. «Ja, so kenne ich dich. Du willst immer das Richtige tun. Wer wüsste das besser als ich?» Sie blickte kurz zum zugefrorenen See hinter den Fenstern. «Ich verdanke dir schließlich mein Leben.»

Das klang in Ricardas Ohren wie eine pflichtschuldige Feststellung.

Florentine saß so, dass das einfallende Licht auf die kleine Narbe über ihrem Auge fiel. Nachdem Ricarda Flora aus dem eiskalten See gezogen hatte, hatte sie in Floras totenbleiches Gesicht gesehen: Auf der schneeweißen Stirn hatte eine blutende Wunde geklafft, die sie ihr bei der Rettung unabsichtlich zugefügt hatte.

Florentine leerte ihr Glas. «Es ist schön, dass sich unsere Kinder lieben. Dadurch schließt sich ein Kreis.»

«Aber ...», hob Ricarda verblüfft an.

«Unter uns: Cossata war ein Schwein. Vielleicht ist er es immer noch. Ich habe keine Ahnung, ob er noch lebt. Du?»

Ricarda schüttelte den Kopf. Sie begriff nichts.

«Ich hatte nie ein schlechtes Gewissen, ihm ein Kind unterzuschieben, das ich von einem anderen erwartete.» Sie lächelte zynisch. «Er sah ja auch tatsächlich schon das viele Geld, das er zur Verfügung haben würde, wenn er mich heiratet. Und dann hat Tante Jette meinen Kopf aus der Schlinge gezogen, indem sie herausfinden ließ, dass Giacomo bereits verheiratet war. Und ausgerechnet du rietest mir dazu, ihn dennoch zu heiraten und mich erst nach Victors Geburt scheiden zu lassen. Das war perfekt. Giacomo hat von mir keinen Pfennig bekommen und Victor hatte dennoch einen offiziellen Vater.»

Ricarda war sprachlos. Solch eine Durchtriebenheit! Aber Cossata geschah es recht. Der betrogene Betrüger. Wahrscheinlich hat er sich deshalb an mir schadlos gehalten und mich jahrelang mit seinem Wissen erpresst, Hennys Vater zu sein, dachte sie.

Das jedoch war Schnee von gestern. Es ging um etwas viel Wichtigeres: «Du meinst also, er ist gar nicht Victors Vater?»

«Richtig. Henny und Victor sind keine Geschwister.» Florentine stand auf. «Lass dich umarmen, Rica. Ist es nicht wundervoll, wie sich nun alles zum Guten fügt?»

Florentines Umarmung fühlte sich seltsam an. Als wollte sie Ricarda überrumpeln. «Bist du dir sicher, dass Cossata es nicht war?», hakte sie nach.

«So etwas weiß eine Frau doch!»

Du hast damals wohl ein ziemlich promiskuitives Leben geführt, warst mit vielen Männern intim, dachte Ricarda und kämpfte mit sich, ob sie diese Bedenken nicht aussprechen sollte. Aber irgendwie ging das auch zu weit. Oder nicht?

Noch lange, nachdem Flora gegangen war, saß Ricarda im roten Salon. Ihre Gedanken kreisten um die immer gleiche Erkenntnis: Henny hätte sich um ein Haar selbst getötet, oder vielleicht wären beide gemeinsam in den Tod gegangen. Wegen eines Missverständnisses, eines Irrtums, eines Schweigens, wie auch immer. Und plötzlich löste sich alles in nichts auf, wie eine Seifenblase, die platzte.

Da stimmt etwas nicht, dachte Ricarda. Flora zaubert einen Mann hervor wie einen Trumpf, den sie aus dem Ärmel zieht, und alles ist gut. Sie steht als Gewinnerin da und ich als die Schuldige, deren Eigenbrötlerei sogar das Leben ihres Kindes gefährdet. Aber es gibt sie doch, diese Ähnlichkeit der beiden. Schon als Kinder hatten sie das gleiche Grübchen am Kinn gehabt, die dunklen Locken, sogar ihr Lachen ähnelte sich. War das alles meine Einbildung gewesen? Hatte ich bewusst nach gemeinsamen Merkmalen gesucht, weil ich befürchtete, jeder würde es sehen können?

Aber warum sollte Flora lügen, fragte sie sich. Und sah nur eine Erklärung: Um ihr schlechtes Gewissen zu verbergen, das sie hatte, weil sie den Verbrecher Cossata in ihr Leben gelassen und zum Vater ihres Sohnes gemacht hatte. Und dafür nahm sie alle Konsequenzen in Kauf? War sie so skrupellos?

Ricarda starrte auf den zugefrorenen See auf der anderen Fensterseite. Das Eis sah aus, als würde es tragen. Doch trat man darauf, brach es. So würde es auch mit Florentines Behauptung sein, falls es eine Lüge war. Und ein unschuldiger kleiner Mensch müsste irgendwann einmal mit den fatalen Folgen leben.

Von seinen unglücklichen Eltern ganz abgesehen ...

Im großen Kamin des Salons prasselte das Feuer. Zwei Männer saßen davor an einem niedrigen Tisch, die Köpfe über ein Schachbrett gebeugt. Ricarda hatte nie Schach spielen gelernt, es reizte sie auch nicht. Denn wenn sie schon mal Zeit zu zweit mit ihrem Mann hatte, wollte sie nicht das Ergebnis seiner logischen Überlegungen sehen. Sondern teilhaben an seinen Gedanken, sich mit ihm austauschen.

Schweigend bewegte Siegfried eine Figur, irgendeine war im Weg und wurde von Friedemann beiseite geräumt. Der Schlossbesitzer – in diesem Jahr fünfzig geworden – hatte wie seine zwei Jahre ältere Schwester Florentine rötliches Haar; es war inzwischen fast weiß, der Bart voll und gepflegt. Ihm zu Füßen lagen seine beiden Weimaraner Hunde.

Deutschland war im Krieg. Siegfried kam von der Front in China, Friedemann hatte drei Söhne, die allesamt als Offiziere im Feld waren. Themen, die zu besprechen waren, gab es genügend. Doch die beiden Männer, die einander durchaus schon ein paar Mal begegnet waren, begnügten sich damit, die Kraft ihrer Logik zu messen. Vielleicht ist das ihre Art, mit der Situation zurechtzukommen, dachte Ricarda.

Sie hatte Siegfried vor ein paar Stunden darüber in Kenntnis gesetzt, dass Henny und Victor Flora zufolge nicht den gleichen Vater hätten. «Zum Glück war die ganze Aufregung umsonst», hatte Siegfried schnell gesagt. Emotional hatten ihn die Verwicklungen offensichtlich nicht erreicht. Liebesdinge waren eben Weiberkram. Logik und Krieg gehörten den Männern, dachte sie bitter. Entsprechend hatte sie ihre Zweifel für sich behalten.

Ein paar Schritte von den beiden Schachspielern entfernt und von ihnen unbeachtet schmückte Friedemanns Frau Rosel gemeinsam mit dem Nesthäkchen der Familie, der erst siebenjährigen Frieda, den Tannenbaum. Toni stand gerade auf einer Leiter und befestigte einen goldenen Glasstern auf der Baumspitze. Badili saß am Fuß der Leiter und beobachtete genau, was Frauchen machte. Großmutter Karla und Frieda reichten nun Lametta und anderen Baumschmuck an

Toni weiter und sagten, wo was platziert werden sollte. Aus dem Grammophon erklang Enrico Carusos Stimme, die ein schwermütiges neapolitanisches Lied sang.

Das passte zu Ricardas Stimmung. Nach Feiern war ihr überhaupt nicht zumute. Als jetzt Käthe hinzukam, war sie erleichtert. Bislang hatte sie mit ihr kaum gesprochen, obwohl das so wichtig war.

«Hast du von Georg gehört?» Die Frage platzte regelrecht aus Ricarda heraus, als sie und Käthe sich in eine stille Ecke verzogen hatten.

«Ich habe mit Rupert telefoniert», sagte Käthe. «Ich soll dir ein gesegnetes Fest wünschen.»

«Danke», sagte Ricarda zerstreut. Auf die Grüße legte sie weniger Wert. Zwar hatte sich nach dem Tod von Ruperts Frau das Verhältnis zwischen ihr und Rupert gebessert. Wirklich verzeihen würde sie Georgs Onkel allerdings nie, dass der ihren Sohn gegen ihren erklärten Willen nach München mitgenommen hatte. Er wollte aus dem Jungen einen würdigen Erben der Brauerei-Dynastie formen. Sie als Mutter war Rupert dabei nur im Wege gewesen.

«Georg hat keinen Heimaturlaub bekommen», meinte Käthe und lächelte traurig. «Vielleicht wollte er ihn auch nicht. Du weißt ja: Er ist sehr diszipliniert. Und der Sieg ist ja auch bald erreicht.»

Sieg, überall Sieg! Die kleinen Zeitungsjungen hatten das Wort krakeelt, um ihre Blätter zu verkaufen, als Ricarda in Berlin aus dem Zug gestiegen war, und von den Litfaßsäulen hatte es Ricarda entgegengeschrien. Doch ihrer mütterlichen Freundin wollte Ricarda nicht sagen, dass sie diesen Optimismus nicht teilte. Dafür hatte sie in Tsingtau zu viele deutsche

Soldaten im Straßendreck ihr Leben aushauchen sehen und sich zu oft gefragt: Wie mag es meinem Sohn gehen?

«Denk dir nur, Rica!» Käthe umfasste Ricardas Hände und blickte sie glücklich an. «Sophie erwartet ein Kind. Du wirst Großmutter.»

Ricarda wünschte sich durchaus diese neue Rolle, aber es fühlte sich unecht an. Als hätte Käthe ihr eine Blume aus Seidenpapier überreicht. «Dann haben sie also doch schon geheiratet», sagte sie matt. Womit ihr Sohn und seine Braut eigentlich bis nach Ricardas Rückkehr aus Asien warten wollten.

«Sophie wollte es so, Rica. Das ist doch ein wunderbares Zeichen, mit dem sie Georg sagt: Ich bin hier und warte auf deine Rückkehr.»

«Natürlich», sagte Ricarda. «Weiß Sophie, wann sie niederkommen wird?» Ricarda zwang sich dazu, sich zu freuen. Am Tag vor Weihnachten zu erfahren, dass man Großmutter wurde, war ein Grund zur Freude. Eigentlich.

«Ein Sommerkind, Rica.» Käthe schossen die Tränen in die Augen; sie konnte ihren gespielten Optimismus nicht aufrechterhalten. Niemand konnte voraussagen, was in Zeiten wie diesen bis dahin wäre. «Weißt du, was Sophie gesagt hat? Sie möchte, dass du sie entbindest.»

«Das ist reizend von ihr.» So ganz glaubte Ricarda ihrer mütterlichen Freundin nämlich nicht. Sie ging davon aus, dass Käthe Sophie dazu geraten hatte. Käthe, eine erfahrene Ärztin, hatte aufgehört zu praktizieren. Ihre einundsiebzig Jahre sah man ihr jedoch nicht an.

«Endlich Weihnachten!» Toni hatte das Schmücken des Christbaums beendet. Sie schwang sich übermütig auf den Schoß ihrer Mutter, obwohl sie dazu einerseits zu alt war und sie sich andererseits in einem Schloss befand, wo Etikette durchaus eine Rolle spielte. «Mach nicht so ein Gesicht, *Mamma.*» In den Jahren in Afrika hatte sie es sich angewöhnt, die Mutter gelegentlich so zu nennen. «Morgen ist Heiligabend, und wir sind alle wieder zusammen. Ich bin so glücklich!» Nun sah sie, dass auch Käthe gerade betreten dreinblickte. «Ist etwas geschehen? Geht es um Georg? Tante Käthe, ist etwas mit meinem Bruder?» Panik lag in ihrer Stimme.

All die Freude, die ihre Tochter gerade noch gezeigt hatte, stürzte wie ein Kartenhaus in sich zusammen. «Nein, nein, Schatz», sagte Ricarda eilig. «Alles ist gut. Im Sommer wirst du Tante.»

«Georg wird Vater?», kombinierte sie so rasch, wie Ricarda ihre Tochter kannte. «Aber warum freut ihr beide euch dann nicht?», fragte Toni.

Ricarda drückte ihre Jüngste an sich. «Das tun wir doch, Toni. Wir konnten das gerade nur nicht so zeigen.»

Jetzt betrat Henny den Salon. Victor, den Kopf bandagiert, folgte ihr. Beide hielten Champagnerflaschen in den Händen. Badili begrüßte ihr Frauchen stürmisch, doch in Hennys Gesicht lag etwas Mürrisches.

Als Henny die im Salon versammelte Familie sah – den fertig geschmückten Weihnachtsbaum, die Schach spielenden Männer, die jüngere Schwester, die gerade vom Schoß der Mutter aufsprang –, schlossen sich ihre Hände um die Flaschenhälse, als wollte sie jemanden erwürgen.

Doch dann sah sie in Victors Gesicht echte Freude, und ihr Groll schwieg. Weihnachten machte ihn glücklich, weil er es in dieser Form nicht kannte. Und er wollte der Familie, in die er einheiraten wollte, ein Geschenk machen – sich selbst. Einen jungen Mann aus gutem Haus, der voller Talent und Ehrgeiz war, charmant und obendrein ziemlich vermögend.

Diesen Auftritt darf ich ihm jetzt nicht kaputt machen, dachte Henny. Mit einem strahlenden Lächeln platzierte sie die Flaschen auf einem Tischchen, als ihre kleine Schwester sie mit der Nachricht überraschte, dass sie beide bald Tanten würden.

«Georg wird Vater!», rief Henny etwas zu überschwänglich. Lieber Gott, mach, dass er es erlebt, flehte sie gleichzeitig.

Dann umarmte sie ihren Hund, um den sich meistens ihre kleine Schwester kümmerte. Victor ließ den Korken mit einem lauten Knall aus der ersten Flasche springen. Nun hoben auch die beiden Schachspieler neugierig die Köpfe.

«Worauf stoßen wir an?», fragte Schlossherr Friedemann, als alle ein Glas in Händen hielten.

«Auf Georg!» Eigentlich hatte Henny etwas anderes sagen wollen. Sie spürte einen Kloß im Hals. «Möge Gott ihn beschützen, wo auch immer er ist.»

«Ja, auf alle unsere Söhne!», schloss sich Rosel an.

«Auf Georg, Franz, Ferdinand, Florian und all die tapferen Helden, die Weihnachten nicht bei ihren Familien sind», vollendete Friedemann den Toast.

Henny fing einen Blick von Victor auf. Ganz leise schüttelte er den Kopf. Er hat recht, dachte Henny enttäuscht. Dies ist der falsche Zeitpunkt, um unsere Liebe feiern zu lassen.

Die rotgolden versinkende Sonne beleuchtete ein paar in die Länge gezogene Wolken so von unten, dass sie am eisig blauen Himmel wie Tuschestriche auf einer chinesischen Zeichnung wirkten. Von ihrem Bett aus bewunderte die Komtess den Anblick. Jeden Abend sah der Himmel anders aus. Und jeden Abend fragte sie sich, ob es das letzte Mal wäre, dass sich ihr der Himmel in dieser Form zeigte. Wenn er zumindest ähnlich war wie an einem der Vortage, gab ihr das Hoffnung. Denn das hieß, dass die Chance bestand, alles könnte sich wiederholen.

Nach einem kurzen Klopfen näherten sich Schritte. Niemand vom Personal, sondern Karla selbst trug ein Tablett herein. Darauf ein Glas Champagner und Gebäck. Wie reizend! Unten hatten gerade die Champagnerkorken geknallt. Dennoch hatte sich die einstige Mamsell des Schlosses aus dem Kreis der Feiernden gelöst, um zu ihr zu kommen.

«Durchlaucht, Ihr Großneffe hat Champagner mitgebracht. Bevor die Kohlensäure entweicht, wollte ich Sie teilhaben lassen.»

Karla Petersen reichte der Gleichaltrigen den Kelch aus funkelndem Kristallglas. Zumindest tat sie so. Allein halten konnte die Komtess das schwere Glas nicht mehr. Sie nippte nur an dem hellbernsteinfarbenen Getränk. Es war ja auch viel zu kalt für sie. Und der Husten kam wieder.

Karla stellte das Glas beiseite. «Sie fühlen sich sehr warm an, Durchlaucht. Ich glaube, Sie benötigen kühle Wadenwickel.»

Die Komtess ging nicht auf den Vorschlag ein. «Was wird denn gefeiert?», fragte sie.

Karla lächelte. «Ich dachte, Henny und Victor würden uns sagen, dass sie sich verloben. Aber dann haben wir auf Rosels und Friedemanns Söhne angestoßen. Und auf Georg. Denken Sie nur: Er wird Vater. Nun werde ich wohl sogar Urgroßmutter.»

Henriette kannte Ricardas Sohn kaum. Aber wie glücklich Karla aussieht, dachte sie. Ich gönne es ihr von Herzen. Doch das mit Victor und Henny durfte ja wohl nicht wahr sein. Wieso ignoriert man mein Verbot? Aber durfte sie Karla in die unangenehme Sache einweihen?

Sie wollte gerade ansetzen, als Käthe hinzukam. Sie schien sehr erregt. Karla zog sich sofort zurück.

Zwar legte ihr die alte Weggefährtin die Hand auf die Stirn, doch Henriette sah ihr an, dass ihre Gedanken nicht bei der Sache waren.

«Henny und Victor sind keine Geschwister», platzte es aus ihr heraus. «Florentine hat Rica gesagt, wie es wirklich war. Ich habe es gerade erfahren», sagte Käthe. «Ich schäme mich so.»

«Wieso denn? Was kannst du dafür?» Henriette war empört.

«Wir hätten es Henny nicht sagen dürfen. Sondern warten müssen, bis Rica zurück war. Jette! Fast wäre ein Unglück geschehen! Ich kann Victor gar nicht ansehen. Mit diesem dicken Verband um den Kopf. Man hat doch eine Verantwortung für seine Worte. Man darf doch nicht einfach sagen, was man für richtig hält, wenn es um so etwas Wichtiges geht wie das Schicksal von zwei Menschen. Wir haben Florentine nie gefragt. Das meine ich.»

«Wir haben gesagt, was unserem Wissensstand entsprach», sagte Henriette. «Ich wüsste nicht, was daran falsch sein soll.»

«Aber ...», begann die Freundin und brach ab.

«Was: aber?»

«Nichts. Es ist gut. Brauchst du noch etwas?»

«Nein. Lass mich bitte allein.»

«Ja, ruh dich aus, meine Liebe.»

Henriette lauschte den sich entfernenden Schritten der Freundin nach. Sie ging schwerfälliger als üblich. Käthe ist so überaus empfindsam, dachte sie.

Ihr Blick fiel auf das hübsche Glas neben ihrem Bett. Ich habe nicht viel gefeiert in meinem Leben, dachte sie. Es war Arbeit und Kampf gewesen. Obwohl ich mir immer Mühe gegeben habe, es anders erscheinen zu lassen.

Die Komtess blickte zum Himmel. Er war jetzt pechschwarz. Nicht der kleinste Lichtschein war mehr zu sehen. Doch plötzlich zuckte ein Blitz über den Himmel. Schlagartig wurde es dunkel im Zimmer.

Henny hatte den Champagner etwas zu schnell getrunken. Sie mochte die Leichtigkeit, die durch ihre Glieder floss. Nur das Denken war etwas anstrengend. Sie hatte sich das so schön vorgestellt. Wie sie im Kreis der Familie bekanntgeben würde, dass Victor und sie miteinander so glücklich waren, dass sie für immer zusammenbleiben wollten. Aber es war nicht möglich, ihr Glück zu teilen. Hinter dem leichten Champagnernebel in ihrem Kopf baute sich deshalb eine Frage auf, die ihr Herz nicht zulassen wollte. Denn sie liebte die Familie, obwohl sie schon einmal festgestellt hatte, dass sie ohne sie besser dran war.

Nun schwebte Florentine auf Henny zu. Sie hat eine unvergleichlich elegante Art, sich zu bewegen, dachte Henny.

«Ich habe beschlossen, dich gern zu haben wie eine Tochter.» Victors Mutter setzte sich neben sie und umfasste ihre Hand.

Das kommt aber plötzlich. Womit habe ich das verdient, fragte sich Henny. «Danke», sagte sie brav.

«Welche Pläne habt ihr beide denn?»

«Wir wollen heiraten», sagte Henny. Weiter hatte sie bisher nie gedacht.

«Ihr seid noch nicht einmal verlobt, oder?»

«Das wollten wir heute ankündigen, *mom.*» Victor griff in seine Westentasche und holte zwei goldene Ringe hervor.

Henny war ganz gerührt, weil er so lädiert war und dennoch glücklich aussah.

Florentine zögerte nur den Bruchteil einer Sekunde, dann klopfte sie mit der Metallspitze ihres Zigarettenhalters gegen ihr Glas. «Ich habe eine Ankündigung zu machen», sagte sie leicht überdreht. «Mein Sohn Victor Vandenberg verlobt sich mit Henny Thomasius. Stoßen wir an auf die beiden und wünschen ihnen das erdenklich größte Glück.»

«Florentine, ausnahmsweise kann ich dir nicht widersprechen», sagte schmunzelnd ihr Bruder, der Hausherr, und hob ebenfalls sein Glas. «Auf euch, Henny und Victor. Möge eure Liebe ewig währen!»

Victor steckte Henny den Ring auf den Finger und küsste sie keusch auf die Wange. Großmutter Karla standen Tränen der Freude in den Augen, und alle redeten durcheinander, alle strahlten. Henny sah den Familienmitgliedern an, dass sie sich für sie und Victor freuten.

Nur ihre eigene Mutter sah aus, als hätte man sie gerade geohrfeigt.

Gedankenschwer erreichte Ricarda das Graf-Franz-Zimmer. Sie brauchte Ruhe. Seit Wochen, ach, eigentlich seit Monaten hatte sie viel zu wenig geschlafen. Aber die improvisierte Verlobung beschäftigte sie. Henny würde also Florentine zur

Schwiegermutter haben. Wahrscheinlich bedeutete das im täglichen Leben nicht viel oder sogar nichts, versuchte sie sich einzureden. Florentine war wie ein Zugvogel, den niemand halten konnte. Ricarda öffnete gerade die Zimmertür, als ihr ein Dienstmädchen aufgebracht in die Arme lief.

«Frau Doktor, mit Durchlaucht stimmt etwas nicht!»

In den Räumen der Komtess brannten alle Lampen, und sogar die Kerzen waren entzündet. Das fiel Ricarda zuerst auf. Es sah aus, als gäbe die Komtess so wie damals im Haus Unter den Linden eine *soirée*, zu der das elegante Berlin eingeladen war.

Plötzlich erklang eine Stimme, die Ricarda vertraut war, aber jetzt erschreckend dünn klang. «Mach doch Licht! Warum machst du kein Licht, wie ich es dir sage?»

«Das sagt Durchlaucht immerzu. Aber ich habe doch schon alle Lampen entzündet.» Das Dienstmädchen war verzweifelt.

Die Komtess lag in ihrem Bett, den Oberkörper verdreht. Die schweren Decken, die die Fiebernde wärmen sollten, waren verrutscht. Ihre Hände irrlichterten über ihrem Kopf, als suchten sie einen Weg aus dem Dunkel. Dabei hustete sie erschreckend kraftlos.

«Durchlaucht hat hohes Fieber», sagte Ricarda. «Holen Sie rasch kühle Wickel.»

Die Komtess wandte den Kopf hin und her, als versuchte sie, Ricarda anzusehen. «Rica? Bist du das?»

«Ja, ich bin es. Schildern Sie Ihre Symptome, Komtess.»

«Ich sehe nichts.»

Offenbar war Ricardas einstige Mentorin durchaus klar im Kopf. Sie halluzinierte also nicht, obwohl sie hohes Fieber hatte. Ricarda bewegte die Hand vor den Augen der Komtess hin und her.

Keine Reaktion.

Dann, ängstlich: «Was ist mit mir?»

«Verdacht auf Apoplexie», sagte Ricarda mechanisch. Bei einer betagten Parkinson-Patientin, die sich eine Lungenentzündung eingefangen hatte, bedeutete der *Schlagfluss* nichts Gutes.

Die Komtess begriff, was auf dem Spiel stand – ihr Leben. «Mein Vater starb auch gegen Weihnachten.»

Ricarda war in seiner Todesstunde bei Graf Franz gewesen. Als Kind hatte sie nicht verstanden, dass der Schlossherr an einem Schlaganfall starb. Nach aller Wahrscheinlichkeit hatte seine Tochter ebenfalls der Schlag getroffen. Mit dem Unterschied, dass die Attacke der Komtess das Augenlicht genommen hatte. Vermutlich war es nicht der erste Schlag, wohl aber der schwerste.

Die Wissenschaft wusste noch viel zu wenig vom sogenannten Schlagfluss. Eine wirkliche Hilfe oder gar eine Behandlungsmethode gab es nicht. Eine Regelmäßigkeit hatte man jedoch bereits beobachtet: Der nächste schwere Schlag traf die Kranken entweder innerhalb der nächsten sieben Stunden oder in den nächsten sieben Tagen.

Die Uhr der Komtess lief ab. Ricarda hatte keinen Zweifel, dass dies auch der einstigen Ärztin bewusst war.

«Vorhin sah ich zum letzten Mal den Himmel. Er war so schön.» Sie hustete.

«Wir müssen Ihren Körper kühlen, Komtess.»

«Nein, Rica. Ich gehe in dieser Nacht. Kein neuer Morgen.» Ihre Stimme war schwach, nicht ihr Wille.

Ricarda schossen die Tränen in die Augen. Mit welcher

Selbstbestimmtheit die Komtess sich dem Sterben stellte! Es war dieselbe Entschlossenheit, mit der sie gelebt hatte.

«Ich werde Ihre Familie rufen lassen, Komtess.»

Die Todkranke machte eine wegwerfende Handbewegung. Ricarda hatte sich bereits zum Gehen gewandt, als sie die Komtess sagen hörte: «Das Bild, Rica. Es gehört dir.»

Ricarda hatte bereits einige Fälle von Schlagfluss erlebt. Die Kranken sprachen gelegentlich wirr. Dennoch fragte sie: «Welches Bild, Komtess?»

«Es erzählt unsere Geschichte. Deine und meine. Ich habe das lange nicht begriffen.» Der Husten machte es ihr unmöglich weiterzusprechen.

Ricarda half ihr, sich im Bett aufzurichten, stopfte noch mehr Kissen in ihren Rücken. Das Dienstmädchen brachte kühle Wickel.

Ricarda schickte sie wieder los: «Rufen Sie sofort Komtess Florentine, Graf Friedemann und Doktor Hausmann.»

Immer wieder machte die Komtess vom Husten verhinderte Versuche, sich zu dem Bild zu erklären, während Ricarda ihre Beine kühlte.

Überall hingen Bilder, die meisten waren historische Stiche von Berlin, nur ein paar zeigten Landschaften. Es war unwahrscheinlich, dass eines davon die Geschichte von der Komtess und von ihr erzählte.

«Geh zu meinem Schreibtisch.» Die Anweisung war erstaunlich klar.

Ricarda zögerte, aber es musste sich wohl um etwas Wichtiges handeln, wenn die Komtess gerade jetzt darauf bestand.

Irgendwann hatte Ricarda das großformatige Ölgemälde wohl schon gesehen, das dort unbeachtet am Boden stand. Aber das musste lang her sein. Es zeigte Schloss Freystetten im Winter, davor der zugefrorene See, auf dem eine Leiter lag. Spuren eines Fuhrwerks zeichneten sich im Schnee ab. Doch das war nicht alles. In dem Bild war etwas, das Ricarda einen Schauder über den Rücken jagte. Sie kam nicht dazu, sich das Bild näher anzusehen, denn Käthe trat ein.

Florentine schloss die Tür zu ihrem Zimmer von innen ab.

«Du darfst dein Weihnachtsgeschenk auspacken», sagte sie mit verführerischem Gurren in der Stimme.

Der Mann in ihrem Bett hatte bereits geschlafen. Langsam richtete er sich auf.

«Du siehst entzückend aus, wenn du verschlafen bist. Aber ich mach dich gleich wieder munter», sagte sie und eilte mit dem federleichten Gang einer Katze zu ihm.

Gilberto antwortete etwas auf Italienisch, das Florentine nicht verstand. Es klang etwas unwillig, und er sank auch schon wieder in die Kissen.

Sie kannte ihn erst seit fünf Wochen, bezahlte ihn gut und war mit seinen Fahrkenntnissen durchaus zufrieden. Dafür war er ja auch angeheuert. Mit seiner Libido war sie eher weniger zufrieden. Ein Mann von Anfang dreißig hatte Florentines Erfahrung zufolge mehr zu bieten. Demnächst würde Gilberto sie in ihrem sündteuren Rolls-Royce zurück nach Zürich chauffieren und dann: adieu.

Die Haut seiner Brust war leicht gebräunt, sein volles dunkles Haar zu lang, die Lippen sinnlich. Er gefiel ihr gut, aber sie machte sich nichts vor: Er war hinter ihrem Geld her. Das war nichts Neues, das war bei allen so. Deshalb war es so wichtig, die Männer rechtzeitig wieder loszuwerden.

Während ihre Hand über Gilbertos nackte Brust glitt, musste sie an das Gespräch mit Ricarda denken, das ihre Erinnerung an Giacomo Cossata d'Aperi wachgerufen hatte. Dem Umgang mit Giacomo verdankte sie die wichtigste Erkenntnis, die eine Frau gewinnen sollte, die ohne Mann leben wollte: Benutze den Mann so, wie er dich benutzt. Liebe ist eine Art von Geschäft. Geht alles gut, verdienen beide Seiten. Vor allem jedoch: Lass dir das niemals anmerken.

Florentines Hand erreichte jene Stelle, die den Mann zum Mann machte. Und genau in diesem Moment klopfte es.

«Komtess! Die Frau Doktor schickt mich.»

«Welche Frau Doktor?», rief Florentine unwirsch. In diesem Haus genoss man heute den seltenen Vorzug, dass sich davon vier – sie selbst eingerechnet – versammelt hatten.

«Doktor Thomasius. Schnell! Sie bitten dringend, dass Sie kommen!»

Gilberto atmete aus, als Florentine ihre Hand zurückzog.

«Bin gleich zurück, mein Süßer», sagte sie. Familie und Liebe machen – das hatte nie zusammengepasst. Auch keine Neuigkeit, dachte sie und war froh, sich noch nicht aus ihren Kleidern gepellt zu haben.

Victors Hände flogen mit Leichtigkeit über die Pianotasten. Henny mochte es, wenn er spielte. Vor allem aber genoss sie es gerade jetzt. Der Mann, den sie liebte, stand im Mittelpunkt und erwies sich dieser Aufmerksamkeit mehr als würdig. Sie sah es an den Blicken von Tante Rosel und Graf Friedemann. Sogar Vater Siegfrieds Gesichtszüge wurden weicher. Großmutter Karla schmolz geradezu dahin, und die Augen der kleinen Schwester Toni leuchteten ebenso wie die von Nesthäkchen Frieda.

Doch das Dienstmädchen, das in den Salon eilte, war in

Tränen aufgelöst. «Durchlaucht, ich glaube, Komtess Henriette stirbt!»

Friedemann stand abrupt auf, Käthe eilte bereits hinaus, Victors Piano verstummte. Alle sahen einander vor Schreck erstarrt an, als wären sie aus einem schönen Traum erwacht. Gemeinsam verließen alle den Salon und eilten zum Treppenhaus.

Hennys Champagnernebel hatte sich endgültig verflüchtigt. Die Patentante, die gestern noch so rechthaberisch Hennys Glück zerstören wollte, starb? Henny riss sich zusammen. Welche Symptome waren ihr entgangen? Schließlich war sie Ärztin.

«Henny, muss ich mitkommen?», fragte Toni, sobald sie alle an der untersten Treppenstufe angelangt waren.

Die kleine Schwester kannte die Komtess kaum. «Nein», sagte Henny. Die Komtess war eine zwar komplizierte, aber auch sehr ungewöhnliche Frau. In ihren besten Tagen war sie ihrer Zeit voraus gewesen. In ihren schlechten Tagen hatte sie den Ereignissen hinterher gehinkt, dachte Henny bitter. Als ihr Patenkind konnte sie sich nach ihrem gestrigen Auftritt nicht empfinden. Mitten auf der Treppe hielt sie inne. «Ich werde mich auch nicht von ihr verabschieden.»

«Warum nicht?», fragte Toni verunsichert.

«Die Komtess hatte ihre Zeit. Und wir werden unsere haben», sagte sie und machte kehrt.

Victor stand unten und sah zu ihr und Toni auf. «Was ist?»

«Wir werden leben, Victor. Das habe ich gerade beschlossen», sagte Henny. Deshalb wolle sie ihrer Patentante nicht beim Sterben zusehen.

«*Yes*, wir leben», erwiderte Victor.

Henny zur Rechten, Toni zu seiner Linken ging er in den verwaisten Salon zurück. Er setzte sich ans Piano, klimperte ein wenig, bis sich unter seinen Fingern eine Melodie formte, die Henny wiedererkannte, als er dazu ein paar Worte sang: *La donna è mobile.* Nach ein paar Takten sagte er grinsend: «Das ich spiele für die Tante. Sie machte immer, was sie will.»

Er kennt sie kaum, aber er hat die Matriarchin, die nie eigene Kinder hatte, gut durchschaut, dachte Henny.

Ricarda platzierte das Bild auf dem Kaminsims im Graf-Franz-Zimmer. Ihr war nicht danach, sich ausgerechnet jetzt damit zu beschäftigen, und Siegfried schenkte ihm keine Beachtung.

«Du wirst bei der Komtess Nachtwache halten?», fragte er.

«Ja. Ich bleibe bei ihr.» Sie wollte sich nur etwas Bequemeres für die Nacht anziehen und dann zurückkehren. Im Moment waren Florentine sowie Rosel und ihre Familie bei der Komtess.

«Du liebst und hasst sie gleichermaßen», sagte Siegfried.

Ricarda stutzte. Oft hatten sie sich nicht über die Komtess unterhalten, aber sie hatte immer überlebensgroß zwischen ihnen gestanden. Erst jetzt, wo sie dem Tod nah war, wurde sie so menschlich, dass man sich schrittweise an die Wahrheit heranwagte. «So einfach ist das nicht. Ich wäre nicht die, die ich bin, wenn sie nicht in mein Leben eingegriffen hätte.»

«War es immer zu deinem Besten?»

Siegfried mochte sie nicht, das wusste Ricarda. Denn die Komtess hatte nie gewollt, dass aus ihnen beiden ein Paar wurde. Mit dem gleichen Eigensinn hätte sie um ein Haar Henny auf dem Gewissen gehabt.

«Sie war mir jahrelang so etwas wie eine Mutter. Und Mütter machen Fehler», sagte Ricarda.

«Die Frage ist nur: Gesteht man diese Fehler ein, um verzeihen zu können.» Siegfried trat erst jetzt vor das Bild. «Warum hast du das dahin gestellt?»

«Die Komtess hat es mir geschenkt. Es würde unser beider Geschichte erzählen, sagte sie.»

Siegfried betrachtete das Gemälde genauer. «Hast du das gesehen? Da ist jemand unter dem Eis.»

Sie besahen sich das Gemälde im Licht. Tatsächlich, dicht unter der Oberfläche des Eises zeichneten sich die Konturen eines Mädchengesichts ab.

Siegfried sprach aus, was Ricarda schon gedacht hatte, als sie das Bild nur flüchtig betrachtet hatte: «Das soll wohl deine Schwester sein. Wie geschmacklos.» Siegfried stellte das Gemälde zurück. «Die Komtess will reinen Tisch machen, Rica. Rede mit ihr über diesen Schicksalstag.» Er strich ihr zart über die Wange. «Auch wenn es weh tut.»

Es war eine unruhige Nacht gewesen, immer wieder hatte der Husten die Komtess geschüttelt. Erst in den frühen Morgenstunden hatte er nachgelassen. So hatte Ricarda nur wenig Schlaf auf der Chaiselongue im Schlafzimmer der Komtess bekommen. Als sie nun die Vorhänge zurückzog, lag der intensive rötliche Schimmer der aufgehenden Sonne auf den verschneiten Bäumen im Park. Ein friedvoller Anblick voller Ruhe und stiller Kraft. Ein wundervoller Morgen für einen Heiligen Abend.

Ricarda drehte sich zum Bett der Komtess und hatte den Eindruck, als sehe ihre einstige Gönnerin sie an. Und tatsächlich hob sie den Arm, als versuchte sie, nach ihr zu greifen.

«Die Sonne geht auf, Komtess. Ein neuer Morgen.»

«Ja, Rica. Alles geht weiter.» Sie lächelte schwach.

«Ein Sanddorntee, Komtess, der wird Ihnen gut tun.»

Die Komtess schüttelte nur schwach den Kopf. «Ich muss dir etwas sagen.» Ihre Stimme war schwach. Ricarda beugte sich weit zu ihr herunter. «Mein Bruder Raimund hat deine Schwester Antonia auf dem Gewissen. Ich habe seine Schuld auf mich genommen, als ich dich mit nach Berlin nahm.»

Dass der leichtsinnige Graf damals ein Loch ins Eis geschlagen und die Stelle nicht abgesichert hatte, sodass Antonia einbrach und ertrank, hatte Ricarda schon früher von ihrer Mutter erfahren. Nun gab die Komtess zu, dass sie all die Jahre davon gewusst hatte. Bis zum letzten Moment hatte sie damit gewartet.

Die Komtess sprach langsam und musste nach einem Hustenanfall neu ansetzen, um zu sagen: «Ich habe dich geliebt. So wie ich es konnte. Verzeih, wenn es manchmal nicht genug war.»

«Komtess, Sie werden immer mein Vorbild bleiben. Und ich bin Ihnen auf ewig dankbar. Weil ich durch Sie die wurde, die ich bin», sagte Ricarda.

Sie hatte nicht gewusst, aus welchem Grund die Komtess sie tatsächlich damals unter ihre Fittiche genommen hatte. Als Kind war ihr deren Verhalten rätselhaft gewesen, später hatte sie angenommen, sie suchte in ihr eine Ersatztochter. Dass es aus Sühne geschah, war nach so vielen Jahren bedeutungslos geworden. Denn die Komtess war ihr oftmals eine Ersatzmutter gewesen, eine strenge und gelegentlich auch einfühlsame.

«Du verzeihst mir?», fragte die Komtess.

Jetzt wäre der Moment gewesen, ihr von Henny und Victor zu erzählen, ihr vorzuwerfen, eigenmächtig gehandelt zu haben. Wie so oft Grenzen missachtet zu haben, indem sie ihre eigenen Regeln aufgestellt hatte. Doch es war so viel mehr, das sie verband, als dass Ricarda fähig gewesen wäre, Anklage zu erheben. Niemand konnte aus seiner Haut.

«Sie müssen für nichts um mein Verzeihen bitten.» Ricarda liefen die Tränen über das Gesicht.

«Danke», sagte die Komtess.

Im selben Moment begann ein erneuter Hustenanfall die Kranke zu schütteln. Er dauerte lange, und Ricarda hielt die alte Dame. Danach sank die Komtess in sich zusammen. Ricarda lehnte sie wieder gegen ihre Kissen und stützte sie mit Decken. Der Kopf fiel ihr kraftlos auf die Brust.

Ricarda setzte sich neben sie, fühlte ihren Puls, der kaum mehr messbar war. Schließlich hörte er einfach auf, aber Ricarda hielt weiter ihre Hand. Sie saß ganz still neben ihrer Mentorin und sah zu, wie sich ihre Gesichtszüge entspannten. Tiefer Friede legte sich auf das Antlitz der Frau, die ihr Leben lang sich selbst und alle Menschen in ihrer Umgebung zu kontrollieren versucht hatte. Sie hatte ein schönes Gesicht, mit feinen, zarten Zügen, in die der Stolz jedoch harte Furchen geschnitten hatte. Der Tod glättete sie nun zu den sanften Falten, die jedes alte Gesicht schmücken.

Ricarda spürte den Drang, der Komtess noch etwas Liebevolles nachzurufen. Aber es war so schwierig, Zugang zu ihren Gefühlen zu finden. Es hatte so vieles gegeben, das sie beide verband. Aber eben auch trennte. Gleichwohl überwog eine tiefe Dankbarkeit.

Käthe kam ins Zimmer. Als sie sah, was geschehen war, nahm sie sich einen Stuhl und setzte sich Ricarda gegenüber auf die andere Seite des Bettes. Sie nahm die Hand ihrer

Freundin und hielt sie schweigend. Schließlich strich sie ihr über die Augen und küsste sie auf die Stirn.

«Leb wohl, meine Freundin. Wir treffen uns wieder», sagte Käthe. Sie hatte keine Tränen im Gesicht, sondern ein mildes Lächeln. «Jette hatte ein gutes, erfülltes Leben. Auch wenn es wohl ein wenig zu kurz war.»

Käthe öffnete die Flügel des Fensters. Eisige Luft drang in den leicht überheizten Raum. «Komm, Rica, lassen wir sie allein.»

«Du willst sie so liegen lassen?»

«Ein, zwei Stunden. Dann erst werden wir die anderen informieren.»

«Warum?»

«Jette meinte immer, man lässt den Toten nicht genügend Zeit, um zu gehen.» Käthe lächelte. «Unsere Freundin wusste natürlich auch nicht, ob es stimmt. Darum soll sie die Gelegenheit bekommen, es herauszufinden.»

Ricarda hatte nichts von den Interessen ihrer mütterlichen Freundinnen für metaphysische Phänomene gewusst. Aber ihr gefiel die Vorstellung, dass sich die Seele langsam und ungestört vom Leib trennen durfte. Die Komtess hatte lange an den zunehmenden Unzulänglichkeiten ihres Körpers gelitten, die ihrem ewig wachen Geist im Weg waren.

Ermutigt von diesem Gedanken sagte Ricarda in den Raum hinein: «Sie waren eine erstaunliche Frau, Komtess. Ich danke Ihnen, dass ich an Ihrer Seite sein durfte.»

Kurz bevor sie mit Käthe hinausging, blickte sie sich ein letztes Mal zu ihrer Mentorin um. Fast sah es so aus, als stünde jetzt im Gesicht der Komtess die Andeutung eines Lächelns.

Henny löste sich aus der Umarmung. «Es tut mir leid, Großmutter. Wir können nicht bleiben. Es geht einfach nicht. Ich habe das Gefühl zu ersticken.»

«Aber du magst Weihnachten doch so sehr. Auch Victor hat oft gesagt, wie sehr er sich freut, endlich das Fest bei uns zu erleben.»

In den Augen der Großmutter sah Henny das Flehen um ein Einlenken. Doch sie hatte ihre Entscheidung bereits gemeinsam mit Victor getroffen.

«Es ist doch jedes Jahr wieder Weihnachten, Großmutter», sagte sie. «Nächstes Jahr wird alles besser sein.» Sie blickte sich in der gemütlichen Wohnstube um. Der niedrige, wie immer fast zu warme Raum war wie ein Nest, in das sie sich gern flüchtete.

«Du willst mir nicht sagen, was zwischen deiner Mutter und dir wirklich vorgefallen ist, Henny? So kannst du doch nicht gehen. Noch dazu heute.»

Gerade heute, dachte sie, will ich Victor für mich haben.

Victor kam zur Tür herein, die Wangen gerötet, den verbundenen Kopf unter einer eigentümlichen Fellmütze verborgen. «Onkel Friedemann hat uns einen kleinen Baum geschlagen. Er liegt schon im Auto», sagte er.

Tante Rosel hatte Henny bereits mit viel zu viel Christbaumschmuck versorgt. Und die Schlossküche hatte den Liebenden ein Stück vom Wildschwein spendiert.

«Dann nehmt den Kuchen hier auch mit», sagte die Großmutter. Sie schüttelte traurig den Kopf. «Ach, Henny.» In ihrem Seufzer lag Resignation.

«Wir besuchen dich bald wieder, Großmutter.»

Nach einer letzten Umarmung eilte Henny hinaus, bevor sie Gelegenheit hatte, es sich anders zu überlegen. Den

Kuchen in der Hand prallte sie draußen fast gegen ihre Mutter.

«Was geht hier vor, Henny? In dem einen Auto liegen ein Christbaum und die Koffer. Was hast du vor?»

«*Wir*, Mutter. Wir reisen ab.»

«Heute ist Heiligabend.»

«Gerade deshalb. Wir wollen nicht so tun, als wäre alles gut. Das ist es nämlich nicht.» Henny wollte die verweinten Augen ihrer Mutter nicht wahrnehmen, für die es nur einen Grund geben konnte.

«Aber wir müssen reden, Henny.»

«Vielleicht. Vielleicht aber auch nicht. Du hast dazu Zeit genug gehabt. Jetzt muss ich erst einmal Abstand finden. Klar denken. Das kann ich hier nicht.»

«Henny, die Komtess ist heute früh gestorben.»

«Das dachte ich mir. Aber sie ist deine Komtess. Nicht meine und auch nicht Victors. Sonst hätte sie uns nicht derart herablassend behandelt. Was erwartest du? Dass ich mich jetzt an ihr Grab stelle und so tue, als wäre ich traurig?»

«So einfach ist es doch nicht, Henny. Das weißt du. Die Beziehungen zwischen Menschen sind kompliziert.»

«Bei dem Thema hältst du dich für eine Expertin. Aber du irrst, Mutter. Die Liebe zwischen Mutter und Tochter ist ganz einfach. Sie baut auf Vertrauen. Du aber hast mir nie vertraut. Sonst hättest du mir zugetraut, dass ich mit der Wahrheit um meine Geburt zurechtkomme. So, wie Victor und ich es jetzt erfahren haben, können wir nicht einfach so tun, als sei nichts geschehen. Wir haben das Gefühl …», sie suchte nach einem Vergleich, «… wie Möbelstücke zu sein, die man von hier nach da verrücken kann. Gerade so, wie man uns braucht. Aber wir sind Menschen, die selbst entscheiden wollen, wer sie sind.»

Henny atmete tief durch und blickte zurück zur Haustür. Hoffentlich hatte Großmutter Karla von dieser Wortkaskade nichts mitbekommen. Die liebe alte Frau würde es nie und nimmer verstehen können. Aber die Tür war zum Glück geschlossen, und sie war sehr dick. Henny ging um ihre Mutter herum, um zum Auto zu gelangen.

Erst jetzt kam auch Victor aus Großmutters kleinem Haus. «Wir hatten einen schlechten Start, Frau Doktor Thomasius. Ich hoffe, zu sehen Sie wieder bei einer besseren Gelegenheit.» Er verbeugte sich. «Ich wünsche Ihnen frohe Weihnachten.»

Ihre Mutter stand wie zur Eissäule erstarrt. Ein wenig tat sie ihr leid, doch auf dieses Gefühl wollte Henny sich nicht einlassen. Ohne ein weiteres Wort drehte sie sich um und stieg in den Wagen.

Die Reichsstraße 1 nach Berlin hinein war fast leer. Doch Henny und Victor kamen einige Lastwagen entgegen, die trotz Heiligabend in Richtung Front unterwegs waren. Victor fuhr langsam, damit der eisige Wind nicht zu heftig in das Cabriolet hineinblies.

Keiner der beiden Liebenden sprach ein Wort. Henny war in Gedanken bei dem, was zur Stunde in Freystetten vor sich ging. Jetzt plagte sie doch ein schlechtes Gewissen, einfach fortgefahren zu sein. Immerhin hatte die Komtess sie vor zehn Jahren bei sich aufgenommen, als sie vor dem Leben ihrer Familie in Deutsch-Ostafrika geflohen war. Gewiss, es war Käthe gewesen, die sich um Henny gekümmert hatte. Doch die Komtess hatte in bescheidenem Rahmen mitgeholfen. Bereits damals zeichnete sich ab, was später bei ihr als Parkinson'sche Krankheit diagnostiziert wurde. Leider hat die

Krankheit die Patentante nicht milder, sondern im Gegenteil rechthaberischer gemacht, dachte sie.

Die Lastwagen, auf deren Ladeflächen frierende junge Männer in Uniformen kauerten, deprimierten Henny zusätzlich. Sie erinnerten sie an ihren Bruder. Irgendwo würde Georg den Unbilden des Wetters ausgesetzt sein. Henny schauderte bei dem Gedanken, wie ihr «kleiner» Bruder in Matsch und Schnee lag, ein Gewehr im Anschlag. Während irgendwo ein anderer Soldat gerade anlegte, um auf ihn zu zielen. Sie hatte den überwältigenden Wunsch, auf der Stelle all ihre traurigen Gedanken in einem See aus Tränen zu ertränken.

Als Victor den Wagen abbremste, öffnete Henny wieder die Augen. Ein Soldat stand breitbeinig auf der Straße, ein zweiter gebot mit erhobenem Arm Halt. Unweigerlich musste Henny an einen Zwischenfall auf der Hinfahrt denken, als eine zerlumpte Person vor den Wagen gesprungen war. Victor hatte von Fahnenflüchtigen gesprochen, die Reisende überfielen. Er hatte seinen Revolver griffbereit gehabt. Den verhängnisvollen Revolver ... Er lag wieder unter dem Fahrersitz, schließlich gehörte er dem Studio.

Jetzt schien Victor keine Gefahr zu wittern. «Guten Tag», sagte er freundlich.

«Fahrerlaubnis.» Der Soldat blickte skeptisch in den Wagen. «Wo kommen Sie her? Wohin wollen Sie?»

Victor lächelte. «Wir haben einen Baum für Weihnachten geholt und sind auf dem Weg zur Behrenstraße.»

«Wo ist Ihr Militärpass?»

«Den habe ich nicht dabei», antwortete Victor erstaunlich ausweichend. Er war von einem Amerikaner adoptiert worden und somit Bürger der USA.

«Na ja, sehe ja auch so, dass du verwundet wurdest, Kamerad. Denk das nächste Mal dran, zumindest das Soldbuch dabeizuhaben. Gute Besserung und frohe Weihnachten.» Er drehte sich zu seinen Kameraden. «Passieren lassen.»

Victor legte den Gang unsanft ein und fuhr los.

«Warum hast du nicht gesagt, dass du Amerikaner bist?», fragte Henny, als sie ein Stück entfernt waren.

«Weil es nur die halbe Wahrheit ist. Ich bin auch Deutscher.»

«Das heißt, du müsstest ...» Sie konnte den Satz nicht vollenden.

«Ja», sagte Victor, «irgendwann wird man mich einberufen.» Er machte eine Pause. «Es sei denn, wir reisen vorher in die USA.»

Schon einige Male hatte Victor davon gesprochen, dass er nach Kalifornien wolle. Und in den USA gibt es keinen Krieg, die Vereinigten Staaten sind neutral, dachte Henny.

Amerika, wie weit das entfernt war. Von Toni, von Georg, von Großmutter, ja, auch von Mutter und Vater. Mochten die beiden sie auch all die Jahre belogen haben, sie waren ihre Familie.

Amerika? Um dem Krieg zu entkommen? Und dafür die Familie verlieren? Henny spürte, wie in ihr Angst hochkroch. Die Angst vor einer ungewissen Zukunft.

In der Nacht hatte der Wind gedreht und wehte nun mit eisiger Kälte einen hauchfeinen Schneeschleier über die dick vermummten Köpfe der Trauernden hinweg. Welche Bedeutung Henriette von Freystetten gehabt hatte, das wurde Ricarda vor Augen geführt, als sie die unglaubliche Zahl der Menschen sah, die nach dem Trauergottesdienst vor der kleinen

Dorfkirche standen, um der Komtess auf ihrem letzten Weg zu folgen.

Die meisten hatte Ricarda seit Jahrzehnten nicht mehr getroffen. In ihrer Jugend war sie den Frauen im Haus Unter den Linden begegnet. Damals arbeiteten sie an einer Welt, die Frauen mehr zu bieten hatte als Ehe und Mutterschaft. Heute waren diese Damen weit über siebzig und fast alle als Kämpferinnen für Frauenrechte bekannt geworden. Ricarda hatte ihre Fotos in den Zeitungen gesehen. Sonst hätte sie manche der greisen Damen aus den berühmten Salons der Komtess nicht wiedererkannt. Für später war im Schloss ein Essen für die Gäste angekündigt, das Graf Friedemann seiner Tante zum Gedenken geben wollte. Dann wäre Gelegenheit, die einstigen Vorbilder – die Lehrerin Helene Lange oder die Ärztinnen Franziska Biberti und Emilie Solm – mit mehr als nur einem Kopfnicken zu begrüßen.

Die Komtess hatte nie einen Hehl daraus gemacht, dass sie nicht gern in Freystetten war. Die Krankheit hatte ihr keine Wahl gelassen. Der Tod verband sie für immer mit den Wurzeln ihrer Herkunft: eine Gruft aus grauen Steinquadern, in preußischer Tradition von schmuckloser Bescheidenheit. Darüber nur ein Name: Freystetten. Der allerdings majestätisch groß. Klein darunter die der Beigesetzten, die diesem Namen zu Lebzeiten gerecht zu werden hatten. Zuletzt war dies Henriettes Bruder Raimund gewesen, der sich dem verweigert hatte, sowie seine Ehefrau Luise. Sie war gestorben, als Ricarda in China gewesen war. Die Komtess und ihre Schwägerin waren gute Freundinnen gewesen. Neben den Namen der beiden würde bald auch Henriette von Freystetten aufgeführt sein, dachte Ricarda.

Der Sarg aus heller Eiche war ebenso schnörkellos, darauf

lag ein einzelnes weißes Blumengebinde. Wie endgültig das aussieht, denn der Tod duldet keinen Widerspruch, dachte Ricarda. Sie wollte diesem traurigen Augenblick entkommen und beschwor die Bilder ihrer Erinnerung. Die damals noch Fremde, die ihre Nichte Florentine beherzt reanimierte. Die mütterliche Freundin, die mit ihr das erste eigene Kleid in *Gerson's Bazaar* in Mitte kaufte. Das Vorbild, das sie an ihrem ersten Schultag in die Klasse brachte und von den Mitschülerinnen bestaunt wurde. Die Ärztin, die ihr erlaubte, bei einer Zahnextraktion zu assistieren. Und die sie ausschimpfte, als sie sich dabei erbrach. Die Freundin, die ihr rückhaltlos beistand, als sie als ledige Schwangere Hilfe brauchte.

Ricarda spürte, dass sie der Fluss der Erinnerung hinwegzuschwemmen drohte. So vieles hätte sie der Komtess noch sagen, für so vieles danken wollen. Doch als sie nach den Familienangehörigen an der Reihe war, griff auch sie nur in die bereitstehende Schale mit Erde, warf sie auf den im Boden versenkten Sarg und sagte nur: «Danke für alles.»

Florentine, wunderschön in Schwarz mit einer weißen Blume am Hut, hatte auf sie gewartet und bot ihr den Arm. «Ich glaube, in dir wollte Tante Jette immer eine Tochter sehen», sagte sie. Es klang nicht so, als ob Florentine es bedauerte, dass ihr diese Nähe nicht vergönnt gewesen war.

Seite an Seite strebten sie inmitten Hunderter Trauernder dem Ausgang des kleinen Friedhofs hinter der Dorfkirche zu. Sie kamen dabei an einem unscheinbaren Grab vorbei. Der Schnee hatte die Inschrift des Grabsteins fast verdeckt. Ricarda blieb stehen und zwang so auch Florentine dazu. Sie beugte sich hinunter und legte die Gravur mit einem schnellen Darüberwischen frei.

Oben war der Familienname Petersen eingraviert, darunter

stand bislang nur ein einziger Vorname mit den Daten eines kurzen Lebens: *Antonia *1862 † 1876.*

«Mein Gott, wie lange das her ist», sagte Florentine.

«Für mich wird es immer wie gestern sein», erwiderte Ricarda.

«Ja, jaja», meinte Florentine. Es klang wie eine Abwehr, mit der sie sich vor der Erinnerung zu schützen suchte.

Es hätte nicht viel gefehlt, und Floras eigener Name hätte seit bald vierzig Jahren auf der Grabstelle der Freystettener Grafenfamilie gestanden. Vielleicht versucht sie deshalb, jeden Tag wie ein Geschenk zu feiern, dachte Ricarda.

«Victor will Henny schnellstens heiraten», sagte Florentine leichthin. «Wir sollten uns bald beratschlagen, wie wir die Hochzeit feiern. Meinst du nicht auch?»

Ricarda glaubte, nicht recht zu hören. «Flora, verzeih, aber wir haben gerade deine Tante begraben!»

Mit dieser Bemerkung konnte sie zwar Zeit gewinnen, doch Ricarda wusste, dass sie sehr bald eine eindeutige Position beziehen musste. War sie für oder gegen diese Ehe? Würde sie Henny helfen oder sie aufhalten? Diese Fragen lagen ihr wie Steine im Magen.

DER FEHLER IHRES LEBENS

April 1915

Antonia hatte sich längst daran gewöhnt. Spätestens morgens um halb sechs musste sie sich bei Bäcker Meister in der Linienstraße anstellen, um vorne in der Schlange zu sein. Als sie die ersten Male dort gewesen war, hatte man sie argwöhnisch beäugt. Nach einem Monat hatte sie dazugehört. Und jetzt, wo die Winterkälte einem endlich nicht mehr frühmorgens ins Gesicht biss, musterte sie selbst jeden Neuankömmling misstrauisch. Denn das war ihr an sich selbst auch aufgefallen: Hier, wo es Brot zu kaufen gab, sah man in jedem Fremden in der Schlange so etwas wie einen Feind. Seit Krieg war, gab es einfach zu wenig davon. Wer um acht kam, ging leer aus. Nachgebacken wurde nicht, und zwar bis zum nächsten Morgen nicht.

«Ick hab jehört, jetzt tun se schon Kleie ins Brot», raunte eine Frau, die hinter Toni in der Schlange stand, einer anderen Frau zu.

«Kleie? Det is für die Schweine, aber nich fürn Mensch», sagte die Angesprochene.

Antonia erinnerte sich, dass Graf Friedemann mit dem Abfall, der bei der Mehlproduktion entstand, bis zum Herbst das Futter der Wildschweine ergänzt hatte.

Es war das Thema überhaupt unter den Wartenden: Was

Brot genannt wurde, entsprach immer weniger dem, was man als solches kannte. Mit Beginn des Winters war zunächst das K-Brot eingeführt worden. Eigentlich stand das K für Kartoffel, aber jeder sah darin das Kriegsbrot. Inzwischen war es das KK-Brot geworden, das zur Hälfte aus Kartoffeln bestand und zur anderen eben aus allem anderen.

Jetzt war Antonia an der Reihe. Sie kannte das Mädchen hinter der Theke. Bis vor wenigen Wochen hatte Annemarie Meister mit ihr die gleiche Klasse der Höheren Mädchenschule in Mitte besucht. Sie war eine der Besten gewesen, in Deutsch und Geschichte sogar viel besser als sie. Doch da ihr Vater und ihr älterer Bruder Johannes zu den Fahnen gerufen worden waren, musste Annemarie ihrer Mutter in der Bäckerei helfen. Toni hingegen konnte mit dem neuen Schuljahr auf die Studienanstalt wechseln, der einzigen Möglichkeit für Berliner Mädchen, nach dem Abitur zum Studium zugelassen zu werden.

Antonia reichte ihr ihre Brotkarte, ohne die es seit Februar für niemanden mehr Brot gab. Während Annemarie den Brotlaib in einen Bogen Papier schlug, fragte Toni: «Hast du Nachrichten von deinem Vater und deinem Bruder bekommen?»

Annemarie schüttelte den Kopf. Toni sah ihr an, dass sie gern noch etwas hinzugefügt hätte, aber die Anwesenheit der vielen Menschen im Laden hielt sie davon ab. «Macht siebzich Pfennich, Toni», sagte Annemarie. Aus ihrer Stimme war deutlich herauszuhören, wie ungern sie diese Summe nannte. Der Preis für den Viertelpfundlaib war um zehn Pfennig gestiegen.

Toni verkniff sich selbstverständlich jeden Kommentar, der ihren Unmut gezeigt hätte. Aber die Frau hinter ihr in der Schlange sagte: «Neunundfuffzig Stunden die Woche arbeite ick. Die Stunde für sechsundvierzig Pfennich. Macht siebenundzwanzich Mark. Sach mich mal eener, wie ick zwei Blagen satt krich, wenn det Brot immer teurer wird!»

«Hungern is jesund! Weeßte doch!», rief jemand mit schwarzem Humor von hinten.

Auch Antonia hatte im *Berliner Lokal-Anzeiger* gelesen, worauf die Frau anspielte. Der Arzt Carl Ludwig Schleich hatte dort geschrieben: *Auch bei minimaler Nahrungsaufnahme nimmt die Arbeitsleistung monatelang nicht ab, sondern steigert sich sogar. Eine feststehende Tatsache ist, dass man mit einigen Mohrrüben, Nüssen und einem Apfel pro Tag sogar an Gewicht zunehmen kann.*

«Das ist natürlich Unsinn», hatte Antonias Vater gesagt, «aber von der Tendenz her hat Schleich recht. Der Krieg fordert von allen Opfer.» Er selbst hatte sich von einem seiner beiden Wintermäntel getrennt. Als Spende für einen frierenden Soldaten, wie es erwartet wurde.

Mit ihrem Brot in der Tasche verließ Toni die kleine Bäckerei. Bis nach Hause in die Luisenstraße waren es gute fünf Minuten. Immer noch war es dunkel. An der Ecke Friedrichstraße fand um diese Zeit der Wechsel des Straßenbahnpersonals statt. Seit einigen Monaten waren es Frauen, die die Männer in ihrer Funktion als Schaffner ersetzten. Oft waren es sogar Ehefrauen, die den Platz ihrer zum Waffendienst verpflichteten Männer einnahmen. An diesem Morgen sah Toni keinen einzigen Mann die Elektrische lenken.

Dass auch ihre eigene Mutter unter den Frauen war, die aus der Straßenbahn ausstiegen, erkannte Antonia erst, als sie sie fast eingeholt hatte. Die Mutter ging leicht vornübergebeugt, in der Hand trug sie einen Beutel mit den frühen Einkäufen dieses Morgens. Sie hatte sich bei Lebensmittelhändler Neumann in der Taubenstraße für Milch und Butter angestellt.

«Gönnen wir uns ein Frühstück, Toni, bevor du zur Schule musst», sagte Ricarda.

Mit Wehmut dachte Toni an Freystetten. Dort gab es all das, wofür sie in der Stadt stundenlang anstehen mussten. Inzwischen war es den normalen Berlinern bei Strafe verboten, Lebensmittel vom Land in die Stadt zu bringen. Nur Händlern war es noch erlaubt, denn der Staat kontrollierte die Lieferungen strengstens.

Gerade an Morgen wie diesen fragte Toni sich, ob es unbedingt notwendig war, dass sie in der Stadt leben musste. Gewiss, sie wollte zur Schule gehen. Aber wenn sie dann an die Bäckertochter Annemarie dachte, fragte sie sich, womit sie es verdiente, das verwöhnte Leben eines Arztkindes zu führen. Anstatt etwas Sinnvolles zu tun. An einer Stelle zu helfen, von der sie wusste, dass man sie brauchte. Sie hatte jedoch große Zweifel, dass ihre Mutter das gutheißen würde.

Wie leicht die Einkaufstasche in Ricardas Hand war. Und dafür hatte sie um fünf Uhr in der Früh das Haus verlassen. Für einen Liter Milch und je ein viertel Pfund Butter und Schweineschmalz. Wobei sie das Schmalz heimlich bekommen hatte. Denn Ricarda kannte die Familie von Lebensmittelhändler Neumann seit Jahrzehnten. In ihrer Jugend hatte die Haushälterin der Komtess dort eingekauft, die vor Jahren verstorbene Frau Merger. Nachdem Ricarda die Praxis in der Behrenstraße übernommen hatte, war Frau Neumann einige Male ihre Patientin gewesen. Krampfadern, die übliche Berufskrankheit, die das lange Stehen hinter der Theke hervorbrachte.

Im Grunde hatte die alte Frau Neumann nicht mehr die

Kraft, den Laden zu führen. Sie tat es trotzdem. Der Schwiegersohn war einberufen worden, die Tochter im Kindbett gestorben. Die Frauen kämpften zu Hause, und sie starben auch dort. Siegerkränze wurden ihnen deshalb nicht geflochten.

«Hast du dich eigentlich entschieden, Mamma? Machst du die Praxis zu und arbeitest dort?», fragte Antonia gerade, als sie beide in die Luisenstraße einbogen. Direkt vor ihnen erstreckte sich das Gelände der Charité.

«Ich habe eigentlich keine andere Wahl, Toni», sagte Ricarda.

Es war eine Ironie der Geschichte: Vor nicht langer Zeit wäre es unvorstellbar gewesen, dass eine Frau in der Charité als Ärztin arbeitete. Nun, im Krieg, hatte man die Ärzte – von denen viele obendrein Reservisten waren – an die Front geschickt. In der Euphorie des jungen Krieges meldeten sich immer noch viele Doktoren freiwillig. Ärzte, die in der Millionenstadt fehlten. So wie für die Straßenbahnfahrerinnen war nun auch im Hochamt der Medizin die Stunde für die Frauen gekommen. Aber es gab so gut wie keine fertig ausgebildeten Ärztinnen. Ihre eigene Tochter Henny war eine der Ersten gewesen, die in Berlin studieren durften. Und Henny hatte nicht lange gezögert, als man sie zu Jahresanfang gebeten hatte, in der Gynäkologie der Charité zu arbeiten.

Für Ricarda hätte sich diese Frage im Grunde nicht mehr gestellt. Sie hatte in der Behrenstraße eine gut eingeführte Praxis mit einem festen Stamm an Patientinnen. Es gab nur ein Problem: Es häuften sich die Tage, an denen sich Ricarda an ihre schlimmsten Zeiten in München erinnert fühlte. Damals hatte sie – wie nun wieder seit Beginn dieses Jahres – in ihrer Praxis gesessen und gewartet. Keine Patientin war gekommen. Weder eine Frau Neumann konnte es sich noch leisten, die Ärztin zu bezahlen, noch manche Dame aus besser gestelltem Haus.

«Eigentlich müsste ich doch nicht hier in Berlin leben. Wo es ohnehin zu wenig zu essen gibt», sagte Toni unvermittelt und riss Ricarda damit aus ihren trüben Gedanken.

Ricarda hatte das Gefühl, etwas verpasst zu haben. «Wie meinst du das?», fragte sie und schloss die Haustür auf.

«Ich möchte mich nützlich machen, Mutter», sagte Toni.

«Tust du das nicht?»

«Wie denn, wenn ich nur zur Schule gehe?»

Mit vierzehn war Toni jetzt in dem Alter, in dem ihre Schwester Henny ihr in der Praxis in der Behrenstraße mit ersten Handreichungen geholfen hatte.

Obwohl dort der Betrieb fast brachlag, sagte Ricarda: «Du kannst mir am Nachmittag in der Praxis helfen, wenn du aus der Schule kommst.»

Nachdem sie Badili begrüßt hatte, legte Toni ihren Mantel ab und begann ein schnelles Frühstück vorzubereiten. «Ich dachte eigentlich eher an Freystetten», sagte das Mädchen wie nebenbei.

«Um dort zu leben, Toni? Als was?» Ricarda erinnerte sich etwas zu spät an die Tierliebe ihres Kindes und verbesserte sich: «Du willst Graf Friedemann zur Seite stehen und die Tiere versorgen? Hast du dir das so vorgestellt?»

Toni hielt inne und sah ihre Mutter offen an. «Ja.»

Ricarda spürte, wie ihre Gefühle aufwallten. In Tonis Alter war sie – zwar zunächst unfreiwillig – den umgekehrten Weg gegangen. Weg vom Land, hin in die Stadt. Sie wäre sonst eine Köchin geworden, daran hatte sie keinen Zweifel. Und Toni wollte – es verbot sich fast, diesen Gedanken zuzulassen – Bäuerin werden?

«Setz dich mal zu mir, Toni.» Sie nahm die Hand ihrer Jüngsten und zog sie auf den Stuhl am Küchentisch. «Ich verstehe, dass du dich nützlich machen willst. Aber du darfst darüber nicht vergessen, dass du auch dir selbst nützen musst. Egal, wie schlecht die Zeiten sind – du musst weiter zur Schule gehen. Jahrzehntelang haben wir Frauen …»

«… dafür gekämpft, dass Mädchen die gleichen Chancen haben wie Jungen», vollendete Toni missmutig den Satz.

«Genau so ist es, Antonia», sagte Ricarda nachdrücklich. «Wenn die Welt verrückt spielt, dürfen wir uns nicht von unserem Weg abbringen lassen. Sonst gehen wir verloren.»

«Ich wecke Vater, und dann gehe ich in die Schule», sagte Toni, um mit wütendem Schritt hinauszueilen.

Ricarda sah ihr nach. Sie hörte, wie Toni Siegfried guten Morgen sagte, und fing ihre Tochter ab, bevor sie aus der Wohnung stürmen konnte. «Heute Nachmittag beginnen wir in der Praxis damit, dass ich dich einweihe in die Grundbegriffe. Wir brauchen dazu ja keine Patientinnen.»

Das war so dahingesagt, um ihre Tochter zu versöhnen und von einer falschen Entscheidung abzubringen. Doch plötzlich verstand sie, um was es Toni wirklich ging: «Ich gehe nachher mal nach nebenan in die Tierärztliche Hochschule. Die haben bestimmt Tafeln zur Anatomie der Tiere, die sie nicht mehr brauchen. Vielleicht kann ich altes Lehrmaterial bekommen. Weißt du, Mensch und Tier ähneln sich in manchem. Ich könnte dir da schon das eine oder andere beibringen. Wenn du möchtest.»

«Das machst du, Mamma? Natürlich will ich!»

Das Läuten des Telefons riss Henny aus dem Schlaf. Der Platz auf der anderen Seite des Bettes war leer, denn Victor war schon in aller Früh ins Filmstudio nach Tempelhof gefahren. Ein neuer Film, zu dem er das Drehbuch geschrieben hatte und bei dem er die Regie-Assistenz machte. Sie hatte keine Ahnung, um was es ging. Ständig entstanden andere kurze Filme, in denen die Tapferkeit der Soldaten und die Geduld ihrer Frauen gepriesen wurden. Gerade einmal zwei Stunden hatten sie im selben Bett gelegen, sie selbst war erst um vier Uhr vom Nachtdienst in der Charité nach Hause gekommen. Schon längst hatte sie aufgehört, zu zählen, wie viele Frauen sie in diesen hektischen Nächten allein entbunden hatte. Es war die reinste Knochenarbeit.

«Ja?», sagte sie schläfrig, nachdem sie abgehoben hatte.

«Henny! Hier ist deine Schwiegermutter in spe!» Die Stimme klang laut und überdreht.

Florentine war die Nummer der Wohnung in der Behrenstraße bekannt. Schließlich hatte das ganze Haus ihr gehört, bis sie es ihrem Sohn überschrieben hatte. Gegenwärtig befanden sich im Erdgeschoss die Praxis von Ricarda und im Obergeschoss außerdem noch die leerstehende Wohnung der verstorbenen Komtess. Deshalb konnte niemand daran Anstoß nehmen, dass die Liebenden hier ungestört sein wollten.

«Ich muss mit dir reden, Henny. Ihr beide könnt nicht einfach den Kopf in den Sand stecken. Wenn ihr noch raus wollt aus Deutschland, dann ist es allerhöchste Zeit. Nur noch von Bordeaux aus kann man nach New York reisen. Und ich weiß aus sicherer Quelle, dass auch das bald unmöglich sein wird.»

Henny hatte das Gefühl, als würde sie selbst gerade überrollt. Mühsam kam ihr Denken in Gang. Anfang Februar hatte die deutsche Kriegsführung den Befehl zum uneingeschränkten U-Boot-Krieg gegeben. Was bedeutete, dass alle Passagierschiffe der gegnerischen Alliierten von den deutschen U-Booten ohne Vorwarnung versenkt werden durften. Die übliche Reiseroute nach New York startete jedoch im südenglischen Southampton. Zwar gab es noch nicht viele deutsche U-Boote, aber nur Hasardeure ignorierten die Drohung des Kaiserreichs.

Bislang hatte Henny sich nicht für diese Art der Kriegsführung interessiert. Schließlich hatten sie die Idee, nach Amerika zu gehen, am Ende verworfen. Victor und sie führten ein Leben, das sie auch ohne Krieg in dieser Form geführt hätten. Sie arbeiteten in den Berufen, die sie erfüllten – obwohl es anstrengend war. Und sie hatten einander, was brauchten sie mehr. Außer Zeit zu zweit.

Doch Florentines Bemerkung, dass sie nicht länger den Kopf in den Sand stecken dürfe, hatte gesessen. Henny hatte nämlich vor ein paar Tagen die neueste Attraktion der Millionenstadt in Augenschein genommen. Wegen Georg.

Am Reichskanzleiplatz in Neu-Westend hatte das Reichskriegsministerium einen Schützengraben anlegen lassen. Damit die zu Hause gebliebenen Gattinnen und Mütter der Soldaten mal sahen, wie die Männer an der Front lebten. Es war ein regnerischer Tag gewesen. Das Erdreich war vollgesogen. Überall Stacheldraht. Alle dreißig Meter Periskope, Fernrohre, aus denen die im Schützengraben Verschanzten die Umgebung nach Feinden absuchen mussten. Aus Kiefernstämmchen notdürftig gezimmerte Bänke, darüber Planen. Das waren die Unterkünfte für fünfzig Mann. Männer, die eigentlich Größeres leisten konnten und die nun nicht mehr wert waren als ihr Auge am Fernrohr und ihr Finger am Abzug des Gewehrs.

So lebt Georg, hatte Henny gedacht und Gott gebeten, den kleinen Bruder zu beschützen.

Nicht mehr den Kopf in den Sand stecken ...

Gestern erst hatte Victor zwei Stunden auf dem Polizeirevier verbracht. Erst, als jemand vom Studio bestätigt hatte, dass er Amerikaner war, hatte man ihn laufen lassen. Dass es noch einmal so glimpflich ausginge, darauf wollte Henny es nicht ankommen lassen. Sie lauschte deshalb jetzt hellwach Victors Mutter.

«Ihr beide nehmt den Zug zu mir nach Zürich, und dann fahren wir gemeinsam mit dem Auto nach Bordeaux. Von dort nehmen wir das Schiff nach New York. Und dann ...» Florentine machte eine Pause. «... lebt ihr euer Leben, *darling*! Ich richte euch eine wunderbare Hochzeitsfeier in New York aus. Es wird fantastisch! Du wirst Amerika lieben.»

Was heißt eigentlich *Gebärmutter* auf Englisch, dachte Henny. Oder: *Jetzt pressen!*

«Ich werde mit Victor reden», versprach sie und wusste, dass sie weniger mit ihm als mit ihrer Mutter und Vater Siegfried sprechen musste. Wenn überhaupt, dann konnte sie nur als Frau Vandenberg in die USA reisen.

Henny ging in die Küche und machte sich einen Hagebuttentee. Egal, ob sie nach New York führe oder nicht: Ohne die Erlaubnis ihrer Eltern konnte sie ohnehin nicht heiraten. Vater Siegfried war dabei weniger das Problem.

Siegfried hatte sich den Hausmantel sorgfältig angezogen. Obwohl es ihn so viel Mühe gekostet hatte. Er nahm langsam einen Schluck Früchtetee.

«Ich bin anderer Meinung als du», sagte er bedächtig. «Henny darf Victor durchaus heiraten.»

Ihr Anruf, dass sie zum Frühstück käme, lag eine Viertelstunde zurück. «Ich muss etwas Ernsthaftes mit euch besprechen», hatte sie am Telefon gesagt. Über das Thema gab sich Ricarda keinen Illusionen hin. Es blieb also nicht viel Zeit, eine gemeinsame Position zu finden.

«Florentine hat mich nicht überzeugt. Ich glaube ihr nicht, dass Cossata nicht der Vater ist», legte Ricarda ihren Standpunkt erneut klar. «Du kennst sie nur jetzt, als reife Dame.»

Siegfried grinste. «Ich glaube, ihr habt alle nicht mitbekommen, dass sie in Freystetten ihren jugendlichen Chauffeur in ihrem Zimmer hat nächtigen lassen.»

«Das hat sie?» Ricarda war ehrlich empört. «Genau das meine ich, Siegfried: Florentine hat kein Verantwortungsbewusstsein. Noch nie gehabt! Wie soll ich so einer Person glauben, dass sie weiß, wer Victors Vater ist?»

«Ich denke, du siehst das zu emotional, Rica.»

Siegfried hob seinen linken, beschädigten Arm mit der rechten Hand an, um den Ellenbogen auf dem Tisch zu platzieren. An manchen Tagen machten ihm starke Schmerzen zu schaffen, doch er wollte es sich nicht anmerken lassen.

«Es ist doch so», fuhr er fort, «die Chemie zwischen Florentine und dir stimmt nicht. Die Gründe lassen wir mal beiseite. Deshalb meine These: Wer auch immer der Vater von Florentines Sohn wäre, du würdest den jungen Mann schon deshalb ablehnen, weil Florentine die Mutter ist.»

«So ein Unsinn, Siegfried!», brauste Ricarda auf. «Wieso stellst du dich gegen mich?»

«Diese Frage enthüllt dein Dilemma.» Siegfried blieb ruhig. «Es geht nicht um dich. Sondern um Henny. Sie liebt.

Und du willst ihr diese Liebe verbieten. Du weißt, ich liebe dich. Aber du weißt auch, dass du ein wirklicher Dickkopf bist.»

«Ja, das weiß ich. Damit bin ich bislang ganz gut vorwärtsgekommen.»

«Kein Widerspruch meinerseits. Aber kommen wir bitte zurück zu Henny. Sie ist ein ebensolcher Dickschädel wie du. Wenn du dich gegen sie stellst in diesem so wichtigen Punkt, riskierst du den Bruch mit ihr.»

Das war Ricarda durchaus klar. «Ja, das ist ein Dilemma. Ich liebe Henny, aber ich kann nicht anders.»

Siegfried stöhnte. «Du hast keine Beweise außer den Äußerlichkeiten wie ein Grübchen am Kinn. Das haben Millionen Menschen. Ebenso wie dunkles Haar. Das überzeugt mich nicht.»

Womit er den Punkt ansprach, weshalb sie diskutierten: Siegfried hatte Henny adoptiert. Er musste seine Zustimmung zur Hochzeit geben.

Es läutete.

«Das ist sie», sagte Siegfried.

Dass die beiden gestritten hatten, sah Henny sofort. Nicht an ihrem Stiefvater konnte sie die Stimmung zwischen den Eltern ablesen, sondern an ihrer Mutter. Sie hatte dann einen Zug um den Mund, der etwas von Traurigkeit, Verbitterung und verhaltener Wut hatte. Ihre Gesichtslinien schienen dann alle zu Boden zu fließen.

Zum Glück sprang Badili Henny entgegen und umtanzte sie aufgeregt. Was sie nicht nur tat, weil sie sich freute, ihr Frauchen wiederzusehen. Sie hatte die gute Nase eines Hundes.

«Hier, meine Süße, endlich mal wieder ein Knochen!» Womit Henny ihrem Hund ein fast fleischloses Stück Schweinshaxe hinhielt. Sekunden später war Badili damit verschwunden.

«Du hast einen Knochen für sie?», fragte Ricarda. Dafür muss ich Stunden anstehen, schwang als stumme Anklage in dieser Feststellung mit.

«Vom Filmstudio. Sie nennen das Requisiten», sagte Henny.

An Victors gegenwärtigem Arbeitsplatz gab es Köstlichkeiten, von denen die Bevölkerung im ersten Kriegswinter nur träumen konnte. Henny legte einen halben Rinderbraten auf den Küchentisch, der aus der gleichen Quelle stammte.

«Danke, Henny», sagte Vater Siegfried. «Habt ihr beide denn noch genügend?»

Die Schussverletzung, die er sich in Tsingtau eingefangen hat, hat ihn weicher gemacht, dachte Henny. «Victor bringt heute Abend etwas vom Hähnchen mit.» Sie grinste. «Er schreibt Szenen in die Drehbücher, in denen gutes Essen vorkommt. Die Zensur ist begeistert, sagt er. Wenn die Menschen den Film sehen, sollen sie nicht ans eigene Elend erinnert werden.» Nun legte sie ein Stück Weißbrot auf den Tisch. «Mein Beitrag zum Frühstück.»

Aber Hunger hatte sie selbst keinen. Das Gesicht ihrer Mutter ließ sie die bevorstehende Auseinandersetzung erahnen. Wie konnte sie beginnen, ohne sie vor den Kopf zu stoßen?

«Wir werden in einer Woche nach Frankreich fahren», sagte sie. «In Bordeaux nehmen wir dann das Schiff nach New York.»

Das war ein Paukenschlag, aber einer, in dem weder die

Worte Hochzeit noch Florentine vorkamen. Funktionierte das?

«Frankreich?», fragte Siegfried. «Wie wollt ihr dort hinkommen?»

Die Frage verwies darauf, dass Frankreich Kriegsgegner war und somit die Grenzen geschlossen waren.

«Über die Schweiz.»

«Also ist Florentine noch in Zürich.»

Auf Mutters Kombinationsgabe war Verlass! Henny nickte schweigend.

«New York also», sagte Siegfried nach langem Schweigen. «Ihr beide wollt dort leben?»

«Eher nicht. Victor möchte gern zu seinem Bruder Morrie nach Kalifornien», antwortete Henny.

Maurice Vandenberg war im Grunde nur ein Nennbruder – der leibliche Sohn seines Adoptivvaters. Das erklärte Henny ihrer Mutter allerdings nicht. Die Familienverhältnisse waren beiderseits zu kompliziert, um sie nebenbei darzulegen.

Für Hennys Mutter war das in diesem Moment ohnehin unwichtig, wie ihre Reaktion zeigte: «Kalifornien! Großer Gott, Henny! Das ist doch auf der anderen Seite des amerikanischen Kontinents.» Henny sah ihrer Mutter das Entsetzen an. «Was willst du da?»

«Victors Bruder schreibt, es gäbe zu wenige Ärzte in Kalifornien.»

«Hast du denn schon begonnen, Englisch zu lernen?», fragte Siegfried.

«Ja», log Henny.

Nichts hatte sie in dieser Richtung unternommen, weil sie sich nicht zu dieser sich so endgültig anfühlenden Entscheidung hatte durchringen können. Ein Leben in den USA, das war, als müsste sie wieder nach Ostafrika. Vier Wochen Schiffspassage waren das damals gewesen. Und bei der ersten Überfahrt war das Schiff fast gesunken.

«Werdet ihr gemeinsam mit Florentine auf dem Schiff sein?», fragte Ricarda.

«Sie ist Victors Mutter», sagte Henny.

«Wollt ihr in Zürich heiraten?», hakte Ricarda unerbittlich nach.

«Nein, hier. Kommende Woche. Das macht die Formalitäten beim Reisen einfacher», sagte Henny.

«Ich bin nicht einverstanden, Henny», sagte ihre Mutter prompt.

«Das hast du schon in Freystetten zum Ausdruck gebracht. Es tut mir leid, dass ich es einmal klar aussprechen muss, aber es muss sein: Mutter, du hast mir das Leben geschenkt. Schenken bedeutet, dass es mir gehört. Du kannst mir mein Leben nicht wieder wegnehmen.»

«Das tue ich nicht, Henny. Es geht darum, dass du den falschen Mann ehelichen willst.»

«Wer der Falsche ist, kannst du nicht festlegen, Mutter.»

«Du wirst unglücklich werden mit ihm.»

«Weil du meinst, er wäre mein Bruder? Warum glaubst du nicht, was Victors Mutter sagt? Die wird es doch wohl besser wissen als du.»

«Ich habe da eben meine Zweifel.»

«Die du nicht begründen kannst», widersprach Henny.

Sie und ihre Mutter standen sich jetzt mitten in der Küche gegenüber, Auge in Auge.

Wir beide beharren auf unseren Positionen, das wird sich nie mehr ändern, dachte Henny. Sie war nicht einmal so sehr wütend, eher auf eine Art enttäuscht, die unendlich schmerzte.

«Ich gebe meine Zustimmung», sagte Vater Siegfried in das Schweigen hinein.

«Wie kannst du mir so in den Rücken fallen», sagte Ricarda in einem Ton leiser Verzweiflung. «Sie ist meine Tochter.»

«Darum geht es nicht. Mein Urteil muss sich unparteiisch an den Tatsachen orientieren.» Siegfried stand auf und legte den gesunden Arm um Hennys Schulter. «Ich wünsche euch beiden aufrichtig alles Glück auf Erden. Ihr werdet es brauchen. Ich weiß, wovon ich rede. Ich war in etwa in deinem Alter, als ich hinauszog in die Welt.» Er lächelte. «Aber du warst ja schon auf der anderen Seite des Erdballs. Da wirst du auch mit Amerika zurechtkommen.»

Die Starre, die Ricarda gefangen gehalten hatte, fiel von ihr. Müde ging sie zur Küchentür. Wortlos. Wie eine Geschlagene wirkte sie auf ihre Tochter.

«Gib uns doch wenigstens eine Chance, Mutter», sagte Henny.

«Eine Chance für dein Unglück?»

«Ich liebe Victor. Er ist der Mann, der mich glücklich macht. Wir ergänzen einander. Wo soll da das Unglück sein?», fragte sie.

Ricarda verließ den Raum ohne ein weiteres Wort.

«Sie wird ihren Irrtum einsehen, Henny», sagte Siegfried. «Sie braucht Zeit.»

Henny spürte, dass er nur etwas Ermutigendes sagen wollte. Ihre Mutter war nicht der Mensch, der einlenkte.

Toni musste sich Mühe geben, ihre Enttäuschung nicht zu zeigen. So sehr hatte sie gehofft, dass ihre große Schwester ganz in Weiß heiraten würde. Doch Henny trug ein zwar hübsches Kleid, das sogar ein wenig verspielt war, was eigentlich nicht Hennys Stil war. Aber es war dunkelblau. Überdies hatte Toni es schon einige Male an ihr gesehen. Offenbar bedeutete ihr das Hochzeitskleid nicht viel. Victor dagegen strahlte im Smoking übers ganze Gesicht. Hennys Lächeln wirkte eher verhalten, als sie neben ihrem frisch gebackenen Ehemann vor dem Roten Rathaus, wo sie gerade «Ja» gesagt hatte, für den Fotografen posierte. Dann bat der Fotograf die Familienangehörigen und besten Freunde mit aufs Bild. Toni und ihr Vater gesellten sich dazu, auch Tante Käthe war da.

«Bitte lächeln!», rief der Fotograf.

Aber Toni war zum Weinen zumute. Denn auf dem Bild würde die wichtigste Person der Familie fehlen – die Mutter der Braut.

«Es ist doch so ein wichtiger Tag für Henny», hatte Toni gesagt. «Bitte, Mamma, gib nach. Du warst doch schon so enttäuscht, dass du nicht bei Georgs Nothochzeit dabei sein konntest, weil du mit Vater in China warst.»

Toni hatte gemeint, ihrer Mutter anzusehen, wie sie mit sich kämpfte. Darum hatte sie ein weiteres Argument angeführt: «Henny wird ganz lange nicht mehr in Berlin sein. Weit, unvorstellbar weit weg wird sie sein. Bitte, Mamma, lass nicht zu, dass Henny mit ganz viel Trauer im Herzen von uns wegfährt!»

«Das muss sie ja nicht, Toni», hatte ihre Mutter entgegnet. «Sie hat durchaus die Wahl, es sich anders zu überlegen.»

An dieser Stelle waren Toni die Argumente ausgegangen,

denn sie hatte verstanden, dass ihre Mutter niemals nachgeben würde. Das hatte sie für unmöglich gehalten. Es ging doch um Liebe. Da spielte das Herz die Hauptrolle, nicht der Verstand. Aber der Mutter schien ihr Wille wichtiger als das Herz zu sein.

Jetzt war der Fotograf zufrieden, die Hochzeitsgesellschaft ließ noch einmal das Brautpaar hochleben. Victor hatte eine Reihe offener Autos organisiert, in die nun seine Freunde vom Filmstudio einstiegen. Toni durfte sich zum Brautpaar setzen und schmiegte sich eng an ihre Schwester. Jede Sekunde, hatte sie sich vorgenommen, wollte sie genießen, als könnte sie die Zeit anhalten.

«Du wirst mir so fehlen», sagte sie und gab es auf, die Tränen zurückzuhalten.

«Du mir auch, Toni», sagte ihre Schwester, und sie wusste, dass Henny es so meinte. Sie hatten sich zwar in den letzten Monaten nicht mehr so oft gesehen, aber das änderte nichts an dem engen Band, das zwischen ihnen war.

«Könnt ihr nicht doch in Berlin bleiben?»

Toni wusste, dass die Frage töricht war, aber sie zu stellen war unabdingbar.

So oft hatte ihr die große Schwester erklärt, dass Victor nicht als Soldat an die Front wollte. Gestern dann hatte Victor Henny und ihr ein Gedicht vorgelesen. Während er mit einer Hand das Blatt hielt, um davon abzulesen, und mit der anderen wie ein Schauspieler gestikulierte, hatte er sich in die Brust geworfen und mit tiefer Stimme deklamiert: «Lebe wohl, mein junges Weib, und du Säugling in der Wiegen! Denn ich darf mit trägem Leib nicht daheim bei euch verliegen. Diesen Leib, den halt ich hin Flintenkugeln und Granaten: Eh ich nicht durchlöchert bin, kann der Feldzug nicht geraten.»

Henny und Toni hatten entsetzt geschwiegen. Dann hatte Henny gesagt: «Victor, das geht zu weit. Das ist nicht komisch.»

Victor hatte so getan, als wäre er von ihrer Reaktion enttäuscht. «Das gefällt dir nicht? Aber das ist aus dem Film, den wir gerade drehen.» Er hatte so getan, als atmete er erleichtert auf. «Was bin ich froh, dass ich das nicht selbst geschrieben habe. Sondern der deutsche Nobelpreisträger für Literatur Gerhart Hauptmann.» Er hatte sich neben die verschreckte Toni gesetzt. «Die kriegslüsternen Deutschen wollen sterben für den Sieg. Dabei ich nicht mache mit. Ich liebe das Leben. Ich will nicht durchlöchert werden für einen Zweck, den ich nicht gutheiße.»

So hatte Toni das mit dem Krieg noch nie gesehen.

Nun erreichte die kleine Wagenkolonne das Café Josty am Potsdamer Platz, wo Victor einen Raum gemietet hatte. Toni fühlte sich in dem lauten, schicken Ambiente nicht wohl und ihr Vater offensichtlich auch nicht. Sie blieben anstandshalber zwar eine Weile, aber es war viel kürzer, als Toni es sich vorgenommen hatte. Schließlich nahmen sich die Schwestern zum Abschied in die Arme.

«Ich liebe dich, Henny», presste Toni mit einem Kloß im Hals hervor.

«Ich dich auch. Pass auf dich auf, ja?»

Immer wieder drehte Toni sich im Hinausgehen um, aber im Gedränge sah sie Henny schon bald nicht mehr. Als sie mit ihrem Vater auf der Straße stand, fasste sie seine Hand. Sie musste sich festhalten, weil sie sonst vor Schmerz im Boden zu versinken drohte.

Zum Schluss hatte Henny ihr noch eine Botschaft mitgegeben: «Wir verlassen unsere Wohnung morgen früh nicht vor acht.» Sie hatte eine Pause gemacht. «Mutter dürfte wie immer ab acht in ihrer Praxis sein.»

Toni hatte verstanden. Mutter und Schwester würden im selben Haus in der Behrenstraße sein. Henny im ersten Stock in Victors Wohnung, Mutter im Erdgeschoss in ihrer Praxis. Für eine ganz kurze Zeitspanne, in der sie Gelegenheit hatten, einander Lebewohl zu sagen. Und dann nicht mehr. Vielleicht nie mehr.

Es war zehn Minuten vor acht, als Ricarda von ihrer Wohnung in der Luisenstraße kommend auf die hektische Kreuzung Friedrichstraße und Unter den Linden zu eilte. Sie war tief in Gedanken. Den Verkehr um sich herum nahm sie kaum wahr. Tägliche Routine. Seit Jahrzehnten.

Die ganze Nacht hatte sie wach gelegen.

Natürlich hatte Siegfried ihr keinen Vorwurf gemacht, als er und Toni von Hennys Hochzeit heimgekommen waren. Und Toni sowieso nicht. Die Jüngste der Familie liebte die Eltern und die Schwester gleichermaßen so sehr, dass sie sich unmöglich für eine Seite entscheiden konnte. Somit war Toni die eigentlich Leidtragende der unerträglichen Situation.

Das war letztlich Ricardas Schlussfolgerung, als der Morgen schon grau heraufzog. Vor allem Tonis wegen musste sie ein Zeichen der Versöhnung setzen. Denn die hatte gesagt: «Morgen um acht verlassen Henny und Victor das Haus, um zum Anhalter Bahnhof zu fahren. Um acht, Mamma.»

Ricarda hatte die Tränen in Tonis Augen als Mahnung begriffen. Zu spät, wie sie sich eingestehen musste. Sie hätte bei der Hochzeit dabei sein müssen. Sie war zu stolz gewesen, zu dickköpfig. Sie musste es gut machen. Zumindest ein wenig. Um acht. Spätestens.

Sie blickte auf die prachtvolle große runde Uhr beim Juwelier an der Ecke. Das würde sie schaffen.

Da traf sie ein harter Schlag an der Hüfte. Er kam wie aus dem Nichts und warf sie auf den Asphalt.

«Passen Se doch uff!», brüllte jemand.

Die Trillerpfeife des Schutzmanns gellte schrill, wie sie das Tausende Male am Tag tat.

Ich muss doch um acht bei Henny sein, dachte Ricarda. Dann verlor sie das Bewusstsein.

Jeder nur zwei Koffer. Darauf hatten Victor und Henny sich geeinigt. Nur das mitnehmen, was jeder für sich tragen kann. Henny würde nie vergessen, wie sie mit nur einem einzigen Koffer von Ostafrika nach Berlin heimgekehrt war. Und der kleinen Badili. Damals hatte sie begriffen, dass sie statt Besitztümern nur eins brauchte: ein Lebewesen zum Liebhaben. In den gut zehn Jahren seitdem war viel hinzugekommen. Vor allem die medizinischen Lehrbücher zurückzulassen, fiel ihr schwer. Doch auf eines konnte sie keinesfalls verzichten – ihre bis oben vollgepackte Arzttasche.

Offenbar hatte Victor sich die Sache noch leichter als sie gemacht. Er wollte mit nur einem Koffer auf die andere Seite der Welt reisen. Dabei sah er chic wie immer aus, trug Cutaway, Weste, Fliege und Hut.

«Eigentlich könnten wir schon jetzt zum Bahnhof», sagte er. «Dann müssen wir uns nicht so beeilen.»

Henny sah auf die Uhr. Es war zehn vor acht. Der Zug ging um viertel vor neun. Der Anhalter Bahnhof war nah.

«Du fühlst keinen Abschiedsschmerz, oder?», fragte Henny ihren Mann.

«Nein, *Mrs.* Vandenberg. Denn ich nehme alles mit, was

ich brauche: Sie, *my lady.*» Er lachte und küsste sie. «*I love you.* Vor uns beiden liegt ein großes Abenteuer. Ich bin so aufgeregt, Henny. Ein gemeinsames Leben!»

Er warf noch ein Tuch über die Anrichte, damit sie nicht verstaubte. Wie Gespenster wirkten die verhüllten Möbel. Genauso hatten sie ausgesehen, als Victor eingezogen war und sie beide ganz frisch verliebt die Tücher fortgezogen hatten.

Irgendwann würden sie wohl wiederkommen. Sie hatten nie darüber gesprochen, wann das wäre.

«Das habe ich dir gar nicht erzählt», sagte Victor mit Euphorie in der Stimme. «Gestern kam Morries Depesche: Er arbeitet in einem neuen Studio direkt am Strand. Man kann mit einer Straßenbahn hinfahren. Mit einer Straßenbahn zum Strand!», wiederholte er bewundernd.

Henny hatte Morrie nur flüchtig kennengelernt, wirklich gemocht hatte sie seinen deutlich älteren Nennbruder nicht. Wenn sie daran dachte, dass Morrie ein Teil ihrer Zukunft an Victors Seite war, wurde ihr etwas mulmig. Dass es in Los Angeles eine Straßenbahn gab, beeindruckte sie jedoch durchaus. Vielleicht war das dort ja nicht die Wildnis, wie sie befürchtete ...

«Wir werden kommen zur rechten Zeit in die USA», jubelte Victor und warf die letzte Decke schwungvoll über einen Stuhl. «Ich habe Toni gegeben den Schlüssel. Sie sieht nach der Wohnung. Sie ist so ein Schatz!» Er streckte Henny die Hand entgegen. «Schluss jetzt! Wir gehen!»

Victor nahm schon alle drei Gepäckstücke, trug sie zur Tür.

Henny sah auf die Uhr. Acht. «Ich komme gleich. Einen Moment noch.» Sie ging ins Bad, starrte auf den Spiegel, versuchte langsam ein- und auszuatmen. Ihr Herz raste wie verrückt.

Wenn Mutter nicht kommt, soll die Droschke den Umweg über die Luisenstraße machen. Wenigstens kurz, dachte sie, ich kann so nicht abreisen.

Victor erwartete Henny auf dem Treppenabsatz, den Wohnungsschlüssel in der Hand. Henny lauschte in den offenen, sich über zwei Etagen ziehenden Eingangsbereich hinein. Offenbar warteten unten Patientinnen. Dann würde Mutter wohl gleich kommen, hoffte sie und ging langsam hinunter. Die Tür wurde geöffnet, Henny beschleunigte ihre Schritte.

Doch es war nicht ihre Mutter, sondern die Hauswartsfrau.

«Jehn Se heim. Frau Doktor kommt nich», sagte die Hauswartsfrau zu den beiden vor der verschlossenen Praxistür ausharrenden Patientinnen.

«Woher wollen Sie das wissen?», rief Henny.

«Umjefahren worden isse. Anne Kreuzung. Ecke Linden.» Die Hauswartsfrau schien Henny erst jetzt zu bemerken: «Juten Morjen, Frau Doktor.»

«Wann?»

«Jerade eben is se ins Krankenhaus jebracht worden.»

«Welches?»

«Tut mich leid. Weeß ick nich.»

Karbol. Der Geruch meines Lebens, dachte Ricarda, also bin ich noch da.

Man hatte sie offensichtlich in einem Gang auf einem schmalen Krankenhausbett abgelegt. Menschen in weißen Kitteln eilten vorbei.

Allmählich fügten sich die Fetzen der Erinnerung zu einem Bild. Die über den Gehweg ragende Uhr des Juweliers. Zehn vor acht. Henny. Henny und der Zug nach Zürich. Noch einmal mit ihr reden. Vor allem: Sie in die Arme nehmen, ihr alles Gute wünschen.

«So, nun folgen Ihre Augen meinem Finger, langsam», kommandierte der sie untersuchende Arzt.

Sie konnte ihn klar erkennen. Gott sei Dank, dachte sie.

«Wie heißen Sie?»

«Doktor Ricarda Thomasius, Ärztin.»

«Als Kollegin könnten wir Sie hier eher gebrauchen denn als Patientin.»

«Wo bin ich?»

«In der Charité. Notfallaufnahme.»

«Ich wohne gleich gegenüber und habe es eilig.»

«Zu eilig. Darum sind Sie hier. Sie sind vor ein Auto gelaufen.»

Ach so, dachte sie und richtete sich auf. Die starke Hand des jungen Kollegen drückte sie zurück in die Horizontale. Ihr ganzer Körper schmerzte.

«Hier arbeitet eine Doktor Henny Thomasius. Sind Sie verwandt?»

«Meine Tochter», sagte Ricarda und spürte, wie sich in ihr alles zusammenkrampfte. «Sie wollte doch ... Sie fährt ... Wie spät ist es?»

«Viertel nach acht.»

«Dann habe ich sie verpasst. Ich muss sofort zum Anhalter Bahnhof.»

«Ich darf Sie so nicht gehen lassen. Sie könnten Brüche haben. Sie haben gewiss eine Gehirnerschütterung. Oder innere Verletzungen. Sie wissen, was das ...»

Ricarda gab den Widerstand gegen die sie niederdrückende Hand auf. «Ja, Sie haben recht.»

In ihr war plötzlich eine Leere. Was habe ich getan? Die Frage bäumte sich vor ihr auf wie ein Gebirge, das sie nicht überwinden konnte. So viele Menschen hatte sie im letzten Jahr sterben sehen. Der Tod hatte ihr deutlich seine Macht vor Augen geführt. Warum hatte sie daraus nicht die naheliegende Konsequenz gezogen, wenn es um die eigene Tochter ging: Jedes Leben ist letztlich nicht mehr als ein Funke in der Ewigkeit, der rasend schnell verglüht. Man muss ihn liebevoll behandeln, diesen kleinen Funken.

Wie gefährlich doch so eine weite Reise war. Amerika. Großer Gott, beschütze mein Kind!

Ricarda wandte den Kopf ab, damit der ihr unbekannte Kollege nicht sah, dass sie über ihre eigene Dummheit nur noch weinen konnte.

«Hier entlang, Henny. Sie ist hier», hörte Ricarda eine weibliche Stimme sagen.

«Im Gang? Ihr lasst meine Mutter hier im Gang liegen?»

«Doch nur vorübergehend, Henny. Sie wird gleich geröntgt.»

«Ach, Mutter, was machst du denn?»

Henny war gekommen! Ricarda wollte sich die Tränen aus dem Gesicht wischen. Da erst spürte sie, dass ihre Schulter schmerzte. Es war ihr unmöglich, die Hand zu heben. Von Schmerz gepeinigt konnte sie es nicht verhindern, das Gesicht zu verziehen. Sofort versuchte sie, wieder die Kontrolle über sich selbst zu gewinnen. Entweder war die Schulter gebrochen oder nur ausgekugelt. Hoffentlich letzteres, dachte sie.

«Du darfst deinen Zug nicht verpassen, Henny», sagte sie.

«Ach, Mutter, du starrköpfige Frau. Lass das mal meine Sorge sein. Es gibt nicht nur diesen einen Zug.»

Plötzlich schob sich eine männliche Stimme dazwischen: «Da bist du ja, Henny!» Dann an sie gewandt: «Frau Doktor, wie geht es Ihnen? Haben Sie Schmerzen?»

Victor blickte auf sie herab. Das hatte ihr nun gerade noch gefehlt, dass Floras Sohn sie bemitleidete!

Aus ihrer liegenden Perspektive fiel Ricarda auf, dass Victors rechtes Ohrläppchen fehlte. Der Schuss hatte es so abgerissen, dass es bizarr ausfranste. Man wird das wohl mal irgendwann operieren müssen, dachte sie. Er war frisch rasiert. Eine schmale, wohl von der Rasur leicht gerötete Narbe zog sich den Kieferknochen entlang.

Das war es jedoch nicht, was sie beunruhigte.

Das Grübchen mitten in seinem Kinn! Cossata d'Aperis Grübchen. Jetzt, wo auch Henny sie so sorgenvoll ansah und sich über sie beugte, zeigte sich auch ihr Kinngrübchen deutlich.

Waren denn alle blind? Sah denn niemand die Ähnlichkeit?

Die schlaflose Nacht hatte ihren klaren Verstand umnebelt, begriff Ricarda. Es hatte zu dem Unfall kommen müssen, um die Zusammenhänge wieder so zu erkennen, wie sie waren: Die beiden hatten denselben Vater!

«Henny, komm zur Vernunft!» Ricarda konnte die Worte nicht zurückhalten. «Diese Ehe ist ein Fehler.»

Victor richtete sich abrupt auf. Die Empörung stand ihm deutlich ins Gesicht geschrieben.

«Du bist verwirrt, Mutter», sagte Henny in dem vergeblichen Versuch, die Wogen zu glätten.

Doch Victor war zu empört, um ihren Vermittlungsversuch annehmen zu können. «Bevor ich gehe, eine Sache ich möchte noch sagen: Es wäre gewesen fair von Ihnen, wenn

Sie wenigstens hätten versucht, mich kennenzulernen, Frau Thomasius. Ich bin nicht nur der Sohn von meiner Mutter. Im Grunde ich bin am wenigstens das.» In gespielter Ratlosigkeit hob er die Schultern und wandte sich ab. «Bis irgendwann, Frau Doktor Thomasius.»

Ricarda ignorierte ihn und griff nach Hennys Hand. «Du stürzt dich in dein Unglück!»

«Wie kannst du mir das antun, Mutter?», fragte Henny. «Ich bin glücklich! Warum gönnst du mir das nicht? Wir werden uns sehr lange nicht mehr sehen, und du demütigst Victor und mich ausgerechnet jetzt. Ich hatte so gehofft, wir könnten in Frieden auseinandergehen. Du hast alles zerstört!» Ohne ein Adieu für ihre Mutter rannte Henny ihrem Mann hinterher.

Ricarda war durchaus bewusst, dass sie Henny vor den Kopf gestoßen hatte. Aber war es nicht die Aufgabe einer Mutter, die Tochter zu warnen, wenn die im Begriff war, den Fehler ihres Lebens zu begehen?

Ricarda blieb mit dem bitteren Gefühl zurück, dass Henny früher oder später einsehen würde, dass ihre Mutter Recht hatte. Leider hieß *später* in diesem Fall wohl: zu spät.

Henny kam aus dem Staunen nicht heraus. Über die Größe des Hauses, seine Lage direkt am Zürichsee und das immens viele Licht, in das all dies zu nächtlicher Stunde getaucht war. Es wirkte überdreht wie die Gastgeberin und Besitzerin des Anwesens selbst. Über dem Eingang war eine bunte Banderole befestigt mit der Aufschrift *Dem Brautpaar viel Glück*. Und im Haus laute Musik, dargeboten von einer kleinen Kapelle aus sechs Musikern. Eine große Zahl von Menschen erwartete Henny und Victor, um mit ihnen zu feiern.

Victor war sichtbar begeistert. «So ein Aufwand, Mutter! Eine großartige Überraschung!» Mit einem erfreuten Glitzern im Blick war er schon im Begriff, zu den Musikern zu eilen. Streicher und Bläser – das verwaiste Piano schien nur auf ihn zu warten.

«Ich habe euch ein Fest versprochen, *darling*. Und dies ist die beste Gelegenheit! Wer weiß, was geschieht, bis wir nach New York kommen!» Florentine lachte hell auf.

Henny war irritiert. Es war Krieg, die gegnerischen Parteien nahmen keine Rücksicht auf Passagierschiffe. Schon viele waren versenkt worden, mit ungezählten Toten. Wäre es mithin besser, man würde die Passage unterlassen?

Bevor Henny weiter darüber nachdenken konnte, überspielte Florentine ihre unbedachte Bemerkung schon. «Du bist so schlank, Kleines. Ich habe da etwas wunderbar Passendes für dich!»

In ihrer schlichten Aufmachung, die auf Reise und nicht auf Glamour ausgerichtet war, fühlte sich Henny tatsächlich wie Aschenputtel. Bei dieser Mutter war es wohl kein Wunder, dass Victor, zu dessen extravaganter Standardaufmachung der Cutaway gehörte, ausgerechnet dieses Kleidungsstück bevorzugte.

Florentine entführte die überrumpelte Henny ins Obergeschoss der Villa. Wie eine Modepuppe staffierte sie Henny aus, die so viel Aufmerksamkeit nicht gewohnt war. Anschließend wurde das junge Paar von Menschen gefeiert, die sie nie zuvor gesehen hatten und denen sie wohl auch nie wieder begegnen würden. Henny kam es vor wie ein wundersamer Rausch. Und sie genoss ihn. Der Beginn ihrer Ehe fühlte sich so gar nicht nach einem «Fehler» an.

Erst am nächsten Mittag schlüpfte Henny aus dem Bett, in dem Victor noch selig schlief. Auf Zehenspitzen ging sie zum Fenster und fragte sich selbst, warum sie sich wie ein Einbrecher benahm. Die Fenster gingen zum Zürichsee hinaus, der unter einem graublauen Himmel abweisend wie stumpfer Stahl aussah. Die Kopfweiden entlang des Ufers endeten in dicken Stümpfen. Im Vergleich zum Vorabend sah alles trostlos aus wie eine Festtafel, von der das Tischtuch abgezogen worden war.

Henny schlüpfte in ihre bequeme Reisekleidung, küsste Victor auf die Stirn. «Ich guck mich mal um.»

Das Eichenparkett des Flurs führte zum Treppenhaus, von unten klangen Stimmen nach oben. Personal räumte auf. Henny wollte schon hinuntergehen, um nach einem schwarzen Tee oder vielleicht Kaffee zu fragen, als sie mitten im Treppenhaus stehen blieb. Mit einem Mal wurde ihr klar, was sie am Vorabend nicht realisiert hatte. Sie drehte sich um, blickte das Treppenhaus hinauf und hinunter.

Auf dieser Treppe bin ich gezeugt worden, dachte sie.

Das Begreifen, das sie in diesem Moment überfiel, hätte ihr einen eisigen Schauer über den Rücken jagen müssen. Aber das war nicht der Fall. Denn alles wirkte so hell und licht, so freundlich, wenngleich auch zu pompös. Es sah nicht aus wie ein Ort, an dem eine Gewalttat geschehen könnte. Sie rief sich die Bilder des gestrigen Fests in Erinnerung. Da waren so viele Menschen gewesen. Auch in diesem offenen, von einem Kristalllüster bis in den letzten Winkel ausgeleuchteten Treppenhaus.

Hier hatte ihre Mutter die vermutlich schlimmsten Augenblicke ihres Lebens durchlitten. Doch der schöne Schein der Gegenwart und die düstere Vergangenheit wollten so gar nicht zusammenpassen. Beim Gedanken an ihre Mutter zog sich Henny der Magen zusammen. Es fühlte sich falsch an, für sie Mitleid zu empfinden. Wenn es die Vergewaltigung gegeben hatte, was Henny sich angesichts des Hauses nur schwer vorstellen konnte, so war das furchtbar. Doch wie die Mutter damit umging, das konnte sie nicht verzeihen. Die Lüge, die Heimlichtuerei, dieser unversöhnliche Abschied.

Henny blickte sich um und atmete tief durch. Ein Gefühl von ungekannter Freiheit durchströmte sie. Und ein Entschluss begann auf dieser Unabhängigkeit so hervorzubrechen wie eine Blume nach dem kalten Winter aus dem Boden: Ich brauche Mutter nicht mehr, dachte sie. Ich werde den Kontakt zu ihr abbrechen.

Noch einmal atmete sie tief durch und meinte, lauthals lachen zu müssen. Aber es war nur ein leichtes Lächeln, das sie sich in diesem vornehmen Haus gestattete.

«Wie ich sehe, geht es dir gut, Kleines!» Florentines etwas zu schrille Stimme erschreckte Henny.

«Du hast ein wunderbares Haus», sagte sie. «Ich danke dir für das Fest. Das war eine große Überraschung.»

Florentine hakte sich bei ihrer Schwiegertochter ein. Sie führte sie zu ihrem Ankleidezimmer, aus dem auch das gestrige Abendkleid gestammt hatte.

«Du bist ganz anders als deine Mutter, viel zugänglicher. Ich bin so froh, dass Victor dich gefunden hat. Du machst ihn glücklich.» Angesichts ihrer üppigen Garderobe breitete Florentine einladend die Arme aus. «Nimm dir, was du magst. Irgendwann gehört sowieso alles dir.»

Henny blickte sie verwundert an.

«Das Haus hier, meine anderen Häuser, alles.» Florentine lachte. «Na, vorausgesetzt natürlich, du lässt dich nicht scheiden von Victor. Aber dann bekommst du auch noch genug. Wenn du es geschickt anstellst.»

Henny war irritiert. Wie konnte ihre Schwiegermutter so sprechen? Als stünde sie eher auf ihrer Seite und nicht auf der des eigenen Sohnes? Was für eine ungewöhnliche Frau sie doch war!

Während sie Kleider präsentierte, die Henny allesamt für sich selbst für zu schrill hielt, fuhr die Schwiegermutter fort: «Ich habe ja nichts von meiner Familie bekommen. Der Grundstock meines Vermögens hieß Edwin Jones III. Steinreich. Wofür er nichts konnte. Er hatte eine Eisenbahngesellschaft geerbt. Er betrog mich noch am Tag unserer Hochzeit.» Sie drückte Henny ein etwas schlichteres Kleid in den Arm und reckte trotzig das Kinn, als sie fortfuhr: «Oh ja, ich war sehr verletzt. Ich verstand jedoch schnell: Etwas Besseres hätte mir nicht passieren können. Jones der Dritte musste mir Millionen Dollar an Abfindung zahlen. Zum Glück wusste ich, was man mit viel Geld macht. Leider bedeutet es mir eigentlich nichts, das Geld. Niemand kann sich Glück kaufen. Oder gar Liebe.»

Florentine trat nah an Henny heran. Sie wirkte jetzt so viel ernster, als Henny sie bislang erlebt hatte. Und um so viel verletzlicher.

«Du machst das besser als ich, Kleines. Du hast dich verliebt und um diese Liebe gekämpft. Pass gut darauf auf. Das ist alles, um das ich dich bitte. Kannst du mir das versprechen?»

Henny lief eine Gänsehaut über den Körper, so ergriffen war sie. Sie erinnerte sich nicht, dass ihre eigene Mutter jemals so mit ihr gesprochen hätte. So offen, so ehrlich, so unverstellt. Sie war überwältigt.

«Ja, das verspreche ich dir», sagte sie.

Dankbar zog sie das Kleid an und drehte sich vor dem Spiegel.

«Das steht dir gut, Henny», sagte Florentine. «Ich habe es vor einem Jahr in New York machen lassen, aber nie getragen.»

«Danke.» Es war wirklich schön. «Ich zeige es gleich Victor», sagte sie, umarmte ihre Schwiegermutter und eilte hinaus.

Im Schlafzimmer warf sie sich aufs Bett und küsste ihren verdutzten Mann überschwänglich. «Was ist passiert?», fragte Victor.

«Ich mag deine Mutter!»

Victor blickte sie verwundert an.

Die Sonne schien trüb durch das ungeputzte Fenster im Krankensaal. Es war für Ricarda eine ungewohnte Perspektive.

An so vielen Krankenbetten hatte sie schon gestanden und noch nie selbst in einem Krankenhaus gelegen. Sie fühlte sich wie erschlagen. Der Kopf, die Schulter, die Rippen – alles schmerzte. Dennoch hatte sie großes Glück gehabt. Die Schulter war nur ausgekugelt gewesen. Was hieß *nur*? Sie hatte selbst schon einige Schultern eingerenkt. Welche Höllenschmerzen das waren, das wusste sie seit gestern aus eigenem Erleben. Die Rippen waren bis auf eine, die gebrochen war, geprellt. Der Kopf jedoch war das Schlimmste. Nicht wegen der Gehirnerschütterung. Sondern wegen der düsteren Gedanken, die darin wüteten.

Henny war jetzt wohl schon längst in Zürich. In dem Haus, in dem sie gezeugt worden war. Welche Komödie würde Florentine Henny vorspielen? Ricarda hatte keinen Zweifel, dass Flora versuchen würde, Henny für sich zu gewinnen. Das hatte sie mit ihr selbst auch versucht, aber Ricarda hatte dieses Spiel durchschaut. Flora benutzte Menschen, um sich Vorteile zu verschaffen. Henny würde diesen Manipulationen hilflos ausgesetzt sein. Und das zu einem Zeitpunkt, wo sie mit ihrer Mutter zerstritten war.

Es war ärgerlich, den Dingen ihren Lauf lassen zu müssen, untätig zu bleiben. Andererseits war Henny eine kluge Frau. Zwar dickköpfig wie sie selbst, doch sie würde Florentine irgendwann durchschauen. Ein schwacher Trost, dachte Ricarda, aber sie musste einsehen, dass sie Henny verloren hatte. Für eine Weile zumindest. Sie wird sich besinnen, war Ricarda überzeugt.

Um sie herum herrschte so viel Trubel, dass sie sich ihrer Schwermut nicht überlassen konnte.

«Mein Arm! Ich will meinen Arm zurück!»

Eine Pflegerin schob gerade eine Patientin in den Krankensaal, eine blutjunge Frau, keinen Tag älter als Henny. Kurz unterhalb des Armgelenks war amputiert worden. Zwei andere Patientinnen hatten ähnliche Verstümmelungen erlitten. Immer rechts.

Jetzt kam ein Arzt in den Saal, zog eine Spritze auf und setzte sie der jungen Frau. Das Gesicht des Kollegen, den Ricarda auf Ende sechzig schätzte, wirkte müde und übernächtigt.

«Was ist mit den Frauen?», fragte Ricarda.

«Ach, es ist eine Schande. Drei, vier solcher Fälle haben wir am Tag.»

«Weshalb so viele?»

«Sie arbeiten in den Munitionsfabriken», erwiderte er und blickte Ricarda an, ohne sie wirklich zu sehen. «Niemand weist sie ein. Und dann landen sie hier. Wo ich rund um die Uhr operiere.»

Ricarda wollte etwas erwidern, aber der Kollege hatte keine Zeit zum Reden.

Kurz darauf brachte die Pflegerin eine weitere Patientin. Kurz blieb sie bei Ricarda stehen. «Ihre Tochter hat es richtig gemacht. Heiraten und nach Amerika gehen.»

Aber hier fehlt sie, dachte Ricarda mit der ihr eigenen, trockenen Logik. Noch war sie zur Untätigkeit verurteilt. Was den trüben Gedanken Vorschub leistete. Das musste sie ändern. So schnell wie möglich.

Der Bücherstapel auf Florentines Schreibtisch war beeindruckend. «Das hast du alles verfasst, *mom*?», fragte Victor.

«Vermutlich sind manche Frauen bessere Mütter», sagte Florentine. «Aber ich weiß, was die Menschen brauchen. Sie wollen wissen, wie ihre Körper funktionieren.»

Die Frau als Hausärztin kannte auch Henny. Auf den versteckt aufgedruckten und abgekürzten Namen der Autorin hatte sie nie geachtet. Doch es war ein hunderttausendfach verkaufter Bucherfolg. Daneben gab es noch ein paar andere erfolgreiche Werke über Medizin und Sexualverhalten, die ihre Schwiegermutter vorzuweisen hatte.

«Als Ärztin hast du nie praktiziert? Warum nicht?», fragte Henny.

«Blut, Schleim, Eiter. Das gehört zu Menschen, die man nicht kennt und eigentlich auch nicht kennen möchte. Und das klebt an den Händen. So sieht die Arbeit einer Ärztin aus. Das ist nichts für mich. In der Theorie habe ich damit keine Schwierigkeiten.» Sie lächelte. «Ich hatte nie den Ehrgeiz, wie Tante Jette zu sein. Und jetzt habe ich neue Pläne.»

«Was hast du vor?», fragte Victor.

Henny sah ihm an, dass es nur eine pflichtschuldige Frage war. Für ihn hatte sich nichts geändert. Sie war die Frau geblieben, die nicht seine Mutter sein konnte.

«Ich zeige euch, wie meine Zukunft aussehen wird», erwiderte Florentine.

Die Hausherrin ging durch das Treppenhaus nach oben. In einem Raum in der Mansarde standen hintereinander zahlreiche bereits verpackte Gemälde. «Mein Vater hatte in Paris und später dann in Berlin Gemäldegalerien. Das fiel mir vor einer Weile ein. Genau das werde ich auch tun. Ich werde diese Bilder nach New York schaffen und eine Galerie eröffnen.»

Weder Henny noch Victor zeigten darüber die Begeisterung, die Florentine wohl erwartet hatte. Henny konnte sich sowieso nicht vorstellen, warum man mit Gemälden handeln sollte.

Bevor Florentine das Licht in dem behaglichen Mansardenzimmer löschte, sagte sie: «Übrigens, Henny, in diesem Raum hat damals deine Mutter gewohnt, als sie in Zürich studierte. Es hat ihr hier gut gefallen. Leider hat sie das nie so richtig gezeigt.»

Als Henny abends im Bett den Tag Revue passieren ließ, kam ihr ein Gedanke, der sie selbst erschreckte: War ihre Mutter eventuell eifersüchtig auf die Frau, der im Leben alles zuzufallen schien, während sie selbst sich abrackerte?

Und wenn damals alles ganz anders gewesen war? Wenn ihre Mutter eine heimliche Affäre mit dem Mann gehabt hatte, der Florentine den Hof machte?

Sie wusste kaum etwas über die Vergangenheit ihrer Mutter. Nach außen hin wirkte sie stets so kontrolliert, aber vielleicht hatte sie sich zu etwas hinreißen lassen, für das sie sich nun schämte. Jedenfalls hatte Henny den Eindruck, etwas stimmte nicht an ihren Erzählungen. Es erschien ihr, während sie darüber nachgrübelte, immer unwahrscheinlicher, dass ihre Mutter hier auf der Treppe, während überall um sie herum gefeiert wurde, vergewaltigt worden war. Wäre es nicht viel logischer, dass sie sich das ausgedacht hatte, um die Komtess und Tante Käthe für sich zu gewinnen? Würde das nicht auch erklären, weshalb sie so überaus heftig auf Victor reagierte?

Henny schmiegte sich an ihren Mann. Morgen würden sie gemeinsam mit der Schwiegermutter und einem jungen Chauffeur nach Bordeaux fahren. Drei Tage würde die Reise dauern. Es wäre die letzte Chance, aus Europa fortzukommen. Es hieß, dass der Passagierdampfer *Rochambeau* danach zum Lazarettschiff für französische Soldaten umgebaut werden würde. Wie alle Passagierdampfer.

Florentine hatte das erzählt und danach ihr Champagnerglas gehoben. «Ich stoße mit euch beiden auf eure Zukunft in Amerika an! Auf einen wundervollen Neuanfang!»

FELD DER EHRE

Juni 1915

Als Ricarda auf die Uhr sah, war es fast sechs. Sie war somit seit vierundzwanzig Stunden im Dienst. Die ersten Strahlen der Morgensonne brachen sich in den blinden OP-Fenstern der Charité. Dass sie zwischendurch untergegangen, verschwunden und wieder aufgegangen war, hatte Ricarda nur am Rande mitbekommen. Wer interessierte sich für die Stunde des Tages, wenn das Leid der Menschen nicht nach der Zeit fragte.

Dass sie noch einmal in die Tretmühle eines Krankenhausbetriebs eingespannt wäre, hatte sie sich nicht vorzustellen vermocht, als sie zwei Monate zuvor im Gang nebenan auf der Trage gelegen hatte.

In der Notfallaufnahme arbeitete man als Berufsanfänger. Normalerweise. Jetzt war Krieg und die jungen Ärzte wurden an der Front gebraucht. Für Ricarda lagen die Zeiten, in denen sie sich die Nächte in den Krankenhäusern von Zürich und München um die Ohren geschlagen hatte, Jahrzehnte zurück. Andererseits war ihre Privatpraxis nach wie vor viel zu oft leer. Und so hatte sie beim Oberarzt, der selbst in ihrem Alter war, vorgesprochen. Obwohl sie mit den üblichen Vorbehalten gerechnet hatte. Schließlich war sie als Frau daran gewöhnt, um eine Position hart kämpfen zu müssen.

Doch die Zeiten hatten sich geändert, wie Ricarda sofort feststellte. Es ging nicht mehr um Mann oder Frau.

«Sie sind hier mehr als willkommen, Frau Kollegin. Aber Sie müssen arbeiten, als wären Sie dreißig Jahre jünger», hatte der Oberarzt gesagt. Die dunklen Ringe unter seinen Augen hatten seinen Worten Nachdruck verliehen.

Gerade wurde wieder eine junge Frau hereingetragen. Sie unterschied sich nicht von den anderen Patientinnen dieser zu Ende gehenden Nacht. Sie trugen mit Öl verschmierte, graue oder blaue weite Hosen und Jacken aus grobem Stoff und hatten bunte verdreckte Tücher um den Kopf gewickelt. Ihre Gesichter waren aschfahl und von den Schmerzen entstellt, die sie ertrugen. Oft endeten ihre Unterarme an der Handwurzel in einem blutigen Stoffballen, manchmal sogar bereits am Ellenbogen. Und fast immer war es die rechte Seite. Denn mit der rechten Hand wurden die Zugmaschinen im Hülsenwerk bedient.

Zigtausende von Granaten wurden benötigt, ganz schnell, ohne Unterlass wurden sie an der Front abgefeuert. Vielleicht wurden die Granatwerfer sogar von jenen Frontkämpfern bedient, deren Frauen sie hergestellt hatten. Von sechs bis sechs, zwölf Stunden, mit einer halben Stunde Mittagspause und einer Viertelstunde für das Frühstück. Rund um die Uhr, jeden Tag, die eine Woche Nacht-, die andere Tagschicht. Folglich geschahen die schlimmsten Unfälle morgens, wenn die Arbeiterinnen übermüdet waren.

Auch für Ricarda war es der immer gleiche Ablauf, mit dem sie die Patientinnen versorgte. Anschließend musste sie die Frauen nach Hause schicken. Mit nur einer Hand, mit nur einem halben Arm. Manche weinten, klagten, dass sie mit links nichts machen konnten.

«Sie werden es lernen müssen», sagte die Ärztin unzählige Male.

«Wir alle müssen durchhalten», ergänzte fast immer die Hilfspflegerin, die den Müll des Operationssaals beiseite schaffte. Gliedmaßen, die Ricarda abgesägt hatte, Mull und Ärmel, die nicht mehr gebraucht wurden.

Durchhalten war das Wort, das man immerzu im Munde führte. Vom Siegen sprach hier niemand. Das taten nur die Politiker in den Zeitungen. Dort las man nichts von den Frauen, die in den Fabriken für einen Hungerlohn schufteten, der weder sie selbst, geschweige ihre Kinder satt machte.

Kein Wort las man in den Zeitungen davon, was die Frauen ihrer Ärztin erzählten: Wer sich beklagte, dass die Maschinen keine Sicherheitsvorkehrungen hatten, die die furchtbaren Unfälle verhindert hätten, bekam zu hören: «Musste eben uffpassen!»

«Beschwerste dir über die verfaulten Kartoffeln, die's als Mittagessen jibt, brüllt der Fabrikchef: Bist ohnehin zu fett!», erzählte eine Patientin aufgebracht.

Kurz bevor Ricarda endlich abgelöst wurde, brachte man ein blutjunges Mädchen herein. Nur ein paar Jahre älter als Toni. Sie hatte sich Zeige- und Mittelfinger der linken Hand mit der Stanzmaschine abgetrennt und wollte nicht aufhören zu weinen.

«Es gibt hier so viel schlimmere Fälle. Sie haben noch Glück gehabt», versuchte Ricarda zu trösten.

Die junge Frau griff mit ihrer gesunden Hand in die Tasche ihrer Arbeitshose und reichte Ricarda einen Brief des Kriegsministeriums. Ein Standardschreiben, in das nur jemand eilig einen Namen handschriftlich eingesetzt hatte.

Auf dem Feld der Ehre gefallen, stand dort.

«Wir waren nur zwei Monate verheiratet», sagte die hübsche blonde Frau.

Ich muss nachher in München anrufen, dachte Ricarda.

Die nicht abreißende Arbeit im Krankenhaus hatte sie für ein paar Stunden völlig vergessen lassen, dass ihr Sohn Georg ebenso wie der Mann dieser Patientin irgendwo da draußen war. An der Front.

Als der Schuss fiel, riss der Reiter beide Arme hoch und kippte im Sattel nach hinten. Seine Füße rutschten aus den Steigbügeln, und er stürzte auf den staubigen Boden, wo er reglos liegen blieb.

In einem Impuls rannte Henny los.

Victor bekam ihre Hand zu fassen. «Warte», sagte er.

In diesem Moment rief Morrie: *«Cut!»*

Der wilde Reiter stand auf und klopfte sich den Staub aus der Kleidung. Victors Bruder machte ein zufriedenes Gesicht.

Henny ärgerte sich über ihre Dummheit. Hier wurde ja nur ein Film gedreht, aber dabei hatte sie noch nie zugesehen. «Das sah gefährlich aus», sagte sie. Mit Victor stand sie abseits der Szene. «Bist du sicher, dass er sich nicht verletzt hat?»

«Das ist seine Arbeit. Sieh, er macht schon weiter.»

Eine junge Frau ging zu ihm, legte ihm einen Mantel um und klebte ihm einen falschen Bart ins Gesicht. Jemand brachte ihm ein anderes Pferd, der Mann stieg hinauf, ritt zur Ausgangsposition.

«Jetzt spielt er einen anderen Mann, der erschossen wird. Später die Aufnahmen werden zusammengefügt, und es sieht aus, als würden reiten ganz viele verschiedene Männer ins Gewehrfeuer», sagte Victor.

Er kannte sich aus, hatte schon in New York und auch hier in Kalifornien für und mit seinem Bruder Filme gemacht. Dass Morrie mittlerweile sein Geld als Regisseur verdiente, hatte er Henny jedoch nie erzählt.

«*Action*», rief Morrie, und alles wiederholte sich.

Henny verkniff sich jeden Kommentar. Sie fand es geschmacklos, zu zeigen, wie Menschen erschossen wurden. Victors fassungsloses Gesicht, als ihn in Freystetten der Schuss getroffen hatte, hatte sich ihr auf ewig eingebrannt.

Bis vor kurzem hatte Henny nichts davon gewusst, dass es Filme gab, die sich *Western* nannten. Hier waren sie sozusagen erfunden worden. «Gedreht wird, solange am Tag die Sonne scheint», sagte Victor. «Darum sind die Filmstudios von New York auf die andere Seite Amerikas gezogen. Hier regnet es nie.»

Entsprechend trostlos sah es aus. Hügel, verdorrte Büsche, Steine, Sand. In Sichtweite schwappten träge die Pazifikwellen auf einen grauen Kieselstrand, der nicht gerade einladend aussah. Das Filmstudio nannte sich die *Triangle Ranch* und war eine Ansammlung von Häusern, Hütten und Häuschen. Allesamt aus Holz, manche windschief, einige noch recht neu, andere abrissreife Bruchbuden.

«Um Western zu drehen, braucht man genau so eine Kulisse. Amerikaner sind verrückt danach», erklärte Victor.

Er hatte seiner jungen Frau viel zu erklären gehabt in den letzten Monaten! Zum Beispiel, warum Henny nach der Ankunft des Passagierdampfers in New York eine Woche lang gemeinsam mit Hunderten von Frauen auf einer Insel namens Ellis Island interniert worden war. Peinliche Untersuchungen auf alle möglichen Krankheiten hatte sie über sich ergehen lassen müssen, bevor Victor sie auf der anderen Seite eines übermannshohen Gitterzauns in Empfang nehmen durfte.

Henny hatte sich geweigert, sich von ihm zur Begrüßung umarmen zu lassen. «Ich stinke wie ein wildes Tier.»

«Dich erwartet ein heißes Bad», hatte Victor gesagt. «Und ein weiches Bett mit einem Mann, der sich nach dir sehnt.»

Berlin war eine Weltstadt, doch verglichen mit New York erschien es Henny wie ein Dorf. Hier neigten die Häuser in den engen Straßen scheinbar ihre Dachfirste einander zu, als wollten sie sich begrüßen.

Schwiegermutter Florentine residierte wieder einmal vornehm. Ihr gehörte ein Hochhaus mit mehreren Etagen. Ganz in der Nähe war ein Park, größer als der Tiergarten in Berlin. Die Liebenden waren nur wenige Tage bei ihr geblieben.

«Du wirst nach New York zurückkommen», hatte die Schwiegermutter beim Abschiednehmen orakelt. «Kalifornien ist nichts für dich, Kleines. Also vergiss nie: Du bist mir immer willkommen.»

Wieder fiel ein Schuss, wieder stürzte der unverwüstliche Reiter in vollem Galopp vom Pferd.

«Wie kann man filmen, wie Menschen erschossen werden?», fragte Henny. «Und sei es nur zum Schein. Während in Europa Krieg ist. Das ist doch geschmacklos.»

«Ach, wir alle wollen doch nur Geld verdienen, Liebling», sagte Victor und zog sie zu sich heran.

«Käthe hat angerufen», sagte Siegfried, als Ricarda todmüde nach Hause kam.

«Das ist ja ein Zufall. Ich hatte das Gleiche vor. Hat sie erzählt, wie es ihr geht?», fragte Ricarda und ging rasch ins Bad, um sich Hände und Gesicht zu waschen.

Käthe lebte seit Anfang des Jahres wieder in München. «Jetzt, wo dein Sohn an der Front ist, werde ich dort mehr gebraucht», hatte sie gemeint. In der Tat stand die Geburt von Ricardas erstem Enkel bevor. Nach Rechnung der künftigen Großmutter musste es in zirka drei Wochen so weit sein.

«Es ist doch alles in Ordnung mit Sophie? Hast du gefragt, Siegfried?»

Ihr Mann schüttelte den Kopf. «Käthe war kurz angebunden. Meinte nur, dass sie dir alles selbst erzählen will.»

Das verhieß nichts Gutes! Sämtliche Mattigkeit fiel von Ricarda ab. Sie eilte zum Telefon, ließ sich mit der Nummer in der Münchner Prinzregentenstraße verbinden. Bis die Verbindung hergestellt war und eines der Mädchen Käthe ans Telefon geholt hatte, zogen sich die Minuten. Inzwischen war Ricarda fast schon überzeugt, dass Sophie eine Fehlgeburt gehabt hatte.

«Rica? Gut, dass du gleich anrufst.» Käthe klang erleichtert.

«Siegfried sagte, dass du nichts erzählen wolltest. Geht es um Sophies Niederkunft? Oder ist etwas mit Georg?»

Zu deutlich sah Ricarda noch das vorgefertigte Schreiben des Kriegsministeriums vor sich, das die junge Patientin ihr am Morgen gezeigt hatte. *Gefallen auf dem Feld der Ehre.*

«Bislang hat Georg uns regelmäßig über die Feldpost Briefe von der Front zukommen lassen. Die sind seit Wochen ausgeblieben. Gestern endlich sprach Rupert mit der Leitung von Georgs Regiment hier in München. Aber die drückten sich um eine konkrete Antwort. Es wäre eben Krieg, hieß es. Sophie sorgt sich so sehr um ihren Mann, dass die Wehen vorzeitig einsetzten», sagte Käthe. «Ich wollte dich um etwas bitten, Rica. Kannst du nach München kommen? In meinem Alter fühle ich mich der Situation hier nicht gewachsen.»

«Ja, natürlich!» Ricarda war der mütterlichen Freundin aus ganzem Herzen dankbar für ihre Ehrlichkeit.

Nachdem sie aufgelegt hatte, setzte sie sich zu Siegfried an den Küchentisch und erzählte von dem Gespräch mit Käthe. «Kannst du über deine Kontakte zum Kriegsministerium etwas über Georg in Erfahrung bringen?», fragte sie.

Siegfried nahm beruhigend die Hand seiner Frau: «Ich kann verstehen, dass dich diese Nachricht belastet, aber es ist in der gegenwärtigen Lage vermutlich normal, dass Feldpostbriefe ausbleiben. Das kann viele Gründe haben, zum Beispiel Geheimhaltung. Die Heeresleitung legt keinen Wert darauf, dass die Soldaten von der Front über den zähen Verlauf einer Schlacht schreiben.»

Und über einen verlustreichen, fügte Ricarda in Gedanken hinzu. Die Geheimhaltung ergab auf zynische Weise Sinn. Denn woher sollten die Frauen daheim die Kraft nehmen, wenn ihre Männer von der Front nur schlechte Nachrichten schickten?

«Dennoch werde ich mich gleich auf den Weg machen und versuchen, Näheres in Erfahrung zu bringen», versprach Siegfried. Er drückte Ricardas Hand. «Die Schlachten, die die deutschen Truppen kämpfen, sind unvorstellbar, Rica. Zigtausende Soldaten stehen sich gegenüber.»

Er musste das nicht weiter ausführen. Ricarda begriff auch so: Ein Einzelschicksal zählte nichts.

Morries Messer glitt in das dunkelbraun gegrillte Fleisch wie in ein Stück Butter, Blut wurde sichtbar. Henny wandte den Blick ab.

Das erste und einzige Mal, dass Henny Victors Halbbruder Morrie getroffen hatte, lag lange zurück. Der kräftige, zur Dicklichkeit neigende Mann mit dem wilden dunklen Schnauzbart hatte sie zwar nicht gerade eingeschüchtert, aber sie hatte ihn auch nicht gemocht. Er schien das Gegenteil des sensiblen Victor zu sein.

Jetzt saß er neben ihr und Victor an einem langen Holztisch im Schatten einer Holzveranda. Es war Mittagspause, und Morrie aß gerade wie alle anderen – die Darsteller und irgendwie am Film Beteiligten – blutiges Steak. Das Gespräch drehte sich um die Frage, wie es komme, dass die versammelten etwa fünfzig Menschen, die fast alle aus New York stammten, an einem Ort wie diesem arbeiteten. Eines der Schlüsselworte dazu lautete *bad luck*.

Noch in Berlin hatte Henny sich das Buch gekauft, das sie seit ihrer Abreise ständig begleitete. Nach zwei Monaten USA brauchte sie ihr *dictionary* zum Glück nicht mehr sehr oft. Sie führte es eher mit sich wie einen Regenschirm, den man aus Aberglauben mitnimmt, damit es eben nicht regnet. Das Wort *bad luck* faszinierte sie so, weil es Amerikanern gelang, ein so hässliches Wort wie Pech zu vermeiden.

In diesem Fall verbarg sich hinter «schlechtem Glück» ein böser Rechtsstreit, den der weltberühmte Erfinder Thomas Edison gegen Menschen wie Maurice Vandenberg führte. Denn Mister Edison hatte erkannt, dass Filme das große Geschäft der Zukunft waren, nachdem er quasi nebenbei eine dazu notwendige Technik weiterentwickelt hatte. Aber Morrie und alle, die hier gerade Steak aßen, wollten Mister Edison nicht an ihrem Erfolg teilhaben lassen und für dessen Patente zahlen. Sie wurden verklagt, manche Prozesse liefen noch, andere waren bereits verloren. Sie entschieden, ihr

Glück im Süden von Kalifornien zu machen, wohin Mister Edisons Anwälte ihnen nur schwer folgen konnten. Fast fünftausend Kilometer mit diversen Zügen zurückzulegen, hatte auch Henny und Victor zwei anstrengende Wochen Reisezeit gekostet.

«Wir werden diesem Edison zeigen, dass wir siegen», sagte Morrie und hob kämpferisch sein blutiges Messer. Die Anwesenden stimmten lauthals zu.

Sie sind also nicht allein wegen der Sonne in dieser tristen Gegend, dachte Henny.

Aus den Augenwinkeln nahm sie eine kriechende Bewegung ganz in ihrer Nähe wahr. Wenn es irgendwas auf dieser Welt gab, vor dem Henny riesigen Respekt hatte, dann waren es Schlangen. Und zwar seit dem Tag, an dem ein monströser Python sich in Daressalam in Deutsch-Ostafrika um ihren ersten Hund gewickelt und den hübschen Karibu mit Haut und Haar verdrückt hatte.

Jetzt war der Moment gekommen, an dem Henny ihr *dictionary* gebraucht hätte. Doch die Schlange näherte sich zügig ihrem Fuß. Henny sprang auf. Da sie das richtige Wort nicht wusste, rief sie, indem sie mit ausgestrecktem Arm hilflos auf das Tier im braun-schwarz getupften Tarnkleid deutete: *«Help!»*

Im nächsten Moment rammte schon jemand sein Steakmesser in die Schlange, die dabei ein seltsames Geräusch von sich gab. Der überwältigenden Gewalt ihres Mörders begegnete sie, indem sie mit ihrem Schwanzende klapperte.

Sobald Henny sich wieder beruhigt hatte, bemerkte sie, wie Victors Bruder sie nachdenklich ansah. «Ich habe eine sehr gute Idee», sagte Morrie breit grinsend auf Englisch.

An den gemeinsamen Skiurlaub mit ihrem großen Bruder Georg und dessen damaliger Verlobter Sophie erinnerte sich Toni immer wieder gern. Im letzten Winter vor dem Krieg war sie mit den beiden in den Alpen gewesen. Sophie war ihr zwar anfangs etwas abweisend begegnet, sodass Toni das Gefühl gehabt hatte, Sophie halte sich für etwas Besseres. Doch das hatte sich bald gegeben. Wenn Toni heute an ihre Schwägerin Sophie dachte, tat sie es gern.

«Es geht nicht, Toni, du kannst mich nicht nach München begleiten», hatte ihre Mutter gesagt.

Natürlich wollte Antonia den Unterricht nicht vernachlässigen, aber dass Sophie ein Kind bekam, war etwas so Wundervolles, dass Toni unbedingt dabei sein wollte. Schon kurz nach ihrem kategorischen Nein war Ricarda zum Zug nach München geeilt.

Inzwischen war es Abend geworden, Toni war mit den Schulaufgaben fertig und mit Badili allein zu Hause. Als sich endlich der Schlüssel im Wohnungsschloss drehte, eilte sie ihrem heimkehrenden Vater entgegen. Bei ihm fiel es Antonia schwerer, seine Gefühle in seinem Gesicht abzulesen. Sie half ihm aus seinem leichten Sommermantel. Dabei entrang sich ihm ein tiefer Seufzer.

«Hast du Schmerzen, Vater?»

«Ach, Toni, die Welt ist ein Irrenhaus geworden.»

«Wo warst du?», fragte sie mit dem sicheren Instinkt, dass es wohl doch um Georg ging.

«Im Kriegsministerium. Ich muss wieder arbeiten. Schon morgen werde ich anfangen.»

«Und dein Arm?»

«Es wird schon gehen, Toni.» Mehr ließ er sich nicht entlocken.

Nachdem sie ins Bett gegangen war und das Licht gelöscht hatte, lag Toni hellwach und lauschte. Sie wusste: Irgendwann, sehr spät am Abend, ruft Vater Mutter in München an. Als es so weit war, schlich sie auf Zehenspitzen zur Tür.

Ein Hort des Glücks war die Villa Kögler an der inzwischen zur Prachtallee ausgebauten Münchner Prinzregentenstraße eigentlich nie gewesen. Der Gedanke drängte sich Ricarda förmlich auf, als sie nach Jahren erstmals wieder die ihr viel zu pompös erscheinende Eingangshalle betrat.

Es war jetzt bald fünfundzwanzig Jahre her, dass Ricardas erster Mann das Haus hatte erbauen lassen. Ein Haus, in dem sich die feine Gesellschaft zu regelmäßigen Salons zusammenfindet, hatte es werden sollen. Daraus war nichts geworden. Ricarda zog diese Bilanz ohne Bitterkeit. Schon damals hatte sie gespürt, dass sie die Falsche für solch hochfliegende Pläne war.

Während sie sich in der Halle umsah und instinktiv nach Veränderungen suchte, sah sie sich selbst da oben auf dem Treppenabsatz stehen. Ihr Schwager Rupert betritt im vom Regen und Schnee durchweichten Mantel die Halle und sieht zu ihr mit einem Blick auf, der sein Unglück nicht verbergen kann. Und sie ahnt, was er gleich sagen wird: Georg ist tot.

Nein, glückliche Erinnerungen verband sie mit dieser Villa wahrlich nicht. Sie ließ sich aus dem Sommermantel helfen. Er war leicht regenfeucht; der Himmel schien mit ihr zu fühlen.

Vor zweiundzwanzig Jahren und zwei Monaten hatte sie in diesem Haus ihrem Sohn Georg das Leben geschenkt. An seinem dritten Geburtstag war der Knabe schon ein Halbwaise gewesen. Würde es nun noch schlimmer kommen? Würde der nächste kleine Kögler seinen Vater nie kennenlernen?

Eine Frau kam nun die Treppe herunter. So wie ich damals, dachte Ricarda. Erst auf den zweiten Blick erkannte sie die Schwiegermutter ihres Sohnes wieder. Marianne, obwohl erst Anfang vierzig, schien weit vor der Zeit gealtert. Sie hielt sich schlecht und war schwarz gekleidet.

«Wie geht es deiner Tochter?», fragte Ricarda, nachdem sich die beiden Frauen begrüßt hatten.

Marianne stellte die angebrachten höflichen Fragen nach Ricardas Reiseverlauf und Gesundheit von Siegfried und den beiden Töchtern. «Käthe ist bei Sophie», sagte sie dann. «Sophie hat schon starke Senkwehen, sagt Käthe.»

Das war zu erwarten gewesen, dachte Ricarda. Schwere psychische Belastungen ließen die Kinder früher kommen. Als hätten die Frauen nicht mehr die Kraft, ihre Kinder bei sich zu halten.

«Ich gehe lieber jetzt gleich rauf zu ihr», sagte Ricarda. Den Arztkoffer hatte sie wohlweislich mitgebracht.

«Du wirst Sophie doch entbinden, nicht wahr?», fragte Marianne.

Die Frage an sich war mehr als erstaunlich. Die beiden Frauen verband noch eine andere schmerzliche Erinnerung. Sie hing mit den beiden Kindern zusammen, die einst die Geschwister der in den Wehen liegenden Sophie gewesen waren. Babette und Berthold waren an Diphterie gestorben. Obwohl es Ricarda in letzter Minute gelungen war, das lebensrettende Serum herbeizuschaffen. Damals hatte Marianne dem Hausarzt mehr vertraut als der Ärztin Ricarda und die Behandlung verweigert.

Kaum, dass Ricarda auf der Treppe war, läutete das Telefon. «Ihr Herr Gemahl ruft für Sie an, Frau Doktor Thomasius», sagte das Dienstmädchen.

Ricarda nahm ihr den Hörer aus der Hand. «Hast du etwas über Georg in Erfahrung bringen können?», fragte sie ihren Mann.

Marianne trat dicht neben sie, um mitzuhören.

Mit hochdramatischer Geste warf Henny sich den Arm gegen die Stirn und wandte sich ab.

«Cut!», rief Morrie. Er sprang aus seinem Stuhl auf und umarmte die überraschte Henny. «Ich wusste, dass eine Schauspielerin in dir steckt. Ich wusste es, als ich dich das erste Mal in Berlin sah! Und jetzt noch mal. Noch mehr Verzweiflung, Henny. Und: *action*!»

Henny ging erneut über die staubige Straße, wo der schon mehrfach vom Pferd geschossene Schauspieler am Boden lag. In einer wieder anderen Verkleidung war er diesmal ihr Mann und mausetot. Leider nicht so ganz. Im Moment überkam ihn ein heftiges Niesen, das die Szene ruinierte.

«Cut!», rief Morrie und ließ dieser Silbe eine amerikanische Schimpfkanonade folgen.

Dass Morrie sich an ihre erste Begegnung im damals nagelneuen Berliner Luxushotel Adlon erinnerte, bewegte Henny sehr. Sie hatte ihre Freundin Nelly zu Probeaufnahmen begleitet und sich bei dieser Gelegenheit Hals über Kopf in Victor verliebt. Ohne auch nur zu ahnen, wer er war.

Als Morrie endlich zufrieden war und die Sonne sich dem Horizont näherte, bestiegen die Filmleute wartende offene Kutschen. Auch das junge Ehepaar ließ sich durch die kalifornische Wüstenei zum Hafen von Los Angeles bringen. Die Fahrt dauerte fast eine Stunde. An ihrem Ende wartete das Gegenteil der Western-Stadt – die Zivilisation. Hier gab es tatsächlich die eleganten elektrischen Straßenbahnen, von denen Morrie gesprochen hatte. Die sogenannten Roten verbanden den Hafen, auf dessen Mole ganze Züge kilometerweit hinausfuhren, mit der Innenstadt von Los Angeles.

Hier endlich atmete Henny auf, hatte das Gefühl, auf einem Boden zu stehen, der ihr halbwegs vertraut war. Eine richtige Stadt mit neuen Hochhäusern, die viel moderner wirkten als in Berlin. Allerdings war das, was sie hier *Downtown* nannten, nicht mal so groß wie Wilmersdorf. Was angenehm überschaubar war, wie Henny fand.

«Morrie wird dir im nächsten Film eine größere Rolle geben», sagte Victor gerade. «Ich darf die Regie machen.»

«Ich freu mich für dich. Aber ich möchte keine Schauspielerin sein», sagte Henny. «Das ist nichts für mich.»

«Wegen der Sprache?» Victor scherzte. Schließlich gab es keinen Ton im Film.

«Ich finde es seltsam, immer so zu tun, als empfände man Trauer, Freude ... Alles vorgetäuscht. Falsches Leben.»

Sie hatte sich in der Straßenbahn wohlig an ihn geschmiegt. In Kalifornien waren die Sitten längst nicht so streng wie zu Hause, hier durfte man das.

«Ich werde mich in meinem Beruf nach Arbeit umsehen», fuhr sie fort. «Und Toni telegrafieren. Wir sind hier so abgeschnitten von allem. Man weiß gar nicht, was bei uns passiert. Ich habe ein seltsames Gefühl wegen Georg.»

«Georg geht es gut. Mach dir keine Sorgen», sagte Victor.

Henny rückte ein Stück von ihm ab. «Woher willst du das wissen?»

Victor sah sie verständnislos an. «Was?» Offenbar war er in Gedanken woanders.

«Dass es Georg gut geht.»

«Sagt man doch so.» Jetzt wurde ihm seine unsensible Bemerkung bewusst. «Ach, Liebling, ich will dich doch nur beruhigen.» Er drückte sie liebevoll an sich.

Henny spürte, wie ihr die eigene Sentimentalität gerade die schöne Stimmung zu verderben drohte. Dieses dumme Heimweh! Was konnte man nur dagegen tun?

Siegfrieds Stimme klang gedämpft aus dem Hörer. Antonia sollte schließlich nicht erlauschen können, was gesprochen wurde. Dass ihre Tochter davon, was im Kriegsministerium gerade los war, nichts wissen durfte, wurde Ricarda mit jedem Wort klarer, das Siegfried sagte. Gleichzeitig versuchte sie selbst vergeblich, sich von Mariannes nach Neuigkeiten heischenden Ohren fortzudrehen.

«Du erinnerst dich an Oberleutnant Keiling?», sagte Siegfried gerade.

Der Kamerad war gemeinsam mit Siegfried in Tsingtau gewesen, verletzt worden und hatte sich ebenso wie Siegfried widerwillig mit dem letzten deutschen Schiff in die Heimat bringen lassen, anstatt in japanische Kriegsgefangenschaft zu gehen, was jeder Soldat für wesentlich ehrenhafter gehalten hatte.

«Keiling ist einer von denen, die für die Organisation des Nachschubs an der Westfront zuständig sind. Mit einem Bein kann man das ja», berichtete Siegfried ganz sachlich. «Die Kameraden liegen seit dem Frühjahr in den Gräben. Ein Stellungskrieg, bei dem nichts vorwärts geht. Das darf natürlich niemand wissen. Denn so wird das nichts mit einem raschen Kriegsende.»

Ricarda stutzte. Siegfried äußerte sich verhalten kritisch

gegenüber dem Militär. Das war neu. «Und Georg?», fragte sie.

«Er gehört dem Ersten Bayerischen Reserve-Korps unter General von Fasbender an. Sie hielten dem Hauptangriff der Franzosen stand und wurden vom Achten Armee-Korps abgelöst. Teile des bayerischen Korps wurden dabei von den Franzosen heftig attackiert ...»

«Siegfried! Was ist mit Georg? Wann darf er heimkommen?» Die ungeduldige Ricarda versuchte, ihre Stimme zu dämpfen. Sie war zu laut. Das Dienstmädchen an der Treppe reckte den Hals.

«Das wollte ich ja gerade sagen, Rica. Ich ...» Siegfried rang nach Worten. «Man weiß nichts über seinen Verbleib. Darum sagt man erst mal, dass ein Kamerad vermisst wird. Es könnte auch sein, dass er in Gefangenschaft geriet. Die Listen mit den Namen wurden nicht vollständig ausgetauscht. Dafür gibt es verschiedene Gründe. Aber es sind leider auch andere Erklärungen möglich.»

«Welche?»

Am anderen Ende der Leitung entstand eine so lange Pause, dass Ricarda schon glaubte, sie wären getrennt worden.

«Man kann unmöglich all die Toten zurück in die Heimat bringen. Es sind zu viele, Rica. Sie bleiben dort, wo sie fielen», sagte Siegfried schließlich.

Auf dem Feld der Ehre, ergänzte Ricarda in Gedanken.

«Ich habe mich zu einer Einheit gemeldet, die sich um die Invaliden kümmert», fuhr Siegfried fort. «Ich werde mich unter ihnen umhören, Rica. Mehr kann ich nicht tun.»

«Ich danke dir», sagte Ricarda und legte den Telefonhörer so vorsichtig in die Gabel, als handle es sich um ein rohes

Ei. Als sie sich umdrehte, blickte sie in Mariannes schreckgeweitete Augen.

«Georg ist tot», flüsterte Marianne. «Ich spüre es.» Mitten in der Halle sank sie nieder und rang die Hände vor der Brust. «Großer Gott, warum lässt du das zu? Was hat diese Familie dir getan, dass du uns so zürnst?» Es wirkte übertrieben theatralisch.

Noch bevor Ricarda sagen konnte, dass immer noch die Chance bestand, dass er lebte, brach das Dienstmädchen, das an der Treppe gewartet hatte, in Tränen aus und verschwand hinter einer der vielen Türen.

Noch einen Moment, nachdem ihr Vater aufgelegt hatte, stand Antonia wie erstarrt hinter der angelehnten Tür. Nun schlich sie so, wie sie dorthin gekommen war, zurück in ihr Bett. Die Diele links vom Türrahmen hatte sie nicht bedacht. Sie quietschte laut und verräterisch durch die in tödlichem Schweigen liegende Wohnung. Toni bückte sich und hob Badili, die am Ende des Bettes auf dem Boden lag, vorsichtig hoch. Sie trug die kleine Hündin in ihr Bett und kuschelte sich neben sie, die Beine angezogen wie ein Embryo.

Ihr großer Bruder war tot. Der Vater hatte es der Mutter nur nicht sagen mögen.

Georg war so stark gewesen und gleichzeitig so liebevoll. Toni musste auch an Henny denken, die um so viel mehr an Georg gehangen hatte. Die Erzählungen davon, wie Henny darum gekämpft hatte, den für sie «kleinen Bruder» nach Jahren der Trennung wiederzusehen, waren für Toni so lebendig, als hätte sie es selbst erlebt. Und Henny durfte von nichts wissen. Wo immer sie auch war. Toni klammerte sich an Badili, die all ihre Seelenpein geduldig ertrug.

Die Tür ging auf, das Licht des Flurs fiel ins Zimmer. Ihr Vater setzte sich auf die Bettkante.

«Das war nicht für deine Ohren bestimmt, Toni.» Der Tadel in seiner Stimme war so mild, dass er fast mitfühlend klang.

Antonia wusste nichts zu erwidern. Ohne ahnen zu können, was sie erwartete, war sie wieder einmal in die unbarmherzige Welt der Erwachsenen geraten und ertappt worden.

Er gab ihr einen Stups. «Du schläfst doch gar nicht.»

«Es tut mir leid, Vater.»

«Mir auch, Toni.» Er strich ihr unbeholfen über den Kopf. «Wir werden sehen. Vielleicht lebt Georg noch. So gering ist diese Möglichkeit gar nicht. Schlaf jetzt. Morgen ist Schule.» Der Vater schloss die Tür.

Wie kann man mit *vielleicht* leben, fragte Toni sich. Wenn sie doch nur mit Henny hätte reden können! Sie wusste immer Rat. Und war unerreichbar.

Ricarda beugte sich zu der verzweifelt am Boden knienden Marianne herab und half ihr auf. «Wir dürfen uns jetzt nicht gehenlassen, Marianne. Siegfried hat nicht gesagt, dass Georg gefallen ist. Wir müssen hoffen.»

Sie war sich selbst nicht sicher, ob sie das, was sie sagte, auch meinte. Oder ob es nur ein leer dahin gesprochener Trost war. Durchhalten. Die Parole dieser Zeit. Sie hätte sich jetzt zurückziehen müssen und tief in sich hineinhorchen. Ihr Gefühl hätte ihr weitergeholfen bei der Frage, ob ihr Sohn lebte oder nicht. Georg war zu jung, um zu sterben. Viel zu jung. Im April zweiundzwanzig geworden.

«Ich bin nicht so stark wie du, Ricarda.» Marianne konnte ihre Tränen nicht aufhalten.

«Doch, das bist du, Marianne. Deine Tochter wird ganz bald ein Kind zur Welt bringen. Dazu braucht sie Kraft. Wenn sie jetzt von deinen Sorgen erfährt oder wenn sie gar das Schlimmste annehmen muss, wird ihr diese Kraft fehlen.»

«Wie schaffst du das, Ricarda? Aber es ist wahr, was du sagst. Ich werde zu Bett gehen. Sophie darf mich so nicht sehen.»

Ricarda sah ihr nach. Als sie Marianne das erste Mal begegnet war, war sie eine blühende Schönheit im Backfischalter gewesen, aufgewachsen in Reichtum und Sorglosigkeit. Ricarda seufzte, blickte die Treppe hinauf. Eigentlich fehlte auch ihr die Kraft für das, was vor ihr lag.

Oben angekommen öffnete sie die Tür und bemühte sich um ein Lächeln. Sophie lag im Bett, atmete viel zu schnell und viel zu flach.

Käthe, am Kopfende ihres Bettes, tupfte ihre Stirn. Die alte Freundin blickte auf und wirkte unendlich erleichtert. «Schön, dass du kommen konntest.»

«Danke, dass du mich gerufen hast», erwiderte Ricarda. Sie versuchte einen Scherz, um ihre wahren Gefühle zu verstecken: «Als werdende Großmutter hilft man vermutlich nicht allzu oft dem eigenen Enkelkind auf die Welt.»

Sophie stöhnte laut auf.

Wie in solchen Situationen üblich, hatte Käthe alles vorbildlich vorbereitet. Schließlich hatte sie schon den Vater jenes Kindes auf die Welt geholt, das wohl sehr bald das Licht der Welt erblicken würde. Möglicherweise sogar in diesem Bett, aber diesen Gedanken wollte Ricarda nicht gerade jetzt weiterverfolgen. Es hingen zu viele, mit großen Gefühlen verbundene Erinnerungen daran.

«Wie soll dein Kind heißen, Sophie?», fragte Ricarda die Kreißende, als die Wehen nachließen.

Die Ärztin stellte diese Frage immer. Sie sollte die werdenden Mütter dazu bringen, sich nicht auf den momentanen Schmerz zu konzentrieren, sondern auf den Säugling, den sie bald im Arm halten würde. Den zweiten Grund erfuhr nie eine ihrer Patientinnen: Zu viele Frauen ließen ihr Leben, während sie Leben schenkten. Fast wäre es Ricarda ähnlich ergangen, kurz nachdem sie Georg geboren hatte. Dass sie überlebt hatte, verdankte sie Käthes Fähigkeiten als Ärztin.

«Ein Mädchen nenn ich Babette. Ein Bub soll Berthold heißen.» Sophies Züge waren nun entspannt.

«Das ist eine gute Wahl», sagte Ricarda.

Wie nebenbei hatte sie begonnen, Sophie zu untersuchen. Der Fötus befand sich in Schädellage. Es sah alles nach einer Bilderbuchgeburt aus. Sie warf Käthe einen Blick zu, den diese mit einem zustimmenden Kopfnicken beantwortete.

«Rica, weißt du was von Georg?», fragte Sophie schon etwas kurzatmig.

Ricarda atmete auf, als die nächste Wehe einsetzte und ihr die Antwort ersparte. In der folgenden Stunde kam die werdende Mutter nicht mehr dazu, sich um ihren Mann zu sorgen.

Kurz vor Mitternacht legte Ricarda ihrer Schwiegertochter ihr Kind auf die Brust. «Da ist er, Sophie. Das hast du sehr gut gemacht. Ein gesunder kleiner Berthold ist da.»

«Möge Gott seine Hand schützend über ihn halten», sagte Käthe.

«Das wird er», sagte Ricarda. «Der kleine Berthold wird

diesem Haus Glück bringen.» Es ist an der Zeit, fügte sie in Gedanken hinzu.

Nachdem die beiden Ärztinnen Mutter und Kind versorgt hatten und sicher waren, dass es keine Komplikationen mehr geben würde, verließ Ricarda das Zimmer. Sie ging hinunter in den in Dunkelheit liegenden Garten auf der Hausrückseite. Die Nachtluft war mild und weich, es duftete nach Blüten.

Auf der Seite stand eine Bank, auf der sich Ricarda niederließ. Obwohl die Geburt so glatt wie selten eine abgelaufen war, fühlte sie eine unendliche Leere in sich. Sie dachte an Henny, die irgendwo in Amerika war. Obwohl die Zeiten so gefahrvoll waren, hatte Henny seit ihrer Abreise aus Berlin nicht einmal ein Lebenszeichen geschickt. Und Georg, dessen Schicksal so entsetzlich ungeklärt blieb!

Über ihr der Himmel war sternenklar.

«Ich hoffe, ihr beide seht auf den gleichen Himmel wie ich. Und es geht euch gut», sagte sie halblaut. Dann tat sie etwas, wovon sie sich kaum erinnern konnte, wann sie es zuletzt getan hatte. Sie faltete die Hände und begann zu beten.

«Gnädige Frau?»

Ricarda brauchte einen Moment, um sich zu sortieren.

«Geht's Ihnen nicht gut, Frau Doktor?»

Jetzt begriff Ricarda endlich, dass sie auf der Bank im Garten ihres ehemaligen Hauses eingeschlafen war. «Es ist alles in Ordnung», sagte sie. «Ich war nur sehr erschöpft.»

«Mögen S' einen Kaffee? Wir ham an echten.» Das Dienstmädchen blickte Ricarda so liebevoll an, dass sie gerührt war.

Kaffee war in Berlin kaum mehr aufzutreiben. Die Kolonialwarenhändler, die ihn bislang verkauft hatten, boten nur noch Ersatzkaffee an. Denn der wenige Kaffee, der bislang aus Deutsch-Ostafrika ins Reich eingeführt werden konnte, erreichte das Vaterland wegen der Seeblockade der Alliierten nicht mehr.

«Ich glaube, ich sollte wohl erst mal nach Sophie sehen», sagte Ricarda, um sich zu verbessern: «Nach der gnädigen Frau.» Das Denken in der Hierarchie eines solchen Haushalts war ihr vollkommen abhanden gekommen. Sie hatte es ohnehin nie gemocht. Schon nicht als junges Mädchen, das im Palais Unter den Linden das gleichaltrige Personal duzen sollte und selbst mit Sie angesprochen werden musste.

«Der gnädigen Frau geht es gut, soll ich Ihnen von Doktor Hausmann ausrichten. Darf ich Ihnen ein Bad einlassen, Frau Doktor?»

Ricarda zögerte. Sie kannte es nicht mehr, dass sich jemand einfach nur um sie kümmerte. «Ja, das wäre ungeheuer freundlich von Ihnen.»

Im ersten Moment der Ruhe seit langer Zeit, den sie kurz darauf mit einer Tasse echten Kaffees in einer Badewanne genoss, dachte sie daran, dass sie nun Großmutter war. Mit anderen Worten: Angesichts der vielen dramatischen und beängstigenden Ereignisse in letzter Zeit war die Geburt des kleinen Berthold etwas, über das man sich einfach nur freuen konnte.

Es war alles etwas anders, als Henny erwartet hatte. Von einem Haus am Strand hatte Victor vor ihrer Abreise nach Amerika geschwärmt, in dem sein Bruder wohnte. Im Vertrauen hatte Victor ihr nun verraten, dass Morrie es hatte verkaufen müssen, weil seine letzten Filme Reinfälle gewesen waren. Deshalb inszenierte er nun die lukrativen Western. Henny war es egal. Sie fand es ohnehin nicht erstrebenswert, ausgerechnet dort zu leben, wo es Dornenbüsche und Klapperschlangen gab.

Nun bewohnte Morrie ein zitronengelbes Haus am Fuß eines der vielen Hügel, auf denen Los Angeles lag. Victors Bruder nannte sein Haus einen Bungalow. Der Eingang war von zwei großen runden Säulen umrahmt, die Henny an römische Tempel erinnerten und ein flachgiebliges Dach trugen. Das Haus war nur aus Holz, hatte zwei Schlafzimmer und einen Wohnraum mit eigentümlicherweise darin integrierter Küche.

Bis sie und Victor sich ein eigenes Haus leisten konnten, durften sie bei Morrie wohnen. Victor genoss das sehr, denn er hatte Morrie, der ihm in der Jugend der wichtigste Vertraute gewesen war, sehr vermisst. Victor zuliebe war Henny entschlossen, die Situation kommentarlos zu akzeptieren, obwohl sie sich in Morries Nähe aus Gründen unwohl fühlte, die sie selbst nicht benennen konnte. Wenigstens schien er es ihr nicht übelzunehmen, dass sie die angebotene Rolle in seinem Film abgelehnt hatte.

Von der Terrasse aus blickte sie gerade in einen Garten, in dem zierliche Orangenbäume auf Wasser hofften. Ein paar Fächerpalmen wirkten – verglichen mit den Prachtexemplaren in Afrika – mickrig. Hinter dem kleinen Garten lag Brachland, auf dem nichts wuchs, und dahinter begann eines der vielen kleinen Ölbohrfelder, die über ganz Los Angeles verteilt zu sein schienen. Wenn der Wind entsprechend stand, lag der Geruch des Öls schwer und störend in der Luft. Jetzt in der Dämmerung sahen die beiden Pumpen, die das Öl förderten, aus wie missratene Elefanten, die mit langen

Rüsseln im Boden gruben, wobei sie sich regelmäßig verbeugten. Darüber spannte sich ein klarer Himmel mit unzähligen Sternen.

«So wie die Sterne am Himmel werden wir bald strahlen.» Victor war neben sie getreten. Wie es seine Art war, blickte er nicht auf die Ödnis und die Pumpen, sondern hinauf zum Himmel. In den Händen hielt er zwei Gläser Rotwein. «*Cheers*, auf uns. Wir werden hier sehr glücklich.»

«Ich liebe dich für deinen Optimismus.» Henny lachte und küsste ihn.

Der Wein war lieblicher als erwartet und stieg ihr gleich in den Kopf. Sie musste etwas essen und ärgerte sich, mittags das blutige Steak verschmäht zu haben. «Ich mache uns Spiegeleier», sagte sie und sehnte sich nach einem ruhigen Abend.

Doch im selben Augenblick kam Victors Bruder heim. «Wir fahren zu einer Party!» Morrie wirkte leicht überdreht.

«Jetzt?», fragte Henny. Es war fast einundzwanzig Uhr.

«Tags wird gearbeitet, nachts gefeiert.» Morrie legte den Arm etwas zu vertraut um Hennys Hüfte. «Du bist in Kalifornien. Gewöhn dich daran. Wir leben hier die Freiheit.»

Henny schob Morries Arm sanft fort. Er quittierte es mit einem satten Lachen und Victor lachte mit.

Ricarda fand es beneidenswert, wie schnell sich ihre Schwiegertochter von der Geburt erholt hatte. Elf Stunden danach saß Sophie schon wieder aufrecht im Bett, den kleinen Berthold an der Brust. Als sie die beiden so sah, fiel Ricarda erst auf, dass Sophie eine hübsche Frau war. Überhaupt hatte sie immer eine Abneigung gegen die Kögler-Frauen gehabt. Mit dem Abstand der Jahre war ihr allerdings klar, dass das wohl auch daran gelegen hatte, damals in eine große Familie eingeheiratet zu haben. Eine traditionsreiche bayerische Familie, die sie, die Ärztin aus Berlin, als Außenseiterin wahrgenommen hatte.

«Danke, Großmutter Ricarda», sagte Sophie und lächelte Ricarda warm an. «Du gestattest doch, dass ich dich so nenne?»

Ein wenig überrascht war Ricarda schon. «Haben wir dafür nicht noch etwas Zeit? Ich meine, bis Bertholdchen uns versteht?»

Seitlich vom Bett war eine Frisierkommode mit großem, ovalem Spiegel. Er zeigte Ricarda, dass die junge Sophie vermutlich recht hatte. Ricarda fand zwar, dass Sophies Mutter Marianne, die ja nun auch Großmutter geworden war, vor der Zeit gealtert war. Aber dieses Urteil traf auch auf sie selbst zu. Ihr immer noch üppiges Haar, zu einem Knoten hochgesteckt, war fast so weiß wie das ihrer eigenen Mutter.

Der Säugling schien genug getrunken zu haben.

«Darf ich ihn einmal nehmen, Sophie?»

«Ja, freilich.»

Vorsichtig nahm sie ihren Enkel in den Arm, legte ihn sich sacht auf die Schulter, ließ ihn aufstoßen.

«Er sagt, du darfst mich Großmutter nennen», scherzte Ricarda. Sophie lachte gelöst.

Familienähnlichkeit war schon immer Ricardas Leidenschaft gewesen. Nun besah sie sich den kleinen Berthold. Er war ein hübscher Säugling, mit erstaunlich vollen Lippen und einem rötlichen Haarflaum auf dem Kopf. Die roten Haare der Petersen-Familie, dachte sie. Am verblüffendsten war jedoch, dass er in der Kinnmitte ein leichtes Grübchen hatte. Jenes Grübchen, das sonst nur Henny besaß.

«Er ist ein hübsches Kind, und er wird einmal ein hübscher Mann», sagte Käthe, die gerade hereingekommen und hinter Ricarda getreten war. «Sophie, dein Großvater ist jetzt da. Darf er seinen Urenkel sehen?»

Rupert würde glücklich sein, dass Sophie einen Jungen zur Welt gebracht hatte. Seine Dynastie brauchte Stammhalter. Als er nun eintrat, ging er zu Ricardas Überraschung zuerst auf sie zu, zögerte einen winzigen Augenblick und nahm sie dann kurz in den Arm.

«Rica, ich freue mich, dich wohlbehalten wiederzusehen», sagte er etwas kurzatmig. Dann erst wandte er sich Sophie und dem Neugeborenen zu.

Rupert, ein schon immer zur Rundlichkeit neigender Mann, hatte enorm an Gewicht zugelegt, fand Ricarda. Das volle weiße Haar des Siebenundsechzigjährigen war zurückgekämmt, der weiße Schnauzbart akkurat gestutzt. Er blieb so lange bei seiner Enkelin und dem Großenkel, dass es Sophie nicht verwunderte, als er Ricarda hinausbegleitete.

Er schloss die Tür des sogenannten Herrenzimmers hinter sich. «Die Marianne hat mich angerufen wegen dem, was der Siegfried meint. Kennst mich ja: Ich hab mich sofort dahintergeklemmt. Sind keine guten Nachrichten.»

Ricarda fürchtete, dass sich gleich all das wiederholen würde, das sie schon einmal hier durchgemacht hatte. Glück, dachte sie, entweicht in diesem Haus so rasch, dass man meinen könnte, das Dach hätte extra große Löcher.

Das also war eine Party. Man trank mehr als man aß, aber das Essen war auch nicht der Rede wert. Ich hätte noch die Spiegeleier braten sollen, dachte Henny und nahm sich einen salzigen Keks.

Sie saß schon seit einer Weile verloren an einem runden Tisch, um sich herum ein ständiges Kommen und Gehen. Wobei nie so ganz klar war, wohin die Menschen eigentlich gingen. Sie fühlte sich fremd und war gleichzeitig fasziniert. Ihren Mann hatte sie aus den Augen verloren, Morrie sowieso. Der hatte sie in seinem alten Auto lange über Straßen gefahren, die an die Feldwege bei Freystetten erinnerten. Bis sie dann hier angekommen waren, einem Palast, der nach dieser ungemütlichen Anreise wie eine hell erleuchtete Fata Morgana aus dem nächtlichen Nirgendwo aufgetaucht war.

«Das ist das Beverly Hills Hotel. Ist gerade fertig geworden und schon der heißeste Ort der Stadt», hatte Morrie noch gesagt. Dann hatte er einen Bekannten getroffen und war verschwunden.

Jetzt setzte sich eine junge Frau neben Henny, ein fast leeres Glas Weißwein in der Hand. «Warum bist du allein?», fragte sie ganz direkt. «Du bist hübsch. Du solltest nicht allein sein.»

«Danke. Sie machen mich …» Verlegen, wollte Henny auf Englisch sagen. Aber weder hatte sie das *dictionary* eingepackt, noch wäre das wohl in diesem Moment angebracht gewesen. Eine gute Seite hatte die neue Sprache fraglos: Man unterschied nicht zwischen Sie und Du.

«Oh, du lernst erst Englisch», sagte die Fremde und lachte aufgekratzt und offenbar angetrunken. «Woher kommst du?»

«Ich bin aus Berlin», sagte Henny. «Ich dachte gerade, dass die Menschen hier ganz anders sind als in Deutschland.»

«Wir sind hier, damit wir anders sein können als zu Hause!» Die Fremde lachte, leerte ihr Glas, sprang auf und schnappte sich zwei Gläser Weißwein, die ein Kellner auf einem Tablett vorbeitrug. Sie hob das Glas. «Ich bin Hedda. Hedda Holden. Klingt gut, findest du nicht?»

Sie war dunkelhaarig, ihr Gesicht schmal und klein, mit traurigen Mandelaugen. Ein wenig erinnerte sie Henny an ihre einstige Freundin Nelly, die Berliner Schauspielerin. Hedda schien aber etwas älter zu sein.

«Der Nachname ist von meinem letzten Mann», sagte sie aufgekratzt. «Ich war seine fünfte Frau. Meine Vorgängerinnen hießen Ella, Ida, Edna und Nella. Ich heiße eigentlich Elda. Da dachte ich mir: Also nee, in so 'ne Sammlung gehöre ich nicht rein. Da bin ich zum Numerologen gegangen. Weißt du, was das ist? Jeder Mensch hat Zahlen und die bedeuten etwas. Der Numerologe rechnete aus, dass ich Hedda heißen muss, um glücklich zu werden. Und da hab ich mich einfach umbenannt. Na ja, das mit dem glücklich werden hat trotzdem nicht so ganz geklappt.» Sie tat, als wäre sie traurig: «Nach 'nem halben Jahr war ich wieder geschieden.» Dann lachte sie. «Aber sein Name ist mir geblieben. Und hey, vor dir steht Hedda Holden! Und wer bist du?»

Henny war schon vom Zuhören völlig außer Atem. Sie nahm einen kleinen Schluck. Mit ein bisschen Wein auf der Zunge sprach sich die fremde Sprache leichter. «Ich bin Henny Thomasius. Oh, das war falsch. Ich habe erst geheiratet. Ich muss mich noch dran gewöhnen. Jetzt heiße ich Henny Vandenberg.»

Die hübsche Hedda machte große Augen. «Nein, sag bloß, du hast Morrie geheiratet! Da wird manches Mädchen aufatmen. Der war hinter jedem Rock her.» Sie kreuzte Ring- und Zeigefinger. «Ich wünsch dir echt viel Glück mit Morrie. Nur eine Frau wie du kann den zähmen.»

Henny lachte über das seltsame Kompliment. «Nicht Morrie! Sein Bruder Victor ist mein Mann.»

«Morrie hat einen Bruder? Hat er nie erzählt. Ich kenne ihn noch aus New York. Hier bin ich nur, um mal zu sehen, was das ist, dieses Hollywoodland, von dem alle in New York reden.» Sie nahm einen Schluck Wein. «Und du? Auch Schauspielerin?»

«Nein, das ist nichts für mich. Ich bin Ärztin.»

Hedda starrte sie verblüfft an. «*Wow.* Wirklich? Wie hast du das geschafft? Ich kann nicht mal richtig schreiben.»

Henny schämte sich ein wenig, ihre Bildung herausgestellt zu haben. Zum Glück entdeckte sie gerade Victor. Er und Morrie unterhielten sich mit einem untersetzten Mann mittleren Alters, der eher unscheinbar wirkte. «Das da neben Morrie ist mein Mann», sagte Henny und winkte Victor dezent zu.

Aber es war Morrie, der ihr ein Zeichen gab, zu kommen.

«Jetzt ist es so weit», meinte Hedda. Hektisch kontrollierte sie in ihrem Schminkspiegel Frisur und Lippenstift.

Henny war erstaunt. Was ging hier vor?

«Sägmüller, der Adjutant vom General Fasbender, bestellt bei uns seit Jahren für das Reserve-Korps Bier. Dafür zahlen sie natürlich nix.» Rupert hatte sich nicht gesetzt, sondern war im Herrenzimmer neben dem Lehnstuhl stehen geblieben, auf dem er sich abstützte. «Der Sägmüller hat mir bestätigt, dass es stimmt, was dein Mann sagt. Sie wissen nicht, ob er lebt, der Georg. Ausgerechnet er! Ich mein, die wissen doch, dass der Kögler Georg nicht irgendwer ist.» Er stöhnte empört. «Es ist ein Chaos mit der Übermittlung der Namen. Denn Georg gehört zu den Bayern. Die Preußen haben ihre eigene Übermittlung. Aber das darfst du nicht herumerzählen. Wichtig ist für uns nur eins: Beten, dass der Georg heimkommt.» Der Brauer ließ sich nach der langen Rede schwer in den Stuhl fallen.

Ricarda fragte sich, was ihr Mann Georg wohl zu den Worten seines älteren Bruders gesagt hätte. Seit zwanzig Jahren sah er aus einem Ölgemälde herab auf das, was in diesem Raum geschah.

«Denkst du ernsthaft, dass Beten da noch etwas ausrichten kann? Ihr hättet ihn gar nicht erst in den Krieg ziehen lassen dürfen.»

«Der Georg hat sich halt nicht drücken mögen, als das Vaterland ihn brauchte», sagte Rupert. «Auch wenn du als Frau das nicht verstehst, Ricarda: Aber es war seine eigene Entscheidung, an die Front zu gehen.»

«Hast du denn etwas unternommen, sie ihm auszureden?», fragte Ricarda.

Sie wusste von einem Besuch Hennys hier in der Münchner Villa. Kurz bevor Georg in den Krieg gezogen war, hatte Henny Rupert beschworen, alles zu versuchen, das zu verhindern.

«Wer hätt' denn ahnen können, dass alles so kommt?», fragte Rupert. «Ein Spaziergang wird dieser Krieg, hat der Kaiser gesagt. Und stattdessen verlieren wir alles. Was soll ich denn jetzt tun? Wir brauchen doch den Georg.»

Auf der Stirn des Brauers standen Schweißperlen, sein Gesicht war bleich, die Haut teigig. Für einen Augenblick dachte Ricarda, dass er ungesund aussah. Ihr einstiger Schwager war nur noch ein müder alter Mann, der die für ihn wohl wichtigste Schlacht zu verlieren drohte. Nicht gegen sie. Sondern gegen den großen Plan Gottes.

«Bis dann, Rupert», sagte Ricarda. Es sollte halbwegs versöhnlich klingen.

Drei Dienstmädchen, die wohl gelauscht hatten, stoben in alle Richtungen davon, als Ricarda den Raum verließ.

Ricarda war ein paar Schritte gegangen, als sie ein dumpfes Poltern hörte. Es kam aus dem Herrenzimmer. Ricarda ging zurück, öffnete die Tür erneut.

«Carl, das ist Hedda, eine Schauspielerin aus New York.»

Morries Krawatte saß schief, sein Blick war vom Alkohol leicht glasig. Aber der Griff war gezielt, mit dem er Hedda packte, um sie einem unscheinbaren kleinen Mann vorzustellen. Henny schätzte ihn auf Ende vierzig.

«Hedda ist eine phänomenale Schauspielerin», pries Morrie sie an.

Victor stand etwas abseits und schien das forsche Vorgehen seines Bruders regelrecht zu bewundern, wie Henny feststellte.

«Mister Lemmlee, ich bin so glücklich, Sie treffen zu können», erwiderte Hennys Zufallsbekannte.

Henny fand, sie warf sich etwas zu sehr in Positur, um ihre Weiblichkeit zu betonen. Irritiert suchte Henny Victors Blick. Und fand ihn auf Heddas Hüfte. Was soll das alles, dachte Henny angewidert und platzierte ihr Glas auf dem Tablett des erstbesten Kellners.

«Sie sind offensichtlich keine Schauspielerin», sagte nun der kleine Herr zu Henny, obwohl er sich eigentlich Hedda hätte widmen sollen.

Seine Stimme war weich, er sprach mit einem deutlichen Akzent, den Henny mochte, aber nicht einordnen konnte. Er reichte Victor bis zur Schulter, war elegant mit Anzug, Weste und Uhrkette gekleidet, trug eine Brille mit starken Gläsern, durch die hindurch wache Augen Henny musterten. Er schien sich sehr zu amüsieren, aber nicht als Teilnehmer des kleinen Spektakels sondern eher als Beobachter.

«Sie ist Ärztin!» Hedda war schneller als Henny selbst oder gar Victor und Morrie. «Und sie kommt aus Deutschland. Das ist meine Freundin Jenny.»

«Henny, Henny Vandenberg», korrigierte Henny. «Victor und ich sind gerade erst nach Los Angeles gekommen.»

Victor nickte. All seine übliche Beredsamkeit scheint in Morries Nähe wie fortgeblasen, dachte Henny. Er ist nur noch der kleine Bruder.

«Seien Sie herzlich willkommen in der Stadt der Engel.»

Zu Hennys Überraschung sagte Herr Lemmlee die Worte auf Deutsch, auch wenn es ein wenig ungeübt klang. Sie kannte den Begriff *Stadt der Engel* nicht und vermutete, er sei ironisch gemeint, weil die Damen hier alle keineswegs engelsgleich wirkten.

«Ich möchte Ihnen Hedda für Ihren neuen Film vorschlagen, Mister Lemmlee», mischte sich Morrie ein.

Lemmlee küsste galant Heddas Hand. «Seien Sie morgen in meinem *casting office*», sagte er auf Englisch mit einem freundlichen Lächeln. Es war so offenkundig geschäftsmäßig, dass sogar Morrie begriff, dass damit alles gesagt war.

Henny hatte genug von diesem Zirkus und überlegte gerade, wie sie von hier fort käme.

«So geht das immerzu», meinte der umworbene ältere Herr auf Deutsch. «Ich weiß nicht, warum ich auf diese Partys gehe. Es ist anstrengend. Aber hier machen sie eine wunderbare Torte.» Er wandte sich nun auch Victor zu. «Du sprichst doch Deutsch, mein Junge, oder?»

«Ja, Herr Lämmle. Ich bin auch Deutscher. Jedenfalls zur Hälfte.»

Er heißt also nicht Lemmlee, sondern Lämmle, wie ein kleines Lamm auf Schwäbisch. Daher der Akzent, folgerte Henny.

«Wie ich, mein Junge. Ich war siebzehn, als ich in dieses wunderbare Land kam.»

«Ich war erst vier», sagte Victor. «Mein Bruder sagt, Sie hätten das größte Studio an der Westküste. Sie arbeiten bestimmt hart.»

In der Mitte des Saals war ein Buffet mit einer Auswahl an Torten aufgebaut. Henny bereitete allein der Anblick Bauchweh. Es ging auf elf Uhr nachts zu. Wie konnte man da so viel Sahnetorte essen, wie es der von Victor auf so klebrige Art umschmeichelte Herr Lämmle nun tat?

Außerdem stellte sie gerade fest, dass sie den Mann, mit dem sie ihr Leben verbringen wollte, eindeutig nicht gut genug kannte! Da sah sie das nur wenige Schritte entfernt stehende, verwaiste Piano. Henny klappte den Deckel hoch. «Sie sollten Victor spielen hören. Dann wüssten Sie, warum ich ihn geheiratet habe.»

Victor zögerte einen Moment, dann lächelte er Henny verliebt zu, setzte er sich an den Flügel und ließ seine Finger über die Tasten fliegen.

Nachdem Lämmle eine Weile zugehört hatte, sagte er: «Ihr Mann spielt gut. Und Sie sind tatsächlich Ärztin?»

«Ich habe an der Charité studiert.»

«Sie als Frau durften das?» Er lächelte. «Das freut mich. Deutschland scheint sich zu verändern.»

«Im Moment eher zum Schlechteren. Es ist Krieg.» Sie sah die vielen Torten. «Die Menschen hungern.»

Lämmle nickte, war aber mit seinen Gedanken woanders, wie er offenbarte: «Haben Sie ein besonderes Wissen?» Er klang so ungeschickt wie sie, wenn ihr im Englischen Vokabeln fehlten.

«Ich habe meine Doktorarbeit über Krebserkrankungen geschrieben», sagte Henny. Langsam begriff sie, dass man mit falscher Bescheidenheit in diesem Umfeld nichts erreichte.

«Sie müssen klug sein, junge Dame. Ich bin froh, Sie zu treffen. Es gibt hier nämlich keine guten Ärzte. Hätten Sie morgen zufällig Zeit?»

«Ja, gern. Wenn ich etwas Sinnvolles tun kann. Wo muss ich denn hin?», fragte sie zurück.

«Ihr Schwager kennt mein *office*, mein Büro. Er wird morgen auch dort sein.» Lämmle schob sich ein Stück Sahnetorte in den Mund und wünschte gute Nacht.

Ein paar Meter weiter stießen Morrie und Hedda gerade mit ihren Gläsern an. Und um Victor hatte sich eine Gruppe andächtig lauschender junger Damen versammelt, die zwar hübsch wie Engel aussahen, aber wohl auch keine waren. Da ahnte Henny, dass sie künftig vorsichtiger sein musste, wenn sie ihren Mann ins Rampenlicht stellte.

Offenbar hatte Rupert versucht, aus dem Sessel aufzustehen. Nun lag der schwere Mann seltsam verkrümmt auf dem Boden vor dem Kamin und rang nach Atem. Panik stand in seinem Gesicht.

«Rupert, bleib ganz ruhig. Versuche langsam und tief zu atmen», sagte Ricarda, während sie sich über ihn beugte.

Hier sah alles nach einer Koronararthrose aus. Eine der übelsten, spontan auftretenden Erkrankungen. Ein Blutpfropf verstopfte ein Herzkranzgefäß. Rupert, übergewichtig und dem Alkohol schon lange zugeneigt, war der klassische Risikopatient. Ärzte waren in dieser Lage machtlos. Es gab keine Therapie. Nur Ruhe, so hatte ein amerikanischer Kollege kürzlich herausgefunden, konnte den Tod verzögern.

«Ich hab solche Schmerzen in der Brust. Ich glaub, ich sterb», flüsterte Rupert.

Ricarda schickte ein Dienstmädchen in Sophies Zimmer mit der Bitte, ihre Arzttasche zu holen.

Kurz darauf war Käthe mit der Tasche da. «Rupert, was machst denn du!» Sie kniete sich neben ihren Cousin auf den Boden. «Das geht doch jetzt nicht. Wir brauchen dich!»

Ohne viel Federlesen schnitt Ricarda mit einer Schere die Kleidung des einstigen Schwagers auf und horchte ihn mit ihrem Stethoskop ab. Und atmete selbst tief durch. Das Herz des übergewichtigen Brauers schlug durchaus regelmäßig.

«Du hast zum Glück nur einen Schwächeanfall, Rupert», sagte Ricarda. Wegen der Aufregung, dachte sie.

Für Käthe war das alles zu viel. Sie brach in Tränen aus. Tränen der Erleichterung, aber auch Tränen der vollkommenen Überforderung. Die mütterliche Freundin brauchte selbst dringend Ruhe.

Mit Hilfe von zwei Dienstmädchen bugsierten die beiden Ärztinnen den schwergewichtigen Mann auf ein Sofa.

«Du wirst jetzt ruhen», sagte Ricarda streng. «Und vor allem wirst du deinen Lebenswandel ändern. Ab heute: strengste Diät und kein Bier.»

«Ich hatte eine solche Angst», flüsterte Rupert. «Ich dachte, es ist aus.»

«Lass dir das eine Warnung sein», sagte Ricarda. Vielleicht hilft all das Beten ja doch, dachte sie, und Georg kommt heim. Dann wird er seinen Onkel brauchen. Es war verrückt, so zu denken. Hatte sie in Rupert doch stets einen Gegner gesehen.

Der kleine große Mann kam wieselflink hinter seinem Schreibtisch hervor, breitete beide Arme aus und strahlte Henny glücklich an. «Danke, dass Sie da sind, verehrte Frau Doktor.»

Henny war gleich mit ihrer aus Berlin mitgebrachten Arzttasche ins sogenannte *office* von Carl Lämmle gekommen.

Schon auf dem Rückweg von der Party hatte Morrie erzählt, was er von Herrn Lämmle wusste. Allerdings hatte Henny nicht recht zugehört. Denn der angetrunkene Morrie hatte während der Fahrt durch die stockfinstere Nacht immer wieder versucht, Schlaglöcher in den miserablen Straßen zu umfahren. Was zu Manövern geführt hatte, die Henny den Magen umgedreht hatten. Hängen geblieben war bei ihr eigentlich nur, dass Herr Lämmle ein netter Kerl war, von dem man deshalb als Onkel Carl sprach.

«Mögen Sie Filme?», fragte er mit einem Leuchten in den Augen, das verriet, dass es sich bei ihm so verhielt.

«Ich weiß praktisch nichts über Filme. Außer, dass ich in Berlin gern in das Lichtspielhaus Unter den Linden ging», sagte Henny lächelnd.

«Aber Ihr Mann ist doch Regisseur.»

«In Berlin mochten es die Schauspieler, mit ihm zu arbeiten», sagte Henny. «Aber wie er das macht – ich habe es nicht verstanden. Es wird ja nicht nur so sein, dass man sagt: Geh dahin oder dorthin.»

Ein wenig mehr steckte schon dahinter. Das war ihr aufgefallen, als sie Victor im Theater beobachtet hatte. Er hatte eine faszinierende Art, Menschen für sich und seine Ideen zu begeistern. Wenn Morrie nicht dabei war … Aber das war ein anderes Thema. Während sie hier saß, hatte Victor seinen ersten Arbeitstag in der eigenartigen Westernstadt am Meer.

Henny lachte. «Mein Metier ist mir lieber.»

«Und da wissen Sie genau, was Sie tun müssen?», fragte Herr Lämmle.

Henny nickte. «Das lernt man in langen Jahren des Studiums. Außerdem sind meine Mutter und meine Patentanten Ärztinnen.»

Es gab ihr einen Stich. Wie weit weg sie von zu Hause war! Und hatte noch immer nicht telegrafiert, dass sie wohlbehalten angekommen war. Und nicht nach Georg gefragt! Noch nirgendwo hatte sie ein *post office* gesehen.

«Wir reden von mir so viel», sagte sie mit einem Kloß im Hals. «Und ich weiß so wenig von Ihnen. Weshalb brauchen Sie mich?»

«Sie haben ja gesehen, dass ich hier eine kleine Stadt habe errichten lassen», sagte er.

Eine kleine Stadt mit mehreren, sehr unterschiedlichen Straßen hatte sie allerdings gesehen. Alle sahen irgendwie anders aus, aber in der Aufregung vor dem Vorstellungsgespräch hatte sie sich darüber keine Gedanken gemacht.

«Sie haben das aufgebaut?», fragte sie verwundert zurück.

«Das ist Universal City. Meine Pläne sind ein wenig unbescheiden. Gerade mal so groß wie das Universum: Sie befinden sich im größten Filmstudio der Welt.»

Lämmle lachte sein offenes Lachen, das seine schief im Mund stehenden Zähne offenbarte. Er wirkte auf Henny gar nicht wie ein Weltenherrscher. Eher so wie sein Spitzname – der Onkel.

«Mein Beruf nennt sich Produzent. Ich schaffe die Möglichkeit dafür, dass Filme gedreht werden können, finanziere diese Filme, suche die Leute aus, die spielen und Regie führen, und bringe die Filme schließlich in die Lichtspielhäuser. Es sind also viele Leute für mich tätig. Hunderte oder vielleicht auch viel mehr.» Lämmle dachte einen Moment nach. «Wissen Sie was? Am besten sehen Sie sich Ihren Arbeitsplatz gleich mal an.»

In diesem Moment ertönte aus dem Nebenraum ein Rattern. Henny wurde hellhörig. «Haben Sie etwa einen Telegrafen?», fragte sie.

«Oh ja. Möchten Sie ihn nutzen und eine Nachricht an die Familie in Deutschland senden? Nichts leichter als das!»

Das Fenster zu Tonis Zimmer stand weit offen, warme Luft kam in den schmalen Flur. Die Nachmittagssonne beschien die graue Wand des Hauses auf der anderen Seite des Innenhofs. Von unten klangen fröhliche Kinderstimmen nach oben. Ein Abzählreim.

«Eene meene muh und raus bist du.»

Toni stand wie eingefroren, die Sprechmuschel des Telefons in der Hand. Ihre Mutter hatte dasselbe wie der Vater in der Nacht zuvor gesagt.

«Raus bist du noch lange nicht, sag mir erst wie alt du bist.»

Der Schmerz tat so weh. Er saß irgendwo zwischen Kopf und Bauch und drückte das Herz zusammen. Toni hatte das Gefühl zu ersticken. Ganz langsam legte sie die Sprechmuschel in die Halterung, ging zum Fenster und schloss es. Jetzt war alles ganz still. Kleine Staubpartikel tanzten im Licht.

Das Rasseln der Türglocke war so unwirklich laut, dass Toni zusammenfuhr. Ihr Erschrecken übertrug sich auf Badili, die sofort anschlug, was sie normalerweise nicht tat.

«Ne Depesche für dir», sagte die Frau, die Toni gegenüberstand, als sie öffnete.

Die Postbotin hatte schon vor ein paar Monaten hier im Luisen-Kiez angefangen. Damals hatte Toni sich kurz mit ihr unterhalten und erfahren, dass sie die Arbeit ihres Mannes übernehmen durfte. Solange er als Soldat an der Front war. Damit sie als Mutter wenigstens so viel verdiente, um die Kinder durchzubringen. Inzwischen war klar, dass ihr Mann nie mehr die Post austragen würde: Vor ein paar Wochen hatte die Postbotin erzählt, dass er gefallen war.

«Wat'n, Toni? Kiekst mir ja an wie 'n Jespenst», sagte die Postbotin.

«Meine Mutter hat gerade angerufen. Mein Bruder wird vermisst.»

«Det tut mich leid, Toni. Manchmal kommen se ja wirklich zurück.»

Georg war ihr nie begegnet. Soweit Toni sich erinnerte, war er nur ein Mal hier in der Wohnung in der Luisenstraße gewesen. Vor Jahren. Zum Mittagessen. Es war eine Überraschung gewesen, die Henny eingefädelt hatte. Sie war ihr gelungen.

Toni brach in Tränen aus.

Die Postbotin drückte Toni kurz, wobei die dicke lederne Posttasche zwischen ihnen war. «Det Leben jeht weiter, Toni. Wirste ooch sehn. Is so. Glaub mich det mal. Ick muss los.»

Toni schloss die Wohnungstür leise. Badili blickte sie fragend an, verhalten mit dem Schwanz wedelnd.

«Wie das Leben weitergeht, hat sie nicht gesagt», murmelte Toni und riss umständlich den sandbraunen Umschlag auf. Sie hatte noch nicht oft Depeschen in der Hand gehalten.

Als Absender stand da: `Universal Pictures, Universal City, Los Angeles, USA.`

`Liebe Toni, denke viel an dich. Geht es dir gut? Victor und ich sind in Los Angeles. Geht uns gut. Habt ihr Nachricht von Georg? Bin in Sorge. Liebe dich. Henny`

Sie ging ins Schlafzimmer der Eltern. Der Vater war von seinem Mittagsschlaf erwacht. Sie war ganz froh, dass nur er da war. Denn wenn es um Henny ging, reagierte die Mutter gereizt. Toni zeigte ihm die Depesche.

«Was soll man ihr denn schreiben?», fragte sie.

«Wir machen uns schon verrückt genug, Antonia. Was bringt es Henny, wenn sie auch noch mit der Ungewissheit leben muss?»

Der Schmerz zwischen Kopf und Bauch veränderte sich. Toni meinte, da wäre jetzt eine Art von Loch. Ein Nichts, mit dem sie leben musste. Bis es entweder der Tod ausfüllte. Oder Georgs Heimkehr.

Sie ging zum Hoffenster und öffnete es, weil sie die Stille jetzt nicht ertrug. Aber die Kinder waren fort und sangen nicht mehr.

«Nun, Frau Doktor, was denken Sie? Konnte ich Sie überzeugen zu bleiben?»

Henny hatte eine Nacht über Herrn Lämmles Angebot geschlafen. Da auch Victor einverstanden war, war sie nun gekommen, um zuzusagen. «Ihre Argumente sind absolut überzeugend, Herr Lämmle. Ich werde gern für Sie arbeiten.»

Der Filmproduzent streckte ihr die Hand entgegen. «Sagen Sie Carl. Wir sind in Amerika und obendrein im Film-Business. Alle nennen sich beim Vornamen.»

Henny hätte ihren Boss, wie man hier sagte, umarmen mögen. Er gab ihr, womit sie nicht hatte rechnen können – Arbeit in ihrem Beruf. Dass ihr die notwendige Approbation fehlte, kümmerte ihn weniger. Die musste sie eben in den folgenden Wochen oder Monaten nachholen.

Carl Lämmle, das bewies er ihr nun bei einer Rundfahrt durch seine selbsterdachte Stadt, machte alles auf seine ausgesprochen ungewöhnliche Weise.

«Das Stück Land hier hat mich hundertsechzigtausend Dollar gekostet. Klingt nach viel. Aber das sind eine Million Quadratmeter», sagte er. «Dort, die Hühnerställe, das sind die Reste der alten Taylor Ranch, die das hier bis zum letzten Jahr war. Die bleiben da. Leute, die hier arbeiten, brauchen schließlich Essen. Da drüben habe ich ein Restaurant hinbauen lassen. Auch die Leute von überallher können zum Essen kommen. Als wir Universal City vor drei Monaten eröffneten, habe ich ganz Amerika eingeladen, dabei zu sein.» Er lächelte. «Zwanzigtausend kamen. Das ist doch ein Anfang!»

Er schien es zu genießen, seine Muttersprache zu sprechen. Munter plauderte er weiter. «Das hier ist eine Fabrik für Filme.» Er lachte fröhlich und kam zum Punkt: «Wer hier arbeitet, muss gesund sein. Dafür brauche ich Sie, Frau Doktor.»

Abseits von Straßen, die europäischen und amerikanischen Städten nachgebaut waren, in denen gedreht wurde, aber inmitten von kastenförmigen Hallen befand sich ein kleiner Bungalow. Darin standen bislang nur ein schäbiger Schreibtisch und ein wackliger Stuhl. Den Rest musste Henny sich selbst besorgen. Mehr Freiheit, als dass sie sich hier gewissermaßen eine eigene Praxis einrichten konnte, gab es kaum.

Das Ganze erinnerte Henny an Erzählungen ihrer Mutter, die einst in München im Köglerbräu eine Praxis für die Arbeiter und Arbeiterinnen aufgebaut hatte. Erinnern konnte sie sich daran kaum. Sie war zu klein gewesen. Ohnehin verscheuchte Henny die Gedanken daran ganz rasch. Sie gehörten hier nicht her, in ihr neues Leben. Hier in Kalifornien war alles von so großer Leichtigkeit, wie es im Kaiserreich unvorstellbar war.

Als Morrie gegen Abend draußen vorfuhr, um sie abzuholen, sagte Lämmle: «Sie müssen schnellstens lernen, wie man ein Auto fährt. Los Angeles ist groß, und Sie werden bald alle Hände voll zu tun haben.»

Beschwingt über die unerwartete Wendung, die dieser Tag in ihr neues Leben gebracht hatte, setzte Henny sich neben Morrie auf den Beifahrersitz. Sie waren ein Stück gefahren, als er fragte, wie es gelaufen wäre.

«Gut!» Henny lachte. Sie war so glücklich, wie schon lange nicht mehr. «Ich habe den Job als Ärztin von Universal City. Aber ich muss wohl lernen, wie man ein Auto fährt. Du wirst ja nicht immer Zeit haben.»

Morrie hielt im Nirgendwo an. «*Okay*, dann fangen wir damit an», sagte er.

«Was? Hier? Jetzt?»

Es war eine einsame Gegend mit trockenen Büschen und den im Sonnenuntergang dumpf nickenden Ölpumpen.

«Wann sonst?», fragte Morrie zurück und stieg aus.

Henny war nicht danach, sich ausgerechnet jetzt Fahrunterricht geben zu lassen. Der Tag war voller Eindrücke, die sie noch nicht verarbeitet hatte. Dennoch stieg sie aus. Vielleicht war Morries Idee gar nicht mal so schlecht. Hier würde sie bei ihren ersten Fahrversuchen zumindest niemandem in die Quere kommen. Überdies war das Auto schon sehr alt, seine dünnen Räder mit den Schlauchreifen erinnerten an Kutschen, die Schaltung erforderte offensichtlich viel Kraft.

«Dann will ich es mal probieren», sagte sie mit aufgesetzter Fröhlichkeit.

Inzwischen war Morrie um das Auto herumgekommen. Sein Blick irrlichterte ein wenig. Er ist wieder angetrunken, dachte Henny.

«Ich hatte noch nie eine Ärztin», sagte Morrie.

«Wie meinst du das?», fragte sie. Die englische Sprache hatte so viele Nuancen, die ihr nicht vertraut waren.

Als sie verstand, griff Morrie bereits mit der gleichen Zielgerichtetheit nach ihrem Hintern, die ihr auf der Party bei Hedda missfallen hatte. Gleichzeitig hielt er ihr ein Messer an den Hals, drückte sie gegen den Wagen und hob das helle Sommerkleid, das sie trug. Florentine hatte es ihr in New York geschenkt. Brutal presste er sie so gegen den staubigen Wagen, dass sie ihm den Rücken zuwenden musste. Er riss ihre Unterhose herunter.

«Morrie, hör auf! Du bist betrunken!», rief sie auf Englisch.

Jetzt drang er brutal in sie ein. «Du kommst nach Hollywoodland. Machst Onkel Carl schöne Augen. Du solltest in meinem Film spielen. Aber Film ist ja nicht gut genug für die Frau Doktor aus Deutschland», zischte er dicht an ihrem Ohr. «Vic liebt seine süße Frau zu sehr, um ihr das zu sagen. Nun, dann muss der große Bruder dir das beibringen.»

Morrie stöhnte, während sein Becken immer wieder hart gegen sie stieß. Es gab kein Entkommen für sie. Es dauerte jedoch nicht lange, bis er sie losließ.

Henny hatte nur auf diesen Moment gewartet. Alle ihre Muskeln waren angespannt.

«Kein Wort zu Vic», sagte Morrie, als Henny sich zu ihm umdrehte. «Es bleibt in der Familie.» Er grinste, bückte sich, zog seine Hose hoch.

Ohne nachzudenken packte Henny die Autotür und schlug sie mit aller Wucht gegen ihren Vergewaltiger. Mit einem seltsam dumpfen Ton prallte das Blech gegen seinen Kopf. Morrie verlor das Gleichgewicht, taumelte und fiel hintenüber auf den Boden. Seiner Kehle entwich ein eigentümlicher Laut.

«Das wollte ich nicht», sagte Henny erschrocken. Ihr fiel das englische Wort ein, das jeder ständig im Mund führte: «Sorry.» Aber das stimmte nicht. Es tat ihr nicht leid.

Während sie sich ihr Kleid richtete, ging sie vorsichtig zu ihm, jederzeit mit seiner wütenden Reaktion rechnend. Doch er rührte sich nicht, starrte sie nur mit diesem glasigen Blick an, in dem zusätzlich ungläubiges Erstaunen lag. Ganz langsam lief eine im Sonnenuntergang fast schwarz erscheinende Flüssigkeit hinten aus seinem Kopf und sickerte in den sandigen Boden.

Erst jetzt, aus der Nähe, bemerkte Henny, wie scharfkantig die großen Steine waren, die hier lagen. Sein Schädel war auf einen davon aufgeschlagen.

«Oh Gott», flüsterte Henny entsetzt und rannte zum Auto, um sich ihre Arzttasche zu schnappen.

Als sie zu Morrie zurückkehrte, lag sein Kopf noch immer auf dem Stein, aber aus seinem Körper war sämtliche Spannung gewichen. Sie öffnete sein Hemd, horchte ihn ab.

«Du hast mich getötet, Frau Doktor», sagte Morrie mit einem irren Lächeln. Sein Leib zuckte ein letztes Mal ganz schwach.

Während die schockierte Henny das Stethoskop immer noch auf seine Brust drückte, lauschte sie, wie sein Herz die Kraft verlor, das Blut durch seinen massigen Körper pulsieren zu lassen. Anfangs wie gelähmt, nahm sie schließlich ihr Instrument von seiner Brust, legte es wie mechanisch in ihre Tasche.

Sie hatte einen Menschen getötet. Victors Vorbild, der Mensch, von dem er letztes Weihnachten, als sie bei Großmutter Karla am Tisch in der Stube saßen, noch gesagt hatte, er wäre ihm in der Jugend Vater und Mutter zugleich gewesen.

«Warum hast du das getan?», fragte sie den Toten. «Warum?» Während sie sprach, überkam sie eine Art von ohnmächtiger Wut. Ihre Stimme wurde immer lauter. «Du Scheusal! Und was soll ich jetzt machen? Wie soll ich denn mit Victor weiterleben?»

Als sie diese Frage ausgesprochen hatte, überfiel sie ein Zittern. Sie hatte getötet. Aus Wut, Empörung und ...

Da war noch etwas Anderes.

Unvermittelt sah sie das Treppenhaus in Florentines Villa am Zürichsee vor sich. Die Stiegen, die ins Dach führten. Der Ort, an dem sie *entstanden* war. Gegen den Willen ihrer Mutter. Henny hatte es nicht für möglich gehalten, dass ein so schöner Ort Schauplatz eines Verbrechens gewesen sein könnte. Jetzt war ihr dasselbe zugestoßen.

Niemand würde ihr glauben, was geschehen war. So, wie sie ihrer Mutter nicht glauben wollte …

Und wie sollte Victor ihr glauben, dass Morrie zu einer solchen Tat fähig war?

Langsam stand Henny auf, blickte auf den Toten herab. «Ich habe mich gegen dich gewehrt», sagte sie mit fester Stimme und klopfte den gelblich-roten Staub der Sandstraße von ihrem weißen Kleid. «Dafür gehe ich nicht ins Gefängnis. Hast du gehört, Morrie? Du wirst mich nicht zerstören. Und auch Victor wirst du nicht zerstören. Das lasse ich nicht zu! Niemals lasse ich das zu.»

In der Wut war das leicht dahingesagt, wurde ihr im nächsten Moment klar. Aber wie sollte sie verhindern, dass es genau so kommen würde? Sie brauchte einen Plan. Sofort. In dieser Sekunde, die über ihr weiteres Schicksal entschied.

Allmählich nahm Henny wieder wahr, wo sie sich befand. Die sandige Straße lag still im Abendrot. Kein Auto, kein Fußgänger, niemand. Kein Zeuge würde je sagen können, was hier geschehen war. Diesen Umstand musste sie nutzen. Aber wie? Sie konnte nur nehmen, was der Augenblick ihr zur Verfügung stellte.

Aber da war ja nichts. Außer Steinen, dem Messer, mit dem Morrie sie gefügig gemacht hatte, einem Auto und dem Toten.

Wie kam es, dass Morrie auf den Stein stürzte? Der nicht anwesende Victor stellte Henny diese Frage. Und die Antwort durfte nicht die Wahrheit sein. Weil Victor sie nicht glauben würde? Nein, nicht deshalb. Er liebte sie, er würde ihr alles glauben. Aber die Wahrheit würde sein Andenken an den Menschen zerstören, den er mindestens so liebte wie sie.

Und vielleicht – irgendwann, nach Jahren oder früher, vielleicht auch schon heute Nacht – würden dann doch Zweifel an ihrer Darstellung auftauchen: Morrie hat dich vergewaltigt? Mein Bruder? Dich? Aber warum?

Eben: Warum? Weil er betrunken war? Weil er nicht nur der Morrie war, den Victor kannte?

Henny trug ihre Arzttasche zum Auto zurück, stellte sie hinter den Beifahrersitz. Auf den Wagenheber.

Mitten in der Bewegung hielt sie inne. Nahm die Tasche wieder hinaus, ging zum rechten Vorderrad. Die Spitze von Morries Messer deutete auf einen der scharfkantigen Steine, von denen es hier so viele gab. Als wollte ausgerechnet die Waffe Henny zu verstehen geben, was zu tun war, um aus ihrer aussichtlosen Lage herauszukommen.

Den spitzen Stein in die Lauffläche des Reifens einschlagen. Während die Luft entweicht, den schweren Wagenheber unter das Auto schieben, mit dem Schraubenschlüssel das am Heck befestigte Reserverad abschrauben. Es neben Morrie rollen, den Schraubenschlüssel so neben Morrie platzieren, als wollte er die Radmuttern lösen. Dem Toten seine Hose hochziehen und schließen. Das Messer zurück in die Scheide an Morries Gürtel stecken.

Und dann warten. Bis jemand kommt. Irgendjemand.

In der Zwischenzeit beten.

Wenn Henny nur gewusst hätte, für was sie beten sollte. Um Gnade? Oder um Verständnis dafür, mit der Impulsivität einer Frau gehandelt zu haben, die wütend war. Wütend auch darüber, dass ein Mann das, was ihm gegeben worden war, um Liebe zu schenken, als Mittel der Unterdrückung missbraucht hatte.

Die Zeit schien stillzustehen. Nichts geschah. Nur die Sonne zog sich hinter den trockenen Hügeln zurück. Insekten zirpten eine nervtötende, eintönige Melodie. Die Erde roch nach der Hitze des verglühenden Tages. Die Fliegen kamen, umschwirrten sie, die sie verscheuchte. Überfielen den toten Morrie, der das nicht konnte.

Es hätte doch alles gut gehen können. Victor hatte seinen Bruder, den er in der Berliner Zeit so vermisst hatte, wieder um sich. Und sie, die er liebte, ebenfalls. Die Brüder arbeiteten beim Film. Und sie selbst seit heute als Ärztin. Alles war gut.

Nein: Alles war gut gewesen. Und nun zerstört.

Die verzweifelten Gedanken quälten sie, während sie nichts tun konnte, als warten. Endlich leuchteten die Scheinwerfer eines Autos die Sandstraße entlang. Hennys Herz schlug vor Aufregung schneller.

Jetzt bloß keinen Fehler machen. Was sie sagte, musste zu dem passen, was sie als Szenario erschaffen hatte. Wie eines von Victors Drehbüchern. Alles ein Film.

Victor hatte mal über schlechte Filmschauspieler gesagt, dass sie zu viel *spielten*. Und darum komisch wirkten, aber nicht authentisch.

Wie war man denn *authentisch*?

Das Auto stoppte hinter Morries Wagen. Ein schlaksiger Mensch stieg aus, leuchtete mit einer Taschenlampe. Er sprach jenes breit gedehnte Amerikanisch, das Henny schlecht verstand. Sofort hatte sie das Gefühl, unterlegen zu sein. Und es verstärkte sich, als sie sah, dass er Polizist war. Ein Sheriff.

Er sagte etwas, das sie nicht mal ansatzweise begriff. Sie verfiel in Panik. Wie sollte sie ihre *Rolle* spielen, wenn sie nichts verstand?

Der Sheriff besah sich die Szenerie. Dann sah er sie mit einem Blick voller Mitleid an. Seinen Worten entnahm sie, dass er die Lage so einschätzte, wie sie es erhofft hatte. Erhofft? Wohl eher ersehnt. Erfleht.

Der Sand. Ausgerutscht. Ja, das passiert oft. Wirklich schlimm. Der arme Kerl. Ihr Mann? Ach so, Ihr Schwager. Verstehe.

Der Polizist war voller Nachsicht und Freundlichkeit.

«Ich bin Ärztin», sagte Henny. «Ich habe alles versucht, sein Leben zu retten. Ich fürchte, sein Genick ist gebrochen.»

Hennys deutscher Akzent zeigte dem amerikanischen Polizisten, dass sie aus dem Ausland kam. «Ich bringe Sie nach Hause zu Ihrem Mann», sagte er ganz langsam und überdeutlich.

«Mein Mann erwartet mich gewiss voller Sorge», erwiderte Henny.

Als Henny die Haustür, den Sheriff hinter sich, aufschloss, lag alles im Dunkeln.

Da fiel es ihr ein. «Victor arbeitet in der *Triangle Ranch*. Da muss er erst die Kutsche und dann die Straßenbahn nehmen.»

«Also ist er im *film business*», sagte der Sheriff mit leuchtenden Augen.

«Ich arbeite für die Universal, habe aber keinen Führerschein», sagte Henny. «Darum fuhr mich mein Schwager.»

Den Sheriff schien das weniger zu interessieren. «Ich kam aus Texas nach Los Angeles, weil ich Schauspieler werden will.»

Henny hätte – sozusagen als Dank – etwas sagen müssen wie: Kommen Sie mal zum Essen, mein Mann kann Ihnen vielleicht zu einem Job verhelfen. Aber das fiel ihr natürlich jetzt nicht ein. Sie hatte völlig andere Sorgen. Nachdem sie die Tür geschlossen hatte, stürzte sie ins Bad und unter die Dusche.

Voll verzweifelter Wut ließ sie das Wasser so weit wie möglich in sich eindringen. Als Medizinerin war ihr die Unsinnigkeit ihres Unterfangens zwar klar. In diesem Moment hatte sie keine andere Möglichkeit. Wasser reinigt immer, dachte sie. Geschwängert könnte er sie zumindest nicht haben, das war schnell ausgerechnet. Aber sie hatte das Gefühl, nach Morrie zu riechen. Ein Geruch, der sich nicht mit Seife vertreiben ließ.

Gerade, als sie aus dem Bad trat, ging die Haustür. Erschrocken raffte Henny das Handtuch fester. Aber es konnte ja nicht Morrie sein, der heimkehrte. Was jetzt folgte, würde viel schlimmer sein. Sie musste ihrem Mann eine Geschichte erzählen, die für alle Ewigkeit Bestand haben müsste. Eine Geschichte voller Lügen. Sie musste Victor vor der Wahrheit beschützen, dass sein Bruder ein Vergewaltiger gewesen war.

Victor, der gerade ins Haus getreten war und glücklich strahlend auf sie zukam.

DIE LEHRE VON DEN GEWOHNHEITEN

März 1916

Nur noch ein paar Mullbinden und Tupfer, ein wenig Kampfer und Laudanum. Mehr hatte die einstmals so gut bestückte, renommierte Praxis in der Behrenstraße nicht zu bieten. Es war eine Schande, dachte Ricarda. Seit einigen Monaten hatte sie hier schon nicht mehr praktiziert, sondern nur noch in der Charité. Nun war sie gemeinsam mit Antonia gekommen, um die Apparate, Behandlungsliegen und sonstigen Möbel mit Tüchern abzudecken. An der Straße würde zwar weiterhin das Schild *Vorübergehend geschlossen* stehen, das inzwischen an mancher Arztpraxis prangte. Aber es sah nicht danach aus, dass die Schließung vorübergehend war.

Mitten im zweiten Kriegsjahr sorgten sich die Menschen vor allem um eines: Woher bekam man Essen? Kleine Privatpraxen wie ihre hatten keine Chance, sich am Leben zu halten. Es gab zu wenige Patientinnen, die sich die Behandlung noch leisten konnten. Wenn Ricarda über diese Folge des Krieges nachdachte, wurde sie zornig. Wie sehr hatten die Komtess und Käthe einst dafür gekämpft, praktizieren zu dürfen! Die beiden mütterlichen Freundinnen hatten gegen den Widerstand der Männer in den Privaträumen der Komtess Unter den Linden mit der ersten Praxis von Frauen für Frauen begonnen. Keine vierzig Jahre war das her.

Rica empfand es als großes Glück, diese Entwicklung miterlebt zu haben. Später waren sie hierher umgezogen, wo Ricarda die Praxis übernommen hatte. Und nun musste der hart erarbeitete Erfolg von damals unter weißen Leintüchern dem Vergessen anheim gegeben werden. Das Schicksal ihrer eigenen kleinen Welt spiegelte den Niedergang des Kaiserreichs wider. In der Zeit, in der Ricarda sich vom naiven Mädchen zur erfahrenen Ärztin gewandelt hatte, hatte das Kaiserreich einen unvergleichlichen Aufschwung genommen.

Alles nur noch glorreiche Vergangenheit. Gegenwärtig war Deutschland in einem derart desolaten Zustand, dass jeder Haushalt sogar sämtliche Kupfertöpfe an den Sammelstellen abgeben musste; das Kupfer wurde für die Waffenproduktion benötigt.

Den einzigen Vorteil des Krieges sah Ricarda darin, dass ihr im Herbst des Vorjahres an der Charité endlich die Position anvertraut worden war, die ihr Spezialgebiet war. Als erste Frau leitete sie die gynäkologische Abteilung. Sie sah darin keinen Grund zu triumphieren, denn sie machte sich nichts vor: Ohne den Krieg, der die Männer an die Front rief, wäre ihr das nicht gelungen. Und ohne diesen Krieg wären die wenigen Männer, die ihr noch unterstanden, ihr wesentlich frostiger begegnet. Die Zeit der Geschlechterkämpfe in der streng hierarchisch geordneten Charité war fürs Erste vorbei. Sie konnte manchmal fast den Eindruck haben, dass an ihrem Arbeitsplatz Gleichberechtigung zwischen den Geschlechtern herrschte.

Nachdenklich schloss Ricarda die Tür ab und ging mit Toni zurück in die Luisenstraße. Vor dem Haus saß eine Frau in abgerissener Kleidung auf den Eingangsstufen. Wahrscheinlich eine Bettlerin. Seit einiger Zeit trieben sich hier viele mittellose Personen herum. Menschen, die aus irgendwelchen Gründen an einem der vielen Fernbahnhöfe in der Nähe angekommen und in der Hauptstadt gestrandet waren. Es gab schließlich zahllose Verstecke, wo man die Nächte verbringen konnte. Wo es vor dem Krieg zu viele Schutzmänner gegeben hatte, waren es nun zu wenige Polizisten, die kontrollierten. Instinktiv fasste Ricarda ihre Tasche fester, als sie näher kamen.

«Ricarda», sagte die Frau mit gebrochener Stimme und erhob sich auf eine Weise, die nach einer übergroßen Erschöpftheit aussah. «Ich bin's.»

Da hatte Ricarda sie schon erkannt, und ihr Herz machte einen Freudensprung. Aber das Wiedersehen jagte ihr auch einen Schrecken ein.

«Kumari! Wo kommst du denn jetzt her, mitten im Krieg? Wieso bist du nicht in Afrika?» Ricarda schloss, während es aus ihr heraussprudelte, die Freundin fest in die Arme.

Zuletzt hatte Kumari Ricarda in Deutsch-Ostafrika besucht. Dann war Kumari zu jener Teeplantage in den Bergen Britisch-Ostafrikas zurückkehrt, wo sie auch damals schon mit ihrem Mann gewohnt hatte. Dort hatte sie eine Krankenstation für die Arbeiter und ihre Familien aufgebaut. Ricarda war davon ausgegangen, dass Kumari ihre Lebensaufgabe gefunden hatte.

So, wie Kumari jetzt aussah, musste etwas Schreckliches dazwischengekommen sein. Die Freundin, um einen Kopf kleiner als Ricarda, hatte ihre Gefühle nie verbergen können. Jetzt weinte Kumari nur noch und ihre aufgewühlten Emotionen überschwemmten auch Ricarda. Die beiden Freundinnen hielten sich schluchzend im Arm.

«Wollen Sie nicht erst mal hereinkommen?», fragte Antonia höflich und schloss die Haustür auf.

«Du musst Toni sein.» Kumari wischte sich mit dem Handrücken die Tränen aus dem Gesicht. «Als ich dich das letzte Mal sah, da warst du gerade geboren.» Ein heftiger Weinanfall machte es Kumari unmöglich weiterzusprechen.

Während Kumari sich im Bad frisch machte, wurde Ricarda von ihrer Tochter über die Fremde ausgefragt. Einer Frau wie Kumari, die in weite, bunte Tücher gewickelt und deren Haut braun war, war Toni in Berlin nie begegnet. Kumari und Ricarda hatten sich hier als Schülerinnen kennengelernt und anschließend gemeinsam die Ausbildung zur Krankenpflegerin durchlaufen. Während Ricarda dann in Zürich studiert hatte, war Kumari nach Ceylon zurückgekehrt. Sie war von ihrer Familie verheiratet worden und Mutter eines Sohnes und einer Tochter geworden. Soweit Ricarda sich erinnerte, waren beide wohl um die dreißig Jahre alt. Vermutlich hatten sie längst eigene Familien.

Nun kam Kumari zu Ricarda und Toni ins Wohnzimmer. Sie hatte sich erholt und lächelte aufgeräumt. «Es tut mir leid, dass ich euch beide so überfalle», sagte sie. «Ich wusste nicht, wohin. Aber ich hatte deine Briefe mit dem Absender Luisenstraße. Da dachte ich, ich versuche es einfach.»

«Das war vollkommen richtig. Ich bin so glücklich, dich wiederzusehen. Wie lange kannst du bleiben?», fragte Ricarda.

Sie wusste nicht so recht, wie sie mit der Situation umgehen sollte. Denn bei ihrem letzten Berlin-Besuch vor langer Zeit war Kumari mit ihrer Familie in einem der besten Hotels der Stadt abgestiegen. Schließlich arbeitete ihr Mann damals als Leiter einer Teeplantage. Offenkundig waren diese guten

Zeiten aus Gründen, die sie gewiss gleich erfahren würde, vorbei.

Kumaris Blick wanderte unsicher zwischen Ricarda und Toni hin und her. «Ich kann nicht zurück nach Afrika», sagte sie leise. «Nach Ceylon lassen sie mich auch nicht. England gehört die halbe Welt. Ich bin heimatlos.»

Sie kämpfte wieder mit den Tränen.

«Ich war ein halbes Jahr lang in einem Gefängnis interniert. Erst dann gelang es meinem Mann, der ja einen englischen Pass hat, mich freizubekommen. Er musste mir eine Schiffspassage kaufen, und ich musste das Land sofort verlassen. Alles ließ ich zurück, meinen Mann, meine Kinder. Meine Patientinnen. Ich habe alles verloren.» Tränen der Verzweiflung ertränkten Kumaris Worte.

Ricarda bemerkte, wie ihre Tochter die Besucherin mit weit aufgerissenen Augen musterte. Sie selbst hatte von den Verfolgungen Deutscher durch den Kriegsgegner England in Afrika bereits gehört. Die deutschen – über die halbe Welt verteilten – Schutzgebiete hatte dasselbe Los ereilt wie Tsingtau. Sie waren längst verloren. Nur Deutsch-Ostafrika hielt sich noch gegen den erbitterten Widerstand der weitaus überlegeneren Briten. Die Zeitungen berichteten ständig von den heldenhaften Siegen des Generals Lettow-Vorbeck.

Ricarda ließ Kumari weitererzählen. Zunächst wandte die Freundin sich an Toni, um die Zusammenhänge zu erklären: «Meine Mutter war Ceylonesin, aber mein Vater war Deutscher. Und ich war es auch. Ich habe nie die englische Staatsbürgerschaft beantragt. Das war ein großer Fehler. Obwohl mein Mann und meine Kinder Briten sind, wurde ich als Spionin verhaftet. Einzig und allein weil ich Deutsche bin. Eine

Deutsche, die nichts anderes tat, als auf einer Teeplantage Kranke zu versorgen und als Hebamme zu arbeiten.»

Toni sprach aus, was Ricarda dachte: «Das ist doch Unrecht.»

«Ja, mein Kind, das ist es», sagte Kumari. «Aber im Krieg fragt niemand danach, was Recht ist. Heute bist du eine Freundin und morgen eine Feindin. Nur weil du einen anderen Pass hast.» Es war offenbar, dass die Jugendfreundin durch ihre Erlebnisse zutiefst verstört war.

Obwohl die kleine Familie kaum über die Runden kam, war es selbstverständlich, Kumari vorzuschlagen, hier zu wohnen: «Darf ich dir Hennys Zimmer anbieten?»

«Ich will euch nicht zur Last fallen», sagte Kumari.

«Das tust du nicht. Du bist meine älteste Freundin.» Abgesehen davon liebte sie Kumari wie eine Schwester. Eine Schwester, die nach viel zu langer Zeit zu ihr zurückgefunden hatte. Es gab so viel zu erzählen! Wochenlang würden sie reden müssen.

«Danke.» Kumari blickte Ricarda forschend an. «Kannst du mir noch einen Gefallen tun? Ich möchte dorthin, wo meine Familie damals gewohnt hat. Vielleicht lebt mein Vater noch in der Kurfürstenstraße. Ich traue mich nicht allein dorthin. Diese Stadt ist so groß und mir so fremd geworden.»

Obwohl sie nach ihrer weiten Reise Ruhe gebraucht hätte, war Kumari voller Ungeduld. Nach Jahrzehnten, in denen sie nichts von ihrem Vater gehört hatte, wollte sie keine Zeit mehr verlieren und sich auf die Suche nach ihm machen.

Für Antonia wurde der Spaziergang von Mitte nach Charlottenburg an diesem milden Vormittag zu einer Reise in die Vergangenheit ihrer Mutter und von Kumari. Die kleine Frau schwankte zwischen Weinen und Lachen und fiel durch ihre exotische Kleidung auf. Ihre Mutter erzählte seltsam aufgekratzt von Erlebnissen aus ihrer Kindheit. Und da gab es so einiges, von dem Toni noch nie erfahren hatte. Gleichzeitig war Kumaris Herz so übervoll mit Erinnerungen, dass ihr der Mund überging!

Mutters erster Schultag – die Komtess von Freystetten brachte sie höchstselbst hin. Die Mutter – damals zwei Jahre jünger als Toni jetzt – war sich wie ein dummes Landei vorgekommen. Zum Glück hatte Kumari in der gleichen Schulbank gesessen. Und sie durfte neben ihr Platz nehmen.

«Du warst meine Rettung!», sagte die Mutter.

«Du warst meine!», widersprach Kumari. «Die haben mich alle angesehen wie einen Paradiesvogel. Ich wusste nicht, was ich machen sollte.»

«Ich doch auch nicht!»

Beide umarmten sich zum soundsovielten Mal. Toni kam es so vor, als machte die Erinnerung ihre Mutter um Jahre jünger.

Schließlich erreichten sie ihr Ziel, die Kurfürstenstraße in Tiergarten. Doch Toni hatte den Eindruck, die beiden kannten sich überhaupt nicht mehr aus.

«Das sieht alles ganz anders aus. Hier lief damals der Dreck offen die Straßen entlang, weil es keine Kanalisation gab», sagte die Mutter.

«Ich weiß noch, wie du immer sagtest: bei dir stinkt es.» Kumari lachte. «Du warst etwas Besseres gewohnt.»

«Die Komtess wohnte schließlich Unter den Linden!» Ricarda lachte. «Wenn ich heute daran denke: Anfangs hatte ich das Gefühl, ich müsste vor Ehrfurcht die Luft anhalten, wenn ich ihr Palais betrat.»

Kumari lachte. «Dass du nicht erstickt bist!»

«Das verdanke ich dir. Du hast mir gezeigt, wie das richtige Leben aussieht. Und das war hier.»

Jetzt war dies eine Gegend mit eleganten Stadthäusern, in der man den Mangel des Kriegs nicht spürte. Teure Autos fuhren vor, Lieferanten brachten Waren zum Hinter- oder Seiteneingang der Villen. Nichts erinnerte an das Berlin, in dem Toni sich täglich bewegte. In dem sich die Frauen um ein Stück Fleisch stritten.

Kumari blieb stehen. «Ich glaube, hier war es. Hier haben wir gewohnt. Da hinten, wo jetzt das Auto vor der Remise steht, da war einer der Ställe. Da hat mein Vater die Löwen im Hinterhof eingesperrt.»

Nun wurde Toni vollends hellhörig.

«Mein Vater hat mit wilden Tieren gehandelt. Er hat sie aus allen Teilen der Welt geholt», erzählte Kumari auf Tonis Nachfrage. «Auch mit Löwen. Die waren damals für den Zoo in Leipzig bestimmt, aber das Gespann hatte einen Achsbruch. So mussten sie im Schweinestall warten, bis es weiterging. Das waren verrückte Zeiten!»

Das hörte sich für Toni an, als wären es die schönsten Zeiten überhaupt gewesen.

Nun brachte gerade ein Fischhändler Ware, eine Frau trat aus einem hinteren Seiteneingang, um mit ihm zu verhandeln.

«Da wohnt Vater wohl nicht mehr», sagte Kumari resigniert. «Nun ja, es war den Versuch wert», meinte sie lächelnd und wollte wieder gehen.

«Ach was, wir fragen die Frau da hinten», sagte Ricarda. «Vielleicht weiß sie, was aus deinem Vater wurde.»

«Ach nein, ich will niemanden belästigen», sagte Kumari.

So zurückhaltend ist in Berlin niemand, dachte Toni verwundert. Beherzt ging sie durch das offenstehende Tor in das Anwesen hinein. Die alte Frau mit Kopftuch wollte gerade den soeben angelieferten frischen Fisch ins Haus tragen.

«Entschuldigen Sie», sagte Toni. «Darf ich Sie etwas fragen, bitte?»

Die Alte blickte Toni abweisend an. «Wir geben nix.»

«Ich bettele nicht um Essen. Ich will nur etwas wissen: Da am Tor steht eine Dame, die hier mal wohnte. Sie heißt Kumari.»

Die Alte stellte die Fischkiste langsam ab und ging mit schweren Schritten auf Kumari und Ricarda zu. Sie schlug die Hände zusammen. «Dat ick det noch erlebe! Frollein Kallstadt! Ick hätt Ihnen nie und nimmer nich erkannt.»

«Gerda!» Kumari lächelte unsicher. «Ich hätte dich auch nicht erkannt. Arbeitest du für die neue Herrschaft? Das freut mich.»

Die Umarmung der beiden Frauen fiel, trotz der unübersehbaren Wiedersehensfreude, etwas förmlich aus. Dem Gespräch entnahm Toni, dass dies das ehemalige Dienstmädchen von Kumaris damals sehr wohlhabender Familie war. Seit dreieinhalb Jahrzehnten hatten die beiden Frauen sich nicht gesehen!

Nachdem Kumari erzählt hatte, dass ihr Vater die Familie vor langer Zeit verlassen und sie ihn aus den Augen verloren hatte, berichtete die Frau, die nunmehr als Haushälterin arbeitete, was sie wusste.

«Ihr Herr Vater musste ja allet vakofen. Die Leute ham jesacht, wegen die Schulden von Ihrem Herrn Vater», sie druckste etwas herum, «war er wohl 'n paar Jahre im Jefängnis. Jenaues weeß man nich. Wurde janz fix allet abjerissen.

Eenmal, det war Jahre später, war Ihr Herr Vater noch mal hier. Ick jlobe, jeärgert hat er sich, wie er det jesehn hat. Feine Leute wohnen nu hier. 'n Jeneral beim Kriegsministerium is die Herrschaft.»

«Mein Vater war hier? Lebt er noch?», fragte Kumari.

Gerda hob die Schultern. «Weeß ick nich. Damals hat er jesacht, er wohnt im Zoo. Müssen Se mal fragen, ob er noch da is, Frollein Kallstadt. Is ja jleich umme Ecke.»

Kumari blickte ihre beiden Begleiterinnen schockiert an. So lange hatte sie nichts von ihrem Vater gehört. Um nun zu erfahren, dass er am Boden war.

Das letzte Mal, als Ricarda Kumaris Vater gesehen hatte, lag so lang zurück, dass sie sich kaum erinnerte. Aber eines war ihr an dieser Begegnung unvergesslich. Herr Kallstadt war in Begleitung zweier Afrikaner gewesen. Er wollte sie bei einer Menschenschau hier im Berliner Zoo zeigen, wie er damals sagte. Obwohl Ricarda noch nicht viel über Afrika wusste, fand sie es seltsam, dass man Menschen gemeinsam mit wilden Tieren ausstellte.

Offenbar hatte Kallstadt, der in Ricardas Jugend ein großer Gönner des Zoos gewesen war, einen schrecklichen Absturz erlebt. Ricarda tat ihre Freundin aus ganzem Herzen leid. «Du hast in all den Jahren nie von ihm gehört?», fragte sie.

Kumari schüttelte den Kopf. «Er hat den Kontakt zu meiner Mutter und mir vollkommen abgebrochen.» Sie seufzte. «Aber wenn es stimmt, dass er im Gefängnis war ...»

«Du willst es trotzdem wagen, ihn zu sehen?»

«Er ist immerhin mein Vater», erwiderte Kumari trotzig.

Als sie drei Karten gelöst hatten und durch das Gelände streiften, bot sich ihnen ein trostloser Anblick. Es gab kaum

Besucher, denn der Gegenwert von einer Mark fünfzig musste mancher Familie für eine Woche zum Überleben reichen. Auch Ricardas eigenes Gehalt als Oberärztin war wegen der Sparmaßnahmen der Regierung bescheiden und Siegfrieds Invalidenrente gering. Ein wenig bedauerte Ricarda deshalb bereits ihre Entscheidung. Aber ihre Freundin hätte das Geld erst recht nicht gehabt, und es war die einzige Chance, ihren Vater ausfindig zu machen.

In einem der Gehege sägte gerade ein bärtiger Wärter in knielanger Schürze das Bein eines toten Zebras mühsam am Oberschenkel ab. Erstaunt sah er auf, als er die Blicke der wohl unerwarteten Besucher wahrnahm.

«War schon alt», sagte er mit schuldbewusstem Blick. Die Frage nach Herrn Kallstadt konnte er nicht beantworten. Kurz darauf trafen die drei den Mann wieder. Mit dem Schubkarren brachte er Zebrateile zum Löwenkäfig.

Ricarda ahnte die Frage ihrer tierlieben Tochter, noch ehe sie sie gestellt hatte: «Müssen die Zootiere sich etwa gegenseitig auffressen?»

Was denn sonst, Kind, hätte Ricarda am liebsten geantwortet. Es gibt doch schon für die Menschen kein Fleisch. Aber sie sagte nur: «Vielleicht war das Zebra wirklich altersschwach.»

Sie las in Tonis Blick, dass sie das gern geglaubt hätte, aber von der rauen Wirklichkeit schon zu viel mitbekommen hatte, um es noch zu können.

Schließlich hatten sie sich zum Büro des Zoo-Direktors durchgefragt und wurden zum Aquarium geschickt. «Herr Kallstadt ist für die Reptilien zuständig», sagte die Sekretärin des Direktors.

Schon seit einer halben Ewigkeit hatte Toni sich gewünscht, das neue Aquarium des Berliner Zoos besuchen zu dürfen. Sie konnte sich noch gut daran erinnern, wie Mitschülerinnen geschwärmt hatten, als es vor drei Jahren – im letzten, unbeschwerten Friedenssommer 1913 – eröffnet worden war. Zu gern wäre sie mit der Mutter oder Henny hingegangen. Aber die Mutter hatte ständig in ihrer Praxis gearbeitet, und unansprechbar war sie sowieso gewesen, denn Tonis Vater hatte sich bereits in China aufgehalten. Und Hennys Kopf und Herz waren voll mit Victor gewesen.

Nun kam Toni über diesen seltsamen Umweg doch noch dazu, ihren Sehnsuchtsort besuchen zu dürfen. Sie spürte, dass ihre Mutter und Kumari das Aquarium nicht interessierte, hatten sie doch andere Sorgen. Aber Toni war glücklich, als sie begeistert durch das dreistöckige Gebäude lief. Im Untergeschoss gab es zahlreiche von innen beleuchtete Schaubecken. Die Fische darin schwammen zwischen Felsen und Pflanzen, die denen ihrer ursprünglichen Umgebung glichen.

Im mittleren Stockwerk erwartete die Besucherinnen die Hauptattraktion. Ein dreißig Meter langer Urwaldtümpel bildete das Zentrum der Krokodilhalle, die von einem spitzen Glasdach überdeckt wurde. Palmen und Farne umrahmten eine flach zu einem Teich hin abfallende Sandbank. Aus Bambusrohr und Seilen gefertigte Wege führten die Besucher quer durch dieses tropische Paradies. Fast zum Greifen nah ruhten darunter ein paar Krokodile und sonnten sich unter Wärmelampen. Die Luft war so schwer und feucht, dass die Wintermäntel ausgezogen werden mussten.

«Oh, ist das schön hier!», rief Toni. «Das gibt es sonst nirgendwo auf der Welt!»

«Nun ja, in Afrika schon», sagte Ricarda trocken.

Toni blickte sie zornig an. «Jetzt weiß ich, warum du nie mit mir hierhin wolltest: Du kennst das alles aus Afrika.»

«Tut mir leid, Toni», sagte Ricarda. «Du hast ja recht. Es ist wirklich schön.»

Die Entschuldigung verfing nicht. Toni hatte wieder mal das Gefühl, zu spät geboren zu sein. Als die Familie in Afrika lebte, war sie ein dummes kleines Kind gewesen, das nichts verstanden hatte. Wie schön es dort gewesen sein musste! Und sie erinnerte sich an kaum etwas davon. Sie ärgerte sich, wollte sich aber das unverhoffte Geschenk dieses Besuchs nicht zerstören lassen.

Das Schönste daran war, dass sie das kleine Stück Tropen in Berlin ganz für sich hatten. Bewusst wurde Toni das erst, als ein Herr mittleren Alters die Krokodilhalle betrat. Er war schlank, trug Hut, Anzug mit Weste und Fliege und guckte streng durch einen Kneifer, der auf seinem Nasenrücken saß. Sorgfältig befühlte er die Blätter der Gewächse, sah kritisch zu den Krokodilen herab. Jetzt kam ein weiterer, wesentlich älterer, früher vermutlich stattlicher Mann in die Halle, der zwei Eimer trug. Er ging gebeugt, war in die lange Schürze eines Tierpflegers gekleidet und ging an Toni so nah vorbei, dass sie den strengen Geruch toter Hühner roch.

«Ich musste die Futtermenge noch mal reduzieren, Herr Doktor», sagte der alte Mann. «Krokodile sind genügsam.»

«Sie machen das schon richtig, Kallstadt. Mit Echsen kennen Sie sich besser aus als ich.»

Der betagte Pfleger griff in einen der Eimer und schleuderte eines der toten Hühner auf die Sandfläche. Unter dem dichten Blattwerk am Boden schoben sich blitzschnell mehrere Krokodile hervor, die Toni zuvor gar nicht bemerkt hatte.

Inzwischen hatte Kumari sich den beiden Männern zugewandt. «Vater?», fragte sie. «Bist du das?»

Der alte Tierpfleger wollte gerade zu einem erneuten Wurf ausholen. «Wer sind Sie?», fragte er unwirsch.

«Ich bin's: Kumari. Deine Tochter. Erkennst du mich nicht?»

«Nein, bedaure.»

Er warf das Huhn zu den Krokodilen. Offensichtlich war ihm die Begegnung unangenehm. Auch der andere, elegantere Herr guckte irritiert. Toni schämte sich und wusste nicht so recht, für wen. Ob für den Vater, der seine Tochter vergessen zu haben schien. Oder für Kumari, deren Vater einen erheblichen gesellschaftlichen Abstieg erlebt hatte.

Kumari standen Tränen in den Augen. Sie brachte kein weiteres Wort hervor, und Ricarda sagte an ihrer Stelle: «Herr Kallstadt, Ihre Tochter und ich waren damals schon befreundet, als Sie die Löwen in den Hinterhof sperren mussten. Das war vor bald vierzig Jahren.»

Mittlerweile hatte Kallstadt alle Hühner in das Terrarium geworfen. Die Echsen kämpften um die Beute. Zu gern hätte Toni sie beobachtet, aber ebenso erschreckend war die Reaktion des alten Mannes.

«Sie müssen mich verwechseln», sagte er, den Blick starr auf die Krokodile gerichtet. Dann ließ er Kumari und Ricarda stehen. Er ging einfach fort.

Kumari starrte ihm mit offenem Mund nach. Ricarda schloss sie tröstend in die Arme.

«Herr Kallstadt wird nicht gern auf seine Vergangenheit angesprochen», sagte nun der elegante Herr und lüpfte den Hut. «Ich bin Oskar Heinroth. Das Aquarium obliegt meiner Verantwortung.»

«Ich habe meinen Vater Jahrzehnte nicht gesehen und war selbst im Ausland», sagte Kumari. «Ist es wahr, dass Herr Kallstadt im ...», sie räusperte sich verlegen, «... im Gefängnis war?»

«Ich fürchte, das stimmt. Dennoch bin ich froh, auf ihn zählen zu können. Trotz seines hohen Alters. Es gibt überdies niemanden, der jetzt im Krieg hier arbeiten könnte. Geben Sie Ihrem Vater Zeit, das Wiedersehen zu verarbeiten. Fragen Sie nach mir, wenn Sie wiederkommen. Dann müssen Sie nichts zahlen.»

Toni und ihre Mutter nahmen Kumari in ihre Mitte. Als sie Richtung Ausgang gingen, interessierten die beiden sich nicht für die Umgebung. Aber Toni schaute sich zu allen Seiten um, um alles in sich aufzusaugen. Ihr schien es der spannendste Ort zu sein, an dem sie sich je aufgehalten hatte.

In ihr reifte ein Plan. Ein großer Plan. Und sie hatte auch eine Idee, wie sie ihn umsetzen konnte. Notfalls ohne ihre Mutter.

Hinter Ricarda lag wieder eine Sechsunddreißig-Stunden-Schicht, als sie am Abend nach Hause kam. Todmüde schloss sie die Tür auf. Doch als sie Kumaris warmes Lächeln sah, wurde ihr leichter ums Herz. Sie freute sich, eine gute Nachricht überbringen zu können: «Du kannst schon morgen als Hilfsschwester in der Charité anfangen!»

«Wir beide arbeiten wieder zusammen! Ich bin so glücklich. Danke.» Kumari standen Freudentränen in den Augen.

Seit den gemeinsamen Lehrjahren bei den ersten Ärztinnen der Hauptstadt wusste Ricarda: Für ihre Freundin war das Gefühl, gebraucht zu werden, so wichtig wie die Luft zum Atmen. Und es würde ihr auch helfen, hoffte Ricarda, nicht ständig daran zu denken, dass sie ihre Familie in Afrika hatte zurücklassen müssen. Von nun an würden Kumari die gleichen kräftezehrenden Sechsunddreißig-Stunden-Schichten erwarten, die auch Ricarda auslaugten.

«Mamma, es gibt gleich Essen!», rief Toni aus der Küche. «Hast du Hunger?»

«Sie will dich überraschen», sagte Siegfried mit gedämpfter Stimme, als er seine Frau begrüßte. Es stand also etwas ins Haus, das Toni ihrer Mutter nicht so ohne weiteres vermitteln konnte.

Aus der Manteltasche nahm Ricarda ein Stück Seife und ging damit ins Bad, um sich die Hände gründlich zu waschen. Seife war in diesem Winter erstmals Mangelware. Früher ein Pfennigprodukt, bekam man es weder für Geld noch gute Worte, denn Seife wurde aus gemahlenen Tierknochen hergestellt. In der Charité konnte Ricarda hin und wieder ein Stück für den Hausgebrauch abzweigen.

Als sie aus dem Badezimmer kam, sagte Siegfried: «Können wir nachher noch reden, Rica? Oder bist du zu müde?»

Eigentlich war sie das, aber die abendlichen Gespräche waren wegen Siegfrieds neuer Arbeit unerlässlich. Hatte er etwa Neuigkeiten zu Georg?

«Essen ist fertig!», rief Toni.

Ein fast fremd gewordener Geruch zog durch die Räume. Normalerweise hätte man jetzt das Fenster öffnen müssen. Aber gerade dieser Geruch durfte nicht nach draußen dringen. Es war der Duft von gebratenem Fleisch. Ricarda war nie eine große Fleischesserin gewesen. Der Krieg hatte sie eines Besseren belehrt. Sie sah es an ihren Patientinnen, wie schädlich die fleischlose Ernährung für Schwangere war. Die Zahl der Früh- und Fehlgeburten häufte sich ungewöhnlich stark.

Ob Ricarda es wollte oder nicht – das Stück Fleisch auf dem Teller war jetzt ein großes Glück.

Allerdings duftete dieses fremdartig.

«Probiert einfach mal», sagte Toni und säbelte an ihrem Stück.

Kumari lächelte wissend. Und auch Siegfried konnte nicht ernst bleiben. Beide schienen zu ahnen, um was es sich handelte. «Also, was ist das?», fragte Ricarda.

«Zebra», antwortete Toni.

Ricarda blieb fast der Bissen im Hals stecken. «Etwa aus dem Zoo? Du warst noch einmal dort?»

Toni nickte. «Bei Doktor Heinroth. Er lässt mich im Aquarium arbeiten. Dafür bekommen wir Essen.»

«Zebras sind auch nur gestreifte Pferde», sagte Kumari. Ihr schien es zu schmecken.

Normalerweise esse ich auch kein Pferd, dachte Ricarda und fragte: «Ist das denn auf Trichinen untersucht?»

Als Ärztin wusste sie um die rasend schnelle Vermehrung der Fadenwürmer, die eine ebenso rasche Durchseuchung des menschlichen Körpers zur Folge hatte. Jetzt im Krieg wurde alles gegessen, was nahrhaft war. Entsprechend oft litten Menschen an Krankheiten, die längst ausgemerzt waren. Wie eben der Trichinellose. Am Ende des 19. Jahrhunderts erst hatte der große Rudolf Virchow dafür gesorgt, dass nur noch auf Trichinen untersuchtes Fleisch verkauft werden durfte.

«Keine Sorge», sagte Toni. «Doktor Heinroth, seine Frau und die Angestellten essen das auch. Es wird extra vorher untersucht. Und ich hab's ja obendrein gebraten.»

«Das hast du gut gemacht. Wir brauchen Fleisch. Ich danke dir», sagte Ricarda und nahm noch einen Bissen von der ungewohnten Kost. Das Fleisch war zäh. Der Mensch war dem Löwen beim Verspeisen von Zebras offenkundig unterlegen. «Also erzähl, wie es dazu kam.»

Toni aß kaum vom Zebra-Steak und berichtete aufgekratzt von Aquariumsleiter Heinroth. Dass er die Idee zu dem Aquarium vor langer Zeit gehabt und alles selbst entworfen hatte. Dass es das größte auf der Welt wäre. Sein Lebenswerk.

«Aber es geht nicht nur um die Echsen und Fische. Er erforscht das Verhalten von Vögeln. Es ist unglaublich spannend, wenn er davon erzählt.»

«Warst du denn lange bei ihm?», fragte Siegfried.

«Ein paar Stunden, die Zeit ist verflogen», sagte Toni mit vor Begeisterung glühenden Wangen. «Doktor Heinroth ist von Haus aus Humanmediziner, wie ihr beide. Und es ist so, wie du es mir ja auch gezeigt hast, Mamma. Da sind so viele Ähnlichkeiten zwischen Mensch und Tier. Und jetzt kommt der interessanteste Teil: das Verhalten der Tiere. Doktor Heinroth meint, sie hätten so etwas wie eine Psyche. Selbst schon Vogelküken hätten sie. Was ich sagen will ...»

Ricarda ahnte es: «Du willst bei ihm lernen, was wir dir nicht beibringen, weil wir keine Zeit haben. Richtig?»

Tonis Wangen waren erhitzt, ihre Augen glühten wie in einem Fieber. «Ich habe es immer geahnt: Ein Tier ist nicht nur ein dumpfes Wesen. Es hat ein Innenleben wie wir Menschen. Das will ich erforschen. Doktor Heinroth wird es mir beibringen, hat er versprochen, wenn ich im Zoo mitarbeite. Erlaubt ihr das? Bitte!»

Dabei stellte sie Badili den Teller mit dem Zebrasteak hin; die Hündin hatte schon die ganze Zeit über aufmerksam neben dem Tisch gewartet.

Ricarda wechselte einen Blick mit Tonis Vater, und Siegfried nickte kaum merklich, um seine Zustimmung zu den

Absichten der bald sechzehn Jahre alten Tochter zu signalisieren. Ricarda sah ihm an, dass Tonis Zukunftspläne ihn längst nicht so beschäftigten wie das, was er ihr zu berichten hatte.

«Der Weg zu den Tieren wird dich über den Menschen führen», sagte Ricarda. «Als Frau darfst du nicht Veterinärin werden. Das weißt du hoffentlich.»

«Noch nicht», antwortete Antonia mit einem frechen Blitzen in den Augen.

Ricarda war zwar stolz auf ihre zielgerichtete Tochter. Doch wenn sie diesen Weg wirklich weiterverfolgte, stand ihr ein ähnlicher Kampf bevor wie einst ihr selbst.

Siegfrieds neue Arbeit hatte gewissermaßen an dem Tag begonnen, als er erfahren hatte, dass Georg als vermisst galt. Damals hatte er die zahlreichen Berliner Lazarette aufgesucht, um heimgekehrte Soldaten über ihre Erfahrungen an der Front zu befragen. Dabei war ihm aufgefallen, wie viele Soldaten nicht nur Schaden am Körper genommen hatten, sondern auch am Geist. Die Erlebnisse hatten sie so verwirrt, dass sie nicht mehr in den Alltag zurückfanden. Das war zwar bekannt, und kein Kamerad, der Ähnliches erlebt hatte, lachte über Männer, die nachts einnässten und tagsüber aus unerfindlichen Gründen zu zittern begannen. Aber im Volk galten solche Heimkehrer als Versager.

«Die Menschen zu Hause wollen, dass Helden heimkehren. Wozu sonst hätten sie um sie bangen sollen? Damit sie einen Krüppel pflegen müssen?», hatte Siegfried gesagt. «Darum braucht es Ärzte, die diesen Kameraden beistehen.»

Einem Mann, der selbst nur einen voll funktionsfähigen Arm hatte, kam solch ein Satz leichter über die Lippen. Er war zwar ein Arzt, der sich um Kranke kümmerte, aber offiziell ein Invalide. Ein Begriff, den zu hören Ricarda wehtat, bedeutete er doch so viel wie ungültig und hinfällig. Siegfried war alles andere als das. Jeden Tag verbrachte er viele Stunden in den Lazaretten.

Als Invalide, der Kriegsversehrtenrente bezog, und ehrenamtlicher Helfer bekam er dafür keinen Pfennig Lohn. Jedoch unschätzbare Einblicke in das, was er das Seelenleben der Soldaten nannte: «Nach dem Krieg beginnt der Krieg im Kopf des Soldaten. Meine Aufgabe sehe ich darin, diesen Krieg, den jeder für sich allein kämpft, zu beenden.»

Ricarda bewunderte ihren Mann dafür, dass er sich solch ein großes Ziel gesetzt hatte. Was er dabei erfuhr, konnte er oft nicht mit sich selbst ausmachen. Dann war sie für ihn da und hörte ihm zu. Nun zahlte sich aus, dass sie beide in Tsingtau gewesen waren und gemeinsam den Lärm einer Schlacht ertragen hatten. Sie konnte nachvollziehen, wovon er sprach. Es waren manchmal quälende Stunden, aber sie schmiedeten das Ehepaar zusammen. Obwohl Ricarda oftmals selbst einen langen Tag voller unschöner Erlebnisse gehabt hatte.

«In Ostfrankreich hat im Februar eine deutsche Großoffensive begonnen», erzählte Siegfried nun, da sie beide sich ins Schlafzimmer zurückgezogen hatten. «Unsere Heeresführung hat die Lage trotz Unmengen von Material und Zehntausender Soldaten falsch eingeschätzt. Es geht nichts voran. Zunächst starben vor allem Franzosen in unvorstellbarer Zahl. Tausende an einem Tag. Inzwischen dreht sich das Kriegsglück gegen uns, und unsere Soldaten sterben wie die Fliegen. Und die, die überleben, müssen hilflos zusehen. Wer da rauskommt, ist ein anderer Mensch als zuvor.»

Ricarda lauschte geduldig. Sie wusste, dass die manchmal

etwas ausschweifenden Erklärungen ihres Mannes wichtig waren, um das Ganze zu verstehen.

«Eine Offensive mitten im eisigen Februar zu beginnen ... Generäle müssen nicht wochenlang in den Gräben liegen. Bei eisiger Kälte mit durchnässter Kleidung. Unter ständigem Beschuss. Und es sieht so aus, als würde die Schlacht vor Verdun noch lange weitergehen.»

Ricarda wusste, dass er diesen Krieg inzwischen für kaum zu gewinnen hielt. Soldat, der er war, hätte er das nie so offen gesagt. «Was ist heute geschehen, Siegfried?», hakte sie vorsichtig nach.

«Ich habe von einem schrecklichen Fall erfahren: Ein junger Soldat, der sein Gedächtnis verloren hat. Er weiß nicht, wer er ist. Und seine Erkennungsmarke hilft uns nicht weiter: Der Soldat mit dieser Nummer wurde bereits für tot erklärt.»

«Wie ist das möglich?»

Siegfried schüttelte den Kopf. «Niemand weiß es. Vielleicht tauschten sie die Nummern? Aber warum? Oder nahm er einem Toten die Nummer ab und legte sich selbst um?» Siegfried sah sie ratlos an. «Was auf den Feldern passiert, hat mit Logik nichts zu tun. Für mich stellt sich die Frage: Wie kann man einem Menschen die Erinnerung an sich selbst zurückgeben?»

Ricarda wusste keine Antwort, aber seine Erzählung ließ sie wieder an ihren Sohn denken. Sie hatte Georgs Leben verpasst und wusste immer noch nicht, was aus ihm geworden war. Ohne jeden Abschied war er gegangen. Das fühlte sich so trostlos an, dass sie manchmal, kaum, dass sie eingedämmert war, wieder hochschreckte. Und dann meinte sie, Georg gesehen zu haben, war überzeugt, dass er ihr sagen wollte: Mutter, ich lebe noch.

«Glaubst du denn, es besteht wirklich Hoffnung, dass Georg noch lebt?», fragte Ricarda.

«Aber ja, Rica!», sagte Siegfried voller Überzeugung. «Darum habe ich dir diese Geschichte doch erzählt. Wir leben in Zeiten voller Ungewissheit. Wenn wir jetzt die Hoffnung verlieren, verlieren wir, was uns weitermachen lässt.»

Ricarda schmiegte sich an ihren Mann. Hoffnung – das war schon immer das Geheimnis seiner inneren Kraft gewesen. Er hatte so viel davon, dass es auch für sie reichte.

Manchmal hörte Toni die Leute sagen, dass der liebe Gott die Menschen dafür strafen wollte, dass sie sich gegenseitig massenhaft töteten. Deshalb habe er diesmal den Winter, in dem es so wenig zu essen gab, extra lang sein lassen. Ostern lag in diesem Jahr spät, erst Ende April. Allerdings hatte Toni wenig Muße gehabt, darüber nachzudenken. Ihre Tage waren randvoll gewesen. Von der Schule fuhr sie direkt zum Zoo, half vor allem bei der Tierfütterung und sah Kumaris Vater nur gelegentlich von ferne. Sie machte in einem ungenutzten Büroraum des Aquariums ihre Hausaufgaben und aß gelegentlich sogar mit dem Ehepaar Heinroth.

Vor kurzem hatte Heinroth, der nicht den Zoo, sondern nur das Aquarium leitete, ihr ein lustiges Experiment gezeigt. Das wollte Toni nun, da sie mit der Familie über die Feiertage in Freystetten war, zu gern wiederholen. Sie sah ihre Eltern selten und war gespannt, was sie zu Heinroths Versuch sagen würden. Aber eigentlich ging es ihr darum, ihnen zu zeigen, dass sie etwas Sinnvolles lernte, indem sie ihre Zeit im Aquarium verbrachte.

Als Antonia nun in den Hühnerställen sah, dass Graf Friedemann sich einen Brutschrank zugelegt hatte, in dem er die

Küken unter Wärmelampen schneller aufziehen konnte, war sie erleichtert. Die Grundvoraussetzung für das Experiment war gegeben.

«Ich musste das Zertifikat *Kriegswichtiger Betrieb* bekommen. Ein kleiner Landwirt schafft das nicht», sagte der Graf, als sie ihn darauf ansprach. «Nur so darf ich Futter kaufen und die Hühner ans Ministerium verkaufen, das sie dann zuteilt.»

Für den Grafen ein heikles Thema. Zum Ende des letzten Jahres hatte er alle seine Wildschweine auf einen Schlag schlachten lassen müssen. Weil es eine entsprechende Verordnung so besagte. Schweine fraßen den Menschen angeblich die Kartoffeln weg. Die Folge war, dass es kein Schweinefleisch und keine Wurst mehr gab. Jeder in Berlin ereiferte sich darüber. Toni bedauerte nur die armen Schweine. Zumindest die Hirschzucht war bislang ungefährdet.

«Ich würde mir gern zwei Küken gewissermaßen ausleihen, Durchlaucht», sagte Toni.

Wenig später staunte der Graf ebenso wie Tonis Eltern und Großmutter Karla, als Toni ein gerade geschlüpftes Küken unter der Wärmelampe hervorholte und es sanft kuschelte. Sie trug es vorsichtig zum Hühnerstall und schob es einer Henne unter, die es bereitwillig aufnahm. Doch das Küken entfloh der fremden Fürsorge und eilte auf kurzen Beinchen zu Toni zurück. Mit dem zweiten Küken machte sie es anders. Sie nahm ein altes Tuch und trug das Küken zur gleichen Henne. Diesmal blieb das Küken bei der Henne.

«Das ist ja seltsam», sagte Siegfried. «Hat das einen Grund?»

«Vielleicht hält das Küken unsere Toni für seine Mutter?», rätselte Ricarda.

«Genau, Mamma!», rief Toni. «Doktor Heinroth sagt, dadurch, dass ich es gekuschelt habe, habe ich es an mich gewöhnt. Das ist Teil seiner Forschung. Der Doktor nennt das die Lehre von den Gewohnheiten. Was ich mit dem ersten Küken gemacht habe, heißt Prägung. Seht nur, jetzt läuft es mir nach.»

«Dann pass nur auf, dass es sich mit deiner Badili verträgt», scherzte der Graf und alle lachten.

«Vielleicht sollte ich mich auch ein wenig um es kümmern», sagte Großmutter Karla.

«Das stimmt! Bei dir hat es das Küken besser als in der Stadt», sagte Toni und gab es der Großmutter, die es behutsam in die Hände nahm.

Toni war so glücklich, dass ihr Versuch tatsächlich funktioniert hatte! Aber dann sah sie, dass die Augen der Mutter urplötzlich feucht geworden waren, und konnte sich keinen Reim darauf machen. Was hatte das Experiment denn mit der Mutter zu tun?

«Sie ist ein aufgewecktes Mädchen, deine Antonia», sagte Rosel.

Ricarda und ihre Schwester saßen bei einer Tasse Malventee in der warmen Mittagssonne auf der Schlossterrasse. Die Schwestern sahen dabei zu, wie Toni und Rosels Jüngste, die achtjährige Frieda, mit Badili auf der Wiese spielten.

Eigentlich hätten in dem großen Schloss viel mehr Kinder leben müssen. Rosels Ältester war siebenundzwanzig. Wäre kein Krieg, hätte Franz wohl schon ein Mädchen zum Heiraten gefunden, dachte Ricarda. Der Zweitgeborene, Ferdinand, war drei Jahre jünger, und Rosels dritter Sohn, Florian, war im Vorjahr zwanzig geworden. Die beiden Jüngeren waren nach wie vor an der Front, Franz stand als Adjutant im Stab eines Generals in Berlin vor einer großen Karriere.

Alle drei, sagte Friedemann stets, kamen ganz nach ihrem Großvater Franz, der ein bedeutender Ratgeber des preußischen Königs gewesen war.

«Diese Sache mit der Prägung ...», fuhr Rosel fort und lächelte ihre Schwester wissend an, «das ist wohl wahr. Ich erzähle dir mal etwas von deiner Tochter. Du warst damals in China. Wir hatten nur noch eine junge Stute. Werde ich nie vergessen. Eine grau gefleckte Schimmelstute, ein hübsches Tier. Ilse. Man ließ sie uns, weil sie trächtig war. Friedemann war an dem Abend nicht rechtzeitig aus Potsdam zurück. Also musste der alte Kutscher Willi der Stute helfen, das Fohlen zur Welt zu bringen. Aber es lag falsch herum. Antonia sagte, dass man es in der Gebärmutter drehen müsse. Sie hatte wohl von dir gehört, dass man das beim Menschen so macht. Weder sie noch Willi trauten sich das zu. Ich sowieso nicht! Die ganze Nacht über harrte Toni bei der sterbenden Ilse aus. Bis das Pferd, den Kopf in Tonis Schoß, starb.»

Ricarda schluckte betroffen. «Das hat sie mir nie erzählt.»

«Als du dann hier ankamst, war diese Geschichte mit Henny und Victor. Das war natürlich wichtiger», entgegnete Rosel. «Hast du eigentlich von den beiden gehört?»

Ricarda konnte nicht verhindern, dass sich ihr ein viel zu lautes, überdeutliches Seufzen entrang.

«Sie hat dir nicht verziehen?» Rosels Hand berührte Ricarda mitfühlend an der Schulter. «Das tut mir so leid. Ich habe erst durch diese Sache erfahren, was dir in Zürich widerfahren ist, Rica. Ich hatte immer gedacht, dass du alles im Griff hattest.»

«Kann man sein Leben denn überhaupt im Griff haben?», fragte Ricarda. «Manchmal denke ich, das Leben hat uns im Griff.»

Eine Weile schwieg Rosel, dann fragte sie: «Wie geht es Henny?»

«Toni sagt, sie kann als Ärztin in einer Stadt namens Los Angeles arbeiten. In einem Filmstudio.» Ricarda konnte sich beim besten Willen nichts darunter vorstellen. Auch Toni, an deren wohl nur gelegentlichem Briefwechsel mit Henny sie als Mutter der beiden Schwestern leider keinen Anteil hatte, hatte ihr in dem Punkt nicht weiterhelfen können. Also sagte Ricarda, was sie inständig hoffte: «Es wird ihr wohl gut gehen.»

Das klang, als interessiere es sie nicht. Das Gegenteil war der Fall. Sie verzehrte sich so sehr nach Neuigkeiten, dass es sie innerlich aufzufressen drohte. Aber sie war überzeugt, dass sie abwarten musste, bis Henny ihren Fehler einsah. Zuvor würde jeder Brief an ihre Tochter vergebliche Liebesmühe sein.

ICH HABE JA DICH

Mai 1916

Victors Hand strich sanft über Hennys Busen. Sie rührte sich nicht, hielt den Atem an. Seine Hand fand den Weg zu ihrer Wange. Auf ihre fehlende Reaktion folgte sein resigniertes Seufzen. Seine Hand zog sich zurück. Henny hörte, wie die Bettfedern quietschten. Ihr Mann rollte sich zur Seite und sagte: «Dann gute Nacht, Liebling.»

«Schlaf gut», antwortete Henny wie jede Nacht. Seit bald einem Jahr. Und sie ahnte, dass es wieder eine dieser Nächte würde, in denen sie nicht schlafen konnte. Sie lag dann stundenlang wach und starrte gegen die Decke, unter der sich im matten Licht des Mondes der Ventilator träge drehte. Dann versuchte sie sich einzureden, dass alles gut war. Und kam immer wieder zu demselben Punkt zurück, an dem sie sich sagte, dass es vor allem darum ging, das Leben auszuhalten. Und nicht darum, es zu leben.

Dann kam die Frage, warum sie hier war. Und was alles schief gelaufen war. Und dass Victor, dessen gleichmäßige Atemzüge aus dem Bett neben ihr zu hören waren, von der Pein, die sie quälte, nichts wusste. Rein gar nichts. Dass er nichts wissen durfte. Aus Liebe zu Victor hatte sie ihn vor der Wahrheit beschützen müssen.

Das war ihr gelungen.

Aber um welchen Preis! Die Wahrheit war tief in ihrem Innersten eingesperrt. Und meldete sich jede Nacht zu Wort. Verlangte danach, herausgelassen zu werden. Und sie musste sie mit ihren eigenen Lippen versiegeln. Wahrheit schmerzte. Schlimmer: Sie war der Feind der Liebe. Victor jedoch war alles, was sie liebte, alles, was sie brauchte, und alles, was sie hatte. Dass es so blieb, kostete Henny so viel Kraft, dass sie nicht mehr schlafen konnte. Seit jenem Tag vor bald einem Jahr, an dem sie doch nur hatte lernen wollen, wie man ein Auto fährt.

Welche dämonischen Mächte wohnen in mir, fragte sie sich. Was hat mich getrieben, als ich wie eine Mörderin handelte?

«Es gab einen Unfall.» Das war ihr erster Satz gewesen, als Victor an jenem Abend nach Hause gekommen war. Müde sah er aus nach einem langen Arbeitstag in der Hitze der kalifornischen Halbwüste. «Es geht um Morrie», sagte sie dann.

«Was ist mit ihm?», fragte Victor und blickte sich suchend um. «Er hat dich doch abgeholt, oder?»

«Das Auto hatte eine Reifenpanne …»

In den schlaflosen Nächten hörte sich Henny diesen Satz immer wieder sagen. Dass sie danach in Tränen ausgebrochen war, hatte sie nicht spielen müssen. Sie hätte es auch nicht gekonnt. Vielmehr war ihre Verzweiflung plötzlich übermächtig geworden.

«Morrie ist tot?», fragte Victor fassungslos. Er machte eine lange Pause, starrte ins Leere, aber Henny sah ihm an, wie sein Hirn arbeitete. «Vermutlich die Hitze, die Anstrengung mit dem Reifenwechsel … Und sei ehrlich, Henny: War er wieder betrunken?», fragte er.

Sie nickte stumm. Daran hatte sie überhaupt nicht gedacht! Es war erschreckend, wie plausibel ihre auf Lügen aufgebaute Geschichte war.

Victor hatte seine Frau danach sehr lange schweigend im Arm gehalten. Auch in den folgenden Tagen hatte er wenig gesprochen. Aus den Tagen wurden Wochen und aus den Wochen Monate. Henny kam es so vor, als wollte Victor seinen Bruder unter einer dicken Decke aus Schweigen beerdigen. So kannte sie ihn nicht. War er doch bislang ein Mann gewesen, der sie zum Lachen brachte und viel redete.

Manchmal fragte Henny sich, ob er etwas ahnte. Sie verwarf diese Sorge stets, konnte aber nicht verhindern, dass sie zurückkam. Eines jedoch stand für sie fest: Der tote Morrie hatte Victor mindestens so sehr verändert wie der lebende.

Nur war das, was sie hier in Amerika *making love* nannten, bei all dem auf der Strecke geblieben. Seit einem Jahr. Es ging einfach nicht. Sie konnte nicht. Nur einmal hatte sie es zugelassen. Prompt war passiert, was sie befürchtet hatte: Sie hatte Morrie sagen hören: *Es bleibt in der Familie.* Und dann der letzte, der brechende Blick, mit dem er sie angesehen hatte. Die Überraschung, die darin gestanden hatte. Das Erkennen, dass sein Leben ohne Vorwarnung zu Ende ging.

In jener Nacht war ihre leise erwachte Leidenschaft wieder im Keim erstickt worden. Weil sie Angst hatte, dass der tote Morrie sich dann erneut zu Wort meldete, sobald sie sich mit Victor vereinigte. Insgeheim wusste sie, dass nicht Morrie, sondern ihr schlechtes Gewissen alles verdarb, was zwischen Victor und ihr schön gewesen war.

Morries Tod darf einfach nicht für immer zwischen uns stehen, dachte sie jetzt. Sanft schob sie sich an Victors Rücken heran. «Du weißt gar nicht, wie sehr ich dich liebe», flüsterte sie.

«Ich liebe dich auch.» Seine Hand tastete nach ihr.

Sie hatte sich geirrt. Victor hatte nicht geschlafen. Er drehte sich zu ihr und küsste sie. Heute Nacht erwiderte sie seine Leidenschaft.

Gedankenverloren goss Henny Milch über ihre Scheibe weißen Toast. Als sich das Brot vollgesogen hatte, streute sie einen Löffel Zucker darüber. Sie war noch ein wenig müde und gleichzeitig voller Energie.

Beim Gedanken an die vergangene Nacht grinste sie in sich hinein. Die beiderseitige Enthaltsamkeit der letzten Monate hatte ein umso stärkeres körperliches Begehren zur Folge gehabt. Mit all seiner Leidenschaft hatte Victor ihr bewiesen, wie sehr er sie liebte. Und die Stimme von Morries Geist hatte endlich geschwiegen.

Inzwischen waren Victors Spiegeleier und der Speck fertig. Ein übliches Frühstück in Universal City, Kalifornien. Henny mochte es nicht besonders, aber sie hatte sich an das fremde Essen gewöhnt. Schnell und unkompliziert war es zwar, aber langweilig. Das schwere graue deutsche Brot! Henny vermisste es mal wieder. Aber es hatte keinen Sinn, sich solcher Sentimentalität hinzugeben. Sie musste sich nur an Tonis letzten Brief erinnern. Die Sache mit den KK-Broten, in denen kaum mehr Getreide war. Und wenn die kleine Schwester mal ein Ei essen wollte, musste sie nach Freystetten fahren. Hier dagegen, in der ungewöhnlichen Filmstadt, wurden Tausende von Hühnern in einem Dutzend Großställen gehalten.

Es war ein großes Glück gewesen, dass Carl Lämmle ihnen schon in der Woche nach Morries Tod einen sogenannten Reihenbungalow auf dem Gelände von Universal City zur

Verfügung gestellt hatte. Universal war eine Stadt, die sich selbst versorgte, und dazu gehörte nun auch Henny als Ärztin, die immer bereitstand. Denn gefilmt wurde von Sonnenaufgang bis Sonnenuntergang. Ungefährlich war das nicht. Schon Hennys erster Eindruck auf der *Triangle Ranch* hatte gestimmt: Natürlich verletzte sich ständig jemand, aber das durfte die unentwegte Produktion nicht aufhalten.

Henny hatte nicht glauben mögen, als Victor erzählt hatte, dass er nur einer von derzeit vierzehn Regisseuren war, die an parallel entstehenden Filmen arbeiteten. Mehr als zwei Wochen Produktionszeit waren für die höchstens zwanzig Minuten langen Stummfilme nicht erlaubt; somit wurden pro Woche zwei Filme fertig. Aber Victor war jung, er freute sich, dass er sich beweisen durfte. Es half ihm wohl auch dabei, seinen Bruder zu vergessen.

Henny schob Eier und Speck aus der Pfanne auf einen Teller. «Victor, kommst du frühstücken?»

Es war halb sieben am Morgen. In einer Viertelstunde musste Victor im Studio sein, Henny schloss ihre Praxis stets um halb acht auf. Das Studio war drei Gehminuten entfernt, die Praxis zehn. Schließlich wollte *Onkel* Carl, dass die Ärztin seiner Filmstadt stets in Minutenschnelle vor Ort sein konnte, falls sie gebraucht wurde.

Victor trat hinter sie, küsste sie sanft in den Nacken, setzte sich zum Essen und sah sie so verliebt wie früher an.

«Du bist die Frau meines Lebens», sagte er. «Ich bin so glücklich.»

In diesem Moment fuhr das dem Studio gehörende Feuerwehrauto mit blinkenden Einsatzlichtern vorbei. Da wusste Henny, dass die kostbaren Minuten mit Victor jetzt zu Ende waren.

Henny legte die Arzttasche in den Korb und schwang sich auf ihr Fahrrad. Der Anrufer hatte nur gesagt: «Person mit Brandverletzung» und sie zu einem der Produktionsbüros bestellt.

Es durfte nicht brennen auf dem Studiogelände. Niemals. Überall mahnten Schilder zur Vorsicht. Denn das Zelluloid, auf dem gedreht wurde, war extrem leicht brennbar, und fast alle Bauten auf dem Gelände waren aus Holz. Allerdings konnte die Studio-Ärztin Henny nur Erstversorgung leisten und hatte deshalb bereits von zu Hause aus einen Krankenwagen hinzubestellt. Er bog gleichzeitig mit ihr in jene Straße ein, die je nach Bedarf London, New York oder Berlin darstellen konnte. Heute war die Straße in Paris und voller aufgeregter Menschen in Kostümen aus dem letzten Jahrhundert. Henny suchte instinktiv nach dem Standort der Kamera. Schließlich war sie auch schon mal bei Aufnahmen unabsichtlich ins Bild geradelt.

Dichter grauer Rauch quoll aus einem versteckt liegenden Produktionsbüro. Die Feuerwehr setzte die unscheinbare Baracke bereits unter Wasser, und einer der Männer trug eine an ihrem weiten Rock als Frau erkennbare Person aus dem Qualm heraus ins Freie und legte die Ohnmächtige vorsichtig auf die Trage des Krankenwagens. Zwei herbeigeeilte Sicherheitsleute drängten die herandrängenden Neugierigen zurück.

Henny begann sofort mit ihrer Arbeit. Die Flammen hatten offenbar die wundervolle französische Robe der jungen Schauspielerin erfasst, sich über den rechten Arm zum Haar gefressen und die rechte Gesichtshälfte bis zur Nase zerstört. Die Ärztin fühlte den Puls und horchte das Herz ab. Mehr als das Notwendigste zur Lebenserhaltung konnte sie im Moment nicht tun.

Sie taxierte die Brandverletzungen auf Stufe zwei, was bedeutete, dass die Brandblasen große Narben auf dem Gesicht hinterlassen würden. Eine Infektion mit anschließender Sepsis war unbedingt zu vermeiden, denn das konnte schnell zum Tod führen. Darum musste Henny allergrößte ärztliche Sorgfalt walten lassen.

Als die junge Frau aus ihrer Bewusstlosigkeit zu erwachen begann, spritzte Henny Morphium. Die Droge wirkte rasch, und die Patientin blieb ruhig, obwohl sie ansprechbar war. Henny schnitt das Kleid auf, entfernte die verbrannten Haare und legte vorsichtig Gaze auf die Verbrennungen auf, sodass kein Staub oder Schmutz die Wunden infizieren konnte. Mit einer leichten Decke bedeckte sie das Wundfeld.

«Wie heißen Sie?», fragte Henny, doch die Patientin antwortete nur mit einem verzweifelten Wimmern.

Ein Mann von etwa dreißig im Straßenanzug beugte sich zu Henny herunter. «Ich bin der Aufnahmeleiter. Sie spielt unsere Betty», sagte er. Sobald er den schrecklichen Zustand wahrgenommen hatte, in dem sich die Schauspielerin befand, meinte er lakonisch im Weggehen: «Sieht so aus, als bräuchten wir eine neue Betty.»

Henny machte sich nichts vor: Darstellerinnen waren austauschbar. Die Karriere aller Frauen und Männer, die sich in Hollywoodland versuchten, hing an einem seidenen Faden. An Äußerlichkeiten – ihrem Gesicht und ihrem Körper. Das zarte Gewebe, aus dem die Zukunft dieser Unbekannten bestand, war vor wenigen Minuten verbrannt. Ihr blieb nur, womit sie gekommen war – ihr Leben. Und nicht einmal das war sicher.

Als die Verletzte auf der Trage in den Krankenwagen geschoben wurde, fragte Henny einen jungen Feuerwehrmann: «Hielt sich noch jemand im Bereich des Feuers auf? Gibt es weitere Verletzte, die ich versorgen muss?»

«Ich glaube nicht», antwortete der Feuerwehrmann und blickte sich um. «Nur Mister Torgauer war noch da. Ich habe ihn eben weggehen sehen. Er schien *okay.*»

Gottlieb Torgauer kannte fast jeder auf dem Gelände. Auch Henny hatte es schon ein paar Mal mit dem charmanten Berliner zu tun gehabt. Als Studioleiter war er einer der einflussreichsten Männer bei der Universal.

Ein wenig seltsam fand Henny es schon, dass er wie vom Erdboden verschluckt war. Im Moment war für Henny jedoch nur wichtig, dass er wohl unverletzt geblieben war.

Ein paar Mal hatte Henny bereits einen Krankentransport in eine der örtlichen Kliniken begleiten müssen. Der Wagen war eng und schlecht gefedert. An Bord war nicht viel mehr als der Platz für die Trage und ein ausklappbarer Sitz für sie. Diese Fahrt würde wie auch die anderen im *Kaspar-Cohn-Hospital* enden, dem nächstgelegenen Krankenhaus. Die Behandlungskosten übernahm die Universal, wenn der Unfall im Zusammenhang mit der Arbeit stand. Nur einmal hatte ein Schauspieler selbst zahlen müssen, weil er beim Dreh betrunken gewesen war. Zu Hennys Aufgaben gehörte es, sich davon zu überzeugen, ob es sich auch in diesem Fall so verhielt.

Es war für beide ein entwürdigender Moment, als Henny sich über die vor Schmerz stöhnende Schauspielerin beugen musste, um ihren Atem zu kontrollieren. Henny konnte jedoch nur den scharfen Geruch verbrannten Fleisches wahrnehmen und wich zurück.

«Ich kenn dich», flüsterte die Patientin unter großer Anstrengung. «Ich bin Hedda.»

Der Name kam Henny bekannt vor, aber sie hatte in den letzten Monaten viele Schauspielerinnen als Patientinnen gehabt. Beschäftigt mit ihren eigenen Problemen, hatte sie mit kaum einer von ihnen ein privates Wort gewechselt. Partys hatten Victor und sie ohnehin seit Morries Tod nicht mehr besucht.

Doch nun erinnerte sich Henny: Dies war jene Schauspielerin, die Morrie während der Party auf so unangenehme Weise betatscht hatte. Und sie hatte Henny indirekt vor Morrie gewarnt: *Da wird manches Mädchen aufatmen. Der war hinter jedem Rock her.*

Hennys Gedanken rasten, während der Krankenwagen über die schlechten Straßen rumpelte. «Warst du allein im Produktionsbüro?», fragte sie.

Hedda sah die Ärztin kurz an, dann wich sie ihrem Blick aus. «Torgauer», flüsterte sie. «Ich bedankte mich gerade.»

Hedda schämte sich offenkundig. Rollenvergaben wurden oft mit sogenannten sexuellen Gefälligkeiten bezahlt.

«Wieso brach Feuer aus? Hast du geraucht?», fragte Henny.

Hedda versuchte, sich zu artikulieren, was ihr durch die Schmerzen offensichtlich sehr schwer fiel. «Ich kniete vor Torgauer und war nett zu ihm. Er rauchte dabei. Plötzlich ... die Filmrollen ... Und dann ...» Heddas Kopf kippte zur Seite. Eine Ohnmacht erlöste sie von ihren Qualen.

Abrupt hielt der Wagen, die beiden Sanitäter öffneten schwungvoll die Hecktür und zogen die Trage unsanft heraus.

Das *Kaspar-Cohn-Hospital* wurde als eines der besten der Stadt gerühmt. Es sah aus wie eine hübsche Villa im viktorianischen Stil mit Türmchen, Veranden und Erkern. In Berlin hätte es von der Größe her einen winzigen Teil der Charité ausgemacht.

Stolz hatte ein männlicher Kollege Henny bei ihrem ersten hiesigen Besuch berichtet, dass das inzwischen auf fünfzig Betten erweiterte Krankenhaus bis vor wenigen Jahren von einer Ärztin geleitet worden war. Somit zu einer Zeit, als Henny als eine von wenigen jungen Frauen in Berlin gerade zum Studium zugelassen worden war. Sie hatte gefragt, was aus jener Doktor Sarah Vasen geworden sei, und ihr war lächelnd geantwortet worden: «Oh, sie hat geheiratet.» Also das übliche Ende einer Frauen-Karriere, hatte Henny gedacht und sich glücklich geschätzt. Schließlich erlaubten nur wenige Männer, dass die Ehefrau arbeitete.

Nun wurde die noch immer ohnmächtige Hedda Holden von Pflegern in weißer Kleidung in einen Operationssaal getragen. Zwei Ärzte standen bereit, um die Patientin zu versorgen. Sie tauschten sich kurz mit Henny über die bereits erfolgte Behandlung aus. Ein letztes Mal blickte Henny sie an und hoffte inständig, dass Hedda ihren schweren Verletzungen nicht erliegen würde.

In einem amerikanischen Ärzte-Journal hatte Henny kürzlich gelesen, dass die Hälfte aller Brandopfer in den ersten drei Wochen nach dem Unglück den Folgen ihrer Verletzungen erlag. Nur eine sorgfältige Behandlung konnte dies verhindern. Zumindest genoss das Krankenhaus einen guten Ruf, versuchte sich Henny zu beruhigen.

Nachdenklich ging sie zum Krankenwagen, der sie zurück nach Universal City bringen sollte. Sie hatte ihre Arbeit getan. Erstversorgung. Eine wichtige Aufgabe, die darüber entscheiden konnte, wie das Leben von Patienten weiterging. Weiteren Einfluss konnte sie nicht nehmen. Allerdings zweifelte sie nicht an der Fähigkeit der Kollegen. Sie würden ihr Bestes geben.

«Lass mich nicht im Stich», hatte Hedda im Krankenwagen gefleht.

Sie hatte dies der Ärztin gesagt. Aber Henny war überzeugt, dass sie auch sie als Mensch gemeint hatte. Als Frau, die von den rücksichtslosen Methoden in Hollywoodland wusste. Deshalb schwor sich Henny jetzt, Hedda nicht ihrem Schicksal zu überlassen, auch wenn es schwer werden würde. Denn als Angestellte der Universal musste sie einen Bericht über Heddas Unfall schreiben. Somit war es unumgänglich, zu erwähnen, was sich zwischen Hedda und Herrn Torgauer abgespielt hatte, unmittelbar bevor das Feuer ausbrach.

Aus Berlin war ein Brief gekommen. Man hatte ihn in Hennys Praxis hingelegt, während sie noch im Krankenhaus gewesen war.

Toni hatte geschrieben. Endlich!

Unsere Mutter befürchtet, dass es in Deutschland noch lange dauert, bis ich als Tierärztin arbeiten kann. Schließlich wäre es eine Männerarbeit. Wenn ich ihr zuhöre, glaube ich, sie meint, Männer wollen Frauen ihre Träume stehlen. Das will ich nicht glauben. Die Zeiten ändern sich doch. Unsere Mutter leitet schließlich inzwischen die gynäkologische Abteilung der Charité. Das wäre doch früher undenkbar gewesen, schrieb Toni.

Und fügte hinzu: *Ich vermisse dich, Henny! Ich wäre so glücklich, wenn du mir raten könnest. Mache ich einen Fehler, wenn ich den Tieren den Vorzug gebe vor den Menschen? Im Moment glaube ich das nicht. Denn ich ahne, dass Mensch und Tier mehr gemeinsam haben, als dass sie Säugetiere sind. Ich will wissen, was dahintersteckt. Soll ich diesen Weg weiterhin verfolgen?*

Über Georg hatte Toni geschrieben, er sei vermisst. Die

Mutter glaube aber nicht, dass er tot sei. Was sie selbst vermutete, verschwieg Toni, und Henny war ihr dafür sehr dankbar.

Deutschland und der Krieg – wie weit war das entfernt! Und durch Tonis Brief plötzlich ganz nah. Sie spürte, wie das Heimweh in ihr hochkroch wie eine Krankheit, die nie heilte. Arbeit half dagegen, und der Bericht über Hedda Holdens Verletzungen musste geschrieben werden, damit die Versicherung die Kosten für die Behandlung übernahm. Schließlich war das einer der Gründe, weshalb Carl Lämmle sie eingestellt hatte: Sie sollte auch dabei helfen, Geld zu sparen. Wenn es notwendig war.

Aber wie verhielt es sich hier? Wenn Hedda die Wahrheit gesagt hatte, trug dann nicht der Studioleiter die Schuld an dem Feuer und somit an Heddas Verletzungen? Musste man dann nicht ihn zur Rechenschaft ziehen? Würde dann nicht er anstatt der Universal zahlen müssen?

Mit Lämmle Rücksprache zu nehmen, war nicht möglich, weil der Chef bei seiner Frau und den beiden Kindern in New York war. Kurz entschlossen radelte Henny zu Victor, um sich mit ihm zu beraten. Er stellte gerade im Schnittraum einen Film fertig.

«Da bist du aber in etwas ganz Böses hineingeraten», sagte er, als sie geendet hatte.

«Hedda tut mir sehr leid, Victor. Es geht um ihre Existenz.»

«Es geht auch um Torgauers Existenz, Henny», widersprach Victor. «Wenn er die Schuld trägt, muss er Heddas Behandlung und eventuell obendrein Schadenersatz für alles bezahlen, das zerstört wurde.»

«Natürlich muss er das! Er hat völlig verantwortungslos

gehandelt, indem er neben dem leicht entflammbaren Material rauchte.»

«Wenn Heddas Angaben stimmen», gab Victor zu bedenken.

«Ich bin sicher, dass sie mich nicht angelogen hat. Als Schwerverletzte hatte sie dazu wohl kaum die Kraft!»

«Sie ist Schauspielerin. Mit der Wahrheit haben die es nicht so.»

Henny musterte ihn verwundert. Wie abfällig er über das Opfer sprach. «Kurz nach dem Brand hat ein Feuerwehrmann Torgauer am Unglücksort gesehen», entgegnete sie. «Hedda wird vermutlich nie wieder als Schauspielerin arbeiten können», setzte sie hinzu.

Victor sah sie schockiert an. «So eine hübsche Frau! Wie entsetzlich!»

«Als ginge es nur ums Aussehen!», stöhnte Henny. «Sie muss sich vermutlich ein ganz neues Leben aufbauen. Wie soll ich mich denn verhalten, wenn ich nichts falsch machen will?»

Er dachte angestrengt nach. «Und wenn du einfach schreibst, sie hätte keine Angaben machen können, weil sie ohnmächtig war?»

Henny hatte kein gutes Gefühl dabei. «Dann muss Hedda für sich allein kämpfen. Kann sie das schaffen, wenn sie gleichzeitig so schwere Verbrennungen hat?»

«Du kennst die Frau kaum, Henny. Da war nur die eine Begegnung bei der Party. Warum willst du dich dafür in Schwierigkeiten bringen?», fragte Victor. Er küsste sie zum Abschied. «Ich muss weitermachen. Bis heute Abend.»

Nachdenklich fuhr Henny zurück und setzte sich in ihrer Praxis an den Schreibtisch. Und fasste einen Entschluss.

Die Tür von Hennys Praxis flog auf. Gottlieb Torgauer stürmte mit hochrotem Gesicht herein und baute sich neben ihrem Labortisch auf, wo sie gerade Blutproben untersuchte.

«Was soll das, Henny!», donnerte er los. «Willst du mich vernichten?»

Alle Deutschen duzten sich untereinander auch dann, wenn sie die Muttersprache verwandten.

«Warum schreibst du in deinen Bericht, dass ich für das Feuer verantwortlich bin? Du kannst doch nicht einfach übernehmen, was dieses Mädchen behauptet. Sie lügt», schnaubte der Berliner.

Henny war keineswegs überrascht, dass Torgauer so reagierte. Victor hatte es genau so prophezeit. Gestern Abend hatte er ihr berichtet, dass obendrein zwei Filmrollen verbrannt waren. Das bedeutete, dass ein ganzer Film von sechsunddreißig Minuten Dauer nun neu gedreht werden musste. «Torgauer wird sich etwas einfallen müssen, um das zu erklären», hatte Victor gemeint. Und gekichert. «Ein Studioboss, der einen Film verbrennen lässt, weil er gerade selbst so entflammt ist.» Ein Wortspiel, das Henny nicht lustig fand. Schließlich ging es ihr um Hedda.

«Als Ärztin muss ich nicht über die Wahrheit entscheiden, sondern einen ehrlichen Befundbericht schreiben», entgegnete Henny nun gelassen, als Torgauer sie einzuschüchtern versuchte.

Ihre kühle Reaktion bewirkte, dass der mächtige Mann erst mal sprachlos war: «Ist das alles, was du dazu sagst?»

Sie nickte stumm.

Torgauer legte ihren gestern so schön getippten Bericht schwungvoll neben das Mikroskop. «Ich will, dass du das sofort änderst.»

«Wenn es nicht so war, wie Miss Holden es mir sagte, dann kannst du einen eigenen Bericht schreiben und deine Version darstellen», entgegnete Henny.

«Ich kann keinen Bericht schreiben, weil ich nicht dort war! Das ist alles Miss Holdens Phantasie entsprungen.»

«Du warst gar nicht dort? Ach so.» Das war also Torgauers Strategie, erkannte Henny. «Dann kannst du das ja so darlegen.»

Eigentlich hatte sie sagen wollen: Aber der Feuerwehrmann hat dich gesehen. Im letzten Augenblick biss sie sich auf die Lippe. Das hier lief auf eine Auseinandersetzung hinaus, bei der sie sehr vorsichtig sein musste.

Noch immer lag Torgauers Hand auf dem Bericht. Er trug einen Ehering. Es stand also nicht nur seine berufliche Existenz auf dem Spiel.

«Ich habe schon im Hospital angerufen. Das Studio wird die Behandlung nicht bezahlen, weil Miss Holden selbst das Feuer und seine Folgen zu verantworten hat», sagte Torgauer. In seiner Stimme steckte etwas Hinterhältiges.

«Damit vernichtest du Miss Holden», sagte Henny. Es kostete sie große Beherrschung, dem Mann nicht ins Gesicht zu springen. «Sie wird nie und nimmer das Geld dafür aufbringen können.»

«Ich kann meine Weisung dem Krankenhaus gegenüber ändern», sagte Torgauer.

«Das wäre sehr freundlich.»

«Wenn du so freundlich bist, deinen Bericht zu ändern. Dir wird gewiss eine Lösung dafür einfallen.»

Es drehte Henny den Magen um. Was für ein Schuft! Und irgendwie hörte sie Morrie zischeln: *Es bleibt in der Familie.*

Amerika sei das Land der unbegrenzten Möglichkeiten,

hieß es. Stimmte das? Oder musste jede und jeder Einzelne jeden Tag aufs Neue dieses riesige Glücksversprechen überprüfen? Natürlich war es so, dachte Henny, als Torgauer draußen war. Ihren Bericht hatte er auf ihrem Tisch zurückgelassen.

Eine Schwester begleitete Henny in einen der vier großen Krankensäle. Es brauchte nicht viel Einfühlungsvermögen, um in Hedda Holdens Augen Angst zu erkennen. Aber auch Henny erschrak über das, was sie sah.

Die Ärzte hatten zwar die Brandwunden gesäubert und mit Tannin-Lösung versorgt, jedoch größtenteils unbedeckt lassen. Somit war die Patientin in dem riesigen Krankensaal jeder Art von Infektion ausgesetzt, was eine anschließende Sepsis wahrscheinlich machte. Um das zu verhindern, hätte die Patientin isoliert werden müssen. Mit Torgauers Drohung im Ohr war Henny klar, dass daran nicht zu denken war. Doch bevor sie sich damit befassen konnte, nahm sie Hedda erst mal genauer in Augenschein.

Die rechte Gesichtshälfte war bis zum Nasenansatz verbrannt. Auf der zerstörten Kopfhaut würden nie mehr Haare wachsen können. Die Wange war übersät mit tiefen Brandblasen, die sich bis zum Ohr zogen. Es war offensichtlich, dass sich hier hässliche Narben bilden und das Gesicht der Schauspielerin entstellen würden. Die rechte Schulter und der Arm sahen ebenfalls schlimm aus. Sie gehörten dringend behandelt und anschließend verbunden. Viel später würde man eine Therapie beginnen müssen, sonst würde Hedda den Arm wegen der Narbenbildung nur noch eingeschränkt gebrauchen können. Kurzum: Hier war alles Menschenmögliche zu tun. Leider sah es danach ganz und gar nicht aus.

Überdies gab es eine Faustregel bei Verbrennungen. Der

Körper verlor schnell Feuchtigkeit. Deshalb verordneten Ärzte normalerweise alle zwei Stunden Kochsalzlösungen und Sodiumkarbonat, das durch Einläufe verabreicht wurde. Außerdem mussten die Verwundeten große Mengen Wasser trinken. Beide Maßnahmen sollten verhindern, dass es zum Versagen der Nieren kam, was zum Tod führte. Zudem galt hochkalorische Nahrung bei Brandpatienten als angebracht. Deshalb war allgemein angeraten, alle zwei Stunden zwei bis drei Eigelb zu geben, die mit Whiskey vermengt wurden.

Hedda schien nichts davon zu erhalten. Es war offensichtlich, dass sie auch kein Morphium gegen die Schmerzen bekam.

Stattdessen versuchte sie, sich nun verständlich zu machen: «Ich weiß wieder deinen Namen: Henny. Richtig?» Die Kranke flüsterte und sprach kaum verständlich.

Hedda versuchte ein Lächeln, das vollkommen misslang. Es ließ Henny erahnen, dass Hedda über einen Charme verfügt hatte, dem Männer leicht erlagen. Und sie hatte keine Mittel gescheut, um in Universal City arbeiten zu können. Machte sie das zu einem schlechteren Menschen? Zu einer Frau, die dafür büßen sollte, dass sie tat, was andere auch taten? Das, was Männer erwarteten?

Sie ist Schauspielerin. Mit der Wahrheit haben die es nicht so, hatte Victor gesagt. Hatte er damit unausgesprochen gemeint, Schauspielerinnen wären Menschen zweiter Klasse? Hedda hatte keinen Hehl daraus gemacht, dass sie mit Torgauer auf eine Weise umgegangen war, für die Männer in den Berliner Bordellen Geld zahlten.

Hedda schien zu ahnen, was in Henny vor sich ging. Denn sie flüsterte: «Du verachtest mich» und wandte den Kopf ab.

«Es geht nicht um das, was ich denke», antwortete Henny. «Ich bin Ärztin und muss dafür sorgen, dass du gesund wirst.»

«Danke», erwiderte Hedda leise.

Sie hat mich durchschaut, dachte Henny. Sie weiß genau, dass ich als Frau gekommen bin, die eine andere Frau nicht im Stich lassen kann.

Schon als Gymnasiastin hatte Henny in Berlin für Zeitungen geschrieben, die sich für die Rechte von Frauen einsetzten. Mochte Hedda auch so gehandelt haben, wie es nicht Hennys eigenen Vorstellungen von Anstand, Sitte und Moral entsprach – ihre Rechte als Frau hatte Hedda deshalb nicht verloren. Das machte den Unterschied aus zu dem, was Victor unterschwellig gemeint hatte. Sie würde es ihm heute Abend erklären, das war ihr wichtig.

Nein, sie war nicht besser als Hedda. Sie hatte ihren Schwager getötet und ihre Spuren verwischt. Und sie war damit davongekommen. Erstaunlicherweise hatte nie jemand an ihrer Version der Geschichte gezweifelt. Wo waren da noch Anstand, Sitte und Moral gewesen? Jeder wollte doch nur überleben. Wenn noch Platz übrig blieb für Anstand, Sitte und Moral – umso besser.

Für solche Überlegungen war jetzt kein Platz. Sie musste sich um Heddas Wohlergehen kümmern. Im Nachbarbett übergab sich eine Frau. Daneben hustete eine andere. In dieser unsterilen Umgebung schwebte eine schwer Brandverletzte in Lebensgefahr. Henny machte sich auf die Suche nach einem Arzt.

Der zuständige Kollege war ein Mann von Ende fünfzig, ein waschechter Amerikaner. «Nehmen Sie die Patientin mit», sagte er. «Die Zeiten, in denen wir hier umsonst behandelt haben, sind schon lange vorbei.»

«Die Brandverletzungen müssen dennoch dringend versorgt werden, wenn man nicht das Leben der Patientin aufs Spiel setzen will. Sie braucht schnellstens Flüssigkeit und Medikamente gegen die Schmerzen», hielt Henny dem Kollegen entgegen.

«Universal sagt, dass sie nicht für Miss Holden zahlen.»

«Darum lassen Sie die Patientin ihrem sicheren Tod entgegengehen? Haben Sie denn nicht den Eid des Hippokrates geschworen, Herr Kollege?»

Darin hieß es unter anderem: *Welche Häuser ich betreten werde, ich will zu Nutz und Frommen der Kranken eintreten.*

Der Kollege musterte sie abschätzig. «Sie sind Deutsche», stellte er fest.

Henny hatte sich viel Mühe gegeben, dass ihr Englisch auch alle Fachbegriffe umfasste. Aber ihr harter Akzent ließ sich nicht verleugnen.

«Ich mag keine Deutschen», fuhr der Kollege fort. «Ein Freund von mir starb auf der *Lusitania*.» Damit ließ er sie stehen.

Henny fühlte sich, als wäre sie links und rechts geohrfeigt worden.

Ziemlich genau ein Jahr zuvor war das britische Passagierschiff *Lusitania* auf dem Weg von New York vor Irland von einem deutschen U-Boot versenkt worden. Eintausendzweihundert Unschuldige starben, darunter viele bekannte Persönlichkeiten. Jeder zehnte Tote war Amerikaner. Deshalb wurde in den USA immer mehr Stimmung dafür gemacht, dass das bisher neutrale Land in den Krieg gegen Deutschland und Österreich eintrat.

Da im Studio so viele Deutsche lebten, hatte Henny die Deutschenfeindlichkeit bislang nicht persönlich erlebt, sondern nur davon erzählen hören. Hier nun traf sie die Abneigung gegen ihre Heimat völlig unvorbereitet. Und ungerechterweise.

Sollte die Amerikanerin Hedda dafür büßen, dass ihre Ärztin aus Berlin kam? War das nicht der komplette Irrsinn?

Victor löschte das Licht im Schlafzimmer, drehte sich zu Henny und streckte den Arm aus, um sie an sich zu ziehen. Wohlig schmiegte sie sich an ihn. Es tat so gut, ihn wieder zu spüren. Sie beide waren eine Einheit und gaben sich gegenseitig Geborgenheit. Nichts hatte Henny auf das vorbereitet, was ihr in Hollywoodland begegnete. Aber letzten Endes wog die Liebe zu Victor alles auf, was ihr fremd und hässlich erschien. Das musste sie ihm nach diesem Tag irgendwie zu verstehen geben.

«Ich bin ein bisschen schockiert wegen dem, was du über Frauen wie Hedda gesagt hast.» Dabei strich sie liebevoll über seine Brust.

«Ich kenne sie ja nicht. Verzeih.» Er küsste sie.

«Sind Schauspielerinnen denn so?»

«Wie?»

«Dass sie alles machen, was ein Mann verlangt.»

«Kann ich nicht mitreden. Habe ich nie ausprobiert. Ich habe ja dich.» Er küsste sie leidenschaftlich.

Es war der vollkommene Moment, um sich fallen zu lassen. Doch die Eindrücke des Tages ließen sich nicht einfach so abschütteln. «Bei Hedda bahnt sich ein großes Unrecht an. Das macht mir zu schaffen.»

Seine zärtlichen Lippen liebkosten ihren Hals, während sie

sagten: «Das darf mit uns nichts zu tun haben, Henny. Wir lieben uns und unsere Arbeit. Es ist alles gut.»

Henny spürte, dass es nicht so einfach war, wie ihr Mann es gern gehabt hätte.

Den Feuerwehrmann, der Hedda Holden aus dem brennenden Produktionsbüro getragen hatte, erkannte Henny sofort wieder. Er hatte hellblaue, vor Energie funkelnde Augen, ein weiches, breites Gesicht und verstrubbeltes rotes Haar. Sie setzte sich mit ihm in den Schatten neben der kleinen Wache an einen Tisch.

«Ich bin mir ganz sicher, dass das Mister Torgauer war», sagte er und hatte mit der Aussprache des deutschen Namens Schwierigkeiten.

«Waren an seiner Kleidung Brandstellen oder Ruß?»

Er nickte. «Er hustete, wie man es tut, wenn man Rauch eingeatmet hat, und seine Kleidung war geschwärzt. Trotzdem ging er schnell fort.»

«Er hat nicht mit Ihnen gesprochen?»

«Nein. Mister Torgauer schien nicht verletzt zu sein.»

Henny legte ihm ein Blatt und einen Federhalter hin. Kurz darauf hatte sie seine Aussage samt Unterschrift und atmete auf. Ein wertvoller Tag, an dem Hedda hätte behandelt werden können, war zwar verloren. Aber Henny war überzeugt, dass ihr mit der Aussage des Feuerwehrmannes ein wichtiger Schritt gelungen war, um Hedda zu ihrem Recht zu verhelfen.

Ein paar Stunden später erschien Torgauer in der Praxis, um sich ihren umgeschriebenen Bericht aushändigen zu lassen. Er überflog ihn, sah, dass Heddas Behauptung nun nicht mehr darin zu finden war, und strahlte sie an.

«Wir Berliner müssen zusammenhalten», sagte er und wollte die Praxis mit dem Papier in der Hand verlassen.

«Warte», sagte Henny und deutete auf das Telefon. «Bitte ruf von hier aus im Hospital an und erklär ihnen, dass das Studio zahlt.»

Der mächtige Mann tat überrascht. «Das geht nicht. Das Unglück geschah nicht während der Arbeit.»

Seine Unverfrorenheit verschlug Henny für einen Moment die Sprache. Sie war nur froh, dass sie damit gerechnet und sich mit der Aussage des Feuerwehrmannes abgesichert hatte. «Du hältst dich also nicht an unsere Abmachung?»

«Ich weiß nicht, was du meinst.»

«Du hast recht: Es gibt keine Abmachung», erwiderte Henny. Sie tat, als wäre alles in Ordnung, und blätterte in ihren Unterlagen.

Torgauer schien nicht recht zu wissen, was er sagen sollte. Für ihn sah es so aus, als gäbe sie kampflos auf. Grußlos ging er hinaus. Den neuen Bericht nahm er mit, und genau das wollte Henny. Denn auf diese Weise gewann sie Zeit.

Sie folgte dem Studiochef wenige Augenblicke später und setzte sich hinter das Steuer von Victors Wagen. Ihr Mann hatte ihr das Fahren vor ein paar Monaten beigebracht. Es war gar nicht so schwer, wenn sie die kurvigen Routen durch die abseitigen Täler mied. Das Kurbeln an dem großen Lenkrad erforderte dann ermüdend viel Kraft.

Die Fahrt mit dem offenen Auto im klaren Sonnenlicht gefiel ihr jetzt besonders gut. Die Gegend, die man Hollywoodland nannte, hatte durchaus freundliche Ecken. Allerdings ging Henny bei dem, was sie vorhatte, kein geringes Risiko ein. Natürlich konnte es schiefgehen. Doch die Chance, etwas Gutes zu tun, wog eindeutig schwerer.

DIE STILLE AUF DEM BERG

September 1916

Vermisst. Seit über einem Jahr lebte Ricarda mit diesem Wort und der quälenden Unsicherheit, was mit Georg geschehen war.

Inzwischen hatte sie bei ihrer Arbeit in der Charité oder beim täglichen, stundenlangen Schlangestehen für die Dinge des Alltags unzählige Frauen getroffen, denen es erging wie ihr selbst. Einige zerfraß die Ungewissheit, andere dagegen nahmen ihr Schicksal an – für sie war *vermisst* gleichbedeutend mit *tot*. Ricarda hielt sich an der Hoffnung fest. Sie war überzeugt, dass ihr Sohn lebte.

Die schwere Schlacht an der Westfront, kurz hinter der Grenze zu Frankreich, war das große Gesprächsthema. In den Zeitungen, denen auch Ricarda kein Wort glaubte, hieß es, die deutschen Truppen würden siegen. Die Frauen, mit denen Ricarda sprach, wussten es besser. Vor allem die neue Waffe der Engländer jagte den Deutschen eine Heidenangst ein. *Tank* nannte man sie. Ein Ungetüm wie ein rollendes Fass auf riesigen Kettenlaufwerken, das über die Soldaten hinwegwalzte.

«Man setzt im Feld Maschinen ein, um Menschen zu töten?», fragte Ricarda ihren Mann.

Siegfried bestätigte es mit einem müden Kopfnicken. Er

erzählte nicht mehr so oft von dem, was er in den Lazaretten erfuhr. Auch sie berichtete nicht mehr viel von dem, was sie in der Gynäkologie erlebte. Es war ihrer beider Taktik, das Kriegsgeschehen aus den eigenen vier Wänden fernzuhalten, um wenigstens hier so etwas wie Frieden zu haben.

Als das Telefon an diesem Abend läutete, vermutete Ricarda, dass es in ihrer Abteilung in der Charité ein medizinisches Problem gäbe.

Doch das Fräulein vom Amt meldete einen Anruf aus München. Kurz darauf klang Käthes aufgeregte Stimme aus dem Hörer. Ohne Begrüßung rief sie: «Er ist da! Rica, er ist wieder hier bei uns!»

«Georg?», fragte Ricarda völlig überrascht. «Oh mein Gott, ich bin so froh», setzte sie erleichtert hinzu.

Gerade noch hatte sie an ihren Sohn gedacht! Und an sein Kind, das wohl bald die ersten Schritte machte. Zu Bertholds erstem Geburtstag hatte sie ihren Enkel besuchen wollen. Und es dann doch nicht getan, denn sie scheute davor zurück, das Haus zu betreten, in dem ihr Sohn schmerzlich vermisst wurde.

«Ist er gesund? Sei ehrlich, Käthe! Bitte. Hat er Verletzungen? Wo war er die ganze Zeit, als man uns sagte, er wäre vermisst?» Die Fragen sprudelten nur so aus Ricarda heraus.

Gleichzeitig sah sie Georgs Gesicht vor sich. Es war der junge Mann, den sie zuletzt vor ihrer Abreise nach China gesehen hatte. Ein ernster, jedoch vom Leben noch nicht gezeichneter junger Mensch, der versprach, mit seiner Hochzeit bis zu ihrer Rückkehr zu warten ... Nein, dieses Gesicht würde er nicht mehr haben, ahnte sie jetzt. Obwohl sie es sich die ganze Zeit vorgestellt hatte, als sie um ihn gebangt hatte.

«Er ist gesund, Rica. Nicht ein Haar wurde ihm gekrümmt», sagte Käthe.

Etwas in ihrer Stimme ließ Ricarda stutzen. «Aber?», fügte sie hinzu.

«Komm zu uns, Rica», sagte Käthe statt einer Antwort. «Schaffst du es, morgen hier zu sein?»

«Ja, natürlich!», rief Ricarda.

«Siehst du», sagte Siegfried, als sie eingehängt hatte. «Dein Gefühl hat dich doch nicht getäuscht. Georg lebt.»

Erst als Ricarda diese zwei Worte aus dem Mund ihres Mannes hörte, war sie erlöst. Sie schienen wie die unabhängige Bestätigung eines Gutachters zu sein, der über Wahrheit oder Einbildung entscheidet. Jetzt brachen sich Tränen der Erleichterung Bahn, und Siegfried hielt sie fest im Arm.

Etwas später kehrte Kumari, die nach wie vor in Hennys altem Zimmer wohnte, von ihrer Schicht heim. Noch zwei Mal hatte sie in den letzten Monaten versucht, im Aquarium mit ihrem Vater zu sprechen, stets war er ihr aus dem Weg gegangen. Inzwischen schien sie sich damit arrangiert zu haben, dass er nichts mehr von seiner Tochter wissen wollte.

Nachdem Ricarda der alten Freundin von Georg erzählt hatte, sagte sie: «Das Wichtigste ist, dass dein Sohn wieder bei Frau und Kind ist. Vermutlich wird er nicht mehr der Gleiche sein wie der, als der er in den Krieg zog. Doch die Zeit heilt alle Wunden.»

Auf ihre Weise wollte auch Kumari Ricarda auf ein Wiedersehen vorbereiten, das nicht nur erfreulich sein würde.

Ricarda überkam ein Gefühl der Beklemmung, als sie in München aus dem Zug stieg. Die Bahnsteige waren voller Menschen. Wie schon in Berlin waren es vor allem Soldaten. Blutjunge Kerle in noch sauberen Uniformen, die an die Front geschickt wurden. Nun, da der Krieg bereits seit zwei Jahren andauerte, stand in den Gesichtern die Sorge, so zurückzukommen wie diejenigen, die es nach Hause geschafft hatten. Ricarda sah unvorstellbar viele junge Männer, denen eine Krücke das fehlende Bein ersetzte. Deren Gesichter von schweren Verbänden halb verdeckt waren.

Dies war Georgs Stadt. Auf diesem Bahnhof war auch er kürzlich ankommen. Käthe zufolge würde er wohl nicht so aussehen wie die jungen Burschen, die mit einem gesunden Körper aufgebrochen waren und zerschunden heimkehrten. Georg hatte Glück gehabt oder einen Schutzengel, wie er als gläubiger Mensch es wohl sähe, und dennoch bestand Grund zur Sorge. Seit dem Telefonat mit Käthe zermarterte sich Ricarda den Kopf, in welcher Verfassung sie ihren Sohn antreffen würde.

Als die Droschke die Luitpoldbrücke überquerte, leuchtete der Friedensengel im Abendlicht. Schon etliche Male war Ricarda hier vorbeigefahren. Aber noch nie hatte sie so empfunden wie jetzt. Wenn die Menschen den Frieden mit einem so golden glänzenden Engel feierten, warum ließen sie es dann zu, dass ihre Söhne im Krieg starben oder als Krüppel heimkehrten? Lernte die Menschheit denn nichts aus der Vergangenheit?

Acht Jahre alt war Ricarda gewesen, als der preußische König im Schloss von Versailles zum Kaiser ausgerufen worden war. Die Deutschen waren stolz gewesen auf ihren Regenten und auch auf sich selbst, weil ihnen alles gelang. In diesem Bewusstsein war Ricarda aufgewachsen. Wunderbare und vor allem nützliche Entdeckungen waren gemacht worden. Vor allem auf dem Gebiet, für das Ricardas Herz schlug. Rudolf

Virchow hatte die Bedeutung der Bakterien nicht nur entdeckt, sondern das Land dadurch verändert. Robert Koch bekämpfte Seuchen wie Tuberkulose, Paul Ehrlich die Diphtherie. Arm zu sein, das bedeutete nicht mehr zwangsläufig, früh sterben zu müssen. Und dann kam der August vor zwei Jahren. Seitdem war es wieder fast so wie vor Virchow, Koch und Ehrlich: Arm zu sein, bedeutete frühen Tod. Was die Frauen und Mütter seitdem erlebten, war noch schlimmer: Krieg bedeutete, Mann und Sohn verlieren zu können. Familien zerbrachen.

Ricardas Innerstem entstieg ein so tiefer Seufzer, dass der Fahrer der einspännigen Pferdekutsche sich umblickte. Sein altersschwacher Gaul hatte alle Mühe, es den Isarhang hinauf zu schaffen, auf dem Bogenhausen lag.

«Sind schwere Zeiten», meinte der Mann.

«Und manchmal wird doch noch alles gut», sagte Ricarda aufatmend, als die Kutsche vor dem Haus ihres Sohnes hielt. Es war mit Flaggen geschmückt, um die Rückkehr des verloren geglaubten Hausherrn zu feiern.

Die Türglocke am Haus in der Prinzregentenstraße war noch nicht umgestellt auf die modernen elektrischen Türklingeln. So ertönte von drinnen nach wie vor der vertraute Klang. Es wurde von dem Dienstmädchen geöffnet, das Ricarda im Vorjahr mit einem heißen Bad verwöhnt hatte. Die junge Frau knickste und lächelte unsicher.

«Die Herrschaften werden erfreut sein, Sie zu sehen, Frau Doktor», sagte das Mädchen. «Ich werde Sie sofort ankündigen.»

Immer das seltsame Gefühl, im einst eigenen Haus Gast zu sein! Zum Glück kam da schon Käthe die Treppe herab.

Die alte Freundin hielt sich nicht lange mit höflichem Gerede auf: «Georg ist oben.» Mit einem ratlosen Seufzer fügte sie hinzu: «Und gleichzeitig auch nicht.»

«Wie meinst du das?», fragte Ricarda irritiert. Ungeduldig streifte sie ihren leichten Reisemantel ab, um zur Treppe zu eilen. «Ich muss ihn sofort in die Arme nehmen!», rief sie.

«Langsam, Rica. Warte, lass mit dir reden. Geh nicht einfach so zu ihm», bat Käthe.

Ricarda hielt inne, blickte zu der Frau hinunter, die ihr so oft beigestanden hatte. Langsam ging sie wieder zu ihr zurück. «Was ist mit Georg?»

War er etwa doch verletzt, und Käthe hatte – rücksichtsvoll, wie sie war – Ricarda vor ihrer Abreise nicht beunruhigen wollen? Ihre Vorstellungskraft zeichnete Schreckensbilder, sie sah Verletzungen vor sich, die sie selbst an ihren Patienten zu behandeln gehabt hatte.

«Er ist auf eine Weise krank, die ich nicht kenne, Rica», sagte Käthe. «Er braucht Hilfe. Aber ich weiß nicht, woher sie kommen soll.»

«Inwiefern?»

«Er sagt nichts und er ...» Sie hob hilflos die Schultern. «Es ist unheimlich.»

Eine alte Medizinerin so sprechen zu hören, war ebenfalls mehr als ungewöhnlich. Aber Ricarda wollte sich nicht mehr aufhalten lassen. Leider war ihr Gespräch nicht unbemerkt geblieben, denn nun trat Rupert im Erdgeschoss aus dem Herrenzimmer. Der Schwager hatte sich in der Tat an Ricardas Rat gehalten und Gewicht verloren, was sein Gesicht an das Aussehen einer müden alten Dogge erinnern ließ.

«Du musst uns helfen, deinen Jungen wieder auf Vordermann zu bringen», sagte Rupert ohne Umschweife.

Die Vorhänge in Georgs Zimmer waren halb geschlossen. Im milchigen Licht des frühen Abends konnte Ricarda das Gesicht ihres Sohnes kaum erkennen. Er saß in einem Lehnstuhl in der Ecke, dem Raum zugewandt, korrekt gekleidet mit Anzug, Weste und Krawatte. Nichts an ihm deutete darauf hin, dass er gerade eben erst aus dem Krieg heimgekehrt war. Als Ricarda eintrat, bewegte er sich nicht. Sie kannte ihren Sohn als ausgesprochen höflichen Menschen, mit tadellosen Manieren. Frau Mutter, hatte er sie bei ihrem letzten Treffen noch immer genannt. Es war ihr unmöglich gewesen, ihn davon zu überzeugen, wie verkrampft ein solcher Umgangston war. Und wie fremd.

«Georg, ich bin so froh, dich zu sehen», sagte Ricarda und versuchte, ihrer Stimme den optimistischen Klang zu geben, der zu ihrer Begrüßung gepasst hätte. «Du hast es nach Hause geschafft», sagte sie und erwartete, dass er sich erheben und sie umarmen würde.

Georg reagierte nicht. Nichts, keine Bewegung seiner Arme, kein Zucken des Kopfes, verriet, ob er seine Mutter wahrnahm. Ricarda legte die Arme um ihn und zog seinen Kopf ganz sacht an sich heran. Er roch nach Haaröl und einer guten Seife. Doch er war wie eine große Puppe.

Bei ihrem letzten Treffen war sein Gesicht weicher gewesen. Als Mutter hatte sie darin noch den Knaben von einst gesehen. Dieser Knabe war zum Mann geworden, schlanker und sehniger. Sein Hemd war ihm am Kragen zu weit, das Jackett spannte dafür an den Schultern. Aber eine Verletzung war ihm nicht anzusehen. Sie verbarg sich unter der Hülle, in der er verborgen war.

«Georg, mein Sohn, ich bin es: deine Mutter. Willst du nicht grüß Gott zu mir sagen?»

«Grüß Gott.» Georg sprach vollkommen teilnahmslos.

Ricarda atmete auf, schöpfte Mut, ein Gespräch in Gang zu bringen. «Käthe rief mich gestern an, um mir zu sagen, dass du zu Hause bist. Ich habe mich so gefreut. Alle in diesem Haus sind froh, dich wiederzuhaben. Und du siehst gut aus. Ein bisschen blass vielleicht», versuchte sie zu scherzen. «Wie geht es dir?»

Ihr Sohn reagierte nicht, starrte einfach nur geradeaus. Es war gespenstisch, mit ihm in dem halbdunklen Zimmer zu sitzen.

«Du hast viel erlebt. Da weiß man gewiss nicht so recht, wo man anfangen soll zu erzählen», sagte sie.

Sie stand auf, zog die Vorhänge zur Seite und öffnete die Fensterflügel weit. Das fröhliche laute Gezwitscher der Vögel zerriss die Stille im Zimmer.

Als Ricarda sich zu ihrem Sohn umdrehte, war er im Sessel zusammengesunken. Mit den Händen bedeckte er die Ohren.

In welcher Welt war der Junge, wenn er Gezwitscher als aggressiv empfand, dachte Ricarda entsetzt und schloss eilig wieder die Fensterflügel. «Du willst Ruhe», sagte Ricarda und achtete darauf, selbst sanft zu sprechen, obwohl sie so aufgewühlt war. «Dort, wo du warst, war es zu laut, nicht wahr?»

Die Erinnerungen an ihre eigenen Kriegserlebnisse in Tsingtau wurden schlagartig wach. Der Lärm der explodierenden Granaten und Schrapnelle. Das reglose Kauern am Boden, um nicht von den Splittern getroffen zu werden. Sie war dem nur wenige Tage lang ausgesetzt gewesen. Und nicht Wochen, vielleicht Monate wie ihr Sohn. Was machte das mit einem Menschen, fragte sie sich.

Ein Gefühl großer Zärtlichkeit für Georg überflutete

Ricarda. Komme, was wolle, schwor sie sich, sie würde sich nicht mehr von ihrem Sohn trennen lassen. Sie würde herausfinden, wie ihm zu helfen war, und ihm diese Hilfe zuteilwerden lassen.

Im Moment konnte sie nur eines tun: ihm genau dies sagen. «Du bist in Sicherheit, Georg. Du musst nicht mehr zurück an die Front, hörst du? Du hast es geschafft. Du lebst. Ich werde dir ab jetzt beistehen.»

Ricarda lauschte ihren eigenen Worten nach und spürte, wie hilflos sie klingen mussten für jemanden, der gerade der Hölle entkommen war. Sie selbst träumte schließlich auch heute noch in manchen Nächten von Tsingtau.

«Bis gleich», sagte sie, küsste Georg auf die Stirn und ging hinaus. Sie musste Hilfe holen. Für Georg und für sich.

Am Fuß der Treppe wurde Ricarda bereits erwartet. Fünf Paar Augen blickten zu ihr empor: Käthe, Rupert, Georgs Schwiegermutter Marianne, Georgs Frau Sophie und natürlich Käthe.

Währenddessen bemühte sich im Hintergrund ein kleiner Junge darum, seine ersten Schritte zu tun, ohne dabei hinzufallen. Wie ein Erwachsener trug er einen Anzug mit Krawatte. Niemand achtete auf ihn.

«Was ist mit Georg?», fragte Rupert. Er stand ganz vorn.

«Er soll doch froh sein, dass er lebt», sagte Marianne. «Wir hatten eine solche Angst um ihn.»

«Meinst du, dass er sein Jurastudium wieder aufnehmen kann? Das Semester beginnt bald», wollte Rupert wissen.

«Er hat mich gar nicht begrüßt», klagte Sophie. «Nach so langer Zeit», setzte sie hinzu. «Er muss dem Herrgott danken, dass er nicht verletzt ist.»

«Wir haben doch alles schön gemacht für ihn», sagte Marianne. «Er bekam ein Bad, heute in der Früh kam der Frisör, mein Vater selbst hat ihm geholfen, sich wieder wie ein Mensch zu kleiden. Gell, Vater?»

Der alte Brauer machte nur eine abschätzige Handbewegung; dieses Detail war ihm wohl zu intim. «Nix für ungut, Ricarda. Ich bitt' dich, den Krankheitswillen des Buben zu brechen. Er stammt aus einer kerngesunden Familie. Oder gab es in deiner Familie Fälle von Geistesgestörtheit?»

Ricarda schüttelte den Kopf. «Wie kommst du darauf, er könnte geistesgestört sein? Er kommt von der Front.»

Der Brauer guckte mürrisch. «Es gibt eine Hysterie-Persönlichkeit. Aber von den Köglers hat das keiner.»

Nur Käthe schwieg. Ricarda glaubte, in ihrem Blick das zu lesen, was auch sie selbst dachte: Der arme Georg kommt heim, und alle fallen über ihn her mit ihren Erwartungen und Wünschen.

Ricarda holte aus ihrer Tasche ein Blechspielzeug hervor, eine kleine Lokomotive mit einem Kohlenwagen. Ein alter Mann, der jeden Tag vor der Charité sein Kunsthandwerk anbot, hatte es ihr verkauft. Ricarda gab dem Spielzeug einen leichten Schubs, und mit leisem Rattern rollte es durch die Halle. Jauchzend lief ihr Enkel darauf zu.

«Also, Ricarda, ich weiß ja nicht: Ist das der richtige Zeitpunkt, um mit dem Buben zu spielen?», fragte Marianne missbilligend.

Ihr Enkel brachte das Spielzeug zu Ricarda zurück. «Lass dich in die Arme nehmen. Schön, dass es dich gibt, kleiner Berthold», sagte sie.

Der Kleine hielt ihr die Lok hin. «Noch mal», sagte er, und Ricarda kam seiner Bitte nach.

«Wir zählen auf dich», mahnte Rupert.

«Fällt dir das nicht etwas zu spät ein?» Obwohl sie sich vorgenommen hatte, den alten Streit nicht aufleben zu lassen, konnte sie sich diese Spitze nicht verkneifen. Sie schob ihn zur Seite und ging zum Telefon. «Verbinden Sie mich mit Berlin.»

Ihr volles langes Haar unter einer Ballonmütze versteckt, bekleidet mit einem grauen Arbeitsanzug und schweren Stiefeln, die unter der Schürze hervorlugten, packte Antonia Salatköpfe in eine Schubkarre. Ein Lastkahn hatte sie aus dem Spreewald über den Landwehrkanal bis zur Schleuse in der Nähe des Zoos gebracht. Neben dem Schiff hielt ein alter Schutzmann mit einem Gewehr im Arm Wache. Es war ein seltsamer Anblick. Nur so war es noch möglich, Gemüse zu den Tieren zu bringen. Diese Fuhre war für die Flusspferde bestimmt, zwar etwas angefault, doch auf dem Markt hätten die Frauen sich dennoch darum geschlagen. Salat war in der Stadt nicht mehr zu bekommen.

Es war später Nachmittag. Nach dem Unterricht hatte Toni wie üblich Badili von zu Hause geholt, wo sonst niemand war. Der Vater arbeitete in einem Lazarett, die Mutter war in der Früh nach München gefahren. Toni hätte schon wegen der Schule nicht mitfahren können, aber Aquarium und Zoo waren ihr ohnehin lieber. Dort fiel es ihr leichter, die Sorge um ihren Bruder und die Sehnsucht nach ihrer Schwester zu verdrängen.

Badili ging geduldig neben ihr her. Mit ihren fünfzehn Jahren war sie etwas langsamer geworden. Die Hündin hatte sich daran gewöhnt, bei der Direktionssekretärin zu warten, wenn ihr Frauchen zu Tieren musste, zu denen ein Hund nicht durfte. Toni schwitzte unter der schweren Männerkleidung, obendrein war die Karre schwer.

Unvermittelt trat ihr Kumaris Vater in den Weg.

Seit sie im Zoo und im Aquarium mithalf, hatte sie kein Wort mit Herrn Kallstadt gesprochen, obwohl Kumari sie ein paar Mal auf ihren Vater angesprochen hatte. Der mürrische alte Mann machte ihr mit seinem zerfurchten Gesicht und den großen Tätowierungen auf den Armen Angst.

«Komm, ich nehm dir das ab», sagte Herr Kallstadt mit rauer Stimme und drängte sie von der Karre fort. «Doktor Heinroth will mit dir sprechen.»

«Ich gehe zu ihm», sagte Toni folgsam.

«Habe dich in den letzten Monaten beobachtet. Bist ein tapferes Mädchen», sagte der alte Mann.

«Danke.» Toni wunderte und freute sich über sein Lob gleichermaßen. Und beschloss, sich ein Herz zu fassen. «Kumari mag Sie gern. Sie ist ein lieber Mensch», sagte sie, die seltene Gelegenheit ausnutzend, mit dem mürrischen Mann ein paar Worte wechseln zu können.

Doch der alte Tierpfleger zeigte keine erkennbare Reaktion.

Doktor Heinroth erwartete Antonia in seinem Büro. «Ich habe mit unserem Direktor über dich gesprochen», sagte der immer sehr ernst durch seinen Kneifer blickende Aquariumsleiter. «Wir möchten dir eine wichtige Aufgabe anvertrauen.»

«Gern!», rief Toni. «Was darf ich tun?»

«Es geht um einen kleinen Schimpansen. Seine Mutter ist sehr krank geworden. Wir fürchten das Schlimmste und müssen verhindern, dass auch das Kleine stirbt, falls die

Mutter nicht überlebt. Darum möchten wir dich bitten, das Vertrauen von Mutter und Kind zu gewinnen. Unser Affenpfleger hat nicht die Zeit, alleine eine Rund-um-die-Uhr-Betreuung zu leisten.»

Schimpansen sind Menschenaffen. Viel mehr als das und die Schlussfolgerung, dass sie dem Menschen wohl ähnlich sein dürften, wusste Toni nicht über sie. Sie war nur selten am Affenhaus gewesen; die Tiere machten einen schrecklichen Lärm, wenn Badili in der Nähe war, und der Hund bellte aufgeregt.

«Du müsstest dann stundenweise helfen, den kleinen Affen aufzuziehen. Traust du dir das zu?», fragte Heinroth.

«Das ist eine große Verantwortung», sagte Toni etwas bang. Was, wenn sie etwas falsch machte? «Ich weiß nicht, ob ich das kann.»

«Wenn es dir ernst damit ist, einmal Tierärztin zu werden, dann solltest du es ausprobieren.» Doktor Heinroth lächelte wohlwollend. «Jeder Mensch wächst an seinen Herausforderungen.»

Tiere spürten, wenn man ihnen ängstlich oder zumindest zurückhaltend begegnete, so viel wusste Toni. Waren das nicht denkbar schlechte Voraussetzungen, um das Vertrauen eines Schimpansen zu gewinnen?

Das schrille Geschrei, das gelegentlich aus dem Affenhaus erklang, war weithin zu hören. Schließlich war der zur Glanzzeit des Kaiserreichs für die Primaten erstellte schmucke Steinbau nicht weit vom Aquarium entfernt. Wenn Toni das Vogelhaus rechts liegen ließ, ging sie nur ein paar Minuten. Das Affenhaus lag so zentral, weil die menschlichen Besucher ihren «nächsten Verwandten» gern zusahen. Die

Affen waren extrem beliebt, darum war das Überleben ihres kleinen Artgenossen in Zeiten wie diesen für den ganzen Zoo wichtig.

Auch jetzt war Toni allein mit drei Schimpansen. Einer von ihnen kreischte laut, sprang wild im Käfig umher, während die anderen sich gegenseitig lausten und den Schreihals ignorierten. Ein wenig machte er Toni damit sogar Angst. Sie versuchte, sich einzureden, dass das sehr töricht von ihr war, denn der Affe konnte unmöglich sie meinen. Von einem Weibchen mit Kind war nichts zu sehen. Heinroth hatte gesagt, es wäre ein Tierpfleger vor Ort. Der würde gewiss auf sie zukommen, schließlich sei sie an ihrer Kleidung als Mitarbeiterin zu erkennen.

An einer Seitentür wurde der Schlüssel im Schloss gedreht und ein Mann in der üblichen Kleidung der Pfleger kam heraus. Schon sehr lange hatte sie niemanden wie ihn gesehen. Er war ein noch junger Mann, obwohl Toni sich schwer damit tat, das Alter von Menschen zu schätzen. Auf jeden Fall war er der erste Mensch aus Afrika, den sie in Berlin traf. Offenkundig sah er die Freude in ihrem Gesicht und strahlte sie gleichfalls an.

«Isch bin Bata», sagte er mit einem lustigen Akzent. «Das sind meine Affen.»

«Ich bin Toni.»

«Der Direktor sagte, du bist eine Mädschen. Du siehst aus wie ein Junge.»

Toni spürte, wie sie errötete. «Das ist ja auch eine Arbeit für Jungs.»

Bata sah sie prüfend an. «Magst du keine Affen?»

«Ich kenne sie nicht», wich sie aus.

Er nickte. «Isch mache eusch bekannt.»

Tonis frühere Französisch-Lehrerin, eine Pariserin, hatte ähnlich deutsch gesprochen. Auf Tonis Nachfrage sagte Bata, dass er aus dem Kongo stamme. Allerdings hatte sie die Geographie des Kontinents nicht hinreichend im Kopf.

«Wie die Affen hat man misch geholt aus Afrika. Aber isch bin schon hier seit zwanzig Jahren.» Er grinste.

«Haben Sie kein Heimweh?» Für Toni lag die Frage auf der Hand, weil Henny immer, wenn es um Afrika gegangen war, von ihrem Heimweh gesprochen hatte.

«Isch war zu Hause vor einigen Jahren. Alle Verwandten waren tot. Niemand kannte misch. Also isch kam wieder nach Berlin.» Bata öffnete die letzte von insgesamt drei Türen, die wie eine Schleuse in das Innere des Affenhauses hineinführten. «Die Tiere brauchen misch. Und isch brauche sie. Das spüren sie. Isch glaube, das ist alles, um sie zu verstehen.»

Hinter einem Gitter saß ein Schimpansenweibchen auf dem Boden eines Einzelkäfigs. Ein Jungtier krabbelte auf ihr herum. Sie ließ es geschehen, ohne sich zu rühren. Jetzt zupfte das Kleine an ihren Armen, aber sie reagierte nicht. Es war ein Bild des Jammers, weil dem Muttertier so ganz offensichtlich jegliche Kraft fehlte, sich um ihr Kind so zu kümmern, wie dies es gewohnt war.

«Was ist mit ihr?», fragte Antonia.

«Der Direktor sagt, sie hat Lungenentzündung.»

Auch beim Menschen, so viel wusste Toni inzwischen, konnte man kaum mehr machen, als Ruhe und frische Luft zu verordnen. Medizin dagegen gab es nicht, was die Erkrankung für alte Menschen lebensgefährlich machte.

«Sie ist aber nicht so alt, dass sie daran sterben müsste, oder?», fragte Toni.

Der Afrikaner schüttelte den Kopf. «Der Direktor sagt, sie

ist etwa achtzehn. Seit drei Jahren ist sie hier. Ihr Kind ist zwei. Sie hatte es im Bauch, als sie nach Berlin kam. Denn hier pflanzen sich die Affen nischt fort.» Bata schenkte ihr ein schiefes Lächeln. «Du fragtest, ob isch habe Heimweh. Isch glaube, Sonia hat Heimweh. Heimweh ist schlecht bei Affen.»

«Sonia? Das ist ihr Name? Das ist schön!»

Bata öffnete die Tür, sie gingen beide in den Käfig. Hinter ihnen schloss er die Käfigtür wieder ab. Als er sich neben die Schimpansendame auf den Boden setzte, tat Toni es ihm etwas zögerlich gleich. Sofort streckte das Jungtier die Hand aus nach dem Pfleger, der ihm seine reichte. Ungezwungen kletterte der kleine Affe auf seinem Pfleger herum. Das Muttertier sah ihm dabei aus müden Augen zu. Ihr Fell war fast schwarz, auch das Gesicht war dunkel. Nur die Partie um Nase und Maul war hell.

«Sag Sonia, wer du bist. Rede mit ihr, als wäre sie ein Mensch. Sei freundlisch zu ihr. Sie wird ihr Kind sonst nischt zu dir lassen und disch als Bedrohung empfinden», forderte Bata sie auf.

«Was soll ich denn sagen?»

«Egal. Der Ton ist wischtig.»

Es war ziemlich eigentümlich, plötzlich hinter Gittern zu sitzen und in einem Affenkäfig eingesperrt zu sein. Während nebenan ein anderer Affe laut kreischte.

Ricarda hatte Glück: Siegfried war bereits zu Hause. Als sie ihm verkündete, dass Georg unverletzt war, sagte er erleichtert: «Gott sei Dank! Aber du hörst dich an, als würde dich dennoch etwas belasten.»

Sie schilderte ihm die Symptome.

«Das klingt nach klassischer Neurasthenie», antwortete

ihr Mann. «In den Lazaretten haben sie dafür allerdings einen anderen Ausdruck. Sie nennen es *Das Zittern*. Etwa jeder zehnte Heimkehrer hat es.»

«So viele? Das wusste ich gar nicht!»

«Das soll auch niemand wissen, Rica. Wärest du nicht meine Frau und Kollegin obendrein, würde ich dir auch nichts davon sagen. Das Wissen darum würde die Moral der Bevölkerung untergraben, meinen die Generäle und verbieten, dass man darüber spricht.»

Was geht in diesem Land eigentlich wirklich vor sich, dachte Ricarda. «Ein Zittern habe ich an Georg allerdings nicht bemerkt», sagte sie.

«Nicht jeder zittert im Wortsinn. Es geht eher darum, dass die Seele der Männer so stark erschüttert ist, dass die Symptome den Körper beeinflussen. Das Zittern ist das auffälligste Zeichen. Es kann aber auch das genaue Gegenteil sein: eine Katatonie, ein Erstarren, das sich mit dem Ausbruch einer Art von hektischen Bewegungen ablöst. Das könnte eine Frage des Charakters oder Temperaments sein. Leider ist das alles noch nicht erforscht, Rica.» Resigniert fügte er hinzu: «Von wem auch? Sind ja alle an der Front. Und bleiben dort. Entschuldige: Ich war unsachlich. Wie reagieren denn die Köglers auf den Heimkehrer?»

«Die interessiert nicht so sehr, wie es ihm geht: Sie wollen nur den alten Georg zurück.»

«Das ist typisch: Die Familien wollen, dass ihre Söhne und Männer als Sieger heimkehren. Nicht als Kranke, Verwundete, Verstörte. Versuche bitte, den Köglers das klar zu machen. Sonst wird Georg sich immer überfordert fühlen. Dass er eines Tages die Brauerei übernimmt, können sie dann vergessen.»

Ricarda war froh, seinen Rat zu hören. «Hast du Erfahrung, ob sich die Katatonie mit Medikamenten bekämpfen lässt?», fragte sie.

«Kokain und Morphium. Das Übliche eben. Können wir in den Lazaretten nur bei den wirklich schweren Fällen machen. Für so viele Patienten? Zu teuer!» Seine abgehackte Ausdrucksweise verriet Ricarda, wie abstumpfend das tägliche Elend war, das ihn umgab.

«Ich danke dir, Siegfried. Ist Toni wieder zu Hause? Achte bitte darauf, dass sie die Schule nicht vernachlässigt, weil sie zu viel Zeit im Zoo verbringt.»

«Ich glaube, sie kommt gerade heim.»

Sie beendeten das Gespräch. Erst jetzt sah sie, dass der kleine Berthold nicht weit von ihr entfernt stand. Stumm hielt er ihr die Lok entgegen.

Während sie ihren Enkel ansah, verschmolz sein Gesicht mit dem eines anderen Jungen. Der war damals zehn Jahre älter gewesen als Berthold jetzt. Was wohl aus ihm geworden war? Ein Schauer lief ihr über den Rücken, als ihr der Name des Jungen einfiel. Bert. Es war vor genau dreißig Jahren gewesen. In Zürich. Das Burghölzli. Die berühmte Nervenklinik, in der der kleine Bert wegen Neurasthenie des Kindes behandelt worden war.

Neurasthenie – ein Begriff, der höchst unzulänglich war, bedeutete er doch nur *Nervenschwäche*. Der Junge hatte die gleichen Symptome gehabt wie ihr oben stumm in seinem Zimmer sitzender, erwachsener Sohn Georg. Er hatte kein Wort gesprochen. Ein halbes Jahr hatte die angehende Ärztin Ricarda gebraucht, um das Kind aus seiner Starre zu lösen. Dasselbe musste ihr nun mit Georg gelingen. Sie war bereit dazu, ihr eigenes Leben beiseitezuschieben, um ihren Sohn zu retten. Das Gespräch mit Siegfried hatte ihr gezeigt, wie es ihr gelingen könnte.

Toni hätte die ganze Welt umarmen können, als sie mit Badili heimkehrte. So voller Glücksgefühle war sie, dass sie gar nicht spürte, dass auch ihr Vater wichtige Neuigkeiten für sie hatte.

«Affen sind so wundervolle Tiere», platzte sie los. «Ich habe den ganzen Nachmittag in einem Affenkäfig mit Mutter und Sohn Schimpanse verbracht!»

«Erinnere ich mich falsch, dass du Affen nicht magst?», fragte ihr Vater.

«Im Käfig nebenan lärmte einer. Der wollte aber nur beweisen, dass er ganz wichtig ist.»

Ihr Vater lächelte. «Wie bei den Menschen.»

«Genau!» Toni hatte inzwischen Badili Futter gegeben und setzte sich nun zu ihrem Vater an den Küchentisch, um mit ihm Abendbrot zu essen und dabei zu berichten, wie sie Sonias Zutrauen gewann.

«Nebenan lausten sich zwei Affen», sagte sie. «Das tat ich dann auch bei dem Muttertier. Keine Sorge: Sie hatte keine Läuse! Das ist ein Weg, um sich kennenzulernen und sich zu sagen, dass man sich mag. Sie hielt ganz still, während meine Finger ihr Fell kraulten. Erst saß sie, dann legte sie sich auf meine Beine.» Toni lachte. «Sie war ziemlich schwer, aber ich bewegte mich nicht. Irgendwann schliefen meine Beine ein. Da musste ich mich dann doch rühren. Ich schob sie ein wenig zur Seite, und sie ließ es zu. Wenn sie stöhnt, klingt es ein wenig wie ein Mensch, der sich nicht wohlfühlt», sagte sie. «Sie tut mir so leid.»

«Und das Kind?», fragte ihr Vater.

«Sam war erst bei Bata, dem Affenpfleger. Er guckte neugierig, was ich, die Fremde, da mit seiner Mamma tat. Irgendwann krabbelte er zu mir, klaute mir meine Mütze vom Kopf. Das ließ ihm Bata nicht durchgehen und nahm sie ihm weg, damit ich sie wieder aufsetzte. Das ging eine ganze Weile so. Als er es wieder versuchte, nahm ich die Mütze ab und legte sie mir in den Schoß mit der Öffnung nach oben. Und er krabbelte da rein. Und da begann ich ihn auch zu kraulen.» Toni lachte. «Ich habe ja zwei Hände!»

«Er wollte deine Aufmerksamkeit, darum das mit der Mütze», folgerte Siegfried.

Toni nickte. «Was mich so fasziniert: Ich kannte keine Affen. Also wusste ich nicht, wie man sie behandelt. Als ich mir die Mütze in den Schoß legte, konnte ich nicht ahnen, dass das richtig sein würde. Bata sagt, ich habe meinen Instinkt genutzt. Was meinst du?»

Siegfried nahm ihre Hand. Schmunzelnd sagte er: «Ich glaube, du hast heute eine sehr wichtige Erfahrung gemacht. Eine, die du gebrauchen wirst, wenn du einmal als Ärztin arbeitest: Es ist wichtig, sich auf die Patienten einzulassen. Und nicht von Anfang an zu meinen, man wüsste, was richtig ist. Das geht nur, wenn man sich Zeit lässt.» Er drückte ihre Hand. «Deshalb werden wir beide eine Weile ohne deine Mutter auskommen müssen.»

Damit eröffnete Siegfried seiner Tochter, dass Georg die Hilfe seiner Mutter brauchte: «Er muss sich erst wieder an sein altes Leben gewöhnen.»

Normalerweise hätte Toni sich über diesen Ausdruck gewundert: Wie konnte man sich an sein Leben gewöhnen? Aber die Stunden mit den Affen hatten ihren Blick bereits verändert. Ob es nun ein altes oder ein neues Leben war, man musste lernen, sich damit abzufinden. So wie Sam, der kleine Affe, der schließlich in Tonis Ballonmütze gekuschelt friedlich geschlummert hatte. Toni war ohne ihre Mütze gegangen.

Es war einfach nur wunderbar, dachte sie, dass Georg lebte. Irgendwann würde sie ihn treffen. Eine Wunde in ihrem Herzen schloss sich gerade durch nichts anderes als eine große Zuversicht, die sie einem kleinen Affen verdankte.

Wie auch am Vortag saß Georg reglos in seinem Sessel. Ricarda war nicht klar, ob er wirklich wusste, wer sie war. Katatonie bedeutete eine Art von Erstarrung. Ging damit einher, dass das Gehirn eventuell geschädigt war? Vielleicht teilweise? Aber welche Teile? Beträfe es die Erinnerung? Die ganze oder nur jene Stücke, die den gegenwärtigen Zustand ausgelöst hatten? Oder ging es nicht um die intellektuellen Fähigkeiten, sondern um das Gefühlsleben?

Während sie in der vergangenen Nacht diese Stichpunkte im Gästezimmer notiert hatte, war ihr klargeworden: Sie musste sich Zeit lassen, um zunächst Georgs Vertrauen zu gewinnen. Mehr als das: Sie musste den Sohn wiederfinden, den sie vor so langer Zeit verloren hatte.

Ganz ruhig begann sie zu erzählen. Zunächst von seinem Vater. Welch ein großzügiger, verständnisvoller und liebevoller Mensch er gewesen war. Wie stolz er gewesen war, als er seinen kleinen Sohn das erste Mal im Arm gehalten hatte.

Doch die Worte verfingen nicht.

Vom Tod seines Vaters wollte Ricarda ihm nicht erzählen, dazu war seine seelische Verfassung zu instabil. Aber sie erinnerte sich an einen bayerischen Kinderhut, den ein langer Gamsbart geziert hatte. Georgs Vater hatte einen ähnlichen

Schmuck an seinem Jägerhut gehabt, und sein kleiner Sohn war davon fasziniert gewesen. Deshalb hatte Georg senior seinem Junior den gleichen schenken wollen.

«Der Hut hat dich immer begleitet», sagte Ricarda. «Du warst so stolz auf ihn.» Ihr Gefühl sagte Ricarda, dass er in diesem Zimmer sein musste. «Aber dann hast du ihn vergessen, als du aus Berlin nach München musstest. Henny brachte ihn dir Jahre später. Du hast ihn bestimmt noch.» Sie sprach vor sich hin, während sie in den Winkeln des großen Raums suchte.

Sie hatte nicht bemerkt, dass Georg den Arm gehoben hatte und mit ausgestrecktem Finger auf den Haken neben der Zimmertür zeigte. Dort hing der Hut, der einmal einem Knaben gepasst hatte, und nun eine Art Talisman geworden war.

Ricarda schossen die Tränen in die Augen. «Hab ihn gar nicht gesehen», sagte sie und reichte ihn ihrem Sohn.

Georg nahm den Hut in die Hände und blickte darauf. Mehr als das tat er nicht. Aber es kam Ricarda so vor, als wäre es ein erster Schritt, den ihr Sohn tat, um zu sich selbst zurückzufinden.

Käthe legte die Apfelspalten sorgsam auf den Boden aus Mürbeteig.

«Früher habe ich dich nie backen sehen», sagte Ricarda, die ihr dabei in der großen Küche der Villa Kögler zusah.

«Die Muße, die ich im Alter endlich habe, lässt mich Dinge tun, die ich vermisst habe», erwiderte die Dreiundsiebzigjährige. «Außerdem bringen mich solche Tätigkeiten auf Ideen. Ich habe beim Apfelschneiden über das, was du mir von Georgs Hut erzählt hast, nachgedacht. Könnte es sein, dass du zu Georg am ehesten durchdringst, wenn du seine Erinnerung an die Vergangenheit wachrufst?»

«Genau davon haben wir am wenigsten!»

«Der Hut zeigt doch, dass man auch aus wenig viel machen kann. Außerdem ist mir eingefallen: Während du noch in Afrika warst, begleitete ich Henny zu einem Treffen mit ihren Bruder am Königssee. Georg kam von der Hütte in den Bergen, und Henny sagte später mal, dass er die Hütte so liebte.»

«So wie sein Vater», warf Ricarda ein. «Du meinst …?»

«Ja, Rica. Steig mit ihm da rauf. Bring ihn dorthin, wo er glücklich war.»

Ricarda lachte. «Ich bin keine Bergsteigerin!»

Nur ein einziges Man war sie auf der Jagdhütte gewesen, und es war eine der schönsten Erinnerungen an ihren ersten Mann. Unter den jetzigen Umständen erneut dorthin gehen? Mit der Last der Gegenwart auf den Schultern? Das war die eine Sache. Die andere Frage war: Wie bekam sie ihren Sohn dorthin? Ohne Ruperts Hilfe wäre das unmöglich.

Als Ricarda ihren Widerwillen überwand und die Aussprache mit ihm suchte, lächelte der alte Brauer nur müde. «Ich half Georg heute beim Ankleiden. Wer soll das denn sonst tun? Etwa die Sophie? Sie verliert ja die Achtung vor ihrem Gemahl. Und da meinst du, Georg kann auf den Berg?» Er schüttelte traurig den Kopf. «Nein, Ricarda, da mache ich nicht mit. Irgendwann wird der Bub auch so wieder zur Vernunft kommen.»

«Das hat mit Vernunft nichts zu tun. Georg ist krank.»

«Dem fehlt doch nix! Hysterisch ist er halt. Das vergeht schon wieder.»

«Sag mal, Rupert, wie lange schweigt Georg eigentlich

schon? Und überhaupt: Wo hat er gesteckt, als es hieß, er sei vermisst? Das muss ich wissen, wenn ich ihm helfen will», sagte Ricarda.

«Ich hab dir ja mal vom Sägmüller erzählt, dem Adjutanten vom General Fasbender ...»

«Den die Brauerei mit Bier beliefert.»

«Genau der. Die Hölle heiß gemacht hab ich ihm. Das geht doch nicht, dass man sein eigen Fleisch und Blut dem Vaterland gibt. Und dann tun die so, als wär nix, wenn der Bub vermisst wird!» Der Brauer redete sich in Rage.

Eigen Fleisch und Blut – Ricarda fand, er machte sich lächerlich. Im Grunde war es ihm doch immer nur darum gegangen, Georg zu benutzen. Sie sagte jetzt aber nichts.

«Schließlich brachte der Sägmüller persönlich mir den Georg.» Rupert kämpfte damit, seine aufkommenden Gefühle zu beherrschen. «Da ist er wieder, sagte der Sägmüller, und der Georg stand daneben und schwieg. Dann erzählte der Sägmüller, dass er selbst den Georg aus Aachen geholt hat. Da war er in einem Lazarett. Wohl schon eine ganze Weile. Er hatte seine Erkennungsmarke nicht mehr und sprach kein Wort. Durch Zufall hatte ihn ein Kamerad wiedererkannt, der ebenfalls beim Bayerischen Reserve-Korps diente. Was mit Georg in der Zwischenzeit passiert ist, wissen wir nicht.» Rupert hob hilflos die Schultern.

«Aber er weiß es», sagte Ricarda. «Darum möchte ich mit ihm den Ort aufsuchen, an dem er wieder zu sich selbst finden kann. Die Hütte seines Vaters.»

Rupert seufzte. «Ja, mei, wenn's denn hilft, dann gehen wir halt auf die Hütte.»

«Du willst mitkommen?» Ricarda erschrak. So hatte sie sich das nicht vorgestellt!

«Freilich komm ich mit! Ich war eh schon lang nicht mehr droben. Aber wenn das nicht klappt, dann bring ich den Georg zum Irrenarzt. Ich hab mich schon schlaugemacht. Die machen das mit Elektroschocks direkt da hin.» Er deutete auf seinen Kehlkopf. «Da redet jeder wieder.»

Sonia mit ihrem kleinen Sohn zu sehen, war ein Anblick, der Antonia schmerzte. Der kleine Affe kuschelte sich an seine auf dem Boden kauernde Mutter und suchte hungrig ihre Brust. Aber Sonia fraß zu wenig und konnte ihr Kind nicht mehr satt machen.

«Er ist doch schon so groß. Warum wird er nicht abgestillt?», fragte Antonia.

Und erfuhr von Pfleger Bata, dass Schimpansen ihre männlichen Nachkommen bis in deren viertes Lebensjahr hinein säugten. «Wir füttern ohnehin schon zu», sagte Bata. «Aber unser Brei schmeckt ihm nicht. Dies sind wirklich die schlechtesten Zeiten, um einen kleinen Affen durchzubekommen.»

Er meinte damit, dass es kaum möglich war, für die Tiere Südfrüchte wie Bananen aufzutreiben. Zum Glück gab es jetzt Äpfel, aber Sam bekam davon Durchfall.

«Versuch es mal mit geriebenem Apfel», hatte Siegfried seiner Tochter geraten.

Nun saß Toni im Affenkäfig und schob dem kleinen Sam Apfelbrei ins Mäulchen. Bei ihm war die Partie zwischen Stirn und Nase und rund um die Augen noch sehr hell, was ihm das Aussehen eines schutzbedürftigen Babys gab. Zwischen den Augen hatte er zwei dunkle Flecken. Wenn er Toni ruhig ansah, hatte sie dadurch den Eindruck, er wäre auf geheime Weise ganz schlau.

Sonia sah eine Weile zu, dann schloss sie die Augen. Es war offensichtlich, dass ihr die Kraft ausging.

Von ihrem Vater hatte Antonia sich ein Stethoskop ausgeliehen, um Sonia damit abzuhorchen. Was Sam nicht zuließ. Erst musste Toni mit ihm spielen und dabei zeigen, wozu das Gerät gut war. Dann erst durfte sie sich als Aushilfsärztin betätigen. Was sie hörte, entsprach dem, was ihr Vater ihr als die typischen rasselnden Atemgeräusche beschrieben hatte. Die Affenmutter bekam kaum noch Luft; ihre Lungen waren voller Schleim. Schon begann Sam wieder an ihr zu zerren.

«Sollten wir ihn nicht jetzt schon von ihr trennen?», fragte Toni.

Bata schüttelte den Kopf. «Im Urwald würde es auch nischt anders sein. Sam muss auf diese Weise Abschied von seiner Mutter nehmen.»

«Aber er tut ihr weh, wenn er auf ihr herumturnt!»

«Isch weiß.» Mehr sagte er dazu nicht.

Toni dachte an Heinroths Küken und die Lehre von den Gewohnheiten. Hier schien es anders herum zu sein. Der kleine Affe musste lernen, von seinen Gewohnheiten zu lassen. Es war eine Lektion, die seine Mutter aufs äußerste strapazierte. Toni streichelte das schwerkranke Tier.

Da öffnete Sonia die Augen, um ihre junge Pflegerin anzusehen. Toni hatte das Gefühl, Sonia wusste, dass es bald vorbei sein würde.

Ricarda hatte einige Tage verstreichen lassen, bevor sie sich traute, mit Georg und Rupert aufzubrechen. Siegfried hatte ihr geraten, zuerst zu beobachten, wie ihr Sohn auf das Kokain reagierte, das sie ihm spritzte. Es machte ihn wie vorausgesagt wacher, sodass er sich selbst waschen und anziehen konnte. Zum Sprechen brachte es ihn jedoch nicht.

«Siegfried vermutet, dass es bei den Soldaten ein bestimmtes Ereignis ist, das wie eine Art von Schloss wirkt, das die Tür verriegelt», erklärte sie Käthe.

Die alte Freundin nahm sie zum Abschied in den Arm. «Es tut mir so leid für euch. Aber ihr beide schafft das.»

Und wenn ich scheitere, dachte Ricarda. Was soll dann aus Georg werden? Nicht einmal seinen kleinen Sohn hatte er bislang wahrgenommen. Und seine Frau Sophie weinte nur noch.

Wenig später lenkte der Chauffeur den Wagen durch die oberbayerische Landschaft, in der sich die Natur mit einem ersten Farbenspiel auf den Herbst einstellte. Rupert wirkte gelöst und erzählte von dem, was ihn beschäftigte – der Brauerei. Ob er des Krieges wegen statt fünf Sorten Bier nur noch zwei herstellen durfte oder konnte oder was auch immer, interessierte sie nicht. Stattdessen versuchte sie im Gesicht ihres Sohnes zu lesen. Verriet seine Mimik, ob er dem Onkel zuhörte?

Wäre Georg nicht in diesen unseligen Krieg hineingeraten, wäre er jetzt vermutlich schon in die Geschäfte eingeweiht. Vielleicht hätte er auch schon das erste Staatsexamen als Jurist abgelegt ... Was interessierte ihn eigentlich mehr – die Brauerei oder Jura? Sie, seine Mutter, hatte keine Ahnung. Henny hatte ihm nähergestanden, aber dieser Gedanke schmerzte nur zusätzlich.

Das Kokain hatte seine Wirkung verloren. Georg stierte wieder teilnahmslos. Nun, da man das Auto verlassen musste, war wieder der Zeitpunkt gekommen, Georg zu wecken, wie Ricarda das für sich selbst nannte. Der einzige Vorteil seiner

Teilnahmslosigkeit bestand für sie als Ärztin darin, dass er sich zumindest nicht gegen die Spritze wehrte, wie Siegfried es ihr von anderen Invaliden berichtet hatte.

«Hier habe ich mich das letzte Mal von Ihnen verabschiedet, Herr Kögler», sagte der Chauffeur zu Georg. Er tat so, als sähe er keinen Unterschied zu früher. Georg zeigte keine Reaktion.

«Ich kenn mich schon aus», meinte Rupert.

Ricarda hingegen hatte das Gefühl, zum ersten Mal hier zu sein. Schließlich war seit ihrem letzten Besuch ein Vierteljahrhundert vergangen! Seltsamerweise erschienen ihr die Berge jetzt so viel höher als seinerzeit. Irgendwie unbezwingbar. Was, wie sie sich bewusst machte, natürlich mit der großen Aufgabe zusammenhing, die sie sich gestellt hatte: einen Berg zu besteigen in der vagen Hoffnung, zu ihrem Sohn durchzudringen! Und immer, wenn sie in ihrem Leben in den Bergen wandern gewesen war, wie zuletzt gemeinsam mit Siegfried kurz vor Kriegsausbruch auf einem Höhenzug in China, war das eng mit dem Mann verbunden gewesen, den sie liebte.

Von der Antriebsfeder Kokain beschwingt, marschierte Georg mit dem schweren Tornister auf dem Buckel gelöst voran. Es sah ganz danach aus, als wüsste er, wo er sich befand, und Rupert bestätigte es. Jedoch legte der junge Mann ein Tempo vor, das Ricarda alles abverlangte. Schon bald war ihr klar, dass sie nicht mithalten konnte. Und Rupert erst recht nicht. Er fiel weit hinter sie zurück. Das gemeinsame Unterfangen drohte schon daran zu scheitern, dass die drei Wanderer über so unterschiedliche Kondition verfügten. Schließlich war Georg verschwunden, während der Weg immer steiler bergan führte.

Nun begann Ricarda, sich Sorgen zu machen. Sie hatte keine Vorstellung davon, was ein Katatoniker – einmal aus seiner Starre erweckt – anstellte, wenn er unbeobachtet war. Sie war zwar Siegfrieds Rat gefolgt, doch sie hatte Georg unter ständiger Aufsicht im Haus gehabt. Hier in den Bergen hatte sie keinen Einfluss auf ihn. Es blieb ihr nichts anderes übrig, als so schnell zu gehen, wie sie es eben vermochte. Und zu hoffen, dass alles gut ging. Auf ihren fünfzehn Jahre älteren Schwager konnte sie in dieser Situation keine Rücksicht nehmen. Er hatte selbst darauf gedrungen mitzukommen, kannte sich aus und würde dann eben nachkommen.

Doch auch Ricarda spürte bei dieser Wanderung zum ersten Mal deutlich das Alter. Ihr Körper zeigte ihr erbarmungslos seine Grenzen auf. Sie musste ihrem Körper gehorchen und ein eigenes Tempo befolgen. Schließlich war es kein allzu weiter Weg bis zur Hütte gewesen, soweit sie sich erinnerte. Aber damals war sie verliebt gewesen. Liebe im Herzen machte jeden Weg kurz. Sorge machte ihn lang.

Den Tornister auf dem Rücken harrte Georg geduldig auf einem umgestürzten Baum aus, den Blick bergab gerichtet. Es sah so aus, als warte er auf seinen Onkel und seine Mutter. Folglich hatte er nicht vergessen, dass er nicht allein losgelaufen war.

Mit dieser einigermaßen beruhigenden Erkenntnis ließ sich Ricarda neben ihrem Sohn auf dem Baum nieder. «Das ist anstrengend», sagte sie. «Ich wusste nicht, wie sehr eine Wanderung auf die Knochen geht.» Eine Reaktion erwartete sie nach den Erfahrungen der vorangegangenen Tage nicht, sondern holte die Wasserflasche hervor. Sie verging fast vor Durst.

«Ich werde dir tragen helfen, damit du das Tagesziel erreichst», sagte ihr Sohn mit einer fremd klingenden Stimme.

Ricarda hatte gerade die Wasserflasche am Mund und setzte sie so erstaunt ab, dass sie sich bekleckerte. «Du hast etwas gesagt», stellte sie fast andächtig fest, als könnte sie mit jedem lauten Wort das Wunder zerstören, das sie gerade erlebte.

«Ich habe gesagt, dass ich deinen Tornister tragen will.»

Ricarda reichte ihn ihrem Sohn. «Das wäre sehr lieb.»

«Es ist meine Pflicht, denen zu helfen, die nicht die Kraft haben, sich selbst zu helfen.»

«Deine Pflicht», wiederholte Ricarda. Ihr lief ein Schauer über den Rücken. «Bist du ein Soldat?», fragte sie.

«Man lässt keinen Kameraden im Stich», sagte er und bestätigte damit die Vermutung seiner Mutter. «Wir werden ruhen können, sobald wir Quartier machen.»

«Georg, sieh mich bitte an.»

Er folgte ihrer Aufforderung, indem er den Kopf in ihre Richtung wandte. Aber sein Blick war seltsam leer.

«Wer bin ich?», fragte sie. «Erkennst du mich?»

«Du bist die Ärztin.»

Die Spritzen, die sie ihm seit Tagen verabreichte! Damit brachte er sie in Verbindung. Dabei war sie der Mensch, der ihn zur Welt gebracht hatte! Sie war so schockiert, dass ihr die Tränen über die Wangen rollten.

«Die Schmerzen vergehen, wenn wir weitermarschieren. Du musst an etwas anderes denken. Dann wirst du sie schon bald nicht mehr spüren», sagte Georg.

Es klang nicht so, als würde er mit seiner Mutter sprechen. Ricarda hatte viel mehr den Eindruck, als hätte er diese Sätze schon etliche Male zu Kameraden im Krieg gesagt und wüsste, dass sie sich tröstend anhören mussten, um zu wirken. Aber sie waren nicht so gemeint. Es waren nur Worte ohne Inhalt. Dennoch ergaben sie einen Sinn: Ihr Sohn sagte ihr auf seine Weise, dass sie ihre Verzweiflung aushalten musste, wenn sie um ihn kämpfen wollte.

«Da kommt er.» Georg sah den Weg herab, den Rupert mühselig erklomm.

Das von Schweiß überströmte Gesicht des Brauers war krebsrot. Die Knöchel der Hand, mit der er seinen Wanderstecken umklammerte, zeichneten sich weiß unter der Haut ab. Mit letzter Kraft ließ er sich neben Georg auf dem Baum nieder. Ricarda musste ernsthaft befürchten, dass der Brauer einen weiteren Schwächeanfall erleiden würde.

«Du hättest dich nicht freiwillig melden sollen», sagte Georg. «Du bist alt. Die Anstrengung ist zu groß für dich.»

Rupert, der noch nichts von Georgs Veränderung mitbekommen hatte, sah seinen Neffen entgeistert an. Er stimmte ihm nur mit einem wortlosen Kopfnicken zu.

«Soldat Georg ist auf dem Weg zu einem Quartier», erklärte Ricarda ihm. «Und ich glaube, er hat recht. Diese Wanderung ist für mich schon hart. Du musst erst recht aufpassen, dass du dich nicht überanstrengst, Rupert.» Außerdem wollte sie ihren einstigen Widersacher ohnehin loswerden, um sich voll und ganz auf Georg konzentrieren zu können.

Rupert tupfte sich den Schweiß vom Gesicht. Er atmete schwer. «Geht ihr beiden. Ich kehr' um.» Es fehlte ihm sogar die Kraft, Georgs verändertes Wesen zu bemerken.

«Wie du meinst», sagte Ricarda.

Sie verabredeten, dass Rupert so lange in einem Berchtesgadener Hotel warten sollte, bis Georg und sie dazustießen.

«Gehen wir, Georg», sagte sie. «Aber lauf nicht so schnell.»

Im Affenhaus musste um diese Jahreszeit das Licht bereits gegen fünf Uhr nachmittags eingeschaltet werden. In Sonias und Sams Käfig war eine Gaslampe, deren kühles Licht sich an den blanken Teilen des Gitters brach. Sonia hatte sich in eine Ecke zurückgezogen, wo sie auf einer löchrigen Decke lag.

Bata hatte Toni erklärt, dass sie diese Decke schon bei sich gehabt hatte, als dies ihr neues Zuhause wurde. «Sie wollte nie eine neue haben», hatte er gesagt.

Der Atem des Tieres ging schwer, manchmal setzte er für eine Weile aus, kam mit einem schwachen Schnaufen zurück. Die Intervalle dazwischen wurden immer länger. Währenddessen spielte Antonia mit Sam, dem sie einen Ball hinrollte, den er zu ihr zurückschubste.

Das Spiel sollte Sam davon abhalten, seine Mutter beim Sterben zu stören. Toni fühlte sich elend, tatenlos zusehen zu müssen, wie Sonias Leben ganz allmählich verlosch. Sam schien zu spüren, dass seine menschliche Spielgefährtin nicht bei der Sache war, und ignorierte schließlich den Ball. Stattdessen stupste er seine Mutter und verlangte, gesäugt zu werden. Sonia hob einen Arm und ließ ihn an sich heran. Immer wieder setzte ihr Atem aus, während ihr Kind zu trinken versuchte.

«Komm, Sam», sagte Toni zärtlich und hielt ihm eine Babyflasche hin, «trink hier.»

Bislang hatte das nie funktioniert, doch nun akzeptierte das Schimpansenjunge den Ersatz. Sonia bewegte sich, um es sich bequemer zu machen.

«Ich kümmere mich um Sam», sagte Toni. «Ruh dich aus, Sonia.»

Die Affendame öffnete die Augen und sah Toni direkt an, wobei sie völlig reglos blieb. Ein langer Blick, der Toni direkt ins Herz ging. Es war ihr, als wollte Sonia ihr zu verstehen geben, dass sie Toni ihren Sohn in Obhut gab. Toni machte sich nichts vor: Sie war nicht die beste Wahl, um diese Aufgabe zu erfüllen. Sie hatte viel zu wenig Wissen, um sich um einen kleinen Affen zu kümmern. Sie würde einiges falsch machen und konnte nur hoffen, dass es nicht zu viel wäre.

Sonia schloss langsam wieder die Augen. Sie schnaufte noch einmal die wenige Luft aus, die ihre entzündeten Lungen noch enthielten. Toni wartete, den satt dösenden Sam im Arm, ob Sonia noch ein weiteres Mal versuchen würde, Luft zu holen. Es war ganz still im Affenhaus.

Vor allem durfte Toni jetzt nicht weinen, denn eines hatte sie im Umgang mit Sam verstanden: Er erspürte ihre Gefühle. Für Sam musste Toni jetzt stark sein. Obwohl sie gerade selbst jemanden gebraucht hätte, der sie tröstete. Es tat so weh zu spüren, wie sich das Leben davonmachte.

Georg saß vor der aus grau verwitterten Holzstämmen gebauten und mit Holzschindeln eingedeckten Berghütte auf einer Bank. Ricardas Tornister, den er auf die Brust gebunden nach oben getragen hatte, trug er ebenso noch wie seinen eigenen. In seiner Körperhaltung lag eine Spannung, als wollte er jeden Moment weiter. Ricarda war nicht klar, was in ihm vorging. Das Ziel war erreicht. Erkannte er das nicht? Wo war er jetzt? Wer war er? War er Georg Kögler, der an der Berghütte seines Vaters angekommen war? Oder der Soldat, der einen Marsch unternahm und unsicher war, ob er angekommen war?

Ricarda selbst spürte, wie sich ihr von der Anstrengung des viel zu schnellen Aufstiegs getriebener Puls erst langsam beruhigte. Bevor sie sich der anstehenden Aufgabe widmen konnte, brauchte sie eine Pause.

Die Sonne tauchte den Abendhimmel über den schweigend ruhenden Berggipfeln in ein golden und blutrot leuchtendes Farbenmeer. Ricarda konnte sich nicht erinnern, ob sie die Natur je in so majestätischer Schönheit erlebt hatte. Der Tag ging zu Ende, aber sie war zuversichtlich, dass etwas ganz Wunderbares beginnen würde. Im Licht der versinkenden Sonne lag eine so wohltuende Kraft, die sie die Anstrengung des Aufstiegs vergessen ließ. Unendlich weit konnte sie von hier aus sehen. Über den Tälern lag ein hauchfeiner Nebel, der das irdische Treiben mit einem Schleier zu bedecken schien. Währenddessen waren die Berge so plastisch klar zu sehen, dass sie viel näher wirkten, als sie es wohl waren.

«Georg? Geht es dir gut, mein Sohn?», fragte sie. «Wir sind da. Willst du nicht die Tornister ablegen?»

Er folgte ihrer Aufforderung, was sie erleichtert feststellte, und fragte: «Das Haus ist verschlossen. Es wird Abend. Ich zerstöre das Schloss, damit wir Quartier machen können.»

Er hatte bereits eine Axt in der Hand, die zum Spalten von Holz neben dem Haus lag. Ricarda trat ihm in den Weg.

«Georg, das ist dein eigenes Haus», antwortete Ricarda. «Wir haben einen Schlüssel, um die Tür aufzuschließen.» Sie hielt ihm den Schlüssel, den sie von Rupert erhalten hatte, mit ausgestrecktem Arm hin, um ihn zu einer Reaktion zu provozieren. «Du warst schon einige Male hier, Georg. Mit Rupert. Ihr seid gewandert. Hier überall seid ihr gewesen.»

Vielleicht hätte Rupert doch eine Hilfe sein können, wenn er mitgekommen wäre, dachte sie.

Da Georgs Reaktion ausblieb, schloss Ricarda selbst auf. In der Hütte roch es etwas feucht, gleichzeitig gab das alte Holz einen angenehmen Geruch ab. Dennoch überkam Ricarda die Sorge, sich zu viel zugemutet zu haben. Sie fühlte sich fremd und etwas hilflos. Die Fensterläden waren verschlossen, in der Hütte war es dunkel, und in Kürze würde es hier oben auf dem Berg stockfinster sein. Und das mit ihrem Sohn, dessen Reaktion nicht vorauszuberechnen war. Der Zeitraum, in dem das Kokain seine Wirkung behielt, war schon lange überschritten. Würde es nicht gelingen, Licht zu machen, wäre sie unter Umständen mit dem Katatoniker im Dunkeln, ohne zu wissen, wie Georg mit Dunkelheit umging.

Sie zwang sich, ihre Unsicherheit zu verbergen. «Georg, machst du bitte Licht?», fragte sie.

Sie atmete auf, als er die Bank verließ und ihr in die Hütte folgte. Er schien sich darin vollkommen sicher zu bewegen. Nach wenigen Augenblicken hatte er eine Öllaterne entzündet und regelte die Flamme so, dass Ricarda sich in dem einzigen Raum zurechtfinden konnte.

«Jetzt brauchen wir ein wärmendes Feuer», sagte sie und reichte ihm einen Holzscheit, der vor dem Kaminofen lag.

Wortlos machte Georg sich an die Arbeit, indem er zuerst die Asche entfernte, sie hinaustrug, mit neuen Scheiten zurückkam und schließlich das Feuer zum Lodern brachte.

Ricarda behielt ihn dabei ständig im Auge. Sein zielgerichtetes Verhalten warf die Frage auf, ob er etwas tat, das er schon als Kind gemacht hatte. War ihre Theorie also richtig, dass er über die Vergangenheit zu erreichen war? Oder hatten diese Handlungen gar nichts mit seiner momentanen seelischen Verfassung zu tun?

Sie beschloss, sich tagebuchartige Notizen zu seinem Verhalten zu machen. Vielleicht würden sie Siegfried nützen, hoffte sie. Oder vielleicht auch Georg.

Offenbar verfiel er nicht in die befürchtete Starre, obwohl die Droge keine Wirkung mehr auf seinen Antrieb haben konnte. Er setzte sich schließlich zu ihr an den Tisch, den sie gedeckt hatte. Es gab frisches Quellwasser, dazu Speck, Brot und Äpfel, die Ricarda aus München mitgebracht hatte. Ein Festmahl, nicht nur hier oben, auch da unten, wo die Menschen unter den Auswirkungen des Krieges litten.

«In Berlin bekommst du schon lange keinen Speck mehr. Und erst recht nicht solches Brot», sagte sie.

«Das schmeckt gut», sagte Georg. «Wo hast du das gekauft?»

Er hatte eine Frage gestellt! Ricarda hätte ihm vor Freude um den Hals fallen mögen.

Toni wiegte den kleinen, zur Waise gewordenen Sam sanft in ihren Armen, und ihre Gedanken wurden immer schwerer. Irgendwer hatte Sams Mutter aus dem tiefen Afrika hierhergebracht, damit Berliner einen Schimpansen bestaunen konnten. Aber die Menschen hatten längst ganz andere Sorgen. Niemanden kümmerte es, ob es in Berlin Schimpansen gab. Oder ob sie ganz still und leise ihr Leben aushauchten.

Und was sollte jetzt mit dem kleinen Sam werden? Mit den beiden erwachsenen männlichen Schimpansen nebenan durfte er nicht spielen. Bata befürchtete, sie könnten den Kleinen töten.

Ihre schweren Gedanken hatten Toni aus dem Takt kommen lassen. Sam wachte auf, und sie ließ ihn los. Sein erster Weg führte ihn zu seiner Mutter, aber sie hob den Arm nicht mehr, um ihm Geborgenheit zu schenken. Das verstand der kleine Kerl nicht, stieß sie an, wurde auf seine – Toni niedlich erscheinende – Weise ärgerlich. Er erhob dabei die Stimme zu einem schrillen Kreischen und starrte mit seinen hübschen dunklen Knopfaugen die Mutter an.

Am liebsten wäre Toni ihrem Impuls gefolgt und hätte den Kleinen zu sich gerufen und versucht, ihn abzulenken. Sie ließ es, obwohl es ihr weh tat, untätig zu bleiben. Er musste begreifen, dass seine Mutter nicht mehr lebte und er sich letzten Endes eine neue Mutter suchen musste. Denn jetzt war der Moment gekommen, den die Zooleitung hatte kommen sehen: Sam brauchte einen Ersatz in Menschengestalt. Aber weder Bata noch Toni konnten ansatzweise bieten, was seine Mutter für ihn bereitgehalten hatte.

Am schönsten wäre es, den Affen einfach mit nach Hause zu nehmen, überlegte Toni. Zumindest am Wochenende, wenn sie keine Schule und Zeit für ihn hatte.

«Isch fände das auch gut. Aber isch glaube, es ist keine gute Idee für Sam. Du musst fahren mit der Ringbahn. Da sind so viele Menschen. Er könnte sich eine Menschenkrankheit einfangen», sagte Bata. «Das ist zu gefährlisch für ihn.»

Daran hatte Toni nicht gedacht, und sie gab Bata recht. Aber es musste doch einen Weg geben, wie sie ihm beistehen konnte!

Obwohl sie sehr müde war, konnte Ricarda keinen Schlaf finden. Die vollständige Dunkelheit in der Hütte empfand sie als beängstigend, wohingegen sie ihrem Sohn nichts auszumachen schien. Seine Atemzüge waren tief und regelmäßig.

Während sie ihm lauschte, wurde Ricarda allmählich klar,

dass sie sich gerade ihren eigenen, tiefsten Ängsten stellte. Jahrelang hatte sie nachts wach gelegen und an Georg gedacht, sich gefragt, wie es ihm ging. Ob er gesund war, in der Schule zurechtkam, Freunde fand, wie die Köglers mit ihm umgehen mochten, ob er Henny und sie vermisste – von Toni hatte er viel später erst erfahren. In dieser nicht endenden Nacht schmolzen alle ihre verdrängten Ängste und enttäuschten Hoffnungen zu einem großen Klumpen aus Nachtschwärze zusammen, der sich erstickend auf ihre Brust legte.

Immer wieder war sie drauf und dran, aufzustehen und sich hinauszutasten, um die frische Nachtluft tief in sich einzusaugen. Aber der grobe Türriegel war schwergängig und die Scharniere quietschten. Sie wollte nicht riskieren, ihren Sohn zu wecken.

Wie also stand es um Georg? Offenbar sah er sich als Soldaten, der seine Pflicht tat. Zwar hatte er eigenständig den Weg zur Hütte gefunden, jedoch war ihm, als er davorstand, nicht klar gewesen, dass es sein Häuschen war. Es schien so, als zerfiel sein Inneres in zwei Hälften.

Als Studentin hatte Ricarda es als ihre intensivste Zeit empfunden, in der psychiatrischen Klinik Burghölzli zu lernen. Während ihrer beruflichen Laufbahn hatte sie ihr Interesse nicht weiter verfolgt an dem, was ihre Mitmenschen *Seele* und die Fachleute in der Übersetzung ins Griechische *Psyche* nannten.

Siegfried hatte seiner Frau vor nicht allzu langer Zeit von neuen Forschungen zur Psyche erzählt. Es hatte im Zusammenhang mit den Invaliden gestanden, die er betreute. Leider war Ricarda nach einem langen Arbeitstag nicht aufmerksam genug gewesen. Aber sie erinnerte sich, dass der am Burghölzli tätige Professor Eugen Bleuler die von ihm erst kürzlich diagnostizierte Krankheit des Geistes Schizophrenie nannte. Die wortgetreue Übersetzung aus dem Griechischen war Ricarda eingängiger erschienen: Der Begriff *Spannungsirresein* besagte, dass die Seele so angespannt war, dass sie in zwei Teile zerfiel.

Wenn sie das nun auf Georg anwandte, so ergab das Sinn. Er schien sich gewissermaßen in Soldat und Privatmensch aufspalten zu können. Als Grund erschien es ihr denkbar, dass die Zweiteilung seines Ichs durch Erlebnisse während des Krieges ausgelöst worden war. Hatte er den alten Georg gewissermaßen verbannen müssen, um sich als Soldat behaupten zu können? Seine Bemerkung, als es um das Tragen des Tornisters und Ruperts Schwäche ging, legte zudem nahe, dass er es gewohnt war, auch im Krieg Verantwortung zu übernehmen. Er war ihr in diesem Moment sogar recht selbstsicher erschienen. Bot ihm die Struktur des Militärs eine psychische Sicherheit, an die er sich klammerte, um sich im bürgerlichen Alltag zurechtzufinden? Galt das auch umgekehrt: Wenn er sie nicht fand, erstarrte er dann auf jene Weise, wie sie ihn in seinem Münchner Zuhause erlebt hatte?

Es war eine sehr wacklige Vermutung, der sie in dieser Nacht nachging. Traf sie zu, bestand ihre Aufgabe darin, aus Georg wieder einen Zivilisten zu machen, der ohne die Rüstung eines Soldaten durchs Leben gehen konnte. Denn auch daran erinnerte sich Ricarda: Es gab eine Form von Spannungsirresein, die heilbar war. Und zwar jene, die durch eine außergewöhnliche Belastung der Psyche hervorgerufen worden war, hatte ihr Siegfried berichtet. Darauf setzte Ricarda jetzt ihre ganze Hoffnung.

Badili hatte sich erschreckt, sprang auf, bellte und weckte Antonia. Sie war auf dem Sofa im Wohnzimmer über ihrem Häkelzeug eingeschlafen. Das Licht flammte auf.

«Was machst du denn hier? Warum bist du nicht im Bett?», fragte ihr Vater im Eintreten. Sogleich ergänzte er: «Tut mir leid, dass ich nicht mit dir Abendbrot gegessen habe. Die Arbeit.»

«Kumari hat Linseneintopf gemacht, bevor sie zur Spätschicht musste. Steht auf dem Herd.» Früher hatte Toni Linseneintopf verabscheut. Mittlerweile wusste sie das nahrhafte Gericht zu schätzen.

Siegfried rümpfte die Nase. «Es riecht ein bisschen streng. Findest du nicht auch?»

«Sam hat mich angepinkelt», erwiderte Toni mit einem leicht beschämten Grinsen. «Ich habe vergessen, meine Sachen zu wechseln.»

Siegfried legte seinen Hut, mit dem er zur Tür hereingekommen war, auf den Wohnzimmertisch. «Was strickst du da?» Er setzte sich, noch immer die Nase rümpfend.

«Ich häkele», verbesserte sie. «Das wird eine Decke für Sam.»

«Oh. Na, dann», sagte ihr Vater und klang erleichtert. «Es ist drei Uhr morgens. Ab ins Bett!»

«Komm, Badili!» Antonia schlich sich in ihr Zimmer. Es war wie immer: Ihr Vater hatte so viel um die Ohren, dass er nichts von dem mitbekam, was sie bewegte. Denn es würde keine gewöhnliche Decke werden.

Georg hackte nun schon seit drei Stunden pausenlos Holz. Er tat es mit einer Ausdauer und Konzentration, bei der Ricarda nicht mithalten konnte. Obwohl sie sich nur zum Ziel gesetzt hatte, die Scheite aufzuheben und sorgfältig unter dem tiefen Dachüberstand seitlich der Hütte zu stapeln.

«Ich glaube, wir haben genug Holz», sagte sie. «Das reicht für eine Weile.»

Erschöpft sank sie auf die Bank vor der Hütte, von der aus man den wundervollen Talblick genießen konnte. Sie goss sich aus einem Krug Quellwasser ein und trank in kleinen Schlucken. Es war so weich, als wäre Seife darin, und sein Geschmack war unvergleichlich. Wie wenig man doch braucht, dachte sie und wurde erst jetzt gewahr, dass Georg immer noch Holz hackte. Wie eine Maschine.

«Georg, du kannst wirklich aufhören», sagte sie und meinte: So lange werden wir nicht hier sein, um all das Holz zu verheizen. Aber das sagte sie nicht, weil sie ihn nicht verunsichern wollte.

Als er immer noch nicht reagierte, erinnerte sie sich an ihre nächtliche Erkenntnis: «Georg, leg die Axt weg und setz dich zu deiner Mutter.»

Er tat es unverzüglich, und sie fühlte sich furchtbar, mit dem erwachsenen Sohn im Befehlston sprechen zu müssen. Leider schien sich damit auch ihre Befürchtung zu bestätigen, dass ihr Sohn gewissermaßen in zwei Hälften zerfiel. Sie goss Wasser in einen zweiten Tonbecher und reichte ihn ihm. Er leerte ihn in einem Zug. Seine lebenserhaltenden Funktionen scheinen durchaus abrufbar, dachte sie und schöpfte aus dieser Erkenntnis neue Hoffnung. Aber wo sollte sie jetzt ansetzen?

Die Sonne schien durch einen Schleier aus sphärischen Wolken. Kein Lufthauch regte sich. Es herrschte absolute Stille. Ein Bussard flog über ihre Köpfe hinweg. Ricarda hörte, wie die Luft mit einem leisen Zischen durch die Schwingen des Vogels glitt. Noch eine Weile, nachdem sich dieses kaum hörbare Geräusch verflüchtigt hatte, versuchte Ricarda ihm nachzuspüren. Was trägt einen Menschen so durch das Leben wie die Luft einen Vogel, fragte sie sich.

«Es ist lange her», sagte sie schließlich, «da saß ich hier mit deinem Vater. Er sagte zu mir, wenn ich ihn je suchen würde, dann fände ich ihn hier.»

Sein Sohn Georg schwieg.

«Warum hat er die Hütte so gemocht?», fragte sie.

«Man kann einfach nur Holz hacken», sagte Georg.

Ein winziger Einblick in sein Inneres! «Wir müssen nichts müssen», bestätigte sie. «Wir dürfen nur sein. Ich bin so dankbar, dass du bei mir bist.» Sie hatte einen Kloß im Hals und zwang sich, ihre Gefühle zu kontrollieren. Höchstwahrscheinlich war es ganz falsch, jetzt von sich zu sprechen. Um ihn musste es gehen!

Georg starrte ins Leere und schwieg wieder.

«Wo bist du, Georg?», fragte Ricarda, aber erntete nur weiteres Schweigen. «Woran denkst du?», schob sie nach und war drauf und dran zu fragen, ob er sich an seinen letzten Aufenthalt hier oben erinnerte.

«Joachim.» Nur dieses eine Wort sagte er.

Mit dem Namen konnte sie nichts anfangen, aber sie kannte auch so gut wie niemandem aus dem Leben ihres Sohnes. «Joachim war mit dir hier?», fragte sie.

Er nickte. «Wir haben Holz gehackt.»

«Wo ist Joachim?», fragte Ricarda vorsichtig.

«Er liegt in einem Graben. Ich konnte ihn nicht tragen.»

Sie erschrak über seine Antwort. Zwei kurze Sätze hatten ihr einen Blick in den Abgrund gewährt, der sich in ihm auftat.

«Aber du hast deine Pflicht getan und ihn bis dahin getragen», sagte sie und hatte das Gefühl, sich mit ausgestreckten Händen durch absolute Dunkelheit vorwärts zu tasten. Doch blieb Georg stumm.

«Joachim war verletzt», vermutete sie.

Georg deutete auf seinen Hinterkopf. «Das war durch den Helm gedrungen. Er war tot.»

Siegfried hatte von Abertausenden Toten auf den *Feldern der Ehre* gesprochen. Wieso ging Joachims Tod Georg so nah? «Erzähl von Joachim. Wer war er?»

Langsam wandte Georg den Kopf und sie hatte den Eindruck, er sähe seine Mutter tatsächlich an. «Wir haben doch zusammen Abitur gemacht», sagte er, als müsste sie das wissen.

«Kloster Ettal», sagte Ricarda. Es war so ziemlich das Einzige, was ihr dazu einfiel. Sie war nie dort gewesen, weil Rupert und seine Frau verhindert hatten, dass Mutter und Sohn Kontakt pflegten. «Du hast Joachim in Ettal kennengelernt.»

«Wir haben vom ersten Tag an alles gemeinsam gemacht. Freunde fürs Leben.»

Und über den Tod hinaus, dachte Ricarda. Ein wenig begann sich die Dunkelheit zu lichten, die Georgs Schweigen umgab. «Du hast Joachim gern gehabt. Du vermisst ihn.»

«Dieser Schlamm, der überall war. Knietief wateten wir darin. Wochenlang. Und die Schüsse.» Georg sprach langsam und stockend. «Dann kam das Gas. Es kroch durch den Graben auf uns zu. Wer bleibt, erstickt ganz langsam. Die Lunge füllt sich mit Wasser. Niemand hatte eine Gasmaske. Alle waren überrascht. Also raus aus dem Graben. Joachim sprang hoch und fiel sofort wieder zurück. Ich ging in Deckung.»

Georg starrte auf einen Punkt im Nichts, an dem sich die grausame Szene vor seinen Augen wohl abspielte.

«Der Feind will, dass man vor dem Gas flieht. Und schießt, wenn man es tut. Wenn Joachim nicht vor mir hochgesprungen wäre, wäre auch ich tot. Ich drehte Joachim so, dass ich meinen Kopf unter ihn schieben konnte, als das Gas kam. Ich wollte nicht sterben», sagte er, als müsste er sich rechtfertigen.

Die Decke, die sie für Sam gehäkelt hatte, hatte Toni die Nacht über in ihrem Bett gehabt. Sie hatte sich gefragt, ob es bei Äffchen so sein könnte wie bei Küken. Dass Sam sich also über ihren Geruch, der in der Decke war, an sie gewöhnen würde. Wenn sie dann nicht da wäre, hatte er dennoch ihren Geruch und somit die Erinnerung an sie.

Jetzt sperrte sie die Tür zu seinem Käfig auf und er sprang auf der Stelle mit einem Freudenschrei auf sie zu und schlang die Arme fest um ihren Hals. Er wollte sie gar nicht mehr loslassen. Schließlich durfte sie sich setzen, und sie holte die Decke hervor, aber Sam beachtete sein Geschenk nicht. Der Apfel, den sie dabeihatte, war viel wichtiger. Sie holte die Reibe hervor und bereitete die Frucht für ihn zu.

Bata kam hinzu und sah Antonia auf eine eigentümliche Weise an. «Du hast ihn liebgewonnen.»

«Na ja», erwiderte Antonia leicht verlegen.

«Doch, hast du. Du denkst so, dass er sisch wohlfühlt.»

«Das ist doch normal.»

Bata wog den Kopf von einer zur anderen Seite, wie er es gelegentlich tat, wenn er über etwas nachdachte. «Jemanden liebzugewinnen, ist nischt normal», sagte er. «Es ist die Ausnahme. Nimm ihn einmal mit. Isch zeige dir etwas.»

Hinter dem Affenhaus war ein kleiner Raum mit Liege.

«Hier schlafe isch. Sam ist dann auch hier. Aber manchmal würde isch gern in meinem eigenen Bett schlafen.»

«Du meinst, ich könnte ... Ja!», sagte sie glücklich. «So kann ich mich nützlich machen.» Das war noch besser als ihre Idee mit der Decke.

Mit Georg gewissermaßen in die Vergangenheit zu reisen, hatte auf eine andere Weise funktioniert, als Ricarda es erwartet hatte. Das Holzhacken hatte Georg an seinen Freund erinnert. Ob dessen Tod sein Spannungsirresein ausgelöst hatte, wusste sie deshalb nicht. Aber seine Erfahrung war erschütternd: Der Freund hatte ihm das Leben gerettet und als eine Art Schutzschild gedient. Alles hatte Georg mit diesem Menschen geteilt, der die gemeinsamen Erinnerungen in sich trug: Angst, Hoffnung, Liebe, Wissen. Ein Schuss durch den Kopf hatte ihn zu einem leblosen Bündel aus Knochen, Blut und Muskeln gemacht. Wie sollte ein Freund das verkraften?

Durfte sie ihn dennoch ermutigen, noch tiefer in seine Erinnerung hinabzusteigen?

«Das Gas hielt sich nicht lange im Graben; es verflog. Dann wollte ich Joachim mitnehmen. Es ging nicht. Der Matsch klebte schwer an den Stiefeln. Mit ihm auf der Schulter kam ich nicht vom Fleck», sagte Georg stockend.

Ricarda war selbst wie benommen von dem, was ihr Sohn erzählte. Sie war sicher, es war nur ein kleiner Teil des Albtraums, den er erlebt hatte.

Heute Morgen, bevor er seine Wanderschuhe anzog, hatte sie sich gewundert, weshalb er fest zusammengerollte Taschentücher in die Schuhspitzen schob. Erst da hatte sie gesehen, dass ihm einige Zehen fehlten. «Erfroren», hatte er lakonisch gemeint. Sein Handicap hatte ihn nicht daran gehindert, behände den Berg zu erklimmen.

«Was würde Joachim dir sagen, wenn er jetzt hier wäre?», fragte Ricarda.

«Er ist nicht hier.»

«Wissen wir das so genau?» Ricarda ließ den Blick über das majestätische Bergpanorama schweifen.

Georg schwieg.

Eines wusste sie aus den Erzählungen von Henny und von einer Beobachtung, die sie bei der Beerdigung von Ruperts Frau Magdalena gemacht hatte: Georg war in den Klosterschulen, in denen Familie Kögler ihn hatte ausbilden lassen, zu einem sehr gläubigen Menschen geworden. Der Glaube war eine ebensolche Stütze für die Seele wie die Pflicht für den Verstand. Wahrscheinlich eine noch größere.

«Ich möchte etwas tun, Georg», sagte sie. «Ich möchte Joachim danken, dass er dir half zu überleben.»

Es war ihr ein Bedürfnis, das sie in diesem Moment tief im Herzen empfand. Sie hatte Joachim nie kennenlernen dürfen, diesen jungen Mann, der mehr mit ihrem Sohn geteilt hatte als sie. Doch wenn er Georg so viel bedeutet hatte, hätte sie ihn ganz gewiss auch liebgewonnen, davon war sie überzeugt.

Ohne auf Georgs Reaktion zu warten, begann sie das Vaterunser zu beten. Sie stellte sich vor, wie ihr Sohn im Graben lag und nicht wissen konnte, ob er lebend davonkommen würde. Dabei sprach sie die Worte in die Weite der Berge hinein, wobei das Bild allmählich hinter Tränen zu verschwimmen begann und ein Kloß im Hals ihre Stimme schwer machte. Besonders textsicher war sie nach so langer Zeit, in der sie die Worte nicht gesprochen hatte, obendrein nicht.

Nun fiel Georg ein und betete mit ihr gemeinsam. Ricarda wurde leiser und ließ seiner Stimme den Raum, die sie brauchte.

Sobald das Gebet zu Ende war, sagte Ricarda laut und deutlich: «Gott, wir danken dir, dass es Joachim gegeben hat.»

Jetzt war es wieder so still auf dem Berg wie zuvor. Doch mit einem Mal entwand sich ein leises Schluchzen aus Georgs Brust. Ricarda wagte nicht, sich zu bewegen, obwohl sie am liebsten die Arme um ihn gelegt hätte. Sie zwang sich abzuwarten. Die Tränen liefen über das Gesicht ihres Sohnes und sein Schluchzen wurde lauter.

Der Himmel begann sich mit einem abendlichen Rot zu schmücken, als Georg immer noch erzählte. Er sprach manchmal so langsam und mit so großen Pausen, dass Ricarda fürchtete, er würde verstummen. Dann wieder überstürzten sich die Worte für einen kurzen Zeitraum, dem Schweigen folgte. Mit der Zeit meinte Ricarda zu verstehen, was seinen Redefluss aufhielt. Es mussten die Bilder der Erinnerung sein, die ihn so peinigten, dass er stets eine Weile brauchte, um ihrem Anblick gewachsen zu sein.

Die Geschichte von Georg und Joachim hatte sich so vermutlich Tausende Male abgespielt. Zwei Knaben, die einander schätzen gelernt hatten und einander blind vertrauten, wurden junge Männer. Wie sein Vater wollte Georg Jurist werden. Dass er und Joachim Praxispartner werden würden, war abgemacht. Dann hatte Georg ausgesprochen, was auch Joachim dachte: «Wir können nicht abseits stehen, wenn das Vaterland ruft.»

Von tagelangen Märschen hatten sie nichts geahnt. Von Märschen, bei denen niemand schlappmachen durfte. Zwei Freunde konnten sich jedoch beistehen: «Ich trug Joachims Gewehr zusätzlich zu meinem, dann tauschten wir. Irgendwann machten das einige nach.»

Einer trage des anderen Last. Die gute alte Bibel als Ratgeber für Infanteristen, dachte Ricarda.

Gräben mussten geschaufelt und sich darin verbarrikadiert werden. «Wenn das anfängt, weiß man nicht, dass man über Wochen darin liegt. Es geschieht nichts. Man wartet. Und dann kommt das Signal zum Angriff. Erleichtert stürmen die ersten Kameraden los und fallen hin, kaum, dass sie den Kopf aus dem Graben gehoben haben. Man versteht nicht, weshalb, weil man nicht darauf vorbereitet ist, dass der Tod so rasend schnell zuschlägt. Ich weiß nicht, wie viele Menschen ich auf diese völlig überflüssige Weise sterben sah. Man lernt erst durch das Sterben der Kameraden, die gerade noch neben einem lagen, wie man es nicht machen darf. Joachim hatte ebenso wie ich angenommen, er wüsste, wie man überleben kann.»

Je mehr er die Erlebnisse aus sich herausließ, desto mehr begriff Ricarda, dass er darüber nie zuvor gesprochen hatte.

Medizinerin, die sie war, kam ihr ein simpler Vergleich in den Sinn: Wurde eine Bruchstelle nicht geschient und fest bandagiert, konnte kein Knochen zusammenwachsen. Der Seele konnte man so nicht beikommen. Ihr halfen nur Worte. Und wie dem Knochen Ruhe. Da wurde Ricarda klar, dass Georgs erste Handlung hier oben durchaus richtig gewesen war: Sie würden tatsächlich für viele Tage Holz zum Heizen brauchen.

Ein Abstieg ins Tal, wo die ungewohnte Last des Alltags

wartete, wäre erst sinnvoll, wenn Ricarda sich ihrem Ziel etwas näher gekommen fühlte: Den an Leib und Seele verletzten Soldaten Georg zu vereinen mit dem angehenden Juristen und Brauereierben und vor allem mit dem Ehemann und Vater eines kleinen Jungen, der ihn noch gar nicht kannte. Alles zusammengenommen war eine große Verantwortung, mit der schon mancher gesunde Mann zu kämpfen hatte. Konnte das gelingen?

ZUM STERBEN ZU VIEL

November 1916

«Ach, wie kommt das denn?» Victor reichte Henny einen Brief. «Meine Mutter schreibt dir?»

«Wir mögen uns eben.» Henny steckte den Brief ein. Dass mit Florentines Schreiben eine übergroße Hoffnung verbunden war, ließ sie sich nicht anmerken.

«Willst du ihn nicht lesen?»

«Später. Jetzt bist erst mal du dran.» Henny gab ihrem Mann einen Begrüßungskuss.

So einfach ließ Victor seine Frau nicht davonkommen. Er zog sie leidenschaftlich an sich. «Wir haben zu wenig Zeit für uns. Und sag nicht, dass du gleich wieder zu Hedda musst.»

«Nicht gleich, aber später», räumte sie ein.

«Ich habe das Gefühl, wir führen seit einem halben Jahr eine Ehe zu dritt.» Sein Griff um ihre Taille wurde enger. «Ich sehne mich nach dir.»

Ich mich auch nach dir, dachte Henny. Allerdings fehlte ihr die innere Ruhe, um jetzt mit ihm zu schlafen. Es hing so viel ab von Florentines Brief: nicht mehr und nicht weniger als Heddas Zukunft.

«*Okay.* Ich habe verstanden.» Victor ließ sie los. «Nun mach schon den Brief auf.» Er grinste. «Vielleicht können wir ja dann ...» Victor zwinkerte ihr zu.

Henny besänftigte ihn mit einem weiteren, viel zu raschen Kuss, setzte sich auf das Sofa und las. Schon Florentines erster Satz ließ ihr Herz vor Freude hüpfen: *Ihr seid mir herzlich willkommen, Kleines. Ich werde nicht eine Minute ruhen, bis ich alles so arrangiert habe, wie es für dich und deine Patientin sein muss.*

«Du lächelst», sagte Victor. «Ich kenn dieses Lächeln bei dir. So lächelst du, wenn du einen Plan hast. Nun rede schon.» Er setzte sich neben sie auf die Couch.

«Ich dachte mir, wir fahren nach New York», sagte sie.

«New York. Aha. Und wer ist *wir*?»

«Du, Hedda und ich.»

«Du willst *mit Hedda* nach New York», stellte er klarsichtig fest.

«Ich will natürlich, dass du mitkommst.» So gut kannte er sie und die Umstände, dass sie nicht im Ernst hoffen konnte, er würde auf dieses Manöver hereinfallen.

Er lachte gequält. «Dann hättest du es mir gesagt, bevor du meiner Mutter geschrieben hast. Und sag bitte nicht, es sollte eine Überraschung sein.»

Henny stöhnte. «Es ist so kompliziert, Victor. Hedda hat nur diese eine Chance und ...»

Er sprang auf. «Hedda, Hedda, Hedda!», rief er. «Du hast genug für sie getan. Du hast ihr Leben gerettet. Das ist unglaublich, und dafür bewundert dich das ganze Studio. Du hast Torgauer bloßgestellt als Brandstifter, Lügner und Erpresser. Lämmle preist dich allen gegenüber als Vorbild. Heute erst hat er zu mir gesagt, dass wir alle eine große Familie sind. Dass dein Mut allen gezeigt hat, wie man füreinander einsteht. Was willst du denn noch, Henny? Dass man dich heiligspricht?»

Bis auf den letzten Satz konnte Henny der Wortkaskade, die Victor losgelassen hatte, nicht widersprechen.

Als sie an jenem Maimorgen in Victors offenem Auto unter der warmen Sonne Kaliforniens unterwegs gewesen war, hatte sie beschlossen, die Kosten für Heddas Behandlung selbst zu übernehmen. Es war eine spontane, einsame Entscheidung gewesen, genährt von Wut, Trotz und Rache. Wut wegen Torgauers Skrupellosigkeit. Trotz gegenüber dem Verhalten von Männern, die Frauen wie Spielzeug behandelten, das sie nach Gebrauch wegwarfen. Torgauer wollte sie überdies eine Lektion in Rache erteilen.

Da sie sich darüber jedoch nicht mit Victor abgestimmt hatte, ging sie ein hohes Risiko ein. Denn die Kosten für Heddas Behandlung in einem Privatzimmer, das sie für sich allein hatte, um vor Infektionen geschützt zu sein, waren horrend. Wäre es nicht gelungen, Torgauer dafür einstehen zu lassen, wären Victor und sie ruiniert gewesen. Das Einzige, was sie gegen den Studioleiter in der Hand hatte, war die Aussage des Feuerwehrmannes, der ihn gesehen hatte. Die folgenden Tage, bis Carl Lämmle endlich wieder in der Universal war, waren die längsten fünf Tage ihres Lebens gewesen. Schließlich hatte Lämmle Zeit für sie, und sie legte ihm die ganze Geschichte dar. Er erwies sich als der verständnisvolle *Onkel*, für den ihn alle hielten: «Das Studio übernimmt selbstverständlich die Kosten für Hedda Holdens Behandlung.» Torgauer begegnete Henny nie wieder. Lämmle hatte ihn ohne viel Aufsehen ersetzt.

«Du verstehst das nicht, Victor», sagte Henny jetzt, «weil du Hedda nie im Krankenhaus besucht hast.»

Er brummte etwas Unverständliches.

An jenem Tag, als sie ihm hatte eröffnen müssen, dass sie

für Heddas kostspielige Versorgung aufkommen wollte, war er aus der Haut gefahren auf eine Weise, die sie ihm nicht zugetraut hatte: «Bist du irre geworden? Du kennst diese Schauspielerin kaum! Für so eine riskierst du unsere Zukunft? Das ist unverantwortlich!»

Für so eine. Diese drei Worte standen für immer im Raum. Und Henny bedauerte manchmal, dass sie nicht antworten konnte: Sie war auch Morries Geliebte gewesen! Denn nur dieser kleine Teil der Wahrheit machte das Bild vollständig. Es war leider auch jener, den Henny sich geschworen hatte, nie als Waffe einzusetzen. Morrie musste begraben und vergessen bleiben.

«Es tut mir leid, Victor», lenkte Henny ein. «Es stimmt. Ich hätte dir sagen müssen, dass ich versuche, für Hedda eine Operation in New York zu organisieren. Aber ich wollte dich nicht unnötigerweise beunruhigen. Ich wusste ja nicht, ob wir das Glück haben würden, Unterstützer zu finden.»

«Hättest nur mich fragen müssen. Ich hätte dir gesagt, dass Doktor Henny Vandenberg alles durchboxt, was sie sich in ihren hübschen Dickkopf gesetzt hat.» Sein vergiftetes Lob klang bitter.

«Danke», sagte Henny. «Deine Unterstützung hätte mich aufgebaut. Aber du hast nicht einmal gefragt, warum Hedda nur in New York operiert werden kann.»

Ihr Mann schenkte sich einen kostbaren alten Whiskey ein. Lämmle hatte ihm die Flasche letzte Woche geschenkt, weil auch Victors letzter Film ein Kassenschlager geworden war.

Henny ging aus dem Haus und stieg voll unterdrückter Wut in den Wagen.

«Tu es nicht», sagte Henny. Ganz sanft versuchte sie, Hedda davon abzuhalten, ihren Körper nach links zu drehen.

Ein halbes Jahr lang war es ihr und vielen helfenden guten Geistern gelungen, Hedda von jedem Spiegel fernzuhalten. Niemand wollte, dass die Schauspielerin, die an einem Morgen im Mai mit einem hübschen Gesicht ins Studio gekommen war, entdecken musste, dass aus ihr ein Monster geworden war. Das rechte Auge hing tränend, die Wange war von Narben ebenso zerfurcht wie Schulter und Arm. Auf dem Kopf wuchs kaum ein Haar. Dass sie nie mehr als Schauspielerin würde arbeiten können, hatte Hedda schon früh geahnt. Dass sie nie mehr unter Menschen würde gehen können, ohne angegafft zu werden, war ihr bis zu dieser Minute noch nicht klar gewesen.

Aber Hedda wollte es wissen und machte sich frei. Es war ihr nicht möglich, den Kopf schnell genug abzuwenden, als sie sah, was sie besser nicht gesehen hätte. Denn Narben und wild wucherndes Fleisch auf der rechten Körperseite hinderten ihre Halssehnen und Muskeln daran, unbedachte Bewegungen auszuführen. Den rechten Arm konnte sie nur unter Schmerzen ein wenig anheben.

Hedda entfuhr ein krächzender Laut. «Was von mir geblieben ist, ist zum Sterben zu viel und zum Leben zu wenig», flüsterte sie.

Henny hatte sich daran gewöhnt, Heddas verwaschene Sprechweise zu verstehen. Sie fasste sanft ihre Schultern, um sie von dem Spiegel fortzudrehen. «Ich lasse dich ja nicht allein.»

«Ich habe Angst.»

«Das verstehe ich», sagte Henny und hätte am liebsten hinzugefügt, dass es ihr nicht anders ging. «Aber es gibt gute

Nachrichten. Die Klinik, auf die ich all meine Hoffnungen gesetzt habe, erklärt sich bereit, dich zu operieren.»

Victor hatte sie diese für Hedda und auch sie wichtige Nachricht nicht berichten können. Sie hatte sie für Hedda aufheben müssen und konnte sich nun mit ihr freuen. Wobei Hedda gar nichts mehr zu sagen brauchte. Ihr lädiertes Gesicht drückte große Erleichterung aus.

«Dein altes Aussehen werden sie dir nicht zurückgeben können. Aber sie werden dir eines geben, das du nicht verstecken musst», sagte Henny. Ihre Zuversicht schöpfte sie aus der Arbeit der letzten Monate.

Im zurückliegenden halben Jahr hatte Henny versucht, alles in die Hände zu bekommen und in Heddas Sinne auszuwerten, das über einen zwar sehr alten, bislang jedoch kaum entwickelten Zweig der Medizin veröffentlicht wurde – die Behandlung von Brandverletzungen und die anschließende Nachsorge. Gerade bei einer jungen Frau wie Hedda, der sie geholfen hatte zu überleben, war diese Frage wichtig, wenn nicht alles umsonst gewesen sein sollte.

Um die Jahrhundertwende, so hatte Henny es in der Universität gelernt, starben neunzig Prozent aller Brandopfer. In nicht lang zurückliegenden Zeiten waren Brandwunden gar mit Exkrementen behandelt worden, und man wunderte sich, warum die Patienten diese Art der *Heilung* nicht überlebten.

Die Antwort wurde erst gefunden, als die Ärzte etwas von der Existenz von Bakterien und Viren wussten. Der Wundbrand, von dem noch nicht klar war, ob Bakterien oder Viren ihn auslösten, zerfraß das von der Haut nicht mehr geschützte Gewebe. Als man auf Sterilität zu achten begann, sank die Sterblichkeitsrate immerhin um die Hälfte. Aber sie war noch so hoch, dass die Ärzte keinen Anlass sahen, zu erforschen, wie den Brandopfern anschließend zu helfen gewesen wäre. Wenn die Gezeichneten mit ihren verunstalteten Gesichtern vor die Tür traten, liefen Frauen und Kinder schreiend davon und sich stark fühlende Männer schlugen gern mal zu. Von den Qualen, die mit Narben übersäte Körper hinter verschlossenen Türen verursachten, erfuhr ohnehin niemand.

Das neu erwachte ärztliche Interesse an zerstörtem Gewebe – als Ärztin musste Henny das so sachlich medizinisch sehen – war aus der Not heraus geboren worden. Wegen des Krieges, der in Europa tobte. Jungen Männern hatten Schrapnelle, Granaten und Gewehrkugeln die Gesichter auf schauerliche Weise zerstört. Mit großem Aufwand versuchten Chirurgen, ihnen ein Antlitz zu geben, das zum einen nicht jeden Passanten in hysterisches Geschrei ausbrechen ließ und zum anderen die Beschwerden der Verwundeten verringerte. Die meisten, hieß es, würden wieder ins bürgerliche Leben zurückfinden. Die Kollegen in London nannten ihre Kunstfertigkeit *plastic surgery*, plastische Chirurgie. Doch was nützte Henny ihr neues Wissen, wenn Hedda in den gegenwärtigen Kriegswirren nicht über den Atlantik reisen konnte?

Schließlich las Henny von einem britischen Arzt, der inzwischen in New York arbeitete. Der Kollege wurde geradezu überrannt. Dass er Hedda behandeln würde, konnte Henny nur erhoffen, wenn sie eine entsprechende Vorarbeit leistete. Und an dieser Stelle hatte sie Schwiegermutter Florentine um Hilfe gebeten.

Jetzt breitete Henny eine spezielle Garderobe auf Heddas Bett aus. Sorgfältig ausgewählte Kleidung, die für die lange

Reise auf die andere Seite des riesigen Kontinents angebracht war.

Hedda hob den weiten Hut mit dem dichten Schleier mit ihrer gesunden Linken an. Sie lächelte gequält und sagte mühsam: «Sag Carl, er soll das Phantom der Oper verfilmen. Ich spiele das Monster.»

Henny bewunderte Hedda dafür, dass sie trotz ihres Schicksals ihren Humor nicht verloren hatte. Aber mit ihr demnächst eine Woche lang im Zug quer durch die USA zu reisen, würde für sie eine Strapaze bedeuten. Henny konnte nur hoffen, dass es gutgehen würde.

«Komm bitte mit nach New York», sagte sie am Abend zu Victor. «Ich habe dich übergangen, verzeih mir.»

«Wie soll ich das machen?», fragte Victor. «Ich fange einen neuen Film an. Lämmle glaubt an mich. Er sagt, meine Filme haben den Vandenberg-Look.»

Henny konnte dabei nicht mitreden. Sie hatte nicht viele seiner Filme gesehen. Wahrscheinlich kümmerten sie sich beide zu wenig um das, was der andere tat. Auch das mussten sie ändern, nahm sie sich vor. Aber erst mal würde sie Hedda nach New York begleiten. Sie konnte jetzt nicht mehr zurück.

Ricarda stellte das Einkaufsnetz vor der Speisekammertür ab. Es hatte tief in ihre Hand eingeschnitten, denn die Kohlrüben waren schwer. Vier Kilo hatte sie bekommen. Da praktisch alle Lebensmittel nur begrenzt verkauft werden durften, stand einem Haushalt mit vier Erwachsenen laut Kohlrübenkarte dies als Ration für eine Woche zu. Damit konnte eine Vielzahl von Gerichten bereitet werden.

Ricarda ging die Planung rasch durch: Steckrübensuppe, Steckrübenauflauf, Steckrübenpudding, Steckrübenfrikadellen, Grünkohl mit Steckrüben, und einmal würden auch Kartoffeln mit Steckrüben möglich sein. Kartoffeln! Das Berliner Grundnahrungsmittel war nach dem verregneten Herbst das wahre Gold vom Acker. Ein wenig Marmelade aus Steckrüben, die Kumari gekocht hatte, war auch noch übrig. Leider war der Steckrübenkaffee fast alle.

Aus dem Zoo hatte Toni auch selten ein wenig für Menschen genießbares Fleisch mitbringen können. Es war somit eindeutig an der Zeit, wieder mal nach Freystetten zu fahren, um ein Stück Fleisch oder ein Ei zu essen. So etwas war seit Monaten nur schwerlich in der Hauptstadt zu bekommen. Allerdings mussten solche Sehnsüchte noch vier Wochen warten, bis Weihnachten war. Vorher konnte Ricarda sich nicht freimachen, weil die Arbeit in der Charité sie so sehr beanspruchte. Es gab kaum noch männliche Ärzte.

Nun kehrte auch Kumari heim und legte strahlend ein Netz mit drei rotgoldenen Äpfeln auf den Tisch.

«Wo hast du die denn her?», fragte Ricarda.

«Der Dank eines Bauern aus Ludwigsfelde. Wir haben seine Frau durchgebracht. Blinddarmdurchbruch.» Kumari arbeitete mittlerweile als Oberschwester in der Chirurgie. «Er kam mit einem ganzen Sack voller Äpfel für uns alle», sagte sie mit dem Lächeln, das Ricarda schon als Backfisch so gemocht hatte, weil sich dabei auf den Wangen halbmondförmige Grübchen bildeten. «Ich wüsste zu gern, wie der Bauer den durch die Sperren gebracht hat.»

Rund um die Hauptstadt überprüfte die Polizei, was die Landwirte hereinbrachten. Jeder wusste, dass fast zwei Dutzend zuständige Regierungsstellen mit einem gewaltigen Beamtenapparat den Lebensmittelhandel kontrollierten. Was zu einem kompletten Durcheinander an Zuständigkeiten führte – und zu Hunger bei der Bevölkerung. Um ihre Autorität zu beweisen, mussten die Behörden verhindern, dass landwirtschaftliche Produkte in die Stadt geschmuggelt wurden. Zum Glück fand nicht nur dieser Landmann ein Schlupfloch.

Allein der Anblick der farbenfrohen Früchte hob Ricardas Laune. Und erst die Vorstellung, wie sie schmecken würden. Die violett-weißen Steckrüben, die sie bei Lebensmittelhändler Neumann ergattert hatte, hatten so gut wie kein Aroma. Schweine achteten nicht auf Geschmack, und als Futtermittel waren sie ja mal angebaut worden.

Genüsslich teilten sich die beiden Freundinnen einen Apfel, während Kumari von ihren beiden Kindern erzählte. Endlich hatte sie ein Brief erreicht: Ihr ältester Sohn Lal war von den Briten als Soldat eingezogen worden und kämpfte nun im benachbarten Deutsch-Ostafrika gegen die Deutschen, die sich dort noch immer mit Hilfe ihrer vor allem aus einheimischen Askaris bestehenden Schutztruppe halten konnten. Zu Kumaris Kummer hatte Tochter Yanthi, die mit ihrem Mann in Nairobi wohnte, sie noch immer nicht zur Großmutter gemacht.

«Sieh es mal so, Kumari: Wenn du ein Enkelkind hättest, würde die Sehnsucht nach deiner Familie dich noch unglücklicher machen», sagte Ricarda.

«Das ist wahr. Ich wäre eine gute *bibi.*» Die Freundin, deren Heimweh nach Afrika von Tag zu Tag größer wurde, lächelte müde. «Der Krieg wird doch bald zu Ende sein, nicht wahr?»

Badilis Arthrose war so schleichend gekommen, dass Toni es erst spät gemerkt hatte. Anfangs hatte sie die dreizehn Jahre alte Hündin aufgefordert weiterzugehen, wenn sie sich hinsetzte. Irgendwann war ihr aufgefallen, wie mühsam der Gang ihrer kleinen Gefährtin war. Da erst war ihr aufgegangen, dass mehr dahinterstecken musste.

«Der Grund ist wahrscheinlich eine Abnutzung ihrer Gelenke», hatte Doktor Heimroth gesagt. «Das findest du auch beim Menschen.»

Einer der Tierpfleger meinte: «Toni, lass den Hund nicht länger leiden.»

«Wie meinste denn das?»

«Na, du weißt schon», hatte der alte Kollege gemeint.

Offenbar war das Schicksal eines alten Hundes besiegelt, wenn er so krank war. Aufgeben kam für Toni nicht in Frage. Wenn die Kräfte ihres Schützlings versagten, musste sie ihm eben helfen. Ein Handkarren, der ungenutzt im Zoo herumstand, brachte sie auf die erlösende Idee.

Bis dahin hatte sie für den Weg zwischen ihrem Zuhause und dem Zoo die Ringbahn nehmen können. Vier Stationen, das ging schnell, und Toni hatte es stets eilig, weil sie zwischen Schule, Sam und ihrer Wohnung pendelte. Wegen der kriegsbedingten Sparmaßnahmen fuhren die Züge zwischen Zoologischem Garten und Friedrichstraße seltener und waren deshalb ständig überfüllt. Mit dem Handkarren, mit dem sie unterwegs sein musste, passte sie nicht hinein. Somit war sie gezwungen, den Weg zu Fuß zu gehen, obwohl sie viel länger brauchte. Badili war ihr die Zeit wert. Denn die Freitag- und Samstagnächte verbrachte sie bei Sam. Hinter dem Affenhaus stand dazu schließlich Batas kleiner Raum mit Liege bereit.

In ihrer Aufmachung mit weitem Mantel und Ballonmütze wirkte sie nicht wie ein Mädchen, was sie aber nicht kümmerte. Es gab ohnehin kaum ansehnliche junge Männer, die das interessierte, und wenn, dann lugten ihre Köpfe aus mausgrauen Uniformen heraus. Je länger der Krieg dauerte, umso angsterfüllter blickten diese Männer drein. Sich verlieben und sich gleichzeitig sorgen, den jungen Mann nie wiederzusehen? Das Verliebtsein muss warten, bis der Frieden kommt, fand Toni.

Der November war zwar wie der bisherige Herbst verregnet, aber noch waren die Temperaturen mild. Bald würde es Eis und Schnee geben. Mit Sam und Badili vollauf beschäftigt, hatte Antonia nicht bemerkt, dass das einzige Paar Winterstiefel, das sie besaß, kaputt ging. Zwei Schuhmacherläden, die sie kannte, waren geschlossen worden, weil die Schuster eingezogen worden waren. Am Laden des dritten klopfte sie gerade. Die verglaste Tür war verschlossen, obwohl drinnen eine Frau in Schürze und Kopftuch sauber machte.

Sie öffnete mit griesgrämigem Gesicht. «Noch so eene, die aussieht, als hätt se keene Mark uff der Naht. Kommste zu spät: Mein Mann hat sich jestern uffjehängt wegen die Schulden! Zahlt ja keener, weil ja keener nischt hat. Aber der Vermieter will die Miete trotzdem. Zum Sterben haben wir noch zu ville, hat mein Mann immer jesacht. Nu hat er sich det anders überlegt.» Bevor sie die Tür wieder vor Tonis Nase zuschloss, sagte sie: «Aber uns jeht et ja Gold, sacht die Regierung.»

«Mein Beileid», sagte Toni, obwohl sie nicht mehr gehört wurde, und ging mit ihren löchrigen Schuhen heim.

An diesem frühen Abend war ihre Mutter zu Hause. Gleich nach ihrer langen Abwesenheit in München hatte sie ihre Arbeit in der Charité wieder aufgenommen.

Viel hatte Toni von ihrer Mutter nicht über den großen

Bruder erfahren. «Es geht Georg wieder besser. Wir können nur hoffen, dass er sich bald ganz erholt hat», hatte die Mutter reichlich nebulös gemeint. Toni hatte nicht nachgefragt, denn die Mutter hatte sich angehört, als handele es sich um ein Geheimnis, das unter ärztliche Schweigepflicht fiel. Es klang gleichwohl so, als müsste Toni sich nicht sorgen. Und sie hatte ja auch genug eigene Angelegenheiten, die sie beschäftigten.

Ihre Mutter begrüßte sie mit leichtem Naserümpfen: «Da kommt ja unsere Zigeunerin!» Und meinte mit Blick auf ihre Füße: «Du warst immer noch nicht beim Schuhmacher.»

«Ich bin zu spät gekommen. Der war schon tot», gab sie salopp zurück und setzte Badili ab. Sie musste sie schon seit Wochen die Treppen in den ersten Stock hinauftragen.

Einen mütterlichen Begrüßungskuss gab es schon lange nicht mehr. Toni wusste selbst, dass sie nach Zoo roch, obwohl sie auf Körperhygiene achtete.

Sich zu waschen, glich einer Tortur: Die Seife hatte einen unangenehmen Geruch, machte nicht sauber, und es war alles Mögliche darin. Neulich sogar Holzspäne, die Toni sich unabsichtlich in die Haut gerieben hatte. Das Wasser zum Waschen war obendrein kalt, denn es gab zu wenig Kohle, um den Ofen im Bad extra für Toni zu heizen. Nur der Küchenherd wurde befeuert. Das Wohnzimmer und die Schlafzimmer blieben eiskalt.

Weil Kumari arbeitete, war heute die Mutter mit Kochen dran. Toni nutzte die Gelegenheit, weil sie etwas Wichtiges mit ihrer Mutter besprechen wollte, das Kumari betraf. Eigentlich hätte Toni ihr das selbst sagen müssen, ein unbestimmtes Gefühl hielt sie jedoch davon ab.

Toni redete nicht lange drum herum: «Ich weiß, weshalb Kumaris Vater im Gefängnis war: Herr Kallstadt ist ein Mörder!»

«Um Himmels willen, Toni. Das ist ein schrecklicher Vorwurf», sagte Ricarda. «Wer behauptet denn so etwas?»

«Bata.»

Ricarda war dem Tierpfleger bislang nicht begegnet, aber Antonia erzählte oft von ihm. «Hat Bata dafür Beweise?»

«Er ist selbst der Beweis!»

«Und wie kommt er überhaupt darauf?» Ricarda sah ihrer Tochter an, dass noch mehr hinter der Sache steckte, obwohl der Vorwurf allein schon ungeheuerlich war. Sie war nur froh, dass Toni sich zuerst ihr anvertraut hatte.

«Ich habe Bata gefragt, ob wir ihn zu uns zum Essen einladen dürfen. Er kann sich doch gar nichts leisten. Er druckste herum. Schließlich kam er damit raus, dass er Kumari nicht treffen möchte. Wieso das denn, fragte ich und meinte: Jeder mag Kumari. Und dann habe ich ihm die Geschichte stückchenweise entlockt.»

«Welche?», fragte Ricarda. Sie hatte Toni gegenüber nie eine Andeutung gemacht, dass sie als Jugendliche Kumaris Vater nicht hatte leiden können.

«Bata war fast noch ein Kind,» begann Toni. «Sein genaues Geburtsdatum kennt er bis heute nicht. Er meint, er wird etwa zehn gewesen sein, und Herr Kallstadt war ein Händler, der exotische Tiere nach Europa brachte.»

So hatte auch Ricarda ihn erlebt.

Toni fuhr fort: «Herr Kallstadt nahm auch einige Menschen aus Batas Dorf mit, um sie bei Völkerschauen in Deutschland vorzuführen. Bata war einer davon. Er sagt, er war ganz aufgeregt, weil er eine weite Reise machen durfte und zu den Auserwählten gehörte, die dafür bezahlt werden sollten. Nach ein paar Tagen auf dem Meer wurde festgestellt, dass das Essen verschimmelt war. Die Afrikaner hatten Hunger und wollten zurück. Jetzt tat Herr Kallstadt etwas Furchtbares.»

Ricarda ahnte, wie die Tragödie ihren Lauf nahm.

«Herr Kallstadt hat die Afrikaner gefügig gemacht, indem er die Rädelsführer über Bord werfen ließ. Bei lebendigem Leib und auf hoher See. Das Land war so weit entfernt, niemand konnte es schwimmend erreichen.» Es war Antonia anzumerken, wie sehr sie die Vorkommnisse schockierten.

«Das ist wahrhaftig Mord!», warf Ricarda ein.

«Ob das für Herrn Kallstadt Konsequenzen hatte, erfuhr Bata nicht. Vor Jahren begann er im Zoo zu arbeiten. Er traf einen alten Mann, den alle Herrn Kallstadt nannten. Den Namen hatte er nie vergessen, aber er hätte ihn nie wiedererkannt. Jemand erzählte Bata, dass Herr Kallstadt wegen Mordes verurteilt worden war. Weil es ein französisches Schiff war, musste er die Strafe auf einer französischen Gefängnisinsel abbüßen.»

Ricarda überlegte, wie sie mit dieser schrecklichen Geschichte umgehen sollte. «Ich denke nicht, dass Kumari das wissen sollte», sagte sie schließlich. «Sie hat ihren Vater gewissermaßen verloren, als sie so alt war, wie du es jetzt bist.»

«Trotzdem ist es die Wahrheit. Die muss Kumari doch kennen!»

«So einfach ist das nicht. Einerseits kann ich mir gut vorstellen, warum der Vater nicht mit seiner Tochter sprechen will: Er kann seine unmenschlichen Taten nicht mehr gutmachen. Vielleicht bereut er sie ja auch. Vor allem kann er sie

Kumari gegenüber nicht rechtfertigen. Er kann sich nur dafür schämen, dass er der Mann ist, der er ist.»

«Hoffentlich», sagte Antonia.

«Andererseits: Wenn Kumari die Wahrheit erfährt, wie soll sie damit leben, dass ihr Vater ein Mörder ist?»

«Du meinst: Ich soll das für mich behalten?»

«Das musst du letzten Endes mit deinem eigenen Gewissen ausmachen, Toni. Ich würde mir nur für Kumari wünschen, dass ihr nicht noch mehr wehgetan wird», sagte Ricarda. «Ihr ist ohnehin schon so viel Unrecht widerfahren.»

«Aber sie leidet darunter, dass ihr Vater nichts mit ihr zu tun haben will. Er ist ihr einziger Verwandter hier, während ihre Familie weit entfernt ist», hielt Toni ihrer Mutter entgegen.

«Manchmal muss man sich eine neue Familie suchen, wenn die eigene zu weit weg ist», sagte Ricarda. «Gerade sind wir Kumaris Familie. Vielleicht hilft ihr das, nicht so oft an ihren Vater zu denken.»

Das Telefon läutete so früh am Morgen, dass Ricarda nichts Gutes ahnte. Wahrscheinlich war wieder ein Notfall in ihrer Station eingeliefert worden. Für die zu Ende gehende Schicht war eine blutjunge Kollegin zum Dienst eingeteilt. Ricarda hatte ihr erlaubt, sie anzurufen, wenn sie in einem komplizierten Fall im Zweifel war. Die Charité war ja nur einen Katzensprung entfernt, sie konnte dann schnell drüben sein. «Guten Morgen, um was geht es?», sagte sie deshalb gleich ermutigend ins Telefon.

«Da bin ich aber erleichtert, dich gleich am Telefon zu haben. Ich befürchtete schon, ich könnte dich wecken.»

Es war Käthe. Eigentlich ein Grund zur Freude. Allerdings überbrachte man gute Nachrichten für gewöhnlich nicht ganz so früh.

«Georg hat beschlossen, sich wieder freiwillig zu melden», sagte Käthe mit kaum unterdrückter Verzweiflung.

«Ist er etwa schon weg?», fragte Ricarda.

«Noch ist er hier. Ich habe ihn angefleht, zuerst mit dir zu sprechen. Aber ich glaube, das will er nicht», berichtete die mütterliche Freundin.

«Wie hat Sophie reagiert?»

«Sie weint nur noch.»

Das war zu erwarten, dachte Ricarda. «Und Rupert macht wahrscheinlich mir Vorwürfe», sagte sie.

Käthe schwieg einen Moment. «Er sagt, du hättest Georg nicht klargemacht, dass er als Erbe für die Familie Verantwortung übernehmen muss.»

Das hatte Ricarda tatsächlich erst einmal für weniger wichtig gehalten. Sie wollte ihren Sohn, der so sehr mit sich selbst rang, nicht mit der Erwartung quälen, die seine Münchner Familie an ihn hatte.

Eine Woche hatten Mutter und Sohn bei karger Kost auf dem Berg verbracht. Über alles hatten sie sprechen können. Über die kurzen, gemeinsamen Jahre, an die Georg sich kaum erinnern konnte, da er ein kleiner Junge gewesen war. Um den Verlust seiner Mutter und seiner Schwester Henny verkraften zu können, musste er verdrängen, was sie verbunden hatte.

«Liebe, Geborgenheit und das Verständnis, das dir verwehrt wurde, geben dir Sophie und dein kleiner Sohn, wenn du wieder bei ihnen bist», hatte Ricarda ihrem Sohn gesagt.

Käthes Anruf machte ihr gerade klar, dass Georg auch zwei Monate später darin keine Erfüllung fand. Sie versprach, sich mit Siegfried zu beraten, und legte auf.

Ihr Mann warf gerade Holzscheite in die Brennkammer des gusseisernen Kohleherdes, um Wasser für einen Tee aufzusetzen. Es war so kalt in der Wohnung, dass er sich zusätzlich zu dem Hausmantel, den er trug, eine Decke um die Schultern gelegt hatte.

Ricarda fror nach dem Telefonat im kalten Flur und schmiegte sich an ihn, während sie ihm Käthes Anruf schilderte.

«Ich hatte ähnlich gelagerte Fälle», erwiderte Siegfried, «gar nicht mal so wenige. Man sollte glauben, die jungen Kerle wären froh, die Gefahren überstanden zu haben. Aber so können sie das trotz teils schwerer Verletzungen nicht sehen. Die Familie gibt ihnen das Gefühl, als Versager heimgekommen zu sein. Das wollen sie wieder gutmachen. Sie müssen sich beweisen, dass sie dem gerecht werden, was von ihnen erwartet wird. Treu bis in den Tod für Gott, Kaiser und Vaterland. So haben sie es gelernt», sagte Siegfried.

«So hast auch du es gelernt», erwiderte Ricarda.

Sie war mit einem Mann verheiratet, der gleich nach der Schule eine Laufbahn als Soldat begonnen hatte. Sonst hätte er nicht Arzt werden können. Siegfrieds Pflichtdenken, das den Dienst am Vaterland vor das Privatleben stellte, hatte ihr immer schwer zu schaffen gemacht. Siegfried hatte ihr nie ganz gehört.

Jetzt sagte er: «Dieser Krieg hat nichts mehr mit dem zu tun, was ich über Kriege gelernt habe.» Er goss heißes Wasser auf die zum Glück im Sommer gesammelten und getrockneten Lindenblüten. Es war das Letzte, aus dem sie Tee machen konnten. «Du musst Georg zur Vernunft bringen», sagte Siegfried.

Er brauchte nicht zu sagen, dass sie ihren Sohn sonst wohl nie wiedersehen würde.

«Kannst du mir dabei helfen?», fragte Ricarda.

Die lange Zugfahrt nach New York hatte Hedda so sehr angestrengt, dass sie nichts anderes mehr wollte, als sich auszuruhen. Henny schloss leise die Tür zu dem Zimmer, das Florentine ihr zugedacht hatte. Obwohl die Verletzte vollkommen erschöpft war, machten ihr die Schmerzen das Schlafen unmöglich. Henny hatte ihr gerade eine Morphiumspritze gegeben. Erst vor einer Stunde waren die beiden jungen Frauen in Florentines Wohnung in Manhattan angekommen.

«Dieses arme Mädchen. Das ist ja furchtbar. Dass es sie so schlimm getroffen hat, vermochte ich mir selbst nach deinem Brief nicht vorzustellen», sagte Florentine. «Wie mutig von dir, sie auf die weite Reise mitgenommen zu haben.»

So ähnlich hatten es viele Menschen ausgedrückt, die in den vergangenen acht Tagen von Heddas Schicksal erfahren hatten. Schließlich hatten die beiden Frauen kein Einzelabteil gehabt und waren so immer wieder mit anderen Mitreisenden ins Gespräch gekommen. Wobei Hedda sich hinter ihrer weiten Kleidung und dem Schleier an ihrem breitkrempigen Hut versteckt und geschwiegen hatte.

«Mir kamen auch immer wieder Zweifel, ob ich das Richtige tue», gab Henny zu. «Doch jedes Mal landete ich bei der Gegenfrage: Was würde sonst aus Hedda werden?»

Florentine geleitete Henny in ihr opulent mit einem Flügel und unzähligen Gemälden ausgestattetes Wohnzimmer. Sie bot Tee und Gebäck an.

«Sie hat niemanden in dem großen Los Angeles, der sich um sie hätte kümmern können?», fragte Hennys Schwiegermutter.

«Ich habe ihr geholfen, ihr Apartment dort aufzulösen. Sie ist geschieden und teilte es mit einer anderen Schauspielerin. Die hat nicht mal gefragt, wie es Hedda geht», erzählte Henny.

«Los Angeles ist ja wohl eine Riesenstadt geworden. Es wird vermutlich wie hier in New York sein: Die Menschen kommen aus der ganzen Welt und hoffen, das Glück zu finden», sagte Florentine. «Magst du Los Angeles?», fragte sie mit forschendem Blick.

Henny ahnte, worauf ihre Schwiegermutter hinauswollte. Schließlich hatte sie schon beim letzten Mal keinen Hehl daraus gemacht, dass sie Victor und Henny lieber hier bei sich in der Nähe gewusst hätte. «Wenn du mich fragen würdest: magst du Berlin, ich würde dir auch nicht rundheraus antworten: ja. Eine große Stadt hat auch ihre Nachteile», stahl sie sich aus der Affäre.

Ehrlich gesagt, sehne ich mich im Moment am meisten nach Freystetten, dachte sie. Aber sie wusste, dass ihre Schwiegermutter das Dorf, das ihren Familiennamen trug, verabscheute.

«Du hast dich verändert», stellte Florentine fest. Noch immer lag ihr prüfender Blick auf dem Gesicht der Schwiegertochter.

«Ich hoffe, meine Veränderung gefällt dir.»

«Durchaus. Sehr sogar, Henny. Das letzte Mal, als wir uns sahen, hattest du die Unsicherheit einer jungen Frau, die ihren Weg sucht. Das hast du abgelegt.» Sie lächelte hinterhältig. «Aber du bist nicht wie deine Mutter geworden.»

Henny stutzte. Sie wusste nicht so recht, wie sie mit dieser Aussage umgehen sollte.

«Hast du von ihr gehört?», fragte Florentine, die wohl spürte, dass ihre letzte Bemerkung ein überaus zweischneidiges Kompliment war.

«Wir müssten schreiben. Und damit habe ich es gerade nicht so», antwortete Henny ausweichend. Sie wollte das Zerwürfnis mit ihrer Mutter nicht breittreten. Henny war nicht bereit, in dieser Hinsicht den ersten Schritt zu tun. Und da ihre Mutter ihr seit ihrer Ankunft in Amerika kein einziges Mal geschrieben hatte, war sie es offenbar auch nicht.

«Du darfst gern mein Telefon benutzen und zu Hause anrufen. Es dauert ein wenig, bis die Leitung nach Berlin zustande kommt, aber es ist möglich.»

«Danke.» Für Henny war es ein ungewohnter, sich fast nach zu viel Nähe anfühlender Gedanke, einfach dort anrufen zu können, wo einmal ihr Zuhause gewesen war. Was, wenn ihre Mutter ans Telefon ginge? Doch um Tonis willen nahm sie sich vor, es zu machen. Später, wenn sie wusste, wie es mit Hedda weitergehen würde.

Ricarda glaubte, ihren Augen und Ohren nicht trauen zu können.

Rupert verbeugte sich tief. «Herr Doktor Thomasius, es ist mir eine große Ehre, Sie in diesem Haus empfangen zu dürfen.»

«Vielen Dank, Herr Geheimrat», erwiderte Siegfried ebenso förmlich.

«Sie haben keine angenehme Jahreszeit erwischt, um unser schönes München zu besuchen», fuhr Rupert fort. Als ginge es um eine Stadtbesichtigung und nicht darum, seinen

Neffen davon abzuhalten, einen schrecklichen Fehler zu begehen.

Wenig später begleitete Rupert Ricarda und Siegfried ins Herrenzimmer, wo Georg sie erwartete. Er trug die Uniform eines Leutnants des Bayerischen Reserve-Korps, wie Ricarda später von Siegfried erfuhr, und begrüßte diesen militärisch. Als einstiger Oberstabsarzt stand Siegfried in der Hierarchie über Georg.

«Wir sind doch unter uns», sagte Siegfried und legte ihm freundschaftlich die Hand auf die Schulter.

«Der Georg müsste das nicht tun», platzte Rupert sofort los, als wäre die Hauptperson nicht anwesend, «nur, dass das noch einmal klar ausgesprochen ist. Ich stehe im neunundsechzigsten Lebensjahr, und der Köglerbräu erfüllt kriegswichtige Aufgaben.»

Der alte Brauer stand unter dem Gemälde, das seinen verstorbenen Bruder zeigte, und stützte sich auf die Lehne eines Sessels.

«Der Georg ist mein nächster Nachkomme. Sein Sohn kann die Geschäfte frühestens in zwanzig Jahren übernehmen, wenn er einundzwanzig ist. In diesem Fall steht das Interesse des Betriebs vor dem Interesse des Staats. Das sagt unser Anwalt. Und das wird er auch durchsetzen.» Rupert atmete vor Erregung schwer.

«Wenn du anderer Meinung bist, Georg, kann der Anwalt dagegen nichts ausrichten, nicht wahr?», sagte Siegfried.

Rupert wurde blass. «Ich dachte, Sie sind auf meiner ...», stotterte er entsetzt.

«Wir sollten dieses Gespräch so führen», schnitt Siegfried dem alten Brauer das Wort ab, «dass erst einmal alle Möglichkeiten offen erörtert werden.» Er lächelte. «Wenn wir das getan haben, können wir zu einer Schlussfolgerung kommen. Ist das in deinem Sinn, Georg?»

«Ja.»

«Mir wär's recht, wenn wir unter uns Männern sprechen könnten», sagte Rupert.

So waren die Gepflogenheiten, obwohl die Runde ohne Ricardas Zutun nicht zustande gekommen wäre.

«Wir können später noch reden», sagte Georg.

Hier, in dieser Männerrunde, war Ricardas Arm als Mutter zu kurz, um ihren Sohn erreichen zu können, erkannte sie. «Ich habe ohnehin Sehnsucht nach meinem Enkel», sagte sie. Es war als Ermahnung an ihren Sohn gedacht, dass eine Zukunft vor ihm liegen könnte, die nichts mit Waffen und Krieg zu tun hatte.

Als sie hinausging, dachte sie, dass Siegfried sie würdig vertreten würde, weil sie gleicher Meinung waren. Es würde schon gutgehen. Es musste gutgehen.

Sophie erhob sich und ging ein paar Schritte auf ihre Schwiegermutter zu. Georgs Frau hatte sich hübsch gemacht, trug das blonde Haar hochgesteckt und krönte es mit einem schmalen Perlendiadem, was ihre schlanke Gestalt elegant und zerbrechlich wirken ließ. Ihre geröteten Augen und das nervöse Zucken ihrer Lippen verrieten Ricarda, dass der glänzende Schein das traurige Innere ihrer Schwiegertochter nur unzureichend verbarg.

Sie umarmte Sophie. «Wie schön du bist.»

«Leider sieht das nicht jeder», erwiderte die junge Ehefrau.

«Georgs Blick ist noch getrübt», sagte Ricarda sanft. «Das wird schon wieder.»

«Er wird in den Krieg ziehen. Er hat es gesagt. Niemand wird ihn aufhalten.» Sophies mühsam aufrecht gehaltene Fassade brach mit einem Schluchzen zusammen.

Ricarda nahm ihre Hand und führte sie zu einem der drei Sofas, die in diesem sogenannten Damensalon standen. Ricarda hatte sich hier selten aufgehalten. Jetzt lagen auf dem Tisch sorgsam geordnete Patience-Karten. Geduld lautete die wörtliche Übersetzung dieses Spiels, das Damen allein mit sich selbst spielten. Das trifft auf Sophies Situation leider zu, dachte Ricarda. Es lag nicht in der Macht der jungen Mutter, etwas zu verändern.

«Habt ihr beide miteinander gesprochen?», fragte Ricarda.

Sophie schüttelte den Kopf und tupfte sich Tränen aus den Augen. «Er rührt mich nicht einmal an.»

Ricarda erinnerte sich, dass ihr Sohn es auf der Hütte stets vermieden hatte, dass sie seine vom Frost verstümmelten Füße sah. Und ihr fiel ein, wie lange es gedauert hatte, bis Siegfried nach seiner Verletzung körperliche Nähe zugelassen hatte. Es brauchte vermutlich Jahre, bis die vom Krieg gezeichneten Männer sich im eigenen Körper wieder heimisch fühlten. Ob Georg diese Zeit seiner Frau gewährte, würde sich bald zeigen.

«Was soll ich denn nur tun, wenn Georg wieder geht?», fragte Sophie.

In ihrem Blick sah Ricarda das Flehen, eine erlösende Antwort zu hören. Aber sie hätte ja selbst gern eine gehabt. So blieben ihr nur leere Worte, die Trost spenden sollten. Und der kleine Berthold, der nun mit Käthe hereinkam. Ricarda beugte sich zu ihrem Enkel herunter und hob ihn sich auf den Schoß. Die Ähnlichkeit mit seinem Vater war wirklich groß.

Käthe legte die Hände begütigend auf die Schultern ihrer Großnichte. «Kein Mann ist doch so dumm, dass er den Dreck des Krieges einer so bezaubernden Frau vorzieht.»

Sophie schenkte ihr ein Lächeln, und Ricarda konnte nur hoffen, dass Käthe recht hatte.

«Lass uns einen Abendspaziergang machen», sagte Ricarda und bot ihrem Sohn den Arm an.

Raus aus diesem Haus, hatte sie sich überlegt. Wenn das Männergespräch schiefgelaufen sein sollte, dann war dies die eventuell letzte Gelegenheit, ihren Sohn zur Vernunft zu bringen. In der Villa, die sie nicht mochte und die für Georg das Erbe verkörperte, das ihn bedrückte, sah sie dafür nicht den richtigen Rahmen.

Dass Georg die Bewegung brauchte, merkte seine Mutter sofort. Der große junge Mann in Uniform an ihrer Seite schritt mit seinen langen Beinen flott aus. Sie zog sanft an seinem Arm, um ihn an ihre Anwesenheit zu erinnern.

«Entschuldige», sagte er und blickte sie durchaus liebevoll an. Er war einen halben Kopf größer als sie.

«Lass uns zum Georgs-Kircherl gehen», sagte sie.

Das war der Ort, an dem sie seinen Vater geheiratet hatte, Georg getauft worden war und die Trauerfeier für seinen Vater stattgefunden hatte.

Es dunkelte, die Straßenlaternen spendeten unter fast kahlen Bäumen dürftiges Licht.

«Du hast dich vermutlich nicht von deiner Entscheidung abbringen lassen», sagte Ricarda, denn sie spürte es an seiner Ruhelosigkeit.

«Ich kann nicht anders», erwiderte Georg.

Natürlich könntest du, aber du willst nicht, hätte sie antworten mögen. Doch in die Rolle einer Mutter, die Vorhaltungen macht und alles besser weiß, wollte sie nicht mehr abgleiten. Das hatte sie schon bei Henny falsch gemacht. Ein Fehler, der ihr noch immer wehtat, den sie aber nur sich selbst eingestand.

Für eine Weile gingen Mutter und Sohn schweigend an den prächtigen Villen vorbei, die im rückwärtigen Teil des Boulevards Prinzregentenstraße entstanden waren.

«Du sagst nichts», stellte Georg fest.

«Ich genieße den Moment.»

«Ja ... ich auch.»

Schließlich erreichten sie die Bogenhausener Kirche, die nach dem Drachentöter Sankt Georg benannt war. Ricarda war erleichtert, dass die Kirche um diese Zeit noch geöffnet war. Aber erst beim Eintreten wurde ihr wirklich bewusst, dass sie instinktiv den richtigen Platz gefunden hatten. Nicht nur wegen ihrer Familie, sondern weil Kirchen in gewisser Weise ein neutraler Ort und der Zeit enthoben waren. Das Streben der Menschen sollte darin keinen Platz haben.

Ricarda wünschte sich, hier mit Georg so sprechen zu können, als hätten die Zwänge von Familie, Brauerei oder Georgs vermeintlicher Pflicht zur Verteidigung seines Vaterlands keine wahre Bedeutung.

Einige Kerzen erhellten das hübsche barocke Gotteshaus. Ihr Schein reichte gerade aus, um die goldene Pracht annähernd zur Geltung zu bringen. Georg bekreuzigte sich. In den ersten Reihen knieten schwarz gekleidete Frauen. Manche hoben flehentlich die Augen zum Altarbild. Es zeigte St. Georg, wie er seine Lanze in das Herz der Bestie bohrte, die wehrlos das Maul aufriss und die Schwingen ausbreitete, sich kraftlos ergebend.

Mutter und Sohn setzten sich nebeneinander in eine der hinteren Reihen.

«Im Mai vor sechsundzwanzig Jahren stand ich da vorn.» Ricarda blickte zum Chor. Sie sah die Szenerie, als wäre es erst gestern gewesen. «Die Kirche war voller Menschen. Sie warteten auf mein Ja. Und ich sah zu Sankt Georg. Du weißt, ich bin nicht gläubig. Doch in diesem Moment wurde ich überwältigt. Es machte alles einen Sinn: Ich war im Begriff, einen Mann zu heiraten, der Georg hieß. Einen Mann, der mich rettete. Wie der von Mythen umwobene Georg die Menschheit vor dem Drachen.»

«Vater rettete dich? Wie meinst du das?»

«Ich erwartete ein Kind. Aber nicht von deinem Vater. Ein anderer Mann hatte mich ... mir Gewalt angetan.» Ricarda zögerte und entschloss sich, es nun endlich auch Georg zu sagen. «Henny ist deine Halbschwester. Das habe ich dir nie erzählt, weil sich die Gelegenheit nie bot.»

Sie hörte Georgs erschrockenes Einatmen.

«Vor dem Altar da vorn wurde mir klar, welch ein großherziger Mensch dein Vater war. Er gab mir ein Zuhause. Im Wortsinne. Dieses große Haus, in dem du mit deiner Frau und deinem Sohn wohnst, hat er erbauen lassen, um seiner Familie zu zeigen, wie sehr er mich liebte. Denn niemand von den Köglers mochte mich. Ich war aus der Art geschlagen. Eine Frau mit einem eigenen Kopf. Eine Ärztin. Obendrein eine aus Preußen.»

Ricarda lächelte in sich hinein.

«Und dann kamst du, unser Sohn. Du hast alles zusammengeführt. Durch deine Anwesenheit.» Ricarda flüsterte ohnehin, um die Betenden nicht zu stören, und ihr leises Sprechen ließ die Worte umso eindringlicher wirken.

«Das wusste ich nicht», sagte Georg leise.

«So etwas erzählt man normalerweise auch nicht», gab seine Mutter zu. «Jeder Mensch soll so unbelastet von der Vergangenheit wie möglich aufwachsen dürfen. Wie du siehst, funktioniert das nur bis zu einem gewissen Zeitpunkt. Dann holt uns das ein, von dem wir glaubten, es wäre vergessen.»

Eine der Beterinnen in den vorderen Bänken trat an den Altar, knickste und bekreuzigte sich. Schweren Schrittes ging sie an Ricarda und Georg vorbei zum Ausgang. Sie war keine alte Frau, wie Ricarda gemeint hatte, sondern höchstens Ende Zwanzig. Die Sorge oder bereits die Trauer um den Bruder, den Mann, vielleicht den Vater hatte sie wohl hierher geführt.

«Meinst du, ich mache einen Fehler?», fragte Georg so leise, als sollte niemand seine eigenen Zweifel hören.

Wie naheliegend wäre jetzt gewesen, zu sagen: Ob ich das meine? Von nichts bin ich mehr überzeugt!

«Es geht nicht darum, was ich meine. Sondern um das, was du willst», sagte sie. Es kostete Ricarda alle Kraft, sich in diesem entscheidenden Moment vollkommen zurückzunehmen. Es entsprach so gar nicht ihrem Naturell.

«Der heilige Georg beschützt die Schwachen, indem er das Böse besiegt», sagte Georg. «Das ist auch die Aufgabe eines Soldaten, der für das Vaterland kämpft. Die Lanze unserer Armee ist tief eingedrungen in das Herz des Gegners.»

So musste ein Mann, noch dazu ein Soldat, das ja sehen, begriff Ricarda. Wie dumm von mir, dass ich daran nicht gedacht habe. Somit konnte der Heilige ihr nur noch in dem Punkt beistehen, mit dem für sie selbst alles in dieser Kirche begonnen hatte: «Wird Sankt Georg deinen kleinen Sohn und deine Frau beschützen, wenn du nicht heimkommen solltest?»

«Warum sollte ich nicht heimkommen, Mutter? Der heilige Georg ist der Schutzpatron der Soldaten.»

Georg trat aus der Bank und ging langsam nach vorn und kniete nieder. Minutenlang verharrte er schweigend in dieser Position, die Ricarda dazu verurteilte, ratlos abzuwarten. Dann stand er auf und entzündete eine Opferkerze. Da sah Ricarda ein, dass auch ihr nichts anderes blieb, als zu beten.

Nur einen Namen hatte Henny gehabt, jedoch nicht gewusst, wer sich dahinter verbarg. Außer, dass es ein Kollege am New Yorker *Mount Sinai Hospital* war. Als sie nun am Ende eines langen Ganges vor einer Tür stand, las sie unter dem Namen Arthur Schumann, dass er Leiter der Onkologie des Krankenhauses war. Krebsbehandlung? Das war zwar ihr eigenes Fachgebiet, aber inwiefern konnte damit Hedda Holden weitergeholfen werden? Hätte sie dann nicht selbst eine Idee zur Therapie finden müssen, wenn Heddas entsetzlichen Brandwunden mit dem Wissen der Krebsforschung beizukommen war?

Henny konnte nur hoffen, dass sie mit ihrer Patientin hier richtig war. Einen Fehlschlag durfte sie sich nicht erlauben, weil sie schlichtweg keine Alternative wusste. Hedda, die sie begleitete, war unter ihrem dunklen Schleier verborgen. Sie hatte an diesem feuchtkalten Novembermorgen wieder große Schmerzen. Schon das Aufstehen hatte ihr Mühe bereitet.

Der Mann, der nach einigen Minuten des Wartens endlich öffnete, hatte dichte schwarze Locken, in denen sich die ersten silbernen Strähnen abzeichneten. Er trug eine goldgefasste Brille und war Hennys Schätzung nach Mitte bis Ende vierzig.

«Die lange Reise wird Sie sehr angestrengt haben», sagte Doktor Schumann nach einer freundlichen Begrüßung. Es schien Henny, als hätte er einen leichten deutschen Akzent. «Am besten, ich untersuche Sie gleich, Miss Holden. Danach berate ich mich mit Ihrer Ärztin, während Sie es sich bereits in einem Krankenzimmer bequem machen können.»

Eine halbe Stunde später begleitete eine Krankenschwester Hedda hinaus, und Doktor Schumann sagte in fehlerfreiem Deutsch: «Es ist unglaublich, dass Sie die Patientin vor dem Tod bewahren konnten, Doktor Vandenberg. Die meisten Kollegen hätten diesen Kampf wohl gar nicht erst aufgenommen.»

War das ein Kompliment, oder wollte er ihr zu verstehen geben, dass sie gegen Windmühlen kämpfte? Henny hätte gern nachgefragt, aber im Moment war ihr wichtiger, zu erfahren, mit wem sie es zu tun hatte: «Sie kommen auch aus Deutschland?»

«Ich habe in Heidelberg studiert, bei Professor Czerny.»

Henny hatte während des Studiums viele seiner Abhandlungen gelesen. Zur Keimfreiheit, zu Teilaspekten der Chirurgie, zur Frauenheilkunde und auch zur Krebsforschung.

«Als Professor Czerny das Institut für Experimentelle Krebsforschung gründete, war ich selbstverständlich dabei.»

«Ich bin beeindruckt», sagte Henny, und ein wenig beneidete sie den Kollegen. Sie hatte zwar gewusst, dass Frauen seit 1900 in Heidelberg studieren durften. Warum sie nie erwogen hatte, Berlin des Studiums wegen zu verlassen, war ihr allerdings auch klar: Sie wäre vor Heimweh vergangen. Und nun war sie umso weiter weg von daheim.

«Aber wo ist die Verbindung zur *plastic surgery*?», fragte Henny.

«Oh, Professor Czerny verwandte schon vor zwanzig Jahren Fettgewebe, um eine neue Brust nach einer Amputation aufzubauen. Er sagte, es sähe sonst so asymmetrisch aus.» Schumann stutzte. «Sie sehen mich so entsetzt an. Habe ich mich falsch ausgedrückt?» Er lächelte. «Ich spreche kaum noch deutsch.»

«Nein, das war alles korrekt», sagte Henny. «Es ist nur so: Ich wusste das nicht. Das wurde in Berlin nicht gelehrt.» Sonst hätte ich meiner Freundin Nelly doch geholfen, dachte Henny niedergeschlagen.

Es war gerade mal vier Jahre her, dass der jungen Schauspielerin, durch die sie Victor kennengelernt hatte, die Brust amputiert worden war.

«Bei wem haben Sie denn gelernt?», erkundigte sich Schumann.

«Chirurgie? Bei Professor Kalkfeld.»

Schumann verzog missmutig das Gesicht. «Nehmen Sie es mir nicht übel, wenn ich das so offen sage, aber Kalkfeld ist ein Schlachter, kein Chirurg.»

«So habe ich ihn auch erlebt», sagte Henny. Nie würde sie vergessen, wie brutal Kalkfeld seiner Patientin Nelly während ihrer Operation zu Leibe gerückt war. Ohne das geringste Mitgefühl.

«Dann sind Sie Chirurgin? Das ist ungewöhnlich für eine Frau.»

«Da haben Sie recht. Nein, meine Leidenschaft gilt nicht der chirurgischen Seite der Krebsbekämpfung. Meine Sache ist mehr die Forschung. Albert Salomon war mein Professor.»

«Großartiger Diagnostiker!»

«In Los Angeles komme ich nicht dazu, mein Wissen tatsächlich anwenden zu können», gab sie zu. «Ich arbeite dort eher als Allgemeinmedizinerin.»

Schumann breitete die Arme aus. «Dann wechseln Sie nach New York. Wir finden hier am *Mount Sinai* schon etwas Passendes für Sie! Ich höre mich gern für Sie um.»

Die rastlose Emsigkeit eines Krankenhausbetriebs – Henny hatte sie so vermisst! Sie war das Tempo einfach nicht mehr gewohnt, denn das kleine Spital in Los Angeles war kein Vergleich zu einer Klinik wie dieser hier, die jetzt schon mehrere hundert Betten hatte. Dabei war das *Mount Sinai* noch nicht einmal fertig. Viele Abteilungen würden erst in etlichen Jahren eröffnet werden können, hatte Schumann gesagt: «Es entsteht etwas ganz Großes. Hier wären Sie richtig.»

Gleich gegenüber lag der *Central Park*, den sich Henny schon bei ihrem ersten Aufenthalt hatte ansehen wollen. Ob er sie an den Tiergarten erinnerte? Konnte er ein kleines Pflaster auf der immer offenen Wunde Heimweh sein?

Als Henny nach ihrem Gespräch mit dem Arzt nun über die breiten Wege des Parks schlenderte, nahm sie im Grunde doch nicht wahr, wo sie sich befand. So viel auf einmal ging ihr durch den Kopf.

Eher nebenbei hatte Doktor Schumann erwähnt, warum er das Kaiserreich verlassen hatte: «Das Deutsche Reich wird vom Militär regiert. Der Kaiser ist nur eine Marionette. Ich glaube an die Demokratie. Darum bin ich hier.»

«In Deutschland würde man Sie für eine solche Aussage als Sozialisten beschimpfen», hatte Henny gemeint.

Er hatte gelacht. «Oh, das hat man! Sind auch Sie deshalb fort?»

«Sie meinen, ob ich eine Frauenrechtlerin bin? Ja, das bin ich.» Aber sie hatte auch offen zugegeben: «Mein Mann ist der Mittelpunkt meines Lebens.»

«Überzeugen Sie ihn mitzukommen. Es gibt so viele Gründe, die für New York sprechen», hatte Schumann gemeint.

Keinen davon würde Victor gelten lassen. Weil er sich im sonnigen Kalifornien wohlfühlte und immerzu neue Filme drehte. Weil New York ihm zu groß und zu laut war und Filme an der Westküste entstanden. Mit seiner Mutter in derselben Stadt wollte er obendrein nicht wohnen. War es also im Grunde aussichtslos, von der großen Chance zu träumen, die Schumann ihr in Aussicht stellte?

Einmal Komtess, immer Komtess, dachte Henny und nahm an dem langen Esstisch gegenüber von ihrer Schwiegermutter Platz. Ein livrierter Diener servierte Steak, ein Dienstmädchen goss geübt Wein in die Kristallgläser. Vor allem einen Unterschied zu Florentines anderen Wohnsitzen gab es, die Henny kannte: Hier verstand einen das Personal nicht, wenn man die eigene Muttersprache benutzte.

«Du glaubst, Miss Holden ist bei Doktor Schumann in guten Händen?», fragte Florentine.

«Davon bin ich überzeugt. Allerdings wird er mehrere Operationen durchführen müssen.»

«Er nimmt also Haut anderer Körperregionen und setzt sie dort ein, wo Gewebe verbrannt wurde. Kennst du dich damit aus, Henny?»

«Nein. Das ist ja Schumanns ganz spezielle Forschung.»

Henny konnte ein leicht verzweifeltes Aufstöhnen nicht verbergen. «In dem Maßstab wie bei Hedda hat er das jedoch noch nie gemacht. Er wird alles dokumentieren, um es den Kollegen in aller Welt zur Verfügung zu stellen.»

Das senkte die Behandlungskosten erheblich und war Teil der Vereinbarung, die Carl Lämmle mit der Versicherung seines Studios ausgehandelt hatte. Die Details kannte Henny allerdings nicht.

«Würde es dich nicht reizen, Schumann zur Seite zu stehen? Du hättest die Chance, dich weiterzuentwickeln.»

Henny wäre am liebsten aufgesprungen und hätte geschrien: Wie kannst du das nur fragen! Natürlich würde ich das wollen. «Ich kann nur ein paar Tage bleiben. In dieser kurzen Zeit werde ich so viel lernen wie möglich», sagte sie stattdessen.

Florentine wechselte scheinbar das Thema: «Wie steht es mit dir und Victor? Seid ihr glücklich?»

Jede andere Schwiegermutter hätte wohl gefragt, wann denn endlich der Nachwuchs käme, der sie zur Großmutter machte. Von Florentine musste Henny das nicht erwarten, hatte sie doch verstanden, dass Victors Mutter sich aus Kindern nichts machte. Dennoch beschäftigte diese Frage Henny selbst durchaus, zumal Victor regelmäßig davon sprach, eine Familie zu gründen. Aber für solche Gedanken hatte es in den letzten Wochen einfach keinen Raum gegeben, so sehr war Henny mit Hedda und deren Genesung beschäftigt gewesen.

«Ich liebe deinen Sohn, Florentine. Ich liebe ihn von ganzem Herzen», sagte sie.

«Ach, das ist schön, Kleines.» Florentines Lächeln wirkte ein wenig unecht. «Aber wenn sich doch hier für dich eine Chance böte?»

Will sie mich testen, fragte sich Henny. «Was ich für Hedda getan habe, hat nichts mit mir selbst oder Victor zu tun», antwortete sie.

«Natürlich nicht», erwiderte Florentine. «Es ist ja auch bald Weihnachten. Da wollt ihr schließlich zusammen sein.» Sie schnitt ein Stück ihres Steaks ab. «Hier in New York kann man zumindest einen Tannenbaum kaufen. Wie ist das eigentlich in Kalifornien?», fragte sie mit einem unschuldigen Lächeln.

Antonia presste die Telefonmuschel fest an ihr Ohr, aber sie hörte nur ein Rauschen. Dann endlich, von ganz weit her: «Hier ist Henny.»

«Henny! Bist du wirklich in New York?», rief Antonia.

Sie mochte gar nicht glauben, dass das Fräulein von der Auslandsvermittlungsstelle im Haupttelegrafenamt sie nicht angeschwindelt hatte.

«Ja, bei Florentine! Ich habe eine Patientin hergebracht. Wie geht es dir? Was macht Georg? Sind die Eltern gesund?»

«Georg – er ist wieder eingerückt. Mutter hat alles versucht, ihn davon abzuhalten. Sogar Vater hat sie mit nach München genommen.» Es fiel Toni unendlich schwer, ihre aufwallenden Gefühle zu kontrollieren. «Es hat nichts genützt. Ich habe Mamma noch nie so erlebt. Sie weint immerzu, denkt aber, ich bekomme das nicht mit.»

Es dauerte eine Weile, bis Toni wieder die Stimme aus der Ferne hörte. Aber sie konnte darin nichts erkennen, das ihr verriet, wie Henny mit der Neuigkeit umging. Die Leitung war zu schlecht. Henny sagte, dass sie demnächst zurück nach Los Angeles reisen würde, wo Victor sie erwarte.

«Du kommst nicht wieder nach Berlin?», fragte Toni.

Dass sie sich große Sorgen um Badili machte, konnte sie nun erst recht nicht mehr loswerden.

«Wenn der Krieg vorbei ist, Toni», sagte Henny. «Pass gut auf dich auf. Ich habe dich sehr lieb.»

Toni kannte die Stimme ihrer Schwester so gut, dass sie trotz der Verzerrungen in der Leitung nun doch ihre übergroße Traurigkeit hörte. «Ich dich auch», sagte Toni und war selbst den Tränen nah.

Die Leitung wurde getrennt, aber Toni stand noch lange wie erstarrt, den Hörer ans Ohr gepresst. Die Standuhr im Wohnzimmer schlug neun Uhr. In New York war es sechs Stunden früher, das wusste sie und fragte sich, was Henny wohl zu Mittag gegessen haben mochte. Dort gab es gewiss richtiges Essen und nicht immer nur Steckrüben. Sie dachte, dass sie Henny gern noch von Sam erzählt hätte.

Toni hing den Hörer ans Telefon und ging in ihr Zimmer, wo Badili vor ihrem Bett in ihrem Korb schlief. «Ich habe Angst, dass du Henny nicht mehr wiedersehen wirst, meine kleine Badili. Der Krieg wird wohl länger dauern, als dir Zeit auf dieser Erde bleibt», sagte sie zu dem altersschwachen kleinen Hund.

Ihre kleine Gefährtin überfiel jetzt öfter ein unerklärliches, ganz leichtes Zittern. Toni vermutete, dass sie Schmerzen hatte. Aber eine andere Medizin als Streicheln und Nähe hatte sie nicht. Schmerzstillendes Morphium wollte die Mutter dem Hund nicht geben, weil sie meinte, das könnte Badili sofort töten.

Toni hörte, dass ihre Mutter und Kumari heimkamen und sich leise unterhielten.

«Ich bin noch wach», rief Toni zum Flur hin. «Henny hat gerade angerufen.»

Ist Henny wieder in Berlin? Die Frage lag Ricarda auf der Zunge, als sie das Zimmer ihrer Jüngsten betrat. Da sah sie schon, dass Toni gerade geweint hatte, und fragte nur: «Geht es ihr gut? Wo ist sie denn?» Und als sie hörte, dass Henny bei Florentine in New York war, überkam sie wieder die bleierne Schwere, die sie seit dem Besuch in München oft in sich spürte. Dann warf sie sich vor, dass sie sich nicht genügend Mühe gegeben hatte, Henny aufzuhalten.

«Setz dich zu mir, Mamma», sagte Toni. «Kannst du mich mal in den Arm nehmen?»

«Ja, natürlich.»

Während Ricarda ihre Tochter im Arm hielt, spürte sie, wie der Druck, der den ganzen Tag auf ihrer Brust gelegen und ihr fast die Luft zum Atmen genommen hatte, nachließ.

«Ich habe Henny von Georg erzählt», sagte Toni und fragte: «Meinst du, das hätte ich nicht tun sollen?»

«Warum soll sie nichts von unseren Sorgen wissen?», fragte Ricarda zurück. «Wie klang sie denn? Glaubst du, sie ist glücklich?»

Vor Wochen hatte Toni von einem Brief berichtet, in dem Henny schrieb, dass sie sich als Ärztin um eine Schwerstbrandverletzte kümmerte. Und Ricarda schloss daraus, dass sie wohl eine Aufgabe gefunden hatte, die sie als Ärztin erfüllte. Brandverletzungen richtig zu behandeln, war die große Herausforderung, vor die der Krieg die Mediziner stellte. Nur hatte dazu gegenwärtig in Berlin niemand die Muße. Oder es fehlten die geeigneten Ärzte. Würde sich Henny auf diesem Gebiet in den USA fortbilden, wäre sie später einmal in Berlin eine gefragte Ärztin.

Später einmal ... Weiter als bis zu diesen beiden Worten verbot sich Ricarda zu denken.

«Jetzt fällt mir etwas ein», sagte Toni. «Merkwürdig war, dass Victor nicht mit ihr nach New York gereist ist. Obwohl Henny meinte, sie wäre bei seiner Mutter.»

Sie ist also bei Florentine. Die wird sich hoffentlich gut um sie kümmern, dachte Ricarda. Als sie sich im Bad das müde Gesicht mit eiskaltem Wasser wusch, wurde ihr klar, dass sie nicht voller Eifersucht an Flora dachte. Sondern sich einfach nur wünschte, dass es Henny gutgehen möge.

Etwas hatte sich in ihr verändert. Lag das am Alter? Um ihre Augen hatten sich noch mehr Falten gebildet. Sie fror und löschte das Licht.

Oder hatte der Krieg sie verändert? Oder beides zusammen?

Als sie sich später in ihrem Bett ausstreckte, war sie glücklich, ihren überbeanspruchten Rücken entlasten zu können. Acht Entbindungen hatte sie an diesem Tag vorgenommen. Aber ihr Kopf kam nicht zur Ruhe. Um zu viele Menschen machte sie sich Sorgen, wurde ihr bewusst, als Siegfried sich neben sie legte. Seine Schulter bereitete ihm wieder Probleme. Auch wenn er nichts sagte, sah sie es an der Art, wie er sich bewegte.

«Ich bin so froh, dass wir Toni haben», sagte er. «Immer denkt sie daran, uns einen heißen Ziegelstein ins Bett zu legen.»

«Du hast recht», sagte Ricarda. «Es sind solche Kleinigkeiten, die unser Leben schön machen.»

Dann begann sie, die Schulter ihres Mannes zu massieren.

Der Wind fegte eisigkalt die schmale Straße entlang, in der sich Florentines Haus befand. Eigentlich war sie nicht so schmal, wie es schien, aber die Häuser zu beiden Seiten waren dreimal so hoch wie in Berlin. In Florentines Fall waren es zwölf Etagen, wobei die Schwiegermutter die oberste bewohnte, die man *penthouse* nannte. Von der Terrasse konnte man hinübersehen zum *Central Park*, der an die nächste Querstraße grenzte.

Im untersten Stockwerk hatte Florentine eine Kunstgalerie eingerichtet. Sie hatte Henny versprochen, sie ihr vor ihrer Abreise zu zeigen. Doch echtes Interesse daran hatte Henny nicht. Am letzten Abend hatte ihre Schwiegermutter die dritte Party gegeben in der einen Woche, die Henny jetzt bei ihr wohnte. Offenbar war Victors Mutter dabei, sich als Gastgeberin der besseren Gesellschaft zu etablieren. Immer waren Gäste gekommen, denen man ansah, dass sie viel Geld hatten, und Henny hatte sich wieder wie Aschenputtel gefühlt.

Es wurde Zeit für die lange Rückreise an die Westküste. Doch jetzt stand der Abschied von Hedda an, und Hennys Herz wurde schwer. Leise öffnete sie die Tür zu ihrem Krankenzimmer.

Die erste Hauttransplantation hatte Doktor Schumann bereits vorgenommen. Er hatte ein Stück Gesäßhaut auf die Partie zwischen Nase, Jochbein, Ohr und Unterkieferknochen übertragen. Gemeinsam mit einem Kollegen und Henny selbst hatte er mehrere Stunden gearbeitet.

Hedda ruhte auf ihrer unversehrt gebliebenen Seite. Die andere Hälfte war mit hauchdünner Gaze bedeckt. Unter der Einwirkung von Morphium lag sie ganz still.

«Kommst du, um *good bye* zu sagen?» Hedda sprach vorsichtig, weil sie die Lippen kaum bewegen durfte.

«Ich nehme den Nachtzug.» Hennys Stimme versagte. Es tat ihr leid, Hedda alleinlassen zu müssen.

«Victor vermisst dich.»

«Ja, ich ihn auch.» Nun traten doch die Tränen in ihre Augen. «Ich muss dir etwas gestehen: Ich will nicht zurück. Ich mag Los Angeles nicht. Aber sag das niemandem.»

«Ich stelle mich ans Fenster und rufe es hinaus.»

Damit brachte sie Henny zum Lachen.

«Sei glücklich, dass du Victor hast. Das ist mehr wert als alles andere.»

«Ja, ich weiß.»

«Wenn du vergessen solltest, welches Glück du hast, denk an mich. Mich wird nie mehr ein Mann ansehen.»

Heddas Hand zuckte gegen ihr Gesicht. Offenbar spürte sie trotz des Morphiums Schmerzen, wenn sie die unzähligen, durch das Feuer beschädigten Gesichtsmuskeln zu sehr strapazierte.

«Du solltest nicht so pessimistisch denken», sagte Henny. «Die alte Hedda wirst du nicht mehr sein. Du wirst eine neue Hedda. Du kannst das. Du bist stark.»

«Werde ich dich je wiedersehen?»

«Ganz bestimmt», sagte Henny. Sie war auch überzeugt, dass es so kommen würde. Obwohl sie keine Ahnung hatte, wie. Jedoch war Hedda die einzige Freundin in diesem großen Land.

Zu einem letzten Auf Wiedersehen sah sie anschließend noch bei Doktor Schumann vorbei.

«Gestern Abend traf sich das Komitee zur Unterstützung des Krankenhauses. Es hat ein Mitspracherecht über Einstellungen.» Schumann blickte Henny mit einem strahlenden Lächeln an.

Henny erschrak. «Sie haben doch nicht etwa mich dort vorgeschlagen?»

«Natürlich habe ich das! So eine fähige Kollegin darf man nicht ziehen lassen.»

«Das ist sehr freundlich von Ihnen und ein großes Kompliment.» Eines, das mir wie ein tonnenschweres Gewicht um den Hals hängt, dachte sie.

«Fahren Sie nach Los Angeles, kündigen Sie Ihren Vertrag bei Herrn Lämmle und kommen Sie zurück. Sie fangen an, wann immer Sie so weit sind.»

Offenbar hatte der nette Kollege ihren Ehemann vollkommen vergessen. Stattdessen hatte er sie in einen inneren Konflikt gestürzt. Henny wusste nicht, wie sie ihn lösen sollte.

HENNY SIEHT GESPENSTER

April 1917

Der Moment der Wahrheit ließ sich nicht länger hinauszögern. Toni war überdies überzeugt, dass der Abend an diesem Karfreitag günstig war. Die Stimmung war gerade so friedlich. Alle hatten ein Bad nehmen dürfen, und morgen würde Toni mit ihren Eltern nach Freystetten fahren. Endlich würde es mal wieder richtiges Essen geben. Also legte sie das Versetzungszeugnis und einen Füllfederhalter vor ihrem Vater auf den Küchentisch, damit er unterschrieb. Toni vertraute darauf, ungeschoren davonzukommen; seitdem ihr Vater mit so vielen Invaliden zu tun hatte, war er ein nachsichtiger Mensch geworden.

Aber jetzt stutzte er doch. «Antonia ...»

Als er so begann, ahnte Toni schon, dass ihre Taktik nicht von Erfolg gekrönt sein würde. An einem Familienabend in der geheizten Küche hätte er sie sonst ganz gewiss Toni genannt.

«Ist das ein Scherz?», fragte Siegfried. «In Mathematik und Deutsch eine Vier, in Latein eine Fünf?»

«Aber in Biologie habe ich eine Zwei!»

«Sonst wärst du nicht versetzt worden.»

Das wusste Toni selbst. «In Religion habe ich eine Eins», sagte sie.

Ihre Mutter, die noch am Küchenherd hantiert hatte, drehte sich zu den beiden. «Mit einer Eins in Religion möchtest du demnach wohl Theologie studieren, wenn du nächstes Jahr dein Abitur schaffst? Mit einer Fünf in Latein wird auch das nicht leicht.»

Antonia hasste es, wenn ihre Mutter so von oben herab mit ihr sprach, weil sie nicht offen zeigen wollte, wie sehr sie sich über sie ärgerte. Das erinnerte Toni an die verstorbene Gräfin Henriette, und deshalb nannte sie es für sich selbst *Mutters gräfliche Seite*.

Ricarda setzte sich zu den beiden und nahm das Zeugnis selbst zur Hand. «Was ist der Grund dafür, Toni?»

Antonia atmete auf. Toni – das war ein gutes Zeichen.

«In den letzten Monaten ist viel Unterricht wegen Lehrermangels ausgefallen. Unser Lateinlehrer ist einundfünfzig. Trotzdem ist er einberufen worden. Die neue Lehrerin ist ganz jung und weiß gar nicht, wo sie anfangen soll. Bei den letzten beiden Klausuren sind fast alle durchgefallen», sagte Toni.

«Einundfünfzig?», wiederholte Siegfried und schüttelte den Kopf. «Was hat ein alter Lateinlehrer an der Front verloren?»

«Das mag sein, Toni. Aber warum hast du Vater und mir davon nichts gesagt? Da hätte man mit dem Direktor reden müssen, dass das so nicht geht», stellte Ricarda fest. «Und Mathe und Deutsch? Was ist da?»

«Bei Bemerkungen steht, dass du im Unterricht unaufmerksam bist.» Ihr Vater sah genauer hin und las vor: «Antonia ist mehrfach eingeschlafen.» Er blickte sie entsetzt an. «Wie kann so etwas passieren?»

Toni kannte die Antwort. Sie hieß Sam. Eben weil so viel Unterricht ausgefallen war, hatte sie, öfter als zunächst erhofft, viel Zeit bei Sam verbringen können. Darüber hatte sie schlichtweg die Hausaufgaben vergessen. Mit Zustimmung ihrer Eltern hatte sie manche Freitag- und Samstagnacht in dem kleinen Raum hinter den Käfigen verbracht. Es war bitterkalt, Sam hatte sich an sie gedrängt. An Schlaf war so nicht zu denken. Dass das nicht der richtige Weg zu guten Zensuren war, hatte Toni sehr wohl gewusst.

«Ich habe doch mein Wort gegeben, für den kleinen Affen zu sorgen», beendete sie ihre Beichte.

«Du wirst dein großes Ziel, einmal Tierärztin zu werden, nicht erreichen, wenn du einem einzelnen Lebewesen den Vorrang vor allen anderen einräumst», sagte Ricarda. «Ich weiß, das klingt hart, aber wir, deine Eltern, müssen dein ganzes Leben im Auge haben. Wir müssen dich vor dir selbst schützen. Das heißt aber nicht, dass Vater und ich deinen Einsatz für Sam nicht zu schätzen wissen.»

«Ich darf nicht mehr zu Sam?» Toni brach in Tränen aus.

«Natürlich darfst du zu ihm», sagte ihr Vater rasch.

«Aber nur noch unter Bedingungen, die wir stellen», präzisierte ihre Mutter. «Zwei Stunden am Tag.»

«Und keine Nächte mehr im Zoo», fügte ihr Vater hinzu.

«Nein!» Toni sprang empört auf.

Erschrocken kroch Badili schwerfällig neben dem Küchenofen hervor und folgte ihr humpelnd. Toni rannte in ihr Zimmer und verkroch sich mit ihr im eiskalten Bett.

Rosel stellte die Fleischplatte in die Mitte des festlich gedeckten Tischs. «Von Mutter zubereitet. Ganz wie in den alten Zeiten», sagte sie.

Alle, die sich an diesem Ostersonntag zum Mittagessen im eleganten Saal von Schloss Freystetten versammelt hatten, wussten, wie es um den gräflichen Haushalt bestellt war. Nur ein Dienstmädchen war geblieben, das gesamte übrige Personal hatte gehen müssen. Dem Grafen fehlte ohnehin das Geld, und die Gemeinde musste die eingerückten Männer ersetzen. Aufgaben waren zu erfüllen, die sonst die Männer des Dorfs übernommen hatten – von der Aussaat über das Eindecken löchriger Dächer bis zur Müllabfuhr.

Für die drei aus Berlin angereisten Gäste bot das Osteressen etwas, von dem man in der Stadt nach dem dritten Kriegswinter nur noch träumen konnte – Fleisch, Kartoffeln, Rote Beete. Als umso passender empfand es Ricarda, dass ihre Mutter nun sagte: «Ich möchte das Tischgebet sprechen.»

Die schlichten Worte ihrer alten Mutter, die Gott für Speis und Trank dankte, klangen nach diesem langen, endlich zu Ende gehenden Winter wie eine Erlösung. «Guten Appetit», sagte Großmutter Karla schließlich und blickte mit tränenfeuchten Augen zu Rosel. «Wir brauchen unsere Kraft für die Lebenden. Das dürfen wir trotz allem nie vergessen.»

Graf Friedemann teilte den Wildschweinbraten und servierte ihn selbst. Es war eine im Vergleich zu früher viel zu kleine Runde, die zusammengekommen war. Neben Ricarda, Siegfried und Antonia war von Rosels Familie außer ihrem Mann nur Nesthäkchen Frieda da, die im kommenden Herbst zehn Jahre alt würde.

Von Rosels drei Söhnen würde der Jüngste nie wieder an diesem Tisch sitzen. Florian, von dem Ricarda wusste, dass er immer Rosels Liebling gewesen war, war gegen Ende der Schlacht um Verdun gefallen. Eine Schlacht, die sich über zehn Monate hingezogen hatte. Von der jedoch in diesen

Tagen nur Eingeweihte wie Siegfried wussten, dass sie den Frontverlauf kaum verändert hatte, obwohl Hunderttausende ihr Leben ließen.

Kurz vor Weihnachten des letzten Jahres, genau an seinem einundzwanzigsten Geburtstag, hatten Rosel und Friedemann die Nachricht erhalten, dass Florian gefallen war. Wie unzählige seiner Kameraden war auch Florian in einem Massengrab in Frankreich beigesetzt worden. Das hatte auch sein ältester Bruder Franz nicht ändern können, obwohl er mittlerweile Offizier im Stab der Obersten Heeresleitung war, wie Rosel ihrer Schwester erzählt hatte.

Die Runde speiste schweigend. Froh, endlich wieder ein richtiges Essen genießen zu dürfen. Schließlich durchbrach Graf Friedemann die Stille. «Ferdinand ist seine ersten Fronteinsätze geflogen. Schon acht Abschüsse sind ihm gelungen.»

Ricarda erinnerte sich, dass ihre Schwester ihr letztes Weihnachten erzählt hatte, dass ihr Zweitgeborener demnächst sein Diplom als Flugzeuglenker bekommen würde. Die Flieger, wie man sie nannte, waren der Stolz des Heeres. Waren sie anfangs nur für die Luftaufklärung zuständig, lieferten sich die gegnerischen Piloten mit den weiterentwickelten Maschinen inzwischen Luftkämpfe.

«Sterben denn bei den Abschüssen die Piloten der anderen Flugzeuge?», fragte Antonia, weil sonst zunächst niemand etwas sagte.

«Meistens ist das unausweichlich», erwiderte Graf Friedemann.

«Finden Sie es denn nicht schrecklich, dass die Menschen nun sogar Flugzeuge benutzen, um sich zu töten, Durchlaucht?», hakte Antonia nach.

«Das ist eine Diskussion, Antonia, die nicht an diesen Tisch gehört», rügte Siegfried seine Tochter. «Wir sind stolz, dass Ferdinand der Jagdstaffel 11 von Oberleutnant Freiherr von Richthofen angehört», ergänzte er mit einem Blick zum Gastgeber.

«Richthofen wurde vorgestern zum Rittmeister befördert», korrigierte Friedemann.

«Ein fliegender Rittmeister? Heißt sein Flugzeug etwa Pegasus?», sagte Toni und legte sorgfältig ihr Besteck an den Tellerrand.

Ricarda gefiel Tonis vorwitzige Bemerkung. Nicht so sehr hingegen den beiden Offizieren am Tisch – ihrem eigenen Mann und Gastgeber Friedemann. Siegfried wurde blass, der Graf räusperte sich, um zu einer Erwiderung anzusetzen.

Manfred von Richthofen und seine Truppe unerschrockener Flieger wurden als strahlende Helden gefeiert. Es verging kaum eine Woche, in der Richthofen nicht ausgezeichnet und in den Zeitungen groß darüber berichtet wurde. Denn die Oberste Heeresleitung ließ Tausende von Flugzeugen herstellen, um vor allem an der Westfront die Lufthoheit gegen Briten und Franzosen zu behaupten. So wurde versucht, die schweren Verluste bei den Bodentruppen zu begrenzen.

«Wie wir gerade erleben, Antonia, trägt der Besuch der Studienanstalt in Verbindung mit deiner Tierliebe reiche intellektuelle Früchte», erwiderte Graf Friedemann. «Dabei solltest du nicht vergessen, dass unsere Soldaten ihr Leben riskieren.»

«Keineswegs, Durchlaucht. Ich würde mir wünschen, Florian wäre jetzt bei uns.»

Ricarda kam es vor, als dauerte das Schweigen, das folgte, Minuten. Sie wollte sich jedoch nicht einmischen. Toni sprach ihr mit dem Mut der Jugend zur Konfrontation aus dem Herzen. Mit sechzehn hatte Ricarda sich schließlich auch leidenschaftliche Wortgefechte mit Friedemanns Tante Henriette geliefert und daraus gelernt, dass das den Geist schulte. Sollte Toni nur machen!

Endlich sagte Rosel: «Florian hat sein Leben für das Vaterland gegeben, Antonia. Er ist als Held auf dem Feld der Ehre gefallen.»

Gefallen! Ricarda hasste dieses Wort, weil es die Realität unterschlug: Wie junge Männer im Dreck starben, hatte Georg ihr anschaulich berichtet. Doch die Zeiten, eine Kontroverse zu beginnen, waren für sie vorbei. So sagte sie nur: «Ich würde mir für Ferdinand wünschen, er könnte das geflügelte Pferd eines griechischen Gottes reiten. Ebenso wie alle anderen, denen er da oben am Himmel begegnet.»

«Gewiss. Leider wäre so dieser Krieg nicht zu gewinnen», erwiderte Graf Friedemann.

«Vorgestern haben uns die Vereinigten Staaten den Krieg erklärt», sagte Antonia. «Ist das nicht beängstigend?»

«Keine Sorge, liebe Antonia. Gleichzeitig steht Russland vor dem Zusammenbruch. Die Welt ändert sich gerade. Ein kritischer Geist wie du wird das doch auch einsehen, nicht wahr? Deutschland wird siegen. Wie der Kaiser es vorausgesagt hat.»

«Den Prophezeiungen Seiner Majestät kann ich nicht so recht trauen», sagte nun Ricarda. Schließlich hatte der Kaiser ursprünglich seinem Volk versprochen, der Krieg würde nur vom August bis zum Herbst 1914 dauern.

«Es war nicht klug, die Amerikaner mit immer neuen Angriffen durch unsere U-Boote zu provozieren. Der amerikanische Präsident wollte nicht in diesen Krieg eintreten.

Die Oberste Heeresleitung hat ihn gewissermaßen dazu gebracht», sprang Siegfried seiner Frau bei.

«Die Amerikaner sind keine Gefahr, Siegfried. Sie haben gar nicht die Armee, um gegen uns anzutreten», erwiderte der Graf.

«Wir hatten kaum Flugzeuge, Friedemann, als dieser Krieg begann. Wir haben alles getan, um dieses Manko zu beheben. Was, wenn das um so viel größere Land USA von uns lernt, wie man siegt?», gab Siegfried sehr ruhig zu bedenken.

Auch Graf Friedemann schwieg jetzt. Während Ricarda gemeinsam mit Antonia den Tisch abräumte, kam ihr ein Gedanke, der ihr das Blut in den Adern gefrieren ließ.

«Woran denkst du?», fragte Victor.

«Ach, an nichts. Ich bin gerade nur sehr glücklich», antwortete Henny und küsste seine Brust. «Schade, dass man in Kalifornien nicht wie bei uns auch am Ostermontag frei hat.»

«Was würdest du dann machen?»

«Wahrscheinlich das Gleiche wie am Ostersonntag: mit dir im Bett liegen und den lieben Gott einen guten Mann sein lassen.» Henny schmiegte sich etwas enger an ihn.

Sie spürte, dass sie seine Leidenschaft wieder weckte. «Ich bin gern ein guter Mann», alberte er und warf sich auf sie.

Fast vier Monate war es her, seit sie aus New York zurückgekommen war. Sie hatte befürchtet, Victor könnte ihr die Eigenmächtigkeit, mit der sie ihre Reise an die Ostküste geplant hatte, übelnehmen. Wenn, dann hatte er es sich nicht anmerken lassen.

«Warte», sagte sie und angelte ein weiteres Kondom vom Nachttisch, das sie ihm gab.

Victor verschmähte es und glitt von ihr herunter. Er sah sie ganz ernst an. «Meinst du nicht, es ist an der Zeit, dass wir uns ohne Kondom lieben?»

Victor wünschte sich schon lange ein Kind. Eins? Zwei sollten es schon sein, wenn es nach ihm ging. Er hatte, was die Geborgenheit einer intakten Familie betraf, schließlich einen großen Nachholbedarf. Außerdem waren sie beide im richtigen Alter.

Ich werde in einem halben Jahr siebenundzwanzig, dachte sie. Ließen wir uns zwei Jahre Abstand bis zum zweiten Kind, würde ich bei dessen Geburt schon über dreißig sein.

Diese Rechnung hatte sie schon so oft angestellt. Vor allem während der langen Zugreise von New York nach Los Angeles. Was sollte aus ihr werden? Die Arbeit bei Universal lastete sie nicht aus und bot keine Herausforderungen. Der New Yorker Kollege Schumann hatte ihr gewissermaßen einen Floh ins Ohr gesetzt: Eine Arbeit als Wissenschaftlerin erschien ihr verlockender als ein Dasein als Mutter. Noch dazu hier in Los Angeles. Doch hier fühlte sich Victor wohl und verdiente viel Geld. Solange dieses Dilemma nicht geklärt war, hatte sie beschlossen, musste die Kinderfrage warten.

«Ich weiß, Victor, du kannst es nicht mehr hören. Aber ...»

«Das stimmt, Liebling! Du willst in New York leben. Ich mache dir einen Vorschlag: Wir bekommen hier unsere Kinder. Wenn sie dann eine gute Schule brauchen, gehen wir halt nach New York.»

«Ach, Victor! Du willst mich einlullen mit deinem Drehbuch für unser Leben.»

«Die Zeit für ein Baby ist reif», sagte Victor. «Ich verspreche dir, ich werde dich dabei unterstützen.»

«Babys nehmen keine Rücksicht auf Filmsets. Sie schreien und stinken, wenn sie Lust dazu haben.»

«Aber doch nicht unseres! Es wird ein wunderschönes *German girl.*»

Er sprach immer noch weiter, während er sie überall küsste, und Henny spürte, wie die Argumente in ihrem Kopf schmolzen wie Eis in der Sonne. Alles war gut, die Ängste und die Zweifel schwiegen. Henny konnte sich fallenlassen in die weiche Wolke aus Zärtlichkeit, auf die Victor sie bettete.

Die Sonntagsausgabe der *Los Angeles Times* lag auf der Türschwelle. Daneben hatte der Lieferant eine Flasche Milch gestellt. Henny bückte sich und trug alles nach drinnen. Frühstück im Bett! Die Teller mit den Spiegeleiern standen schon auf dem Tablett. Nun fiel ihr Blick auf die Titelseite der Zeitung.

«Oh mein Gott! Victor!», rief sie entsetzt.

Nackt, wie er war, rannte er herbei. «Liebling, was ist geschehen?»

Henny hielt ihm die Seite eins der Zeitung entgegen.

«Ja, ich weiß», sagte Victor gelassen. «Hast du das nicht mitbekommen?»

«Du bleibst so ruhig?», fragte sie. «Amerika führt Krieg gegen Deutschland!»

Victor warf sich einen Hausmantel über. «Ach, der Krieg ist weit weg, Henny. Das hat doch mit uns nichts zu tun.» Er goss sich Milch ins Glas. «Die USA haben keine Armee, die der Rede wert ist. Das sind nur ein paar tausend Mann», sagte er mit einem entspannten Lächeln. «Präsident Wilson will Deutschland nur Angst machen.»

«Was ist, wenn mehr dahintersteckt, Victor? Wenn man keine Soldaten hat, dann macht man aus Zivilisten welche.»

Victor zog seine Frau an sich. «Wenn heute Ostern ist, wann würde das Baby dann eigentlich zur Welt kommen?»

«Du bist ein Kindskopf! Ich rede mir dir gerade über wichtige Dinge.»

«Das ist eine wichtige Frage. Also sag schon.»

«Sage ich dir, wenn ich es weiß», gab sie zurück.

Victor trug das Tablett zum Bett. «Na, komm schon.»

«Ich habe dir das nicht erzählt», sagte Henny und folgte ihm. «Von New York aus habe ich Toni angerufen. Georg hat sich wieder zum Dienst gemeldet. Toni meint, damit hat er meiner Mutter das Herz gebrochen.»

«Das bricht nicht so leicht. Da liegt ein eiserner Gürtel drum herum.» Ohne mit der Wimper zu zucken, machte er sich über die Eier her.

«Du kennst meine Mutter zu wenig, um das beurteilen zu können. Und überhaupt! Weißt du, was diese Kriegserklärung für mich bedeutet? Nämlich, dass du und Georg eines Tages einander gegenüberstehen könntet. Du als amerikanischer Soldat und er als deutscher.»

Victor lachte. «Ach, du siehst Gespenster!»

Vorsichtig hob Antonia am Nachmittag nach dem Osteressen die zerbrechlich zart gewordene Badili auf das Fuhrwerk des Grafen. Sorgsam breitete sie eine alte Pferdedecke über den Hund.

«Fahren wir Hirsche füttern», sagte sie. «Und dann läufst du ein wenig am See herum. Hast du lange nicht mehr gemacht.»

Es war nicht viel Heu auf der Ladefläche. Das letzte Pferd

musste schließlich geschont werden. Viele Damhirsche waren ohnehin nicht mehr im Gehege.

«Nimm das mit. Nur für den Fall der Fälle», sagte Graf Friedemann und reichte Toni ein altes Gewehr. Wie man damit umging, hatte er ihr im letzten Winter beigebracht. «Ein Rudel Wölfe treibt sich herum. Gestern wurden sie nicht weit von hier in Seelow gesehen. Es heißt, sie ziehen nach Osten. Aber wenn sie kommen, zögere keine Minute, Antonia: schieß. Du musst nicht treffen. Die begreifen auch so, was du meinst.»

Das sagte er jedes Mal. Seit jenem Winter, in dem das Unglück mit Henny und Victor geschehen war, hatte Toni nie einen Wolf gesehen. Auf die Spuren hatte sie allerdings stets geachtet. Leider war der letzte Schnee geschmolzen, der verräterische Abdrücke sofort offenbart hätte.

Während das Pferd gemächlich dahintrabte, dachte Antonia an Sam. Der kleine Affe würde sie wohl vermissen. Auf der Zugfahrt von Berlin nach Freystetten hatte sie ihren Eltern doch noch einen kleinen Kompromiss abringen können: Die Nacht von Samstag auf Sonntag durfte sie bei Sam verbringen. Für Tierpfleger Bata bot das zumindest eine kleine Entlastung. Toni sah ihm bereits an, wie sehr ihm die Arbeit zusetzte.

Das Pferd hielt von allein vor dem Gattertor des Hirschgeheges. Toni sprang vom Kutschbock, ging nach hinten, um Badili die Leine anzulegen. Früher hatte sie die Hündin nie ins Gehege mitgenommen, doch seitdem es ihr so schlecht ging, reichte es, sie anzuleinen. «Du springst ohnehin nicht mehr runter», sagte sie und unterließ es dann doch. Badili blickte sein Frauchen aus dunklen Augen dankbar an.

Das Tor hing schief in den Angeln; eines der Scharniere

war fast durchgerostet. Für die Reparatur solcher Kleinigkeiten fehlte Graf Friedemann die Zeit. Umso mehr Kraft musste Toni aufwenden, um das Tor zur Seite zu wuchten. Sie kletterte auf den Kutschbock, fuhr ins Gehege, blockierte mit der riesigen Handbremse die Räder, damit der Anhänger das Pferd auf dem leichten Gefälle nicht nach hinten ziehen konnte, und ging zurück zu dem schief hängenden Tor, um es wieder hinter sich zu schließen. Schweißtreibende Routine.

Da das Gattertor sich an einer kaum sichtbaren Anhöhe befand, ließ es sich wegen des kaputten Scharniers schwer schließen. Den Wolf zwischen sich und dem Wagen bemerkte sie wegen der Anstrengung erst, als er ganz nah vor ihr stand.

Ein einziger Sprung genügt, und er reißt mich nieder, dachte Toni. Und das Gewehr lag auf dem Kutschbock. Jetzt erst bemerkte auch Badili die drohende Gefahr. Die Hündin stand auf der Ladefläche und bellte hell und angsterfüllt.

So beruhigend wie nur möglich versuchte Toni, auf den Wolf einzureden. Es war ein ausgewachsenes, kräftiges Tier mit einer Schulterhöhe von vermutlich siebzig Zentimetern und dichtem graugelbem Fell. Nicht so ein mageres Jungtier wie jenes, dem sie an dem Tag zur Freiheit verholfen hatte, als sich das Unglück mit Henny ereignete. Badilis Angstgebell machte den Wolf nervös. Er kräuselte die Nase, legte seine langen Fangzähne bloß, senkte den Kopf und hob die Rute.

Entsetzt wurde Toni klar, dass dieser Angreifer sich nicht mit guten Worten besänftigen ließ. Langsam ging Toni nach vorn zum Wagen und hielt dabei den Blick auf den Wolf gerichtet. Ohne ihm direkt in die Augen zu blicken. Da erst wurde ihr bewusst, dass sie unbedingt das letzte Pferd des Grafen schützen musste. Der alte Gaul wieherte und zog im

Geschirr, weil er die Gefahr spürte. Wenigstens hatte sie die Bremse angezogen.

Das Gewehr! Sie musste es in die Hände bekommen! Im selben Moment, in dem sie danach griff, sprang der Wolf mit Leichtigkeit auf die Ladefläche. Sein großes Gewicht ließ den Wagen beben. Badili warf sich auf den Rücken, um sich zu ergeben. Ein Anblick, der Toni durch und durch ging.

Mit zittrigen Fingern versuchte sie, das Gewehr zu entsichern, und brüllte aus Leibeskräften: «Lass sie in Ruhe!»

Endlich schaffe sie es, die Waffe auf den Wolf zu richten. Ihr Zeigefinger krümmte sich um den Abzug. Zwischen der Mündung des Laufs und dem Wolf lag nur ein Meter. Toni sah, wie die Hinterbeine des Wolfs einknickten, wie bei jedem Hund, der zum Sprung ansetzt. Sie hatte keine Wahl, sie musste den Angriff auf ihr eigenes Leben abwehren.

Der Rückstoß des großkalibrigen Jagdgewehrs ließ sie nicht nur die Waffe nach oben verreißen. Er warf sie auch so überraschend nach hinten, dass sie das Gleichgewicht verlor, während sie mit beiden Händen die Waffe umklammerte. Ungeschützt taumelte sie zur Seite, fiel vom Wagen und prallte mit der Schulter auf den Boden. Doch noch immer umfassten ihre Hände die Waffe. Der Schock und die Angst um Badili trieben sie sofort wieder auf die Beine.

Das extrem nahe, hässliche Geräusch brechender Knochen machte ihr klar, dass sie den Wolf weder getroffen noch vertrieben hatte. Er stand über Badili gebeugt, hatte ihren Bauch aufgerissen und weidete sie aus. Als er Toni wahrnahm, hob er knurrend den Blut verschmierten Kopf. Nur ganz leicht. Als wollte er deutlich machen, dass Toni ihm seine Beute nicht mehr streitig machen konnte. Er hatte gesiegt.

«Du Scheusal. Du Ausgeburt der Hölle», flüsterte Antonia voll kalter Wut. Sie lud nach, spannte ihren Körper an, um sich dieses Mal gegen den Rückstoß zu wappnen, zielte nur kurz, drückte ab. Und schloss dabei die Augen.

«Als Georg mir erzählte, wie er im Graben lag, tagelang, im Schlamm, dachte ich: Was tun wir unserer Jugend eigentlich an? Wie sollen die jungen Männer nach solchen Erfahrungen ein normales Leben führen?»

Ricarda saß angespannt in einem der französischen hübsch gestreiften Sessel vor dem kalten Kamin im Salon, eine Decke um die Beine gewickelt, eine Teetasse auf den Knien.

«Ich hielt es, ehrlich gesagt, sogar für normal, dass man unter solchen Umständen im Wortsinn verrückt wird. Denn alles, was das Leben lebenswert macht, ist erloschen», fuhr sie fort.

«Trotzdem hat Georg sich entschieden, an der Front zu kämpfen», entgegnete ihre Schwester. Während Ricarda von ihren Gefühlen beherrscht wurde, gab sich Rosel, obwohl sie einen Sohn verloren hatte, distanziert: «Hast du mal in Erwägung gezogen, dass Männer über den Krieg anders denken als wir Frauen?»

«Ja, natürlich. In den nicht enden wollenden Nächten auf der Hütte im Gebirge wurde mir klar: Dieser Krieg war vorauszuahnen. Ich selbst hätte ihn kommen sehen können.»

Rosel lachte. «Ach, Rica, du übertreibst!»

«Keineswegs. Das Denken fast aller Männer ist vom Militarismus geprägt. Nimm meinen eigenen. Siegfried musste sich für anderthalb Jahrzehnte beim Militär verpflichten. Sonst hätte er nicht Arzt werden können.»

«Seine Familie konnte sich nun mal die Ausbildung für

ihn nicht leisten. Da ist es doch wunderbar, dass das Militär sie ihm bezahlt hat», sagte Rosel.

«Der Preis dafür ist, dass er bis vor wenigen Monaten wie ein Soldat gedacht hat. Nicht wie ein Zivilist. Wie ein Fremder war er mir oft. Bis heute teile ich Siegfried mit dem Heer.» Ricarda nahm einen Schluck Tee. «Wo bin ich ihm denn zum ersten Mal nahegekommen? Als wir die Köpfe über die Proben in einem Militärlazarett in Tempelhof beugten! Sonst hätten wir gar keine Gelegenheit zu Nähe gehabt.»

«Ich erinnere mich», sagte Rosel. «Er begegnete mir einmal in Tempelhof. Friedemann war dort auch stationiert. Aber das haben wir erst später herausgefunden, nicht wahr?»

«Das meine ich, Rosel. Jeder kennt solch eine Geschichte. Die gesamte Struktur des Reiches ist vom Militärischen durchdrungen. Seit wir denken können, ist das so. Ist es ein Wunder, dass Männer, die mit diesem Denken groß und einflussreich geworden sind, diese Macht in dem Sinne ausleben wollten, dass sie einen Krieg für die Krönung ihres Könnens halten? Der Kaiser ist ausschließlich von Ratgebern im Offiziersrang umgeben.»

«Ach, ich bin schon stolz auf Franz und Ferdinand», sagte Rosel mit einem verklärenden Klang in der Stimme. «Das schafft nicht jeder.»

Ricarda trank einen Schluck Tee und verbot sich jede Erwiderung. Es schien ihr, als wäre ihre Schwester in dem Denken verfangen, das sie gerade kritisiert hatte.

«Und du solltest dich auch für Georg freuen. Er ist sehr tapfer. Das kannst du nicht leugnen», sagte Rosel. «Unsere Söhne machen das Kaiserreich stark.»

«Nach außen hin, Rosel, mag das so erscheinen. Aber im

Inneren raubt diese Einstellung den Menschen die Kraft wie ein Krebs, der die Organe zerstört.»

Rosel sah sie entsetzt an. «Ich weiß nicht, Rica, ob ich dir bei derartigen Überlegungen noch folgen kann. Manchmal bist du zu pessimistisch.»

Und was ist mit Florian? Hat sein Tod nicht mit dem zu tun, worüber wir gerade sprechen, fragte sich Ricarda. Wie konnte ihre Schwester nur stolz darauf sein, dass ihr Sohn für das Vaterland gestorben war? Müsste es eine Mutter stattdessen nicht stolz machen, wenn ein Sohn für das Vaterland lebte, Kinder zeugte, eine gute Arbeit verrichtete?

Ricarda verkniff es sich, ihre Gedanken mit Rosel zu teilen. Einen Sohn verloren zu haben, war eine Wunde. Niemand hatte das Recht, darin herumzustochern. Dennoch war sie so aufgebracht, dass sie das Geräusch kaum beachtete. Es war ohnehin nur schwach zu hören. Die bis zur Decke reichenden Schlossfenster waren geschlossen. Im Sommer ließen sie den Raum leuchten. Jetzt ging der Winter zu Ende, und in den Fugen lagen noch die dicken Wollrollen, die den Zug abhielten.

Dennoch meinte Ricarda, einen Schuss gehört zu haben.

Antonia saß wie erstarrt auf der Ladefläche des Fuhrwerks, das Gewehr in den Händen. Direkt zu ihren Füßen die entsetzlich zugerichtete Badili und der tote Wolf. Bis hinter die Ohren war das Blut ihrer kleinen Gefährtin über das dichte Fell des Wolfs verteilt. Nicht einmal die Kraft hatte Antonia, um nachzusehen, wo sie ihn getroffen hatte. Es reichte ihr, zu wissen, dass der Angreifer nichts mehr anstellen konnte.

Ich habe ein Tier getötet. Dieser eine Satz drehte sich in ihrem Kopf wie ein Karussell.

Während sie auf das Bild roher Gewalt starrte, musste sie

an das Mittagessen denken. Wie sie gefragt hatte, ob Ferdinand die Piloten töten müsste, und der Graf das als unausweichlich dargestellt hatte. Sie erinnerte sich, dass sie gedacht hatte: Welch ein Irrsinn! Die Menschen konnten fliegen wie Vögel oder mythische Pferde. Und nutzten die neu erworbene Fähigkeit, um sich gegenseitig zu töten.

War die Welt denn so? So, wie sie sich gerade vor ihren Augen darbot: ein Gemetzel? Die Wehrlosen wurden von den Starken besiegt. Bis jemand kam, der noch stärker war. Heute war das sie gewesen. Aber Toni wollte einen solchen Sieg nicht. Und gleichzeitig auch doch, weil es um ein Lebewesen gegangen war, das sie liebte. Aber musste nicht jeder Soldat so argumentieren? Oder zumindest sagen: Ich muss mein Leben schützen. War das der Grund, weshalb der Krieg kein Ende nehmen wollte?

Antonia wollte das Gewehr beiseitelegen. Erst jetzt spürte sie den Schmerz in der Schulter und erinnerte sich, vom Wagen gefallen zu sein. Es war alles so schnell gegangen. Das Heu für die Hirsche lag gleichwohl noch auf dem Fuhrwerk. Die Schüsse mussten die Hirsche verschreckt haben. Also versuchte Antonia an der Stelle weiterzumachen, wo der Wolf sie aufgehalten hatte. Allerdings gelang es ihr nicht, die Bremse zu lösen, um zur Futterstelle im Wald zu fahren. Die lange Heugabel zu bewegen, war mit einem Arm ohnehin nicht möglich.

Sie kniete sich neben die verstümmelte Badili und den toten Wolf. Mit einer Hand begann sie mühselig, das Heu von der Ladefläche zu werfen, aber sie bekam immer nur ein paar Halme zu fassen. Viele davon waren blutig, aber Hirsche fraßen nichts, an dem Blut klebte. Erschöpft sank Toni zusammen und begann zu weinen.

«Es ist zum Teil meine Schuld», sagte Friedemann am Abend, als man im Salon zusammensaß. «Ich wusste, dass Wölfe unterwegs waren. Dachte aber, sie wären weitergezogen. Dieser Wolf war höchstwahrscheinlich ein Ausgestoßener.»

«Was heißt das, Friedemann?» Ricarda hatte sich nie mit der Natur der Wölfe beschäftigen müssen. Ihr saß noch der Schock in den Gliedern, dass ihre Jüngste um ein Haar von einer dieser Bestien getötet worden wäre.

«Solche Wölfe ziehen umher, bis sie eine Fähe finden, bekommen Nachwuchs und bilden ein neues Rudel», erklärte Friedemann.

«Ganz allerliebst», erwiderte Ricarda, «die Männer mussten die Dörfer verlassen, um in den Krieg zu ziehen. Wenn ich ein Wolf wäre, wäre ich glücklich.»

«Leider kann ich dir nicht widersprechen», räumte Friedemann ein. «Früher vergrämten wir die Wölfe, wenn sie zu nahe an die Dörfer kamen.»

Ein wenig machte Ricarda sich auch selbst Vorwürfe, nicht reagiert zu haben, als sie den Schuss gehört hatte. Zum Glück hatte Friedemann das Signal begriffen, war mit dem Auto Toni nachgefahren und hatte sie gefunden. Im Schloss hatte Ricarda ihre Tochter untersucht und erleichtert festgestellt, dass sie sich nur die Schulter geprellt hatte. Wobei auch immer. Toni hatte kaum mehr ein Wort gesagt, bevor Rosel und Ricarda sie nach einem heißen Bad zu Bett gebracht hatten.

Als Ricarda sich später neben Siegfried schlafen legte, fiel ihr eine Parallele ein. «Weißt du noch? Damals in Daressalam. Ein Python hatte Karibu verschlungen.»

«Karibu?», fragte Siegfried, der offenbar nicht sofort verstanden hatte. Dann fiel es ihm ein. «Stimmt, Hennys erster Hund. Das war auch ein Drama.»

«Karibus Tod war der Auslöser für Hennys Wunsch, aus Afrika fortzugehen», sagte Ricarda. «Wir würden in der Unterwelt leben. Weißt du noch, wie sie das immer gesagt hat?»

«Oh ja. Sind Wölfe nicht auch Tiere aus der Unterwelt?»

Siegfrieds Bemerkung gab Ricarda zu denken. Wenn man es so betrachtete, hatte Toni heute einen beachtlichen Sieg errungen. Leider würde sie das so nicht sehen können, sondern ihre Badili vermissen.

«Das mit Badili kommt ja nun wirklich zum ungünstigsten Zeitpunkt überhaupt», stellte Siegfried fest. «Ausgerechnet jetzt, wo Toni nicht mehr so viel Zeit mit dem kleinen Affen verbringen darf.»

Vor dem Krieg, vor seiner eigenen Verwundung in Tsingtau, vor den zahllosen Begegnungen mit Invaliden hätte er vermutlich gesagt: Badili war ohnehin so schwach. Nun ist ihr Leiden wenigstens zu Ende.

«Meinst du, sie sollte einen neuen Hund bekommen?»

«Darf ich ehrlich sein, Rica? Ich glaube, Badili ist krank geworden, weil sie kaum mehr Fleisch zu fressen bekam.»

Ricarda schmiegte sich an ihn. Sie hatte das Gefühl, ihn mehr denn je zu lieben. Dieser schreckliche Krieg hatte wohl nur eine positive Seite: Er hatte Siegfrieds warmherzige, mitfühlende Seite hervorgeholt.

Henny legte die Arme um Victors Nacken, küsste ihn lachend auf den Mund und sagte: «Gratuliere. Du bist tatsächlich ein guter Mann.»

Sie konnte sehen, wie es in seinem Kopf arbeitete. Als er die Lösung gefunden hatte, hob er Henny schwungvoll hoch. «Ich liebe dich! Ist das wahr? Ich werde Vater?»

Sie tat, als wollte sie ihn beißen. «So kann man es auch sehen!»

«Entschuldige! Du wirst Mutter.»

«Wir werden Eltern.»

Ganz sanft setzte er sie ab. «Ich muss jetzt sehr vorsichtig mit dir umgehen.»

«Ganz im Gegenteil! Eine Schwangere braucht doppelt so viel Liebe.»

Das galt auch für das Kind, das sie erwartete. Es würde keine Tante und keinen Onkel haben. Und keine Großeltern. Vor allem an ihre Mutter verbot sich Henny jetzt zu denken. Denn sie wusste nicht, wie sie ihr mitteilen sollte, dass sie ein Kind erwartete. Aber sie fand, dass das unschuldige Wesen unter ihrem Herzen nichts mit dem schrecklichen Streit zu tun haben durfte.

Es blieb nur Florentine. Und die würde vermutlich alles sein, nur keine Großmutter. Sie hatte ja nicht mal Mutter sein wollen. An New York durfte Henny ohnehin nicht denken. Sie hatte sich für Victor entschieden und damit gegen ihre Laufbahn als forschende Ärztin. Zumindest schienen die Operationen und Hauttransplantationen, die Arthur Schumann bei Hedda vornahm, erfolgreich zu verlaufen. Er hatte ihr einige fotografische Aufnahmen geschickt. Wie Hedda die Behandlung verkraftete, schrieb der Kollege nicht. Bis Hedda ihre eigene Schreibhand wieder würde gebrauchen können, würde wohl noch viel Zeit vergehen.

Victor ließ den Korken aus einer Champagnerflasche zischen. Er schenkte zwei Gläser ein und strahlte so glücklich, dass Henny sich doch wieder auf ihr neues Leben freute. Sie hatte einen wunderbaren Mann und die richtige Entscheidung getroffen. Das konnte sie sich gar nicht oft genug sagen.

EINTOPF MIT KRÄHE

Januar 1918

Na, komm schon», sagte Bata.

Sam sprang seinem Pfleger auf den Rücken, so wie es ein junger Schimpanse bei seiner Mutter tat. Er war ein verständiger kleiner Kerl geworden. Der Umgang mit Menschen hatte ihn gelehrt, einfache Kommandos zu befolgen.

Bata zuckte ein klein wenig zusammen.

«Hat er dir wehgetan?», fragte Antonia. Es war eigentlich eine Situation, die sich am Tag mehrmals wiederholte.

«Das Alter», scherzte Bata. «Isch werde nischt jünger.»

Die drei gingen nach draußen. Es war kalt, aber die Sonne schien von einem klaren Himmel. Bata sah müde und angegriffen aus.

«Geht es dir gut, Bata?», fragte Toni ein wenig hilflos.

Wie konnte es ihm schon gutgehen? Tagein, tagaus führte er ein Leben, das nichts bot als den Zoo. Ein paar Mal hatten er und Toni sich darüber schon unterhalten. «Isch habe nischts als das, was du siehst», hatte Bata stets gesagt. Und Toni hatte ihre Bedenken bei der Heimfahrt mit der U-Bahn mit dem Gedanken beiseitegeschoben, dass Bata den kleinen Sam liebte.

Bata schleuderte ein Stück Seil, an dessen Ende er einen Gummiball befestigt hatte, auf den einzigen Baum des Freigeheges. Sam kletterte von Batas Rücken herunter und den Baum hinauf.

«Das ist neu», sagte Toni. «Seit wann kann er das denn?»

«Habe isch ihm vor zwei Wochen beigebracht, am Tag vor Weihnachten.»

«Oh.» Toni schwieg betroffen.

«Wir haben disch vermisst.»

Bata hatte Recht. Vor Weihnachten war sie zuletzt hier gewesen. Sie war jetzt Abiturientin. Die entscheidenden Klausuren standen kurz bevor. Und sie wollte gut abschneiden. Jahrelang hatte sie zu den Besten gehört, bis sich ihre Noten wegen der Arbeit im Zoo so drastisch verschlechtert hatten.

Nicht so sehr Badilis brutaler Tod hatte ihr die Augen geöffnet. Sondern das Vorgehen des Wolfs. Auch wenn er am Ende unterlegen war. Jeder brauchte ein Ziel. Sie hatte ihres bis zum Angriff der Bestie aus den Augen verloren. Sich in diesem entscheidenden Moment durchgesetzt zu haben, hatte sie verändert. Seit Beginn des Schuljahres hatte sie nur noch Einsen geschrieben. Dass sie gelobt wurde, bedeutete ihr jedoch nichts. Es ging nicht um Eitelkeiten, sondern darum, sich nicht unterkriegen zu lassen.

Statt den Ball Bata zu geben, brachte Sam ihn Toni und warf sich ihr dabei schreiend vor Glück an den Hals. Das Ungestüm seiner inzwischen fünfzehn Kilo ließ sie straucheln, sie fing sich und drückte ihn an sich.

«Ich hab dich so lieb», flüsterte sie ihm in sein perfekt geformtes Affenohr. «Verzeih, dass ich so selten Zeit habe.»

Sam antwortete mit dem lauten Geschrei, das seine Zuneigung kundtat.

«Toni», sagte Bata, «kannst du misch am nächsten Samstag vertreten? Nur dieses eine Mal. Bitte. Isch möschte einen alten Freund treffen.»

«Gern!» Es tat weh, Bata so reden zu hören. Er opferte sich auf, und sie verfolgte nur ihre eigenen Interessen. «Sam, hast du das gehört? Ein Samstag nur für uns!»

Von ihrer Schwester erhielt Antonia viel zu selten Post. Als sie jetzt aus dem Zoo nach Hause kam, lag auf dem Boden des Flurs ein Brief von Henny, den die Postbotin durch den Schlitz geworfen hatte. Geschrieben und abgeschickt war er schon vor Monaten.

Liebe Toni, ich habe eine wunderbare Nachricht! Du wirst Tante! Ja, du liest richtig. Wenn alles gutgeht, wird es wohl im Februar so weit sein. Im Moment ist es hier noch sehr heiß. Aber ich hoffe, dass der Rest der Schwangerschaft bei gemäßigten Temperaturen verlaufen wird, schrieb Henny.

Antonia sog die Worte in sich auf, und in ihr bauten sich zwei Gefühle gleichzeitig auf. Sie freute sich für ihre große Schwester und war gleichzeitig traurig, jetzt nicht bei ihr sein zu können. Dann sah sie auf den Kalender. Es war Januar. Das bedeutete, es würde schon bald so weit sein!

Was soll ich mit dem Brief machen, fragte sich Toni. Denn er war zwar an sie adressiert, aber Toni hatte keinen Zweifel, dass ihre Schwester damit auch die Eltern erreichen wollte. Aber Henny war genau wie ihre Mutter ein Dickkopf. Wollte sie mit diesem Brief ihrer Mutter ein geheimes Signal senden?

Toni entschloss sich, den Brief einfach auf dem Tisch liegen zu lassen.

Als die Wehen bei ihr einsetzten, hatte Henny gerade begonnen, den Fuß eines *stuntman* zu bandagieren, der sich vom ersten Stockwerk eines der Häuser auf dem Studiogelände hatte fallen lassen.

«Das Kissen war nur einen Meter weiter links», sagte der Mann. «Ich habe nicht aufgepasst. Müssen Sie das der Versicherung melden, Frau Doktor?»

Der Schmerz durchfuhr Henny so unerwartet und so heftig, dass sie schwer atmend innehalten musste. Nachdem sie den Patienten entlassen hatte, setzte bereits die nächste Wehe ein. Als sie sich erholt hatte, rief sie Michiko, ihre Hebamme, an. «Ich glaube, es ist so weit», stöhnte Henny.

«Das Baby kommt? Ich lasse alles stehen und liegen und mache mich sofort auf den Weg zu dir!»

Henny mochte die Art, wie Michiko englisch sprach. Bei niemandem klang Amerikanisch so fröhlich. Sie betonte alle Silben, Worte und Sätze völlig falsch.

Bis zu der zufälligen Begegnung mit ihr hatte Henny nie eine Japanerin getroffen: Ihr Mann, ein Beleuchter, hatte sich den Arm gebrochen, und Michiko hatte ihn in Hennys Praxis abgeholt. Dabei stellte sich heraus, dass Michiko zwar im Studio-Restaurant als Hilfsköchin arbeitete, ihr eigentlicher Beruf jedoch der einer Hebamme war. Den übte sie trotz jahrelangen Studiums in ihrer Heimat nur in der kleinen japanischen Gemeinschaft von Los Angeles aus.

Zu der Zeit hatte Henny sich die drei für ihre eigene Entbindung in Frage kommenden Krankenhäuser längst angesehen. Und war verzweifelt. Die Hebammen waren ruppig, und auf Sterilität legten sie kaum Wert. So beschloss Henny, Michiko bei der Entbindung von zwei Japanerinnen zu assistieren. Michikos Sorgfalt und Einfühlungsvermögen überzeugten Henny so sehr, dass sie um ihren Beistand bei ihrer eigenen Hausgeburt bat.

Es sah ganz danach aus, als wäre dieser Tag heute gekommen. Genau zum richtigen Zeitpunkt, denn erst gestern waren Victor und sie damit fertig geworden, das bisher kaum genutzte Gästezimmer in ein provisorisches Gebär- und Kinderzimmer umzuwandeln.

«Lass mich nachsehen», sagte Michiko ernst, als sie sich in Hennys Bungalow trafen. Nachdem sie Henny eingehend untersucht hatte, meinte sie: «Der Muttermund ist bereits offen. Das Kind kommt.»

Demnach musste Henny etwa zu Ostern schwanger geworden sein, als Victor und sie erstmals ohne Kondom miteinander geschlafen hatten. Die Natur hatte schnell einen Weg gefunden, sich über Hennys eigentliche Absicht, noch kein Kind zu bekommen, hinwegzusetzen. Sie verstand das in diesem Moment als ein Zeichen. Es würde alles gut werden. Ganz sicher würde es das.

Im Januar wurde es in dem kleinen Raum hinter dem Affenhaus nie richtig hell. Aber Sam kletterte bereits unruhig herum und gab quietschende Töne von sich. Ein untrügliches Zeichen, dass er Hunger hatte. Bata hatte versprochen, wie üblich das Futter für die Affen mitzubringen, wenn er käme. Toni wurde allmählich selbst ungeduldig. Sie hatte kaum geschlafen. Um neun wollte sie zu Hause sein, um zu lernen. Montag stand die wichtige Lateinklausur an.

«Ich sehe mal nach, wo Bata bleibt», sagte sie zu Sam und setzte ihren Schützling in seinem Käfig ab.

Der kleine Affe schrie, weil er nicht allein gelassen werden wollte. Davor hatte Bata sie schon gewarnt: «Sam ist sehr anhänglich. Er muss erwachsen werden.»

Sam klammerte sich an Toni fest. Er verfügte inzwischen

über ansehnliche Kräfte. Mitnehmen konnte sie ihn nicht. Draußen lag Schnee, es war eiskalt. Mit einem Ballspiel trickste sie ihn aus, eilte aus dem Käfig. Sein lauter Protest verfolgte sie.

Herr Kallstadt schob eine Schubkarre voll mit Futter vom Wirtschaftshof kommend in Richtung Raubtierhaus.

«Guten Morgen!», rief sie ihm zu. «Ist Ihnen Bata begegnet?»

Der alte Mann schüttelte mürrisch den Kopf.

Die Uhr im Wirtschaftshof zeigte bereits nach neun, als Toni das Fressen für die Affen zusammensuchte. Als sie mit dem Füttern fertig war, mit Sam gespielt, dabei ungeduldig auf Bata gewartet hatte und nun die Karre zurückbrachte, war es halb elf.

«Seltsam, dass Bata noch nicht da ist. Das passt nicht zu ihm. Geh du nur», brummte Herr Kallstadt, «ich sehe nach Sam. Bata ist bestimmt bald hier.»

Kurz darauf hastete Toni die Treppen zur Ringbahnstation *Zoologischer Garten* hoch. Seitdem es Badili nicht mehr gab, konnte sie die Bahn wieder benutzen und somit Zeit sparen. An diesem Sonntagmorgen herrschte ungewöhnlich großes Gedränge. Zwei Polizisten sperrten eine Ecke des Aufgangs ab, die voller Blut war. Menschen gafften neugierig.

«Was ist denn passiert?», fragte Toni eine Passantin.

«Jemand is erschlagen worden. Die Leiche ham se jerade wegjebracht. Hat wohl stundenlang da rumjelegen. War schon dunkel anjelofen», sagte die Frau.

«Weiterjehn! Jibt nischt zu sehn!», brüllte einer der Polizisten.

Die nächste Wehe trieb das Baby endlich heraus. Michiko hob das zarte blutige Wesen behutsam hoch, damit Henny es sehen konnte.

Wie klein du bist, dachte sie. Sie konnte in diesem magischen Moment, in dem sie eigentlich von Glücksgefühlen überschwemmt werden müsste, nur Verwunderung empfinden. Gleichzeitig kroch ein eisiges Schaudern in ihr hoch, denn sie begann zu verstehen. Schließlich hatte sie so vielen Neugeborenen auf die Welt geholfen.

Dieses Kind war entschieden zu klein und zart. Die viele Käseschmiere, die es umgab, bedeutete, dass es zu früh dran war. Um wie viel, konnte sie nicht sagen, aber es mochten wohl bis zu acht Wochen sein!

Auch nach dem romantischen Ostern hatte das verliebte Ehepaar nie mehr ein Kondom benutzt. Sie hatten – mehr oder weniger unbewusst – das Schicksal entscheiden lassen. Da Hennys Monatsblutung auch früher schon unregelmäßig gekommen war, hatte sie den Überblick verloren. Der Zeugungstermin musste demnach weit nach Ostern gewesen sein.

Henny wusste, dass ein um so viele Wochen zu früh geborener Säugling nicht einmal fähig war, selbständig zu atmen, weil die Lungen nicht ausgereift waren.

«Nein, bitte nicht!», stöhnte sie verzweifelt auf. Es gab nichts, was Hebammen und Ärzte tun konnten, um ein Frühchen zu retten.

In einer der Kliniken hatte Henny beobachtet, wie eine Hebamme so ein winziges Geschöpf gleich nach der Geburt in einem Eimer voll Wasser ertränkt hatte: «Das kommt sowieso nicht durch. Was soll es qualvoll ersticken?» Auch in der Charité hatte niemand über das Schicksal der Frühchen gesprochen. Nicht lebensfähige Kinder hatte man stillschweigend *zur Seite* gelegt. Die *Natur* sorgte für den Rest. Später wurde den Eltern erklärt: Dem Kind fehlt der Lebensmut.

«Wir bringen es durch», sagte jetzt Michiko mit Entschlossenheit in der Stimme.

Sie durchtrennte die Nabelschnur und tat etwas, das Henny so noch nicht gesehen hatte: Sie befreite die Atemwege des Neugeborenen vom Schleim, indem sie das Kind mit dem Mund aussaugte. Sie legte das kraftlose Menschlein in ein Tuch, wog es mit einer Federwaage und nahm mit einem Bandmaß seine Körpergröße. Die englischen Maße, die Michiko Henny nannte, entsprachen etwa 1800 Gramm Gewicht und vierzig Zentimeter Größe.

Mit einem ermutigenden Lächeln legte die *sanba* die Kleine auf Hennys Brust und deckte Mutter und Neugeborenes warm zu.

Das Kind gab keinen Ton von sich und fühlte sich viel zu leicht an. «Komm schon, Kleines, lebe», sagte Henny immer wieder und massierte das winzige Wesen vorsichtig. Dass sie zu wenig über Frühchen wusste, wurde ihr erst in diesem Moment schmerzhaft bewusst. Jetzt bräuchte ich Mutter. Mit all ihrer Erfahrung und Routine, dachte sie.

Leise Tränen der Verzweiflung liefen ihr aus den Augenwinkeln.

Michiko setzte sich neben Henny ans Bett. «Ihr Herz schlägt.» Die Japanerin strich Henny beruhigend über den Kopf. «In meinem Glauben heißt das, ein Ahne lebt in ihr weiter. Darum darf man den Faden des Lebens nicht durchtrennen. Es wäre eine Sünde, wenn man dies täte.»

«Ja», schluchzte Henny. In diesem Moment entlud sich die Anspannung der Geburt und die Enttäuschung über das kaum lebensfähige Mädchen, das sie zur Welt gebracht hatte, in einem Tränenschwall. «Ich will ja für sie kämpfen. Aber sag mir, wie.»

«Darum haben die Götter mich zu dir geschickt.» Michiko lächelte ein wenig verklärt. «In meiner Heimat Japan hat eine *sanba* nicht nur die Aufgabe, Babys zur Welt zu helfen. Sie ist auch dazu da, den Ahnen die Brücke zu bauen, über die sie in ein neues Leben finden.»

Ich glaube doch an nichts, dachte Henny. Aber es klang tröstlich, was Michiko sagte.

«Dein Baby hatte es zu eilig. Das ist wohl die Amerikanerin in ihr.» Michiko lächelte. «Du musst ihr zeigen, dass Eile keine gute Eigenschaft ist.» Sie machte eine kleine Pause und sagte dann: «Auch du musst dir Zeit lassen.»

«Wie meinst du das?»

«Sie kann nur überleben, wenn du sie immer auf deiner Haut bei dir trägst. Atemprobleme eines Frühgeborenen merkt man auf der eigenen Brust am besten. So gibst du ihr all deine Wärme. Wenn ihr Atem einmal aussetzt, massierst du sanft ihren Brustkorb. Lass sie jede Stunde trinken, bis sie kräftig genug ist. Wann auch immer das sein wird.»

Was Michiko ihr gerade sagte, verlangte mehr als die übliche Verantwortung, die jede Mutter mit der Geburt eines Kindes übernahm.

Offenbar sah Michiko ihr an, dass sie schockiert war. «Ich komme jeden Tag zu dir, Henny. Bis ihr beide mich nicht mehr braucht.»

Henny ließ die Worte schweigend auf sich wirken. Michiko hatte ihr gerade zu verstehen gegeben: Dein bisheriges Leben zählt nicht mehr. Sei Mutter. Tag und Nacht. Kämpfe um das Leben deines Kindes. Eine andere Wahl hast du nicht. Sonst stirbt dein Frühchen.

Der Bahnsteig war voller Menschen. Nur alle halbe Stunde fuhr die Ringbahn an diesem Sonntagmorgen. Als der Zug kam, quetschte sich Toni gerade noch so ins Abteil. Draußen war es eisig kalt, hier drin schwitzte man. Da es kaum mehr Seife gab, stanken die Menschen obendrein. Toni wusste, dass sie nach einer Nacht im Affenhaus keine Ausnahme war.

Ich hätte zu Fuß gehen sollen, dachte sie. Wenn Bata doch bloß gekommen wäre.

«Nu lass doch mal eener den Krüppel rin!», brüllte eine Frau. «Der fliegt ja gleich uffe Fresse!»

Die Leute machten dem Mann widerwillig Platz. Er stützte sich auf zwei Krücken, die er sich unter die Achseln geklemmt hatte. Viele Invaliden bewegten sich auf diese mühsame Weise vorwärts. Dieser schien den Umgang mit den Gehhilfen noch nicht gewohnt zu sein. Dass sie noch neu waren, sah man dem hellen Holz an.

Als der Zug rumpelnd anfuhr, rempelte der Kriegsversehrte Toni an. Um Halt zu finden, stieß er ihr obendrein die Krücke auf den Zeh.

«Passen Se doch auf!», zischte Toni in ruppigem Berlinerisch.

«Tut mir leid, Fräulein. Wollte ich nich», sagte der Fremde.

Sein Tonfall ließ Toni stutzig werden. Der Krüppel klang verzagt. «Nehmen Sie die Krücke trotzdem von meinem Fuß? Ich brauch den vermutlich noch.»

Hektisch versuchte der Mann es. Auf den von der Kälte verzogenen Gleisen schlingerte der Zug, obwohl er ohnehin sehr langsam fuhr. Im Ergebnis taumelte der Mann umso fester gegen Antonia.

«’tschuldigung», sagte er und fand endlich einen Weg, ihren Fuß frei zu geben.

Es war nur ein Glück, dass sie gerade aus dem Zoo kam und die alten Stiefel trug. Ein Schuster, den sie schließlich in einem Moabiter Hinterhof ausfindig gemacht hatte, hatte eine dicke Kappe auf die Spitze gesteppt. Das sah hässlich aus, aber in diesem Moment war die Behelfskonstruktion von Vorteil.

Bei der nächsten Kurve fiel der Mann wieder gegen Toni, und ihr lag eine spitze Bemerkung auf der Zunge, die sie sich gerade noch verkniff. Es war vermutlich schrecklich genug, mit solch schweren Krücken zurechtkommen zu müssen. Aus dem Augenwinkel bemerkte Toni, dass der Fremde sie musterte. Ihr war das peinlich, denn sie fühlte sich elend und wusste, wie ungepflegt sie wirkte.

«Toni? Antonia Thomasius? Bist du das?», fragte er plötzlich.

Nein, hätte sie sagen wollen und knurrte nur leicht verwundert: «Ja, und wer sind Sie?»

Sein Gesicht konnte sie nicht erkennen. Durch das Rumpeln des Zugs und seine Ungeschicklichkeit war ihm seine Schiebermütze tief in die Stirn gerutscht.

«Ich bin Johannes», sagte er, «Johannes Meister.»

Der Name sagte ihr nichts.

«Annemaries Bruder», schob er nach. «Du warst mal mit meiner Schwester befreundet. Is lange her.»

Die Bäckertochter, mit der sie vor Jahren in der Höheren Mädchenschule in der gleichen Bank gesessen hatte! Weil Vater und Bruder einberufen wurden, hatte Annemarie in der Bäckerei helfen müssen. Zuletzt hatten sie sich getroffen, als Toni dort ihre K-Brote gekauft hatte. Irgendwann war das übliche Schild an die Tür geschraubt gewesen: *Bis auf weiteres geschlossen*. Toni hatte sich darüber nicht den Kopf zerbrochen. Im Krieg waren Firmenpleiten alltäglich.

Es musste Jahre her sein, dass Toni Annemaries Bruder begegnet war. Fast noch Kinder waren sie da gewesen. So, wie er gerade daherkam, hätte sie ihn sowieso nicht erkannt. Unter der Mütze und dieser zu weiten Kleidung, die aussah, als hätte er sich in einem Krankenhaus bedient. In jener Kammer, in der die Klamotten von Verstorbenen für einen wie ihn aufbewahrt wurden. Einen, der wohl nichts Eigenes mehr besaß.

«Ist wirklich lang her», sagte sie. «Wo kommst du denn her?»

«Oskar-Helene-Heim», antwortete er.

Seit Kriegsbeginn nahm das Heim für Körperbehinderte auch Kriegsversehrte auf. *Krüppelheim* – der Berliner Volksmund fasste das griffig.

Gelegentlich betreute auch Tonis Vater dort Verwundete. In Wahrheit wusste Toni jedoch so gut wie nichts über das Krüppelheim, wollte das aber vor Johannes nicht zugeben. Es hätte zu deutlich gemacht, dass es ihr ging wie allen Berlinern: Man interessierte sich nicht für die Versehrten, weil sie die dunkle Seite des Krieges waren. Da traf es sich gut, dass das Heim weit außerhalb der Stadt lag.

«Ich muss raus», sagte Johannes.

Friedrichstraße.

«Ich auch», sagte Toni. «Wie geht es denn Annemarie?»

«Nich so doll. Bin auf dem Weg zu ihr», antwortete Johannes.

Erst als er sich neben ihr etwas wacklig auf seinen neuen Krücken behauptete, sah sie, dass ihm der linke Unterschenkel fehlte. Sie tat so, als wäre nichts. Es war ihr peinlich, vorhin betont flapsig gesagt zu haben, dass sie ihren Fuß wohl noch brauchte.

Gemeinsam gingen sie zur Treppe, die vom Perron auf die unten liegende Friedrichstraße führte. Die Stufen waren glatt vom festgetretenen Schnee. Toni war nie zuvor aufgefallen, wie viele Treppenstufen hinunterführten. Sie hatte schließlich zwei gesunde Beine zum Laufen.

«Geh nur», sagte Johannes. «Ich brauche ein bisschen länger.»

Toni fehlten inzwischen fast zwei Stunden. Doch sie fühlte sich unwohl, einfach so davonzulaufen.

Als die Zimmertür geöffnet wurde, war es bereits Nacht. Victor kam nach einem langen Drehtag heim.

«Henny? Bist du hier? Was machst du?», fragte er in den fast dunklen Raum hinein.

«Psst! Du weckst sonst deine Tochter», flüsterte Henny.

Victor hatte sie aus dem Schlaf gerissen. Prompt machte er Licht. Henny war von der Helligkeit geblendet.

«Meine Tochter?» Victor war aufgeregt und sprach viel zu laut. «Unser *German girl* ist da? Sieht sie aus wie du? Oh, ich will sie sehen.» Victor war völlig euphorisch. Dann fragte er leicht verwundert: «Wo ist sie denn?»

Von dem winzigen Neugeborenen war in der Tat nichts zu sehen. Es lag unter einer Decke auf Hennys Busen, mucksmäuschenstill. Das winzige Köpfchen unter einem Gazetuch verborgen.

«Da drunter», sagte Henny.

Impulsiv wollte Victor das Tuch beiseite ziehen.

«Das geht nicht, Liebling», flüsterte Henny und hinderte ihn daran. «Sie schläft.»

«Ach, bitte nur ein ganz kurzer Blick», flehte er.

«Michiko sagt, wir sollen sie keinem künstlichen Licht aussetzen. Warte bitte bis morgen.»

«Wirklich? Aber sie schläft doch.» Er blickte verwundert. «Es ist doch alles in Ordnung mit ihr?»

«Ihr fehlt nichts. Unsere Tochter ist nur ein paar Wochen zu früh auf die Welt gekommen. Sie braucht sehr viel Ruhe, weil sie ... na ja ... es fehlen ihr ein paar Wochen in meiner Gebärmutter. Die muss sie nachholen.»

«Ist das nicht gefährlich, wenn sie auf die Welt kommt und gewissermaßen noch nicht ganz fertig ist?», fragte Victor besorgt.

«Sie ist gesund, Victor. Das spüre ich», sagte sie.

Dennoch beschloss Henny in diesem Moment, keine Nachricht nach Berlin zu schicken. Nicht weil sie daran zweifelte, dass das Kind gesund war. Es würde schlichtweg erst in ein paar Monaten sicher sein, ob es überhaupt überleben konnte. Gab sie zu früh Bescheid und die Kleine starb ...

«Morgen zeige ich sie dir. Versprochen», sagte Henny. «Mach bitte das Licht aus. Wir müssen schlafen.» Sie war todmüde.

«Du bleibst hier?»

«Ja, natürlich.»

Er stutzte. «Ach so. Dann kommst du nicht in unser Bett?»

«Erst mal nicht, mein Schatz. Ich muss darum kämpfen, dass sie am Leben bleibt.»

«Gute Nacht.» Er löschte das Licht und ging leise hinaus. Ohne Gutenachtkuss.

Da fiel ihr ein, dass sie gar nicht besprochen hatten, wie das Kind heißen sollte. Irgendwann einmal hatte Victor gemeint,

Maurice wäre schön, wenn es ein Junge würde. Henny hatte ihr Entsetzen verbergen können und gemeint, George, die englische Version von Georg, wäre ihr lieber.

Seltsam, dass wir nie daran gedacht haben, es könnte ein Mädchen werden, dachte sie. Während ihre Hände sanft auf dem winzigen Menschen auf ihrer Brust ruhten, kam ihr eine Idee.

Ja, sie wusste den richtigen Namen. Es konnte keinen besseren geben.

Ohne zu zögern legte Johannes seine Krücken flach auf die abwärts führenden Stufen und ließ sie die vereiste Treppe hinunterrutschen. Mit beiden Händen hielt er sich am Geländer fest und nahm Stufe um Stufe auf seinem verbliebenen Bein. Das ging sehr langsam. Niemand nahm auf ihn Rücksicht, ein paar Mal sah es sogar so aus, als würde ihn im nächsten Moment jemand über den Haufen rennen. Toni fand es eigenartig, dass an einem Sonntag derart viele Menschen unterwegs waren, und entschied sich, vorauszulaufen, um Johannes' Krücken in Sicherheit zu bringen. Als er unten ankam, gab sie ihm die Stöcke. Sie fühlten sich unpraktisch schwer an.

«Danke», sagte Johannes.

«Hast dir keine gute Jahreszeit ausgesucht für ... so etwas.»

«Wann wäre denn die richtige Jahreszeit für so etwas?», erwiderte Johannes.

Sie hatte einen Scherz versucht, weil sie verlegen war. Sie wusste schlichtweg nicht, wie sie mit seiner Verwundung umgehen sollte. «Ja, natürlich. Entschuldige.»

Plötzlich schrie eine Frau laut: «Schluss mit dem Krieg!»

Sie war so nah, dass Toni erschrak. Im ersten Moment glaubte sie, der verstümmelte Johannes könnte gemeint sein.

Aber da schrie eine andere schon: «Wir haben Hunger!»

Eine dritte wiederholte: «Schluss mit dem Krieg!»

Allmählich begriff Toni, dass sich einige der Frauen, mit denen sie aus der Bahn gekommen war, zu einer Gruppe formierten. Sie zogen in Richtung des nahen Boulevards Unter den Linden. Jetzt wiederholten sie die beiden Sätze immer wieder. Der Hall der Rufe drang durch die zu den Linden hin schmale, von hohen Geschäftshäusern gesäumte Friedrichstraße. Nun mischten sich die Trillerpfeifen der Schutzleute unter die Frauenstimmen, doch die Protestierenden ließen sich nicht einschüchtern.

Toni ertappte sich dabei, dass sie dem Zug mit offenem Mund nachsah. Hier in der Innenstadt hatte sie so etwas noch nicht erlebt. Die Massendemonstrationen mit Hunderttausenden Streikenden, die um mehr Lohn kämpften, fanden vor den großen Rüstungsfabriken in den Außenbezirken statt.

«Die haben recht», sagte sie. «Das musste ja mal gesagt werden.»

Als sie sich nach Johannes umblickte, war der schon ein Stück weitergehumpelt. Langsam bewegte er sich über die Weidendammer Brücke, wo die Friedrichstraße die Spree überquert. Sie holte ihn ein, hätte jetzt aber nach links zur Luisenstraße gemusst. Die Bäckerei Meister lag in entgegengesetzter Richtung, in der Linienstraße.

«Du wohnst wieder zu Hause?», fragte Toni. Soweit sie sich erinnerte, war Johannes etwa ein Jahr älter als sie und Annemarie.

«Nee, geht nicht. Wegen dem Bein. Hinterhof vierter Stock», sagte er recht unwillig.

«Das tut mir leid. Wo wohnst du denn dann?»

«Na, hab ich doch gesagt: im Heim. Wo all die Krüppel wohnen, die nirgendwo mehr hinkönnen.» Johannes blieb stehen, sah sie eigentümlich an. «Ich habe mich schon die ganze Zeit gefragt, was das für ein Geruch ist. Das bist du!»

Toni spürte, wie sie knallrot wurde. «Das ist das Affenhaus. Da habe ich die Nacht verbracht. Es dauert immer eine Weile, bis der Geruch wieder aus dem Mantel raus ist.»

«Was?» Johannes lachte. «Deine Eltern sind Ärzte, und du schläfst im Affenhaus? Is ja wohl 'n Witz.»

«Gar nicht! Ich betreue einen kleinen Schimpansen, dessen Mutter gestorben ist. Und außerdem helfe ich im Zoo.»

«Du veräppelst mich!»

«Warum sollte ich? Ich komme gerade von dort. Eigentlich bin ich zu spät dran, weil mich Bata, der Wärter, versetzt hat. Morgen schreibe ich nämlich Latein-Klausur.» Warum erzähle ich ihm von meiner Klausur? Was geht ihn das an, dachte sie. «Also, jedenfalls: Im Zoo gibt es zu wenige Wärter. Wegen des Kriegs. Darum mache ich das.»

Wieder lief eine Gruppe Frauen an ihnen vorbei, die laut skandierte: «Wir haben Hunger! Schluss mit dem Krieg!»

«Dann viel Glück mit der Klausur und dem Affen», sagte Johannes und humpelte weiter.

«Dir auch viel Glück, adieu!» Toni wandte sich zum Gehen, als sie ihn rufen hörte: «Wie heißt er?»

Toni kehrte um, ging ein paar Schritte zu ihm: «Der Schimpanse? Sam.»

«Du bist wirklich die ganze Nacht bei ihm geblieben, weil er sonst allein wäre?»

Toni nickte. «Sam ist wie ein riesiges haariges Baby.» Sie zögerte kurz, bevor sie fragte: «Willst du ihn mal kennenlernen?» Johannes sah so traurig aus. Vielleicht würde der kleine Sam ihn zum Lachen bringen.

Seine Augen leuchteten auf: «Meinste das ernst?»

«Ich hole dich am nächsten Sonntag ab. Grüß Annemarie von mir. Und frag sie, ob sie nicht mitkommen mag.»

Als Toni nach Hause lief, fragte sie sich, ob das wirklich so eine gute Idee war. Sie kannte Johannes kaum, und der Kontakt zu seiner Schwester Annemarie war schon lange eingeschlafen. Und was konnte schon falsch daran sein, eine alte Freundschaft aufleben zu lassen?

Der Duft frischen Kaffees stieg Henny verlockend in die Nase. Victor stellte die Tasse neben dem Bett ab, in dem sie mit dem Kind auf der Brust lag.

«Für dich, mein Schatz. Möchtest du einen Toast mit Butter und Marmelade?»

«Misses Henny sollte keinen Kaffee trinken, Mister Victor. Das ist ganz schlecht für das Baby.»

Michiko war bereits kurz nach Sonnenaufgang gekommen, um nach Henny und dem Kind zu sehen.

«Oh, Michiko, ich habe Sie gar nicht bemerkt», sagte Victor.

Henny sah ihm an, dass er sich überrumpelt fühlte. Sie hatte ihm noch nicht gesagt, dass die *sanba* künftig täglich da sein musste.

«Darf ich das Kind denn heute Morgen sehen?», fragte er mit einem leicht beleidigten Unterton.

«Aber nicht anfassen, Mister Victor. Victoria ist sehr empfindlich.»

Mist, dachte Henny. Und da sagte Victor schon: «Victoria? Sie hat einen Namen? Seit wann das denn?»

Sie versuchte es mit Vorwärtsverteidigung: «Das ist doch ein schöner Name. Ein kraftvoller Name. Im Englischen und im Deutschen kennt man ihn.»

«Schon, aber ...», Victor suchte nach Worten. «Findest du nicht, wir hätten darüber sprechen sollen?»

«Es ist ja noch nichts entschieden», ruderte Henny verunsichert zurück. «Ich hatte Michiko nur gefragt, was sie von Victoria hält.»

«Das macht Henny Ihnen zuliebe, Mister Victor», versuchte Michiko zu vermitteln.

Henny hätte sie am liebsten weit fortgewünscht. Dies war doch so ein bedeutender Moment! Konnte Michiko nicht einfach still sein?

Stattdessen legte die *sanba* ganz vorsichtig das Köpfchen des Kindes frei und sagte einen weiteren Satz, den Henny in diesem Moment schrecklich unpassend fand: «Sie wird einmal eine hübsche *lady*.»

«Das sieht man», sagte Victor knapp.

Mit einem Messer hätte er Henny kaum mehr verletzen können. Denn sie kannte seine manchmal bitterböse Ironie. Er fand das Kind hässlich. Die Kleine war ja auch keine Schönheit.

«Sie ist nicht fertig, Victor», sagte Henny. «Eigentlich wäre sie noch ein Fötus in meinem Bauch. Da sehen Babys noch nicht süß aus.»

«Aber gesund ist sie? Kannst du denn das schon sagen?», fragte er und klang, als hätte er daran Zweifel.

Wieder kam Michiko Henny zuvor: «Das wissen wir erst in ein paar Monaten, Mister Victor. Erst mal Victoria muss überleben.»

Die *sanba* hatte natürlich recht. So brutal ehrlich hätte sie dennoch nicht sein müssen. «Bist du denn einverstanden mit Victoria?», fragte Henny.

«Wie eine Siegerin sieht sie zwar nicht aus, aber das kann ja noch werden.»

Schon wieder diese bittere Ironie, die so wehtat. «Victor, bitte, sei nicht so scheußlich!»

Henny fühlte sich seiner Stimmung hilflos ausgeliefert. Sie durfte sich nicht aufregen, weil das für Victoria schlecht wäre, hatte Michiko ihr eingeschärft. Eigentlich durfte sie gar nichts. Außer ruhen, nahrhaft essen und versuchen, das winzige Kind zu stillen. Leider hatte die Kleine noch nicht verstanden, dass sie saugen musste, um nicht zu verhungern.

«Ich muss ins Studio.» Victor verließ das Zimmer.

«Männer können nichts anfangen mit Babys», stellte Michiko sachlich fest.

Ein wenig mehr über seine Tochter freuen dürfte Victor sich durchaus, dachte Henny.

«Doktor Heinroth ist für dich am Telefon, Antonia», sagte Kumari.

Sie war schneller am Apparat gewesen als Toni, die am Tisch in der Küche saß, dem einzigen beheizten Raum. Sie büffelte Biologie. Morgen, am Freitag, war die entscheidende Klausur. Es musste eine Eins werden! Die Lateinklausur zu Wochenbeginn war ihr leichtgefallen. Aber alle Mitschülerinnen meinten, die neue Lehrerin wolle es ihnen wohl einfach machen, weil die Eltern gegen ihren Lehrstil protestiert hatten.

«Störe ich dich beim Lernen?», fragte der Leiter des Aquariums nun.

«Ach, nicht so schlimm, Herr Doktor. Ich komme morgen Nachmittag, um Bata und Sam zu besuchen.»

«Ich bin morgen nicht hier.» Heinroth räusperte sich. «Würde es dir etwas ausmachen, schon heute zu kommen? Es ist wichtig.»

Er wusste, um was es bei ihr ging. Dass er trotzdem anrief, verhieß nichts Gutes. Während Toni in der Ringbahn saß, kam sie zu dem Schluss, dass etwas mit Sam passiert sein musste. Ihr Herz raste. Hatte der kleine Affe etwa wie seine Mutter eine Lungenentzündung bekommen?

Der Direktor empfing Toni in seinem Büro, wo er eine Ecke für vertrauliche Gespräche hatte. «Es ist etwas geschehen, das ich dir nicht am Telefon sagen wollte», begann er.

«Sam ist tot?» Mit der Frage, begleitet von einem Schwall Tränen, kam sie ihm zuvor.

Heinroth schüttelte den Kopf. «Nein, Toni. Bata.»

«Bata?» Toni wischte sich die vorschnellen, sentimental kindischen Tränen aus dem Gesicht. Sie begriff überhaupt nicht, was er meinte. «Nein, das kann nicht sein. Er ist doch nicht so alt, dass man stirbt.» Krank sah er aus das letzte Mal. Aber ...

«Bata wurde am letzten Sonntag getötet, Antonia. Gar nicht weit von hier. Man fand ihn morgens am Aufgang der Ringbahn.»

«Oh Gott», brachte sie hervor. «Das war sein Blut?» Die Menschen, die sich auf dem Treppenabsatz drängten. *... war schon janz dunkel anjelofen*, hatte die Frau gesagt.

«Du weißt etwas darüber?» Heinroth blickte sie durch seinen tief auf dem Nasenrücken sitzenden Kneifer neugierig an.

«Ich hatte doch darauf gewartet, dass Bata mich bei Sam

ablöst.» Sie erzählte, was sie gesehen hatte. Die Erinnerung fühlte sich seltsam an, leer und hohl, wie etwas, das nicht Wirklichkeit war, sondern ein Traum, aus dem sie aufwachen müsste. Niemand, den sie kannte, war je gewaltsam um sein Leben gebracht worden. Der Tod, das war der Krieg. Und der war Gott sei Dank weit weg.

«Getötet? Das heißt: mit Absicht? Wieso?», fragte Toni.

«Die Polizei hat jemanden festgenommen», sagte der Direktor. «Das Blut an seiner Kleidung hat ihn verraten.»

«Der arme Bata. Er war ein so liebenswerter Mensch.»

Sie sah ihn mit Sam spielen, über sein Heimweh sprechen. Sie hatte ihn gern gehabt, aber viel zu wenig über ihn erfahren. Schließlich war es immer um den kleinen Affen gegangen.

«Wer tut denn so etwas?»

«Der Mörder sagt, er habe Bata mit jemandem Französisch sprechen hören.» Heinroth seufzte schwer. «Du weißt selbst, wie die Zeiten sind, Antonia.»

Das wusste sie. Geschäfte und Restaurants, die französische oder englische Namen trugen, hatten schon vor Jahren umbenannt werden müssen. Alles, was verdächtig war, mit dem Feind zu sympathisieren, war verpönt. Dass es so weit ging, dass man einen Mann tötete, der aus einer französischen Kolonie stammte, war Toni unbegreiflich. Deshalb war Bata also immer im Zoo geblieben. Bis auf den einen Tag, an dem er einen Freund treffen wollte …

Antonia ging schweren Herzens zu Sam. Der kleine Affe hockte mutterseelenallein in seinem Käfig, nebenan lärmten die erwachsenen Schimpansen. Als Toni die Türen aufsperrte, begann er ein Freudengeheul wie selten, warf sich ihr dann an den Hals und ließ sie nicht mehr los. Schließlich beruhigte er sich und sie saßen eng zusammengekuschelt. Toni hatte den Eindruck, er wüsste, dass Bata nie mehr käme und dass sie gemeinsam um Bata trauerten. Sam konnte nicht weinen. Aber so traurig dreinblicken, dass Toni weinen musste.

So oft schon hatte sie gedacht, dass sie Sam am liebsten mitnehmen würde wie ein Kind.

«Und dann? Soll Sam Mathematik lernen mit dir in der Schule? Oder Latein?», hatte Bata mal gesagt, laut gelacht, und Sam hatte sein Lachen nachgemacht.

Sie selbst würde auch unter diesen Umständen nicht so für Sam da sein können, wie sie es sich wünschte. Es musste eine andere Lösung für Sam gefunden werden. Nur, welche könnte das sein?

Während der ganzen Nacht hatte Henny kaum ein Auge zugetan. Als es an der Tür des Bungalows klopfte, schrak sie aus einem unruhigen Halbschlaf hoch. Die Sonne schien schon hell. Michiko lag neben ihr auf dem Boden des Schlafzimmers auf einer Tatami-Matte, die sie sich mitgebracht hatte, und war endlich eingeschlafen. Um Henny und Victoria beizustehen, blieb die *sanba* zurzeit Tag und Nacht bei ihnen.

Die vergangene Woche war die entscheidende gewesen: Entweder das Kind lernte zu trinken, oder es starb. Mit Engelsgeduld und Kniffen, von denen Henny überzeugt war, dass nur eine japanische Hebamme sie beherrschte, war es ihr gelungen, das Frühchen dazu zu bewegen, an Hennys Mutterbrust zu trinken. Schwach, wie sie war, versagten ihre Kräfte rasch, sodass sie alle Stunde neu angelegt werden musste.

Henny schwebte inzwischen in einem Zustand zwischen Hoffen und Verzweifeln, Schlafen und Dämmern. Sie glaubte, ihre eigenen Kräfte würden nicht reichen, um dieses Martyrium durchzuhalten. Trank die Kleine, flammte sofort die Zuversicht auf, um sie kurz darauf wieder zu verlassen.

«Ja, herein», rief Henny vom Schlafzimmer aus, da sie selbst noch nicht zur Tür gehen konnte.

Kurz darauf stand Carl Lämmle vor ihrem Bett und hielt einen Strauß Blumen in der Hand, bei dessen Anblick Henny unwillkürlich dachte, dass ihr Mann ihr noch nicht mit Blumen zu Victorias Geburt gratuliert hatte.

«Herzlichen Glückwunsch zu deinem Baby», sagte er.

«Vielen Dank!» Instinktiv zog Henny die Decke bis ans Kinn, und Michiko stand eilends auf, sich mehrfach verbeugend.

«Nein, nein», wehrte Lämmle ab. «Bleiben Sie! Bitte, ich möchte wirklich nicht stören. Ich wollte mich nur einmal melden.» Lämmles Verlegenheit wirkte einnehmend.

Michiko rollte ihre Reismatte zusammen, stellte einen Stuhl neben Hennys Bett und ging hinaus. Lämmle stand unbeholfen lächelnd im Raum.

«Ich freue mich für dich und Victor», sagte er auf Deutsch. «Die erste Geburt in Universal City. Universal würde gern die Patenschaft für euer Kind übernehmen.»

«Danke», sagte Henny etwas ratlos. Wie sollte das denn gehen?

«Victor sagte mir, dass du dafür sorgen musst, dass euer Kind überlebt, und damit vierundzwanzig Stunden am Tag beschäftigt bist.»

«Das stimmt.»

«Wir alle bewundern deine Energie, Henny. Du bist ein Vorbild. Aber als Ärztin wirst du leider so bald nicht wieder arbeiten können. Darum musste ich eine Lösung finden. Von der nächsten Woche an wird ein junger Doktor deine Arbeit fortführen.»

Sehr langsam erwachte Hennys Denken aus dem Nebel des Mutterseins. «Du hast recht, das Studio braucht einen Arzt. Heißt das, wir müssen den Bungalow räumen?»

Ihr Chef nickte. «Leider ja. Das ist ein Teil des *deals*, den wir geschlossen haben. Schließlich braucht der neue Arzt die Unterkunft direkt auf dem Gelände. Das siehst du gewiss ein, nicht wahr?» Der Studio-Gründer lächelte liebenswürdig wie immer.

Die senkrechten Lachfalten zu beiden Seiten seines Mundes in Verbindung mit seinen lückenhaften Zähnen hatten Henny immer fasziniert. Sie hatte sich gefragt, warum ein Mann, der eine Stadt aus dem Boden stampfte, sein miserables Gebiss nicht durch ein künstliches ersetzen ließ. Jetzt, mit Victoria auf der Brust, verstand sie es: Er brauchte diese Zähne, damit jeder dachte, er könne nicht beißen. Sie gaben ihm etwas kindlich Unschuldiges. Niemand konnte ihm böse sein. Er verkörperte die Illusion, die sein Geschäft war.

«Wann müssen wir ausziehen?», fragte sie und legte die Hand schützend auf Victoria.

An der Bäckerei Meister besagte nach wie vor ein Schild, man hätte vorübergehend geschlossen. Als Toni vor Jahren ihre Schulfreundin Annemarie besucht hatte, hatte die Familie im Seitenflügel des ersten Hinterhofs im ersten Stock gewohnt. Für eine Handwerkerfamilie war das eine gute Adresse, denn die Bäckerei war erfolgreich und beliebt. Tonis eigene Familie hatte schließlich anfangs auch in der Luisenstraße im ersten Hinterhof gewohnt.

«Nee, die wohnen schon lange im zweiten Hinterhof. Vierter Stock», sagte eine ältere Frau, der Toni begegnete.

Annemarie öffnete auf Tonis Klopfen. Ihre Haut war grau, die früher zu dicken Zöpfen geflochtenen Haare dünn und stumpf. Johannes hatte schon bemitleidenswert ausgesehen, aber Annemarie ging es offenbar auch nicht gut.

«Wir haben uns lange nicht gesehen», sagte Toni.

«Weiß ich», erwiderte Annemarie knapp.

Die einstige Schulfreundin gab sich zugeknöpft, was Toni gut verstehen konnte. Der Kontakt war allmählich eingeschlafen, seitdem Annemarie ihr gesagt hatte, dass es keinen Sinn mehr mache, wenn sie weiterlerne.

Annemarie schüttelte ein Husten. «Hans sagt, du kümmerst dich im Zoo um einen kleinen Schimpansen. Du willst ihn uns heute wirklich zeigen?»

Toni nickte.

Ein Lächeln huschte über Annemaries Gesicht. «Ich freue mich so. In unserem Leben können wir dringend was Schönes gebrauchen», sagte sie. «Komm rein. Hans müsste gleich da sein.»

Die Wohnung war kalt. Annemarie trug einen Mantel und führte Toni in den einzigen Raum, den es gab. Er war Küche, Wohn- und Schlafzimmer zugleich. «Erschreck dich nicht. Is nicht so piekfein bei uns.» Die Schulfreundin hob die Schultern. «Ich finde keine Zeit zum Aufräumen. Ich muss Schicht arbeiten. Auch heute Nacht.»

«Wo denn?»

«Bei Loewe in der Wiebestraße. Gewehre zusammenschrauben. Fünfzehn Pfennig die Stunde, Essen ist umsonst. Kunststück. Besteht im Grunde ja nur aus Wasser», sagte sie. «Zugelegt hast du aber auch nicht gerade. Schreibt ihr schon die letzten Klausuren vor dem Abitur?» Offensichtlich wusste sie, was ihr gerade entging.

Toni gab einen kurzen Abriss, um dann zu fragen: «Was ist mit eurem Vater? Hast du Nachricht von ihm?»

«Der ist gefallen», sagte Annemarie. Sie lächelte matt. «Manchmal träume ich davon, wieder im Laden zu stehen und zu verkaufen.»

Toni nahm sie in den Arm. «Tut mir leid für dich. Meinst du, deine Mutter wird den Bäckerladen wieder eröffnen?»

«Sie ist schon vor Vater gestorben. Auszehrung, hat der Leichenbeschauer gesagt.»

Die Trostlosigkeit von Annemaries Situation war erschreckend. Jedoch wusste Toni keinen Rat, wie sie helfen konnte.

«Ich habe gekocht.» Die Wohnung roch intensiv nach Kohl. «Ein bisschen was», sagte Annemarie. «Es wäre schöner, wenn Hans hier wohnen könnte. Seit die Eltern tot sind, denke ich immer, wenn ich die vielen Treppen raufgehe: Wer absteigt, muss weiter hinauf.» Annemarie grinste schief und hustete.

Endlich traf Johannes ein. Das Treppensteigen hatte ihn Kraft gekostet, er war außer Atem. Ungeschickt nahm er seine Mütze vom Kopf. «Bist ja wirklich gekommen», meinte er.

«Klar, habe ich doch versprochen», erwiderte Toni.

Als sie an dem kleinen Tisch Platz genommen hatten, fiel Toni auf, dass im Kohl sogar Fleischbrocken waren.

«Krähe. Habe ich selbst gefangen», sagte Annemarie. «Das ist das einzig Gute an der Wohnung unterm Dach. Neulich habe ich ein paar Spatzen erwischt. War eine leckere Suppe: Hab sie in der Pfanne angebräunt und dann lange weichgekocht.»

Toni wusste, dass inzwischen alles irgendwie Essbare vertilgt wurde. Im Tiergarten gab es kaum noch Eichhörnchen.

Angesichts der Nöte der Geschwister kam es Toni dumm vor, dass ihre größte Sorge einem Affen galt. Obendrein fiel ihr ein, dass Sam im Zoo wahrscheinlich besseres Futter bekam als die beiden Waisen.

Fast drei Jahre unseres Lebens sind da drin, dachte Henny, als sie die wenigen Kisten mit ihren Habseligkeiten sah. Viele Besitztümer hatten sie und Victor in dieser Zeit nicht angesammelt. Ein kleiner Lieferwagen reichte, zwei Hilfskräfte hatten alles rasch zusammengepackt.

Der Umzug bot die erste Gelegenheit, einen Fuß vor die Tür zu setzen. Das Baby hatte Michiko ihr mit einem weichen Tuch auf die Brust gebunden und mit wärmenden Tüchern geschützt. Vorsichtig ging Henny zu Victors Auto. Michiko folgte ihr mit den Dingen, die sie und Victoria brauchten.

«Ich kann leider nicht mitkommen, Henny», sagte Victor.

«Wie meinst du das?»

«Ich muss drehen. Heute Abend komme ich nach.»

«Das ist nicht dein Ernst, Victor! Ich brauche dich jetzt. Abgesehen davon – ich weiß nicht mal, wo es hingeht.»

Mit Carls Hilfe hatten sie ein neues Zuhause gefunden. Henny hatte es nicht besichtigen können, weil sie das dem Neugeborenen nicht zumuten durfte.

Victor zündete sich eine Zigarette an. Henny fand, dass er in letzter Zeit zu viel rauchte.

«Ich hab's dir doch erklärt, *honey*.»

Seit neuestem benutzte er dieses modische Kosewort, das Henny nicht mochte. Honig hatte etwas Klebriges.

«Du hast nur gesagt, es sei nicht weit», sagte sie. «Irgendwo drüben im Tal. Komm wenigstens kurz mit.»

«Ich muss drehen. Das weißt du doch. Aber Carl hat angeboten, dir beizustehen. Er ist gleich hier.» Er küsste sie eilig auf die Wange und fuhr davon.

Henny sah ihm verdattert nach. Das durfte nicht wahr sein! «Habe ich etwas Falsches gesagt?», fragte sie Michiko.

Die war zu höflich, um Victors Verhalten zu kommentieren.

Dabei hätte Henny so dringend jemanden gebraucht, der ihr erklärte, was in dem Mann vorging, der ihr bis zur Geburt des gemeinsamen Kindes unzählige Male gesagt hatte, wie sehr er sie liebte. Jetzt schien er plötzlich wie ausgewechselt zu sein. Die ganze Unbeschwertheit, die sie an ihm geliebt hatte, hatte sich in Luft aufgelöst. Stattdessen ging er ihr aus dem Weg und schien sich für seine Tochter überhaupt nicht zu interessieren.

War das jetzt der Alltag einer Ehe, die den Glanz der Verliebtheit verloren hatte? Oder ging es um Victoria? War er enttäuscht, dass sein Kind nicht so war, wie er es sich erwünscht hatte? Verstand er nicht, dass für sie das Leben des Babys Vorrang vor allem haben musste? Oder floh er einfach nur vor den Problemen zu Hause in die Arbeit?

Wenn er doch nur mit mir reden würde, dachte sie.

Kurz darauf fuhr Lämmle vor. Während der Fahrt plauderte er charmant auf sie ein. «Im Laurel Canyon und seinen Seitentälern wurden und werden viele hübsche Häuser gebaut. Ich kenne den Entwickler des Geländes gut. Da habe ich gleich ein paar Häuser für meine Freunde reserviert. Weil es recht nah ist zu Universal City. Ich konnte einen sehr günstigen Kredit für Victor aushandeln.»

«Das ist ganz reizend von dir», sagte Henny. Es wäre ihr lieber gewesen, wenn ihr Mann und nicht dessen Boss mit ihr über die gemeinsame Zukunft gesprochen hätte.

«Ich bin sicher, auch Victor wird es gefallen», sagte Lämmle.

«Wie meinst du das? Er kennt das Haus gar nicht?»

«Er vertraut mir. Ebenso wie du. Wir sind eine Familie, nicht wahr?» Lämmle lächelte.

Das Haus, vor dem er schließlich hielt, lag versteckt in einem der vielen kleinen Seitentäler, die vom großen Canyon abzweigten. Es war aus Holz in einem lieblichen Baustil erbaut, mit einem verspielten Türmchen und einem Erker, zwei Terrassen, grünen Büschen und frisch gepflanzten Palmen drum herum. Hennys Vorbehalt schwand, als sie ausstieg. Sie blickte sich um und staunte über die grüne Umgebung.

«Das ist wirklich schön», sagte sie.

Lämmle strahlte übers ganze Gesicht. «Ihr werdet hier glücklich sein.»

Nachdem die Möbelpacker die letzten Sachen ins Haus getragen hatten, verabschiedete Lämmle sich und war im nächsten Moment verschwunden. Mit Michiko an ihrer Seite betrat Henny ihr neues Heim. Die Kisten standen unausgepackt herum. Zumindest das Bett war aufgebaut.

«Mister *Lemmlee* hat euch ein gutes Haus gegeben. Findest du nicht auch, Henny?», fragte Michiko.

Es war eindeutig hübscher als der Bungalow. Aber es tat weh, dass Victor ausgerechnet in diesem Augenblick nicht da war. Sie fühlte sich abgeschoben wie ein ausrangiertes Möbelstück.

Mit ihren Eltern nahm Antonia ein spartanisches Abendessen ein. Seitdem sie mit Annemarie und Johannes Sam besucht hatte, ging ihr eine Frage nicht mehr aus dem Kopf: «Was geschieht eigentlich mit den vielen Kriegsversehrten, Vater?»

Siegfried hatte gerade den Löffel in die Graupensuppe getaucht. «Wie meinst du das?»

«Ein Mann mit einem Bein zum Beispiel. Er ist kräftig und klug, aber er braucht seine beiden Hände und Arme, um sich bewegen zu können. Was soll aus so einem werden?», fragte sie.

«Eine wichtige Frage», sagte Siegfried. «Das Oskar-Helene-Heim hat mit einem Programm begonnen, das Männer, die den rechten Arm verloren haben, lehrt, mit links zu schreiben.»

«Das ist ein guter Anfang, Siegfried. Aber nicht mehr als ein Tropfen auf den heißen Stein», sagte Ricarda.

Siegfried stimmte ihr zu: «Die Orthopädie ist eine völlig unentwickelte Fortsetzung der ebenfalls unbefriedigenden Kriegs-Chirurgie.»

«Wie kommst du auf die Frage, Antonia?», fragte Ricarda.

Toni holte aus und erzählte von den Geschwistern Meister. Insbesondere von Johannes. Während des Besuchs bei Sam hatte er den kleinen Affen ganz offensichtlich ins Herz geschlossen. Er hatte sich auf den Boden gesetzt und abgewartet, bis der kleine Kerl zu ihm kam. «Zum Glück muss Johannes nicht mehr an die Front. Er würde sich so gern zum Beispiel im Zoo nützlich machen. Aber wie?»

«Prothesenmacher gibt es durchaus», erwiderte Siegfried. «Es sind aber eindeutig zu wenige für die vielen Versehrten.»

«Können sie amputierte Unterschenkel ersetzen?»

«Sie versuchen es zumindest. Aber das sind lediglich Hilfskonstrukte, die an der Wunde scheuern. Du musst bedenken», sagte Siegfried, «dass bei einer Amputation der Knochen mit Sehnen, Muskeln, Adern und Nerven zusammen abgetrennt wird. Die Wunde wird mit einem Hautlappen verschlossen. Die Nerven geben dem Hirn jedoch weiterhin Impulse, als wäre der abgetrennte Körperteil noch vorhanden. Die Männer klagen deshalb über Schmerzen in Gliedmaßen, die sie nicht mehr haben.»

Das hatte Antonia nicht gewusst. Was Johannes mitmachte! Nichts davon ließ er sich anmerken.

«In Kreuzberg gibt es einen sehr fähigen Prothesenmacher. Er kann Fuß- und Kniegelenke bauen.» Siegfried seufzte. «Solche Handwerker sind natürlich viel teurer als andere, die nicht so aufwendig arbeiten.»

Was das hieß, musste er nicht ausführen. Bedeutete es gleichzeitig, ein mittelloser junger Mann wie Johannes durfte sich keine Hoffnungen machen, je ohne zwei Krücken laufen zu können?

Toni ließ sich dennoch die Adresse des Prothesenmachers geben. Wenigstens fragen konnte sie ja dort.

Liebe Mutter, du hattest so sehr recht!

Georgs Brief knüpfte an die neue Vertrautheit zwischen ihnen an. Sein erster Satz ließ Ricardas Herz schneller schlagen.

Nach einer langen Schicht war Ricarda an diesem Mittag aus der Charité in die verwaiste Wohnung heimgekommen. Noch in Hut und Mantel hatte sie den Umschlag aufgerissen, kaum dass sie in der Küche war. Noch nicht einmal den erkalteten Küchenherd hatte sie befeuert. Den Brief zu lesen, hatte Vorrang vor allem anderen.

Viele Monate sind vergangen, seitdem ich eine wichtige Entscheidung getroffen habe. Es ist die, meinen Kameraden im Sanitätskorps beizustehen, schrieb Georg. *Es vergeht kein Tag, an dem ich nicht an dich und die Arbeit denken muss, die du seit Jahrzehnten tust. Ich erinnere mich an die Worte, die du zu mir sagtest, als wir die wunderbaren Tage in der Hütte genossen.*
Hier, wo ich umgeben bin vom Elend der Welt, ergibt alles einen neuen Sinn. Wenn es sein muss, schlagen die Kameraden im Nahkampf dem Feind die Köpfe ein mit allem, was sie haben, seien es Schaufeln oder Äxte, mit denen wir Gräben bauen. Nur sterben soll der Gegner. Nein, Mutter, das kann nicht Gottes Absicht gewesen sein, als er die Welt erschuf.
Es ist mir nicht mehr vorstellbar, dass ich weitermache, wo ich aufgehört habe, wenn ich heimkehre. Mein Entschluss steht fest, liebe Mutter: Ich werde deinen Weg einschlagen und Medizin studieren. Ich will den Menschen helfen. Nicht mit Bier und nicht mit Paragraphen. Sondern mit Menschlichkeit.
In großer Liebe und Dankbarkeit.
Dein Sohn Georg

Ricarda sank auf den nächstbesten Stuhl und las seine Zeilen Wort für Wort noch einmal. Als wären sie ihre Nahrung für die nächsten Jahre, verschwammen die Silben zu einem Meer des Glücks. Ihr Sohn war auf dem Rückweg. Auf jenem Weg, den sie sich so sehr für ihn erhofft hatte – auf dem Weg zu sich selbst.

Nachdenklich schaufelte sie Kohle in den Herd und heizte

ein. Sie dachte an Henny. Dass ihre Tochter ihr nicht schrieb, damit hatte Ricarda sich abfinden müssen. Die Schuld daran gab sie nicht einmal mehr nur Henny. Inzwischen sah sie ein, wie ungeschickt sie sich im Moment des Abschieds verhalten hatte. Sie hätte ihre Vorbehalte gegen die Ehe nicht derart schroff vortragen dürfen. Aufgegeben hatte sie diese Bedenken allerdings nicht. Zumindest hatte sie hin und wieder über Toni erfahren, wie es Henny erging. Aber selbst die schien schon lange keine Nachrichten mehr von ihrer großen Schwester erhalten zu haben.

Hennys Kind musste doch schon längst auf der Welt sein. Wieso ließ sie dann nicht wenigstens Toni die freudige Nachricht wissen? Es müsste ja kein langer Brief sein, nur ein Lebenszeichen.

Oder stimmte etwas nicht mit ihrem und Victors Nachwuchs? War das der Grund, weshalb sie sich nicht meldete?

WAS EINE FAMILIE IST

— ♦ —

Juli 1918

Der kleine Mund, der kraftvoll an ihrer Brust trank. Das leicht glucksende Geräusch des Schluckens. Die Augen genüsslich geschlossen. Die dunklen Haare, die sich auf dem perfekt geformten Köpfchen zu Löckchen drehten. Die noch immer so winzigen Hände, die gerade ganz entspannt auf Hennys Brust lagen.

Henny konnte sich nicht sattsehen an dem kleinen Wunder, das sie im Arm hielt. Sie hatte es geschafft. Heute wurde Victoria ein halbes Jahr alt. Das unmöglich Erscheinende war gelungen: Ihr Frühchen hatte überlebt durch Liebe, Umsicht, Geduld und den Glauben an das Leben, den Michiko täglich gebetsmühlenartig beschworen hatte.

Gewiss, andere Kinder in diesem Alter machten die ersten Anstrengungen, sich aufzusetzen. «Vergleiche nicht», hatte Michiko geraten. «Sie ist dein Kind. Sie macht alles so, wie sie es kann.»

Eine einfache Weisheit, die Henny geholfen hatte zu verstehen. Es kam alles etwas später, aber die Fortschritte zeigten sich: Der erste Blick, mit dem Victoria sie ansah. Der erste Schrei. Die erste Nacht, in der die Kleine neben ihr im Bett und nicht mehr auf ihrem Busen schlief.

Doch die große Nähe zwischen ihr und Victoria machte

ein normales Eheleben mit Victor unmöglich. Überdies hatte er noch keine Minute allein mit seinem Kind verbracht. Er blickte sie kurz an, machte eine nette Bemerkung über ihre Fortschritte – und das war's. Ein Vorwurf war ihm ja auch nicht zu machen, fand Henny, denn wegen der engen Bindung zwischen ihr und dem Baby blieb kein Platz für den Vater. Zu gern hätte Henny etwas daran geändert, aber das war gegenwärtig nicht umzusetzen.

Henny war klar, dass es nicht gut um ihre Ehe stand. Über den Kampf um Victorias Leben schien ihnen die Liebe zueinander abhandengekommen zu sein. Dieser Kampf hatte Hennys eigene Reserven erschöpft. Obwohl sie kaum etwas tat, war sie ständig müde. Das häufige Stillen im immer gleichen Takt strengte extrem an.

Es war sechs Uhr morgens, Victoria hatte getrunken, und Henny legte sie sich an die Schulter, klopfte sacht auf ihren Rücken, um sie aufstoßen zu lassen. Dabei lauschte sie aufmerksam auf die Geräusche im Haus.

Draußen stand die Sonne an einem wie blank geputzten, strahlend blauen Morgenhimmel. Die Fenster waren geöffnet, eine warme Brise wehte frische Luft herein.

Und Victor hatte gerade wie üblich das Haus verlassen, ohne auf Wiedersehen zu sagen.

«Ich wollte dich nicht wecken», hatte er neulich gesagt, als sie ihm seine stillen Abgänge vorgehalten hatte.

«Ein Kuss weckt mich nicht. Er sagt mir, dass du mich liebst.»

Victor hatte nur vielsagend gelächelt. Und alles war so geblieben, wie es seit Victorias Geburt war. Manchmal schien es Henny, als lebten sie wie Geschwister nebeneinanderher. Ein Gedanke, der sie unangenehm an die Behauptung ihrer

Mutter erinnerte, die Florentine doch längst widerlegt hatte. Und es gab tatsächlich keine Anzeichen, dass Victoria nicht gesund war. Frühchen waren eben langsamer in ihrer Entwicklung. Das war alles.

Henny hörte den Motor von Victors neuem Auto anspringen. Sie hatte den riesigen weißen Wagen bislang nur vom Haus aus gesehen.

Meistens kam Victor erst zurück, wenn die Sonne untergegangen war. Wie ein Gast im eigenen Haus.

So oft hatte Henny ihn gebeten: «Verbring mehr Zeit mit uns!»

Victors Antwort war stets die gleiche: «Jemand muss doch das Geld verdienen, damit wir uns diesen schönen Lebensstandard leisten können.»

«Ich will keinen Luxus, Victor. Ich will, dass wir zusammen sind!»

«Weil ich Erfolg habe und viel Geld verdiene, konntest du dich voll und ganz um unser Kind kümmern. Nur darum lebt sie. Aber ich kann mich doch nicht zerreißen. Jeder tut das für unsere Familie, was er am besten kann. Und du bist als Mutter gleichzeitig rund um die Uhr die Ärztin der Kleinen. Dafür bin ich dir auch dankbar.» Dazu gab er ihr einen Kuss, der sich ebenso anfühlte – dankbar, nicht leidenschaftlich.

Gegenwärtig stellten Michikos Besuche die einzige Abwechslung in Hennys Alltag dar. Leider blieb sie nicht mehr so lange wie früher. Sie musste im Restaurant Geld verdienen. Überdies betreute sie die anstehende Geburt einer Japanerin. Inzwischen unterhielten sie und Michiko sich auch nicht mehr ausschließlich über Victoria und den richtigen Umgang mit Babys im Allgemeinen, sondern auch über Michikos Leben, das ebenfalls nicht einfach war; ihr Mann ging fremd.

Michikos Erzählung hatte bei Henny einen Punkt berührt, über den sie nicht nachdenken wollte. Damals, als alles mit Hedda angefangen hatte und das Gespräch auf andere Frauen gekommen war, hatte Victor gesagt: *Ich habe ja dich.* Nun klammerte sich Henny an diesen Satz. Das in Liebe gezeugte Kind durfte nicht ebendiese Liebe zerstören, die einmal so voller Leidenschaft und Abenteuer gewesen war.

Es würden bessere Zeiten kommen, tröstete sich Henny. Schließlich hatten Victor und sie schon so manche schlimme Krise gemeinsam überstanden.

«Es ist doch kein besonderer Geburtstag», sagte Toni an diesem Morgen, an dem sie achtzehn wurde. In drei Jahren, wenn sie einundzwanzig wurde, begann schließlich erst ihr Leben als Erwachsene. Vielleicht, so hoffte sie, würde sie dann auch Tiermedizin studieren.

Der erste Anlauf dazu war leider gescheitert.

«Liebes Fräulein Thomasius, wollen Sie tatsächlich einmal das Fleisch von Schlachtvieh auf Trichinen hin untersuchen?», hatte der sich väterlich gebende Dekan der Tierärztlichen Hochschule in der Luisenstraße sie gefragt. Und sich selbst gleich die Antwort gegeben: «Das ist doch nichts für Sie. Das machen Herren, die von keinen großen Ambitionen gequält werden. Aber doch nicht Sie, die Tochter zweier so geschätzter Kollegen.»

Das klang nett, wurde von Antonia jedoch entlarvt als Versuch, Frauen von diesem Studium fernzuhalten. Humanmedizin wollte sie jedoch nicht studieren. «Wenn man mich nicht in die Veterinärmedizin hineinlässt, dann beginne ich lieber mit Biologie. Das liefert mir das Wissen über die Grundlagen allen Lebens.» Dass sie diese Erkenntnis dem

Aquariumsleiter Oskar Heinroth verdankte, wussten auch ihre Eltern.

«Dann kannst du ja später immer noch in die Medizin wechseln», hatte ihre Mutter gesagt und natürlich Humanmedizin gemeint. Schließlich hatte sie schon früher deutlich gemacht, dass sie davon mehr hielt. Das Tier war in ihren Augen das mindere Geschöpf, entsprechend war die Tiermedizin eine Stufe tiefer angesiedelt.

Heute nun die Achtzehn feiern zu dürfen, fühlte sich dennoch ein wenig nach Erwachsensein an. Obendrein gab es einen Kuchen. Der fiel bescheiden aus, aber allein die Zutaten dafür zu beschaffen, war eine Meisterleistung.

«Mit Mehl und Schokoladenpulver», sagte ihre Mutter mit einem glücklichen Strahlen im Gesicht.

«Wo hast du das denn her?», fragte Toni.

Kumari lächelte. «Ich hatte eine dankbare Patientin aus Schmargendorf.»

«Kumari hat ihr von deinem Geburtstag erzählt», ergänzte Ricarda. Was sie damit meinte: Mit Beziehungen konnte man nach wie vor alles beschaffen.

Eine einsame Kerze krönte den Kuchen. Die letzte des Haushalts, wie Toni wusste. Denn Kerzen waren schon zu Weihnachten kaum zu bekommen gewesen. Toni pustete sie ganz schnell aus. Vielleicht war in einem halben Jahr immer noch Krieg, dann würde man sie noch brauchen. Dieser Krieg schien ja kein Ende zu nehmen, obwohl ständig Massenstreiks und Demonstrationen Frieden forderten.

Die Familie genoss geradezu andächtig den Kuchen. Jeder ein kleines Stück. Zwei packte sich Toni ein. «Für später.» Alle lächelten verständnisvoll. Dann sagte Toni: «Ich muss dann mal los.»

Ihre Mutter nahm sie in die Arme. «Grüß deinen Sam von mir.»

«Mache ich.» Dass sie nicht zum Zoo wollte, verschwieg Toni und stieg auf das Fahrrad, das sie seit Ostern gelegentlich benutzen durfte. Es gehörte dem Mann, zu dem sie damit durch das sommerliche Berlin fahren wollte.

Kaum dass Toni aus dem Haus war, wollte auch Ricarda aufbrechen.

«Warte, Rica», sagte Siegfried. «Ich muss dir noch etwas sagen. Ich wollte es nicht erzählen, solange Toni da war. Es ist nichts, was sie an ihrem Geburtstag erfahren muss.»

«Georg?» Die zwei Silben platzten aus Ricarda hervor, ihr Herz raste. Der in ihr schlummernde Albtraum erwachte.

«Um Himmels willen! Nein, Rica! Damit hätte ich nicht gewartet. Ich habe keine Neuigkeiten von Georg. Es geht um deine Schwester. Also eher um ihren Sohn Ferdinand.»

«Er ist doch nicht etwa abgeschossen worden?»

Ende April war Ferdinands Vorbild Manfred von Richthofen nach einem Luftgefecht gestorben. Ein Kanadier hatte ihn vom Himmel geholt. Sein Tod war für Menschen wie Siegfried, die dem Krieg kritisch gegenüberstanden, eine Bekräftigung ihrer Einstellung: Durch das Eingreifen der Amerikaner würde Deutschland sich mit seinen Gegnern am Verhandlungstisch auf einen Frieden einigen müssen. Der vier Jahre lang durch die Kämpfe an der Front angestrebte *Siegfrieden* war unmöglich geworden.

«Ferdinand absolvierte einen Testflug mit einem neuen Zeppelin-Doppeldecker», berichtete Siegfried. «Eine Tragfläche löste sich. Das Flugzeug stürzte senkrecht ab und explodierte. Er war sofort tot. Es tut mir leid, Rica.»

Hunderte junger Flieger starben durch derartige Unglücke. In den Zeitungen stand davon kein Wort. Die Luftstaffeln symbolisierten die Überlegenheit des deutschen Militärs. Nur durch Siegfried hatte Ricarda Einblick in diese Geheimnisse.

«Man wird den Tod deines Neffen erst heute im Lauf des Tages bekanntgeben, ohne den Unfallhergang zu erwähnen», ergänzte Siegfried.

Die Kaltblütigkeit, mit der die normalen Menschen von der Realität des Krieges ferngehalten wurden, interessierte Ricarda nicht. Es ging ihr um Wichtigeres, um Zusammenhänge, die schmerzlich waren und die auch Siegfried nicht kannte.

Ferdinand war zwei Jahre vor Georg zur Welt gekommen. Er hatte einen Zwillingsbruder gehabt: Der kleine Friedrich war jedoch bereits an dem Tag gestorben, an dem er und Ferdinand hätten getauft werden sollen. Da sein Bruder Florian auch gefallen war, blieben Ricardas Schwester nur noch zwei von fünf Kindern, die sie geboren hatte – die kleine Frieda und der Erbe Franz, ein Offizier.

«Ich fahre heute noch zu Rosel», sagte Ricarda. «Ich will nicht, dass sie von irgendeinem Leutnant erfährt, dass ihr Sohn tot ist.»

Als Florian starb, hatte Rosel den allseits gepriesenen Heldenmut deutscher Soldaten gelobt, um sich daran aufzurichten. Würde sie das noch trösten, nun, da auch der zweitälteste Sohn gestorben war?

In dem gemütlichen Raum im Hinterhof hingen etwa ein Dutzend Beine und ein paar Arme von der Decke. Darunter saßen zwei junge Männer. Während draußen die Sommersonne lachte, beugten sie sich im Lampenschein über ihre Arbeitstische. Der eine schmirgelte an einem Holzfuß. Der andere schraubte gerade ein komplettes Bein zusammen und prüfte es auf seine Beweglichkeit, als Antonia eintrat. Sie verhielt sich ganz still und genoss den Anblick der konzentriert werkenden Männer. Es war für sie der Inbegriff von sinnvollem Handwerk, ein Bild vollkommener Harmonie.

«Das Geburtstagskind ist gekommen», sagte Otto Stier mit schwerem Thüringer Zungenschlag. Er legte das Kniegelenk vorsichtig beiseite, stand auf und umarmte sie herzlich. «Lass dich drücken. Alles Gute.» Er war etwas kleiner als Toni, war noch keine dreißig, sah wegen seiner Glatze aber älter aus.

Johannes lächelte verlegen. Von seinem Arbeitstisch nahm er eine kleine, oben geschlossene Holzvase, aus der oben eine Metallblume herauswuchs. «Herzlichen Glückwunsch zum Geburtstag», sagte er und reichte sie Antonia. «Sie duftet nicht, aber sie verwelkt auch nicht. Sie blüht ewig nur für dich.»

«Das hast du gemacht?»

Johannes nickte.

«Danke!» Toni errötete. «Das ist schön.»

«Ihr dürft euch in die Arme nehmen. Bin ja nur ich da, der es bezeugen kann», sagte Otto Stier. «Und ich kann schweigen.»

Doch Antonia und Johannes hielten sich nur scheu bei den Händen. Toni war zu aufgeregt, um etwas Vernünftiges zu sagen. Da fiel ihr der Beutel ein, den sie ganz vergessen hatte, obwohl sie ihn in der anderen Hand hielt. «Ich habe euch beiden Geburtstagskuchen mitgebracht!»

Johannes und Otto machten große Augen. «Schokoladenpulver», staunte Johannes. «Wo kommt das denn her?» Nachdem beide genüsslich ihr Stück gegessen hatten, wischten sie mit dem angefeuchteten Zeigefinger jeden Krümel vom Teller.

«Zur Feier des Tages bekommt Johannes jetzt zehn Minuten frei», sagte Otto und grinste. «Zeig Toni mal, wie gut die neue Prothese sitzt.»

Etwas ungelenk machte Johannes ein paar Schritte durch die Werkstatt. Es gelang ihm sogar, sich um seine eigene Achse zu drehen, ohne die Balance zu verlieren.

Antonia klatschte spontan Beifall.

«Ich werde noch fleißig üben, Toni. Irgendwann werde ich mit dir tanzen gehen.» Er strahlte sie an. «Ich war mal ein guter Tänzer.»

«Das glaube ich dir aufs Wort», sagte Antonia. Johannes ganz ohne Krücken oder Stock gehen zu sehen, war das schönste Geburtstagsgeschenk. Da musste er gar nicht mit ihr tanzen. Sie konnte es ja nicht einmal selbst, weil die Tanzschulen aus Mangel an männlichen Tanzpartnern geschlossen hatten.

Vor sechs Monaten war Toni dem Tipp ihres Vaters gefolgt und einfach mal so in der kleinen Werkstatt in der Lausitzer Straße, gleich um die Ecke vom Görlitzer Bahnhof, aufgekreuzt. Dort hatte Otto Stier allein in einer Werkstatt gearbeitet und nicht gewusst, wie er seine zahlreichen Aufträge bewältigen sollte.

Zunächst hatte Otto Tonis Vorschlag abgewehrt: «Ich habe keine Zeit, jemanden auszubilden.» So schnell hatte sich Toni nicht abwimmeln lassen: «Der Bruder meiner Freundin hat geschickte Hände. Der kann Ihnen ja etwas abgucken und dabei helfen.» Schon wenige Tage später hatte Johannes begonnen.

Eine eigene Beinprothese war nun sein Lohn. Langsam gingen die beiden zum Landwehrkanal. Der künstliche Unterschenkel hatte noch kein Kniegelenk, was das Bein steif machte.

«Gestern hat Otto mir einen Vertrag als Lehrling gegeben. Ich werde sogar Geld verdienen. Das verdanke ich nur dir. Du hast meinem Leben einen neuen Sinn gegeben, Toni.» Johannes blickte sie auf eine Weise an, die Antonia noch verlegener machte.

«Mist hab ich gebaut», sagte sie und grinste. «Eigentlich wollte ich doch, dass du Sam betreust. Das ging gründlich daneben. Manchmal schieße ich wohl übers Ziel hinaus.»

«Nee, Toni. Hast voll ins Schwarze getroffen.» Er legte die Hand auf sein Herz.

«Mach keine dummen Scherze. Das wär ja tödlich», flachste sie. Aber ihr eigenes Herz klopfte so heftig wie nie zuvor. Sie hielt die Metallblume in ihrer Hand ganz fest.

In den Gräsern sangen die Zikaden monotone Lieder. Ansonsten herrschte wohltuende Stille. Die Nacht war warm, Henny ruhte auf einer Liege, eine Decke um sich und Victoria gebreitet. Über ihr ein mystisch blauer Himmel, an dem sich die ersten Sterne zeigten. Es ging auf neun Uhr zu, und Victor war immer noch nicht zu Hause.

Er war am Morgen um Viertel vor sieben gegangen. Gestern hatte er nebenbei gesagt, er habe heute nur einen Dreh mit Tageslicht. Und folglich keine Nächte im Schnittraum. Dennoch war er nicht bei seiner Familie.

Auf dem Tisch lag die zusammengefaltete *Times* vom Tag.

Um ein wenig geistige Anregung zu haben, hatte Henny die gesamte Zeitung gelesen und wusste, wie schlimm es um Europa stand. Die Titelseite verkündete, dass der russische Zar und seine Familie ermordet worden waren. Deutschland hatte das politisch instabile Russland dazu gebracht, aus dem Krieg auszuscheiden. Die Zeitung stellte besonders die Bedeutung der einen Million amerikanischer Soldaten heraus. Sie waren unglaublich schnell rekrutiert worden und erkämpften seit diesem Mai erste Siege. Hunderttausende Menschenleben hatte dieser Krieg bereits gekostet. Die Hölle auf Erden, dachte Henny.

Als sie das Geräusch von Victors Wagen hörte, ging sie mit Victoria hinein. Das Abendessen auf dem Esstisch war längst kalt geworden. Victor öffnete die Tür mit einem so breiten Grinsen, wie sie es schon lange nicht mehr an ihm gesehen hatte.

«Ich habe eine Überraschung», sagte er und zog einen auf großen Rädern rollenden Kinderwagen ins Haus. «Victoria bekommt ihr eigenes Auto!», rief er übermütig.

Er gab Henny einen Kuss auf den Mund, der nach Whiskey schmeckte. Victor roch nach einem süßlichen Damenparfüm. Doch Henny zwang die Dämonen ihrer Eifersucht zu schweigen. Wie sollte ein Regisseur nicht nach Damenparfüm riechen, wenn er ständig mit Schauspielerinnen zu tun hatte?

Ich hab ja dich. Das galt doch noch. Oder?

«Was sagst du zu dem Ding?», fragte Victor.

«Grandios», erwiderte Henny. Sie freute sich wirklich über den Kinderwagen. Victor kam zum richtigen Zeitpunkt damit an. «Danke, Liebling. Ich werde Victoria schön warm einpacken, und dann gehen wir endlich spazieren.»

Victor griff in den Kinderwagen hinein, holte ein Poster hervor. Es zeigte einen Mann mit weißen Locken, weißem Zylinder und entschlossenem Blick, der mit ausgestrecktem Zeigefinger auf den Betrachter deutete. Darunter die Worte: *I want you for the U. S. Army*. Dieses Plakat war einer der Gründe, weshalb es den USA in Windeseile gelungen war, eine riesige Armee auf die Beine zu stellen.

«Warum bringst du das mit?», fragte Henny verwundert.

Victor zerriss das Poster wie ein Triumphator. «Dein Kind hat mich gerettet», sagte er. Er bemerkte seinen Fehler. «Unser Kind! Es gibt im *Selective Servants Act* eine Ausnahme, auf die mich Carl aufmerksam gemacht hat: Ich ernähre euch beide. Also muss ich kein Soldat werden. Ist das nicht phantastisch?»

«Natürlich», sagte Henny. Ihr Albtraum, dass Victor auf der einen Seite stand und Georg auf der gegnerischen, wurde damit nicht wahr.

Henny nahm ihm die beiden Posterhälften aus der Hand, um sie zu Boden fallen zu lassen. «Victoria schläft heute in dem schönen Kinderwagen. Und wir in unserem Ehebett.»

«Oh. Wirklich?», fragte Victor. «Heißt das, du bist so weit?»

«Soweit ich mich erinnere, bin ich deine Frau. Und woran erinnerst du dich?»

Sie legte den Kopf an seine Schulter. Während eine Hand Victoria hielt, strich die andere durch seine wilde Haarpracht, die sie noch immer so liebte.

«Ich habe einfach zu viel gearbeitet.» Victor rollte sich zur Seite. «Es tut mir leid.»

«Nicht so schlimm», sagte Henny und meinte das Gegenteil. Und ob es *schlimm* war! Mehr als das. Es war eine kleine Katastrophe. Das letzte Mal, dass sie miteinander geschlafen hatten, war drei Monate vor Victorias Geburt gewesen.

Henny streichelte ihn zärtlich, küsste seinen Nacken. Jetzt, wo er nicht mehr seine Kleider trug, roch er allerdings immer noch nach dem süßlichen Damenparfüm. Sie versuchte, es zu ignorieren. Sie wusste doch, was er mochte! Aber es hatte nicht geklappt.

«Was ist los?», fragte sie, dicht an seinem Ohr, den fremden Geruch ignorierend. Und begriff im selben Augenblick ihren Irrtum. Den Blick an die Decke gerichtet, fragte sie: «Haben wir uns verloren?»

Auch in diesem Haus war in jedem Zimmer ein Ventilator, der sich träge drehte, während sich unter ihm jubelndes Glück oder schreckliche Dramen ereigneten.

«Ich liebe dich», sagte Victor.

«Das merke ich gerade nicht so sehr.»

«Es ist kompliziert.»

«Weshalb? Wegen Victoria? Sie schläft. Sie hat es geschafft, Victor. Sie ist gesund. Der ganze Unsinn, den sie uns einreden wollten, ist genau das: Unsinn. Wir sind füreinander bestimmt.»

Victor schwieg. Endlos lange. Während die Stille die Dunkelheit des Zimmers ausfüllte wie ein alles erstickendes Kissen. In diesem Raum war noch eine weitere Person, die nur Victor sah und spürte.

«Du liebst eine andere Frau», stellte Henny sachlich fest.

«Henny!»

Sie hatte ihn wie einen Schuljungen beim Mogeln ertappt.

«Weißt du, warum ich mich in dich verliebt habe?», fragte sie ihn. «Weil du immer so direkt warst. Du hast gesagt: Ich liebe dich. Da kannten wir uns kaum. Ich habe das für den Mut gehalten, aus dem Liebe gemacht ist. Gibt es eine andere Frau, Victor? Dann sei so mutig und lass mich hier nicht liegen wie ein abgelegtes Handtuch.»

Victor warf sich herum. «Verzeih mir!»

Er küsste sie, und sie schmeckte seine Tränen.

«Es geht nicht um Verzeihen», sagte Henny. «Es geht um uns. Ich habe mehr als ein halbes Jahr lang darum gekämpft, dass unser Kind lebt. Von mir ist in dieser Zeit nicht viel übrig geblieben. Jetzt will ich zurück in mein Leben als deine Frau. Und durch deinen Körper teilst du mir mit: zu spät. Deine Lippen sagen: Es tut mir leid. Dein Geruch sagt: Ich hatte mit einer anderen Frau Sex. Und deine Tränen sagen: Ich lüge, weil ich mich nicht mehr auskenne. Und der Kinderwagen soll mich über all das hinwegtrösten.»

«Es tut mir wirklich leid!»

«Was soll ich damit anfangen, wenn du sagst, es tut dir leid? Ich habe mich aufgegeben für unser Kind. Konntest du nicht auch etwas aufgeben? Für uns?»

«Wie meinst du das?»

«Deine Eitelkeit, Victor. Du bist ein schöner, erfolgreicher Mann. Frauen suchen deine Nähe. Ich verstehe sie. Aber du hast einmal zu mir gesagt: Ich habe ja dich. Wie hast du das gemeint? In dem Sinne von: Notfalls kann ich ja auf dich zurückgreifen?»

Victor stand auf, schob die Tür zur Terrasse beiseite und zündete sich eine Zigarette an. Henny sah seinen nackten Rücken vor dem Schattenriss der Palmen, der Büsche und Kakteen und dachte: Warum kann nicht alles so perfekt sein, wie es in diesem Augenblick aussieht? Die Wahrheit ist: Wir haben alles. Aber es zerrinnt uns zwischen den Fingern wie der Sand in der Wüste. Oder können wir irgendwie aufhalten, was mit uns geschieht, bevor es zu spät ist?

Die Tasse in Rosels Hand zitterte kaum merklich, als sie Hagebuttentee in das zierliche Porzellangefäß goss. Gerade hatte Ricarda ihrer Schwester die traurige Nachricht überbracht.

«Es war Ferdinands Auftrag, unser Vaterland zu verteidigen. Das hat mein Sohn getan», sagte Rosel mit unerschütterlichem Stolz. «Er ist wie ein Held gestorben.»

Wie ein Held, dachte Ricarda. Nicht *als* Held. Ein minimaler Unterschied, auf den sie ihre Schwester niemals aufmerksam machen würde. «Das ist für euch sicher ein Trost», sagte sie. Denn sie spürte, dass Rosel sich in der Tat an der Legende vom Kriegshelden aufrichten konnte. Gott, Kaiser und Vaterland bildeten eben für die meisten Deutschen das Dreigestirn, an dem sie sich orientierten.

Doch dieses Bild geriet gerade ins Wanken, wie Rosels nächste Bemerkung andeutete: «Friedemann macht sich große Sorgen um die politische Lage. Er meint, was in Russland passiert, das könnte auch hier geschehen. Diese ganzen Demonstrationen, der Pöbel auf den Straßen Berlins.»

Ricarda hatte Politik nie sonderlich interessiert, aber die Demonstranten konnte sie verstehen. Irgendetwas musste geschehen, um *denen da oben* zu zeigen, dass dieser Krieg ein Ende haben musste.

«Du hast doch gelesen, dass man in Russland die Zarenfamilie ermordet hat, Rica, oder? Der Adel verliert dort seine Ländereien und Rechte! Der Pöbel triumphiert.»

Russland ist weit weg und obendrein besiegt, dachte Ricarda.

«Wir müssen in Deutschland aufpassen, dass wir nicht

auch dahin kommen. Unser schönes Freystetten! Denk dir nur, wenn die Sozialisten uns alles wegnehmen!», empörte sich Rosel.

Ricarda war überrumpelt. Sie war gekommen, um mit Rosel um Ferdinand zu trauern. Aber ihre Schwester plagten andere Sorgen, die Ricarda nicht nachvollziehen konnte. Haben wir beiden Schwestern uns so weit von einander entfernt? Ist Besitz wichtiger als unsere Kinder?

«Aber euer Ältester, Franz, ist nicht an der Front?», erkundigte Ricarda sich.

«Er arbeitet im Stab von General Ludendorff an wichtigster Stelle», sagte Rosel stolz.

Erich Ludendorff galt als zentraler Stratege in der Obersten Heeresleitung und eigentlicher starker Mann der deutschen Politik. Die Menschen auf den Straßen hingegen nannten ihn einen Diktator, weil er sie zwang, für Hungerlöhne in der Rüstungsindustrie zu arbeiten.

So einem Mann arbeitet mein Neffe zu, dachte Ricarda. Nachdenklich spazierte sie noch ein wenig durch den Park, als ihr Rosels Jüngste begegnete. Frieda hatte Feldblumen gepflückt. Sie wuchsen auf Wiesen, die vor dem Krieg nach englischem Vorbild kurzgeschnittene Rasenrabatten gewesen waren.

Die Zehnjährige knickste, als sie Ricarda begrüßte. «Tante Rica, stimmt es, dass Ferdinand tot ist?»

«Ja, leider ist das wahr. Er starb in einem Flugzeug, und er flog doch so gern.»

«Mutter sagt, er starb wie ein Held. Das hat sie auch bei Florian gesagt.» Gedankenverloren begann Frieda, die Blüte einer Margerite zu zerrupfen. «Was macht einen Menschen zum Helden, Tante Rica?»

«Vor allem wohl Tapferkeit und Selbstlosigkeit», erwiderte Ricarda.

Frieda schob ihre Hand in die ihrer Tante. Sie reichte Ricarda bis zur Schulter. Die rotblonden Zöpfe trug sie zu Schnecken gesteckt an den Seiten ihres Kopfes.

«Kannst du mir sagen, wie man tapfer und selbstlos wird?», fragte sie.

«Ich denke, das merkt man in dem Augenblick, in dem das Leben es von einem erwartet, ob man es sein kann», sagte Ricarda.

«Tante Rica, behältst du ein Geheimnis für dich, wenn ich es dir verrate? Mutter und Vater würden mich nämlich schimpfen, wenn ich es ihnen sagte: Ich will nie eine Heldin sein, tapfer und selbstlos.» Frieda liefen Tränen über die Wangen, als sie hinzufügte: «Ich habe Fabian und Ferdinand so lieb gehabt. Ich will nicht, dass sie tote Helden sind. Sie sollen hier sein. Bei mir!»

Es war fast halb acht am Morgen, und Victor saß noch immer am Frühstückstisch. Der Kaffee in seiner Tasse war längst kalt. Victoria lag an Hennys Brust und trank schläfrig. Victor sah gebannt zu. Dass er diesen Anblick einfach nur still genoss und nicht etwa ungeduldig aufsprang, um etwas zu erledigen, war bislang nicht vorgekommen.

Etwas hatte sich verändert in der letzten Nacht.

«Ich war so dumm, Henny», sagte er mild gestimmt. «Wieso habe ich vergessen, wie sehr ich dich liebe?»

«Das weiß ich nicht, Victor. Das musst du mir sagen.»

«Du warst so sehr mit Victoria beschäftigt.» Er druckste herum. «Und dein Geruch. Du riechst nach Muttermilch. Es fällt mir schwer, ein Begehren zu empfinden.»

Seine Ehrlichkeit schmerzte mehr als seine Lügen.

«Schließlich stille ich unser Kind, Victor», sagte Henny. «Dennoch bin ich nicht als Mutter zur Welt gekommen. Wir beide haben mich dazu gemacht. Und dann hast du dich davongestohlen. Das ist nicht fair.»

«Das ist wahr, *honey.*»

«Nicht mehr dieses Wort, Victor. So kannst du jede beliebige Frau nennen.»

«Welches?» Er stutzte.

Henny begriff, dass er genau das tat. War er so weit von ihr entfernt, dass sie austauschbar war? «Ich bin nicht irgendein *honey.*»

«Verzeih mir.»

Die Wanduhr tickte. Er wäre gleich fort. Sie musste sagen, was sie zu sagen hatte: «Ich habe in den letzten Wochen viel über uns nachgedacht.» Henny setzte Victoria ab und klopfte ihr sanft auf den Rücken. «Deine Mutter hat dir nicht gezeigt, was eine Familie ist. Das ist so, als hätte sie dir nicht beigebracht, wie man schreibt. Woher sollst du es also können?»

«Was willst du damit sagen?»

«Du wirst ab heute lernen, was eine Familie ist.»

«Heißt das, du gibst uns noch eine Chance?»

Sie nickte, und Victoria stieß wie zur Bestätigung auf. «Ja, ich gebe uns dreien eine Chance.»

«Danke.» Er stand auf und küsste sie auf die Wange. «Ich hatte schon gefürchtet, du willst dich scheiden lassen.»

Jetzt war sie erstaunt, denn das hatte sie keinesfalls erwogen. Sollte sie ihm sagen, dass sie ihn liebte und um ihn kämpfen wolle? Etwas riet ihr, dass das nicht richtig wäre. Weil es nicht reichte. Es ging um so viel mehr. Um Täuschungen,

Lügen und Wahrheiten und damit letztlich auch um Morries Tod. Und darum, was sie beide für ihre Liebe einst zu tun bereit gewesen waren: «Wir wollten sterben, weil wir uns nicht lieben durften, Victor. Hast du das vergessen?»

Er starrte sie entsetzt an. In einem Reflex zuckte die Hand zu seinem durch den Schuss lädierten Ohr. Und sein Blick sagte: Ja, das habe ich vergessen.

Henny konnte es nicht nachvollziehen. War für ihn die Vergangenheit so weit weg?

In diesem Moment hatte sie ihn eingeholt. Victor kniete vor ihr nieder und blickte zu ihr auf. «Du bist die Liebe meines Lebens. Ich werde dir nie wieder so etwas antun.»

So etwas. Ein windelweiches Wort, hinter dem sich Betrug, männliche Eitelkeit und Unreife verbargen, sollte dabei helfen, zerbrochenes Vertrauen wieder aufzubauen. Aber Henny wollte Victor keine Vorwürfe machen. Die würden alles nur verschlimmern. Sie vertraute darauf, dass er der Mann war, in den sie sich verliebt hatte. Ein Mann, der begriff, was im Leben wichtig war.

Genau darum sagte sie jetzt: «Ich nehme dich beim Wort, Victor. Denn eine weitere Chance, dich als Victorias Vater und mein Mann zu beweisen, bekommst du nicht.»

«Du verzeihst mir also?»

«Das sage ich dir ein andermal.»

Als Henny später mit dem neuen Kinderwagen, in dem Victoria schlief, vor dem Haus stand und ihr Mann in seinen schicken weißen Wagen stieg, dachte Henny, dass sie Victor eigentlich viel zu sehr liebte, um ihm nicht verzeihen zu können. Gleichzeitig durfte sie nicht zulassen, dass diese Liebe sie zerstörte. Wenn das geschähe, dann wäre der Punkt gekommen, an dem sie ihm nicht mehr verzeihen konnte. Sie war überzeugt, dass es so weit nicht kommen würde.

Wieder einmal kam Ricarda erst spät in der Nacht vom Dienst im Krankenhaus. Es war eines der seltenen Male, dass Kumari und sie gleichzeitig Schluss machen konnten. Solche Zufälle erinnerten sie an die viel zu kurze Zeit ihrer gemeinsamen Jugend.

In diesem Jahr gab es hauptsächlich zwei Arten von Fällen zu behandeln. Im Frühjahr hatten sie es mit erstaunlich vielen Grippekranken zu tun gehabt. Die Menschen hatten zu wenig zu essen und Vitamine sowieso nicht. Den Bakterien konnten sie keine Abwehrkräfte entgegensetzen. Es hatte ein paar Tote gegeben, vor allem Kranke und Alte.

Die zweite Gruppe betraf junge Frauen, die unter den Hieben von Schutzmännern zu Boden gegangen waren, weil sie sich an Demonstrationen für ein Ende des Krieges beteiligt hatten.

«Der Patientin wurde mit einem Polizeisäbel in den Arm geschlagen», empörte sich Kumari gerade. «Gestern hatte ich eine, der ist das halbe Ohr abgetrennt worden. Wie können die Polizisten es mit ihrem Gewissen vereinbaren, so mit Frauen umzugehen, die auf Unrecht aufmerksam machen?»

Ricarda hätte ihr von Rosel erzählen können, die sich fürchtete, dass *die Roten* ihr das Schloss wegnähmen. *Die Roten*, das waren auch jene Frauen, die Kumari wieder gesund pflegte. Stattdessen sagte Ricarda nur müde: «So viel Unrecht ist in der Welt.»

Sie legte ihren leichten Sommerschal auf die Kommode, als sie den grauen Umschlag am Boden liegen sah, den der

Postbote durch den Türschlitz geworfen hatte. «Nanu, eine Depesche!»

Hastig riss sie sie auf.

Victoria Vandenberg ist ein gesundes Mädchen. Wir sind glücklich. Henny und Victor

Mehr nicht.

«Gott sei Dank!», hauchte Ricarda und lehnte sich an den Türrahmen.

Zunächst war ihr Kopf wie leer. Henny hatte ihr geschrieben! Ein Lebenszeichen nach so langer Zeit. Ein Zeichen, dass sie verzieh? Aber warum dann dieser überaus sachliche Ton?

Erst jetzt bemerkte Ricarda, dass das Schreiben gar nicht an sie adressiert war, sondern an *Familie Thomasius*. Und erst danach stellte sie fest, dass nicht Henny der eigentliche Absender war, sondern *Mr. Victor Vandenberg, Universal City, Los Angeles*.

Ich verstehe, dachte Ricarda. Die Geburt ihres Enkels hatte nichts geändert zwischen Henny und ihr.

«Darf ich lesen?» Kumari nahm ihr das graue Blatt aus der Hand, las und umarmte Ricarda. «Herzlichen Glückwunsch, du zweifache Großmutter!» Sie grinste. «Eine ganz schön lange Schwangerschaft war das.»

«Wie meinst du das?»

«Nach dem, was Toni erzählt hatte, hätte Henny ihr Kind schon vor einigen Monaten zur Welt bringen müssen.» Kumari zählte stumm an ihren Fingern nach. «Etwa vor vier.»

«Vielleicht hatte sie sich geirrt, als sie Toni von der Schwangerschaft schrieb.»

«Wahrscheinlich», pflichtete Kumari ihr bei.

Das sah der akkuraten Henny allerdings nicht ähnlich. Ganz allmählich begriff Ricarda, was sie in ihrer ersten Freude nicht hatte sehen wollen. Henny hatte ein paar Monate abgewartet, bis sie voller Überzeugung Victor schreiben lassen konnte: *gesund*.

Eigentlich ging es vor allem um dieses Wort. Es besagte: Du hast dich geirrt, Mutter. Denn manche Defizite konnte man an Säuglingen erst nach einigen Monaten erkennen. Schließlich war Henny Ärztin.

Und eine kluge Frau, dachte ihre Mutter voll stiller Anerkennung.

Die Entscheidung war ein Risiko gewesen, aber die Zooleitung hatte keine andere Lösung gefunden: Seit Batas Tod lebte der kleine Sam zusammen mit den anderen Schimpansen. Am liebsten hätte Antonia ihm dabei von Anfang an beigestanden. Ein Besuch hatte sie eines Besseren belehrt.

Der kleine Affe hatte so lange herzzerreißend geschrien, bis sie weich geworden war. Sie hatte ihn entgegen der Weisung des Zooleiters aus dem Käfig herausgeholt und von den anderen Affen getrennt. Als sie ihn zurückgesetzt hatte, hatten die anderen Schimpansen ihn durch den Käfig gejagt. Kannten Schimpansen Eifersucht? Toni hätte es gern erforscht. Sam hätte die Zeche für ihre wissenschaftliche Neugier gezahlt. So hatte sie es gelassen.

An diesem warmen Sonntag schlich sie sich zum Affenhaus und lugte vorsichtig in den Käfig der Schimpansen. Sam lauste das Alphatier, das dies genüsslich geschehen ließ. Er war also aufgenommen in die kleine Gruppe.

«Willst du nicht zu Sam hingehen?», fragte Johannes.

In den letzten Monaten hatte er öfter mal nach dem kleinen Affen gesehen und Toni von Sams Entwicklung berichtet.

«Lieber nicht. Vielleicht in einem Jahr oder so. Er muss lernen, ohne mich zu leben.»

«Und wenn er dich vergisst?», fragte Annemarie, die ebenfalls mitgekommen war.

«Ich habe meine Schwester jetzt auch schon so lange nicht gesehen», erwiderte Toni. «Vergessen habe ich sie trotzdem nicht. Es tut nur ein bisschen weh, wenn ich an sie denke.»

«Wie mag das bei Sam sein? Ob er sich an dich erinnert, wenn du nicht da bist?», fragte Johannes.

«So wichtig bin ich ihm nicht», sagte Toni leichthin. Aber sie dachte, dass es sie viel mehr interessieren würde, ob Johannes an sie dachte, wenn sie nicht bei ihm war.

«Da irrst du dich», sagte Johannes. «Wer dich kennt, vergisst dich nicht so schnell.»

Toni wurde knallrot. «Er ist ein Affe.»

«Gibt solche und solche Affen», warf Annemarie breit grinsend ein.

«Ich wollte euch doch den Löwen und den Tiger zeigen», sagte Toni, um rasch von dem verfänglichen Thema wegzukommen. Sie wusste nicht, was sie wirklich für Johannes empfand. War sie in ihn verliebt? War Herzklopfen ein eindeutiges Anzeichen dafür? Oder dass sie seine kleine Metallblume auf ihren Nachttisch gestellt hatte und ihr vor dem Einschlafen gute Nacht sagte?

Vor einigen Tagen hatte der Zoo wieder Tiere aufgenommen, die ein Zirkus abgeben musste. Während des Krieges konnte mancher Zirkus seine Tiere nicht mehr ernähren. Sie waren im Raubtierhaus, gleich gegenüber dem Aquarium, untergekommen und teilten sich einen Käfig. Jedes der männlichen Tiere lag in einer Ecke. Das Fell stumpf, der Blick leer. Der Mensch hat ihnen alles Majestätische genommen, das die Natur ihnen einst gegeben hat, dachte Toni.

Herr Kallstadt schlurfte mit schweren Schritten vorbei, als die drei sich über den traurigen Anblick unterhielten. «Toni, wenn du schon da bist, kannst du mir auch helfen», sagte er in seiner unwirschen Art.

Kurz darauf sperrte Kallstadt im Raubtierhaus die Türen auf. Toni, Annemarie und zuletzt Johannes folgten. Ihm fiel es schwer, Treppen zu steigen. Er machte gute Fortschritte mit seiner Prothese, aber sie scheuerte an der Narbe, sodass er immer wieder Pausen brauchte. Aber darauf achtete Toni angesichts der Großkatzen nicht.

«So viel Fleisch!», brach es aus Annemarie hervor, als sie sah, welche Mengen Kallstadt anschleppte.

Der alte Mann blickte sie abschätzig an, sagte aber nichts.

«Na ja», meinte Annemarie halb im Scherz. «Manchmal wär man schon gern ein Raubtier.»

«Ein Leben hinter Gittern würde dir nicht gefallen», brummte Kallstadt.

Nur Toni wusste, dass er damit auf den kriminellen Teil seiner Vergangenheit anspielte. Gemessen daran, wie sie ihn bislang erlebt hatte, war Kumaris wohl achtzig Jahre alter Vater heute geradezu freundlich.

Zuerst erhob sich der Löwe. Kallstadt reichte ihm mit einer langen Stange einen Batzen Fleisch durch das Gitter in den Käfig. Als er es sanft entgegennahm, sah Toni, dass dem Löwen ein Reißzahn fehlte. Das Zahnfleisch war grau, was auf eine schlechte Durchblutung schließen ließ. Dieser Löwe wird wohl niemandem mehr etwas antun, dachte sie. Er tat ihr aus ganzem Herzen leid.

«Der ist bestimmt schon alt», sagte Annemarie.

Kallstadt schüttelte den Kopf. «Nur schlecht gepflegt.»

Toni dachte, dass sie ihn selten so viel hatte reden hören.

Kallstadt hielt ein zweites Stück Fleisch in den Käfig, um den Tiger anzulocken. Der blieb liegen, behielt die Besucher jedoch wachsam im Auge. Wenn der abgemagerte Dschungelkönig sich das Fleisch nicht holt, schnappt es ihm der Wüstenkönig vor der Nase weg, dachte Toni. Und der Tiger ginge leer aus. Da schloss Kallstadt auch schon die Käfigtür auf und ging hinein.

«Haben Sie keine Angst?», fragte Annemarie, die mit ihrem Bruder und Toni vom Gang aus zusah.

«Das sind zahme Tiere. Die sind Menschen gewohnt», antwortete Kallstadt. «Na, komm schon, Großer. Du hast doch Hunger», sagte er mit einer Sanftheit, die Toni ihm nicht zugetraut hätte. «Dir tun die Knochen weh. Nimm, du brauchst Fleisch.» Er hielt dem Tiger den auf der Stange steckenden Brocken entgegen.

Wie aus dem Nichts federte der Tiger hoch, sprang auf Kallstadt zu, der jetzt zwischen Tiger und Löwe stand. Kallstadt, durch sein hohes Alter an einer schnellen Reaktion gehindert, wurde von dem schweren Tier umgerissen und fiel zu Boden. Der Tiger ließ zwar von ihm ab und machte sich über das Fleisch her, aber jetzt wurde der Löwe aufmerksam, ging auf den liegenden Greis zu und beschnüffelte ihn.

«Toni, mach was!», schrie Annemarie panisch.

Direkt neben Toni stand der Eimer, in dem sich noch Fleisch befand. Darauf vertrauend, dass dies schließlich Zirkustiere waren, nahm sie das Fleisch und ging langsam in den Käfig.

«Hier, Löwe, nimm das», sagte sie.

Das Tier drehte sich um, sah das Futter in Tonis Hand und kam auf sie zu.

«Herr Kallstadt, können Sie aufstehen?», fragte Toni, behielt aber den Löwen im Auge und lockte ihn langsam in die äußerste Ecke.

«Ich glaube, er ist bewusstlos. Wir lassen den alten Mann da nicht liegen», sagte Johannes entschlossen.

Ehe Toni recht begriff, kamen die Geschwister in den Käfig hinein. «Das ist zu gefährlich!», rief Toni und warf das Fleisch dem Löwen hin, der sich darüber hermachte. «Geht zurück!»

Der Tiger fauchte, blieb aber in seiner Ecke. Entschlossen, ihn abzulenken, wollte Toni mehr Fleisch holen.

Jetzt kam Kallstadt zu sich. «Raus mit euch!», bellte er die Geschwister förmlich an und fand ziemlich wacklig auf die Beine.

Während Johannes sich überhastet zum Ausgang drehte, verlor er die Kontrolle über seine Prothese, strauchelte und stürzte seinerseits. Annemarie schrie entsetzt auf. Ehe Toni es sich versah, tat der Tiger einen Satz auf Johannes zu, aber Kallstadt stellte sich dem König des Urwalds in den Weg. Erneut wurde er zu Boden gerissen. Geistesgegenwärtig zerrten Toni und Annemarie ihren Bruder hinter die rettende Gittertür.

Toni ließ die Geschwister vor dem Käfig zurück, schnappte sich eine Forke, die vor dem Gitter stand, und schloss die Tür hinter sich. Sie hielt die Forke abwehrend vor sich und näherte sich so den beiden Raubkatzen.

«Oh Gott, Toni!», rief Johannes. «Bleib hier!»

Der Tiger hatte den alten Mann mit seinen Krallen sehr unglücklich getroffen. Blut schoss mit dem Pumprhythmus des Herzens aus seiner Halsschlagader. Die Raubkatzen begannen damit, den Greis wie eine erlegte Beute zu behandeln. Mit Entsetzen erkannte Toni, dass Kallstadt nicht mehr zu helfen war.

«Tiere jagen, wenn sie Hunger haben.» Kallstadts Stimme war schon schwach. Er lächelte, als wäre er glücklich. «So ist das Leben.»

Bewusstlosigkeit erlöste ihn, und jegliche Spannung wich aus seinem Körper. Toni stand wie erstarrt, voll ohnmächtiger Ratlosigkeit. Kallstadts Tod ergab auf eine Weise einen Sinn, für den ihr die Worte fehlten.

Wie aus weiter Ferne hörte sie Annemarie mit sich überschlagender, verzweifelter Stimme schreien.

DER KUSS DER REVOLUTION

November 1918

Schmittke, Christa, geb. 2.5.1887, gest. 9.11.1918, schrieb Ricarda auf den Anhänger und band ihn am großen Zeh der Toten fest. Sie breitete ein weißes Tuch, das viel zu fleckig und löchrig war, um einigermaßen würdevoll sein zu können, über den ausgemergelten Körper der erst einunddreißig Jahre jungen Patientin. Draußen im Gang stand schon eine stattliche Anzahl von Betten. Es war niemand da, der die vielen Toten in den Leichenraum brachte.

Durch die geschlossenen Fenster der Charité hörte Ricarda, wie die Menschen auf den Straßen schrien: «Nieder mit dem Kaiser!», «Es lebe die Revolution!», «Wir wollen Liebknecht hören!»

Was da draußen vor sich ging, wusste Ricarda nicht so ganz genau. Sie war an diesem Samstagmorgen seit bald achtundvierzig Stunden im Dienst. Aber sie ahnte, dass wohl eintrat, was ihre Schwester Rosel vor einem halben Jahr befürchtet hatte: *Die Roten* waren dabei, den Kaiser vom Thron zu stoßen. Seine Majestät hatte in den letzten Jahren nichts dazu beigetragen, das Leben seiner Untertanen zu verbessern. Am Ende taten sie bei Ricarda in der Charité ihren letzten Atemzug. Frauen wie Christa, die von Ricardas Schwester als *Pöbel* bezeichnet wurden.

Im Moment war Ricarda durchaus danach, ihre Stimme so zu erheben wie jene draußen rund um das Krankenhausareal. Schon seit Tagen hieß es, die Revolution würde beginnen. Vor ein paar Tagen war ausgerechnet im biederen Bayern der König entmachtet worden und ein Freistaat ausgerufen worden. «Wenn die das können», hatte Siegfried halb gescherzt, «werden unsere preußischen Revolutionäre das ja wohl auch hinbekommen.»

Allerdings tat auch er, von den Wirren unbeirrt, seine Pflicht als Arzt. So wie Ricarda, die gerade Christa Schmittke in einen dunklen, kühlen Raum schob. Zu all den anderen, denen keine ärztliche Kunst mehr half.

Hohes Fieber, Husten, Lungenentzündung. Es war der stets gleiche Dreiklang, der zum Tod führte. Ricarda und ihre Kollegen und Kolleginnen standen ihm machtlos gegenüber. Gegen diese Art der Grippe gab es schlichtweg keine Medizin. Schon im Frühjahr hatte es eine Grippewelle gegeben, an die sich Ricarda erst jetzt erinnerte. Wo viele Menschen so dicht beieinander lebten wie in der Millionenstadt Berlin, war die Ansteckungsgefahr nun mal groß.

Vor etwa zwei Monaten – im Herbst – hatte alles begonnen. Wie üblich waren zunächst nur die ganz Schwachen und Alten gestorben. Aber es waren mehr Tote als sonst um die Jahreszeit gewesen. Und inzwischen starben auch junge Menschen wie Christa.

Ricarda hatte sich im Laufe ihres Lebens als Ärztin eine Feinnervigkeit zugelegt, die sie eine solche Verschärfung der Entwicklung besser wahrnehmen ließ. Schon einmal, vor über zwanzig Jahren, hatte sie in München eine Diphtherie-Welle aufkommen sehen. Sie war nur eine Betriebsärztin gewesen, und niemand hatte auf sie gehört. Unzählige Kinder waren gestorben, weil die Stadtoberen erst handelten, als es zu spät war: Der neu entwickelte Impfstoff war zu diesem Zeitpunkt nicht mehr zu bekommen gewesen.

Langsam ging Ricarda die Reihe der Betten mit den Verstorbenen ab. Konnte es sich um eine Epidemie handeln?

Das war ein großes Wort, das man nicht leichtfertig in den Mund nehmen durfte. Als Leiterin der Gynäkologie der Charité war sich Ricarda bewusst, dass ihre Meinung Gewicht hatte. Draußen herrschten – wie man deutlich hörte – unruhige Zeiten. Wenn Ricarda jetzt sagte: In Berlin gibt es eine tödliche Grippewelle, könnten die Folgen fatal sein. Der ohnehin aufgebrachte Berliner könnte aus Verzweiflung blanke Wut entwickeln.

Nachdenklich schob Ricarda ein weiteres Bett in den dunklen, kühlen Raum. Eine Ärztin trägt Verantwortung. Wir sind nicht dazu da, um zuzusehen, dachte sie. Ich muss so wie damals in München Beweise für meine Vermutung finden. Und zwar schnell.

Johannes in ihrer Mitte marschierten Antonia und Annemarie mit Tausenden von Menschen vom Rathaus Neukölln zur Rütlischule. Es hieß, dass sich dort noch einige Kompanien aufhielten, die sich nicht ergeben wollten. *Brüder! Nicht schießen!* stand auf den Schildern, die über den Köpfen der Demonstranten schwebten. Bislang hatten die Soldaten sich daran gehalten. Toni hoffte, dass auch die in der Rütli-Schule stationierten Kompanien die friedliche Absicht der Marschierenden begriffen.

Dies ist also die Revolution, dachte Antonia glücklich. Die Revolution fühlte sich an wie eine ganz besondere Art von Volksfest, wenn auch ohne Musik und Tanz. Stattdessen wurde Seite an Seite marschiert, einige wenige Leute schwenkten rote Fahnen. Alle spürten an diesem kühlen Novembersamstag etwas, das sie seit Jahren vermissten: die Freiheit, von ihrem Staat nicht mehr unterdrückt zu werden. Doch dieses Gefühl war so ungewohnt, dass Toni meinte, es könnte schon morgen wieder vorbei sein. Darum war es ganz wichtig, jetzt jeden Soldaten zu überzeugen, sein Gewehr, sein Maschinengewehr, seine Pistole niederzulegen.

Denn die *Parole* des Tages lautete: «Der Krieg ist aus! Gebt eure Waffen ab!»

Wohin Toni auch sah, überall blickte sie in frohe Gesichter. Hungrig, ausgemergelt, verschmutzt. Aber es waren Gesichter, in denen nach Jahren wieder Hoffnung aufblitzte. In der halben Stadt, die Toni seit dem frühen Morgen an der Seite ihrer Freunde durchquerte, hatte sie dieses Glück gespürt.

Gestern, als in Berlin alles so richtig begonnen hatte, hatte auch Toni nicht so recht glauben wollen, dass sie nun doch nach Berlin käme, die Revolution. Dann trafen am Görlitzer Bahnhof, gleich bei Johannes' Werkstatt, die Züge mit den Matrosen aus Kiel ein. Obwohl Toni sich nicht für Politik interessierte, war sie begeistert gewesen. Schon weil sie in Gedanken oft bei Georg war, der gelegentlich von der Front geschrieben hatte, jubelte sie den mutigen Männern zu, die sich geweigert hatten, mit ihren U-Booten auszulaufen. Weil sie wussten, dass sie in den sicheren Tod fahren würden. Hatten die Engländer doch längst die absolute Seehoheit erkämpft. Der Aufstand der Matrosen wirkte im ganzen Kaiserreich wie das Feuer an einer Lunte, hörte Toni die Leute sagen. Alle Soldaten wären es leid, für ein Vaterland zu sterben, das ihre Frauen und Kinder verhungern ließ.

Gerade reichte Toni jemand ein Flugblatt. *Der Kaiser hat abgedankt!*

«Es ist wahr, es ist wirklich wahr!», rief Annemarie und gab das Papier weiter.

Ein Mann, der vor den dreien lief, rief nach hinten: «Scheidemann hat am Reichstag die Republik ausgerufen! Weitersagen!»

«Wer ist Scheidemann?», fragte Toni.

«Einer von den Sozialdemokraten. Die hängen sich nur an die Revolution dran», empörte sich Johannes. «So einer will keine wahren Veränderungen. Der will unterm Strich, dass alles bleibt, wie es ist.»

Toni fand es gut, dass Johannes sich mit Politik auskannte.

Ebenso Annemarie. «Nur Karl Liebknecht denkt bei der Revolution an die Arbeiter und Soldaten», sagte sie.

Zumindest wusste Toni, wer das war. Sogar ihr eigener Vater sprach von Karl Liebknecht mit Respekt. Er wäre ein Mann, der schon vor dem Krieg ohne Eitelkeit für die Rechte der einfachen Leute gekämpft hätte. Leider wäre er ein *Roter*. So etwas in der Art. Genau wusste Toni es nicht mehr.

Die Revolution gefiel Toni, aber sie war verwirrend. Gegen Mittag war sie mit Tausenden von Demonstranten vor dem Polizeipräsidium am Alexanderplatz aufgekreuzt. Die Berliner nannten es Rote Burg, weil der Ziegelbau uneinnehmbar wirkte. Seltsamerweise war die Rote Burg an diesem Tag nicht uneinnehmbar. Die Polizisten ergaben sich den Tausenden aufmarschierter Soldaten und Arbeiter. Nicht ein Schuss fiel.

Und anschließend stieg jemand auf einen Lastwagen und rief: «Das Berliner Polizeipräsidium ist in den Besitz der revolutionären Arbeiterklasse übergegangen!»

Die Massen jubelten, und Toni marschierte mit zum nahen Schloss. Auch dort ergaben sich die Soldaten. Sogar fast alle Offiziere ließen sich ohne Widerspruch ihre Abzeichen und Schulterklappen abreißen. Toni sah sogar welche, die das selbst machten. Allerdings war da schon durchgesickert, dass der Kaiser getürmt war. Wohin, erfuhr Toni nicht.

Jetzt sagte Johannes: «Nicht die bürgerlichen Kräfte dürfen die Macht im Staat übernehmen. Wie in Russland muss die Macht dem Volk übergeben werden.»

Toni wunderte sich: «Wenn Revolution so einfach ist, warum hat man den Kaiser und die Generäle nicht schon viel früher verjagt? Bevor Zigtausende Menschen starben?»

«Bevor Hans sein Bein verlor, meinst du?», fragte Annemarie. Sie grinste. «Weil du ihn sonst nicht getroffen hättest.»

Toni wurde rot. Annemarie hatte recht, wenn sie sich auf diese Weise ein wenig über sie lustig machte. An sechs Tagen die Woche hatte die Freundin in der Fabrik Gewehre zusammensetzen müssen. Das Unrecht in der Fabrik hatte aus der Bäckertochter eine politisch denkende Frau geformt. Toni hatte nur die Tiere im Sinn gehabt. Doch der schreckliche Tod des alten Kallstadt hatte in ihr viel verändert. Seit Monaten hatte sie den Zoo nicht mehr betreten können, weil das Unglück sie in ihren Träumen beschäftigte.

Heute war all das fern. Die ganze, riesige Stadt befand sich in einem Generalstreik, niemand arbeitete. Der Zug der Demonstranten erreichte jetzt, am frühen Nachmittag, die Rütli-Schule. Aus den Fenstern der zu einer Kaserne umfunktionierten grauen Bildungsanstalt für normalerweise eintausendzweihundert Schüler wurden Gewehre auf die Demonstranten gerichtet. Es herrschte eine ungewohnt feindliche

Stimmung. Es war kalt und windig. Toni hatte ein mulmiges Gefühl. Würde es Verletzte oder gar Tote geben, obwohl doch alle nur den Frieden wollten?

Spielten denn heute alle verrückt? Ricarda hatte große Mühe, die paar hundert Meter vom Haupteingang des Charité-Geländes bis zu ihrem Wohnhaus zurückzulegen. Die Straßen waren voller Menschen. Männer mit Anzug, Schlips und Kragen, mit Hut und Mantel. Arbeiter in verschlissener Kleidung, die Gewehre geschultert hatten. Kinder auf dem Arm ihrer Mütter. Damen im Pelzmantel und Frauen in Kittelschürze. Soldaten, an deren Uniformen die Dienstgradabzeichen fehlten und die keine Waffen trugen. Junge Mädchen mit entschlossenem Blick, eine sogar mit einem Revolver in der Hand. Ein Soldat trug ein Plakat: *Brüder! Nicht schießen!* Sie alle wirkten auf eine seltsame Weise entschlossen und erleichtert zugleich. Sie strebten in drei Richtungen: zum Reichstag, zum Brandenburger Tor und Unter den Linden.

Wie achtundvierzig Stunden eine Stadt verändern können, dachte Ricarda überwältigt. Es war jetzt früher Samstagnachmittag, und normalerweise wären die meisten dieser Menschen in den Fabriken, um dafür zu sorgen, dass die Kriegsproduktion weiterlief.

Ricarda war zwar neugierig, ging aber dennoch nach Hause. Vielleicht hatten Antonia oder Siegfried Neuigkeiten, hoffte sie. Doch nur Kumari war daheim.

Die Freundin saß am gedeckten Küchentisch, auf dem warmen Herd köchelte eine Suppe. Sie hielt einen Brief in der Hand, den sie reglos anstarrte. Als sie Ricarda kommen sah, blickte sie die alte Freundin mit seltsam leerem Blick an.

«Wo sind denn alle?», fragte Ricarda zunächst.

«Ich weiß nicht», sagte Kumari. «Toni hat sich mit Johannes und Annemarie verabredet. Das war gestern.»

«Sie war wieder nicht zu Hause? Sind die drei bei Sam?»

Kumari schüttelte den Kopf. «Du hast doch gesehen, was da draußen los ist. Wären wir jung, säßen wir auch nicht hier in der Küche rum.»

«Ich bin zu erschöpft, um mich an unsere Jugend zu erinnern, Kumari.» Erst jetzt ging sie auf die Stimmung ihrer Freundin ein: «Was ist, Kumari? Hast du schlechte Nachrichten?»

«Meine Tochter hat geschrieben. Acht Monate hat der Brief von Britisch-Ostafrika bis zu mir gebraucht.» Sie sah Ricarda mit Tränen in den Augen an. «Acht Monate», wiederholte sie fassungslos. «Sie schrieb an dem Tag, als mein Mann starb. Es war sein Herz. Obwohl er nicht mal sechzig war. Ach, er hat auch nie auf seine Gesundheit geachtet.»

Ricarda schloss die Freundin in die Arme und hielt sie stumm fest. Sie war Kumaris Mann vor Ewigkeiten kurz in Berlin begegnet. Eine glückliche Ehe war es wohl nicht mehr gewesen, aber die beiden hatten einander gebraucht. Manche Ehe alterte wie ein Paar Schuhe, bei dem die Sohlen schief und das Leder brüchig wurden.

«Und Großmutter bin ich auch geworden», sagte Kumari, «schon vor neun Monaten.»

«Ich gratuliere dir.» Ricarda wusste, dass es Kumaris großer Wunsch gewesen war, Großmutter zu werden. Allerdings nicht unter diesen Umständen. Aber dazu sagte sie lieber nichts, sondern fragte nur: «Ist es ein Mädchen oder ein Junge?»

«Yanthi hat einen Sohn bekommen.» Kumari strahlte.

Stolz sah sie in diesem kurzen Moment aus. Überall auf der

Welt wurden Jungen mehr als Mädchen als Erstgeborene geschätzt.

Schon verdüsterte sich Kumaris Miene. «Meine Tochter braucht mich, schreibt sie. Und ich brauche sie und ihre kleine Familie.» Kumari blickte Ricarda mit großen traurigen Augen an.

Ihre Hoffnung, sich mit ihrem Vater versöhnen zu können, hatte sich nicht erfüllt. Zwar hatte sie im Sommer nicht erfahren, wie Kallstadt gestorben war. Aber Ricarda hatte da bereits gespürt, dass die Nachricht seines Todes für die Freundin einen Wendepunkt bedeutete. In Berlin waren zwar Ricarda und ihre Familie, aber Kumaris Liebste waren eben weit weg.

«Die Leute sagen, der Krieg wäre bald zu Ende. Wenn es geht, werde ich nach Afrika zurückkehren, Rica. Meinst du, die Engländer werden es erlauben?»

«Vielleicht die Engländer. Aber willst du nicht erst mal mich um Erlaubnis fragen?»

Kumari lachte und weinte nun gleichzeitig. Ricarda dachte, dass der Krieg ihr die Freundin zurückgegeben hatte. Würde der Frieden sie ihr wieder nehmen?

Wie die einer Trutzburg stellten sich die Mauern der Schule den Demonstranten entgegen. Drei graue Stockwerke, von einem hohen Dach gekrönt, türmten sich in einem Geviert entlang der Weser- und der Rütlistraße. Aus vielen Fenstern waren Gewehre auf die Massen gerichtet.

«Die sind ja schlimmer als Rote Burg und Schloss zusammen», sagte Annemarie entsetzt.

«Ich glaube, die haben Angst», meinte Antonia.

«Die haben die Gewehre, Toni! Nicht wir», sagte Annemarie.

Was nicht ganz stimmte. Ein paar Gewehre hatten die Demonstranten schon. Allerdings fehlte die Munition dazu.

Antonia schwieg. Sie dachte ausgerechnet jetzt an Oskar Heinroth und seine Lehre von den Gewohnheiten. Ließ sich das Verhalten der Lebewesen auf dieser Erde eventuell miteinander vergleichen, fragte sie sich. Alle diese Männer mit ihren Waffen und den gleichen Uniformen taten zur gleichen Zeit das Gleiche. Sie befolgten Befehle, und keiner durfte aus der Reihe tanzen. Und das war seit viereinviertel Kriegsjahren so. Mit dem gleichen Gehorsam hatten sich ihre Kameraden an diesem Tag aber auch der Überzahl der Demonstranten ergeben und sich ihre Waffen und Abzeichen abnehmen lassen. Weil in ihnen, genauso wie in Johannes, nicht wirklich ein Soldat wohnte. Sondern ein Mensch, dem es über viereinhalb Kriegsjahre lang nicht erlaubt gewesen war, ein Mensch zu sein, der tun konnte, was er wollte. Wie sollte also einer von denen da drin in der Lage sein, sein Gewehr hinzulegen und zu sagen: Ich habe die Nase voll vom Krieg!

Oder irrte sie sich?

Von den anderen Demonstranten waren Toni, Annemarie und Johannes immer näher an das Rundbogentor der Rütli-Schule herangeschoben worden. Es war fest verschlossen, nur ein Guckloch war offen. Durch dieses verhandelten ein paar Männer, die den Demonstrationszug angeführt hatten, mit Soldaten auf der anderen Seite des verschlossenen Holztors.

Antonia verstand kaum, was gesprochen wurde, weil ständig Rufe laut wurden, die «Nieder mit dem Krieg!» forderten oder «Schießt nicht auf uns, Brüder!» baten.

Plötzlich drehte sich einer der Anführer um und deutete mit ausgestrecktem Finger auf Toni. «Was? Die da?», fragte er dabei in Richtung des Gucklochs.

Antonia spürte, wie sie von allen Seiten angestarrt wurde. Was war denn jetzt los?

«Du da, komm mal her. Wie heißt 'n du?», fragte der Verhandlungsführer der Demonstranten.

War wirklich sie gemeint? Antonia blickte Johannes und Annemarie ratlos an. Beide nickten heftig.

«Antonia Thomasius», sagte sie. «Was ist denn?»

«Die Offiziere wollen keinen von uns reinlassen. Aber sie sagen, du darfst denen da drinnen sagen, was unser Anliegen is. Trauste dir das?»

«Klar», sagte Antonia viel zu schnell.

Im nächsten Augenblick bereute sie ihre vorlaute Berliner Klappe. Denn ihr wurde bewusst, was es bedeutete, wenn sie hineinginge. Draußen Tausende von Demonstranten. Drinnen Soldaten mit Gewehren. Wie viele auch immer es sein mochten.

Tonis Knie wurden weich. Sie deutete ihrerseits auf Johannes. Er stand etwas schief, weil er das Prothesen-Bein bei jeder sich bietenden Gelegenheit entlastete. So sah ihm jeder an, dass er ein Kriegsversehrter war.

«Er kommt mit rein», sagte Toni.

Es wurde kurz verhandelt. Dann: «Sie sind einverstanden. Ihr geht rein. Ihr wisst, was ihr sagen sollt.»

Toni nickte. Das Tor öffnete sich einen Spaltbreit, gerade so viel, dass sie und Johannes hineinschlüpfen konnten. Dann wurde verriegelt. Die beiden betraten das Karree eines Innenhofs, der von allen Seiten von den vierstöckigen Schulgebäuden umschlossen war. Auf dieser klein wirkenden Fläche standen Hunderte Soldaten in voller Ausrüstung stramm, die Gewehre geschultert. Keiner von ihnen rührte sich, alle blickten geradeaus.

Ach, du meine Güte, das sind ja so viele, dachte Toni. Ihr Kopf war schlagartig wie leergefegt. Was soll ich denen denn sagen, dachte sie.

«Willkommen in der Höhle des Löwen», sagte höhnisch eine tiefe Männerstimme.

Victor hatte seine Tochter schon ein paar Mal auf die gleiche Weise hochgehoben wie an diesem Morgen. Das Ergebnis war stets dasselbe: Victoria erstarrte für einen Moment, dann füllten sich ihre Augen mit Tränen, und sie begann übergangslos wie am Spieß zu schreien.

«Lass sie deine Stimme hören, sei sanft zu ihr und dann nimm sie vorsichtig hoch.» So oft hatte Henny ihrem Mann schon erklärt, wie man es schaffte, von einem Baby liebgewonnen zu werden. Stets tat er das Gegenteil. Er riss das Kind hoch und nahm es auf den Arm. Natürlich schrie Victoria prompt los.

Heute sagte Henny dazu nichts. Am liebsten wollte sie gar nicht mehr mit ihm reden. Nicht nach dem, was sie gestern erfahren hatte.

«Sie ist jetzt zehn Monate alt. Warum tut sie das immer noch?», fragte Victor und starrte das schreiende Bündel Mensch in seinen Händen verständnislos an.

Henny schwieg weiter. Sie kannte die Antwort, und auch Victor hätte sie längst wissen können: Für das Kind war der Vater ein fremder Mann. Er hob es hoch, wenn er einmal zu Hause weilte und ihm danach war. Was selten zugleich geschah.

«Warum sagst du nichts?», fragte Victor.

«Du hast mich mal gefragt, ob ich dir verzeihe», erwiderte Henny ganz ruhig. «Ich antwortete dir, dass ich dir das später sage.»

Victor blickte sie überfordert an. Er wusste offenkundig nicht, was sie meinte. Oder er tat so. Das konnte er gut, wusste Henny. Entnervt reichte er ihr das schreiende Kind, das sich in ihrem Arm sofort beruhigte.

«Du sprichst in Rätseln», sagte Victor.

«Wahrscheinlich habe ich immer geahnt, dass du mir nicht treu sein kannst. Aber ich wollte es nicht glauben, weil ich dich zu lieb habe und uns so viel verbindet», fuhr Henny unbeirrt fort. «Seit gestern habe ich Gewissheit. Dieses Mal kann ich dir nicht mehr verzeihen.» Bis zu diesem Moment hatte Henny es geschafft, so zu tun, als hätte sie sich im Griff. Jetzt schossen die Worte aus ihr viel zu laut hervor: «Du hast unsere Familie zerstört.»

Bevor Victoria die verzweifelte Stimmung ihrer Mutter übernehmen und weinen konnte, zwang Henny sich dazu, sich wieder zu beruhigen. Sie wiegte ihr Kind sanft. Es war unmöglich, mit einem Baby auf dem Arm zu streiten.

«Das ist doch nicht wahr», sagte Victor. Es klang erschreckend kraftlos.

«Du bist der Regisseur, Victor. Du warst es von Anfang an. Du hast mich dazu gebracht, mich in dich zu verlieben. Wäre jetzt ich der Regisseur und du ein Schauspieler, würde ich wohl sagen: Victor, sag das so, dass es Henny überzeugt.»

«Henny, du spinnst!», rief er.

«Wir haben uns mal so geliebt, Victor», erwiderte sie bitter.

«Das tun wir immer noch», protestierte er.

«Es tut so weh, dass du mich für dumm verkaufst. Ich bin seit Vickys Geburt zu Hause. Tag für Tag und Nacht für Nacht sitze ich in diesem hübschen goldenen Käfig. Warte darauf, dass du die Tür aufschließt, um mich aus meiner Einsamkeit zu erlösen. Du tust es aber einfach nicht. Du lässt mich hier mit Vicky versauern. Du bist ein Verräter. Uns hast du verraten. Ist sie es wenigstens wert?»

Henny sah förmlich, dass es ihr nicht gelang, sich zu beherrschen. Denn Victoria zog schon wieder die Mundwinkel nach unten, um erneut ihre Wehklage anzustimmen.

«Du bist so theatralisch, Henny. Was soll das? Du machst mir Vorwürfe, weil ich meine Arbeit tue. Nur das ermöglicht uns dieses Leben. Es ist doch schön hier», sagte Victor.

Er war immer noch so ruhig, dass Henny überzeugt war: Er hat tatsächlich keine Ahnung, auf wen er sich mit dieser Nancy eingelassen hat.

Sie legte Victoria in den Kinderwagen und schaukelte das Gefährt, was die Kleine normalerweise einschlafen ließ.

«Als es gestern am frühen Nachmittag an der Haustür läutete, dachte ich: Ach, schön, heute kommt der nette alte Mann, der Kleider ins Haus liefert», erzählte Henny bemüht ruhig. «Draußen steht aber nicht der Kleiderhändler. Sondern eine sehr junge, hübsche Frau. Sie sagt: Ich bin Nancy. Ihr Mann liebt Sie nicht mehr. Er wird sich scheiden lassen und mich heiraten.»

Victor lachte und gab sich auch redlich Mühe, dass sein Lachen echt klang. «Schauspielerinnen lügen, wenn sie den Mund aufmachen. Dafür werden sie bezahlt.»

«Du weißt also, wer mich besuchte.»

«Nancy bildet sich da etwas ein. Sie kann dir nicht das Wasser reichen, Henny.»

«So dumm ist keine Frau, dass sie so etwas grundlos hinausposaunt. Wenn sie sich das ausgedacht hätte, könnte es sie die Existenz kosten.»

«Ich finde, dass solch eine Behauptung nicht ausreicht, um mich derart massiv zu beschuldigen.»

Es verschlug Henny die Sprache. Mit so viel Dreistigkeit hatte sie nicht gerechnet. «Du hast also kein Verhältnis mit dieser Frau?»

«Nein», sagte er kurz und knapp. «Hast du andere Beweise für deine Behauptung, dass ich fremdgehe?»

Wie kann ein solches Gespräch nur derart schiefgehen, dachte Henny resigniert. Woher sollte sie denn *Beweise* haben?

«Nein, habe ich nicht», gab sie zu. «Stimmt es denn, dass sie bereits im dritten Film in Folge deine Hauptdarstellerin ist?»

«Hauptdarstellerin ist übertrieben. Und selbst wenn, was sagt das schon aus? Ich kann ja schlecht ohne Schauspieler drehen.»

Victor nahm seinen Hut und setzte ihn sich schräg auf. Er sah verwegen gut aus. «Du siehst mal wieder Gespenster, *honey*. Es gibt Wichtigeres als irgendwelche verrückten Schauspielerinnen.»

Er tippte auf die Schlagzeile der *Los Angeles Times*, die der Zeitungsjunge bereits gebracht hatte.

«In Deutschland ist Revolution. Sie haben den Kaiser vertrieben», sagte er, küsste sie auf die Wange und verließ das Haus.

Henny starrte ihm entgeistert nach.

Der Offizier, der Antonia und Johannes an der Rütli-Schule in Neukölln gegenüberstand, war wohl anderthalb Köpfe größer als sie.

«Warum sagen Sie, dies wäre die Höhle des Löwen?», fragte Antonia.

«Sehen Sie sich meine Männer an. Glauben Sie, die lassen sich einschüchtern von der Rotte da draußen?»

«Wir wollen niemanden einschüchtern», sagte Antonia.

«Sie haben schließlich die Waffen», ergänzte Johannes.

Der Offizier blickte an Johannes herunter. «Wo ist das passiert, Soldat?»

«Verdun», antwortete Johannes. «Ich bin kein Soldat mehr, Herr Oberleutnant. Ich erlerne den Beruf eines Prothesenmachers.»

Johannes sprach nicht besonders laut, aber das enge Geviert des Hofs trug seine Worte offenbar bis in die hinteren Reihen der noch strammstehenden Soldaten. Einige blickten jetzt interessiert zu Johannes und Toni.

«Heute ist der Frieden nach Berlin gekommen», sagte Antonia und hob nun unmerklich ihre Stimme. «Wir sind hier, um Ihnen davon zu erzählen. Dürfen wir das tun, bitte?»

Es war den ersten Soldaten anzusehen, wie die förmliche Steifheit, die sie in Reih und Glied band, von ihnen fiel.

«Wir waren im Polizeipräsidium, im Schloss und in einigen Schulen, in denen so wie hier Soldaten stationiert sind. Wir haben alle überzeugt, ihre Waffen niederzulegen», sagte Johannes.

«Der Krieg ist vorbei!», rief Antonia. «Der Frieden braucht keine Waffen! Wir sind gekommen, um Ihnen das zu sagen.»

«Was soll aus uns werden?», meldete sich eine zögerliche Stimme aus den Hunderten heraus.

«Stimmt das? Der Krieg ist aus?», fragte ein anderer.

«Was geschieht mit uns?», fragte ein dritter, und dann brach ein Durcheinander der Stimmen los.

Der Offizier hob die Hand. Augenblicklich trat die alte Ordnung in Kraft. Sie schwiegen.

«Nichts geschieht mit Ihnen», sagte Antonia sofort. «Niemand krümmt Ihnen ein Haar. Die Leute draußen haben ihre Waffen einfach niedergelegt.» Toni holte tief Luft. So laut sie konnte, rief sie: «Nieder mit den Waffen! Tun Sie es! Jetzt!»

Mit einer gespenstischen Gleichzeitigkeit griffen die Männer nach den Karabinern auf ihren Schultern. Sie sahen sich an. Der erste trat nach vorn und legte seine Waffe mit einem metallischen Scheppern ab. In Kürze baute sich ein Berg von Gewehren auf. Nun traten aus den Eingängen des Gebäudes jene Männer, die oben an den Fenstern mit Maschinengewehren gestanden hatten.

Einer von ihnen kam direkt auf Antonia zu, nahm seinen Patronengurt und legte ihn ihr um. «Hier, Fräulein, machen Sie damit, was Sie wollen.»

«Der ist ganz schön schwer», sagte Toni und erschrak ein wenig. Mit solchen Gurten waren manche Soldaten wohl tagelang marschiert. «Aber nun wiegt er nichts mehr.» Damit ließ sie den Gurt von ihren Schultern gleiten.

Ein vierschrötiger Kerl wiederholte ihre Worte mit donnernder Stimme: «Es wiegt nichts mehr, hat das Fräulein gesagt!» Er warf sein Maschinengewehr lachend und wie befreit auf den Haufen der anderen Gewehre.

Das Tor zur *Höhle der Löwen* wurde geöffnet, die bisher gefangenen *Löwen* strömten hinaus, rissen sich ihre Achselstücke ab und schlossen sich den Demonstranten draußen an. Toni und Johannes waren umgeben von Hunderten, Tausenden von Menschen. Jenen, die hineinkamen, und jenen, die hinausgingen. Sie alle fielen sich in die Arme, lachten, weinten, waren überglücklich, dass der Wunsch in Erfüllung ging, den sie seit Jahren in sich verbargen – Frieden.

«Toni, du bist unglaublich», sagte Johannes mit einem Strahlen im Gesicht.

«Ach, was», wehrte sie ab. «Ich hab' doch nur ...»

Sie kam nicht mehr dazu, noch etwas zu sagen. Johannes gab ihr einen Kuss mitten auf den Mund. Toni war so verblüfft, dass ihr erst Minuten danach aufging, dass sie gerade den ersten Kuss ihres Lebens bekommen hatte!

Henny saß auf der kleineren der beiden Terrassen des Hauses. Vom oberen Ende des Laurel Canyons aus hatte sie einen weiten Blick über Los Angeles. Gerade war die Sonne untergegangen. Es war die sogenannte blaue Stunde. Eine Zeit, in der die Palmen, Kiefern und Büsche, die die am Hang stehenden Häuser umsäumten, in einem verklärenden Licht lagen. In der bis zum Meer reichenden Tiefebene leuchteten die ersten Lichter der verstreuten Ortschaften auf, die die schnell wachsende Stadt darstellten. Darüber spannte sich ein endlos blauer Himmel, an dem dünne Abendwolken im letzten Licht der versunkenen Sonne rot glühten.

Eigentlich kann man sich kaum einen schöneren Abend vorstellen, dachte Henny. Victoria war in ihrem Wagen eingeschlafen, und vor Henny lag ein Briefpapierbogen. Auf dem Boden hatte sich schon eine Menge missratener Anläufe zu einer Sammlung von Papierknäueln angehäuft.

Liebe Hedda, so startete auch dieser Versuch. *Wie kann etwas, das so schön begann, so hässlich enden?*

Auch das wollte Henny nicht schreiben. Sie warf das Blatt zu Boden und nahm ein neues.

Ich lebe im Paradies, aber ich fühle mich wie in der Hölle.

Wieder brach sie ab und zerknüllte das Blatt.

Selbstmitleid! Sie hasste es, so zu fühlen. Ausgerechnet Hedda durfte sie so etwas nicht schreiben. Einer Frau, die wahrlich mehr Grund als sie hatte, ihr Los zu bedauern. Sie selbst hatte Hedda ständig eingeredet, dass das Leben wieder schön werden würde. Und was war mit ihr selbst? Wer machte ihr Mut?

Liebe Hedda, ich habe mich entschlossen, für eine Weile in New York zu leben. Victor und ich haben eine kleine Tochter. Ich wäre glücklich, wenn ich dich mit Victoria besuchen könnte. Die letzten Fotografien, die Doktor Schumann mir von dir schickte, machen Mut.

Henny setzte den Stift ab. Sie atmete tief durch. Das wundervolle Rot am Himmel war fast verblasst. Sie las, was sie gerade geschrieben hatte. Wenn sie es genau bedachte, konnte es nur so etwas werden: Sie musste Abstand zu ihrer Ehe finden. In Ruhe darüber nachdenken, wie es weitergehen sollte mit ihr und Victor. Hier in Los Angeles, wo sie niemanden kannte, mit dem sie sprechen konnte, ging das nicht. New York lag zwar wahrlich nicht gerade um die Ecke, aber schon die einwöchige Reise würde guttun und dafür sorgen, dass sie wieder einen klaren Kopf bekam.

Trotz allem konnte Henny sich nicht vorstellen, sich von Victor scheiden zu lassen. Dabei ging es ihr auch um Victoria.

Eine schreckliche Begebenheit fiel ihr dabei ein: Wie ihr Brüderchen Georg ihrer Mutter von Onkel Rupert weggenommen worden war! Nein, sie wollte ihre kleine Familie nicht auf die gleiche Weise auseinanderreißen, sondern dafür kämpfen, dass Vicky mit ihrem Vater aufwuchs. Dafür musste sie Victor erst mal verlassen. Er sollte spüren, was ihm fehlte, und sie anflehen, zu ihm zurückzukommen. Nur so hoffte sie, seine Untreue beenden zu können.

In den blank geputzten Scheiben der Terrassentüren spiegelte sich eine Hausfrau mit leidlich gepflegtem Haar, die viel zu hager war und die müde und resigniert dreinblickte. War das sie? War das aus ihr geworden?

Hatte es nicht mal eine Zeit gegeben, in der sie sogar für eine Zeitschrift geschrieben hatte? Gezeichnet hatte? Dafür gekämpft, dass Frauen wählen gingen? Sie war als Studentin so voller Elan gewesen.

Ich muss wieder ich selbst werden, dachte sie.

Dann setzte sie ihren Brief an Hedda fort, solange das Licht auf der Terrasse noch hell genug war. Es verlieh ihr gerade so eine kraftvolle Stimmung. Der Tag ging zu Ende. Aber auf der anderen Seite der Erde begann ein neuer. So muss ich denken, beschloss sie und wünschte sich, die Kraft zu haben, diesen Schwung in Taten umsetzen zu können.

Antonias Füße brannten und ihr Herz glühte, als sie endlich in der Luisenstraße ankamen.

Seitdem sie, Johannes und Annemarie die Soldaten aus der Rütli-Schule gewissermaßen befreit hatten, waren sie noch kreuz und quer durch die Stadt gelaufen. Wildfremde Menschen hatten sie in die Arme geschlossen. Jeder hatte dem anderen versichert, wie glücklich man war. Endlich würde der Hunger ein Ende haben. Niemand wäre mehr verpflichtet, Gewehre und Granaten zu bauen. Und die Väter, Ehemänner, Söhne, Brüder, Schwager, Onkel, Vettern und Paten würden aus dem Krieg heimkehren.

«Das war der schönste Tag unseres Lebens!», jubelte Toni.

Im selben Moment bereute sie den Satz. Er klang so, als ob etwas zu Ende gegangen war. Dabei begann doch heute erst alles!

«Nein, besser: Heute ist der erste Tag unseres schönen Lebens. Alles wird neu», sagte sie.

Sie sah ihren Freunden an, dass die erste Formulierung eher zugetroffen hatte. Sicher war nur, dass heute das Alte endete. Das galt es zu feiern, und das hatten sie diesen Tag über ausgekostet.

Plötzlich herrschte zwischen den dreien ein eigenartiges Schweigen. Annemarie durchbrach es: «Johannes möchte dir etwas sagen, Toni.»

Johannes hatte den Blick gesenkt. Erst, als seine Schwester ihn anstupste, räusperte er sich. Antonia wurde ganz anders. Was würde denn jetzt kommen?

«Wir beide, du und ich», begann er.

«Oh», machte Toni und spürte, wie seine Verlegenheit auf sie übersprang. Der Kuss, natürlich. Daran hatte sie seitdem immer wieder gedacht. Wie der wohl gemeint gewesen war, hatte sie sich gefragt. War das ein Jubel-Kuss? Oder ... ja, was eigentlich? Er war schon sehr süß, der Johannes. Aber ... Toni konnte nicht weiterdenken. Das ging alles so schnell. Heute war so viel passiert!

Johannes hatte die Worte, die er auszusprechen vorgehabt hatte, offensichtlich wieder verschluckt. Seine Schwester musste sie mit einem sanften Ellenbogenknuffen aus ihm hervorholen.

«Meinst du nicht auch», versuchte Johannes es erneut, «dass wir beide gut zusammenpassen?»

«Ja, auf jeden Fall», sagte Toni und spürte, dass ihr Mundwerk wieder einmal schneller war als ihre Vernunft. «Ich mag dich, Johannes.» Das traf uneingeschränkt zu. Und vielleicht noch ein wenig mehr.

«Aber?», warf Annemarie ein.

Seit einer Weile schon war eine Ecke in Tonis Herzen ganz allein Johannes vorbehalten. Was dort jedoch mit den Gefühlen für ihn geschehen sollte, war ihr nicht klar, weil ihr Verstand auch ein Wörtchen mitzureden hatte. Darum antwortete sie ehrlich: «Ich weiß nicht, was ich fühle.»

«Weil ich ein Krüppel bin. Dafür habe ich mich doch heute ganz gut geschlagen, oder?»

Johannes hatte einen Scherz versucht. So richtig glücklich war auch er selbst offensichtlich nicht damit. Er grinste schief. Dies Grinsen, spürte Antonia, war es, das ihr gefiel. Es sagte ihr: Ich lass mich nicht unterkriegen.

«Nennt man jemanden einen Krüppel, dann ist damit der ganze Mensch gemeint. Er wird dadurch zu dem Teil, der ihm fehlt», sagte Antonia ganz ernst. Sie wagte ein vorsichtiges Lächeln. «Du bist kein Krüppel, Johannes. Man hat dir nur einen Unterschenkel genommen.»

Die Geschwister starrten Antonia so sprachlos an. Hatte sie etwas Falsches gesagt?

«Das habe ich noch nie jemanden sagen hören!» Überschwänglich schloss Johannes sie in die Arme.

Erst jetzt spürte Toni, dass sie dabei sein Gewicht zum Teil mittragen musste, da er das beschädigte Bein in diesem Augenblick nicht belasten konnte.

«Ich habe dich liebgewonnen», sagte Johannes nah an ihrem Ohr.

«Ich dich auch», antwortete Antonia wieder ganz spontan.

Annemarie hatte ein Strahlen im Gesicht, als wäre sie gerade beschenkt worden. «Morgen ist Sonntag. Da machen wir weiter mit der Revolution. Und allem anderen.»

Sie reichten einander zum Abschied ganz förmlich die Hände. Als Johannes sich schon zum Gehen gewandt hatte, flüsterte Annemarie Toni zu: «Brich ihm nicht das Herz, bitte.»

Toni schloss die Haustür auf und blickte noch einmal zurück. Die im schwachen Lichtschein der nächtlichen Straße jubelnden Menschenmassen hatten die Geschwister bereits verschluckt. Toni spürte erst jetzt, wie kalt es war.

Wir passen gut zusammen. Ich habe dich liebgewonnen. Was hieß das? War das ein Versprechen?

Dummes Herz, hör auf, so wild zu klopfen, dachte Toni.

In der bergigen Gegend war ein Kinderwagen schlecht geeignet, um damit die nur aus befestigten Sandwegen bestehenden Straßen entlangzuspazieren. Henny hatte das geahnt und es deshalb bislang vermieden, das Haus zu verlassen. Was sie für den täglichen Bedarf brauchte, wurde angeliefert. Da sie wie üblich mit Vicky allein zu Hause war, hatte sie beschlossen, heute endlich einmal dorthin zu fahren, worauf sie von der kleineren Terrasse jeden Tag herunterblickte. Seit den ersten Wochen, als sie nach Los Angeles gekommen war, war Henny nicht mehr in der weiten Ebene gewesen, die sich um die Meeresbucht schmiegte. Universal City lag oberhalb davon, der Laurel Canyon verband Berg und Tal.

Aus ihrem Kleiderschrank holte sie eines von den neuen Kleidern, die der fliegende Händler ihr verkauft hatte. Es war grau mit weißen Punkten, und Henny fand, dass sie darin grässlich aussah. Warum hatte sie solch ein Aschenputtelgewand erstanden? Die anderen waren auch nicht hübscher, lindgrün und malvenfarben. Viel zu weit. Sie hatte wohl noch mehr abgenommen. Na gut, mit einem weißen Gürtel aufgehübscht ging das malvenfarbene.

Victoria sah vom Bett aus zu. Sie saß inzwischen ganz allein, verlor nur gelegentlich die Balance. So wie jetzt purzelte sie dann vornüber, was sie mit einem Lachen quittierte, und krabbelte über das Bett. Henny eilte hinzu und platzierte ihr Töchterchen wieder am Kopfende.

«Beklag dich nicht, Vicky. Das geht uns allen so: Kaum, dass wir unsere Möglichkeiten entdecken, werden uns Grenzen gesetzt», sagte Henny und küsste zart den dunkel gelockten Kopf ihres Kindes.

Henny drehte sich vor dem Spiegel. Das Kleid war eine Tatsache, die sie hinnehmen musste. Ihre Hände hoben ihr schönes dunkles Haar. Es war lang geworden.

Und es war sehr lange her, dass Victor sein Gesicht darin vergraben hatte, wenn sie sich über ihn gebeugt hatte, um ihn zu liebkosen. Mit einem unterdrückten Seufzer steckte Henny das Haar zu einem strengen Knoten im Nacken zusammen.

«Sie sehen schrecklich aus, Frau Vandenberg», sagte sie zu ihrem Spiegelbild. Sie steckte den Brief, den sie am Vortag an Hedda geschrieben hatte, in ihre Handtasche. Ihn eigenhändig in einem *post office* abzugeben, das sollte das Ziel ihres bevorstehenden kleinen Ausflugs werden. Sie legte Victoria in den Kinderwagen und schob ihn hinaus in das grüne Tal, an dem ihr Haus lag.

Der Canyon war zu beiden Seiten mit jener Art von immergrünem Lorbeer bewachsen, dem das Tal seinen Namen verdankte. Er ließ die Schlucht wie verzaubert wirken, fand Henny. Der Weg durchs Tal war planiert und geweitet worden für eine weltweite Besonderheit, der sich Los Angeles rühmte. Henny hatte diese Attraktion bis heute, obwohl sie direkt daneben wohnte, nie kennengelernt.

Michiko hatte ihr erzählt, dass ein ganz und gar ungewöhnlicher Bus, der *electric trolley* genannt wurde, halbstündlich zwischen Berg und Tal pendelte. Ohne Auto war Henny auch darauf angewiesen. Hilfreiche Menschen halfen, den Kinderwagen hineinzuheben. Doch Vicky fand diesen Ausflug nicht lustig und schrie. Die Mitfahrenden lächelten darüber hinweg.

Erstaunlicherweise fuhr der kleine, nur ein Dutzend Personen fassende Bus, ohne irgendwelche Motorengeräusche zu produzieren. Nur das harte Abrollen der Räder auf dem Sandweg war zu hören. Und hin und wieder ein leicht quietschendes Bremsen, wenn der Fahrer die rasche Fahrt drosseln musste. In Gegenrichtung kam ein zweiter Bus. Wie die Fühler eines Insekts reckten sich zwei dünne Arme einer Oberleitung entgegen, in der die Elektrizität für den Antrieb der Busse steckte, wie jemand der erstaunten Henny berichtete.

Während der Fahrt erzählten die Passagiere von sich. Jeder war glücklich, Teil einer neuen Welt zu sein. «Wir sind das Land der unbegrenzten Möglichkeiten», sagte eine Frau in Hennys Alter. So fühlte sich diese Fahrt auch an.

Ich mag Amerika, dachte Henny. An der Endhaltestelle erboten sich viele helfende Hände, den Kinderwagen auf die dort asphaltierte Straße zu stellen. Ohne die stets selben Wände um sich herum fühlte Henny sich wie befreit. Auf einem Straßenschild las sie, wo sie sich befand. *Sunset Boulevard.* Die Straße folgte dem Weg des Sonnenuntergangs.

Gleich neben Henny war ein hübscher kleiner Laden. Ein Schild bot einen neuen Damen-Haarschnitt an. Für einen Vierteldollar. Henny griff sich in ihr Haar, löste es und wusste, was zu tun war, bevor sie den Brief an Hedda zur Post brachte.

Sogar in der Küche hörte Ricarda die Rufe, die von der Straße heraufdrangen: «Soldaten und Arbeiter an die Macht!»

Es war der dritte Tag nach der Revolution, und die Stimmung auf den Straßen hatte sich geändert. Auf die süße Hoffnung, alles möge sofort anders werden, folgte die nüchterne Erkenntnis, dass es so schnell nicht gehen würde. Darum hörte man hier, in Berlins Mitte, die ganze Nacht lang Schüsse. Aber an Ricardas Küchentisch hatte ein anderes Thema Vorrang.

«Mamma, woran hast du gemerkt, dass du Vater liebgewinnen kannst?», fragte Antonia.

«Das stand schon im ersten Augenblick fest», sagte Ricarda lachend. «Ich sah ihn und wusste: Das ist er.»

«Wie hast du das gemerkt?»

«Gar nicht gemerkt, gefühlt habe ich es.»

«Erzähl! Wie war das?», drängte Antonia.

Ricarda war überzeugt, dass sie die Geschichte schon mehrfach zum Besten gegeben hatte. Zudem hatte sie eigentlich nicht die innere Ruhe, um alles auszubreiten, denn in einer Stunde hatte sie einen äußerst wichtigen Termin beim Leiter der Charité. Allerdings hatte sie sich in letzter Zeit nicht genug um Antonia gekümmert. Von jenem Mann, für den wohl Tonis Herz schlug, wusste sie obendrein zu wenig.

Also ließ sie ihre erste Begegnung mit Siegfried an einem Herbsttag vor sechsunddreißig Jahren vor Tonis Augen aufleben. «Ich pflegte ein kleines Mädchen, das an Erstickungsanfällen litt, und besuchte es täglich in seiner armseligen

Wohnung im Krögel. Eines Tages geht die Tür auf, und ein gut aussehender Soldat steht in der Wohnung. Ich denke: Was sucht der denn hier? Er sagt, er ist ihr Bruder. Und dann stellt sich heraus, er studiert Medizin.»

«Ihr hattet also zwei Gemeinsamkeiten», sagte Toni.

Ricarda stutzte. «Stimmt. Die Sorge um seine Schwester Hildchen und das Interesse an Medizin.»

Über Antonias Gesicht ging ein Strahlen. «Johannes und ich haben auch zwei Gemeinsamkeiten: die Revolution, und wir beide haben seine Schwester Annemarie gern.» Toni blickte verklärt. «Und ich habe geholfen, dass Johannes eine Arbeit hat. Und Sam mag er auch. Meinst du, das reicht für eine Zukunft?»

Ricarda rührte die fast noch kindliche Naivität, mit der Toni auf ihre erste Liebe blickte. Während sie sonst rational und manchmal nassforsch war. Aber sie hütete sich, ihre verliebte Tochter das spüren zu lassen. Vermutlich hatte sie mit den gleichen Hoffnungen in die Zukunft gesehen. Ricarda hatte ihrer Jüngsten nie offenbart, wie lange sie um ihre Liebe zu Siegfried kämpfen musste – siebzehn Jahre.

«Noch etwas viel Wichtigeres wird hinzukommen, Toni», sagte Ricarda. «Ihr beide, nicht die äußeren Umstände, werdet die Gemeinsamkeit sein. Wenn ich deinen Vater sehe, fühle ich, dass er der Mensch ist, den ich brauche.»

Antonia legte den Kopf auf die Schulter ihrer Mutter. «Ich glaube, das fühle ich auch so.»

Sie blieben noch eine Weile stumm so nebeneinander am Küchentisch sitzen. Ricardas Gedanken schweiften jedoch schon weiter. Antonias Fragen hatten sie an Siegfrieds Schwester Hilde erinnert. Seitdem Siegfried und Ricarda aus China geflohen waren, hatten sie wegen des Krieges nichts mehr von Hilde und ihrem Mann gehört. Die Schwägerin hatte damals ein Kind erwartet. Es müsste bald vier Jahre alt werden. Wie es Hilde und dem Kind wohl ergangen war? Würde es jetzt, da der Krieg endlich zu Ende war, ein Wiedersehen in der Heimat geben?

Professor von Gutenthaler rückte mit zwei Fingern das dünne Gestell seiner Brille zurecht. «Professor Lubarsch hat mir unlängst von Ihrer Vermutung berichtet, Frau Kollegin Thomasius. Wir stehen im regelmäßigen Austausch», sagte der ärztliche Direktor der Charité.

Vermutung, fragte sich Ricarda, wieso spricht er von einer Vermutung? Es war weit mehr als das! Es gab handfeste Beweise.

Das Gespräch mit dem obersten Leichenzähler von Berlin, dem Leiter des Pathologischen Instituts der Charité, hatte Ricarda erst gestern geführt. Der bedächtige Otto Lubarsch war erst im Vorjahr auf den einstigen Lehrstuhl des legendären Rudolf Virchow berufen worden. Er hatte Ricarda bestätigt, dass es sich tatsächlich um eine Grippe-Epidemie handelte.

«Ich bin erfreut zu hören, dass meine Hinweise ernst genommen werden», sagte Ricarda jetzt zu ihrem obersten Chef.

Die strenge, fast abweisend wirkende Miene ihres Gegenübers verriet ihr, dass etwas im Schwange war. «Gewiss, Frau Kollegin, nehmen wir alle Hinweise von Leitern der Stationen ernst. Gleichwohl obliegt es der Leitung der Einrichtung, sie einzuordnen.» Professor von Gutenthaler drückte das Kreuz durch, als wollte er hinter seinem schweren, die Würde seines Amtes versinnbildlichenden Schreibtisch größer erscheinen.

«Selbstverständlich», erwiderte Ricarda. Ihr Unwohlsein wurde stärker. «Darf ich fragen, inwieweit auch meine Stationen sich an den vorgesehenen Schritten zur Eindämmung der Grippewelle beteiligen können?» Schließlich gab es dazu grundsätzliche Anweisungen des Gesundheitsamtes, die allerdings bislang nicht angeordnet worden waren.

«Wie der selige Virchow schon sagte: Hygiene», meinte von Gutenthaler.

Ricarda wartete, dass der Kollege noch etwas hinzufügte. Doch der beließ es bei einem schmalen Lächeln.

«Hygiene?», fragte sie, das Wort ratlos wiederholend. «Die ist Standard. Im ganzen Haus. Reicht das denn, um eine Grippewelle aufzuhalten?»

«Ich persönlich rate dazu, bei schweren Verdachtsfällen einen Mundschutz zu tragen. Im Übrigen bin ich der Überzeugung, dass der Begriff Grippewelle eine Bevölkerung irritiert, die ohnehin eine schwere Zeit durchmacht. Ich ersuche Sie daher, dieses Wort nicht zu benutzen.» Ricardas Chef erhob sich, beugte sich vor und reichte ihr über den Schreibtisch hinweg die Hand. «Vielen Dank, Frau Kollegin.»

Kurz danach stand Ricarda auf dem breiten Flur des Direktionshauses und hatte das Gefühl, gegen eine Wand geprallt zu sein.

Die Zahlen, die Professor Lubarsch ihr genannt hatte, waren alarmierend. Und Ricarda sah das Elend schließlich jeden Tag mit eigenen Augen. Wütend stapfte sie durch das Gelände, auf dem sogar noch während des Krieges neue Gebäude errichtet worden waren. Die Charité genoss einen ungebrochenen Weltruf. Was nützte der, wenn der Wille fehlte, die Menschen über das zu informieren, was sie bedrohte, fragte Ricarda sich.

Zornig stieg sie in die überfüllte Ringbahn, drei Stationen später ging sie ein paar Schritte die Klopstockstraße entlang und betrat das Kaiserliche Gesundheitsamt.

Lange würde es wohl nicht mehr so heißen, dachte sie. Schließlich hatten sowohl der Kaiser als auch sein ältester Sohn als möglicher Nachfolger gerade kundgetan, nicht mehr Regenten des deutschen Volkes sein zu wollen. Das Kaiserreich war damit auch offiziell Geschichte.

Den Weg zum Büro von Franz Bumm war Ricarda schon ein paar Mal gegangen. Der Präsident des Amtes, zwei Jahre älter als Ricarda, genoss ebenso wie das Amt selbst in der Ärzteschaft großes Ansehen. Seine Aufgabe war die praktische Verwertung wissenschaftlicher Lehre, wie es im Statut des Instituts hieß. Kurzzeitig hatte Robert Koch es geleitet.

Hier also müsste ich richtig sein, dachte Ricarda.

«Liebe Frau Doktor Thomasius, welch eine Überraschung, Sie zu sehen», begrüßte sie der Wirkliche Geheime Oberregierungsrat Bumm, von Haus aus Jurist, in durchaus vertrautem Ton. «Wie geht es Ihrem Herrn Gemahl?»

«Er lässt herzlich grüßen», schwindelte Ricarda, denn Siegfried wusste nichts von ihrem Vorgehen.

«Seine Studien zur geistigen Gesundheit unserer Invaliden beeindrucken mich sehr», sagte Bumm. «Richten Sie ihm doch bitte meine Grüße aus. Wir werden uns ja demnächst auf der Weihnachtsfeier unserer Verbindung treffen.» Siegfried und Bumm waren Alte Herren einer Burschenschaft. «Und was kann ich nun für Sie tun, liebe Frau Doktor?»

Nachdem sie berichtet hatte, regte sie an: «Die Bevölkerung muss gewarnt werden. Man muss Mundschutz ausgeben. Die Menschen stecken sich sonst gegenseitig an, und die Fallzahlen werden immer größer.»

Der oberste Gesundheitsbeamte des Reichs faltete nachdenklich die Hände vor seinem Bauch. «Die Menschen auf den Straßen wollen das Alte umstoßen. Ob sie im Recht sind oder nicht, will ich dahingestellt sein lassen. Was meinen Sie, was geschieht, wenn ich denen sage: Tragen Sie Mundschutz! Meiden Sie Versammlungen, bei denen Sie sich anstecken können! Ich weiß es, Frau Doktor: Sie werden rufen, Bumm will uns mundtot machen, und schrecklich wütend werden.»

Ein wenig erschrak Ricarda. Die politische Dimension des Zusammentreffens von Revolution und Grippewelle hatte sie nicht gesehen. «Das heißt: Sie werden keine entsprechende Anordnung erlassen?», fragte sie.

Franz Bumm blickte sie aus müden Augen an. «Wir beide sind in einem Alter, in dem wir die Menschen hinreichend kennen, nicht wahr? Meine Schlussfolgerung ist, dass wir alles vermeiden müssen, was die Stimmung weiter aufheizt.»

«Aber ist es nicht auch unverantwortlich, so zu handeln? Man könnte Menschenleben retten.»

«Ich sprach kürzlich mit dem Vorsitzenden der Stadtverordneten. Bumm, sagte er, wir wissen nicht, woher wir Essen für die Menschen bekommen sollen. Was können wir tun?» Der verdienstvolle Beamte seufzte. «Auf den Schlachtfeldern hat das Sterben ein Ende. Es hat allen Anschein, dass es jetzt in den Städten des Reichs beginnt.»

Bumm erhob sich und geleitete sie zur Tür.

«Man erwägt übrigens, Ihnen eine Professur anzutragen.»

Er gab ihr zum Abschied die Hand. «Es würde mich freuen, Sie als ersten weiblichen Professor wieder zu treffen. Geben Sie auf sich acht.»

Kumari sah ihre Freundin ratlos an. «Du meinst, ich soll den ganzen Tag mit einem Tuch vor dem Mund herumlaufen? Rica, das kann nicht dein Ernst sein. Die Patienten werden sich erschrecken, wenn sie mich sehen.»

«Wir müssen uns schützen, Kumari. Wir haben täglich mit so vielen Menschen zu tun, die uns anstecken können. Und die wir infizieren können, ohne zu wissen, dass wir die Bakterien weitergeben. Ich werde deshalb auf meiner Station durchsetzen, dass man sich ein Tuch umbindet, wenn man es mit Grippeverdachtsfällen zu tun hat», sagte Ricarda.

Bislang hatte Siegfried schweigend seine dünne Suppe zum Abendbrot gelöffelt. Nun sagte er: «Du solltest solch einen Schritt nicht eigenmächtig vornehmen. Mit einer derartigen Anordnung könntest du dir Ärger einhandeln.»

«Das glaube ich auch», meinte Kumari.

«Egal, ob da draußen Revolution stattfindet», ergänzte Siegfried. «Dies ist Preußen. Die Befehle kommen von oben.»

Später, als Ricarda mit ihrem Mann allein war, sagte er: «Leg dich nicht mit der Obrigkeit an, Rica. Diese Leute sind für deine Zukunft mindestens so gefährlich wie die Grippe für deine Gesundheit.»

Kurz erwog sie, Bumms Bemerkung zu erwähnen, dass man ihr vielleicht eine Professur geben könnte. Sie ließ es. Ihr stand der Sinn nicht nach Eitelkeit. «Aber ich habe doch recht, oder?», fragte sie ihren Mann.

«Dies ist ein schlechter Zeitpunkt, um recht zu haben»,

erwiderte Siegfried. «Es steht zu viel auf dem Spiel.» Er sah sie liebevoll an. «Halte dich zurück. Bitte.»

Ricarda konnte ihm dies Versprechen nicht geben. «Das Leben der Patienten muss Vorrang haben», beharrte Ricarda.

«Mit dem Kopf durch die Wand öffnet man keine Türen», meinte Siegfried. Er klang resigniert.

Wie sie ihn so ansah, fiel ihr ein, dass er seine erste Frau durch eine Seuche verloren hatte. Er war nur kurz mit Lore verheiratet gewesen, als sie als Krankenschwester während einer Cholera-Epidemie in Hamburg starb.

Ricarda umarmte ihren Mann. «Vielleicht übertreibe ich ja auch, und es wird alles nicht so schlimm.»

Was man eben so sagt, wenn man im Grunde genommen vom Gegenteil überzeugt ist.

WAS WERDEN WIR TANZEN!

— ◆ —

Januar 1919

Während Henny zu Hause Victoria stillte, läutete es. Der Briefträger brachte Post. Es war Hedda, die geschrieben hatte!

Vor zwei Monaten hatte Henny ihren Brief abgeschickt, nun antwortete die Freundin ihr gerade rechtzeitig. Schon in ein paar Tagen wollte Henny nach New York aufbrechen, wo Florentine sie erwartete. Allerdings wusste die Schwiegermutter nichts von ihrer Ehekrise. Henny hatte in dem Telefonat behauptet, es wäre an der Zeit, dass Großmutter Florentine ihre Enkelin kennenlernte.

Mindestens ebenso wichtig war Henny allerdings das Wiedersehen mit der einstigen Patientin Hedda, das sie kaum erwarten konnte. Umso größer war die Spannung, mit der sie deren Brief öffnete.

Die tapfere Hedda hatte sich auf das Schreiben mit der linken Hand umgewöhnt. Ihre Schrift glich deshalb der einer Grundschülerin, und der Brief war wegen der großen Anstrengung kurz:

Liebe Henny,
ich freu mich sehr auf ein Wiedersehen. Leider sterben in New York gerade viele Menschen an der Spanischen Grippe. Die

Regierung hat es lange verheimlicht wegen des Kriegs. Es kommt erst jetzt heraus. Ich selbst verlasse das Haus schon gar nicht mehr, weil es so gefährlich ist. Bitte überlege, ob es nicht besser ist, wenn du später kommst.
Deine Hedda

Entsetzt ließ Henny den Brief sinken. Spanische Grippe? Davon hatte sie nie gehört. Aber sie war für Heddas eindringliche Warnung dankbar. Sie hatte in den letzten Tagen ohnehin leichte Zweifel gehabt, ob Victoria schon robust genug war für die weite Reise. Die Kleine war gerade ein Jahr geworden, aber ihr Entwicklungsstand war der eines höchstens neun Monate alten Babys, hatte der Kinderarzt gesagt. Es war undenkbar, die Reise nach New York anzutreten, wenn Hedda so eindringlich davor warnte. Sofort rief sie Florentine an.

«Stimmt, Kleines, die Leute reden wohl darüber», sagte die Schwiegermutter. «Aber das betrifft eher Menschen, die wir nicht kennen.»

Arme Leute, hieß das auf gut Deutsch.

«Im Zug werden Vicky und ich auf alle möglichen Menschen treffen, Florentine.»

«Da magst du wohl recht haben. Na, dann komm doch im Frühjahr!»

Henny legte mit einem enttäuschten Seufzer auf. Die Stimmung in dem schönen Haus oberhalb von Los Angeles war in den letzten Wochen unerträglich geworden. Victor blieb nun immer öfter nächtelang fort. Er beantwortete Hennys Fragen mit so durchschaubaren Lügen, dass sie sich immer öfter fragte: Welchen Sinn hat es noch, um diese Ehe zu kämpfen? Dann sah sie Victoria an und meinte, in ihrem unschuldigen

Gesicht die Antwort zu lesen. Aber es zeichnete sich ab, dass sich zwischen ihr und Victor irgendwann ein heftiges Gewitter entladen würde. Dem hatte sie mit ihrer Reise nach New York entgehen wollen – und musste nun doch bleiben.

Missmutig nahm sie die Zeitung vom Tage zur Hand und stutzte, als sie das Foto von Carl Lämmle entdeckte.

Universal-Boss trauert um seine Frau.

Victor hatte davon kein Wort erzählt! Die *Times* schrieb, dass Recha Lämmle an der Spanischen Grippe gestorben war. Die Ehefrau war dem Film-Mogul nie nach Kalifornien gefolgt, weshalb er stets zwischen den Küsten pendelte.

Da war er wieder, der Name der seltsamen Krankheit!

Der Artikel erwähnte nur, dass die Spanische Grippe oftmals tödlich verlief. Henny war der Frau ihres einstigen Chefs zwar nie begegnet, aber sie gehörte sicherlich nicht zu den klassischen Grippeopfern. Zum einen war Frau Lämmle laut Artikel gerade mal dreiundvierzig Jahre alt, als sie in New York beigesetzt wurde. Und mit Sicherheit zählte sie nicht zu jenem Teil der Bevölkerung, der auch in Berlin als erster von Epidemien dahingerafft wurde, den Armen und Kranken.

Um ein Haar hätte ich Vicky in Lebensgefahr gebracht, dachte Henny entsetzt.

Auf der Suche nach vielleicht übersehenen Meldungen zu diesem ihr bislang unbekannten Phänomen, stieß sie auf eine Nachricht, die ihr Herz schneller schlagen ließ: Im Deutschen Reich fanden heute Wahlen statt. Zum ersten Mal in der Geschichte durften Frauen nun auch in Deutschland wählen, schrieb die Zeitung.

Nun spielte sich die historische Wende ganz ohne sie ab. Und es war purer Zufall, dass sie die kleine Meldung überhaupt entdeckt hatte. Ich muss zurück ins Leben, beschloss sie. Gleichzeitig war ihr schmerzlich bewusst, dass das Leben noch ein paar Monate länger auf sie warten musste.

Ricarda hatte den Eindruck, es wären vor allem Frauen zum Wählen gekommen. Männer schienen eindeutig in der Unterzahl zu sein. Im Grunde genommen ist dies ja auch der Tag der Frauen, dachte sie.

Die Schlangen der Wartenden wanden sich vom Alexanderplatz auf der einen und vom Schloss auf der anderen Seite zum Roten Rathaus hin. Und das an diesem bitterkalten Januartag.

«Schlange stehen sind wir nach dem langen Krieg jewohnt», sagte eine Frau, «und ooch, dat wir am Ende nischt zum Futtern kriegen, wenn wir dran sind.»

Alle lachten.

Ricarda erinnerte sich, dass das Thema Frauenwahlrecht schon zu Zeiten der Komtess in deren Salon heiß diskutiert worden war. Damals, als Ricarda noch ein Backfisch war und nicht einmal verstand, um was es ging, hatten die Damen das Wahlrecht gefordert. Gleichzeitig hatten sie es eher für eine Utopie gehalten, die nie eintreten würde. Gut und gerne vierzig Jahre war das her, und die Kämpferinnen von damals konnten – mit Ausnahme einiger weniger hochbetagter Damen – ihren Sieg nicht mehr erleben.

Vor allem musste Ricarda jetzt an ihre älteste Tochter denken. Viel mehr als sie selbst war Henny in ihrer Studentinnenzeit eine politisch denkende Frau gewesen. So schöne Zeichnungen hatte sie gemacht, so flammende Texte geschrieben. Sie hat sich viel mehr getraut als ich, dachte Ricarda. Wenn Henny das jetzt sehen könnte!

Endlich war Ricarda an der Reihe, ihr Kreuz auf dem langen, umständlich verfassten Wahlzettel zu machen. Das Land brauchte Ruhe. Seit dem Ende des Krieges wurde demonstriert, und erst vor wenigen Tagen waren blutige Straßenschlachten in Berlins Mitte zu Ende gegangen. Es hieß, die Kommunisten wären schuld. Jetzt sah sie, dass die gar nicht zur Wahl antraten. Wie verwirrend die Zeiten waren.

Und überall husteten die Menschen. Niemand wusste von der Grippewelle, die nicht nur zufällig so viele Leben kostete.

«Jestorben wird immer, Frau Doktor», hatte neulich eine junge Frau lakonisch gesagt, deren Mutter nur Mitte vierzig wurde. Die unterernährte junge Frau hatte selbst schon hohes Fieber.

Aber die Menschen nutzten ihre neue Freiheit, wählen zu dürfen. Schließlich machte Ricarda das erste Wahlkreuzchen ihres Lebens und ging hinaus. Vielleicht würde sich durch diese Wahl ja etwas ändern.

In der Werkstatt in dem Kreuzberger Hinterhof brannte wie immer Licht. Johannes und sein Chef Otto Stier saßen schweigend über ihre Tische gebeugt. Alles wirkte so wie bei Antonias erstem Besuch. Und doch hatte sich die Arbeit der beiden Männer verändert. Anstatt ganze Prothesen zu bauen, fertigten sie Einzelteile, die sie je nach Bedarf kombinierten. Seitdem Otto diese Idee gehabt hatte, konnte er sich erst recht nicht mehr vor Aufträgen retten.

«Wollt ihr wirklich nicht wählen gehen?», fragte Antonia bei ihrem Eintreten.

Johannes war schon zwanzig und durfte damit erstmals sein Kreuzchen machen. Toni fehlte noch ein Lebensjahr, was sie sehr ärgerte.

«Keine Zeit», sagte Otto. «Außerdem machen die da oben sowieso, was sie wollen.»

Neulich hatte Antonia mit Johannes' Chef eine Meinungsverschiedenheit gehabt wegen der vielen Arbeitsstunden, die Johannes leisten musste. Seit dem ersten Januar galt schließlich der Acht-Stunden-Arbeitstag. «Das betrifft nur die großen Firmen, Toni. Wir Handwerker können uns solchen Edelmut nicht leisten», hatte Otto, der Arbeitgeber, erwidert.

«Erst ermorden sie Liebknecht und Luxemburg, und nun sollen wir unser Kreuz brav bei den Mördern machen?»

Johannes spielte damit darauf an, dass vier Tage vor der Wahl zur Nationalversammlung die Führer der jungen Kommunistischen Partei erschossen worden waren. Die Täter waren angeblich ehemalige Soldaten, aber einen wirklichen Sinn ergab das nicht. Weil vom Tod der beiden Kommunisten der direkte politische Gegner profitierte. Das waren die ohnehin zerstrittenen Sozialdemokraten. Wegen der Morde hätten die Kommunisten auf die Teilnahme an der Wahl verzichtet, hatte Johannes Toni erklärt.

«Nee, Toni, solch ein Ränkespiel unterstütze ich nicht», brummte Johannes jetzt.

Während er sprach, werkelten seine schlanken Finger konzentriert an einer künstlichen Hand. Antonia dachte daran, wie diese Finger sie neulich zärtlich im Nacken gestreichelt hatten. Sie sehnte sich nach diesem Gefühl. Und nach dem Ort, an dem Johannes diese Unverfrorenheit besessen hatte.

Als hätte er ihre Gedanken gelesen, blickte er auf und grinste sie an. «Treffen wir uns heute Abend wieder in der Schwarzen Eule?»

Toni roch die ihm eigene Duftmischung aus Holz und Öl. Es löste bei ihr ein angenehmes Kribbeln im Bauch aus.

Ricardas Schicht als Oberärztin begann zwar erst abends, aber da sie noch Dienstpläne schreiben musste, ging sie gleich nach der Wahl in die Charité. Verwaltungsaufgaben bedeuteten zwar zusätzliche Arbeit, sie tat es jedoch gern. Jene jungen Kolleginnen, die eine Familie zu versorgen hatten, konnte sie mit günstigen Dienstzeiten entlasten.

Als es energisch an ihrer Bürotür klopfte, erschrak sie ein wenig. Erstaunt blickte Ricarda zur Tür, als ihr oberster Vorgesetzter eintrat. Professor von Gutenthaler befand sich in Begleitung eines zweiten Mannes. Wie von Gutenthaler trug auch er einen Schmiss auf der Wange.

Die Narbe zeichnete Mitglieder sogenannter Schlagender Verbindungen aus. Bei ihren mit dem Florett ausgetragenen Mensuren galt der Schmiss als Mutprobe der besonderen Art, wusste Ricarda von Siegfried. Auch er war, wie fast alle männlichen Studenten, mit Beginn des Studiums einer Burschenschaft beigetreten. Auf die Frage nach dem Grund hatte Siegfried geantwortet: «Na, zum einen ist man in Gesellschaft, und zum andern bringt das die Karriere voran.»

«Guten Abend, Frau Kollegin», begann von Gutenthaler. «Ich möchte Ihnen einen sehr fähigen Kollegen vorstellen.»

Der Fremde streckte Ricarda die Hand entgegen. «Paul von Hormersdorff mit zwei F», sagte er schneidig.

Ricarda schätzte ihn auf etwa Ende dreißig. Soweit sie wusste, hatte der Chef der Charité sich noch nie die Mühe gemacht, einen Kollegen persönlich irgendwo einzuführen. Sie ahnte, welcher Wind den schneidigen Herrn mit dem Schmiss und dem Doppel-F in ihr Büro geweht hatte. Dennoch freute sie sich durchaus über die Verstärkung. Wegen der Grippewelle, die nach wie vor unzählige Menschenleben forderte, waren ständig Kollegen krankgemeldet. Entsprechend freundlich sagte sie: «Sie wollen sich uns anschließen, Herr Kollege? Das sind ausgezeichnete Neuigkeiten.»

Der Fremde blickte von Gutenthaler leicht verunsichert an.

«Das muss ich wohl klarstellen», sagte der Charité-Oberste. «Ich bitte Sie, den Kollegen als Ihren Nachfolger einzuarbeiten.»

Ricarda glaubte, man habe ihr soeben den Boden unter den Füßen weggezogen. Langsam ließ sie sich auf dem unbequemen Holzstuhl nieder, auf dem sie bis zum Eintreten der zwei Männer gesessen hatte.

Mit dem Kopf durch die Wand öffnet man keine Türen. Deutlich erinnerte sie sich an Siegfrieds Warnung. Denn natürlich hatte sie entgegen der Anweisung von oben das Tragen von Mundschutz auf ihren Stationen mit einem Aushang auf den Stationen empfohlen, jedoch nicht angeordnet. War selbst das zu eigenmächtig gewesen?

«Der Kollege löst mich also ab, Herr Professor?», fragte sie nun.

«Freiherr von Hormersdorff ist ein verdienter Frontoffizier. Wir brauchen ihn jetzt hier in der Heimat an der richtigen Stelle. Sie, Frau Kollegin, werden selbstverständlich weiterhin als Oberärztin Ihren Dienst tun. Ich wünsche einen Guten Abend.» Mit einer kurzen, zackigen Verbeugung verließ er den Raum.

«Ach, die Dienstpläne! Na, dann zeigen Sie doch mal, was Sie sich Schönes überlegt haben», sagte von Hormersdorff. Er deutete auf den Stuhl, auf dem Ricarda saß. «Sie gestatten?»

Ricarda war so verblüfft, dass sie sofort aufstand. «Sie haben schon einmal die Abteilung eines Krankenhauses geleitet?», fragte sie.

«Nein», gab von Hormersdorff unumwunden zu. «Sie sind ja da, um es mir beizubringen.»

Diese Musik macht süchtig, dachte Toni. Weil sie so ganz anders ist als alles, was ich je zuvor gehört habe.

Zum zweiten Mal war sie mit Johannes in der Schwarzen Eule. Die Kneipe lag in der Sächsischen Straße im bürgerlichen Wilmersdorf. Hinein durfte nur, wen Besitzer Emil durch einen Spion begutachtet und für wert befunden hatte, dabei sein zu dürfen. Emil war ein Kamerad, mit dem Johannes Seite an Seite im Matsch der Schlacht vor Verdun gelegen hatte. Seine Schwarze Eule gab es noch nicht lange. Emil hatte jenes musikalische Geheimnis, das Toni für sich entdeckte, gerade erst nach Berlin geholt. Es nannte sich Jazz.

Saxofon, Trompete, Banjo und heute sogar ein – wie ungewöhnlich – Cello, dessen Saiten geschlagen statt gestrichen wurden, wirbelten Töne in so schneller Folge durcheinander, dass sie Tonis Körper vibrieren ließen. Sie hatte das Gefühl, etwas in ihr explodierte, als sie diese ungewöhnliche Musik hörte. Hatte Toni bisher ein Konzert besucht, war es ihr so vorgekommen, als erlitten die Konzertierenden die Musik. Diese Musiker schwitzten sich den Rhythmus aus den Poren, lachten und genossen es offensichtlich, spielen zu dürfen.

Der Krieg war vorüber, das Leben begann neu. So empfand Toni es. Was draußen auf den Straßen stattfand, die blutigen Kämpfe, das Geschrei, hatte hier drinnen keinen Platz.

Toni hielt die Hand von Johannes und merkte, wie auch ihm die Musik in die Glieder fuhr. Überschwänglich drückte sie ihm einen Kuss auf die Wange. Mehr traute sie sich nicht. Man war ja schließlich nicht allein. Obwohl Toni das Gefühl hatte, auch den anderen Paaren war nach mehr als flüchtigen Wangenküssen zumute. Endlich tat Johannes, was Toni so mochte: Seine Hand fand den Weg in ihren Nacken, und seine starken Finger spielten zärtlich auf ihrer Haut.

Jetzt trat ein Paar auf die winzige Tanzfläche. Sie bewegten sich nicht so, wie Toni es von einem Gesellschaftstanz gewohnt war. Sie zuckten, rumpelten, bebten, fochten mit sich und der Welt unsichtbare Kämpfe aus. Vor allem aber tanzte jeder für sich, was Toni so nicht kannte.

«Die Leute nennen es Negermusik», hatte Johannes vor ihrem ersten gemeinsamen Besuch in der Schwarzen Eule gesagt. «Weiß nicht, ob das für dich das Richtige ist.» Sie war nicht das behütete Töchterchen aus besseren Kreisen, für das Johannes sie hielt: «Ich bin in Afrika geboren. Eine Negerin hat mich abgenabelt, sagt meine Mutter.» Johannes hatte sie mit großen Augen angesehen. «Wirklich? Bei den Jazzmusikern ist auch ein Neger dabei. Aber der kommt aus New York.»

Am liebsten hätte Toni bei dem eigentümlichen Getanze mitgemacht. Da man sich dabei in alle Richtungen verbog, erschien es ihr unvorstellbar, dass Johannes dazu in der Lage wäre.

Nachdem sie eine Weile der Musik zugehört und den Tänzern zugesehen hatten, sagte Johannes: «Ich werde mir ein besseres Bein bauen, eines, das nicht so steif und ungelenkig ist. Und dann werden wir tanzen, Toni. Oh, Mann, was werden wir tanzen!»

Den Kopf auf Siegfrieds Brust gebettet, lag Ricarda neben ihm im Bett. Sie teilten sich einen im Ofen gewärmten Ziegelstein als Schutz gegen die Kälte im Schlafzimmer.

«Damit hat das nichts zu tun», sagte Siegfried. «Du bist

zwar ein Dickkopf, aber deswegen hat Gutenthaler dich nicht degradiert.»

«Sondern?»

«Ach, komm schon, Rica, du brauchst mich nicht dafür, dass ich dir erkläre, wie die Welt funktioniert.»

«Es ist, weil ich eine Frau bin, meinst du.»

«Klar. Dieser Freiherr von Was-weiß-ich mit seinem Schmiss ... Das war schon immer so. Diese Herren halten zusammen. Der Freiherr braucht nach dem Krieg eine Arbeit, die seinem Stand entspricht.»

Ricarda drehte sich zur Seite und wärmte ihren Rücken an ihm. «Der Krieg hat uns Frauen demnach nur einen Vorgeschmack geliefert?»

«Einen Vorgeschmack auf was?»

«Na ja, auf Zeiten, in denen Frauen nicht nur als Lückenbüßer herhalten, weil die Männer an der Front sind, um für Gott, Kaiser und Vaterland zu kämpfen.»

Siegfried lachte. «Wie du das sagst! Mancher gab dafür einen Körperteil, mancher sein Leben. Haben sie es nicht verdient, nun belohnt zu werden?»

«Haben sie durchaus. Aber muss ich mir deshalb einen unqualifizierten Freiherrn vor die Nase setzen lassen, weil der Krieg zu Ende ist?»

Siegfried zog sie fester an sich. «Es ist doch so,» sagte er, «wir haben diesen Krieg, diese schrecklichen Jahre ganz gut hinter uns gebracht. Findest du nicht?»

So sicher ist das noch nicht, dachte Ricarda. Denn Georgs letzter Brief datierte von vor zwei Monaten. Erst wenn sie wusste, dass er wohlbehalten zu Hause war, konnte sie diesen Krieg auch für sich selbst als beendet erklären. Aus seiner Sicht hatte Siegried dennoch recht, musste sie zugeben.

Schließlich lebte ihr Mann schon lange mit einem Arm, der seinem Willen nicht gehorchte. Aufgegeben hatte er deshalb keineswegs.

Wie sie nun schweigend nebeneinanderlagen, bemerkte Ricarda das Husten aus Kumaris Zimmer gegenüber. Ein heftiges Husten.

Ricarda war selbst todmüde, und endlich hatte sie sich etwas aufgewärmt. Aber etwas sagte ihr, dass es nicht richtig war, wenn Kumari an einem derart üblen Husten litt. Die an der Grippe Erkrankten hatten einen solchen Husten. Beim Einschlafen beschlich sie ein ungutes Gefühl.

Ricarda verstellte Kumari den Weg, als sie am Morgen wie üblich zur Arbeit gehen wollte. Sie war jetzt Krankenschwester in der Chirurgie und somit nicht so sehr in Kontakt mit Grippekranken.

«Als Freundin bitte ich dich, auf deinen Körper zu hören», sagte Ricarda. «Und als Ärztin horche ich dich jetzt mal ab.»

«Ach, da ist doch nichts, Rica», protestierte Kumari.

«Umso besser. Dann kannst du mich ja mal an deiner Lunge lauschen lassen», meinte sie scherzend.

Kumari gab sich geschlagen.

Was die Ärztin zu hören bekam, war erschreckend. «Ich habe keinen Zweifel: Du hast eine Lungenentzündung, Kumari», sagte sie. Eine sehr gefährliche, dachte sie. Obendrein war die hohe Körpertemperatur – fast vierzig Grad – beängstigend. Doch es gab keine medizinische Behandlungsform, die direkt auf den Entzündungsprozess einwirken und ihn stoppen konnte.

Kumari blickte sie entsetzt an. «Das ist diese schreckliche

Grippe, nicht wahr?», fragte sie. «Du solltest mich besser ins Krankenhaus schicken, Rica. Ich mach euch sonst alle krank.»

Dafür ist es zu spät, dachte Ricarda, wenn, dann haben wir uns alle längst angesteckt. Sie machte sich Vorwürfe, dass sie nur das Wohl der Patienten im Auge gehabt hatte. Was zu Hause vor sich ging, das hatte sie nicht gesehen. Aber auch Kumaris Verhalten war typisch für eine Krankenschwester. Diese sorgenden Frauen achteten buchstäblich zuletzt auf das eigene Wohl. Das hatte Ricarda schon so oft erlebt.

«Wir werden es dir hier schön machen, Kumari», sagte Ricarda.

Die Freundin ließ sich ins Bett zurückbringen, bekam heiße Steine unter die Decke und einen Tee aus Freystettener Hagebutten. Sogar mit Honig, einer raren Kostbarkeit. Ricarda hatte ihn zu Weihnachten von ihrer Mutter geschenkt bekommen. Die betagte Karla Petersen hatte während des Krieges mit der Imkerei begonnen, wobei ihr Enkelin Frieda zur Seite stand.

Kumari wusste davon und sagte: «Ich hätte so gern noch meinen Enkel gesehen.»

Das Reich hatte gerade erst den Krieg verloren, darum konnten Deutsche noch nicht in die britischen Kolonien einreisen. Aber Kumari hoffte, dass sich das in naher Zukunft ändern würde. «Ich bin so dankbar, dass du bei mit bist», sagte sie mit dem sanften Lächeln, das Ricarda so mochte. Damit hatte Kumari schon zu ihren Backfischzeiten, als sie Pflegerin lernte, Schwerstkranken die Angst vor der letzten Lebensstation genommen.

«Werde erst mal wieder gesund. Dann ergibt sich alles von allein», sagte Ricarda.

Kumari nickte tapfer. Ricarda kämpfte gegen ihre aufsteigenden Tränen und wusste, dass sie als schlechte Lügnerin durchschaut war. Einer gestandenen Krankenschwester konnte sie nichts vormachen.

Innerlich saß Henny seit Tagen auf gepackten Koffern. Der Aufschub der Reise mochte wegen der grassierenden Grippewelle die richtige Entscheidung sein. Für ihre Nerven war diese Entscheidung eine Qual. Die Untätigkeit, zu der sie verurteilt war, machte sie allmählich verrückt. Und besonders das Warten auf Victor. Endlich hörte sie an diesem späten Abend, als Vicky längst schlief, den Motor seines Wagens in der Auffahrt. Und dann kam Victor mit einem Strauß Blumen und einem überwältigenden Lächeln zur Tür herein.

«Du darfst mir gratulieren», sagte er statt einer Begrüßung. «Ich werde Carls nächsten Film als ausführender Produzent übernehmen.»

Er gab ihr einen flüchtigen Kuss, der nach Alkohol schmeckte. Und er roch nach Damenparfüm. Henny hätte ihn gern umarmt und festgehalten. Aber sie dachte: Das ist nicht mehr mein Victor.

«Gratuliere», sagte sie und nahm den Strauß entgegen, von dem sie nicht einmal sicher war, dass er ihn für sie gekauft hatte. «Produzent zu sein, war ja schon immer dein großer Traum.»

Victor legte seinen eleganten Hut, den er wie alle erfolgreichen Herren auch im warmen Kalifornien trug, achtlos ab. Er schenkte sich einen Whiskey ein und fischte eine Zigarre aus seiner Reverstasche.

«Hat Carl mir geschenkt», sagte er und betrachtete das

dunkelbraune Riesending in seiner Hand von allen Seiten. «Zigaretten passen zu Regisseuren, Zigarren zu Produzenten. Ich steige jetzt um», sagte er. «Diese Marke kommt aus Kuba. Furchtbar teuer.» Er grinste.

In gewisser Weise freute sich Henny für Victor. Er lebte seinen Traum, und die Geste mit der Zigarre hatte auch eine Spur von Selbstironie. Aber in seinem tiefsten Inneren sah Henny in ihm den kleinen Jungen, der sich danach sehnte, ein bedeutender Mann zu sein. Sie ahnte, dass der Aufstieg ihm nicht bekommen würde. Er stand einfach zu gern im Mittelpunkt.

«Was soll aus uns werden, Victor?», fragte sie.

«Möchtest du ein zweites Kind, *darling*?», fragte er zurück. In diesem Augenblick hatte er es geschafft, die Zigarre anzuzünden. Er blies den Rauch genüsslich aus.

Henny starrte ihn an wie einen Fremden. Wie konnte er eine solche Frage stellen? Geradeso wie: Möchtest du noch ein zweites Glas Wein? Merkte er denn gar nicht, wie weit sie sich voneinander entfernt hatten? Und dass auch ein zweites Kind die Kluft zwischen ihnen nicht verringern konnte?

«Im Moment nicht. Aber vielen Dank», erwiderte Henny sarkastisch.

Victor blickte sie irritiert an. «Was stimmt denn jetzt wieder nicht?»

«Soll ich ein Kind bekommen, damit ich komplett vergesse, wer ich mal war? Oder damit du noch einen Grund mehr hast, nicht hier zu sein?»

«Ach, du hast nur schlechte Laune, *darling*.»

«Herr Vandenberg, mein kompletter Vorname lautet Katharina Henriette. Henny ist schon ein Kosename. Für mich ist es *okay*, wenn wir dabei bleiben», zischte sie ihn an und ärgerte sich gleichzeitig, dass sie sich wie eine vernachlässigte Ehefrau benahm. Leider fühlte sie sich exakt so.

«Du hast wirklich schlechte Laune, Katharina Henriette», stellte er fest und grinste wie ein Schuljunge, der aus dem Heft des Banknachbarn abgeschrieben hatte.

Dieses Grinsen hatte Henny immer so gern gemocht. Es hatte ihr stets eine Leichtigkeit versprochen, die es schon lange nicht mehr einlöste. Und da fiel ihr ein, dass sie ihn gezeichnet hatte. Kurz nachdem sie ihn kennengelernt hatte. Sie hatte anschließend in der Ringbahn gesessen und sich die Skizze angesehen. Eine alte Dame hatte auf das Blatt geguckt und gesagt: *So ein hübscher Schlingel. Schlingel brauchen Frauen wie uns. Aber seien Sie vorsichtig.* Henny hatte fragen wollen, welche Art von Frau sind wir denn? Aber da war die alte Dame bereits ausgestiegen.

Jetzt hatte Henny die Antwort am eigenen Leib erfahren: Frauen, die ihren Mann glänzen lassen, während sie selbst neben ihm grau wie Asche werden.

Ich war gewarnt worden, dachte Henny.

Sie ging zu einem der Schränke. Mit einem Griff hatte sie einen Skizzenblock bei der Hand und einen weichen Zeichenstift. «Halt bitte still», sagte sie.

«Du willst mich zeichnen? Das hast du erst ein Mal gemacht.»

«Du erinnerst dich daran?»

«Natürlich. Ich glaube, ich mochte die Zeichnung nicht.»

«Stimmt», bestätigte Henny. «Halt trotzdem still.»

«Warum willst du mich ausgerechnet jetzt zeichnen?»

«Weil du jetzt Produzent bist und eine dicke Zigarre rauchst», erwiderte sie mit einem gequälten Lächeln.

Was natürlich nicht der Wahrheit entsprach. Die wirkliche Antwort wäre gewesen: Damit ich später einmal weiß, warum ich nicht mehr mit dir leben kann. Falls ich es einmal vergessen sollte, weil ich dich immer lieben werde.

Manche ihrer männlichen Kommilitonen sah Toni selten in den Lehrsälen und Studierräumen der Friedrich-Wilhelms-Universität. Denn sie protestierten draußen vor der Tür gegen die neue Politik und verwandelten den Prachtboulevard Unter den Linden bei Straßenkämpfen in ein Schlachtfeld.

Nicht nur hier in Berlin ließen Menschen dabei ihr Leben. Obwohl die Wahlen zur Nationalversammlung längst gelaufen waren. Wie von Johannes prophezeit, hatten die beiden Parteien der gespaltenen Sozialdemokraten gemeinsam über fünfundvierzig Prozent der Stimmen bekommen. Zurzeit saßen die Gewinner des Krieges – Briten, Franzosen, Amerikaner – in Versailles über Deutschland zu Gericht. Was Toni davon in der Zeitung las, klang erschreckend: Das Reich – so wurde benannt, was vom Kaiserreich geblieben war – musste große Teile des Landes hergeben und empfindliche Strafe für den angezettelten Krieg zahlen.

Letztlich empfand sich auch Toni als Teil des *Reich*s. Denn die Zeitung schrieb, die sogenannten *Reparationen* würden alle Deutschen dazu zwingen, den Gürtel künftig enger zu schnallen. Wie eng denn noch? Bis man verhungerte?

Toni zog für sich daraus den Schluss, in sich selbst zu investieren. Das Studium der Biologie fiel ihr leicht, da sie über eine Menge Vorwissen verfügte. Da Doktor Heinroth, der Leiter des Aquariums, sie erst auf die Idee zur Wahl ihres Fachs gebracht hatte, besuchte sie ihn gelegentlich im Zoo. Wobei die erste Begegnung naturgemäß Kallstadts Tod zum Thema gehabt hatte.

«Sein Verhalten war rücksichtslos», hatte Heinroth gemeint. «Weniger gegen sich selbst. Er wusste, was er tat. Aber dich und deine Gäste hätte er niemals in den Käfig mitnehmen dürfen. Niemand darf riskieren, andere Menschen einem derartigen Schockerlebnis auszusetzen. Der Zoo muss bei deinen Freunden und dir nachgerade um Entschuldigung bitten.»

Nach den Treffen mit Heinroth sah Toni anschließend stets bei Sam vorbei. Der kleine Affe hatte sich bei seinen Artgenossen so gut eingelebt, dass er nicht mehr darauf bestand, von Toni auf den Arm genommen zu werden. Seitdem war es ein wenig, als treffe sie einen guten Freund.

Sam gehörte gewissermaßen zu den alten Seiten ihres Lebens, die Schwarze Eule zu den neuen. Heute Abend wollte Annemarie sie und Johannes erstmals in das Tanzlokal begleiten.

Johannes und seine Schwester erwarteten Toni schon, als sie eintraf. Die Geschwister strahlten übers ganze Gesicht.

«Hans hat 'ne Überraschung», sagte Annemarie. «Bin ganz stolz auf ihn. Wirste gleich sehen!»

Ihr Bruder schlug verlegen die Augen nieder. Er stand ein wenig seltsam herum, fand Toni. Irgendetwas war mit seinem kaputten Bein, aber Toni wollte nicht fragen, warum er heute einen Stock nutzte. Wenn es um seine Behinderung ging, war er eigen, was Toni vollkommen verstand.

Als sie nun hineingingen, fiel ihr sofort auf, dass er sich anders bewegte. Das schwere Hinken war weg, nur zwischen jedem Schritt musste er eine winzige Pause einlegen. Sie glaubte ihren Augen nicht zu trauen.

«Wie haste das gemacht, Johannes?», fragte Toni.

Er begriff natürlich, was sie meinte, und guckte sie glücklich an. «Vielleicht kann ich bald ein wenig tanzen.»

Als die Jazzband loslegte, machte Annemarie große Augen und Ohren. Es dauerte aber nur wenige Takte, bis sie die zuvor nie gehörte Musik bejubelte. An diesem Abend füllte sich die kleine Tanzfläche sehr schnell. Ein verwegener Gedanke durchfuhr Toni: Ob wenigstens sie und Annemarie tanzen konnten?

«Wie haste das mit dem Bein denn nun hinbekommen?», fragte Toni Johannes.

«Prinzip Marionette. Ich hab tagelang dran gebaut. Otto sagt, wenn ich das ausprobiere und es klappt, macht er mich zum Teilhaber.» Johannes grinste. «Ich hab 'ne Erfindung an mir selbst gemacht.»

Mit einem Mechanismus ließ sich der Unterschenkel über einen dünnen, mit der Hand bedienten Stock bewegen.

«Tanzen tu ich heute lieber noch nicht, Toni. Das Ding ist noch so neu. Ich will's nicht kaputt machen. Biste mir nich böse, oder?»

«Quatsch! Stolz bin ich auf dich. Das hast du gut gemacht. Vielleicht kannste damit mal richtig Geld verdienen», sagte Toni.

Johannes nickte. «Wär ein Traum. Nehmen se mir das Bein weg, und ich mach was Neues draus.» Er blickte sie verklärt an. «Ich lieb dich so, Toni. Du hast mich gerettet.»

Toni war so überwältigt, dass sie nicht anders konnte: Sie küsste ihn auf den Mund. Einfach so. Obwohl so viele Leute in der Kneipe waren. Da ließ Johannes sein Marionettenbein los, legte beide Arme um sie und hielt sie ganz fest, während er den Kuss voller Zärtlichkeit erwiderte.

«Jetzt will ich tanzen!», rief Annemarie. «Erlaubst du, Johannes?»

«Klar. Die da machen det doch ooch.» Johannes meinte zwei junge, ziemlich extravagant gekleidete Frauen, die von Beginn an ohne männliche Partner tanzten und sich dabei offensichtlich wohlfühlten. «Ich tanze im Geiste mit.»

Etwas zögerlich traten die beiden Mädchen an die Tanzfläche. Toni spürte die Musik förmlich in ihren Gliedern. Als jetzt das Cello genau so geschlagen wurde, wie sie es liebte, trat sie den entscheidenden Schritt nach vorn.

Ricarda saß an Kumaris Bett. Der Atem der Freundin ging laut rasselnd, gerade so, als ertränke sie in sich selbst. Es war so schrecklich, anhören zu müssen, wie ihr buchstäblich die Luft ausging, und nichts tun zu können, um ihr Leiden zu beheben.

Alles hatte Ricarda versucht, um ihrer Freundin zu helfen. Neben der Standardtherapie zur Fiebersenkung mit Chinin und Antipyrin hatte sie Kodein zur Dämpfung des Hustens eingesetzt. Schließlich hatte sie den Opium-Extrakt Pantopon verwendet. Gegen die Entzündung der Lunge blieb sie machtlos. Das nur in schweren Fällen eingesetzte Adrenalin schenkte Kumari noch etwas Zeit. Aber sie hatte kaum noch Kraft, etwas zu sagen, sie dämmerte vor sich hin. Ricarda machte sich nichts vor: Kumaris Leiden würde bald ein Ende haben. Wenigstens hatte sie keine Schmerzen.

So hielt Ricarda die Hand ihrer engsten Gefährtin und ließ die Erinnerung vor ihrem inneren Auge vorbeiziehen. Sie hatte die Freundin stets für ihr Mitgefühl bewundert, die Art, wie sie Kranken neue Kraft allein dadurch gab, dass sie bei ihnen war. Ricarda hatte diese Fähigkeit nicht. Sie wollte heilen und den Erfolg ihres Vorgehens sehen. Deshalb hatte in ihr der Ehrgeiz gebrannt, Ärztin zu werden. Während für die Freundin das Mitgefühl für das Leiden der Patientinnen der Antrieb für ihre Arbeit gewesen war. Eine Ärztin musste manchmal radikale Entscheidungen treffen. Die Pflegerin war da, um die Kranken mit dem Leiden zu versöhnen.

In diesem Moment haben sich die Rollen vertauscht, dachte Ricarda. Sie tupfte der Hochfiebrigen kühles Wasser auf die Stirn.

«Ich habe dir das nicht oft gesagt», flüsterte sie, «aber ich habe dich immer lieb gehabt. Ich hoffe, du weißt das.»

Kumari schlug die Augen auf. Sie lächelte ihr typisches Lächeln mit den zwei Grübchen. «Sei nicht traurig. Ich komme ja wieder.» Dann schloss sie die Augen, und ganz langsam erlosch das Lächeln.

Ich komme wieder. Ja, natürlich, dachte Ricarda. Du bist Buddhistin, du wechselst den Körper, das ist dein Glaube. Offensichtlich macht dir deine Überzeugung das Abschiednehmen leichter. Aber was ist mit mir, die dir nie wieder begegnen wird? Wie lebe ich ohne dich?

Die Freundin versuchte noch einmal, tief Luft zu holen. Ihre Lunge ließ nur ein gurgelndes Röcheln zu.

Plötzlich war es ganz still im Zimmer. Gleichzeitig läutete draußen im Flur das Telefon. Das Geräusch erschien Ricarda so unwirklich laut, dass sie zusammenzuckte.

Die beiden Frauen auf der Tanzfläche konnten kaum unterschiedlicher sein, fand Toni. Die Blonde hatte ein teigiges Gesicht mit üppig geschwungenen Lippen und war kaum geschminkt. Die andere, eine Schwarzhaarige, hatte ein spitzes Kinn mit einem herzförmigen, fast puppenhaft hübschen Gesicht, in dem der kleine Mund durch einen ungewöhnlichen dunkelroten Lippenstift betont wurde. Beide schienen sich die Seele aus dem Leib tanzen zu wollen. Sie warfen die Unterschenkel in atemberaubendem Tempo nach hinten, während ihre Oberschenkel nach innen zuckten. Dabei verrenkten sie gleichzeitig die Arme, als wären es Flügel.

In den anderen Nächten in der Schwarzen Eule hatte Toni keine Frau so tanzen gesehen wie diese beiden. Das war alles eckiger gewesen. Auch Tonis eigene Tanzerei war, wie sie fand, gebremster. Nun imitierte sie den Stil der beiden Unbekannten. Dabei spürte sie, dass es bei dieser Musik genau darum ging: sich auf eine völlig andere Art zu bewegen als je zuvor.

Toni sah, dass auch Annemarie das verstanden hatte. Sie beide lachten wie befreit. Toni spürte, wie ihr Körper, dieses Instrument, das sie den ganzen Tag über auf dem Stuhl der Bibliothek festgehalten hatte, so leicht wurde, als flöge er. Sie nahm Augenkontakt mit den beiden anderen jungen Frauen auf. Ihnen erging es ganz offensichtlich genauso. Sie warfen die Arme hoch, die Beine, legten den Kopf in den Nacken, lachten.

Freiheit, dachte Toni, so fühlte sich Freiheit wohl an. Vergessen, was einen fesselte, an die Sorgen des Alltags band und die Zukunft grau erscheinen ließ. In dieser Musik konnte sie schwimmen wie in einem Meer.

«Ich bin Vera», sagte die Blonde etwas atemlos, als die Musik pausierte.

Die Dunkle stellte sich als Margot vor.

Nie zuvor hatte Toni erlebt, das man sich so unkompliziert bekannt machte. Einfach nur mit Vornamen, wie die Gassenkinder im Hinterhof! Mit dem Unterschied, dass sie hier Abendkleid trugen.

«Wir feiern bei Vera weiter. Kommt ihr mit?», fragte Margot. Ihre Stimme war erstaunlich tief.

«Wohin denn?», fragte Toni.

«Königsallee.» Erklärend fügte Vera hinzu: «Ich habe einen Führerschein und draußen ein Auto stehen.»

Toni kannte keine andere junge Frau mit Führerschein. Geschweige denn mit Auto! Die wenigen Autos, die es gab, waren konfisziert worden, um im Krieg Offiziere an die Front zu schaffen.

Annemarie und Toni tauschten einen kurzen, einvernehmlichen Blick. In Toni siegte die Neugier: «Ja, gern, aber ich muss zuvor meine Eltern anrufen.»

Siegfried öffnete die Tür zu Kumaris Zimmer. Er war so rücksichtsvoll, das Licht im Flur, das sonst durch den Glaseinsatz im oberen Viertel der Zimmertür hereingeschienen hätte, nicht einzuschalten.

«Rica», flüsterte Siegfried. «Das Telefon. Für dich.»

«Ich brauche noch Zeit, Siegfried.»

«Darf ich dich ablösen?»

«Kumari ist gegangen.»

Nun öffnete er die Tür, und das wenige Licht, das aus der Küche über den Flur in Kumaris Sterbezimmer drang, fiel auf das entspannte Gesicht der Freundin.

«Das tut mir so leid», sagte Siegfried. «Nun hat sie es geschafft. Können wir versuchen, es so zu sehen?»

«Das müssen wir. Aber es wird nie wieder jemanden geben wie sie», sagte Ricarda. «Man trifft Menschen, hat sie gern oder mehr als das. Lebt sein Leben, nimmt diese Menschen mit. Und nie denkt man: Morgen kann alles vorüber sein. Und irgendwann ist der Tag da, und plötzlich muss man einsehen: Es ist vorüber. Die gemeinsame Zeit ist zu Ende.»

Sie hatte jetzt keine Tränen, aber in ihr tobten die Gefühle.

«Kumari hat es gewusst. Mit welcher Leidensfähigkeit sie gegangen ist! Sie hat ihr Sterben einfach angenommen.» Ricarda sah zu Siegfried auf, der unverwandt im Türrahmen stand. «Wenn es bei mir so weit ist, werde ich an Kumari denken.»

«Wir beide haben noch viel Zeit, Liebling.» Siegfried beugte sich zu ihr herunter und zog sie mit seinem gesunden Arm zu sich nach oben. «Das Telefon. Jemand will dich sprechen.»

«Das Krankenhaus?»

«Dann hätte ich dich nicht gestört. Es ist Georg. Er ist hier, hier in Berlin.»

Bevor sie aus dem Zimmer ging, öffnete sie das Fenster. So wie es einst Käthe für Jettes Seele getan hatte.

«Breite deine Flügel aus, Kumari», flüsterte sie. «Finde ein neues Leben.»

«Auf der Leitung wird gerade gesprochen», sagte das Fräulein vom Amt.

Im Büro der Tanzkneipe hing das Telefon an der Wand. Toni blickte sich zu den beiden extravaganten Fräuleins um, die sich gerade im Flur mit Annemarie und Johannes unterhielten. Zu gern hätte sie herausgefunden, wer Vera und Margot waren, dass sie sich einen so ungewöhnlichen Lebensstil leisten konnten. Aber sie wollte nicht einfach so in die Nacht entschwinden, ohne die Eltern zu informieren. Sie war gerade neunzehn geworden. Annemarie war zwar nicht älter, aber sie hatte keine Eltern, denen gegenüber sie Rechenschaft ablegen musste. Und morgen wollte Toni in die Bibliothek.

Sie gab sich einen Ruck. Ohne die Eltern erreicht zu haben, sagte sie: «Es tut mir leid. Können wir das ein anderes Mal nachholen?»

«Wie du meinst», sagte die blonde Vera. «Wir treffen uns wieder.» Damit schien alles gesagt, die beiden jungen Frauen entschwanden.

«Ihr wisst schon, wo die Königsallee ist und wer da so wohnt?», fragte Johannes, als sie drei auf dem Weg zur Ringbahnstation Savignyplatz waren.

«Nee», machte Toni gedehnt. Königsallee klang in der Tat nicht nach Arbeiterquartier wie zum Beispiel Ackerstraße, die gleich um die Ecke von Johannes und Annemaries Wohnung lag.

«Das ist da, wo der Klassenfeind wohnt», sagte Johannes. «Villenkolonie Grunewald.»

«Na und?», meinte Annemarie fröhlich. «Wie man arm ist, das wissen wir. Ich würd' schon gern wissen, wie man reich lebt.»

«Gucken kostet ja erst mal nix», sagte Toni.

Johannes hauchte ihr einen Kuss auf die Wange. «Na jut.»

Die drei verabschiedeten sich, als zwei sehr elegant gekleidete junge Männer vorbeigingen. Die beiden waren ins Gespräch vertieft. Dennoch blickte einer der beiden Toni unter seinem Hut hinweg kurz an. Toni erfasste ein ganz seltsames Gefühl. Ihr war, als würde sie den Fremden kennen, ohne zu wissen woher.

Johannes bemerkte ihre Irritation angesichts der sekundenlangen Begegnung. «Kanntest du diese reichen Schnösel?»

In diesem Moment begriff Toni, wen sie da erkannt hatte. «Georg!», rief sie über den ganzen Bahnsteig.

Nachdem sie den Telefonhörer eingehängt hatte, setzte sich Ricarda auf einen Stuhl in der Küche. Sie fühlte sich auf seltsame Weise leer. Der Verlust von Kumari, der so schmerzte, und der fast gleichzeitige Anruf von Georg zerrten ihre Gefühlswelt in zwei völlig verschiedene Richtungen. Kumari ist tot, und Georg hat diesen Krieg überlebt. Ihr war etwas genommen und gleichzeitig etwas gegeben worden.

Siegfried hatte noch mal einen dünnen Tee aus den zur Neige gehenden Hagebutten gemacht. Er ließ ihr Zeit, bis er schließlich doch fragte: «Das war ja ein kurzes Telefonat. Was hat Georg denn gesagt?»

«Er wohnt im Adlon und kommt morgen zu uns», erwiderte Ricarda knapp.

Sie sah auf die Uhr. Fast halb elf Uhr nachts. Überhaupt erstaunlich, dass Georg um diese Zeit angerufen hat, dachte sie. Wahrscheinlich war er gerade erst angekommen, sie hatte vergessen zu fragen. Überhaupt hatte sie zu wenig gefragt, weil Kumaris Tod sie so mitgenommen hatte.

«Georg lebt», sagte Siegfried. «Das ist, was jetzt zählt, Rica. Das Leben geht weiter.»

Er hat ja recht, dachte sie. «Kumari wäre dies Jahr erst fünfundfünfzig geworden», sagte sie. «Das ist zu jung, um zu sterben. Ob sie noch leben würde, wenn sie vorsichtiger gewesen wäre und einen Mundschutz getragen hätte?»

«Vielleicht. Vielleicht hat aber auch jeder sein Schicksal, dem er nicht entkommen kann.»

«Du glaubst ans Schicksal?», fragte sie verwundert. Sie kannte ihren Mann als einen sachlichen Menschen.

«Je länger man lebt, desto mehr passiert, das man nicht erklären kann. Oder für das man nicht mehr nach einer Erklärung suchen will. Irgendwie braucht man dann doch eine Hintertür, durch die man dem Irrsinn der Welt entkommen kann. Findest du nicht?»

Ricarda beugte sich zu ihm und küsste ihn. «Das hast du schön gesagt.»

Jetzt wurde die Haustür aufgesperrt. Antonias leichte Schritte ließen die Dielen im Flur quietschen. Sie kam in die Küche gestürmt.

«Ihr ratet nie, wen ich gerade getroffen habe!», sagte sie überschwänglich, bemerkte ihre Lautstärke, flüsterte, weil sie auf Kumari Rücksicht nehmen wollte: «Georg ist hier. Ich habe ihn gesprochen, angefasst, umarmt. Er ist gesund und munter.»

Toni stutzte, und Ricarda ärgerte sich, dass sie sich nicht genügend mitfreuen konnte. Die Geschwister hatten sich Ewigkeiten nicht gesehen.

«Was ist los?», fragte Toni und begriff augenblicklich: «Oh Gott! Kumari? Ist sie ...?» Toni eilte zu ihrer Mutter und nahm sie in die Arme. «Arme Mamma. Das tut dir weh, ich weiß.»

«Georg hat vorhin angerufen», sagte Siegfried. «Es war ein unglücklicher Zeitpunkt. Mutter ist gerade sehr durch den Wind.»

«Wie sieht er aus, Toni? Ist er gesund? Oder hat er eine Verletzung? Meinst du, er ist guten Mutes?», fragte Ricarda.

«Blendend sieht er aus. Ich konnte kaum glauben, als er sagte, dass er gerade erst vom Militär entlassen wurde. Und er sagt, er bleibt in Berlin. Er geht nicht mehr nach München.»

«Das hat er gesagt?», fragte Ricarda ungläubig. «Aber er

hat doch …» Sie brach ab. So sehr hatte sie sich immer gewünscht, dass ihr Sohn in ihrer Nähe wäre. Jetzt, wo sie erfuhr, dass dieser Wunsch in Erfüllung ging, stellte sie eine andere Frage: «Und seine Familie? Ziehen Sophie und der kleine Berthold auch nach Berlin?»

Antonia blickte ihre Mutter betroffen an. «Ich war so glücklich, ihn zu sehen, dass ich danach nicht gefragt habe.»

«Ich kann das nicht», sagte Ricarda, als Siegfried an diesem grauen Januarmorgen ebenfalls aufwachte. Eine ganze Weile schon saß sie aufrecht im Bett und dachte nach. «Ich will nicht, dass Georg hierherkommt. In dieser Wohnung ist so viel Trauer um Kumari. Ich werde ihn im Adlon aufsuchen.»

«Du willst allein zu ihm, nehme ich an?», sagte Siegfried. «Wenn er in Berlin bleibt, werden Toni und ich noch oft genug Gelegenheit haben, ihn zu treffen.»

Wenig später klopfte Ricarda voller Ungeduld, ihn wiederzusehen, an die Tür seiner Suite im Adlon. Ihr Kopf war voller Fragen.

Als Georg öffnete, trug er einen weinroten seidenen Hausmantel. Ricarda erstarrte. Ihr Sohn sah seinem Vater zum Verwechseln ähnlich. Zwar viel jünger, als sie ihn je gekannt hatte. Aber die Körperhaltung, der Blick und vor allem der kräftige Vollbart glichen sich. Ohne ein Wort zu sagen, schloss er sie in die Arme und hielt sie lange fest. Ricarda war von dieser innigen Begrüßung überwältigt.

«Geht es dir gut?», fragte sie.

«Es ging mir nie besser! Komm rein. Ich habe Frühstück bestellt, es wird gleich da sein. Ich habe gehört, man hat sehr hungern müssen in Berlin. War es schlimm für dich?»

Dieser Ton war überraschend anders als auf der Hütte.

Georg klang zugewandter, nicht mehr so auf sich selbst fixiert. Hatte er den Zustand der mutmaßlichen Schizophrenie überwunden? Wenn dem so war, war sie damals tatsächlich von einem Trauma ausgelöst worden.

«Wir sind zurechtgekommen», sagte Ricarda, ohne zu erwähnen, dass das Hungern noch kein Ende hatte. «Zum Glück konnten wir gelegentlich nach Freystetten, wo Rosel und Friedemann uns gut gefüttert haben.» Sie lachte.

«Freystetten.» Georg wiederholte das Wort und schien dem Klang nachzulauschen.

Aus Georgs Mund klang der Ort ihrer Heimat ganz anders, fand Ricarda. So, wie er wohl mal gemeint war: als Ort, an dem die Freiheit wohnte.

«Großmutter Karla. Lebt sie noch?» Sein Gesicht spiegelte mit amüsierter Verwunderung die plötzlich aufflammende Erinnerung an eine lange zurückliegende Kindheit wider. «Wir könnten doch mal dort hinfahren. Was meinst du?»

«Nur zu gern, Georg.»

Er schloss sie erneut in die Arme. «Du hast mir gefehlt. Als ich da draußen im Feld war, wurde mir das erst bewusst: Mein Leben lang hast du mir gefehlt.»

Ricarda konnte nichts mehr antworten, weil sie nichts mehr denken konnte. Sie bestand nur noch aus dem Gefühl, endlich ihren Sohn zurückbekommen zu haben. Hilflos fragte sie: «Deine Füße, Georg. Schmerzen sie? Du hast gewiss vielen Märsche überstehen müssen.»

«Ach, Mutter, Füße sind nur Gliedmaßen. Wichtig ist die Seele, das, was tief in jedem von uns wohnt. Wir beide wurden an der Seele verletzt. Das ist mir klar geworden. Ich muss dir viel erzählen.»

An der Tür wurde geklopft. Während zwei livrierte, sich

förmlich steif bewegende Zimmerkellner auf einem Tisch das Frühstück bereiteten, entschuldigte sich Georg und verschwand im Nebenraum.

Ricarda blickte sich um. Berlins edelstes Hotel war nur wenige Gehminuten von ihrer Wohnung entfernt, doch sie war nie zuvor hier gewesen. Der Pomp auch in dieser Suite stand dem in Schloss Freystetten nicht nach. Und auch nicht dem von Georgs Villa in München. Sie selbst hatte so gelebt und wusste, dass sie das nicht brauchte. Viel wichtiger war die Frage, was Georg aus seinem Leben machte. Er wirkte erstaunlich gelöst. Als wäre eine schwere Last von seinen Schultern gefallen. Es gab so viele Bürden, die ihn beschwert hatten. Welche war die, die von ihm abgefallen war und ihn nun so erleichtert wirken ließ? Die Brauerei? Das Jura-Studium? Oder gar die Ehe, die Last des Vaterseins?

Bitte nicht das, flehte Ricarda. Das hat Sophie nicht verdient und erst recht nicht der kleine Berthold.

Erst, als die beiden Zimmerkellner die Suite verlassen wollten, bemerkte Ricarda, dass sie für drei Personen eingedeckt hatten. Sie wollte die beiden zurückrufen, um sie auf ihren Fehler aufmerksam zu machen, da wurde die Doppelflügeltür zum Nebenraum geöffnet.

Der Mann, der mit Georg aus dem Nebenraum trat, war einen halben Kopf kleiner und wirkte neben ihrem Sohn etwas schmächtig. Sein Gesicht war glatt rasiert, er trug das kastanienfarbene, leicht gewellte Haar ohne Pomade, sodass ihm eine Locke sanft in die Stirn fiel.

«Mutter, ich möchte dir Anselm Philippi vorstellen. Herr Philippi ist mein Privatsekretär. Anselm, meine Mutter, Doktor Thomasius.»

«Küss die Hand, gnädige Frau», sagte der junge Mann und tat dabei, was er sagte.

Ricarda war eine solche Begrüßung nicht mehr gewohnt. In den Zeiten, als sie mit Georgs Vater verheiratet war, hatten sie gelegentlich Herren aus Wien zu Besuch. Von dort stammte Georgs Privatsekretär wohl auch, wie seine Manieren und der leichte Singsang in seiner Stimme verrieten.

«Sie sind Wiener?», fragte Ricarda.

«Aus Graz, dem Aschenputtel-Schwesterl des glänzenden Wien, gnädige Frau.»

In der Art, wie er sprach, lag eine Menge Charme. Seine Kleidung verriet Ricarda obendrein ein gutes Gespür für teuren Stil. Im Gegensatz zu Georg trug er bereits Sakko, Weste und Krawatte.

«Das sieht doch sehr gut aus», sagte Georg mit Blick auf das Frühstück.

Es gab Obst, Schinken, Käse, Lachs. Sogar eine Flasche Champagner stand im silbernen Kühler. Ricarda lief unweigerlich das Wasser im Mund zusammen. Solch einen Luxus hatte sie seit vielen Jahren nicht mehr gesehen.

Der Sekretär ließ den Korken aus der Flasche springen und wollte auch Ricarda einschenken, die jedoch abwehrte.

«Ach, Mutter, auf das Wiedersehen», bat Georg, der von Ricardas jahrzehntelanger Abstinenz wusste.

Sie hob konsequent ihr Wasserglas. «Auf das Wiedersehen.»

Georg und sein Sekretär prosteten sich mit einem Lächeln zu, das Ricarda stutzig machte. Insgesamt fand sie es eigentümlich, dass der Sekretär jetzt dabeisaß. Ging es nicht eigentlich um Georg und sie? Allerdings konnte sie den charmanten Herrn Philippi schlecht hinausbitten. Da kam ihr die entscheidende Frage in den Sinn: Weshalb wollte Georg überhaupt, dass der junge Mann ausgerechnet jetzt anwesend war?

«Wo hast du Herrn Philippi denn kennengelernt? Noch im Krieg? Als du Sanitäter warst?», fragte Ricarda.

«Ach, bitte, möchten Sie mich nicht Anselm nennen, gnädige Frau?»

Das Tempo dieses jungen Mannes war atemberaubend, fand Ricarda. «Nur wenn Sie die gnädige Frau weglassen und mich Frau Thomasius nennen.»

Der junge Mann konnte vom Alter her durchaus ihr Sohn sein. Wenngleich ihr Gefühl sagte, dass er ein paar Jahre älter als Georg war.

«Anselm hatte einen glatten Durchschuss im Oberschenkel», sagte Georg.

«Ich dachte, ich sterbe!», rief Anselm Philippi lachend. «Und da sagt der Sanitäter: Reg dich nicht so auf! Du stirbst ein andermal. Ich habe so lachen müssen, wie der Georg das gesagt hat, dass ich glatt vergessen habe, dass ich verbluten könnte. Und da hat er mir a Watsch'n gegeben. Weil ich wie verrückt lachte.»

«Na ja.» Georg legte bedächtig eine Scheibe Käse auf sein Brot, während er sagte: «Ich stand so unter Anspannung. Im Minutentakt wurden die Verwundeten gebracht. Bei Anselm war der Fall schnell klar. Er blutete stark. Abbinden, Wunde säubern und untersuchen. Eintrittsloch, Austrittsloch. Aha: Durchschuss. Hat Glück gehabt. Desinfizieren. Verband. Fertig. Nächster. Hysterie konnte ich nicht gebrauchen.»

«Ich war ihm im nächsten Moment so dankbar für die Watsch'n. Weil ich gedacht hab: Wenn dich einer watscht, dann stirbst nicht. Das tät der ja sonst nicht. Und da habe ich ihn gefragt, ob er ein Doktor ist. Nee, hat er gesagt, Jurist.» Anselm kicherte.

«Das war ein seltsamer Moment. Als löste der Mann hinter einer Fotokamera den Blitz aus und man ist kurz geblendet», sagte Georg. «Ich begriff plötzlich, dass ich seit Jahren ein Leben geführt hatte, das nicht meines war.»

«Nein, sagte Georg im nächsten Augenblick, ich werde Arzt. Wie meine Mutter», fügte Anselm hinzu. «Das bedeutet also, Sie waren vom ersten Moment an mit dabei, Frau Thomasius.»

«Bei was?», fragte Ricarda atemlos.

Die beiden jungen Männer tauschten einen langen Blick, dann nickten sie sich stumm zu. «Wir haben an dem Tag gewusst, dass wir zusammengehören.»

Wir waren Freunde fürs Leben, hatte Georg über Joachim gesagt, dessen Tod ihn in die wohl größte Krise seines Lebens geführt hatte.

War ich naiv oder täusche ich mich jetzt, fragte sich Ricarda. Sie war sich unklar, wie sie mit der Situation umgehen sollte. Eine intime Beziehung unter Männern war laut Paragraph 175 des deutschen Strafgesetzbuchs eine Straftat. In der gegenwärtigen Lage interessierte sich dafür niemand, vermutete Ricarda, weshalb sie nichts von entsprechenden Gerichtsprozessen wusste. Und ihr ging es darum, dass ihr Sohn zu sich selbst fand.

Allerdings lagen die Dinge nicht ganz so unkompliziert, wie sie sich das für alle Beteiligten gewünscht hätte. Das Schicksal von Sophie und Berthold konnte Ricarda aus Freude über Georgs neues Glück nicht ignorieren.

Ein Klopfen an der Tür unterbrach das Gespräch. Anselm entschuldigte sich, um nachzusehen.

«Wir müssen unter vier Augen reden, Georg», sagte Ricarda schnell.

«Wir haben keine Geheimnisse voreinander, Mutter.»

«Vielleicht solltest du sie haben.»

«Is denn Weihnachten?»

Mit vor Glück nervösen Fingern holte Annemarie die Kostbarkeiten aus dem ovalen Emaille-Brattopf hervor, in den Antonia sie vorsichtig hineingetan hatte.

«Kaltes Huhn. Kartoffelklöße. Karotten. Mensch, Toni, wo haste das denn her?», fragte Johannes.

«Ist ein Geheimnis», sagte Antonia und sah zu, wie die Geschwister sich über das Essen hermachten.

Ihre Mutter hatte es gestern von ihrem ersten Treffen mit Georg mitgebracht. Es gab noch mehr davon, zu Hause, in der Speisekammer, wo es jetzt im Winter kühl stand.

Die Mutter hatte kaum davon gegessen, und der Vater hatte sich auch zurückgehalten. Antonia schob das auf Kumaris plötzlichen Tod. Von dem Treffen mit Georg hatte die Mutter kaum etwas erzählt. Nur: «Nächstes Wochenende fahren wir nach Freystetten. Wir müssen Georg Zeit geben, sich einzugewöhnen.» Was Antonia ein wenig seltsam fand, weil ihr Bruder auf sie einen sehr ausgeglichenen Eindruck gemacht hatte.

«Isst du nichts?», fragte Annemarie.

«Nee, hab schon. Ist für euch.»

War für euch, hätte besser gepasst. Die ausgehungerten Geschwister hatten schon alles verputzt.

«Sag mal, was war das vorgestern für ein Schnösel, dem du hinterhergerannt bist?», fragte Johannes. «Dieser Georg. Wer ist das?»

«Mein Bruder», antwortete Antonia. «Eigentlich mein Halbbruder. Er hat immer in München gelebt.»

«Haste noch nie von erzählt», stellte Annemarie fest.

«Zuletzt habe ich ihn als kleines Mädchen gesehen. Lange vor dem Krieg. Eigentlich kenne ich ihn kaum», gab sie zu.

«Das Essen, das ist von ihm, ja?», fragte Johannes.

Toni nickte. Eigentlich hatte sie schwindeln wollen, dass es aus Freystetten stammte.

«So einer wohnt im Excelsior oder im Adlon», sagte Annemarie.

Toni schwante, dass sie einen Fehler gemacht hatte. Aber sie begriff noch nicht so ganz, worin er bestand. Indem man Menschen, die man gern hatte, etwas Gutes tat? Sie schwieg jetzt lieber.

«Sag mal, Toni, dein Bruder ist ein Klassenfeind, was?» In Johannes' Blick lag etwas Feindseliges.

«Er ist mein Bruder. Ich wollte euch doch nur ... Ach, vergesst es.»

«Nee, ist ja schon gut», sagte Annemarie. «Danke fürs Essen.»

«Ist immer gut, wenn man die Löwen füttert», meinte Johannes mit einem schiefen Grinsen. «Kannst ja nix für den Klassenfeind in der eigenen Familie.»

«Georg hat sich sein Leben nicht ausgesucht», widersprach Toni. «Im Gegenteil. Als kleiner Junge wurde er meiner Mutter weggenommen und litt sehr darunter. Mir tut er eher leid.»

«Wirklich?», fragte Johannes nach. «Warum wurde er deiner Mutter weggenommen?» Als Toni es erzählt hatte, sagte er: «Das ist genau das, was ich an den Kapitalisten hasse. Für die zählt nur das Geld. Wenn ich dein Bruder wäre, würde ich den ganzen Mist verscherbeln und das Geld verschenken.»

Im Grunde genommen hat er recht, dachte Antonia.

«Rica! Ach, es ist so schön, deine Stimme zu hören!»

Käthe war erfreut, als Ricarda sie in München erreichte. Wegen der Revolution, der Streiks und der auch in München blutig verlaufenden Straßenkämpfe hatten die beiden sich schon lange Zeit nicht mehr gesehen.

Das Telefonat, das Ricarda bevorstand, lag ihr wie ein Stein im Magen. Georg hatte sie gebeten, dass sie sich zuerst bei der Familie in München meldete. Gewissermaßen, um sie darauf vorzubereiten, dass er nicht mehr heimkehren würde.

«Georg ist hier in Berlin, aber er wohnt nicht bei mir», fügte sie vorsorglich hinzu.

«Etwas in der Art dachte ich mir», erwiderte Käthe. «Rupert hat schon mit irgendeinem seiner Militär-Spezln gesprochen. Die haben ihm gesagt, dass Georg wieder Zivilist ist. Und was macht er in Berlin? Geht es ihm gut?»

Dass Käthe in dem Kampf um Georg stets versucht hatte zu vermitteln, verriet auch ihre jetzige Reaktion.

«Gesund und munter ist er. Demnächst will er Medizin studieren», sagte Ricarda.

«Ich habe ihn eh nie als Jurist gesehen. Aber Rupert wird toben. Das ist gewiss», sagte Käthe. «Aber warum in Berlin? Studieren kann er auch in München. Er will sich doch nicht etwa von Sophie scheiden lassen?»

Mutter, ich brauche Zeit, bis ich weiß, wie es weitergehen soll. Nur um diesen Gefallen bitte ich dich: Sag ihnen das. Ricarda erinnerte sich deutlich, wie ihr Sohn sie anflehte. *Halt mich nicht für feige. Ich muss meine Empfindungen sortieren. Sobald ich klar denken kann, werde ich vor Sophie treten.*

Ricarda gab es fast so wieder. Nur ein wichtiges Detail unterschlug sie – den feschen Sekretär. Weil sie selbst nicht wusste, was sie von ihm halten sollte. Vielleicht kam Georg ja wieder zur Vernunft, wenn die Schwärmerei für den Freund verging. Schon so lange kannte er Sophie, seit frühester Jugend. Würde er eine solche Liebe aufgeben für einen Mann?

Allerdings würde es der mütterlichen Freundin kaum in den Sinn kommen, dass Georg seine Homosexualität auslebte. Niemand würde so denken. Weil es ein Tabu war.

«Hauptsache, er lebt», sagte Käthe. «Grüß ihn ganz herzlich. Und sag ihm, der kleine Berti ist ein goldiger Bub geworden.»

Das, fand Ricarda, war das Schlimmste an ihrem Treffen gewesen: Ihr Sohn hatte sich nicht ein einziges Mal nach seinem Kind erkundigt.

Ein letztes Mal blickte sich Henny um. Schade, dachte sie, und es gab ihr einen kleinen Stich, als sie das schöne Haus betrachtete. Wir drei hätten hier glücklich werden können.

Sie fasste Vicky fester, drehte sich entschlossen um und ging mit festem Schritt auf das in der Einfahrt wartende Taxi zu. «Bringen Sie uns bitte zum Bahnhof», sagte sie.

Der Fahrer lud ihre wenigen Habseligkeiten ein. Das meiste gehörte Vicky. Von den eigenen Kleidern hatte Henny kaum etwas eingepackt. Sie besaß fast nur leichte Sommersachen, überdies zu einer Zeit erstanden, in der sie sich wie eine Frau gekleidet hatte, die gewissermaßen unsichtbar war. Das war ihr erst recht bewusst geworden, als sie für die Reise nach New York gepackt hatte.

Es war kurz nach sieben. Victor war in der vergangenen Nacht erneut nicht heimgekommen. Zum dritten Mal in Folge. Er hatte nicht angerufen, um wenigstens einen Grund vorzuschützen. Henny empfand sein Verhalten als Demütigung. Sie hatte auf eine letzte Aussprache gehofft. Er war ja nicht dumm; er wusste, dass Henny solch ein Gespräch erwartete, ein Zeichen, dass sie ihm nicht egal war. In der zurückliegenden schlaflosen Nacht war ihr endgültig klar geworden, dass ihr Entschluss, nach New York zu reisen, richtig war. Wenn sie länger in Los Angeles blieb, würde sich zwischen Victor und ihr nichts ändern.

Nur eine kurze Notiz hatte sie ihm auf dem Sideboard im Flur hinterlassen: *Ab nächste Woche sind Vicky und ich bis auf weiteres bei deiner Mutter. Henny*

Nun setzte sie sich auf die Rückbank des Wagens, das Kind auf dem Schoß und die Arzttasche, die sie aus Berlin mitgebracht hatte, zu ihren Füßen. Käthes in die Jahre gekommenes Geschenk war das Letzte, das sie mit ihrer Berliner Heimat verband.

Als der Taxi-Fahrer aus dem Laurel Canyon herausfuhr, fragte er: «Wollen Sie mit Ihrem Baby ein bisschen Urlaub machen?»

Eine simple Frage, aber sie trieb Henny die Tränen in die Augen.

«Seien Sie nicht traurig», tröstete der Fahrer. «Ihr Ehemann kommt gewiss bald nach. So eine hübsche Frau lässt doch kein Mann gern allein.»

WIE DU MIR, SO ICH DIR

Mai 1919

«Und? Was meinst du, Antonia?», fragte Oskar Heinroth Toni in seinem Büro im Aquarium. «Können Eidechsen hören?»

An der Uni besuchte Toni eine Vorlesung zum Thema Tierökologie, in der es darum ging, wie Tiere sich in ihrem Lebensraum einrichten und ihr Verhalten daran anpassen. Prompt war ihr Heinroth mit seinen die Gewohnheit liebenden Küken eingefallen. Es ging um ihre erste wissenschaftliche Arbeit, die selbständig zu erstellen war. Heinroth hatte dafür sogleich einen Vorschlag bei der Hand gehabt – die Sinnesorgane der Eidechsen. Von den kleinen Reptilien befand sich eine Menge in seiner Obhut.

«Meine Meinung werden Sie wohl weniger erbitten als meine Antwort auf die Frage, wie ich herauszufinden gedenke, ob Eidechsen hören können», antwortete sie.

«Völlig richtig. Schon eine Idee?»

«Ich glaube, das wird ein sehr langwieriger Versuch», antwortete sie ausweichend.

Heinroth begleitete sie zu den Terrarien, wo sie sich die Eidechsen gemeinsam ansahen.

«Hinter dem Kopf sind halbmondförmige Stellen, die danach aussehen, als könnten sie damit hören», meinte Antonia.

«Das gilt es zu beweisen», erwiderte Heinroth. «Soweit ich weiß, hat bisher niemand dazu geforscht.»

Eigentlich klang das nicht gerade nach einem spannenden Forschungsgebiet, aber Heinroths Bemerkung weckte Tonis Ehrgeiz.

Gedankenschwer verließ sie später das Aquarium mit der Erkenntnis, dass Eidechsen mindestens drei offensichtliche Sinnesorgane zur Verfügung standen, mit denen sie auf Beute oder Gefahren aufmerksam werden konnten. Sie grübelte gerade, wie sie die Möglichkeiten gegeneinander abgrenzen konnte, als sie in der Ringbahn unerwartet auf Annemarie traf.

«Was guckste denn so belämmert?», flachste die Freundin.

Seitdem die Munitionsfabrik geschlossen war, hatte Annemarie ebenso wie unzählige andere Frauen keine Arbeit. Ihr jetzt mit den Eidechsen zu kommen, erschien Toni unpassend.

«Ach, muss was für die Uni herausfinden», sagte sie leichthin und lenkte gleich ab: «Machst ja so einen aufgeräumten Eindruck. Haste etwa Glück gehabt?»

Annemarie grinste breit. «Probearbeiten darf ich. Beim Adlon. In der Konditorei. Na ja, erst mal nur sauber machen und so. Aber ein Anfang wär's.»

«Die Richtung stimmt schon mal, gratuliere», sagte Toni.

Die Freundin sehnte sich nach einer Lehrstelle als Feinbäckerin. Hätte der Krieg ihr nicht den Vater genommen, hätte sie wohl in seiner Bäckerei in der Linienstraße eine Ausbildung begonnen.

«Ich bin mit Johannes heute in der Schwarzen Eule verabredet», sagte Antonia. «Kommste mal wieder mit?»

In letzter Zeit hatte Annemarie sich rar gemacht. Toni erahnte den Grund: Die Freundin fühlte sich wie das fünfte Rad am Wagen, wenn Johannes und Toni turtelten. Es war Frühling, und die beiden waren sehr verliebt.

«Nee, heute nicht. Aber wo du Schwarze Eule sagst», meinte Annemarie. «Ich hab doch glatt neulich vorm Adlon diese fesche Vera getroffen. Weißt schon: die Blonde mit dem Auto und der Königsallee. Sie gibt am Samstag ein Fest. Fragt sie: Bringst du deine Freunde mit, Annemarie? Denk dir nur: Hat sich sogar meinen Namen gemerkt, obwohl das so lange her ist. Was meinste? Gehen wir hin?» Sie grinste. «Zum Klassenfeind?»

Als Ricarda das Haus in der Nollendorfstraße vor ein paar Wochen zum ersten Mal betreten hatte, war sie vor allem verwundert gewesen. Denn Georg hatte sich in einer nicht gerade glamourösen Gegend von Schöneberg ein Mietshaus von zurückhaltender, leicht verspielter Eleganz gekauft. Es passte nicht zu einem Brauerei-Erben, der an eine vornehme Umgebung gewohnt war. Hier lebten vor allem mittlere Beamte, Angestellte, und es gab ein paar Kneipen mit der entsprechenden Kundschaft. In seinem Haus bewohnte er die komplette erste Etage mit einer Zimmerflucht, in der man sich verlaufen konnte.

Über die nötigen Finanzen verfügte Georg, auch wenn seinem Onkel Rupert die Hälfte des Vermögens der Köglers gehörte. Ricarda hatte keine Vorstellung davon, was ihr Mann seinem Sohn hinterlassen hatte, weil sie als Ehefrau nichts und ihr Sohn Georg alles geerbt hatte. Aber selbst die Hälfte des Familienerbes war wohl größer, als sie es sich vorzustellen vermochte. Oder wollte.

Geld schätzte Ricarda als Mittel zum Zweck und nicht zur Selbstinszenierung, wie sie auch jetzt dachte, als sie die breite Treppe in die Beletage emporstieg.

«Ich bin so froh, dass du mir beistehst!», rief Georg, als er ihr die Tür öffnete. Er wirkte sehr nervös. «Ohne dich würde ich das nie durchstehen.» Ihr Sohn stieß geräuschvoll einen Schwall Luft aus. «Onkel Rupert war mir so wichtig. Und nun muss ich ihm das antun.»

«Müssen tust das nicht. Es ist deine Entscheidung, dich für deine Hälfte an der Brauerei abfinden zu lassen», sagte Ricarda.

Es war ein kompliziertes Konstrukt, das Georg mit seinem Onkel und einem Anwalt ausgehandelt hatte. Unterm Strich lief es auf eine Art von Verkauf heraus.

«Die Brauerei ist für mich wie eine Bürde. Ich muss sie loswerden. Sonst kann ich nicht ich selbst werden.»

Georg führte seine Mutter in den vorderen Salon. Der an der Decke mit Stuckengeln und -blumen verzierte Raum war mit tiefblauen Samtsofas, dunklen Empire-Möbeln und vergoldeten Stehlampen ausgestattet. Auf dem mit Intarsien verzierten Holztisch lagen einige Schriftstücke. Darüber würde später verhandelt werden. Einigte man sich heute, würde es zu einem Vertrag kommen, den ein Notar beglaubigen musste.

Georg blickte darauf. «Der Onkel hat mich nur benutzt», sagte er bitter.

«In dem Punkt sind wir gewiss einer Meinung, Georg.»

Doch ihre Schwiegertochter Sophie war die wirklich Leidtragende. Denn leider hatte Ricarda sich geirrt: Der charmante Anselm Philippi war keine vorübergehende Erscheinung, sondern ein offenkundig prägender Bestandteil von

Georgs Leben geworden. «Du hast mal gesagt, dass du nicht feige wärst, was Sophie und Berthold betrifft», sagte sie.

Georg verdrehte die Augen. «Das war gelogen. Ich bin feige, weil ich Sophie liebe. Wie ein Bruder seine Schwester liebt.»

«Ist das nur jetzt so? Oder war das einmal anders? Warum hast du Sophie eigentlich geheiratet?»

«Mutter! Wie kannst du so etwas fragen? Das ist indiskret.»

Ricarda schüttelte den Kopf. «Was meine Ehen betrifft, so kann ich diese Frage jederzeit beantworten, ohne jemanden zu beschämen oder zu verletzen. Du kannst mit mir offen sprechen. Niemand hört uns zu.»

Es wurde kurz geklopft, und schon trat Anselm ein.

«Fünf Minuten noch!», sagte Ricarda energisch.

Philippi zog sich zurück. Hat er gelauscht, fragte sich Ricarda. Sie fand es ein wenig offensichtlich, dass er ausgerechnet jetzt ins Zimmer kam.

«Na gut, Mutter, dann sollst du die ganze Geschichte erfahren.» Georg wanderte unruhig im Raum umher. Endlich blieb er stehen und sah seine Mutter an. «Der Onkel hatte herausgefunden, wie es zwischen mir und Joachim stand. Darum entschieden wir uns für den Krieg. Nicht aus Liebe zum Vaterland. Wir gingen nicht davon aus, dass wir zurückkehren würden.»

«Georg! Was redest du da!»

«Was hätte ich denn tun sollen? Meine Liebe zu Joachim war ein Verbrechen.» Georg sank an den Tisch nieder. «Ich sah keinen Ausweg. Sophie wollte unbedingt, dass wir heiraten. Ich zeugte den Erben, den alle von mir erwarteten. Das schien ja meine Lebensaufgabe zu sein. Wir zogen in den Krieg, aber Joachim starb, und ich musste weiterleben. Was das Letzte war, zu dem ich fähig war.» Er sah mit einem fast abwesenden Blick zu ihr auf. «Und dann kamst du. Mit deiner verzweifelten Mutterliebe und dem krampfhaften Wunsch, alles wieder einrenken zu wollen.»

«Was hätte ich denn sonst tun sollen? Die Liebe einer Mutter kennt nur diese Möglichkeit: Sie verteidigt und beschützt, was sie liebt.»

Ricarda trat neben ihren Sohn und drückte seinen Kopf an sich.

«Es tut mir unendlich leid, dass du so allein warst. Es gibt keine Worte, die meinen Schmerz über dein Unglück ausdrücken könnten. Ich wünsche dir nur eines: werde glücklich», sagte sie.

Auf dem Berg hatte sie von vielen seiner Qualen erfahren. Aber nichts von dieser. Und wie schon in seiner Kindheit war sie auch in jenem entscheidenden Moment nicht für ihn da gewesen. Sondern weiter weg, als man es sich vorstellen konnte – in China.

Draußen ging jetzt die Türglocke.

Schon streckte Anselm Philippi den Kopf zur Tür herein. «Dein Onkel und sein Anwalt sind jetzt da, Georg.»

Gleich würde Rupert ihr als Mutter vorwerfen, dass sie an allem Schuld wäre. Sie hatte keine Lust auf diese sinnlosen Vorhaltungen und würde sie wie üblich kontern. Letzten Endes zählte nur das Ergebnis: Georg gewänne jene Freiheit, die er sich ersehnte.

«Bringen wir es hinter uns», sagte Ricarda, reckte das Kinn und lächelte den Kontrahenten freundlich entgegen.

«Vicky, komm zu deiner Großmutter!», sagte Florentine mit strahlendem Lächeln und ausgebreiteten Armen.

Henny sah ihrer Schwiegermutter zu, wie sie sich bemühte, Victoria zu ein paar Schritten zu animieren. Henny wusste, dass die Kleine das konnte. Aber sie tat es nicht.

Der Kinderarzt, den Henny hier in New York mit ihrer Tochter aufgesucht hatte, hatte zwar gemeint, dass Vickys Entwicklungsstand nach wie vor um einige Monate zurück sei. «Aber davon abgesehen ist sie kerngesund. Es ist unglaublich, dass Sie es geschafft haben, ein Frühchen durchzubekommen. Sie sind selbst Ärztin? Erzählen Sie doch mal, wie Sie das gemacht haben!», hatte er sie aufgefordert.

Den Preis für diese innige Zweisamkeit zahlte Henny in diesem Moment. Die extrem große Nähe zu ihr, die über Monate hinweg nötig gewesen war, hatte Vicky zu einem Prinzesschen werden lassen. Die Kleine ließ niemanden an sich heran. Auch nicht ihre Großmutter.

Wie versprochen hatte Florentine Schwiegertochter und Enkelin umstandslos in dem großen eleganten *penthouse* mitten in Manhattan aufgenommen. Das war vor sechs Wochen gewesen.

Anderthalb lange Monate, in denen Victor kein einziges Mal angerufen hatte. Dass er in einem Brief um Versöhnung bat, erwartete Henny erst gar nicht. Gar keine Reaktion – damit hatte sie allerdings nicht gerechnet. Sie konnte daraus nur einen Schluss ziehen: Sie musste beginnen, sich eine neue Existenz aufzubauen. Ohne Victor.

Diese Erkenntnis warf die schwierigste Frage von allen auf: Wo will ich mit meiner Tochter leben? In Deutschland oder in Amerika?

Der Krieg war vorbei, die Passagierdampfer fuhren wieder.

In Berlin zu leben hätte jedoch bedeutet, dass Vicky tatsächlich ohne Vater aufwachsen würde; eine Scheidung wäre die unausweichliche Konsequenz. Doch so weit war Henny noch nicht. Darum hatte sie sich zu einem Zwischenschritt entschlossen. Und der hieß *Mount Sinai Hospital.*

Dort erwartete sie in diesen Minuten Heddas Arzt Doktor Schumann, während Vicky sich immer noch hartnäckig weigerte, zur Großmutter zu laufen. Stattdessen legte sie ihrer Mutter die Arme um den Hals und klammerte sich an sie. Florentine verdrehte die Augen und Henny war ratlos. Vickys wegen hatte sie den Termin bei Doktor Schumann bereits zweimal absagen müssen.

«Dann eben ein andermal», sagte Florentine lächelnd und machte sich auf den Weg in ihre Galerie im Erdgeschoss.

Ob ihre eigene Mutter sich mehr Mühe geben würde, um Vickys Liebe zu gewinnen, fragte sich Henny nicht zum ersten Mal. Seit sie selbst Mutter geworden war, gab es immer wieder Momente, in denen sie die ihre schmerzlich vermisste, trotz allem, was zwischen ihnen vorgefallen war. Sie hatte schon mehrere Anläufe genommen, ihr zu schreiben. Sehr rasch war sie dabei an den Punkt gekommen, weshalb sie aus Amerika eigentlich fort wollte: Victor. Der Mutter, die so vehement gegen ihre Ehe gewesen war, einzugestehen, dass sie gescheitert war – das brachte Henny nicht fertig. Lieber klammerte sie sich an die Hoffnung, dass Victor zur Vernunft käme. Oder dass sie die Kraft zu einem Neustart in New York hatte. Je nachdem, wie diese Wette auf die Zukunft ausging.

Schweren Herzens sagte Henny ihren Termin im Krankenhaus ab. Schumann zeigte erneut Verständnis, schließlich wäre er ja selbst Vater. Dann wählte sie Hedda Holdens Nummer. Bislang hatte sie nur mit Hedda telefoniert, sie aber wegen Vicky noch nicht getroffen.

«Magst du Vicky nicht einfach mitbringen?», fragte Hedda. «Solange die Kinder klein sind, macht ihnen mein Aussehen keine Angst.»

Von der großen Stadt hatte Henny bislang kaum etwas mitbekommen. Zuerst wegen der Sorge, dass Vicky sich mit der Grippe anstecken könnte. Dann weil sie ihre Tochter nicht allein lassen konnte.

Die Adresse, die Hedda ihr genannt hatte, lag im westlichen Südzipfel von Manhattan. Das *Village* hatte Hedda es genannt, und Florentine hatte lapidar gemeint: «*Greenwich Village?* Das passt zu einer Schauspielerin.» Im abfälligen Unterton schwang dabei mit: zu einer gescheiterten Schauspielerin.

Das Viertel bestand aus engen Straßen, die großteils mit kleinen, aber gemütlich wirkenden Backsteinhäusern bebaut waren. Henny fand, es sah gleichzeitig sowohl edel als auch heruntergekommen aus. Ganz langsam ging sie mit Vicky an der Hand, woran sich hier niemand störte. In der Gegend rund um die vornehme *Fifth Avenue*, dort, wo Florentine wohnte, waren Henny fast nur Weiße begegnet, die in Eile waren. Hier traf sie vor allem auf junge Menschen aus allen Teilen der Welt. Manche geschminkt und kostümiert, als wären sie an diesem herrlichen Mainachmittag zum Fasching unterwegs. Sie verschwanden in Kellerabgängen, an denen Schilder auf ein Theater oder einen Musikclub hinwiesen. Einige sangen vor sich hin, wohl um ihre Stimmbänder an die Herausforderung des kommenden Auftritts zu gewöhnen.

Die Stimmung erinnerte Henny ein wenig an jene romantischen Zeiten mit Victor, als er in der Friedrichstadt als Theaterregisseur gearbeitet hatte.

Hennys Ziel, die Minetta Street, war kurz, krumm und dunkel wie ein schützendes Mauseloch. Hier fühlte sie sich auf Anhieb wohl. Heddas Haus aus schnörkellosem Backstein lag in der einzigen Kurve, die sich diese eigentümliche Gasse wie einen Luxus gönnte. Die einstige Patientin öffnete schon, als Henny mit Vicky auf die Haustür zusteuerte.

«Nicht erschrecken. Ich hab noch kein *make-up* aufgelegt», sagte Hedda auf Englisch.

Ihr Lächeln war schief. Nur die Muskeln auf einer Gesichtshälfte konnten es mitmachen. Die operierte Seite trug zwar keine Brandnarben, aber die von anderen Körperpartien transplantierte Haut war straff wie eine Maske. Um den Kopf trug sie ein buntes Tuch, das den Blick vom Gesicht fortlenkte.

Hedda beugte sich sofort zu Hennys Töchterchen herunter. «Vicky, willkommen bei Hedda», sagte sie auf Deutsch und streckte dem Kind die Hand entgegen. «Hallo!»

Vicky erwiderte die Begrüßung, und Henny glaubte, ihren Augen nicht zu trauen. «Hallo», sagte Vicky zu Hennys Erstaunen.

«Ick habe ein Pudding fur dick», sagte Hedda zu Vicky. «Du magst essen?»

Vicky nickte begeistert und folgte Hedda ins Haus. Erst jetzt begrüßte Hedda Henny und wechselte ins Englische: «Ich konnte mich nicht schön machen, weil ich den Pudding fertig machen wollte. Und der Nachbar ist aus Deutschland. Ich habe mich erkundigt, wie ich Vicky begrüßen könnte.»

In der Küche, die gleichzeitig Wohnraum war, wartete tatsächlich ein Pudding auf Vicky. Erst jetzt konnte Henny genauer begutachten, welch hervorragende Arbeit Doktor Schumann geleistet hatte. Doch Henny riss sich zusammen, um Hedda nicht anzustarren.

«Tagsüber gehe ich selten auf die Straße», sagte Hedda. «Man starrt mich an, selbst in diesem Viertel, wo so viele verrückte Leute leben.»

«Es muss sich hier sehr schön wohnen», sagte Henny.

Der Wohnraum war recht dunkel und nur einen Bruchteil so groß wie Florentines, aber er verströmte eine heimelige Geborgenheit.

«Der Theater und Clubs wegen kam ich hierher. Ich dachte, ich finde Arbeit. Habe ich auch, aber diese kleinen Theater haben kein Geld. Ich lebe sehr sparsam.»

«Was machst du am Theater?», fragte Henny.

«Die Maske, das *make-up*, und Kostüme bei ein paar der kleinen Bühnen hier im Village. Gott sei Dank habe ich meine Hände.»

Sie waren vernarbt, aber zu gebrauchen.

«Und du?», erkundigte sich Hedda. «Gibt dir Doktor Schumann einen Job? Oder hast du woanders nachgefragt? Diese Stadt ist voller Krankenhäuser!»

«Ich dachte auch, dass ich wieder in den Beruf zurückkann.» Dann erzählte sie von ihren Schwierigkeiten, die mit ihrer Mutterrolle zusammenhingen.

Vicky hatte ihren Pudding aufgegessen. Ihre hübschen Augen strahlten Hedda dankbar an.

Heddas und Hennys Blicke kreuzten sich. «Wie du mir, so ich dir», sagte Hedda mit ihrem warmherzigen schiefen Lächeln.

«Du meinst ...?», setzte Henny an.

«Du hast mich schon richtig verstanden. Ich möchte dir

etwas zurückgeben. Ich glaube, ein Stück Freiheit würde dir helfen. Du bist ganz gewiss die beste Mutter, die es gibt. Du bist aber auch eine Frau, die einen Beruf hat, in dem sie gut ist.»

Hedda lächelte Vicky zu, dann Henny.

«Vielleicht kommt Vickys Vater ja bald zur Vernunft», meinte Hedda. «Bis dahin würde ich euch beiden gern helfen und mich um Vicky kümmern. Was haltet ihr beide davon?»

Eine Frau wie diese hatte Antonia noch nie gesehen. Klein, mit kupferrotem, gelocktem Haar, das sie offen und ungewöhnlich kurz trug, nur bis zum Kinn. Sie war stämmig und hatte einen Männer-Anzug und Schlips an. Wie die Verhöhnung männlichen Gehabes mutete Toni dieser Auftritt an. Als sie dann mit gequetschter, kehliger Stimme und heftig rollendem R zur Klavierbegleitung sang, war Toni sprachlos.

«Was nützt denn den Mädchen die Liebe? Sie nützt nüscht und bringt ooch nüscht ein, wenn ohne Verlobung sie bliebe.»

Die traut sich ja was, dachte Toni. So ein Lied stellte Frauen als kalt kalkulierende Luder dar. Doch offenbar kannten alle Anwesenden das Lied und den knalligen Refrain. Denn sie schmetterten aus voller Brust mit: «Jeheirat', jeheirat' muss sein!»

Antonia gewann den Eindruck, dass dieser Gassenhauer eher das Gegenteil dessen meinte, was er pries. Nach Heiraten war Toni auch nicht zumute. Bei aller Liebe zu Johannes. Er verdiente kein Geld, sie studierte. Und das Vorbild ihrer großen Schwester wirkte auch nicht gerade inspirierend, wie Toni Hennys erstem Brief aus New York entnahm.

Als nun wieder der Refrain einsetzte, sang auch Toni aus voller Kehle mit. Johannes schien sich bei dieser ironischen Darbietung nicht besonders wohlzufühlen. Er hielt ihre Hand sehr fest und warf ihr einen schiefen Blick zu.

«Keine Sorge! Ich hab dich lieb», rief sie ihm lachend zu, um in dem gegenwärtigen Geräuschpegel nicht unterzugehen.

Als die kleine, lustige Frau ihr Lied beendet hatte, brandete frenetischer Beifall auf. Vera, die blonde Gastgeberin, pfiff sogar wie ein Straßenjunge auf zwei Fingern, um ihre Begeisterung kundzutun.

Die Party in Veras Villa war so ganz anders als Antonia es sich vorgestellt hatte. Mit Annemarie und Johannes wollte sie nur Jazzmusik hören. Stattdessen trat hier eine Chansonsängerin auf, die rotzfreche Lieder sang.

«Das is Claire Waldoff», sagte Annemarie. «Kennste die denn nich?»

«Wurde mir noch nich vorgestellt», gab Toni frech grinsend zurück.

Sie war zwar in der Luisenstraße aufgewachsen, wo die Kabaretts und Operettentheater gleich um die Ecke waren und den Krieg überlebt hatten. Allerdings war sie nie in einem dieser Etablissements gewesen. Für so etwas konnte sich damals eher Henny begeistern.

Ein wenig hatte sie ohnehin das Gefühl, mit ihrem Johannes hier nicht ganz richtig zu sein. Nicht nur, dass die Männer klar in der Unterzahl waren. Stattdessen gaben sich die Damen – ähnlich wie die Waldoff und auch Gastgeberin Vera und deren aparte Freundin Margot aus der Schwarzen Eule – hier eher männlich.

Nun haute die Waldoff ihren nächsten Gassenhauer heraus: «Ach Jott, wat sind die Männer dumm. Kurzum Ihr Männer seid janz faule Köppe.»

Als das Ende des Chansons frenetisch bejubelt wurde, sagte Johannes zu Toni und seiner Schwester: «Mir reicht's.» Er stand auf.

«Ach, die macht doch nur Spaß», versuchte Annemarie ihn zu beruhigen.

«Ich lach morgen», gab ihr Bruder zurück.

Antonia folgte ihm nach draußen. Es sah nach einem gründlich misslungenen Abend aus. Dabei war man doch extra mit der Ringbahn hier rausgefahren nach Dahlem, wo der Klassenfeind in der Königsallee wohnte.

Der Abend war so wunderschön mild, dass es Toni nicht in die Mitte von Berlin zurückzog: «Jetzt, wo wir schon mal da sind, lassen wir uns nicht die Laune verderben. Gucken wir mal, wie piekfein man hier so residiert.»

Die Terrasse der riesigen Villa grenzte an den weitläufigen Villengarten, in dem die Rhododendren blühten. Toni empfand die unerwartete Ruhe und Sanftheit des Anwesens wie einen Zauber, der sich über sie legte.

Johannes blieb die Schönheit des Augenblicks offenbar verborgen. «Mein Gott, wie macht man so viel Geld?», stöhnte er.

«Du wirst auch viel Geld verdienen können mit deinen Prothesen», sagte Toni schlicht.

«Ach, niemals», wehrte er ab.

«Seitdem ich dich lieb hab, sehe ich überall Männer, denen Gliedmaßen fehlen», sagte Toni. «Die Arbeit wird dir nie ausgehen. Und du hast das Talent, diesen Männern zu helfen. Ich glaube an dich.»

«Wirklich?» Jetzt sah er sie verliebt an. «Alles nur Quatsch, was du eben mitgesungen hast?»

«Klar!» Toni küsste ihn. «Was denkst denn du? Mit der Liebe macht man keine Scherze.» Aber so ernst wie eine bittere Medizin muss man sie auch nicht nehmen, dachte sie. Denn sie fand, dass Liebe einen fröhlich machen und nicht belasten sollte.

Während drinnen das Fest lautstark weiterging, schlenderten die beiden Hand in Hand durch den Villenpark. Die Stimmen der Feiernden wurden immer leiser. Das Licht aus dem Haus beleuchtete schwach den verwunschen schönen Park, der an einem kleinen See endete. Die beiden setzten sich hinter Büsche ans Ufer. Es war längst noch nicht dunkel, aber am Himmel waren schon die ersten Sterne und die schmale Sichel des Mondes zu sehen.

«Jetzt bin ich auch gerade reich», sagte Johannes. Er zog sie sanft an sich und küsste sie.

Toni konnte sich nicht erinnern, je so ungestört mit ihm gewesen zu sein. Sie schmiegte sich eng an ihn. Sanft schob sie ihre Hand unter sein Hemd und begann, seine nackte Haut zu streicheln. Sie fühlte sich gut an, weich und straff zugleich. Erst noch zögerlich und dann etwas forscher schickte sie ihre Hand auf Erkundungsreise auf einem unerforschten Terrain.

«Wat'n? Wie meinen Se det, Frau Doktor?»

Im Gesicht der Patientin las Ricarda ungläubiges Entsetzen. «Mein Kollege wird Ihnen doch vor dem Eingriff erklärt haben, welche Art der Operation an Ihnen vorgenommen wird, Frau Korittke?», fragte sie nach.

«Nee. Der Doktor hat jesacht, er weeß schon, wat er macht. Sei schließlich seine Arbeit», sagte Frau Korittke.

Ricarda wusste aus ihrer Patientenakte, dass Dora Korittke sechsundzwanzig und verwitwet war, zwei Schwangerschaften hatte sie gehabt. Am Mittag war sie mit Unterleibsblutungen gekommen. Der Kollege Hormersdorff hatte sie sofort in den Operationssaal bringen lassen. Da Ricarda eine komplizierte Geburt betreut hatte, hatte sie den Fall nicht verfolgt.

Bis zu dieser späten Abendstunde, als sie von einer Schwester zu Hilfe gerufen worden war, weil die Patientin hysterisch geworden war. Nun stand sie an Frau Korittkes Bett im vierundzwanzig Plätze fassenden Schlafsaal und hatte die undankbare Aufgabe, wieder mal eine Patientin des forschen Kollegen Hormersdorff mit ihrem Schicksal zu versöhnen.

«Frau Korittke, Sie wurden eingeliefert, weil jemand an Ihnen eine Abtreibung vorgenommen hat», erklärte Ricarda. «Diese Person, die wohl kein Arzt war, ist dabei fehlerhaft vorgegangen und hat Ihre Gebärmutter verletzt. Davon bekamen Sie starke Blutungen, an denen Sie hätten sterben können. Mein Kollege hat Ihre Gebärmutter entfernt, um zu verhindern, dass Sie verbluten.»

Es war zu Ricardas Leidwesen Hormersdorffs übliches Vorgehen.

«Und wat heeßt det nu janz jenau, Frau Doktor?»

Eigentlich war klar, was das bedeutete. Aber in ihren Jahren an der Charité war Ricarda schon auf so unglaubliches Unwissen ihrer Patientinnen gestoßen, dass sie die Frage nun nicht wunderte: Offenbar wusste die junge Frau nicht, welche Aufgabe die Gebärmutter im weiblichen Körper hatte. Denn in der Generation von Henny hatten viele Mädchen höchstens sechs Schuljahre absolviert. Die eigenen Privilegien, mochten sie einem selbst auch nicht besonders groß erscheinen, ließen oft vergessen, wie gut es einem ging, dachte Ricarda auch jetzt und erklärte geduldig.

«Da kann ick ja nie mehr Kinder kriegen!», rief die Patientin prompt.

«Das ist richtig, und es tut mir leid für Sie», sagte Ricarda ruhig. «Aber Sie leben und können für Ihre anderen Kinder sorgen.»

«Werden Se mir anzeigen, Frau Doktor?», fragte die Patientin.

«Sie haben sehr viel Blut verloren, Frau Korittke. Kommen Sie erst mal zu Kräften. Dann sehen wir weiter», erwiderte die Ärztin ausweichend.

Natürlich würde sie niemanden anzeigen. Aber leider ging es nicht mehr nach ihr auf dieser Station. Sie besaß nicht mehr den Einfluss, ihre Hand schützend über einfache Menschen zu halten, die in bitterste Notlagen gekommen waren.

Nachdem Frau Korittke sich einigermaßen beruhigt hatte, zog sich Ricarda zurück. Um die Patientin nicht zusätzlich zu beunruhigen, hatte sie die Behandlung ihres Vorgesetzten mit wohlgesetzten Worten gerechtfertigt, obwohl sie selbst anders vorgegangen wäre. Denn eine Totaloperation musste und sollte man bei einer so jungen Frau nicht vornehmen. Noch dazu ohne deren Einverständnis. Doch seitdem Freiherr von Hormersdorff im Januar Ricardas Vorgesetzter geworden war, wurde es nur noch so gemacht. Die Alternative war aufwendiger, aber die Frauen konnten anschließend noch Kinder bekommen. Zumindest, wenn der Arzt oder die Ärztin diesen Eingriff beherrschte.

Dazu war neben fachlichem Können etwas nötig, das Ricarda ihrem Vorgesetzten absprach: Mitgefühl und Verständnis für in Not geratene Frauen. Hormersdorff griff mit seinem Vorgehen nicht nur in die künftige Lebensplanung seiner Patientinnen ein. Viel schwerer wog, dass er sie anschließend der Justiz auslieferte. Denn eine Frau, die ihr Ungeborenes abtreiben ließ oder selbst abtrieb, konnte mit bis zu fünf Jahren Zuchthaus bestraft werden.

Während sie sich wieder einmal über dieses Unrecht ärgerte, lief Ricarda dem schneidigen Freiherrn geradewegs in die Arme.

«Sie werden die Hysterektomie von heute Mittag doch nicht etwa der Justiz übergeben?», fragte sie, noch immer in Gedanken bei Frau Korittke.

«Das ist meine Pflicht, Frau Kollegin», erwiderte der jüngere Kollege.

«Frau Korittke hat zwei kleine Kinder, Herr Kollege, und sie ist eine Kriegerwitwe. Das wird zur Folge haben, dass ihre beiden unschuldigen kleinen Kinder im Waisenhaus landen.»

«Das hätte die Patientin sich früher überlegen müssen. Guten Abend.» Damit wollte Hormersdorff sie stehen lassen.

Ricarda eilte ihm entschlossen nach. «Das lasse ich nicht zu, Herr Kollege!»

Hormersdorff verlangsamte seinen Schritt, blieb schließlich stehen und sah sie mit hoch gezogenen Augenbrauen an. «Ach, das lassen Sie nicht zu? Und warum, wenn ich fragen darf?»

«Sie gefährden das Wohl von zwei Kindern. Wollen Sie das?»

«Ich bin Mediziner und nicht die Fürsorge.» Hormersdorff wandte sich zum Gehen.

«Warten Sie. Ich bin nicht fertig», sagte Ricarda mit Nachdruck.

Hormersdorff zuckte kaum merklich.

«Sie haben die Patientin nicht über den Eingriff informiert. Sie wusste nicht, dass sie anschließend nie mehr Kinder bekommen kann. Das werde ich zur Anzeige bringen. Zusammen mit anderen Fällen, die mir bekannt sind. Ihre Selbstgerechtigkeit ist unerträglich», sagte Ricarda. «Ich werde das beenden.»

«Die Patientinnen wurden allesamt informiert. Überdies waren es Notlagen. Es gab nur diese Möglichkeit. Sie werden mir keinen fachlichen Fehler nachweisen können», entgegnete Hormersdorff.

Nun ließ er Ricarda endgültig stehen. Sie kochte vor ohnmächtiger Wut. Doch sie hatte sich entschlossen, diesem Kollegen die Stirn zu bieten. Ein Zurück durfte es nicht geben.

Johannes sah zu Toni mit völlig verklärtem Blick auf. «Ich liebe dich», flüsterte er, zog ihren Mund sanft zu sich heran und küsste sie.

«Hat es dir gefallen?», fragte sie.

Er nickte, immer noch etwas außer Atem. «Und dir? Mochtest du es?»

«Ja, das war schön», sagte Toni.

Obgleich das wenige Augenblicke zuvor Erlebte viel schneller vorbei gewesen war, als sie es sich ausgemalt hatte. Dass es heute Abend geschehen würde, hatte sie zwar nicht geplant gehabt. Doch die Gelegenheit, endlich eine richtige Frau zu werden, war zu verlockend gewesen. Und der Reiz des Verbotenen! Hier, einfach so, am Ufer eines kleinen Sees, dessen Namen sie nicht mal wusste. Auf dem Grundstück von reichen Leuten, die sie nicht kannte. Das war ein Abenteuer, das unter der Haut prickelte.

Vorsichtig stieg sie von Johannes herunter.

«Hast du das wirklich noch nie gemacht?», fragte Johannes und schloss seine Hose. Er klang, als glaubte er ihr nicht.

«Nee, war mein erstes Mal! Was denkst denn du? Also, hör mal! Was ist denn das für eine Frage!», protestierte sie und hoffte, ihre Empörung klang so, wie es sich für ein keusches Fräulein gehörte. Ein ehemals keusches.

«Entschuldige, Toni. Verzeih mir. Ich war ... Es ist ... Also ... Ich meine nur, weil du genau wusstest, was du machen musstest», stammelte Johannes.

«Na, so schwierig war das ja nun auch wieder nicht», sagte sie lachend.

Dass sie gewissermaßen Nachhilfeunterricht genommen hatte, musste sie ihm nicht auf die Nase binden. Schließlich waren ihre Eltern Ärzte und verfügten über eine Bibliothek, die kein biologisches oder medizinisches Geheimnis ungeklärt ließ. Nun ja, und die vielen Tage und Nächte im Affenhaus zählte Toni zwar nicht als Anschauungsunterricht. Doch Primaten als des Menschen nächste Verwandte wussten durchaus, wie einfach Sexualleben gehandhabt werden konnte. Besonders das war ein Detail, das den lieben Johannes unnötig verstört hätte, und so küsste sie ihn nur zärtlich.

«Hast du auch so einen Hunger?», fragte sie. «Drinnen hatten sie kaltes Huhn. Ob das noch da is?», fragte Toni. Das Wasser lief ihr im Mund zusammen.

«Is doch so schön hier, Toni. Können wir nicht noch ein bisschen sitzen bleiben?» Johannes zog sie fest an sich. «Guck mal, jetzt sieht man noch mehr Sterne. Spiegeln sich sogar im See. So etwas Schönes habe ich noch nie gesehen.»

Toni unterdrückte ein Seufzen. Ja, es ist schön, aber ich hab auch ganz schön Magenknurren, dachte sie.

«Muss dir was erzählen. Von Otto», sagte Johannes.

Eine Geschichte über Johannes' freundlichen Chef zu hören, danach stand Toni gerade nicht so sehr der Sinn.

«Du kennst doch Ottos Frau, die Ilse?», fragte Johannes.

«Klar.» Antonia hatte Ilse Stier nur ein, zwei Mal getroffen. Sie machte einen netten Eindruck, redete nicht viel und wenn, dann mit einem schweren Thüringer Akzent. Nicht alles, was Ilse sagte, verstand Toni.

«Die Ilse hat Heimweh, sagt Otto. Sie will zurück nach Erfurt. Nun überlegt Otto ... Also eigentlich überlegt er nicht nur.»

Johannes hatte sich irgendwie verheddert bei dem, was er sagen wollte, und Toni hörte wegen ihres Hungers auch nicht ganz aufmerksam zu, welche Sorgen die ihr fast unbekannte Ilse plagten.

«Er will die Werkstatt nach Erfurt verlegen», sagte Johannes nun kurz und bündig.

Toni lachte. «Verlegen ist nett gesagt. Will er etwa zwischen Kreuzberg und Erfurt hin- und herfahren?» Vier bis fünf Stunden würde die Zugfahrt wohl dauern, schätzte sie.

«Nee, Toni, du verstehst nicht. Otto macht den Laden hier zu.»

Jetzt war sie endlich bei der Sache. «Das darf er nicht! Und du? Was wird aus dir?»

«Ick soll mitkommen», sagte Johannes ganz leise.

«Wie mitkommen?» Toni fühlte sich gerade überfordert und stand abrupt auf. «Ich muss erst was essen, bevor ich denken kann», verkündete sie und reichte ihm beide Hände, damit ihm das Aufstehen leichter fiel.

Hand in Hand schlenderten sie kurz darauf durch die Villa, wo das Fest noch in vollem Gang war. Toni fand das kalte Huhn auf dem Buffet und biss gierig hinein.

«Na, junger Mann, wo haben Sie sich denn rumjetrieben?»

Die spöttischen Augen von Claire Waldoff musterten Toni und Johannes.

«Hat 'nen janz dreckigen Hosenboden, Ihr Galan», sagte die Chansonette grinsend zu Toni. Ihr Blick glitt an Johannes herab. «Der junge Mann hat zwar 'n halbet Been ab, aber wie dat so aussieht, isser trotzdem nich so arm dran.» Claire Waldoff lachte wie ein Kerl.

Johannes war knallrot geworden und starrte auf das Fischgrätmuster des glänzenden Holzparketts.

«Ihre Musik war so inspirierend», sagte Toni grinsend.

Doch im Grunde war ihr nicht nach Scherzen zumute. Was hatte das zu bedeuten, wenn Otto Stier ihren Johannes nach Erfurt mitnehmen wollte?

Antonia und Annemarie hatten Johannes auf dem Rückweg zur Ringbahn in die Mitte genommen, um sich seinem Tempo besser anpassen zu können. Die Königsallee mit ihren auf riesigen Grundstücken verborgenen Villen schien kein Ende nehmen zu wollen.

«Gefühlte zweihundert Meter für eine Hausnummer», sagte Johannes. Wegen seiner Prothese zählte für ihn jeder Meter.

Vor allem am Ende eines langen Tages schmerzte sein Beinstumpf oft unerträglich, wusste Toni. Gerade tat er ihr deshalb sehr leid, obwohl er nichts mehr verabscheute, als wenn sie ihm das zeigte.

«Seit wann weißte denn, dass du mit Otto und Ilse Stier nach Erfurt ziehen willst?», fragte jetzt Annemarie. «Bisschen plötzlich kommt das ja schon.»

«Hat er mir ja auch gestern erst gesagt», rechtfertigte sich Johannes und klang mürrisch. «Ich musste doch selbst erst mal drüber schlafen.»

Vor allem mit mir, hätte Toni gern gesagt. Aber das wäre unfair gewesen, und im Grunde genommen hatte eher sie mit ihm geschlafen. Passiert ist passiert, dachte sie und wusste selbst nicht so recht, inwiefern das etwas an der Situation änderte.

«Und was soll jetzt aus Toni und dir werden, wenn du in Erfurt wohnst und arbeitest?», fragte Annemarie.

Toni selbst hatte diese Frage noch nicht aufgeworfen. Weil sie eines mit Sicherheit wusste: Es gab nichts, das sie nach Erfurt zog. Ihr Studium wollte sie keinesfalls aufgeben.

Johannes blieb stehen, und Toni dachte schon, es wäre wegen seines Beins, aber da sagte er an sie gewandt: «Ich mache nur Prothesen und schlau bin ich auch nicht wie du. Aber ich liebe dich von ganzem Herzen, Antonia. Ich kann mir nicht vorstellen, ohne dich zu leben.»

Toni wurde ganz anders. Sie ahnte nur zu deutlich, was er jetzt gleich sagen würde, dachte an das, was vorhin am See geschehen war und wusste plötzlich, dass sie einen riesigen Fehler gemacht hatte. Aber wie hätte sie denn auch ahnen können, dass er nach Erfurt ziehen würde?

«Wir werden heiraten, Antonia», sagte Johannes ganz feierlich.

Annemarie lachte laut und erschrak über ihre eigene Reaktion. «Tut mir leid, Hans.»

«Dusselige Kuh!», schimpfte Johannes und stapfte auf seine seltsame Weise los, die jeden Schritt verzögerte.

Die beiden Mädchen tauschten einen entsetzten Blick und eilten ihm nach.

«Warte, Johannes», sagte Toni. «Nun lass mich doch selbst erst mal was dazu sagen!»

Er blieb stehen. «War dafür ein blöder Moment. Aber weil gerade ... und so ... Ich meine, wir gehören zusammen. Das weißt du doch. Sonst hätte ich nicht ...» Er warf einen halben Blick zu seiner Schwester, verkniff sich den Rest des Satzes und schwieg.

«Habe ich was nicht mitbekommen?», fragte Annemarie. «Was druckst denn du so rum, Hans? Ich meine, ihr müsst doch nicht gleich heiraten, weil du nach Erfurt gehst. Guck dir das erst mal in Ruhe an, wie es dir da gefällt und so.»

Toni hätte sie umarmen können. Genau so musste man es sagen!

«Det verstehste nich», sagte Johannes und wollte schon wieder fliehen.

«Na, dann erklärste es mir eben. Bin ja nich ganz doof», meinte seine Schwester.

«Soll Toni machen. Die kann besser reden als wie icke.»

Toni mochte es nicht, wenn er den einfachen Berliner Jungen spielte, um sich einem Konflikt zu entziehen. Er war durchaus klug, nur nicht gebildet. Und eine gemeinsame Zukunft konnte Toni sich durchaus vorstellen. Aber nicht jetzt, wo sie gerade erst mit dem Studium begonnen hatte. Und eben nicht in Erfurt. Vor allem musste das alles nicht in diesem Augenblick vor Annemarie ausgebreitet werden.

«Wann macht Otto seinen Kreuzberger Laden denn dicht?», fragte Toni.

«Nächsten Monat», sagte Johannes leise. «Ich würde ja hier bleiben. Aber Otto muss mir noch so viel mehr beibringen.» Er hatte Tränen in den Augen, als er sagte: «Das is doch meine Zukunft. Genau wie du, Toni. Otto hat schon gesagt: Wenn du mitkommst und mich heiratest, zahlt er mir auch mehr. Du kannst ja mitmachen bei uns. Bitte überleg es dir, ja?»

Toni küsste ihn sanft auf die Wange. «Ja, mache ich.» Es war schon ein wenig verrückt: Sie hatte ihm diese Arbeit besorgt. Und drohte ihn genau deshalb zu verlieren.

«Ach, Henny», sagte Florentine mit einem leisen Unterton der Enttäuschung in der Stimme, «du willst wirklich bei mir ausziehen? Bist du sicher, dass du das Richtige tust?»

Absolut nicht, hätte Henny gern geantwortet, aber in deinem schönen Eispalast hier oben auf dem Dach erfrieren Vicky und ich irgendwann.

In der *Upper East Side*, jener Gegend, die seit der Eröffnung der neuen U-Bahn im Sommer des letzten Jahres plötzlich so beliebt war, lebte man chic. Florentine hatte den richtigen Riecher für gute Geldanlagen bewiesen, als sie beizeiten das mehrstöckige Haus mit den vielen Wohnungen gekauft hatte, die sie vermietete. Aber Henny fühlte sich in dieser Umgebung unwohl. Sie sehnte sich danach, unter normalen Menschen zu leben. Zumindest unter solchen *normalen* Menschen, wie sie im Village lebten …

«Ach, wann weiß man im Voraus, ob man das Richtige tut!», seufzte Henny, um die Frage ihrer Schwiegermutter zu beantworten. «Wenigstens hat Hedda Zeit, sich um Vicky zu kümmern. Die beiden mögen sich, und ich vertraue ihr.»

«Dann machen wir es doch so, *darling*: Ihr beide dürft

jederzeit wieder zu mir zurückkommen», sagte Florentine. Sie breitete die Arme aus. «Vicky, sag Großmutter *bye-bye.*»

Vicky rührte sich wie üblich nicht.

«Dann ein andermal», sagte Florentine auch heute.

Henny dachte, dass ihre Schwiegermutter eine bewundernswerte Verliererin war. Obwohl: Vielleicht war sie es gar nicht, sondern genoss ihre wiedergewonnene Freiheit. Wahrscheinlich traf das eher zu, denn Florentine hatte nicht mal gefragt, warum Henny überhaupt lieber in Heddas düsterem, kleinen Apartment als bei ihr wohnen wollte. Wieso interessierte diese vermögende Frau sich so gar nicht für das, was in einem Menschen vor sich ging, fragte sich Henny.

Nur eines schien sie zu wissen: Jeder brauchte Geld. «Nimm das mit, *darling*. Du wirst es brauchen», sagte sie zum Abschied und steckte ihrer Schwiegertochter ein Bündel Banknoten zu.

Ein wenig demütigend war es schon, als Henny sich bedanken musste. Sie war fast neunundzwanzig und auf Geldzuwendungen angewiesen. Victor hatte bislang keinen Dollar von der West- an die Ostküste überwiesen. Doch ihre Finanzmisere hoffte Henny bald schon beenden zu können. Denn das entscheidende Treffen mit Doktor Schumann sollte schon am Nachmittag stattfinden.

Wenn Vicky mitspielte und bei Hedda bleiben wollte.

«So, Sie sind im Village bei einer Freundin untergekommen? Das freut mich für Sie. Dort wird es Ihnen gefallen», sagte Arthur Schumann fröhlich.

«Denken Sie nur: Wir wohnen jetzt bei Hedda», erzählte Henny.

Der Arzt saß auf der Kante seines Schreibtischs im *Mount*

Sinai Hospital und nickte anerkennend. «Das ist eine ausgezeichnete Lösung, Henny», sagte er. «So bekommt Hedda eine Aufgabe. Aber ist sie dem auch gewachsen? Ein kleines Kind ist anstrengend.» Er lachte. «Meine Frau hat gerade das dritte bekommen. Letzte Nacht habe ich kaum geschlafen. Der Junge hatte die ganze Nacht Blähungen. Immerzu habe ich ihn herumgetragen.»

Das hatte Victor nie getan, schoss es Henny durch den Kopf. Allerdings hatte er wegen Vickys spezieller Bedürfnisse auch nie die Gelegenheit gehabt. Sie ertappte sich dabei, stets derart fruchtlose Vergleiche anzustellen, die zu nichts führten. Außer sie daran zu erinnern, wie verletzt sie war.

«Ich habe eine gute und eine schlechte Nachricht», sagte der Arzt, der Hedda so gekonnt operiert hatte, nun. Ohne Umschweife fuhr er fort: «Hier am *Mount Sinai* gibt es derzeit keine Stelle für eine Ärztin mit Ihrer Qualifikation.» Er lächelte gequält. «Die wurde inzwischen besetzt. Tut mir leid.»

Henny biss sich auf die Lippen. Sie hatte etwas Derartiges befürchtet. Vickys Abneigung gegen ihre Großmutter hatte sie zu viel Zeit gekostet. Sie lächelte ihre Enttäuschung tapfer weg. Die einmalige Gelegenheit, von Doktor Schumann zu lernen, war dahin.

«Und die gute Nachricht?», fragte sie.

«Haben Sie schon vom *Memorial Hospital* gehört?», fragte Schumann. «Man experimentiert dort mit einer neuen Form der Krebs-Therapie. Der Kollege, der die Studien leitet, sucht gezielt nach einer Kollegin. Ich dachte natürlich gleich an Sie, Henny. Die Onkologie ist doch Ihr Fachgebiet. Oder irre ich mich?»

Das Backsteingebäude sah aus wie ein Schloss mit vielen dicken, runden Türmen, die in spitzen Dächern ausliefen. Nervös betrat Henny den eigentümlichen Bau. Schumann hatte ihr nur gesagt, sie solle nach Doktor Harris fragen. Der Gesuchte war gerade bei der Visite in einem der Krankensäle, die in den großen runden Türmen untergebracht waren.

«Endlich eine *lady* im Team», begrüßte er sie, was eine Menge Vorschlusslorbeer war. Schließlich kannte er Henny nicht. Und sie hatte weder eine Ahnung, wer ihr Gegenüber war, noch je zuvor von diesem Krankenhaus gehört.

«Wir behandeln hier nur Krebs und alles, was damit zusammenhängt», sagte Harris. «Aber wir benutzen dazu zunächst einmal nicht das Skalpell.»

Eine solche Vorgehensweise war das Gegenteil dessen, was Henny gelernt hatte. In Berlin hatte sie erlebt, wie Chirurgen Frauen bei Brustamputationen geradezu verstümmelt hatten. Und hier wollte der ihr unbekannte Harris das ohne chirurgischen Eingriff hinbekommen? Sie war fasziniert und wusste in diesem Moment schon: Hier bin ich richtig. Egal, ob der Kollege selbst das Richtige tat. Das würde sie herausfinden, und es gab etwas zu lernen und Neues zu entdecken.

Gebannt lauschte sie, wie Harris zunächst erzählte, dass das Krankenhaus von privaten Spenden lebte. Es waren Summen in einer Höhe, die normale Menschen ihr Lebtag nicht verdienen konnten, selbst wenn sie keinen Cent ausgaben.

«So fing es mit diesem Krankenhaus an. Mit den kranken Angehörigen von New Yorker Millionären», erzählte Harris. «Diese Männer und Frauen wollten dem Tod nicht das letzte Wort überlassen. Sie gaben und geben Unmengen von Geld, um die Forschung zu unterstützen.»

Welch ein Unterschied zu den Krankenhäusern in Berlin, dachte Henny. Die gingen entweder auf die Initiativen von preußischen Königen, deutschen Kaisern oder den Kirchen zurück.

Doktor Harris sah nicht so aus, als erhielte er ein üppiges Gehalt. Seine Kleidung war abgewetzt, und uneitel klang auch, was er sagte: «Unsere Aufgabe ist es, den großzügigen Spendern gerecht zu werden, Doktor Vandenberg. Wir werden den Krebs besiegen. Was Sie forschen, was Sie entdecken – veröffentlichen Sie darüber. Helfen Sie mit, die Geißel der Menschheit zu besiegen und den Ruhm des *Memorial* zu vergrößern. Das ist Ihre Arbeit. Sind Sie dazu bereit?»

Henny war überwältigt: «Ja!»

«Haben Sie sich schon einmal mit Radium beschäftigt?», fragte Doktor Harris.

«Kaum», gab Henny zu.

Radium war ihr vor allem deshalb geläufig, weil eine Frau die Mitentdeckerin gewesen war. Die polnische Chemikerin Marie Curie war dadurch lange vor dem Krieg in den gebildeten Kreisen der Damenwelt zu einer Berühmtheit geworden. Und das Radium galt als Heilmittel, dem geradezu wundersame Eigenschaften zugeschrieben wurden. In Deutschland begab sich die mondäne Dame zum Beispiel nach Bad Kreuznach, um in einem Radiumbad körperliche Abgespanntheit, Hysterie oder die Nervenschwäche Neurasthenie behandeln zu lassen.

«Ein großherziger Spender hat dem *Memorial* fünf Kilogramm Radium zukommen lassen», sagte Doktor Harris jetzt. «Das ist die größte Menge, die es gegenwärtig auf der Welt gibt. Wir werden dieses Radium jedoch nur sehr gezielt einsetzen, um Krebsherde punktgenau auszumerzen. Es muss schließlich vermieden werden, dass dem Radium Körperteile ausgesetzt sind, die nicht betroffen sind. Unsere Arbeit wird die Sicht auf den Krebs von Grund auf verändern.»

Als Henny am Abend das eigentümliche Krankenhaus verließ, ging sie wie auf Wolken. Ein Traum schien wahr zu werden. Nicht nur, dass sie ihre alte Leidenschaft, die Krebsforschung, aufleben lassen konnte. Doktor Harris und das ganze Krankenhaus, das man schlicht *Memorial* nannte, erschienen ihr wie der reinste Glücksgriff. Hier arbeiteten kluge Köpfe an einer wegweisenden Forschung.

Das Krankenhaus lag obendrein wenige Schritte von der U-Bahn entfernt. Ohne Umsteigen erreichte Henny das Village. Es war die ideale Verbindung, stellte sie fest und hatte das Gefühl, tatsächlich in dieser gigantischen Stadt angekommen zu sein.

Nur einen Nachteil hatte die wundervolle neue Aufgabe: Sie war extrem schlecht bezahlt. Das Gehalt würde gerade reichen, um mit Vicky über die Runden zu kommen. Umso dankbarer war Henny, dass die Miete, die sie sich künftig mit Hedda teilen wollte, so gering war. Florentines finanzieller Beistand kam so gesehen durchaus gelegen. Zumal Henny nicht davon ausging, in naher Zukunft mit einer freiwilligen Unterstützung durch Victor rechnen zu können. Es war nicht so sehr die Kraft, die ihr fehlte, sie einzufordern. Sie hätte es vielmehr als Niederlage empfunden, den Mann, den sie wegen seiner Untreue verlassen hatte, um Geld bitten zu müssen. Wenn, dann würde sie ihren neuen Weg ohne seine Unterstützung schaffen wollen. Ob ihr das gelingen konnte, war noch nicht entschieden, aber dieser Tag versprach einen guten Anfang.

Als sie zu Hause ankam, erwarteten Vicky und Hedda sie in dem gemütlichen Apartment im Wohnzimmer auf dem Sofa. Hedda las eine Geschichte vor. Natürlich auf Englisch, aber sie tat es wegen ihrer Behinderungen durch die Operationsnarben sehr langsam. Vicky hörte mucksmäuschenstill zu. Obwohl sie kaum etwas verstand, wie Henny annahm.

Hedda blickte auf und lächelte. «Du siehst aus, als wärst du glücklich», sagte sie.

«Ja, bin ich! Ich habe einen Job. Mehr als das: eine Aufgabe.»

Es war die beste, die sie sich im Moment vorstellen konnte, wie Henny ihrer Freundin erklärte, nachdem sie Vicky zu Bett gebracht hatte. «Am meisten gefällt mir an Doktor Harris seine bescheidene Art. Er plustert sich nicht auf, sondern stellt seine Arbeit in den Vordergrund.»

Aber er war kein glücklicher Mensch, das hatte Henny schnell herausgefunden. Seine Frau war bei der Geburt ihres Kindes gestorben, und er selbst litt unter gesundheitlichen Problemen, die ihn schwer hinken ließen. Überdies hatte er durch Umstände, die Henny nicht kannte, ein Auge verloren.

«Die Schwestern und Ärzte lieben Harris. Sie sagen, sein Leben besteht nur aus dem Krankenhaus», erzählte Henny.

Wie der berühmte Virchow war auch Harris ein Pathologe und somit ein Arzt, der der Forschung den Vorzug vor der Operation gab. Allerdings hatte er deshalb bereits angedeutet, dass Henny in naher Zukunft durchaus auch operieren müsste. Das war bislang nicht ihre Stärke, doch sie war bereit, dazuzulernen.

Insgesamt war sie von dem eigentümlichen Krankenhaus

begeistert: «Die Krankensäle sind rund! Damit sich in den Ecken keine Keime sammeln. Und in der Mitte ist ein Luftabzug zum Dach hin. So ist darin immer frische Luft.»

Hedda ließ ihre Freundin berichten und lauschte schweigend. «Siehst du», sagte sie schließlich, «nach viel Regen scheint irgendwann auch wieder die Sonne.»

Professor Gutenthaler saß kerzengerade hinter seinem Schreibtisch und blickte Ricarda auf eine Weise an, dass sie meinte, sie wäre wieder in der Schule.

«Kollege Hormersdorff hat sich über Sie beschwert. Und ich muss sagen, dass ich seine Ansicht teile, Doktor Thomasius. Eine solche Insubordination habe ich noch nicht erlebt», sagte der Leiter der Charité streng. «Was erlauben Sie sich, einen Vorgesetzten auf diese Weise anzugehen?»

Der Vorfall lag inzwischen ein paar Tage zurück. Die unglückliche Patientin Korittke war längst entlassen. Erstaunlicherweise hatte die Polizei sie nicht direkt vom Krankenbett weg verhaftet und mitgenommen. Ob dies mit Ricardas Protest zusammenhing, wusste sie weder, noch konnte sie es in Erfahrung bringen. Sie hatte nur hoffen können, dass ihr Aufbegehren erfolgreich war.

Bis sie an diesem frühen Morgen in das Büro des Leiters der Charité einbestellt worden war.

Ricarda zwang sich zur Ruhe. Der Ton ihres Chefs hatte etwas Militärisches. So war man hier während des Krieges nicht miteinander umgegangen. Ganz im Gegenteil – man hatte einander beigestanden.

«Ich habe Herrn Kollegen von Hormersdorff an seine Pflichten als Arzt erinnert», sagte Ricarda schlicht. «Darin sehe ich weder eine Untergrabung seiner Autorität noch einen Ungehorsam, wie Sie ihn mir unterstellen, Herr Professor.»

«Sie haben gedroht, ihn anzuzeigen!», brauste der Klinikleiter auf. «Ja, wollen Sie denn den Ruf der Charité besudeln?»

«Entschuldigung, Herr Professor, aber ich muss entschieden widersprechen. Der Kollege hat Patientinnen die Gebärmutter entfernt, ohne sie über die Konsequenzen aufzuklären. Hier liegt der Fehler. Und nicht darin, dass ich diesen Fehler benenne.»

Professor Gutenthaler schwieg sekundenlang. «Wenn Sie sich noch einmal dem Kollegen Hormersdorff gegenüber in einer solchen Weise verhalten, Frau Doktor Thomasius, habe ich keine weitere Möglichkeit, mich weiterhin schützend vor Sie zu stellen. Habe ich mich klar ausgedrückt?»

«Vollkommen», sagte Ricarda, innerlich vor Zorn bebend. Er erwartete doch nicht etwa, dass sie sich auch noch bei ihm bedankte für seinen *Schutz*?

«Sie dürfen gehen. Guten Tag.»

Grußlos verließ Ricarda das Büro und stapfte mit festem Schritt zurück. Die Männer sind zurück aus dem Krieg, und schon gelten die Rechte von uns Frauen nichts mehr, dachte sie.

Für sie bedeutete dieses Gespräch vor allem, noch wachsamer als zuvor sein zu müssen. Würde sie erneut mit Hormersdorff aneinandergeraten, liefe sie Gefahr, ihre Arbeit zu verlieren.

Der Anhalter Bahnhof war voller Menschen, und dennoch gelang es dem Dienstmann, das Wägelchen mit Johannes' Gepäck in atemberaubendem Tempo hindurchzuschieben. Antonia hatte den Mann schnell aus den Augen verloren, Johannes konnte ihm ohnehin schwer folgen. Er hatte obendrein schlechte Laune. Antonia sah ihm deutlich an, dass er noch immer mit seiner Entscheidung haderte.

«Erfurt wird dir gefallen», behauptete Toni. «Es ist gewiss nicht so hektisch wie Berlin. Das tut dir gut, du lernst und wirst Prothesen entwickeln, die den Menschen helfen.» Das meinte sie durchaus ernst, aber sie wollte ihm auch Mut machen.

«Ach, du bist doch ganz froh, dass ich fort bin», sagte Johannes. «Du brauchst einen Mann, mit dem du tanzen kannst.»

Ähnliche Anwürfe hatte er in den letzten Tagen schon öfter gemacht. Toni hatte sich anfangs darüber geärgert. Bis Annemarie hellsichtig gemeint hatte: «Hans will doch nur einen Streit vom Zaun brechen, damit es ihm leichter fällt zu gehen.» Aber den Gefallen wollte Toni ihm nicht tun.

«In den Semesterferien kommst du. Versprichst du mir das?», fragte Johannes, als sie auf dem Bahnsteig vor dem Zug standen.

Toni nickte. Jetzt war Anfang Juni, das Wiedersehen würde also noch bis Ende des Sommers auf sich warten lassen. Johannes griff nach ihren Händen und hielt sie ganz fest.

Der Schaffner schrie schon den Bahnsteig entlang: «Alle einsteigen! Zug fährt in zwei Minuten ab.»

«Ist das eigentlich wirklich ernst mit uns beiden?», fragte Johannes. «Du bist so ... frei. Manchmal glaube ich, du brauchst mich gar nicht so.»

«Ach, red keinen Quatsch», wehrte Toni ab. «Natürlich hab ich dich lieb. Das weißte doch!» Weil so viele Menschen auf dem Bahnsteig waren, küsste sie ihn sittsam auf die Wange.

«Ich werde genug Geld verdienen, Toni. So, dass wir heiraten können. Dann kommste nach, und ich werde für dich sorgen», sagte er.

Von der Zugspitze gellte der letzte mahnende Pfiff, dass sie sich trennen mussten. Und Toni wusste nicht, was sie fühlen sollte.

«Ich liebe dich, Antonia Thomasius», sagte Johannes feierlich und mit feuchten Augen. Dann ließ er ihre Hände los.

Die Stufen hinauf in den Zug fielen ihm schwer. Dennoch schaffte er sie auf eine Weise, dass ihm seine Behinderung kaum anzumerken war. Der Schaffner stieg nach ihm ein und pfiff auf seiner Trillerpfeife.

Toni war, als begriffe sie erst jetzt, durch den heftigen Ruck, mit dem ein Wagen nach dem anderen anrollte, wie endgültig dieser Moment war. Aus dem geöffneten Fenster herab winkte Johannes ihr zu. Ein Lächeln im Gesicht, das eher nach Weinen denn nach Zuversicht aussah.

«Johannes!», rief sie ihm zu. «Hab dich auch lieb!»

«Was haste gesagt?»

Offenbar hatte das Schnaufen, Quietschen und Rumpeln des anfahrenden Zugs Toni übertönt. Der Dampf der ausfahrenden Lokomotive hüllte den Bahnsteig ein, und Toni stand wie starr. Erst jetzt spürte sie die Leere in ihrem Herzen. Es tat weh. Sie hatte ihn lieb, natürlich. Das wurde ihr in diesem Moment richtig klar. Konnten sie beide vielleicht doch eine Zukunft haben, fragte sie sich und wusste keine Antwort. Ebenso wenig, wie sie hätte sagen können, ob sie oder wann sie Johannes nach Erfurt nachfahren sollte.

EIN NOTFALL

— ◆ —

August 1919

Ricarda überkam ein seltsames Gefühl, als sie ihrer Tochter Antonia zusah. Es schien ihr, als hätte die Zeit einen Sprung nach vorn gemacht und nur sie hätte davon nichts mitbekommen. Denn irgendwie hatte Toni plötzlich etwas Mütterliches an sich. Sie wirkte so gar nicht mehr wie das junge Mädchen, das sie doch *gerade eben* noch gewesen war.

«Pferdewagen fahren, kleine Adele. Komm, das macht Spaß», sagte Antonia und hob das viereinhalb Jahre alte Mädchen liebevoll auf den Kutschbock.

«Kann Toni das? Diesen schweren Wagen lenken?», fragte Hildchen besorgt.

«Das macht sie seit Jahren», erwiderte Ricarda gelassen. Und hätte gern hinzugefügt: Da oben hat sie schon einen Wolf erschossen. Aber Hildchen war gerade erst mit ihrer großen Familie auf Schloss Freystetten eingetroffen. Da musste Ricarda Siegfrieds Schwester nicht gleich auf die Nase binden, welche Dramen sich in dieser scheinbaren Idylle wieder einmal ereignet hatten.

Inzwischen hatte sich Antonia Hildchens kleine Tochter auf den Schoß gesetzt und an sich gedrückt.

«Ich fahr Kutsche, Mutter!», rief das blondgelockte Mädchen stolz von oben herab und winkte.

«Sieh nur, Adrian, da oben ist Adele. Wink ihr mal!», sagte Hildchen.

Adeles Brüderchen war nur vierzehn Monate jünger. Da Hildes Gatte Ernst die Marotte pflegte, allen seinen insgesamt sechs Kindern Namen mit dem ersten Buchstaben des Alphabets zu geben, hatte Hilde ihr Versprechen nicht halten können: Eigentlich hatte sie ihre Kinder Ricarda und Siegfried nennen wollen. Nun waren dies ihre Zweitnamen.

Sowohl Adele als auch Adrian waren in Tsingtau zur Welt gekommen, wo Hildchens Mann Ernst Gerwein bis vor wenigen Monaten als Pfarrer der evangelischen Gemeinde tätig gewesen war. Die neuen japanischen Herren über die einstige deutsche Kolonie hatten die verbliebenen Deutschen mit Respekt behandelt, wie Hildchen ihrer Schwägerin Ricarda erzählt hatte. Nun hatte Ernst eine Gemeinde in Frankfurt an der Oder übernommen, das nur wenige Zugstationen östlich von Freystetten lag. Möglicherweise war es die letzte Etappe seiner Laufbahn. Denn Ernst war zwanzig Jahre älter als Hildchen, die jetzt Anfang vierzig war.

«Toni ist so fraulich geworden», sagte nun auch Hildchen. «Hat sie denn schon einen Verlobten?»

«Hatte sie, aber ich denke, da wird wohl nichts draus. Er lebt seit einer Weile in Erfurt. Ein braver Junge, aber ich fürchte, er langweilt unsere umtriebige Toni ein wenig.» Ricarda lachte. «Toni ist Toni. Für sie gelten andere Regeln.»

Und dann erzählte sie doch die Geschichten vom Wolf, vom Affen Sam und dem Unfall im Zoo. «Manchmal denke ich, Toni hat die Wildheit von Afrika in sich, ohne es zu wissen. Weil sie damals ja viel zu klein war, um das alles mitzubekommen.»

Hildchen sah ihre Schwägerin sorgenvoll an. «Da hoffe ich aber sehr, dass ihr Schutzengel Toni nie im Stich lässt.»

Siegfrieds Schwester hatte schon immer zur Religiosität geneigt. Diese Tendenz hatte sich durch die Ehe mit dem Pfarrer Ernst verstärkt. Aber im Grunde genommen hat sie recht, fand Ricarda. Toni gab nicht viel auf Konventionen. So wie ich selbst in dem Alter, aber ich habe das nicht so offen gezeigt, dachte sie.

«Ich würde meiner Adele nicht so viel Freiheiten zugestehen», sagte Hildchen. Ein leichter Tadel lag in ihrer Stimme.

«Ja, ich weiß», sagte Ricarda und setzte in Gedanken hinzu: Warte mal ab, was in zehn, fünfzehn Jahren sein wird.

Hildchen griff nach Ricardas Hand. «Du und deine Töchter, ihr seid anders. Unabhängiger. Dir, Toni und Henny war es gleich, was andere Leute über euch dachten. Vor allem dich habe ich darum beneidet, Rica.» Ihre Augen füllten sich mit Tränen. «Irgendwann werde ich Adele und Adrian erzählen, dass ich nur deshalb lebe. Weil Tante Ricarda so ein unabhängiger Geist war. Die mir einfach das Leben gerettet hat. Obwohl sie es gar nicht durfte.»

«Ach, lass doch die ollen Kamellen», sagte Ricarda und legte den Arm vertraut um die Schulter ihrer Schwägerin.

Inzwischen hatte Toni die Kutsche am hinteren Ende des Schlosssees gestoppt. Was dort geschah, konnte Ricarda nicht mehr erkennen.

Es war der Geruch. Antonia hatte ihn schon so viele Male wahrgenommen und immer gemocht. Sie begriff überhaupt nicht, wieso er heute bei ihr eine derartige Übelkeit verursachte. Dabei war es ein heißer Augusttag, wie sie ihn liebte. Sie war im Juli geboren, der Sommer war ihre Lieblingsjahreszeit. Und hinten auf dem Wagen lag das Heu, auf das die Damhirsche warteten. Die kleine Adele würde zum ersten Mal aus nächster Nähe eine Fütterung erleben.

Die Hitze ließ das frisch geschnittene Gras schnell gären, das war schon immer so gewesen. Das mochte nicht jeder. Aber Toni mochte es, weil sie den Geruch mit Freystetten verband, mit der Freiheit des Lebens auf dem Land. Dennoch stieg der Würgereiz in ihr hoch, und sie spürte, dass sie ihn nicht länger beherrschen konnte. Sie hielt das Pferd an. Graf Friedemann hatte es erst zu Sommerbeginn kaufen können, eine weiß-braun gefleckte Stute. Mit aller Kraft arretierte Toni die Bremse. Jetzt musste sie schon sehr bewusst atmen, um sich nicht sofort übergeben zu müssen. Sie setzte Hildchens kleine Adele auf den von der Sommersonne durchglühten Boden.

Wie intensiv alles roch. Unglaublich, dachte sie.

«Im See sind viele Fische. Guck mal, Adele. Aber geh nicht zu nah ans Wasser. Das ist sehr nass!», rief sie scherzend, obwohl ihr so seltsam zumute war. Sie sauste um den Wagen herum und erbrach sich.

Sie kannte ihren Körper. Es gab keinen Grund, sich zu übergeben. Sie hatte nichts Ungewöhnliches gegessen.

Nachdem es überstanden war, eilte sie um den Wagen herum zu Hildchens Kind. Was war die Kleine wohlerzogen! Stand wie ein Püppchen am Ufer des Sees. Toni kannte diese Stelle. Das Wasser war hier auf etwa fünf Meter so flach, dass Adele nichts geschehen konnte. Aber sie rührte sich ohnehin nicht vom Fleck.

«Ich sehe keine Fische», sagte Adele.

«Doch, da sind welche», erwiderte Toni. «Sie sind nur so winzig klein.»

Im Grunde waren sie kaum als wirkliche Fische zu erkennen. Ähnelten eher Schatten als Fischen.

«Wenn der Sommer vorbei ist, sind die schon richtig groß», sagte Toni.

Mit der Hand schöpfte sie etwas Wasser aus dem klaren, im Sonnenlicht glitzernden See und spülte sich den Mund damit aus. Die Fischchen stoben auseinander. Toni blickte auf den See. Jetzt erinnerte sie sich an das letzte Mal, als sie an einem See gewesen war. Er war viel kleiner gewesen als der Freystettener. Und romantischer. Die Sonne war gerade untergegangen. Sie hatte Johannes geküsst und sich dann auf ihn gesetzt.

Antonia meinte, ihr Gehirn erwache aus einer Art von Winterschlaf. Schlagartig begriff sie, was in ihrem Körper vor sich ging. Sie durfte jetzt nicht den Kopf verlieren.

Aber sie war bereits in heller Panik.

Das Experiment mit den Eidechsen war zum Glück ausgestanden. Antonia war es gelungen, den Beweis zu erbringen, dass die kleinen Reptilien hören konnten. Der Biologie-Professor war von ihrem Vortrag so begeistert, dass er die Stunde gar nicht enden lassen wollte. Endlich konnte Antonia aus dem Institut verschwinden. Es war nicht weit bis nach Hause. Dort hatte sie alles vorbereitet und genau kalkuliert, wie viel Zeit sie hatte, bis ihre Eltern heimkehrten. Leider war sie wegen des begeisterten Professors schon eine halbe Stunde zu spät dran.

Antonia spürte, wie ihre Nervosität stieg. Aber was sollte schon schiefgehen? Schließlich würde es eine saubere Operation werden. Nun ja, räumte sie ein, sauber vielleicht nicht direkt. Es würde eine Menge Schmiererei geben. Und Schmerzen. Ja, die auch. Aber die würde sie aushalten können, davon war sie überzeugt.

Was jetzt zu tun war, wollte sie ganz allein schaffen. Niemanden hatte sie um Rat gefragt. Es war ihre Entscheidung. Seitdem ihr klar geworden war, dass der wilde romantische Moment mit Johannes Folgen hatte, konnte sie nichts von ihrem Vorhaben abbringen. Und sie entschied, sofort zu handeln. Bevor ihre Eltern oder sonst wer etwas von ihrer Schwangerschaft ahnten.

Niemand würde je erfahren, was sie in diesem Moment unternahm. Niemand, schwor sie sich. Es betraf nur sie.

Sorgsam breitete sie das Gummilaken auf ihrem Bett aus. Sie hatte es eigens aus der nach wie vor ungenutzten Praxis ihrer Mutter in der Behrenstraße geholt. Nebst ein paar Utensilien, die sie brauchte. Denn die Schlüssel hatte Toni ebenso wie jene für Hennys Wohnung sicher verwahrt, um dort alle paar Wochen nach dem Rechten zu gucken. Sie hatte sogar mit dem Gedanken gespielt, das, was sie die Operation nannte, in der Praxis durchzuführen. Leider waren dort Wasser und Strom abgestellt.

Ihre Instrumente legte sie neben sich auf einem Beistelltischchen aus. Spekulum, Zervikometer, Klistierspritze und natürlich die Lauge. Sie betrachtete die Ansammlung, seufzte und schob die Frage, ob sie gerade im Begriff war, das Richtige zu tun, zum letzten Mal von sich.

Oft genug hatte sie sich die Alternativen überlegt.

Unehelich wollte sie kein Kind zur Welt bringen. Folglich hätte sie heiraten und Frau Johannes Meister werden müssen. Ein Leben in Erfurt, Thüringisch verstehen, ihrem Mann die Buchhaltung für seine Prothesen machen. Vielleicht auch den Verkauf. Und die Reklame dafür: Meisters passgenaue Prothesen. Ach so: Und das Kind stillen und wickeln.

Diese Option hatte sie nie zugelassen. Sie hatte mit Johannes geschlafen, sie mochte ihn, aber sie wollte mehr vom Leben. Was das sein würde, wusste sie noch nicht. Gerade das war ja das Spannende am Leben: nicht zu wissen, was geschehen wird. Heiratete sie Johannes und gründete eine Familie mit ihm, dann hätte sie es gewusst. Jeden Tag der nächsten Jahrzehnte hätte sie im Vorhinein erahnen können, fürchtete sie.

Vor allem musste die Liebe zu einem Mann so groß sein, dass sie für ein Leben reichte. So groß wie die ihrer Eltern, die Ewigkeiten aufeinander gewartet hatten. Was sie mit Johannes verband, war Verliebtheit, und die verging. Im Grunde war das schon geschehen.

Infolgedessen sah Toni für das Kind keinen Platz auf dieser Welt. Sie hatte durchaus erwogen, ihre Mutter einzuweihen. Und diese Möglichkeit ganz schnell verworfen. Ihre Mutter hatte sich streng der ärztlichen Ethik verschrieben: Auch ungeborenes Leben war schützenswertes Leben. Toni war überzeugt, dass ihre Mutter sie zu einer Ehe mit Johannes gedrängt hätte.

Und Annemarie wollte sie erst recht nicht bei der Abtreibung um Hilfe bitten. Schließlich war die Freundin auch Johannes' Schwester. In diesen Gewissenskonflikt wollte sie Annemarie nicht stürzen.

Toni hatte sogar vorgehabt, eine Engelmacherin aufzusuchen. Doch als sie in der nahen Ackerstraße in dem dreckigen dritten Hinterhof gestanden hatte, hatte sie auf dem Absatz kehrtgemacht.

Nein, es blieb nur das, was sie gerade im Begriff war zu tun.

Sorgsam zog sie nun die körperwarme Lauge ins Klistier hinein. Ein wenig zitterten ihre Hände. «Du kannst das, Antonia», sagte sie zu sich selbst.

Und wenn nicht, fragte die innere Stimme, die sich gegen sie zu verschwören drohte.

«Reiß dich zusammen», antwortete sie dieser Stimme laut und legte sich auf das Bett ihres Kinderzimmers. Die klugen Bücher über Gynäkologie standen auf dem Schreibtisch bereit, aber sie brauchte sie nicht, weil sie alles mehrfach auswendig gelernt hatte. Sie wusste, wie das Spekulum einzuführen war, dann der Zervikometer, schließlich die Lauge. Dann ruhen. Dann auf die Toilette, warten, pressen.

Vorbei.

Hoffentlich.

Doch das las sich alles so viel einfacher in den Fachbüchern, und die Zeichnungen waren so viel eindeutiger. Außerdem hatte sie nicht bedacht, wie sehr sie sich verkrampfte. Sie hätte ein Mittel zur Entspannung einnehmen sollen, fiel ihr ein. Was aber auch keine Lösung gewesen wäre, weil sie befürchtete, dann keinen klaren Kopf zu haben.

Sie setzte sich wieder auf und richtete die beiden Spiegel neu aus, die sie aufgestellt hatte. Und sie brauchte mehr Licht. Vor allem aber mehr als die beiden Hände, die sie hatte! Ein Kind zu gebären ist gewiss einfacher, als eins wegzumachen, dachte sie.

Die Frauen bekamen in diesem August so viele Kinder, wie Ricarda es schon lange nicht mehr erlebt hatte. Man musste fürwahr kein Genie in Mathematik sein, um den Grund errechnen zu können. Das Kriegsende lag jetzt neun Monate zurück! Damals waren die Männer heimgekehrt, und die beiderseitige

Freude der Geschlechter war riesengroß darüber gewesen, aus diesem nicht enden wollenden Albtraum erwacht zu sein. Die Folge war, dass die Geburtenstation überbelegt war.

Obwohl es gegen Ricardas eigene Prinzipien verstieß, mussten die Betten unzähliger Wöchnerinnen auf den Gängen abgestellt werden. Die jungen, kräftigen Frauen wurden nicht wie üblich nach sieben Tagen entlassen, sondern bereits, wann immer es möglich erschien.

«Das läuft wie am Fließband», scherzte Ricarda.

«Und dennoch haben Sie immer ein nettes Wort für die Patientinnen, Frau Doktor», erwiderte Oberschwester Angelika. «Der Freiherr ...», so lautete die auf der Station gebräuchliche Bezeichnung für Doktor Hormersdorff, «... ist immer so ruppig zu den Patientinnen. Ich glaube, insgeheim mag der keine Frauen.»

Eine Einschätzung, die Ricarda vom ersten Moment an gehabt hatte. Aber zumindest war sie mit ihrem Vorgesetzten nicht mehr aneinandergeraten. Wohl auch deshalb, weil er so vernünftig war, die Schichten so einzuteilen, dass man sich nicht begegnete. Meistens jedenfalls. Heute war einer der Tage, an denen sie beide Dienst hatten.

«Frau Doktor, wollen Sie noch mal versuchen, ob Sie die Steißlage drehen können? Oder sollen wir jetzt gleich den Kaiserschnitt vorbereiten? Noch ist der OP frei», meinte Schwester Angelika.

Die Patientin hatte bereits starke Wehen.

«Drehen wäre natürlich besser», erwiderte Ricarda. Angesichts der angespannten Lage mit den vielen Geburten war das auch eine Frage von Zeit und Aufwand. «Für wann hat der Kollege Hormersdorff noch Termine im OP angesetzt?», erkundigte sich Ricarda vorsorglich.

«Für den frühen Abend. Drei Hysterektomien. Sie könnten die Steißlage also einschieben», sagte Angelika.

«Gut. Ich sage Bescheid, wenn ich sie untersucht habe», erwiderte Ricarda.

In diesem Moment eilte ein Assistenzarzt herbei: «Frau Doktor Thomasius, in der Notaufnahme wurde gerade eine junge Frau eingeliefert. Schwerster Blutverlust. Ich vermute, sie war bei einer ... na ja, Sie wissen schon.»

Engelmacherin. Das Wort war tabu, seitdem Hormersdorff hier der Chef war. Denn jede dieser Frauen wurde nach wie vor erbarmungslos angezeigt, wie es der Rechtslage entsprach.

«Vielleicht wollen Sie selbst sie sehen, bevor der Freiherr ...», sagte der Assistenzarzt. Wie fast alle stand er bei dem Streit um illegale Abtreibungen auf Ricardas Seite.

Ricarda zögerte. Dann entschied sie, die Steißgeburt doch warten zu lassen. Um den Notfall wollte sie sich selbst kümmern.

«Was wissen wir über die Patientin?», fragte Ricarda, während sie mit dem Assistenzarzt zur Notaufnahme eilte.

«Alter unbekannt. Schätzungsweise zwanzig. Gepflegt. Brach in der Luisenstraße zusammen, praktisch vor dem Klinikeingang. Sagte, sie heiße Käthe Thomas. Verlor dann das Bewusstsein», zählte der junge Arzt auf.

«Da wissen Sie ja nicht viel über sie», sagte Ricarda und trat routiniert an die Trage, auf der die junge, leichenblasse Frau in tiefer Ohnmacht ruhte. Obwohl sie mit einem weißen Tuch bedeckt war, war deutlich zu erkennen, dass Blut aus ihrem Unterleib sickerte. Ricarda zückte ihr Stethoskop und prallte zurück, als wäre sie gegen eine Wand aus Glas gelaufen.

«Oh mein Gott!», rief sie zu Tode erschrocken, als sie sah, wer da vor ihr lag.

Die Umstehenden wichen wegen dieses überraschenden Ausrufs zurück. Sie sahen die erfahrene Ärztin verwundert an. So hatten sie Frau Doktor Thomasius noch nie erlebt. Sie war sonst immer so beherrscht, zeigte selbst in hektischen Momenten keine Gefühle, wofür sie von den jungen Ärztinnen und Ärzten bewundert wurde.

Ricarda spürte die Blicke der jungen Kollegen und kommandierte: «Not-OP. Unverzüglich!» Um kein Missverständnis aufkommen zu lassen, setzte sie hinzu: «Meine Patientin.»

Wieso? Weshalb hast du das getan?

Warum bist du denn nicht zu mir gekommen?

Die unsinnige Frage nach dem Grund für Tonis entsetzlichen Zustand drohte Ricardas ganzes Denken zu blockieren.

Fetzen der Erinnerungen schoben sich vor die Wirklichkeit der langen Krankenhauskorridore, die sie mit dem Assistenzarzt an ihrer Seite entlangeilte. Hatte sie sich nicht sogar selbst darüber gewundert, wie verändert Antonia gewirkt hatte? So fraulich! Und Hildchen hatte sogar nach Tonis Verlobtem gefragt. Und sie selbst hatte sich noch gedacht, dass sie eigentlich stolz war auf die vermeintliche Wildheit ihrer Jüngsten.

Ja, war sie denn blind für die Realität gewesen? Junge Frauen zahlten für ihre Wildheit einen eindeutigen Preis. In der Regel nach neun Monaten. Oder wie in Tonis Fall früher, wenn sie es eben nicht so weit kommenlassen wollten.

Aber ich wäre doch für dich da gewesen, Kind, hätte Ricarda am liebsten geschrien. Doch was nutzte das? Toni hatte sie nicht gefragt, als sie ihre verhängnisvolle Entscheidung getroffen hatte.

Ausgerechnet in diesem schrecklichen Moment kam Ricarda ihr Vorgesetzter entgegen. Doktor Hormersdorff trug seinen weißen Arztkittel stets offen, sodass der edle Anzug mit der goldenen Uhrkette zur Geltung kam. Der weiße Kittel wirkte an ihm wie ein Accessoire, eine modische Besonderheit für gebildete Herren.

«Frau Kollegin Thomasius, Sie haben eine Not-OP angesetzt. Was liegt an?», fragte Hormersdorff.

«Kaiserschnitt», erwiderte sie bündig und wollte an ihm vorbei.

Er hielt sie auf. «Einzelheiten», forderte er ebenso knapp.

In diesem Moment wurde die ohnmächtige Toni vorbeigetragen.

«Das ist Ihre Patientin?» Hormersdorff verzog das Gesicht zu einem abfälligen Lächeln. «Da reicht eine Hysterektomie.»

«Das ist *meine* Patientin», betonte Ricarda. «Not-OP vorbereiten», fügte sie deutlich hinzu und wollte rasch weiter.

«Das werden Sie nicht tun, Doktor Thomasius», sagte Hormersdorff nachdrücklich.

Ricarda trat dicht vor ihren Vorgesetzten. «Dies ist die Charité, Herr Kollege. Metzger braucht man auf der anderen Seite der Straße», sagte sie direkt in sein Gesicht.

Hormersdorff wurde kreidebleich vor Wut. Aber er ließ Ricarda ohne weiteren Kommentar ziehen.

Die kleine Gruppe war eingespielt, unzählige Male hatte man eine Operation wie diese vorgenommen. Jeder wusste, wie Frau Doktor Thomasius einen derartigen Eingriff anging. Keiner hatte je erlebt, dass Hormersdorff das Gleiche getan hätte. Dabei war es möglich. Vorausgesetzt, der Operateur war dazu bereit.

Eine Perforation der Gebärmutter war die häufigste Ursache für starke Blutungen, die nach einer unsachgemäßen Abtreibung zum Tod der Frau führen konnten. Die Entfernung der Gebärmutter war Hormersdorffs schnelle und wirkungsvolle Antwort. Die verletzte Gebärmutter war anschließend das *Corpus Delicti*, der Beweisgegenstand, mit dem die unglückliche Frau des unerlaubten Schwangerschaftsabbruchs überführt werden konnte.

Aber es gab die zweite Möglichkeit. Es war jene, die Ricarda normalerweise nach Absprache mit der Patientin bevorzugte: Mit einem Kaiserschnitt wurde die Bauchdecke geöffnet und die verletzte Gebärmutter genäht. So blieb die Gebärfähigkeit normalerweise erhalten.

Natürlich ging Ricarda auch jetzt so vor und schloss anschließend sorgsam die Operationswunde, sodass die Narbe später möglichst klein sein würde. Nicht einen Moment lang hatte sie sich gestattet, darüber nachzudenken, wen sie gerade behandelte. Als wäre es einer von vielen Fällen, sagte sie in die Runde der an der Operation Beteiligten hinein: «Vielen Dank. Das war eine gute Arbeit.»

«Immer wieder gern mit Ihnen, Frau Doktor», erwiderte Oberschwester Angelika und setzte leise hinzu, «wenn es möglich ist.» Sie schluckte schwer.

Ricarda begriff. Nicht nur die Oberschwester war sich darüber im Klaren, dass Ricarda eine Grenze überschritten hatte, die sie nicht hätte überschreiten dürfen: Kurz vor dieser Operation hatte sie ihren Chef gedemütigt. Den stolzen Schmissträger als Metzger bezeichnet. Das würde sie ihre Stelle kosten. Es hatte jedoch sein müssen. Nur so hatte sie es geschafft, dass Hormersdorffs Aufmerksamkeit von Toni abgelenkt wurde.

Doch Ricarda tat, als wäre alles wie immer. «Bringen Sie die Patientin Thomasius in den Aufwachraum», sagte sie.

«Thomas, Frau Doktor», korrigierte Angelika rasch.

«Ja, natürlich: Thomas», verbesserte sich Ricarda. «Und jetzt sehe ich nach der Steißlage.»

Angelika folgte ihr, und Ricarda sagte nachdrücklich zu ihrer Oberschwester. «Sobald Frau Thomas aufwacht, möge man mich rufen. Das ist sehr wichtig.»

«Natürlich, Frau Doktor», erwiderte die Oberschwester. «Uns allen ist das wichtig.»

Ricarda hatte jetzt keine Zeit, darüber nachzudenken, wie die Oberschwester diese Bemerkung gemeint hatte. Sie hatte überhaupt keine Zeit, um über irgendetwas nachzudenken. Gerade war ihre Welt, die sie zwar nicht für heil, aber doch immerhin für stabil gehalten hatte, von etwas erschüttert worden, das sich nach einem Erdbeben anfühlte. Aber diese Empfindungen durfte sie nicht zulassen. Nicht jetzt. Sie musste weitermachen. Einfach nur weitermachen.

Antonia träumte wirr von einer riesigen roten Welle, die sie zu ersticken drohte. Sie versuchte zu schwimmen, verlor aber immer wieder die Kraft in den Armen. Auf ihrer Zunge war ein unangenehmer Geschmack wie von Eisen. Und plötzlich wurde ihr klar, dass sie träumte und dass es ihr eigenes Blut war, in dem sie zu ertrinken drohte. Sie wollte die Augen öffnen, aber ihre Wimpern waren vom Blut verklebt. Das Blut stand direkt vor ihren Augen, wurde pechschwarz und undurchdringlich.

Es ist nur ein Traum, sagte sie sich. Doch diese Erkenntnis änderte nicht den Traum, und plötzlich spürte Antonia große Angst. Zwei Augen tauchten aus dem Dunkel auf und starrten sie an. Antonia erkannte sie. Es waren die Augen des Wolfs, der Badili auf dem Heuwagen gerissen hatte. Nun wusste sie, was zu tun war. Sie griff nach dem Gewehr, presste es sich hart gegen die Schulter und drückte ab.

Jetzt konnte sie die Augen öffnen, und das Blut, in dem sie gerade noch zu ertrinken drohte, war fort.

Allmählich begann Antonia zu realisieren, dass sie sich auf einer Krankenhausliege befand, die in einem Bettensaal stand. Es war offenbar später Nachmittag oder früher Abend. Unzählige Betten standen nicht nur entlang der Wände, sondern waren auch mitten im Raum abgestellt. Allmählich drangen auch Geräusche zu Antonia durch. Frauen sprachen, weinten, schnarchten. Und die Gerüche: Blut, Urin, Schweiß, Staub.

Sie blickte hoch zu den Fenstern. Rundbogenfenster, staubblind. Auf der anderen Seite eine Fassade aus Backstein.

Sie hatte es in die Charité geschafft.

Toni blickte sich um.

Mutter, wo bist du?

Antonia versuchte sich aufzurichten und spürte einen stechenden, ziehenden Schmerz im Unterleib. Sie schlug die Decke zurück und sah den dicken Verband zwischen Nabel und Schambein.

Ihr von den Betäubungsmitteln lahmgelegtes Gehirn begann zu arbeiten. Kaiserschnitt. Wenn das Mutter war, die mich operiert hat, dann ist sie von außen herangegangen, begriff sie. So oft hat Mutter davon erzählt, dass sie gegen die Hysterektomie ist, erinnerte Antonia sich.

Erschöpft ließ Antonia sich auf das dünne Kopfkissen sinken und überlegte, wie sie sich verhalten sollte. Ihre Mutter würde ihr Vorwürfe machen, keine Frage. Zu Recht, dachte Antonia. Ich habe es falsch gemacht, sonst wäre ich nicht hier.

Und als sie über ihren Fehler nachdachte, verstand sie, worin er grundsätzlich bestand. Es war sozusagen ein physikalischer Fehler. Als zöge man am eigenen Haarschopf, wenn man im Morast feststeckte. Das konnte nicht funktionieren.

Mit aller Gewalt hatte sie die Klistierspritze eingeführt. In der Gebärmutter selbst sind keine Nerven, die den Schmerz ins Gehirn melden. Das wusste sie. Und hatte es mit ihrem Vorgehen ignoriert. Verstanden hatte sie es allerdings erst, als die Blutungen nicht aufgehört hatten, nachdem der Fötus wie geplant abgegangen war.

Eine Schwester blickte jetzt mit besorgter Miene auf Toni herab. Sie ging und kam kurz darauf mit einem stämmigen Pfleger zurück, der einen Rollstuhl schob. Kommentarlos hob der Mann sie hoch und setzte sie sanft in den Rollstuhl.

«Was machen Sie mit mir?», fragte Antonia ängstlich.

Abtreibungen waren verboten. Brachte man sie jetzt ins Gefängnis?

In Ricarda tobte eine Mischung aus Bewunderung und Verärgerung über ihre Tochter. Einerseits lag eine große Härte gegen sich selbst und auch eine enorme Konsequenz in ihrem zielstrebigen Vorgehen. Andererseits war genau das unverzeihlich töricht, weil Antonia sich in einem Maße selbst überschätzt hatte, das lebensgefährlich war. Als Mutter und Ärztin durfte sie es nur so sehen. Strafe oder Gardinenpredigten hatte sie allerdings nicht im Sinn, als sie sich in Antonias Kinderzimmer einen Stuhl nahm und sich neben das Bett setzte.

Gestern, am späten Nachmittag, hatte Ricarda sie hierherbringen lassen.

«Ich habe Mist gebaut», sagte Antonia sofort. Ihre Stimme klang schwach, sie war bleich wie die Wand.

«Das trifft es nicht, Antonia. Du warst kurz davor, dein Leben wegzuwerfen.»

«Ich dachte, ich schaffe das.»

«Natürlich dachtest du das. Antonia, du hast in deinem Leben so unglaublich viel Glück gehabt. Glaubst du denn, das bleibt so?»

«Wie meinst du das, Mutter?»

«Du weißt, wie ich das meine: Du hältst dich für unangreifbar. Du schießt einen Wolf tot, du gehst in Löwenkäfige. Aber du bist nicht unangreifbar, Kind. Gerade Menschen, die sich für besonders stark halten, sind sich selbst oftmals der größte Feind. Sie neigen dazu, sich zu überschätzen.»

Ricarda holte tief Luft. Sie hatte sich vorgenommen, ihre Tochter nicht mit Vorwürfen zu überschütten. Eine Sache musste sie gleichwohl klarstellen: «Bist du eigentlich davon ausgegangen, ich zwinge dich, das Kind auszutragen? Hast du Vater oder mich deshalb nicht eingeweiht?»

Antonia nickte schweigend. Zu Ricardas Überraschung kullerte ihr eine Träne aus dem Augenwinkel. Im Gegensatz zu ihr hatte Toni nicht so nah am Wasser gebaut.

«Du hättest uns beiden wenigstens die Gelegenheit geben

können, gemeinsam nach einem Ausweg zu suchen», sagte Ricarda.

Natürlich hätte sie versucht, Toni zu überzeugen, das Kind zu bekommen. Sie fühlte sich keinesfalls zu alt, um ein Enkelkind aufzuziehen. Aber für solche Gedanken war es zu spät. Doch es blieb die Bitterkeit einer anderen Überlegung: Henny wäre nie geboren worden, wenn sie selbst so wie Toni gehandelt hätte. Und Henny war nicht als Kind der Liebe entstanden. Toni und ihr Kind hätten die Sicherheit einer Familie gehabt, die sie liebten. Das hatte Ricarda damals nicht gehabt.

Antonia starrte blicklos vor sich hin.

Aus Gesprächen mit Patientinnen wusste Ricarda, dass die Frauen nach einer Abtreibung von Gefühlen überschwemmt wurden. Das schwankte von Erleichterung bis zu den Selbstzweifeln, einer großen Aufgabe nicht gerecht worden zu sein. Was sollte sie ihrer Tochter davon erzählen? Brachte das etwas, oder vergrößerte das den inneren Kampf, den Toni sicherlich ausfocht?

«Muss Vater erfahren, was ich getan habe?» Tonis Stimme klang kläglich.

Im Prinzip hatte Ricarda die Frage schon auf ihre Weise beantwortet. Als sie nach Hause gekommen war, hatte sie alles beseitigt, was Tonis Vorgehen verraten hätte. Siegfried war zu dem Zeitpunkt noch nicht heimgekommen. Er liebte seine Tochter über alles. Zu erfahren, wie nah sie – noch dazu durch eigenes Verschulden – dem Tod gewesen war, hätte ihm unnötige Pein verursacht.

«Wir werden für uns behalten, was heute geschah», sagte Ricarda.

«Du hast mich herbringen lassen, damit ich nicht ins Gefängnis muss?», fragte Toni.

«Ja, natürlich.»

«Wirst du wegen mir Ärger bekommen mit der Charité?»

«Vermutlich.»

Der Klinikleiter hatte bereits per Boten einen Brief geschickt, in dem er Ricarda zu einem Gespräch in seinem Büro aufforderte.

«Danke, Mutter. Ich bin dir unendlich dankbar.»

«Ach, Toni», sagte Ricarda. «Für die Liebe einer Mutter kann man sich nicht bedanken. Sie ist da und nimmt alles in Kauf, weil sie nicht anders kann. Und nichts anderes will als selbstlos zu beschützen.»

Darum gibt es ja nichts Wichtigeres, als ein Kind zu bekommen, hätte sie gern gesagt. Aber das wäre wohl der größte Fehler gewesen, den sie jetzt hätte machen können.

«Das haben wir lange nicht gemacht», sagte Siegfried und drückte Ricardas Arm fest an sich, «einfach so bummeln gehen.»

«Manchmal geschehen Dinge, mit denen man nicht mehr gerechnet hat», sagte Ricarda mit leicht gequältem Lächeln.

Obwohl der Große Tiergarten nur einen Katzensprung von ihrem Zuhause in der Luisenstraße und der Charité entfernt war, hatten die beiden selten die Gelegenheit genutzt, unter den großen alten Bäumen spazieren zu gehen.

Seit gestern hatte Ricarda die Zeit dazu. Sehr viel Zeit.

Das Gespräch mit Professor von Gutenthaler hatte nur wenige Minuten gedauert. Er hatte sie mit sofortiger Wirkung von ihrer Arbeit entbunden. *Insubordination gegenüber einem Vorgesetzten* hatte die erwartbare Begründung geheißen. Ricarda hatte ihrerseits nicht mal versucht, ihr Vorgehen zu rechtfertigen.

Zumindest hatte die ganze Station zu Ricarda gehalten. Alle hatten behauptet, nicht zu wissen, wohin die seltsame Patientin Käthe Thomas verschwunden war. Hatte sich selbst entlassen. Das kam vor. Pech für Doktor Hormersdorff: So konnte er niemanden anzeigen.

«Was willst du mit deiner plötzlichen Freiheit anfangen, Rica? Willst du die Praxis wieder eröffnen?», fragte Siegfried jetzt.

«Ich weiß nicht, ob das schon sinnvoll ist. Wer soll mich bezahlen? Ich dachte mir, ich verbringe diesen Sommer über viel Zeit in Freystetten. Toni hat gesagt, dass sie mitkommt. Jetzt, wo sie ihre Neurasthenie überwunden hat.»

Weil Toni wegen des hohen Blutverlusts tagelang zu schwach zum Aufstehen war, hatte Ricarda die Diagnose Nervenschwäche vorgeschützt. Siegfried hatte das keinen Moment lang angezweifelt. So viele junge Frauen litten darunter, wie jedermann wusste ...

«Ich habe ihr auch schon gesagt, dass sie es mit ihrem Studium übertreibt», sagte Siegfried. «Die Ruhe auf dem Land wird ihr guttun.»

«Und du? Kommst du mit?», fragte Ricarda.

Er schüttelte den Kopf. «Ich komme nach, Rica. Die jungen Männer bekommen den Krieg nicht so einfach aus den Köpfen. Ich habe Kontakt zu einem Kollegen an der Universität aufgenommen. In einer Studie werden wir das erforschen.»

Sie blieben vor einem kleinen Pavillon stehen, aus dem heraus Eis verkauft wurde, und erstanden je eine Waffel.

Überall auf den Wegen spielten an diesem Samstagnachmittag Kinder. Der Anblick schmerzte Ricarda. Sie hatte zwei Enkel, die sie nie zu Gesicht bekam. Der kleine Berthold lebte in München, und Käthe hatte bei ihrem letzten Telefonat gesagt, dass er ein kräftiger Bub wäre. Aber dass Rupert nicht wolle, dass sie ihn besuche. Und von Hennys Tochter wusste sie fast nichts. Das durfte so nicht bleiben, dachte Ricarda.

Sie musste endlich einen Weg zurück zu Henny finden.

Der weiße Bogen Papier war immer noch leer. Kein Wort hatte Ricarda bislang schreiben können, obwohl sie so viel zu sagen hatte. Schließlich setzte sie die Feder auf das Blatt, um mit der Begrüßung zu beginnen. Doch die Tinte war schon wieder eingetrocknet, weil die Grübelei keinen Brief entstehen ließ. Erneut tauchte sie die silberne Spitze in das kleine Fass auf dem Schreibtisch in ihrem Schlafzimmer und setzte an.

Liebe Henny!

Sie stockte erneut. Es durfte keiner von diesen Briefen sein, die mit den üblichen Formeln beginnen, die nach Gesundheit und Wohlergehen fragen. Sie musste aufschreiben, was ihr das Herz schwermachte. Und weil sie sich das nicht traute, brach sie ab. Sie ging in die Küche, bereitete nachdenklich den Blumenkohl zu, den es zu Mittag geben sollte. Als sie begann, die Küchenmaschine anzuheizen, wurde ihr klar, warum sie nicht an Henny schreiben konnte: Sie hatte Sorge, ihr Gesicht zu verlieren, wenn sie Henny gegenüber ehrlich eingestand, dass sie falsch gehandelt hatte. Die dramatischen Ereignisse um Toni hatten ihr wieder einmal gezeigt, wie schnell das Leben enden konnte. Und wie wichtig die Bande zwischen Mutter und Tochter waren.

Sie ging an den Schreibtisch zurück, tauchte die Feder ein. *Bitte vergib mir, dass mir mein Stolz wichtiger war als die Liebe zu dir.*

Immer wieder benetzte sie die Feder und ließ sie über das Papier gleiten, bis zwei Bogen mit ihrer akkuraten Schrift bedeckt waren. Den Kummer, den sie Henny und sich mit ihrem Starrsinn bereitet hatte, schrieb sie sich von der Seele.

Sie holte die Depesche hervor, die Victor im Sommer des Vorjahres in die Luisenstraße geschickt hatte und mit der das Ehepaar die Geburt der kleinen Victoria bekanntgegeben hatte. Sorgfältig schrieb sie die Adresse von Victors Filmstudio auf den Briefumschlag.

Frau Dr. Henriette Vandenberg, Universal City, Los Angeles

Ricarda überflog noch einmal, was sie geschrieben hatte, faltete die beiden Blätter und schob sie in den Umschlag. Nun, da sie sich das Geständnis von der Seele geschrieben hatte, wäre sie am liebsten selbst an die Westküste Amerikas gereist, um Henny um Verzeihung zu bitten!

VERGESSEN WERDE ICH DICH NIE

Januar 1920

«Mutter, magst du das Tischgebet sprechen?», fragte Rosel.

Die Familie hatte sich im Gartensaal des Schlosses versammelt. Es gab ein reiches Neujahrsfrühstück mit einer festlich gedeckten Tafel, die den nun schon seit über einem Jahr vergangenen Krieg vergessen ließ. Die Ernte, die Graf Friedemann auf seinen Feldern hatte einbringen lassen, war reich gewesen. Und nun waren alle seit bald einer Woche hier draußen auf dem Land vereint, bevor man morgen auseinandergehen würde.

Die Seniorin der Familie sagte mit geschlossenen Augen: «Herrgott, wir danken dir für deine Gaben. Wir wissen uns in deiner Hand. Und darum bitten wir: Schütze die, die jetzt nicht hier sein können, ebenso mit all deiner Liebe wie die, die an diesem Tisch versammelt sind.»

Obwohl Ricardas und Rosels Mutter inzwischen in ihrem achtundsiebzigsten Lebensjahr war, klang ihre Stimme fest. Ihr Blick war klar und schweifte über die Gesichter ihrer Lieben. «Ich vermisse in dieser Runde so viele Menschen, die wir alle liebten. Lasst uns ein gemeinsames Gebet für sie sprechen.»

Ricarda mochte das Ritual, einen Moment innehalten zu müssen. Es passte zu ihrer melancholischen Stimmung.

Seitdem sie ihre Arbeit in der Charité verloren hatte, hatte sie viel Zeit in Freystetten verbracht. Anfangs vor allem wegen Antonia, die nach ihrer Abtreibung auf dem Schloss zur Ruhe kommen und Kraft sammeln sollte. Ricarda war nicht von ihrer Seite gewichen, denn als eine der Ursachen für Antonias eigenwilliges Vorgehen hatte sie fehlendes Vertrauen ausgemacht. Sie und ihre Tochter waren einander fremd geworden, weil sie sich viel zu selten sahen und über ihre Probleme sprachen. Doch es war ihr gelungen, die Nähe zwischen ihnen wieder aufzubauen.

Schließlich hatte Antonia zum Wintersemester auch ihr Studium aufgenommen. Sie war zur Humanmedizin gewechselt. «Aber doch nicht wegen Vater oder mir?», hatte Ricarda gefragt. «Ich finde, es gibt nach wie vor zu wenige Ärztinnen», hatte Antonia geantwortet. «Ärztinnen, die sich für Patientinnen in Notlagen einsetzen, so wie du, Mamma.» Inzwischen ging sie das neue Studium mit der gleichen Strebsamkeit an wie zuvor die Biologie.

Nur Ricardas eigenes Leben war aus dem Tritt geraten. Sie hatte vorgehabt, die Praxis in der Behrenstraße wieder zu eröffnen. Doch das war komplizierter als gedacht: Bereits zu Kriegsbeginn hatte sie Medikamente und Versorgungsmaterial aufgebraucht. Überdies waren neu entwickelte Instrumente und Apparate anzuschaffen. Kurzum, es waren Investitionen notwendig, die sie nicht schultern konnte. Für die nächste Woche stand ein Gespräch in der Bank an, um einen Kredit aufzunehmen. Sie dachte ungern daran.

Ricarda schräg gegenüber löffelten Georg und sein Sekretär Anselm Philippi ihre Suppe mit Markklößchen. Neben den beiden saß Friedemanns und Rosels erstgeborener Sohn. Graf Franz trug Uniform, aus seiner straffen Haltung sprach der hochrangige Offizier, der er geblieben war. Zwischen ihnen saß Antonia und sah wieder aus wie das blühende Leben. Ihr gegenüber Rosels Tochter Frieda, die nun ein hübscher Backfisch zu werden versprach. Im Großen und Ganzen sah alles nach Harmonie aus. Doch Ricarda ärgerte sich, dass dabei jemand zu kurz kam – Sophie und ihr kleiner Sohn. Sie musste Georg noch einmal ins Gewissen reden.

«Und nun zu den angenehmen Ereignissen der Gegenwart», sagte Urgroßmutter Karla gerade. «Nach so langer Zeit ist Georg wieder hier in Freystetten. Da du nun in Berlin studierst, werden wir dich ja hoffentlich oft sehen. Leider ist deine Schwester Henny schon lange fort. Aber …»

Lächelnd präsentierte sie der Runde eine Ansichtskarte. Ricarda erkannte eine Statue, die kraftvoll den Arm hochhielt, in der Hand eine Fackel. So, als hätte sie einen Erfolg erreicht. Alle am Tisch blickten irritiert auf die schwarzweiße Fotografie.

«Aber Henny hat uns aus Amerika geschrieben», fuhr Ricardas Mutter fort. Langsam las sie ab: «Liebe Großmutter, ich sende Dir und der ganzen Familie Neujahrsgrüße aus New York. Deiner Urenkelin Victoria geht es sehr gut und mir auch. In Liebe, Henny.»

New York? Ricarda stutzte. Zum Ende des Sommers hatte sie Henny nach Los Angeles geschrieben. Nie war eine Antwort gekommen.

Nun nahm sie Hennys New Yorker Karte zur Hand, um sie selbst eingehend betrachten zu können. Ganz klein stand auf dem Bild *Statue of Liberty*. Das war also eine Freiheitsstatue. Ricardas Gefühl sagte ihr, dass Henny mit der Auswahl gerade dieses Bildes noch etwas anderes ausdrücken wollte. Als hätte Henny über irgendetwas gesiegt. Jetzt fiel es ihr auf: Sie erwähnte Victor nicht, obwohl ihre Großmutter den Jungen doch so mochte! Was ging da vor sich …?

Einen schöneren Neujahrsspaziergang hätte Antonia sich nicht wünschen können. Der Himmel weit, die Luft klar, die Temperatur knapp unter Null, dabei kein Wind und eine im Sonnenlicht glitzernde Schneedecke. Sie hatte sich bei ihrem Bruder eingehakt, Anselm ging auf seiner anderen Seite. Antonia hatte nichts gegen die Anwesenheit des Freundes ihres Bruders. Sie mochte ihn, weil er Georg guttat. Rein menschlich gesehen konnte sie mit ihm nicht so viel anfangen, weil sie nicht aus ihm schlau wurde.

Jetzt zum Beispiel sagte Anselm in seinem österreichischen Tonfall: «Wenn das Medizinstudium nicht das Richtige für den Georg ist, muss man das schon respektieren.»

Dabei wussten sie alle drei, dass Georg noch nicht einen Tag im Hörsaal der medizinischen Fakultät verbracht hatte. Obwohl er sich eingeschrieben hatte. Wie konnte er da wissen, ob es das Richtige für ihn war? Und warum ermutigte Anselm Georg nicht, sein Ziel zu erreichen? Wenn die beiden Männer sich liebten, warum stärkten sie dann einander nicht den Rücken?

Aber das war nicht ihr Problem. Georg würde auch so ein angenehmes Leben führen. Schließlich wusste er, wie man das machte. Mit all dem vielen Geld.

«Du hast Mutter noch nicht gesagt, dass du das Studium schwänzt, stimmt's?», fragte Antonia.

«Dazu ist der Georg doch nicht verpflichtet», warf Anselm prompt ein.

Manchmal empfand Antonia ihn als durchaus störend. Aber sie ließ das so stehen.

«Du hast es ihr auch nicht erzählt?», fragte Georg.

«Dazu bin ich nicht verpflichtet», antwortete Antonia lachend.

Sie hatte nach Hennys Hochzeit beschlossen, sich möglichst nicht mehr zwischen die Eltern und die großen Geschwister zu stellen, um eventuell zu vermitteln. Das verkomplizierte alles unnötig.

Ernst fügte sie hinzu: «Was habt ihr beiden denn nun vor? Wie soll es weitergehen? Aktien kaufen? Was hattest du zuletzt für einen Tipp, den ich mangels Masse leider nicht umsetzen konnte?» Sie nahm ihn gerade auf den Arm und las in seinem Gesicht, dass er sich darüber nicht amüsierte.

«Wir wollen uns an einem Tanzlokal beteiligen», rief Anselm überschwänglich. «Du tanzt doch auch so gern, Toni. Ist gleich bei uns um die Ecke.»

Ja, sie tanzte immer noch gern, obwohl Jazzmusik sie an Johannes erinnerte. Dieses Weihnachten war er erstmals nach Berlin gekommen, um Annemarie zu besuchen. Toni war nach Freystetten gefahren, weil sie ihm nicht in die Augen hätte sehen können. Sie war noch nicht so weit. Das ungeborene Kind war ein dunkler Schatten ihrer Erinnerung.

Die düsteren Gedanken, die so plötzlich über sie gekommen waren, ließen Tonis Stimmung kippen. Sie hatte keine Lust mehr, so zu tun, als wäre alles eitel Sonnenschein. «Was ist eigentlich mit Sophie?», fragte sie rundheraus.

Durch ihren Bruder, dessen Arm sie immer noch hielt, ging ein merklicher Ruck.

«Es geht ihr doch gut», meinte Anselm leichthin.

«Anselm, du bist Sophie nie begegnet», sagte Toni schroffer, als sie es vorgehabt hatte. «Könntest du bitte Georg für sich selbst sprechen lassen?»

Ihr Bruder wich aus: «Wie meinst du die Frage?»

«Du musst dich mit deiner Frau aussprechen, Georg. Es ist gewiss schrecklich, wenn man verlassen wurde, aber nicht weiß, was man falsch gemacht hat.» Ihr war durchaus bewusst, dass es einfacher war, über Georgs Probleme zu sprechen, als sich ihren eigenen zu stellen.

Georg blieb stehen. Er sah sie mit großen Augen an. «Oh Gott, Toni, so habe ich das noch nie gesehen. Ich wollte Sophie nicht wehtun. Verstehst du? Ich konnte ihr nicht ins Gesicht sagen, dass ...»

Toni sah zu ihrem großen Bruder auf. Einst war sie ein kleines Mädchen gewesen, dem er das Skifahren beigebracht hatte. Sie hatte ihn mit dem naiven Herzen eines Kindes geliebt. Und erkannte nun, dass er selbst in gewisser Weise ein Kind geblieben war. Denn er brachte es nicht fertig, zu dem Mann zu stehen, der er selbst geworden war. Indem er Sophie im Ungewissen ließ, lief er auch vor sich selbst davon.

«Mach reinen Tisch, Georg», sagte sie. «Sophie hat es nicht verdient, an deinem ausgestreckten Arm zu verhungern.»

«Toni, bist du narrisch worden? So kannst doch nicht mit dem Georg reden!», rief Anselm.

«Lass gut sein. Toni hat recht», sagte Georg mit fester Stimme. «Ich spreche mich mit Sophie aus.»

Georgs Freund schnappte bei diesen Worten nach Luft. Wie ein Fisch an Land, dachte Toni. Und Anselm hatte wohl auch allen Grund dazu.

Ricarda hatte gerade in ihrem Zimmer im Schloss ihren Mittagsschlaf beendet und sich angekleidet, als es klopfte. Sie hatte vor, sich mit ihrer Mutter zum Nachmittagstee zu treffen. Doch es war Georgs Freund, und er hatte ein Gemälde mitgebracht, das er wie eine Trophäe präsentierte.

«Frau Doktor,» begann Anselm Philippi, «Ihre Schwester, Gräfin Freystetten, sagte mir, dass dieses Bild Ihnen gehört.»

«Ja», sagte Ricarda, obwohl es sich nicht so anfühlte.

Sie hatte das Ölgemälde nie leiden können. Nicht, weil es hässlich wäre oder misslungen. Unbelastete Betrachter mochten es vielleicht für schön halten. Ricarda verabscheute es.

«Was wollen Sie damit?», fragte Ricarda.

«Durchlaucht sagte, Sie kennen seine Geschichte. Würden Sie sie mir verraten, Frau Doktor?»

Ricarda dachte einen Moment nach, dann schüttelte sie den Kopf. «Nein, ich denke nicht. Das ist eine sehr private Angelegenheit.»

«Aber Sie wissen, wer es gemalt hat?»

Ricarda spürte, wie ein leichter Ärger in ihr aufstieg. Was ging den jungen Kerl das Bild an? Offensichtlich bemerkte Philippi nun Ricardas Unmut.

«Es tut mir leid, wenn Ihnen meine Fragen unangenehm sind», sagte er. «Ich bin von Haus aus Kunstwissenschaftler. Dies Bild ist eindeutig von Maurice Delacre, aber seine Existenz ist mir vollkommen unbekannt. Was mich vor allem verblüfft, er hat auf die Rückseite geschrieben, wie er es betitelt: *La Faute*. Das kann der Fehler bedeuten, der Fehltritt oder auch die Sünde. Aber auf diesem Bild sind ein See und das Schloss. Alles wirkt eher romantisch und sieht überhaupt nicht sündig aus. Dies Bild erzählt also eine andere Geschichte als die, die man zu sehen meint. Mich interessiert, welche das ist.»

Ricarda nahm ihm das Bild aus der Hand. Tatsächlich: *La Faute*.

«Es ist das Eis, es ist die Leiter. Um diese beiden Dinge geht es. Nur darum», sagte Ricarda. «Ich denke, das Bild entstand ein oder zwei Tage nach Weihnachten 1876.»

Ricarda atmete tief durch, stellte es auf den Kaminsims und trat ein paar Schritte zurück.

«Am Weihnachtstag 1876 ertrank meine Schwester Antonia im See. Damals gehörte Freystetten dem Vater des jetzigen Grafen Friedemann. Sein Name war Graf Raimund. Im Dorf nannte man ihn wegen seines feuerroten Haars den roten Grafen. Er lebte in Paris und brachte zwei Freunde mit. Ich bekam sie nie zu Gesicht. Ich war erst dreizehn und völlig unbedeutend für diese Männer. Aber auch für Raimunds Tochter Florentine. Sie und meine Schwester liefen am Weihnachtstag Schlittschuh auf dem See. Plötzlich brach Flora ein, Antonia ...» Ricarda unterbrach sich: «Ich habe meine Tochter nach ihr benannt.» Sie fuhr fort: «Antonia versuchte sie zu retten und wurde von Flora in ihrem Überlebenskampf ins Wasser gezogen. Ich war ein Stück entfernt und eilte hinzu. Flora konnte ich aufs Eis ziehen, aber nicht meine eigene Schwester.» Sie deutete auf die Stelle, die Antonias im Eis eingeschlossenes Gesicht zeigte. «Da ist sie.»

«Wie furchtbar!», rief Anselm Philippi.

«Das ist erst die Hälfte der Geschichte», ergänzte Ricarda. «Die andere ist das, was mit *La Faute* gemeint sein dürfte. Obwohl ich ein Kind war, erkannte ich, dass das Eis nicht zufällig gebrochen war. Jemand hatte ein Rechteck hinein gesägt. Anschließend fror die Stelle zwar zu, aber nur sehr dünn. Und brach, als Flora dort eine Pirouette drehte. Die Stelle war nicht gekennzeichnet. Die Mädchen fielen hinein wie in eine Falle.»

«Was wurde aus Florentine? Sie muss Ihnen bis zum heutigen Tag dankbar sein, nicht wahr?»

«Das ist sie ganz gewiss», sagte Ricarda ausweichend. «Sie lebt inzwischen in New York. Wir haben uns in den vielen Jahren nur selten gesehen.»

Dass das Unglück Ricardas Existenz von Grund auf geändert hatte, weil an diesem Tag Komtess Henriette die Regie in ihrem Leben übernommen hatte, erwähnte sie jetzt nicht. Insofern markierte das Bild einen Wendepunkt in ihrem Schicksal, wurde ihr in diesem Moment mit aller Deutlichkeit bewusst.

Es erzählt unsere Geschichte, hatte die Komtess kurz vor ihrem Tod gesagt.

Anselm Philippi trat dicht an das Ölgemälde heran. «Eines verstehe ich nicht: Warum sägte Graf Raimund das Loch ins Eis? Oder ließ es sägen.»

«Meine Mutter meinte,» sagte Ricarda, «dass die Männer sich vielleicht nur erfrischen wollten, weil sie in einem Schäferhaus gleich neben dem See feierten. Raimund hat sich nie dazu bekannt.»

«Unglaublich! Und ungemein faszinierend! Ich glaube, selten hat ein Gemälde eine derart große Geschichte erzählt. Und dabei ist es von größter technischer Brillanz», rief Anselm und blickte noch immer verzückt auf das Gemälde. Dann wandte er sich zu Ricarda um: «Ich kaufe Ihnen das Bild ab. Es wird einen Ehrenplatz in Georgs und meiner Sammlung bekommen. Wie viel möchten Sie dafür haben?»

«Hat Henny dir denn nur diese eine Karte geschrieben?», fragte Ricarda.

Sie saß in dem gemütlichen Wohnzimmer ihrer Mutter. Es war noch etwas Apfelkuchen übrig, den die beiden aßen.

«Es ist die erste aus New York», sagte Karla Petersen.

«Was macht Henny denn da? Besucht sie etwa Florentine?»

«Soweit ich weiß: ja. Ihren letzten Brief bekam ich wohl vor etwa einem Jahr. Da überlegte sie, diese andere Stadt zu verlassen, wo sie mit Victor wohnte.»

«Los Angeles», warf Ricarda ein.

«Ach, die Namen kann ich mir nicht merken ... Sie schrieb, dass Florentine sie bei sich wohnen lassen wollte. Das fand ich ganz nett von ihr. Wo Victor doch in dieser anderen Stadt bleiben wollte. Er ist dort wohl sehr beschäftigt.»

«Stimmt denn etwas mit Hennys Ehe nicht?»

«Antonia sagte, Henny hätte ihr geschrieben, Victor und sie wären im Streit.» Sie holte die Ansichtskarte hervor. «Hier schreibt sie nichts von Victor. Aber es ist ja auch nur eine Postkarte.» Die alte Frau seufzte. «Es wäre ein Jammer. Das ist doch so eine große Liebe.»

Wenn Henny in New York lebte und Victor an der Westküste, konnte es um die Ehe wohl nicht gut bestellt sein, folgerte Ricarda. Und dann fiel ihr ein, dass der Brief, den sie sich so mühsam von der Seele geschrieben hatte, sein Ziel womöglich gar nicht erreicht hatte.

Das schwere Automobil stand exakt in jener engen Kurve, von der die schmale *Minetta Street* in zwei Teile getrennt wurde. Solche Wagen gehörten nicht ins *Village*, sondern in die *Upper West Side*, aus der Henny gerade kam und wo sie arbeitete. Oder in die *Upper East Side*, wo Florentine lebte. Im *Village* war man auf eine ganz besondere Weise arm, wie

Henny sie erst hier kennengelernt hatte. Es war die Armut, die aus selbstgewählter Unabhängigkeit resultierte und die von den sogenannten normalen Leuten bewundernd und abfällig zugleich *bohème* genannt wurde. Künstler, die sich ohne die Unterstützung reicher Sponsoren durchschlugen, lebten so. Oder eine Ärztin, die daran glaubte, dass sich ihre Arbeit irgendwann auszahlte. Oder eine Frau, die ihren eigenen, selbstbestimmten Weg ging. Deshalb war Henny glücklich über ihr gegenwärtiges Leben. Die Arbeit erfüllte sie, und sie mochte New York, das so viele Gesichter hatte.

Schon während Henny die Wohnungstür aufsperrte, ahnte sie, dass das große Auto draußen vor der Tür ihrer Schwiegermutter gehörte. Doch als sie eintrat, hörte sie Victors Stimme. Ungewollt hielt sie die Luft an, ihr Herz raste. Er war hier – nach so langer Zeit und wie aus dem Nichts. Sie freute sich, gleichzeitig sagte ihr der Verstand, dass etwas nicht stimmte. Warum hatte Victor seinen Besuch nicht angekündigt, und warum musste er sich von seiner Mutter zu Ehefrau und Tochter begleiten lassen?

War er nicht ganz freiwillig hier? Versuchte seine Mutter etwa, die Ehe ihres Sohnes zu retten? Oder war Victor zur Vernunft gekommen und zu einem Neuanfang bereit? Dafür war es nach so vielen Monaten des Schweigens fast zu spät.

Andererseits hatten sie beide sich einmal sehr geliebt. Aber dass Henny wieder nach Los Angeles zurückkehrte, war ausgeschlossen. Es war die Stadt, in der ihr die beiden schrecklichsten Ereignisse ihres Lebens zugestoßen waren. Die Vergewaltigung durch Morrie und seinen ungewollt von ihr verursachten Tod versuchte sie bis heute zu verdrängen. Beim Scheitern ihrer Ehe gelang ihr das nicht.

Versuche, das Beste aus dieser Begegnung herauszuholen,

sagte Henny sich jetzt und entschied sich für den großen Auftritt: «Oh, was für eine Überraschung», sagte sie laut und mit einem künstlichen Strahlen im Gesicht.

Victor setzte sein Lausbubengrinsen auf, das sie einmal so sehr gemocht hatte. Jetzt wirkte es auf sie aufgesetzt und falsch. Als würde er vorgeben, noch der Mann zu sein, in den sie sich verliebt hatte. Doch sie empfand nichts. Außer eine leichte Verärgerung darüber, dass er unangemeldet in ihr neues Leben geplatzt war. Als wäre alles in bester Ordnung, begrüßte Henny zuerst ihre Schwiegermutter mit einem Wangenkuss, wie er in den besseren Kreisen von New York modern geworden war. Dann wandte sie sich ihrem Mann zu. Sie zögerte, welche Art der Begrüßung wohl angebracht war, aber da streckte Victor ihr schon die Hand entgegen.

In einem Reflex wich Henny zurück. Als sie ihren Fehler bemerkte, überspielte sie ihn mit einem Lachen. Instinktiv sog sie seinen Geruch ein. Aber heute war kein Damenparfüm hineingemischt. Stattdessen roch er sogar ein ganz klein wenig nach Schweiß, was sie an ihm früher gemocht hatte. Er schwitzte schnell, wenn er nervös war, erinnerte sie sich.

«Ein wenig eng lebst du hier», sagte Florentine. «Meinst du, das bekommt dem Kind? So wenig Licht und Luft sind ungesund.»

Heddas wegen hatte Henny sich angewöhnt, immer englisch zu sprechen. Auch damit Vicky und sie es leichter miteinander hatten. Darum antwortete sie jetzt in der Sprache, die sie mittlerweile tagein, tagaus ausschließlich sprach: «Wir sind hier sehr glücklich.»

Vicky saß dicht an Hedda geschmiegt. Sie hielt eine neue Puppe im Arm, die sie streichelte, als wäre sie verzaubert.

«Das ist eine Puppe von Käthe Kruse. Sie kommt aus Deutschland und ist sehr teuer», sagte Florentine.

Vicky blickte ihre Großmutter ratlos an. Henny hätte am liebsten laut losgelacht. Wie hilflos Florentine war!

«Ich bin sicher, Vicky freut sich sehr», sagte sie und dachte, dass es wohl das erste wirklich hübsche Geschenk war, das Florentine ihrer Enkelin gemacht hatte. «Victor und ich lassen euch für eine Weile allein», sagte Henny. «Ich denke, wir haben ein paar Dinge zu besprechen.»

Wie fremd es sich anfühlte, neben einem Mann herzugehen, mit dem sie unzählige Nächte ganz eng, Seite an Seite, verbracht hatte. Mit dem sie ihre alte Welt verlassen und in eine neue aufgebrochen war. Dem sie das Kind verdankte, um das sich ihr Leben drehte. Ein Mann, von dem sie einmal jede Falte seiner Haut gekannt und geküsst hatte. Neben dem sie so oft aufgewacht war, während er noch schlief. Heimlich hatte sie zugesehen, wie seine Träume sein Mienenspiel bestimmten. Und wie oft hatte sie diese schön geschwungenen Lippen geküsst!

Um nun neben ihm durch das Village zu gehen, nicht einmal seine Hand zu berühren und den Eindruck zu erwecken: Ich brauche dich nicht. Ich bin für mich selbst verantwortlich. Ich komme ohne dich zurecht. Du bist mir fremd.

Und gleichzeitig zu fühlen: Wir brauchen uns, weil nur wir beide ein Ganzes sind.

«Ein wenig seltsam die Gegend, in der du wohnst», sagte Victor. «Kann man sich hier wohlfühlen?»

Er hätte vielleicht einen anderen Anfang finden sollen, dachte Henny. So zwingt er mich, dass ich mich rechtfertige.

«Du würdest hier auch herpassen», sagte sie in dem Versuch zu vermitteln. Obwohl er in seinem teuren Mantel mit dem breiten Kragen aus Bärenfell und den Krokodillederschuhen reichlich deplatziert wirkte. Aber an ihm war die extravagante Note ja schon immer normal gewesen. «Hier wohnen Menschen, die versuchen, das Leben an sich als Kunst zu begreifen.»

In einem der Kellerabgänge wurde gerade das Licht eingeschaltet. Eine Theatervorstellung würde dort bald beginnen. Es wäre schön, jetzt dort hineinzugehen, dachte sie kurz.

«Du bist zu nostalgisch. Nein, diese Zeiten liegen hinter mir», stellte Victor fest. «Die Gegend bestätigt nur alles, was ich an dieser Stadt verabscheue. Sie ist dreckig, eng und stickig. Wie kannst du das hier der Offenheit von Kalifornien bevorzugen? Und dann diese Hedda! Also wirklich, Henny!» Victor sah sie mit einer Mischung aus Amüsiertheit und Widerwillen an. «Warum lebt unser Kind an der Seite eines Monsters?»

Henny hatte das Gefühl, gerade eine Ohrfeige bekommen zu haben. «Hedda ist kein Monster. Sie ist ein liebenswerter, verantwortungsbewusster Mensch», sagte sie und atmete tief durch. «Bist du den weiten Weg gekommen, um solche Gemeinheiten zu sagen?»

«Was soll das alles, Henny? Das passt nicht zu dir. Du bist auf einem Irrweg.»

Sie hatten den *Washington Square* erreicht, das Zentrum des Viertels, in dem auch die Universität lag. Es war ein weiter Platz, der von einem Triumphbogen geschmückt wurde. Im Sommer war der Square grün und voller Menschen, die hier schwatzend und lesend saßen. Jetzt war er kahl und wenig einladend. Nein, erkannte Henny, es würde ihr nicht gelingen, Victor das Village von seiner liebenswerten Seite zu zeigen. Und wozu auch?

«Woher weißt du, welches für mich der richtige Weg ist, Victor? Warum fragst du nicht mal, was ich tue?»

«Irgendwas mit Krebs, sagt meine Mutter.»

Henny blickte ihren Mann an. So ein schöner Mensch. Erfolgreich. Klug. Aber ohne jede Spur von Einfühlungsvermögen. Wieso war ihr das nie aufgefallen? Natürlich gab es darauf eine Antwort: Sie war verliebt gewesen in einen *Schlingel.*

Doch von dem Mann, der ihr Herz zum Rasen gebracht hatte, war nichts mehr übrig geblieben. In Hollywoodland hatte er sich vor ihren Augen aufgelöst, und sie hatte nicht begriffen, was vor sich ging. Obwohl sie schon an jenem ersten Abend im Beverly Hills Hotel bemerkt hatte, wie die falschen Engel von Los Angeles ihren Mann umschwärmten, weil er so gut aussah und so perfekt Piano spielen konnte.

Und die Krönung unzähliger Demütigungen war die Schauspielerin gewesen, die vor ihrer Tür gestanden hatte. Wortwörtlich hörte sie die Frau sagen: *Ich bin Nancy. Ihr Mann liebt Sie nicht mehr. Er wird sich scheiden lassen und mich heiraten.*

Ich hätte ihn viel früher verlassen müssen, dachte sie und musterte Victor aus dem Augenwinkel. Erst jetzt fiel es ihr auf: «Du hast dein zerschossenes Ohrläppchen operieren lassen.»

«Man hat uns damals in eine Schmierenkomödie getrieben», erwiderte Victor. «Darüber müssen wir doch mal hinwegkommen. Das Leben geht weiter.»

«Das ist, woher wir kommen, Victor. Das hat uns zusammengeschweißt. Wir waren bereit, füreinander zu sterben. Wie kannst du das eine Schmierenkomödie nennen?» Hennys Atem ging vor Empörung schwer.

Victor schien es nicht zu bemerken. Er zündete sich eine Zigarette an, inhalierte, blies den Rauch aus, um dann zu fragen: «Kommst du zurück zu mir nach Los Angeles? Ich bin hier, um dich das zu fragen.»

Henny hätte am liebsten gelacht. Er inszeniert sich selbst, dachte sie. Es hatte mal eine Zeit gegeben, in der sie darin Selbstironie gesehen hatte. Jetzt wirkte es nur noch affig.

«Ich hatte schon gedacht, du wärst in New York, weil du Sehnsucht nach Vicky und mir hast», sagte sie mühsam beherrscht.

«Wenn du nicht zurückkommst, lasse ich mich scheiden. Mein Anwalt hat die Papiere vorbereitet.» Er räusperte sich und griff in die Innentasche des Mantels, um einen zusammengefalteten Umschlag hervorzuholen. Er ließ ihn gleich darauf wieder verschwinden. «Du willigst besser sofort ein. Böswilliges Verlassen ist ein Scheidungsgrund», sagte Victor.

Im Licht der Straßenlaterne wirkte sein Gesicht hart. Henny kam es vor wie ein schlechter Traum. Aber es war derselbe Victor, der einst mit einer Zielstrebigkeit um ihre Liebe gekämpft hatte, die ihr den Verstand geraubt hatte. Mit dem gleichen Willen, sein Ziel zu erreichen, befreite er sich nun von ihr, begriff sie. Und sie hatte ihm den Vorwand dafür geliefert, als sie es in Los Angeles nicht mehr ausgehalten hatte.

Sie musste aufwachen, klar denken, denn es ging plötzlich um alles. Scheidung! «Ich habe dich nicht böswillig verlassen, Victor. Es war andersherum. Außerdem habe ich wochenlang bei deiner Mutter gewohnt. Das wusstest du und hättest mich dort erreichen können, wenn du gewollt hättest», sagte sie bemüht ruhig. «Ich habe nur darauf gewartet, dass du mir sagst: Henny, ich habe einen Fehler gemacht. Ich will mit dir leben.»

Er lachte auf. «Etwa hier in New York? Ich habe meine Arbeit in Kalifornien. Soll ich die einfach so aufgeben? Hast du eine Ahnung, wie viel Geld ich mittlerweile pro Film verdiene?»

«Und meine Arbeit zählt nichts? Das ist doch nicht fair! Du hast mich kennengelernt, als ich Medizinstudentin war. Du wusstest, wie wichtig mir mein Beruf ist. Hier kann ich ihn ausüben, forschen, etwas leisten, das der Wissenschaft nützt.»

«Besten Dank für deine klaren Worte», sagte Victor mit seinem ironischen Lächeln. «Dann ist ja wohl alles gesagt.» Nun gab er ihr den Umschlag. «Steht alles drin, musst nur unterschreiben. Und bitte achte auf den Passus, der unser Kind betrifft. Meine Mutter wird bezeugen, dass meine Tochter in Verhältnissen lebt, die ihr schaden. Nach unserer Scheidung wird sie bei mir leben.» Er deutete auf einen Schatten, der vorbeihuschte. «Da, sieh hin: Ratten! Ekelhaft.» Er reichte ihr die Hand. «Sag meiner Mutter, ich nehme ein Taxi zurück zu meinem Hotel.»

Henny war so perplex, dass sie ihm tatsächlich die Hand gab. Sie sah ihm fassungslos nach, wie er mit festem Schritt über den Washington Square davonging. Er machte einen kleinen Schlenker, um direkt durch den Triumphbogen hindurchgehen zu können.

Hedda genügte eine einzige Silbe, um das Geschehen zusammenzufassen. Sie gab nur ein zutiefst enttäuscht klingendes «Oh!» von sich, als Henny kurz nach dem vermutlich letzten Treffen mit Victor das Apartment betrat. Denn die

Freundin las in Hennys Gesicht, dass es zu keiner Aussöhnung gekommen war.

Hatte Henny sich zunächst noch wie betäubt gefühlt, brodelten in ihr jetzt die Gefühle. Schwungvoll legte sie das Anwaltsschreiben vor ihrer Schwiegermutter auf den Tisch. «Du wirst also bezeugen, dass Vicky in Verhältnissen lebt, die ihr schaden», sagte sie. «Und dann nehmt ihr mir Vicky weg. Wie kannst du bei so etwas Hinterhältigem mitmachen!»

Florentine blickte sie verwundert an. «Ich verstehe kein Wort.»

«Dann lies es bitte», sagte Henny ärgerlich.

Nachdem sie es getan hatte, schüttelte Florentine den Kopf. «Wenn Victor dich nicht liebt, ist das seine Sache. Das geht mich nichts an. Soll er sich scheiden lassen. Das ist der Lauf der Welt. Aber das mit Vicky ...» Sie ließ den Satz unvollendet.

«Du hast vorhin gesagt, hier wären zu wenig Licht und Luft und das wäre ungesund für Vicky», hielt Henny ihrer Schwiegermutter vor. «Das wird Victor gegen mich benutzen.»

«Das wird er. Weil es wahr ist.»

«Also wirst du zu deinem Sohn halten.»

«Ich mag dich, *darling.*» Florentine seufzte schwer. «Aber ich sitze zwischen den Stühlen.»

«Dann entscheide dich für deine Enkelin. Was will Victor denn mit Vicky? Er hat sich nie für sie interessiert!»

«Ich denke nach, und dann melde ich mich bei dir.» Florentine stand auf und winkte Vicky zum Abschied zu, die sie mit großen Augen ansah.

Als sie draußen war, blickte Henny Hedda ratlos an. «Was soll ich davon halten?»

Es dauerte lange, bis Vicky einschlief. Obwohl sich Henny alle Mühe gab, spürte die Zweijährige die Spannung in ihrem Zuhause. Endlich hatte sie in den Schlaf gefunden, die Puppe der Großmutter im Arm. Henny blieb noch sitzen, in diesen friedlichen Anblick vertieft.

«Warum will er mir Vicky wegnehmen, obwohl sie ihm eigentlich egal ist?», fragte Henny, als sie sich zu Hedda ins Wohnzimmer setzte. «Kannst du es mir erklären?»

Hedda hob die Schultern, als hätte sie keine Ahnung. «Machtspiele? Er meint, er sitzt am längeren Hebel? Vielleicht will er wieder heiraten, und seine neue Frau kann kein Kind bekommen? Ach, da kann es hundert Gründe geben, Henny. Als geschiedene Frau, die bei einer Freundin zur Untermiete wohnt, hast du schlechte Karten. Und er hat eine Villa in Los Angeles und wird dem Gericht nachweisen, dass sich ein ganzes Heer von Dienstboten – selbstverständlich sehr liebevoll – um Vicky kümmert.» Sie machte eine bedeutungsschwere Pause. «Das ist das Problem.»

«Oh, Gott! Ist das so? Das wusste ich nicht!»

«Nun weißt du es. Du wirst um Vicky kämpfen müssen. So wie du für mich gekämpft hast. Die Zeugenaussage des Feuerwehrmanns. Das bist du, Henny. Im Zweifelsfall steuerst du das Ziel nicht direkt an. Du kommst durch die Hintertür, suchst dir Hilfe. So wirst du stärker als dein Gegner.»

Ohne es beeinflussen zu können, liefen Henny Tränen über das Gesicht. Ärgerlich über sich selbst wischte sie sie fort. «Du hast mich durchschaut», sagte sie. «Wie kann Victor mir Böswilligkeit vorwerfen? Damals, diese Nancy … Habe ich dir das je erzählt, Hedda?»

Während sie die unangenehme Geschichte wiederholte, formierte sich in ihrem Kopf ein Gedanke. «Diese Nancy müsste man doch finden können. Die wird ganz schön sauer auf Victor sein. Oder?», fragte sie.

«Das bist wieder du, Henny!», sagte Hedda. «Nancy wird dein neuer Feuerwehrmann!» Die Freundin lachte. «Deine Kronzeugin, mit der du Victor nachweisen kannst, dass er die Ehe gebrochen hat. Aus Kummer darüber bist du aber nicht nach Deutschland geflohen. Nein, du hast bei seiner Mutter darauf gewartet, dass er zur Vernunft kommt.» Hedda grinste verschmitzt. «Den Scheidungsprozess gewinnst du.»

«Und mit welchem Geld?», fragte Henny mutlos.

«Hätte ich welches, ich gäbe es dir. Aber vielleicht habe ich eine Idee», sagte Hedda.

So oft war Ricarda schon in diesem Zug gesessen. Die Bahnfahrt zwischen Berlin und München war für sie wie die Verbindung zweier gegensätzlicher Pole. Irgendwie hatte die Reise stets mit Hoffnung und Versagen zu tun gehabt. Jetzt saß Georg ihr schräg gegenüber und sog nachdenklich an seiner Pfeife. Für ihn war das, was vor ihm lag, noch schwieriger, denn er wollte sein Leben aufräumen und sich mit Sophie aussprechen.

Ricarda fand es nur konsequent, diesen schweren Schritt mit Georg gemeinsam zu tun, schließlich hatte sie ihn dazu gedrängt. Doch es fiel ihr nicht leicht, denn sie stand ebenso auf Georgs Seite wie auf Sophies. Keine Frau verdiente es, auf derart kühle Weise abserviert zu werden.

Und dann war da noch Rupert! Das letzte Treffen mit dem alten Brauer in Georgs neuer Berliner Wohnung hatte zwar geendet, wie Georg es sich gewünscht hatte: Er hatte gegen eine hohe Geldsumme auf seinen Erbanteil verzichtet. Aber

Rupert hatte sich nicht bemüht, seine Verbitterung und Enttäuschung zu verhehlen. Ricarda konnte nur hoffen, dass er nicht auftauchte, wenn Georg Sophie traf.

All das wog fast nichts, wenn Ricarda an Georgs seelische Verfassung dachte. Die Schuldgefühle gegenüber seiner Frau durften ihn nicht so sehr belasten, dass er erneut in eine Schizophrenie abrutschte. Er liebte einen Mann, war aber im streng katholischen Glauben erzogen worden. Wie vertrug sich seine Liebe zu Anselm mit den Moralvorstellungen, die ihn geprägt hatten?

Ricarda versuchte, im Gesicht ihres Sohnes zu lesen, aber er verbarg sich hinter immer neuen Wolken aus Tabakrauch. Als er sich jetzt räusperte, um etwas zu sagen, erwartete Ricarda, es würde um das anstehende Thema gehen.

Stattdessen fragte er: «Warum wolltest du das Bild vom Freystettener See nicht an Anselm verkaufen?»

«Weil zu viele Erinnerungen damit verknüpft sind.»

«Aber du brauchst das Geld doch, wenn du deine alte Praxis wieder aufleben lassen willst.»

Das war ein treffendes Argument. Anselm Philippi hatte eine so große Summe geboten, dass sie davon einen Neuanfang hätte finanzieren können. Schließlich lebten sie und Siegfried seit ihrem Rauswurf aus der Charité nur von seiner geringen Invalidenrente; Siegfrieds Tätigkeit bei den Verwundeten galt als Ehrenamt.

«Ja, ich könnte das Geld gebrauchen», gab Ricarda zu. «Aber es widerstrebt mir, die Vergangenheit zu Geld zu machen. Ich habe meiner Schwester und Friedemann die Zusammenhänge erklärt. Und wir haben beschlossen: Das Bild bleibt im Schloss. Als Teil seiner Geschichte.»

Georg musterte seine Mutter aufmerksam. «Du verzichtest auf das Geld, weil die Tradition dir wichtiger ist? Dir geht es also um Prinzipien. Allen scheint es darum zu gehen. Nur mir nicht, ich habe die Brauerei aufgegeben. Meinst du, das war ein Fehler?»

«Ach, Georg», seufzte Ricarda, «lass uns nach vorn blicken.»

«Das ist wahr. Und darum sollst du deine Praxis wieder eröffnen. Ich möchte dir das Geld dafür geben. Wenn du es nicht als Geschenk nimmst, dann erlaube, dass ich es dir leihe.» Er lächelte. «Eigentlich hatten Anselm und ich den Plan, dir zu helfen, indem wir dir das Bild abkaufen.»

«Das nehme ich gerne an.» Ricarda tupfte sich eine vorwitzige Träne aus dem Augenwinkel.

Die Praxis wieder zu eröffnen, würde ihr Auftrieb geben, wusste sie. Doch sie war sich nicht ganz sicher, ob sie gerade die Energie dazu hatte. Sie fühlte sich in letzter Zeit etwas kraftlos. In ein paar Monaten, wenn der Frühling käme, würde das anders aussehen, war sie sicher. Eine Neueröffnung brauchte ohnehin einen langen Vorlauf.

«Und Sophie und Berthold?», fragte sie ihren Sohn. «Hast du dir für sie auch so zupackende Lösungen überlegt?»

Georg lächelte seine Mutter traurig an. «Das ist schwieriger.»

Die Villa in der Prinzregentenstraße war in heller Aufregung. Die Dienstmädchen knicksten tief, die Diener verbeugten sich.

«Willkommen, Frau Doktor! Willkommen daheim, Herr Kögler!»

Ricarda war der große Empfang etwas peinlich. Es fühlte

sich an, als kehrten sie als die Verlorenen wieder zurück in den Schoß der Familie. Aber dann kam Käthe und schloss erst Ricarda in die Arme und dann Georg. Sophie schritt langsam die weite Treppe herunter, an ihrer Hand den kleinen Berthold. Der jüngste Kögler war ziemlich gewachsen, seitdem Ricarda ihn zuletzt gesehen hatte.

«Grüß Gott, Herr Vater», sagte der inzwischen Vierjährige, der mit Anzug und Krawatte wie ein kleiner Erwachsener herausgeputzt war.

Georg beugte sich zu seinem Sohn herunter, reichte ihm die Hand. «Grüß dich, Berthold. Bist ganz schön groß geworden, gell?»

Es war rührend, mit anzusehen, wie hilflos der große Mann dem kleinen Jungen gegenüber war. Noch ratloser wirkte er im Umgang mit seiner Frau. Zunächst reichte er ihr etwas zögerlich die Hand, und als Sophie sie ihm gab, legte er den Arm um sie und zog sie sanft an sich heran. Keiner von beiden sprach dabei ein einziges Wort. Ricarda meinte, den jungen Leuten anzusehen, dass sie noch immer etwas verband, das weder von der Zeit der Trennung noch von den Erfahrungen der letzten Jahre zunichtegemacht worden war.

Jetzt trat festen Schritts Rupert aus dem Herrenzimmer heraus, als wollte er gleich lospoltern. Flink eilte ihm Käthe entgegen, fasste ihn bei den Schultern und bugsierte ihn in den Raum zurück, aus dem er gekommen war.

«Bleiben Sie bei uns, Herr Vater?», fragte der kleine Berthold in die Stille hinein.

«Das möchtest du gern, gell?», sagte Georg mit einem leicht verklärten Lächeln. «Ich schaue mal, was wir da machen können. Jetzt zeigst du mir erst einmal dein Zimmer. Das kenne ich ja noch gar nicht.»

«Dann kommen Sie, Herr Vater!» Der kleine Berthold griff vor Glück strahlend nach Georgs Hand und eilte mit ihm nach oben, wo sich die Familiengemächer befanden.

Als Sophie nun Ricarda begrüßte, sagte sie: «Danke, dass du ihn hergebracht hast.»

Er gehört hierher, dachte Ricarda. Nie zuvor hatte sie so empfinden können. Immer hatte sie das Gefühl beherrscht, dass man ihr Georg wegnahm. Das ganze Haus stand wie ein Symbol für ihren Verlust.

«Geh hinauf zu den beiden, Sophie», sagte sie und meinte damit: Kämpfe um deine Ehe und den Vater deines Sohnes.

Gemeinsam mit Käthe in der Küche zu sitzen und über die Dinge des Lebens zu sprechen, das hatte Ricarda schon in ihrer Jugend im Haus Unter den Linden gemocht. Die beiden hatten lange nicht die Gelegenheit dazu gehabt.

«Der Rupert spürt, wie ihm die Zeit davonläuft», sagte Käthe.

Ihr einstiger Schwager wurde in diesem Jahr zweiundsiebzig.

«Wenn Rupert sich zu alt fühlt, die Brauerei zu führen, muss er sich eben einen Geschäftsführer suchen», sagte Ricarda.

«Er will halt nicht loslassen», meinte Käthe. Aus ihrer nächsten Frage hörte Ricarda die Hoffnung der alten Freundin, alles möge wieder so werden, wie es mal war: «Meinst du, dass der Georg in München bleibt? Kann das mit ihm und der Sophie wieder etwas werden?»

Ricarda wusste keine befriedigende Antwort: «Ich würde es den beiden wünschen.»

Käthe rückte näher und senkte die Stimme. «Rica, jetzt

sag mal ganz ehrlich.» Sie druckste herum. «Du bist ja nun Georgs Mutter. Aber wen soll ich sonst fragen? Sag: Ist der Georg vom anderen Ufer?»

Die Frage musste ja kommen, dachte Ricarda. In Berlin gab sich ihr Sohn keine große Mühe, seine Beziehung zu Anselm zu kaschieren. Aber es kümmerte sich auch niemand darum. Wüsste jedoch Rupert von Georgs Liebe zu Anselm, könnte Georg Probleme bekommen, fürchtete Ricarda. Zumal Rupert von Georgs Zuneigung zu seinem Jugendfreund Joachim gewusst hatte. Womöglich würde der traditionsreiche Brauer es Georg heimzahlen wollen, dass der die Brauerei ausgeschlagen hatte. Ricarda traute es Rupert zu, dass er seinen Neffen anzeigen würde wegen Verstoß gegen Paragraph 175.

Und ob Käthe tatsächlich schweigen würde, wenn Ricarda ihr die Wahrheit sagte? Sie hatte da so ihre Zweifel! Schon allein, wenn sie an Henny und Victor dachte. Hätte Käthe damals nicht mäßigend auf ihre Freundin Jette einwirken können?

«Anderes Ufer?», fragte Ricarda mit gespielter Arglosigkeit zurück. «Wie kommst du darauf?»

«Der Rupert sagt, in Berlin wäre ein Sekretär beim Georg gewesen. Der wäre ihm sehr seltsam vorgekommen.»

Ricarda winkte ab. «Anselm ist ein Kamerad aus dem Krieg. Ein lieber Mensch. Gemeinsame Erfahrung im Schützengraben und so weiter.» Es fühlte sich nicht gut an, die mütterliche Ratgeberin zu beschwindeln. Aber sie war bereit, alles zu tun, um Georg zu beschützen.

Wer weiß, hoffte sie, vielleicht haben er und Sophie ja doch noch eine Chance. Und natürlich der kleine Berthold.

Zumindest Käthe gegenüber ging ihre Strategie auf. Die alte Freundin wirkte sichtbar erleichtert. «Du siehst erschöpft aus, Rica», sagte Käthe mit Besorgtheit in der Stimme. «Geht es dir auch gut?»

«Die Zugfahrt. Ich habe die lange Reise noch nie gemocht», erwiderte Ricarda und dachte, dass es eigentlich schön wäre, wenn Georg mit Sophie und dem Jungen in Berlin leben würde.

Aber es war wohl unrealistisch, das zu hoffen.

Die Tanzfläche in der Schwarzen Eule war so eng, dass eigentlich nicht mehr als vier oder allerhöchstens sechs Tänzer gleichzeitig darauf Platz fanden. Heute, an einem Samstag im Februar, war das kleine Tanzlokal brechend voll. Da Toni längst zu den Stammgästen zählte, bekam sie immer einen Tisch. Sie kam schon seit einer Weile ohne Annemarie, denn die Freundin hatte die ersehnte Lehrstelle als Konditorin bekommen und musste jede Nacht um drei Uhr aufstehen.

In letzter Zeit hatte sich in der Schwarzen Eule eine Art von Wettbewerb unter den Tänzern, zumeist jungen Frauen, ergeben. Ließ sich jemand von der Jazzmusik zu besonders kapriziösen Bewegungen hinreißen, machten die anderen Platz. Sie sahen von den Seiten zu, applaudierten bei einer gelungenen Tanzdarbietung. Die Tänzerin oder der Tänzer trat mit dem Ende des Musikstücks beiseite, und jemand anders zelebrierte seine Leidenschaft für die neue mitreißende Musik aus Amerika.

Gerade hatte Antonia sich dem Rhythmus hingegeben. Sie war ein wenig verschwitzt und glücklich. Nun übernahm die blonde Vera, während ihre Freundin aus Dahlem, die dunkelhaarige Margot, mit den Fingern den Takt schnipste. Toni lebte in der Menge mit und begleitete auch Margots anschließenden Tanz begeistert.

«Du bist eine gute Tänzerin geworden», sagte eine vertraute Männerstimme.

Toni blickte sich um und sah in Johannes' Gesicht. Sein Mund lächelte, aber seine Augen blickten fragend.

«Bist du auch mal wieder hier?» Toni versuchte, ihr schlechtes Gewissen hinter Frechheit zu verbergen.

«Ich kann immer noch nicht tanzen», antwortete er. «Aber das wird schon noch.»

Sie mussten fast schreien, um sich zu verständigen. Antonia kehrte zu ihrem Tisch zurück, wo es nicht ganz so laut war.

«Ich habe dir geschrieben», sagte Johannes.

«Ja, ich weiß. Danke», erwiderte sie ungelenk. Sie hatte keinen seiner Briefe auch nur geöffnet. Aufgehoben hatte sie seine Post allerdings.

«Du willst mich vergessen?», fragte Johannes. «Weil ich ein Krüppel bin? Oder wegen Erfurt?»

«Weil wir nicht zusammenpassen, Johannes», sagte sie. «Es hat keinen Sinn.»

«In welchem Punkt passen wir nicht zusammen?»

Antonia stand auf, ließ sich von der Garderobiere ihren Mantel geben und ging nach draußen in die kalte Februarnacht. Johannes konnte kaum mithalten.

«Wo siehst du denn unsere Zukunft?», fragte sie, sobald sie sich auf der Straße gegenüberstanden.

«Unsere Liebe ist unsere Zukunft, Toni. Ich kann für uns sorgen. Das weißt du.»

«Ich brauche niemanden, der für mich sorgt.» Antonia schüttelte den Kopf. «Ich habe beschlossen, Ärztin zu werden.»

«Dachte ich mir schon, dass es so kommt», sagte er.

«Bist eben was Besseres. Kannst keinen Handwerker gebrauchen.»

«Mach dich nicht klein, Johannes. Das hast du nicht nötig. Es liegt nicht an dir. Ich will einfach nicht heiraten und Kinder haben und all das. Das bin nicht ich.»

«Liebe reicht eben nicht. Das willste mir sagen. Verstehe.» Johannes bemühte sich um ein letztes Lächeln. «Na denn, Toni, mach's jut. Vergessen werde ich dich nie.»

«Ich dich auch nicht.»

Er ging auf seine nach wie vor den nächsten Schritt verzögernde Weise langsam die nächtliche Straße entlang. Toni fand, dass es sich schrecklich anfühlte, sein Herz gebrochen zu haben. Aber dieses Gefühl verflog schon in dem Moment, als die Tür zur Schwarzen Eule aufging und sie die Musik hörte. Sie ging hinein und tanzte und vergaß alles, was sie traurig machen konnte.

Die hübsche Kellnerin in dem Café am Münchner Odeonsplatz hatte nur noch Augen für den stattlichen Mann, der Ricarda gegenübersaß. Und plötzlich ertappte sie sich bei dem Gedanken, wie die junge Frau ihren Sohn wohl wahrnehmen mochte. Bayern nannten einen wie ihn ein *gestandenes Mannsbild*. Was damit gemeint sein mochte, war Ricarda nicht so ganz klar. Zumindest klang es so, als würde einem solchen Mann zugetraut, dass er einiges durchzumachen imstande war. Eine Neigung zum gleichen Geschlecht traute ihm offenbar auch die hübsche Kellnerin nicht zu.

Ricarda hielt das traditionsreiche Kaffeehaus nicht für den richtigen Ort, um ein offenes Mutter-Sohn-Gespräch zu führen. Die Damen hielten mit abgespreiztem kleinen Finger den Tassengriff, trugen wagenradgroße, mit Federn geschmückte

Hüte, drückten das Kreuz durch, sprachen leise und taten so, als hätte man nicht gerade einen entbehrungsreichen Krieg und eine blutige Revolution überstanden.

«Ich habe nachgedacht», sagte Georg. «Berthold ist so ein lieber Bub. Er braucht einen Vater an seiner Seite. Darum will ich herausfinden, ob ich mit Sophie leben kann.»

Die ansehnliche Kellnerin brachte ihm gerade das möglicherweise absichtsvoll vergessene Glas Wasser zum Kaffee und sah ihn dabei etwas zu lang an. Was er komplett zu ignorieren schien.

«Das ist ehrenwert. Doch wenn du herausfindest, dass du es nicht kannst, was willst du dann tun? Sophie abermals verlassen?»

«Du meinst, ich habe keine Wahl? Ich muss mich entscheiden?»

«Du sollst dich entscheiden, wie du es für richtig hältst. Sophie sollte jedoch wissen, woran sie ist», antwortete Ricarda. «Nur so hat sie die Möglichkeit, selbst eine Entscheidung zu treffen. Es kann ja sein, dass sie sich scheiden lassen möchte, um eine neue Ehe eingehen zu können. So hältst du sie nur hin.»

Seitdem sie in München angekommen waren, waren ein paar Tage vergangen. Ricarda hatte sie in einem Hotel verbracht.

«Wie viel Zeit gibst du mir?», fragte Georg.

«Ich dir?» Ricarda lachte. «Geht es um mich?»

«Du bist mein Gewissen, Mutter.»

«Wenn das so ist: Ein gutes Gewissen ist stets wach.»

«Das ist hart!»

«Ja, mein Sohn, das ist hart. Das Leben ist zu kurz, um mit den Gefühlen von Menschen zu spielen, die man liebt.»

«Du hast recht. Danke, Mutter.» Georg nahm ihre Hand und hauchte galant einen Kuss darauf.

Die Kellnerin guckte verzückt, wie Ricarda leicht amüsiert bemerkte.

«Auch mit Anselm kannst du nicht spielen», sagte Ricarda.

«Oh, er weiß um meine inneren Nöte», erwiderte Georg. «Es geht ihm nicht anders.»

«Was willst du damit sagen?»

Ihr Sohn trank einen Schluck Mokka, nahm sich einen Keks von der kleinen Étagère auf dem Tisch. Seine Bewegungen waren leicht. Nicht so plump wie die anderer Männer, fiel Ricarda auf. Genauso hatte sein Vater sich allerdings auch benommen.

«Männer wie wir müssen lernen, mit dem Verzicht zu leben. Wir können nicht dauerhaft die sein, die wir in Wirklichkeit sind», sagte Georg auf eine Weise, die Ricarda frösteln ließ.

«Kannst du mir das etwas deutlicher erklären?», fragte sie.

Georg zerbrach den Keks in der Mitte. «Ich werde zwei Leben führen. Eines hier und eines in Berlin. Dort werde ich endlich mein Medizinstudium aufnehmen.» Er lächelte. «Antonia wartet nur darauf, mit ihrem Bruder die Uni zu besuchen.»

Wer zwei Leben führt, der kann in keinem richtig ankommen, dachte Ricarda.

«Für dich ist ein Brief gekommen», sagte Hedda, als Henny zur üblichen Zeit am Abend zu Hause eintraf.

Als Henny den Absender sah – ein Rechtsanwalt aus Los

Angeles –, legte sie den Brief wieder zur Seite und kümmerte sich lieber um Vicky. Seit Victors Besuch hatte sie es noch nicht geschafft, irgendetwas zu unternehmen, um ihre Verteidigung voranzubringen. Dieser Brief konnte somit nur unangenehme Neuigkeiten enthalten. Missmutig öffnete sie ihn erst, als Vicky schlief.

Sehr geehrte Frau Vandenberg, ich wurde informiert, dass Sie in Ihrer Scheidungssache anwaltliche Vertretung benötigen. Miss Holden bat mich überdies, eine Eidesstattliche Erklärung der Miss Nancy Spring beizubringen. Diese liegt mir inzwischen vor. Miss Spring bestätigt, dass Mr. Vandenberg ihr die Ehe versprochen hatte, als er noch mit Ihnen verheiratet war. Diese Erklärung stimmt mich überaus zuversichtlich, dass ein Scheidungsgericht nicht Ihnen die Schuld am Scheitern der Ehe anlasten wird. Ich weise darauf hin, dass Ihnen durch mein Mandat keine Kosten entstehen. Mein Honorar erhalte ich anteilig aus der Wiedergutmachung, die Ihnen von Mr. Victor Vandenberg nach Ihrer erfolgten Scheidung zustehen wird. Bitte setzen Sie sich mit mir in Verbindung. Mit vorzüglicher Hochachtung, Mark Smith

Henny starrte das Schreiben sprachlos an. Dann lachte sie. Sie hatte das Gefühl, eine zentnerschwere Last wäre von ihr gefallen. Es war wundervoll, wie sich alles fügte! Da spürte sie Heddas Blick auf sich. Ihre Verletzungen schränkten die Mimik der Freundin zu sehr ein, um Freude ausdrücken zu können. Doch Henny kannte sie gut genug, um in ihrem Gesicht lesen zu können. Und erst jetzt zählte sie eins und eins zusammen.

«Das hast du veranlasst!», rief sie mit Freudentränen

in den Augen. «Hedda, das ist das schönste Geschenk, das du mir machen konntest.» Sie schloss sie in die Arme. «Ich kann dir nicht genug danken. Erzähl, wie ist das gekommen?»

«Ach, ich fand, dass ich dir noch etwas schuldig war. Und dann erinnerte ich mich an meine eigene Scheidung. Mark war mein Anwalt.» Sie versuchte ein Lächeln. «Er war sehr entgegenkommend. Du weißt schon: meine wilde Zeit damals.»

Die Andeutung reichte Henny, um zu verstehen: In Hollywoodland zahlte ein hübsches Mädchen mit der stets gleichen Währung.

«Mark fragte mich am Telefon, ob du wüsstest, über welche Vermögenswerte Victor verfügt.» Sie seufzte. «Wenn du es richtig anstellst, bist du bald keine arme Maus mehr.»

«Ach, sein Vermögen ist mir egal. Ich lebe gern hier. Hauptsache, er lässt mir Vicky», sagte Henny und dachte an Florentine. Mit Kindern konnte sie nichts anfangen. Dass sie helfen würde, dass Vicky bei ihrer Mutter bleiben konnte, erschien Henny deswegen keineswegs sicher.

Oft hatte Siegfried seine Frau noch nicht am Anhalter Bahnhof vom Bahnsteig abgeholt. Eher war es andersherum gewesen. Er war derjenige gewesen, den es mit unstillbarem Fernweh in die Fremde gezogen hatte. Wie sie ihn nun auf sich zukommen sah, fiel Ricarda das erst auf. Der Krieg und natürlich auch Siegfrieds Bewegungseinschränkungen wegen seiner durchtrennten Armnerven hatten seine Reisesehnsucht gedämpft.

Siegfried blickte zum Zug, als erwarte er noch jemanden. «Hast du Georg etwa nicht wieder mitgebracht?»

«Er versucht, seine Ehe zu reparieren», antwortete Ricarda.

«Donnerwetter!», rief Siegfried. «Wie hast du das geschafft?»

«Na, hör mal! Wie klingt das denn? Ich bin doch keine Kuppelmutter. Das hat er schon selbst erkannt», sagte sie.

Dass es eine sehr zerbrechliche Konstruktion war, die Georg sich ausgedacht hatte, verschwieg sie. Ob er tatsächlich ein Leben zwischen Berlin und München führen konnte, würde sich zeigen. Doch sie vertraute auf sein Verantwortungsgefühl gegenüber Sophie und Berthold.

An der Seite ihres Mannes ging Ricarda nun durch die leicht verschneiten Straßen Berlins. Sie genoss die klare, kalte Luft, die nach der langen Reise mit der Eisenbahn guttat. Aber ihr war nicht wohl. Es war ihr schon in München aufgefallen, dass sie sich an manchen Tagen unerklärlich schwach fühlte. Heute hatte sie das Gefühl, dass eine schwere Erkältung im Anmarsch wäre.

«Zu Hause ruhe ich mich erst einmal aus», sagte sie.

Siegfried sah sie aufmerksam an. «Du wirst dich überanstrengt haben. Du bist blass. Augenringe hast du auch.»

«Sehr charmant, Herr Thomasius!»

«Und wie wäre es, wenn Doktor Thomasius dich zu Hause nach Strich und Faden verwöhnt?»

Ricarda küsste ihn auf die Wange. «Ach, Herr Doktor Thomasius, so ein wenig Zuwendung könnte ich schon gebrauchen.»

«Ob du dir eine Grippe eingefangen hast?», mutmaßte Siegfried.

«Vielleicht», sagte Ricarda. Doch als Ärztin spürte sie, dass es etwas anderes war.

DEM TOD DIE STIRN BIETEN

— ♦ —

März 1920

Sie sind eine begabte Zeichnerin, Doktor Vandenberg», sagte Hennys Chef bewundernd, «somit können wir den Artikel bestens illustrieren.»

«Vielen Dank für das Kompliment. Für den Text brauche ich allerdings noch ein wenig Zeit», antwortete Henny.

Ihr oblag eine große Aufgabe, denn Doktor Harris hatte eine neuartige Krebstherapie ersonnen. Die Methode, um ein Mammakarzinom mit Radium zu behandeln, hatte Henny mit ihrer Zeichnung skizziert: Auf Höhe des dritten Rippenbogens wurde begonnen, drei bis fünf Zentimeter lange Radiumnadeln in den Körper der Patientin einzuführen. Das eigentliche Karzinom wurde mit weiteren Nadeln gewissermaßen umzingelt. Ziel war es, das Radium auf die Blut- und Lymphbahnen einwirken zu lassen. Um diese Methode anwenden zu können, war tiefgreifendes medizinisches Wissen nötig.

Die Zeichnung, die Henny angefertigt hatte, mochte auf Laien wie eine Anleitung zur Folter wirken. Schmerzhaft war die Behandlung in der Tat, weshalb sie nur unter Vollnarkose durchgeführt wurde. Jetzt, wo Henny seit bald einem Jahr dem berühmten Pathologen zuarbeitete, war sie jedoch von dem Vorgehen überzeugt. Zwar gelang es auch mit der

Radiumtherapie nicht immer, die Karzinome zu zerstören, und Patientinnen starben dennoch. Auch war die Intensität der Strahlung nicht hinreichend bekannt. Bislang setzte man möglichst wenig Radium über einen Zeitraum von mindestens einer Woche ein, wobei es zerfiel. Nach der kräftezehrenden Therapie brauchten die Patientinnen jedoch Wochen und Monate, um sich zu erholen.

Die Alternative war die Behandlung mit Röntgenstrahlen, deren Nebenwirkungen gravierend waren. Es kam bei einer zu hohen Bestrahlung zu Verbrennungen, Haarausfall, Übelkeit oder gar schnellem Tod.

Harris und seine Mitarbeiter leisteten Pionierarbeit. Wenn die Methode sich als richtig erwies, konnte auch Henny mit einem beruflichen Aufstieg rechnen. Vielleicht sogar mit der Stelle als Leiterin der Krebsstation der Frauen.

Mit diesen Gedanken im Kopf stieg Henny in die New Yorker U-Bahn. Der Artikel, an dem sie heute Nacht weiterarbeiten wollte, sollte die Methode Harris' weltweit bekannt machen. Wissenschaftlich gesehen stand die Sache auf ein wenig wackligen Füßen: Harris hatte erst fünfzig Frauen auf diese Weise behandelt. Für einen wissenschaftlich anzuerkennenden Beweis war das zu wenig. Für eine erste Veröffentlichung in einer Fachzeitschrift reichte es.

Als Pathologe führte Harris die Operationen nicht selbst durch. Dafür brauchte er Mitarbeiter wie Henny. Ihr gab das die Möglichkeit, als zweite Autorin seiner neuesten Veröffentlichung aufzutreten.

Ohne Hedda, die Vicky liebevoll betreut, wäre ich verloren, dachte Henny, als sie die Tür zu der kuscheligen Wohnung aufschloss. An diesem Abend waren Gäste da, der fröhliche Gesprächspegel laut. Vicky wuselte zwischen den

Menschen herum, war wieder einmal Maskottchen und Mittelpunkt der Künstlerschar. Nichts erinnerte mehr an das scheue Kind, als das sie hierhergekommen war.

«Flora hat ein Telegramm geschickt», rief Hedda ihr zu. «Sie möchte, dass du sie besuchst.»

Ob sie wohl nach so langem Nachdenken die richtige Entscheidung getroffen hat, fragte sich Henny.

«Wie lange hat das jetzt alles im Dornröschenschlaf gelegen?», fragte Ricarda.

«Keine Ahnung. Müssen Jahre gewesen sein», antwortete Antonia und nieste.

In Ricardas Praxis in der Behrenstraße war der Staub überall.

Es ist unglaublich, dass er sich gebildet hat, obwohl hier seit den Anfangsjahren des Krieges niemand gearbeitet hat, dachte Ricarda. Sie nahm ein weiteres großes Tischtuch vom Empfangstresen. Die Bewegung tat weh und strengte an. Ihr Oberkörper fühlte sich an, als würde ihn etwas einengen. Dabei trug sie ein weites Kleid und weiche Unterwäsche. Missmutig legte sie das Tuch beiseite.

Sie hatte sich darauf gefreut, die Praxis wieder zu eröffnen. Heute wollte sie gemeinsam mit Antonia die Bestände sichten und Listen erstellen mit den Gegenständen, die gebraucht wurden. Georg wartete nur darauf, dass sie ihm sagte, wie viel Geld er ihr leihen durfte. Doch der Gedanke an den Neuanfang bereitete ihr keine Freude. Ermüdet sank sie auf einen der Stühle, die für die wartenden Patientinnen bestimmt waren, und tupfte sich den Schweiß von der Stirn.

Antonia kam hinzu und setzte sich neben sie. «Fühlst du dich immer noch so schwach?»

«Ich bin in melancholischer Stimmung, Toni. Verzeih. Hierher zurückzukehren, in diese Praxis ... Wo der Staub so dick liegt wie die Erinnerung. Ich hatte das hier als einen Ort in meinem Kopf bewahrt, den es so nicht mehr gibt. Und nie mehr geben wird. Hier haben die Komtess und Käthe praktiziert, dann ich mit ihnen. Schließlich Henny und ich. Wir hatten etwas Kostbares aufgebaut, das uns zwischen den Fingern zerrann.»

Ohne es beeinflussen zu können, schossen ihr die Tränen in die Augen. «Henny fehlt mir so, Toni! Du glaubst nicht, wie sehr.»

«Sie hat dir immer noch nicht geantwortet?», fragte Toni.

Nach dem Gespräch mit Großmutter Karla hatte Ricarda einen zweiten Brief mit fast dem gleichen Inhalt an Henny geschrieben. Dieses Mal an die Adresse in New York.

«Nein, sie hat nicht geschrieben. Sie hält mich für eine schlechte Mutter. Wahrscheinlich hat sie damit auch recht», meinte Ricarda.

«Du machst Fehler. Wie jeder Mensch. Aber du bist die beste Mutter, die ich mir wünschen könnte.» Toni nahm die Hände ihrer Mutter. «Meine Güte, sind die kalt!»

«Mir ist auch nicht gut.»

«Kannst du nicht mal zu einem Kollegen gehen, der dich gründlich untersucht?», fragte Toni.

«Auf was denn? Ich habe keine spezifischen Beschwerden. Das ist es ja.» Ricarda machte eine Pause. «Na ja,» gab sie zu, «bis auf das Engegefühl in der Brust.»

Antonia räusperte sich verlegen. «Klingt jetzt vielleicht ein wenig befremdlich, wenn ich als deine Tochter das sage. Aber hast du mal ... ich meine ... also ... deine Brust abgetastet?»

Mehrfach hatte Ricarda sich selbst zu untersuchen versucht und nichts Auffälliges gefunden. Schließlich war das ihr ureigenes Fachgebiet! «Da ist nichts, das ich erspüren konnte.»

«Wenn du es nicht ertastest, vielleicht könnte man es sehen», sagte Toni.

«Du meinst, ich sollte mich von den Röntgenstrahlen durchleuchten lassen?» Ricarda sah ihre Tochter fragend an. «Etwa an der Charité?»

Antonia drückte die kalten Hände ihrer Mutter. «Es werden doch nicht alle deine Kollegen an der Charité so borniert wie ein gewisser Freiherr sein! Andererseits kannst du nicht einfach so tun, als würde alles von allein wieder gut.»

Ricarda sah ihrer Tochter zu, wie sie nun begann, dem Staub mit Putztüchern zu Leibe zu rücken. Es ist das Wesen der Jugend, an die Zukunft zu glauben, dachte sie. Und ich sitze hier und beklage vergangene Zeiten. Toni hat recht, so geht das nicht weiter, dachte sie und beschloss herauszufinden, was in ihr vor sich ging.

An diesem ungewohnt warmen Sonntagnachmittag ließ Florentine auf der Terrasse des *penthouse* Champagner servieren.

«Gibt es etwas zu feiern?», fragte Henny.

«Das kommt auch ein wenig auf dich an, *darling*. Ich möchte dir einen Plan unterbreiten, der sowohl für Vicky als auch für dich und mich von Vorteil ist.» Sie nippte am Glas. «Er ist ein wenig um die Ecke gedacht, aber erfolgreiches Vorgehen sollte das Ziel nicht direkt ansteuern.» Sie lächelte gewinnend.

Von Vorteil auch für Florentine, dachte Henny. Daher also wehte der Wind.

«Wie du weißt, bin ich über die Wahl deines Wohnorts nicht glücklich. So soll meine Enkelin nicht leben. Aber das können wir ändern», sagte Florentine.

In Henny verkrampfte sich alles. Sie war wirklich nicht gekommen, um sich eine Standpauke anzuhören. Sie schwieg und stellte das Glas beiseite.

«Das Wesentliche bei einer Scheidung ist das Vermögen der Partner. Da erinnerte ich mich, dass ich Victor das Haus in der Berliner Behrenstraße überschrieben habe.»

Henny verband die romantischsten Erinnerungen mit der Wohnung in der Berliner Mitte. «Was hat das Haus mit Vicky und mir zu tun?»

«Nun warte mal ab! Wenn einem Mann eine Scheidung droht, rät sein Anwalt ihm, so zu tun, als wäre er arm», erklärte Florentine. «Du gehst am besten folgendermaßen vor: Du wirst nichts verlangen, dessen Wert Victors Anwalt einschätzen kann. Stattdessen bestehst du auf dem Haus als Wiedergutmachung. In der Folge müsste der Anwalt, der in Los Angeles sitzt, das Haus schätzen lassen. Dazu bräuchte er jemanden im fernen Berlin, der das für ihn macht. Viel zu viel Aufwand! Garantiert wird sein Anwalt Victor deshalb raten, deine Forderung anzunehmen. Und mein lieber Sohn, der vielbeschäftigt ist, wird zustimmen. Schließlich: Was soll er mit einem Haus in Berlin?» Florentine nahm einen Schluck Champagner. «Glaube mir: Das ist ein todsicherer Weg, der zum Erfolg führen wird.»

«Verzeih, aber ich kann dir nicht folgen.» Henny schüttelte ratlos den Kopf. «Ich habe nicht die Absicht, nach Berlin zurückzukehren. Und ich verstehe nach wie vor nicht, wie das Vicky helfen soll.»

«Das liegt doch auf der Hand, *darling*!» Florentine klang

etwas ungeduldig. «Natürlich verkaufst du das Haus sofort wieder. Und mit dem Geld erstehst du eine angemessene neue Wohnung.»

Sie blickte Henny mit dem Lächeln einer Siegerin an.

«Und jetzt komme ich ins Spiel! Wie es der Zufall will, bin ich gerade dabei, für ein neues Investment ein paar Wohnungen in diesem Haus hier abzustoßen. Ich gebe dir sofort eine davon. Wenn du das Geld hast, bezahlst du sie. Vicky und du ziehen hier ein. Auch mit Hedda, wenn du das so willst. Sie ist ja wohl ein gutes Kindermädchen. Und ich habe meine Enkelin ganz nah bei mir und kann guten Gewissens bezeugen: Vicky ist bei ihrer Großmutter und ihrer Mutter viel besser aufgehoben als bei ihrem Vater, der so viel arbeitet.» Sie hob ihr Glas. «Wollen wir auf unsere Abmachung anstoßen, *darling*?»

Wie kann man so durchtrieben sein, dachte Henny. Aber wenn das der Preis war, zu dem sie Vicky behalten konnte, musste sie dann nicht dazu bereit sein?

Ratlos verließ Ricarda die Röntgenabteilung der Charité. Im Ohr hatte sie den Satz des hochangesehenen Kollegen Blumenthal: «Es mag sein, dass da ein Geschwür ist, Frau Kollegin. Wie Sie wissen, kann das auch gutartig sein. Wenn dem so ist und es tatsächlich Raum fordert, werden wir es beim nächsten Mal erkennen. In vier bis sechs Wochen? Was meinen Sie? Denn mit der Technik, so wie sie uns zur Verfügung steht, kann ich nur Vermutungen anstellen, die Ihnen nicht weiterhelfen.»

Die Röntgenstrahlen hatten Ricardas Oberkörper durchleuchtet. Aber die großen, auf Leuchttischen ausgebreiteten Bildplatten, über die sie sich gemeinsam mit Blumenthal gebeugt hatte, zeigten Schatten, die alles und nichts bedeuten konnten.

Nur eines schloss der Kollege aus: ein Mammakarzinom. Diese Form des Krebses lag relativ nah an der Hautoberfläche. Überdies hatten die Onkologen sich so oft mit der häufigsten Krebsart bei Frauen beschäftigt, dass die Diagnosetechniken weit fortgeschritten waren.

Nun sollte Ricarda also abwarten, ob das, was möglicherweise vorhanden war, weiterhin wuchs? Nein, diese Untersuchung war mehr als unbefriedigend. Entsprechend niedergeschlagen wollte Ricarda in die Behrenstraße gehen, um wenigstens so zu tun, als bereite sie die Wiedereröffnung ihrer Praxis vor.

Doch dann kam ihr eine andere Idee. In der Krankenhausbibliothek der Charité hatte sie früher regelmäßig die aktuellen Publikationen von Kollegen eingesehen. Normalerweise, um sich für die Patientinnen auf dem Laufenden zu halten. Aber warum nicht jetzt, um dem Geschehen im eigenen Körper nachzuforschen, sagte sie sich. Das war sinnvoller, als tatenlos abzuwarten.

«Wo kann ich neueste Veröffentlichungen zu versteckten Geschwüren im Oberkörper der Frau finden?», fragte Ricarda den jungen Pedell am Empfang der Bibliothek, dessen weiße Hemdärmel in schwarzen Überziehern steckten.

Der Mann deutete auf den hinteren Bereich des Lesesaals, wo einige Studenten über Bücher gebeugt saßen. Nur die Tische waren beleuchtet, alles andere lag im Dämmerlicht.

«Die Herrschaften ganz da hinten in der Mitte haben die neuesten Publikationen heute Morgen bereits ausgeliehen. Die Aufsätze zu dem Thema stammen allerdings aus den Vereinigten Staaten von Amerika.»

Das klang, als vermutete der Bibliothekar, dass die Veröffentlichung Ricarda nicht weiterhelfen würde. Schließlich beherrschte eine gebildete Frau in Ricardas Alter für gewöhnlich nur Französisch. Wegen ihrer Aufenthalte in Afrika und China konnte Ricarda zwar ein paar umgangssprachliche englische Redewendungen, die bei der Lektüre wissenschaftlicher Texte jedoch nichts nützten.

Zumindest würden die Studenten ihr sagen können, ob etwas für sie Wichtiges in den Texten zu finden wäre, hoffte sie. Erst im Näherkommen erkannte sie, wer da die Köpfe zusammensteckte und nun gleichzeitig aufblickte.

«Mutter!», sagten Antonia und Georg wie aus einem Mund und standen auf, als wären sie bei etwas Verbotenem ertappt worden.

Dass Georg in der Stadt war, hatte Ricarda nicht einmal gewusst. Noch dazu in der Charité! Das war sehr ungewöhnlich.

«Du studierst wieder, Georg?», fragte sie.

«Antonia hat keine Ruhe gegeben», sagte er mit einem matten Lächeln. «Sie meinte, ich muss etwas Sinnvolles tun.»

«Es ist nie zu spät, um auf die eigene Schwester zu hören», erwiderte Ricarda. Sie spürte, dass es beiden peinlich war, dass sie anwesend war.

Auf dem Tisch lag der auf Englisch abgefasste Text, der Ricarda interessierte. Illustriert wurde er von einer Zeichnung, die erschreckend anmutete. Ein weiblicher Torso, in dem eine Vielzahl von Nadeln steckte. Ein Wörterbuch lag aufgeschlagen bereit.

«Ich sehe, ihr seid fleißig. Da will ich nicht länger stören», sagte Ricarda und verließ die Bibliothek.

Sie hatte sich nicht zu fragen getraut, warum die beiden sich mit den Organen im weiblichen Oberkörper beschäftigten. Sie ahnte es. Antonia und Georg recherchierten, an welcher Krankheit ihre Mutter möglicherweise litt. Weil sie wussten, dass ihr selbst die Kraft dazu fehlte. Und der Mut. Der vor allem. In Wahrheit wollte sie gar nicht wissen, was in ihr vor sich ging. Sie spürte, es war nichts Gutes. Erfreulich daran war nur die Erkenntnis, dass ihre Kinder versuchten, ihr zu helfen.

Draußen, gleich neben dem Eingang zu dem erhabenen Backsteinbau, stand eine Bank. Ricarda setzte sich und versuchte, ihren rasenden Puls zu kontrollieren. Sie hatte Angst und wusste nicht wovor.

Antonia sah ihrer Mutter nach, wie sie mit hängenden Schultern durch die Bibliothek zum Ausgang lief. Es war ein Anblick, der ihr wehtat. Sie hatte ihre Mutter immer als eine starke Frau erlebt. Plötzlich wirkte sie hilflos.

«Warum war sie hier? Sie hat nicht mal gefragt, was wir machen», sagte Georg.

«Sie weiß es», wurde Antonia im selben Moment klar. «Aber sie will nicht zugeben, dass sie etwas hat, das sie nicht einzuschätzen vermag.»

«Meinst du, Mutter hat das da gesehen?» Georg deutete auf die Autorenzeile.

«Dann hätte sie etwas gesagt», erwiderte Antonia. Fast zärtlich strich sie mit dem Finger über die Namen der Verfasser. *By Dr. James Harris and Dr. Katharina H. Vandenberg*, stand da.

Ein wenig fremd las es sich schon, dass Henny ihren ersten Taufnamen mit Victors Familiennamen kombinierte. Als wäre sie jemand anders geworden. Vor allem aber erfüllte es Toni mit sehr viel Stolz, dass Henny in der angesehenen Wissenschaftszeitung veröffentlichen durfte. Nach den vielen Schwierigkeiten mit Victor gönnte sie es ihr von ganzem Herzen, nicht nur im großen Amerika Fuß gefasst zu haben, sondern obendrein in der noch viel größeren Welt der Wissenschaft.

«Ist schon verrückt, dass Henny ausgerechnet daran forscht», meinte Georg.

«Der Onkologie galt schon immer ihr Hauptinteresse», erklärte ihm seine Schwester. «Sie hat schließlich über Karzinome promoviert.»

Allerdings war Antonia nicht so ganz klar, ob diese Konstellation von Vorteil war. Sie hatte nicht gerade geringe Zweifel, ob die Mutter der wissenschaftlichen Erkenntnis ihrer eigenen Tochter vertrauen würde.

Georg hatte sich bereits wieder in Hennys Artikel vertieft. Nach einem weiteren Blick ins Wörterbuch sagte er: «Sie schreibt, ohne Behandlung kann die Erkrankung tödlich verlaufen.»

«Tödlich? Das steht da?» Toni lief ein eisiger Schauer über den Rücken. Schwebte ausgerechnet ihre Mutter, die seit Jahrzehnten im Dienst ihrer Patienten dem Tod die Stirn bot, nun selbst in Lebensgefahr?

Die Frau, die ihr in der *Minetta Street* begegnete, hatte Henny schon mal gesehen. Sie war ihr aufgefallen, weil sie so zart war und mit einem bewundernswert elastischen Gang über die Straße federte. Henny grüßte freundlich und eilte weiter.

«Entschuldigung, sind Sie Doktor Henny Vandenberg?», fragte jetzt die zierliche Frau.

«Ja, das bin ich. Warum?»

«Ach, bin ich froh, Sie gefunden zu haben!» Die Frau hielt einen schmalen Briefumschlag in der Hand. «Der Postbote hat das bei mir eingeworfen, weil meine Hausnummer drauf steht. Aber der Empfänger sind Sie. Ich frage schon seit einer Weile herum, ob jemand weiß, wo Sie wohnen. Ich selbst bin erst kürzlich aus dem Ausland zurückgekehrt. Ich bin Trapezartistin und war ein halbes Jahr lang auf Tournee.» Ihr Lächeln war zurückhaltend und warmherzig.

«Ich wohne mit meinem Kind gleich da drüben.» Henny deutete auf das schmale Haus. «Bei Hedda Holden.»

«Oh, Sie sind Heddas Freundin!» Ein Leuchten ging über das Gesicht der Artistin. «Ich hoffe, der Brief erreicht Sie rechtzeitig.» Damit drückte sie Henny das Schreiben in die Hand und verschwand, bevor Henny sich bedanken konnte.

Henny glaubte, ihr Herz würde aussetzen: Der Umschlag trug die Handschrift ihrer Mutter! Der Poststempel war vom Sommer. Die Mutter hatte offenbar gleich zwei Sachen falsch gemacht: Sie hatte nicht darauf geschrieben, dass Henny bei Hedda wohnte. Und sie hatte die zweistellige Hausnummer verdreht.

Eilig überquerte Henny die Straße, schloss die Tür auf, ließ sich auf einen Stuhl fallen und riss den Umschlag mit nervösen Fingern auf.

Der erste Satz sprang Henny förmlich entgegen. Sie meinte in einen wahren Strudel an Gefühlen hineingezogen zu werden.

Bitte vergib mir, dass mir mein Stolz wichtiger war als die Liebe zu dir.

«Oh, Mutter!», rief Henny unter Tränen.

Mit klopfendem Herzen las sie weiter. Es war das Zeichen,

auf das sie seit Jahren sehnsüchtig wartete! Sie war überwältigt von der Ehrlichkeit, mit der ihre Mutter mit sich selbst ins Gericht ging. Die bevorstehende Scheidung hatte Hennys seelisches Gleichgewicht ohnehin erschüttert. Nun diese Zeilen zu lesen, stürzte sie in ein inneres Chaos.

Die Worte ließen die schreckliche Zeit zu Beginn des Krieges aufleben, als sie mit Victor Deutschland verließ. So sehr hatte sie an jenem Tag, als sie zum Zug musste, auf eine letzte versöhnliche Aussprache gehofft. Und dann der Unfall und die harsche Verabschiedung am Krankenbett in der Charité.

Henny erinnerte sie an die vielen Auseinandersetzungen, die sie im Laufe der Jahre gehabt hatten. Sie hatten sich gegenseitig das Leben wahrhaftig nicht leicht gemacht! Gleichzeitig erinnerte sie sich aber auch an die Liebe, die sie trotz allem für ihre Mutter empfunden hatte.

Wie gut tat es, jetzt zu lesen: *Du sollst wissen, wie viel mir an dir liegt, Henny. Ich liebe dich sehr und ich möchte wieder für dich da sein können. Lass uns versuchen, einen Weg zu finden, auf dem wir uns begegnen und uns in die Arme schließen können.*

Während sie weiterlas, erfuhr sie Stück für Stück, wie sich das Leben ihrer Mutter verändert hatte.

Ich habe vor, die Praxis in der Behrenstraße wieder zum Leben zu erwecken. Antonia und Georg helfen mir. Damit mein Vorhaben nicht umsonst ist, frage ich bei dieser Gelegenheit, ob Victor und du Pläne mit dem Haus und damit auch mit den Praxisräumen habt.

Der Brief stammt aus einer Zeit, als noch nicht klar war, dass meine Ehe gescheitert ist, dachte Henny. Gleichwohl schien ihre Mutter von den Problemen zu wissen, denn sie schrieb: *Ich wünsche dir und Victor, dass ihr auch in schweren Zeiten stets das Wohl des anderen im Auge behalten könnt.*

Henny wertete den Satz als Versuch, Victor als Schwiegersohn zu akzeptieren. Sie hatte sich oft gefragt, ob ihre Ehe glücklicher verlaufen wäre, wenn ihre Mutter sich anders verhalten hätte. Doch sie war inzwischen überzeugt, dass das nichts geändert hätte. Es lag an Victor – seinen Charakter hatte Henny falsch eingeschätzt.

Ricarda stellte weitere Fragen nach Victoria und ließ viele gute Wünsche folgen. Schließlich bat sie Henny erneut um Verzeihung und um eine Aussöhnung.

Als Hedda und Victoria von ihrem Frühlingsspaziergang heimkehrten, saß Henny noch immer auf dem Stuhl, den Brief in der Hand. Sie war tief in Gedanken versunken. Ihre Mutter hatte sich mit diesem Brief so viel Mühe gegeben. Sie sollte nicht weitere Monate auf eine Antwort warten müssen.

Die Familie hatte sich an diesem grauen Sonntag im April im Wohnzimmer in der Luisenstraße versammelt. Alle Augen richteten sich auf Ricarda. Im Mittelpunkt zu stehen hatte sie seit jeher verabscheut. Nun auch noch in den Augen ihrer Lieben große Sorge zu sehen, bereitete ihr großes Unbehagen. Schließlich war sie selbst es immer gewesen, die sich um alle kümmerte. Plötzlich hatten sich die Fronten verkehrt. Obendrein wollten Antonia und Georg beweisen, wie viel sie schon über Medizin wussten.

Ich als Patientin meiner Kinder! Das hat gerade noch gefehlt, dachte Ricarda. «Eure Fürsorge weiß ich zu schätzen», wehrte sie ab. «Aber ich glaube, ihr übertreibt.»

«Das mag sein», sagte Siegfried. Offensichtlich gab er in

dieser Runde den Vermittler. «Die beiden haben auch nicht behauptet, dass sie etwas wissen. Wie gute Wissenschaftler haben sie Tatsachen zusammengetragen, die ihre These stützen. Und diese These hast du nicht widerlegt, Rica.»

Das stimmte, gab Ricarda stillschweigend zu. Schließlich kannte sie sich mit den sogenannten Sarkomen nicht aus. «Warum sollte eure These stimmen?», fragte sie.

«Es war so,» sagte Georg, «zuerst sahen wir den Artikel in der amerikanischen Fachzeitung. Dort wird der Begriff Sarkom erwähnt, den auch wir beide nicht kannten.»

«Ich übrigens auch nicht», warf Siegfried ein.

«Wir wälzten Bücher und fanden die Übersetzung aus dem Griechischen: Weichteilgeschwulst», berichtete Toni. «Im Gegensatz zu Karzinomen verbreiten sich die Metastasen des Sarkoms demnach nicht über die Lymphe, sondern über das Blut, was sie ebenso gefährlich sein lässt.»

«Wobei das im Moment noch eine Vermutung ist. Die Beweise dafür sind nicht vollständig erbracht», präzisierte ihr großer Bruder.

Auch ein angefangenes Jura-Studium war zu etwas gut, dachte Ricarda leicht amüsiert. Man lernte logisches Denken.

«Zugegeben», sagte Antonia, «ein Grund zur Hoffnung ist das dennoch nicht. Eher einer, um deine Krankheit genau abzuklären.»

«Wollt ihr mich etwa zu eurem Versuchskaninchen machen?», fragte Ricarda mit gespielter Amüsiertheit. Tatsächlich war sie gerührt, wie sehr sich ihre Kinder um sie bemühten.

«Ich bin ebenfalls noch skeptisch», sagte Siegfried. «Aber wir alle sehen seit Monaten zu, wie du immer schwächer wirst. Wir dürfen nicht die Hände in den Schoß legen.

Du weißt, dass so nichts gewonnen ist. Hör bitte zu, was die beiden dir vorschlagen.»

Natürlich: Siegfried war eingeweiht, dachte Ricarda. Es war eine Verschwörung!

«Wir brauchen eine bessere Diagnostik», sagte Georg entschieden. «Wir haben herausgefunden, wo du die bekommst.»

«Die Charité hat die besten Geräte», sagte Ricarda.

«Wir sind überzeugt, dass sie das *Memorial Hospital* in New York hat», widersprach Toni.

«Ja und?» Ricarda lachte. «Ich kann doch nicht einfach mal so nach New York reisen!»

«Das hat jemand anders auch geschafft», sagte Toni mit einem Augenzwinkern.

«Der Artikel über Sarkome, über dem wir zwei brüteten, als du uns erwischt hast, stammt von ihr», sagte Georg bedächtig. «Von Henny», fügte er hinzu und blickte auf die Uhr. «Wir haben ausgemacht, dass sie um diese Zeit anruft.»

«Was denn? Henny ruft an? Das geht?» Ricarda blickte überrumpelt in die Runde. «Ist sie tatsächlich in New York?» Noch während sie das fragte, las sie in Tonis spitzbübischem Lächeln, dass sie es war, die das eingefädelt hatte.

«Wir wollten keine Briefe schreiben und Depeschen schicken», sagte Siegfried. «Das dauert zu lange.»

«Da kam Toni auf die Idee, einfach Florentine anzurufen. Denn Henny selbst hat keinen Anschluss», sagte Georg und schmunzelte. «Wir haben das von meiner Wohnung aus gemacht. Damit ihr nicht die hohen Gebühren tragen müsst.»

«Ach, das hätten Vater und ich schon noch verkraftet», meinte Ricarda schmunzelnd. «Und wie stellt ihr euch das jetzt vor?»

Ricarda konnte keinen klaren Gedanken mehr fassen. Zwei lange Briefe hatte sie geschrieben und vergeblich auf Antwort gewartet.

«Und wenn Henny immer noch erzürnt ist?», fragte sie. «Sie hat mir nicht zurückgeschrieben …»

Toni trat hinter ihre in Tränen aufgelöste Mutter und legte die Arme um sie. «Sie hat mir gesagt, dass sie dir helfen wird, Mamma. Und Georg übernimmt das Finanzielle.»

In diesem Moment läutete im Flur das Telefon. Siegfried nahm den Hörer aus der Gabel. «Ja, natürlich nehmen wir das Gespräch aus New York an», sagte er zu dem Fräulein von der Vermittlung im Telegrafenamt. Er wandte sich Ricarda zu. «Rica, das ist jetzt Henny für dich.»

Als sie zu ihm ging, hatte Ricarda das Gefühl, ihre Beine wären aus Watte. «Henny? Kannst du mich hören?», rief sie so laut, dass man sie auch auf der anderen Seite des Atlantiks noch hätte verstehen können.

«Sieh nur, Mamma, dort drüben kannst du sie sehen!» Antonia deutete in die Ferne.

Über dem Wasser lag an dem Morgen von Ricardas und Tonis Ankunft in New York noch ein Nebelschleier. Daraus erhob sich eine übergroße, majestätische Steinfigur mit gerecktem Arm.

«Das ist die Freiheitsstatue von Hennys Karte!», rief Ricarda. «Die steht hier einfach so mitten im Wasser?»

Toni legte den Arm um ihre Mutter, die in zwei Decken gehüllt an der Reling des Passagierschiffs stand und dennoch zu frieren schien. «Wir beide werden uns in der nächsten Zeit noch über so manches wundern», sagte sie. «Henny wird sich gut um dich kümmern.»

Für sich selbst hatte Toni beschlossen, das Sommersemester ausfallen zu lassen. Denn sie rechnete mit dem Schlimmsten, nachdem sie Hennys Arbeit Wort für Wort studiert hatte: Es war keinesfalls sicher, dass die Mutter die Therapie überleben würde. Ein nicht geringer Prozentsatz der Patientinnen verstarb an den Folgen. Ohne die Therapie überlebte hingegen niemand länger als zwei Jahre.

Im Moment klammerten sich alle in der Familie an einen hauchdünnen Hoffnungsfaden: Es war ja auch möglich, dass es kein Weichteilsarkom war.

Unterdessen näherte sich der Dampfer der Spitze von Manhattan. «Wie hoch die Häuser sind», sagte Toni und gab sich alle Mühe, so zu tun, als begänne ein wundervoller Urlaub. Doch in Wahrheit spürte Toni, wie die Angst um ihre Mutter mit jeder Meile zunahm, die sich das Schiff New York näherte. Ausgerechnet in dieser riesigen, fremden Stadt, der größten der ganzen Welt, würde sich das Schicksal ihrer Mutter entscheiden. Toni schmiegte sich dicht an sie.

«Ach, wir werden das schon schaffen», sagte Ricarda. «Ich bin so gespannt, wie die kleine Victoria wohl ist. Sie ist gewiss ein kluges, hübsches Kind, nicht wahr? Und Henny! Ach, es ist gut, dass ...» Ricarda verschluckte den Rest des Satzes.

... dass meine Krankheit mich zu Henny zurückführt, hätte sie wohl sagen wollen, dachte Toni.

Vom Hudson River her wehte ein kühler Wind den Morgennebel durch die schmalen Straßen, in denen sich die Hochhäuser aneinanderdrängten. Henny war noch nie zuvor im übel beleumundeten Viertel *Hell's Kitchen* gewesen. Arbeiter,

Angestellte, Seeleute schoben sich an ihr vorbei. Ihr Kind trug Henny hier lieber auf dem Arm.

Der riesige Passagierdampfer, der hier an der *Luxury Liner Row* angelegt hatte, dem Terminal für die Überseeschiffe, hatte bereits die Gangways heruntergelassen.

«Mutter wird sich Mühe geben, sich nichts anmerken zu lassen. Sie ist nach wie vor eine stolze Frau», hatte Toni im letzten Telefonat vor der Abreise gesagt. «Aber es geht ihr sehr schlecht.»

Im *Memorial Hospital* war alles für ihre Ankunft bereit. Doktor Harris persönlich würde sich um Hennys Mutter kümmern, hatte er zugesagt. Jeder würde alles Erdenkliche tun. Und der Boden dafür war bereitet. Henny selbst war mehr als willens, den Graben zwischen der Mutter und sich zuzuschütten, um einen Neuanfang zu machen. Aber ob das so einfach sein würde?

Schließlich ging es auch um Vertrauen. Ihre Mutter musste sich in die Hände von Doktor Harris und ihr begeben. Ob Henny selbst – falls es dazu käme – die Operation durchführen würde, war noch nicht entschieden. Mit großer Wahrscheinlichkeit würde es jedoch so kommen: Die Kollegin, die noch zur Verfügung gestanden hätte, war erkrankt, und der Pathologe Harris nahm grundsätzlich keine chirurgischen Eingriffe vor. So gesehen mussten ihre Mutter und sie gleich zwei Hürden nehmen.

Aber da ist ja noch Vicky, dachte Henny. Die Kleine hatte bislang alle Herzen geöffnet, inzwischen sogar das von Großmutter Florentine!

Wie wohl alle Kinder mochte Vicky es nicht zu warten. Um sie abzulenken, erzählte Henny ihr noch ein paar Geschichten aus ihrer eigenen Kindheit und Jugend.

«Ich will auch nach Berlin», sagte Vicky.

Es zeichnete sich ab, dass die von Florentine vorgeschlagene Strategie zur Scheidung Erfolg haben würde. Wahrscheinlich würde das Haus in der Behrenstraße tatsächlich Henny zugesprochen werden. Wie es dann weitergehen sollte, hatte Henny noch nicht entschieden. Denn die Erkrankung ihrer Mutter hatte alle Umzugspläne, die Florentine geschmiedet hatte, auf unbestimmte Zeit aufgeschoben. Zuerst einmal musste ihre Mutter gesund werden.

Da meinte Henny, durch all den Lärm hindurch jemanden ihren Namen rufen zu hören. Sie hob den Arm und winkte, obwohl sie niemanden erkennen konnte, und Vicky machte es ihr mit glücklichem Lachen nach.

Für die Silhouette der riesigen Stadt hatte Ricarda kein Auge. Sie stand an der Reling und suchte den Kai ab, an dem das Schiff angelegt hatte. Dort unten, ein paar Stockwerke tiefer, drängte sich eine Unmenge von Menschen, die auf die Ankommenden warteten. Auch hier oben standen die Reisenden dicht an dicht und deuteten nach unten, wenn sie meinten, jemanden ausfindig gemacht zu haben.

«Ob Henny sich verändert hat?», fragte Ricarda Antonia, die neben ihr stand und ebenfalls aufmerksam nach unten blickte.

«Da bin ich ziemlich sicher», antwortete Toni. «Fünf Jahre sind eine lange Zeit.»

Am meisten sorgte sich Ricarda jedoch darum, nicht die Kraft zu haben, auf ein Kind eingehen zu können. Schon die Reise an sich hatte sie an ihre Grenzen geführt. Bei jeder Anstrengung brach sie in Schweiß aus.

«Da sind sie!» Tonis überlauter Ausruf ließ Ricarda zusammenzucken. «Sieh, Mamma, da drüben. Da ist Henny. Sie hat das Haar nur noch kinnlang, trägt einen taubenblauen Mantel und ein Kind auf dem Arm. Das muss Vicky sein!» Nun legte sich Toni ins Zeug und brüllte aus Leibeskräften den Namen ihrer Schwester.

Tatsächlich winkten die Frau mit dem blauen Mantel und das Kind auf ihrem Arm dem Schiff zu. Doch es dauerte, bis Ricarda schließlich auf Toni gestützt die steile Gangway hinuntergehen konnte. Nun kam ihr Henny entgegen, ganz offensichtlich so gerührt, dass sie um Fassung ringen musste.

«Mutter, ich bin so froh, dass du gekommen bist», sagte Henny. «Es war gewiss eine anstrengende Reise. Aber jetzt bist du da.» Sie wischte sich eine Träne aus dem Augenwinkel. «Das ist Victoria, deine Enkelin. Alle sagen Vicky zu ihr.»

«Guten Tag, Vicky», sagte Ricarda. Ein wenig erschrak sie gerade, denn das Kind war schon um so viel größer, als sie gedacht hatte. «Du bist aber ein hübsches Mädchen.»

«Bist du krank?», fragte Vicky.

Henny war erstaunt, denn sie hatte ihrem Kind nichts davon gesagt. Aber die Gebrechlichkeit war Ricarda deutlich anzusehen.

«Ich bin hier, damit deine Mutter mich gesund macht», antwortete Ricarda. «Jetzt muss ich sie erst mal begrüßen.»

Dann nahm sie ihre Tochter in den Arm und hielt sie so fest, wie es ihre Kraft erlaubte. «Es tut mir leid, dass ich so stur war. Du hast mir so gefehlt», flüsterte Ricarda. «Danke, dass du mir helfen willst.»

Offenbar steht es noch schlechter um sie, als Toni gesagt hat, dachte Henny. Schon viele Patientinnen hatte sie erlebt, die ähnlich elend aussahen. Es war allerhöchste Zeit, dass sie behandelt wurde. Dennoch versuchte sie alles, um sich ihre Bestürzung nicht anmerken zu lassen.

«Lass uns so vorgehen, wie du es mir beigebracht hast», sagte Henny. «Erst die Diagnose, dann die Analyse, dann die Therapie. Und dabei immer einen kühlen Kopf bewahren.»

«Bekomme ich jetzt bitte auch eine Umarmung?», fragte Toni lachend.

Florentines Nerven waren zum Zerreißen gespannt. «Keine Gladiolen habe ich gesagt!», schalt sie den Blumenlieferanten. «Schaffen Sie das weg! Noch ist niemand gestorben.»

Ihr lief ein eisiger Schauer über den Rücken. Bloß nicht solch eine Assoziation, wenn eine womöglich Todkranke zu Besuch kam. Die arme Ricarda. Dass sie sich aber auch eine derart komplizierte Krankheit zulegen musste. Nicht mal die Charité konnte da weiterhelfen. Lag wohl an diesem schrecklichen Krieg, den das Kaiserreich losgetreten hatte. Wer hatte schon das Geld, auf medizinischem Gebiet zu forschen, wenn Bomben und Granaten, Flugzeuge und Panzer so viel wichtiger waren? Zum Glück war dieser Irrsinn vorbei. Doch die Auswirkung bekam nun ausgerechnet Ricarda zu spüren.

Es war schon eine Weile her, dass Florentine sich in puncto Medizin auf dem neuesten Stand gehalten hatte. Das machte ihr Ricardas Erkrankung gerade bewusst. Immer wieder brachte die Wissenschaft etwas Neues hervor. Karzinome erforschte man schon lange. Was ein Sarkom war, hatte Henny ihr allerdings kürzlich erklären müssen. Im gleichen Atemzug, in dem sie ihre Schwiegermutter gebeten hatte, Ricarda kurzzeitig bei sich wohnen zu lassen. Bis abgeklärt war, wie es mit ihrer Mutter weiterginge.

Dabei fiel Florentine ein: Sie musste ihren regelmäßigen

Geldbringer, das Standardwerk *Die Frau als Hausärztin*, dringend überarbeiten. Aber kam nicht die junge Antonia mit? Konnte die nicht, wenn sie schon mal da war, das Buch auf den neuesten Stand bringen? Gegen ein wenig Geld, nicht viel natürlich. Denn in der Familie half man sich schließlich gegenseitig …

«Nur Tulpen!», rief Florentine dem eingeschüchterten Blumenlieferanten entgegen. «Tulpen machen Kranken Mut, weil sie für den Frühling stehen. Und schaffen Sie endgültig die Gladiolen fort!»

Kaum war der Mann draußen, meldete der Portier über das Haustelefon Besucherinnen an. Florentine strich mit beiden Händen ihr frisch rotblondiertes, nach der neuesten Mode kinnlang geschnittenes Haar glatt, dem ihr *hairstylist* jede Locke ausgetrieben hatte.

«Nur wir wissen, wie alt wir sind», sagte sie und nötigte ihrem Spiegelbild ein Lächeln ab. «Aber wir leben, meine Liebe. Dank Rica. Also sind wir ihr dankbar.» Sie seufzte. «Das ist eben unser Schicksal.»

Florentine öffnete die Tür und sagte mit ihrem schönsten Lächeln: «Willkommen in New York, liebe Rica!» Und dachte: Oh Gott, sie sieht ja furchtbar aus.

Der Jongleur am Washington Square gab sich wirklich alle Mühe. Mal ließ er Bälle durch die Luft sausen, dann Hüte oder Keulen. Die kleine Vicky auf Antonias Schoß ging begeistert mit, lachte und klatschte in die Hände. Die Frühlingssonne wärmte, die Menschen hatten glückliche Gesichter. Es hätte ein so wunderschöner Tag in der fremden Stadt sein können, aber Antonia bekam das alles gar nicht richtig mit.

Als könnte sie Tonis Gedanken lesen, sagte Hedda: «Es

wird alles gutgehen. Henny hat mir viel von eurer Mutter erzählt. Sie ist eine starke Frau.»

Antonia nickte tapfer. Wie gern hätte sie in diesem Augenblick die Hand ihrer Mutter gehalten! Aber Henny würde es schon richtig machen und später berichten, ob Mutter tatsächlich so krank war, wie die Geschwister befürchteten.

Gedankenschwer half sie am Abend Hedda, Vicky zu Bett zu bringen, und löschte das Licht. Gerade ging die Tür und eine abgehetzte Henny traf ein. «Schläft Vicky schon?», fragte sie.

Toni nickte und fragte sofort: «Wie geht es Mutter?»

«Doktor Harris hat keinen Zweifel», sagte Henny. «Es ist ein Sarkom. Morgen beginnen wir mit der Therapie.»

Toni schlug die Hände vor das Gesicht und brach in Tränen aus. «Die arme Mamma! Ich habe ihr so gewünscht, dass ihr das erspart bleibt.»

Henny nahm sie tröstend in den Arm. «Ich weiß, Toni. Das haben wir alle.»

«Was meinst du, wie lange es dauern wird?»

«Wir wissen es nicht. Es ist ein sehr großer Tumor. Und anschließend … Nun ja, du weißt es selbst», schloss Henny.

Ihre Schwester hatte ihr ebenso wie der Mutter erklärt, dass eine Bestrahlung den Körper auslaugte. Bevor daran zu denken wäre, dass Antonia sie wieder mit nach Deutschland nehmen könnte, würden wohl Monate vergehen.

Falls die Therapie überhaupt erfolgreich sein würde. Denn dazu konnte auch Henny keine eindeutige Aussage treffen.

Um Ricarda herum herrschte eine diffuse Helligkeit, die keine Rückschlüsse erlaubte, welche Tageszeit war. Sie fühlte sich auf eine seltsame Weise leicht, als hätte sich ihr Verstand vom Körper gelöst. Sofort meldete sich der Wunsch, zu wissen, was mit ihr los war. Gleichzeitig spürte sie eine Art von Zuversicht, die sie so nicht kannte und die ihr sagte, dass das gerade nicht so wichtig war.

Aus dem Nebel der Zeitlosigkeit, in dem sie schwebte, tauchte ein sanft lächelndes Gesicht auf, das zu ihr sprach. Und Ricarda wusste, dass es dieses Gesicht war, das ihr die Hoffnung gab, trotz der ungewohnten Situation in Sicherheit zu sein: Henny war da. Henny wachte über sie.

«Wir schaffen das, Mutter. Wir lassen uns nicht unterkriegen», sagte ihre Tochter.

Wie schön das klang, wie geborgen es sich anfühlte: Wir zwei stehen zusammen.

Ich habe dir nie richtig gezeigt, was du mir bedeutest, dachte Ricarda. Ich gab dir dein Leben, und nun hilfst du mir, meines zu behalten.

Sie hätte das in diesem Moment gern ausgesprochen, aber Denken und Sprechen wurden von den Medikamenten gewissermaßen voneinander getrennt. Die Operation konnte nur unter Vollnarkose durchgeführt werden. Anschließend wurde die Patientin auf einen weichen Teppich aus Schmerzmitteln gebettet. Das hatte Henny ihrer Mutter detailliert erklärt.

«Ich weiß, du würdest jetzt gern etwas sagen.» Henny befeuchtete mit einem Tuch sanft die trockenen Lippen ihrer Mutter. «Das heben wir uns für später auf. Wir werden viel Zeit haben. So viel, wie schon lange nicht mehr. Aber jetzt ruh dich erst mal aus.»

Hennys liebevoll lächelndes Gesicht wich ganz langsam zurück, und Ricarda spürte, wie sie ihre Hand nahm und hielt.

DER SCHÖNSTE ORT DER WELT

Weihnachten 1920

Der graue Weimaraner war ein Bündel konzentrierter Kraft. Gebannt beobachtete der hübsche Hund jede Bewegung, die Henny machte. Langsam hob sie den Ast und schleuderte ihn in den unter einer dünnen Schneedecke ruhenden Freystettener Park. Der schlanke Jagdhund spurtete los, und Vicky versuchte, ihm nachzulaufen. Die fast Dreijährige war nur ein paar Meter weit gekommen, als Graf Freystettens Hund den Ast bereits schwanzwedelnd ablegte, in Erwartung auf ein neues Spiel.

«Lass mich mal», sagte Georg und bewies, dass sein Wurf weiter war.

«Es ist wunderschön hier», sagte Sophie. Sie hakte sich bei ihrem Mann ein. «Ich wusste gar nicht, dass Brandenburg so erholsam ist.»

«Ein paar Berge täten der Landschaft schon ganz gut. Aber sonst hast recht, Sophie», warf Anselm ein.

«Man kann nicht alles haben», sagte Georg.

«Wie man's nimmt», erwiderte Anselm.

Henny war sicher, dass Sophie den ironischen Unterton des sogenannten Sekretärs nicht wahrnahm. Es war ein Glück, dass Georgs Frau von beneidenswerter Naivität war. Die Franzosen nannten das, was ihr Bruder führte, elegant eine *ménage à trois*. Die deutsche Übersetzung klang hölzern, aber in der Tat war es eine Ehe zu dritt.

Sophies rundes Bäuchlein, das sie gerade mit der Hand bedeckte, als müsste sie es schützen, bewies, dass diese ungewöhnliche Verbindung Kinder hervorbrachte. Im Frühling würde der kleine Berthold ein Geschwisterchen bekommen. Im Moment probierte er seine neuen Schlittschuhe aus, indem er Rosamundes und Friedemanns Tochter Frieda hinterherlief. Die Dreizehnjährige übte sich darin, auf dem blank gefegten Eis Pirouetten zu drehen.

Welch eine friedliche Idylle, dachte Henny und versuchte, gemeinsam mit Victoria den Ast weit zu werfen.

Erst vor einer Woche war sie mit ihrer Mutter, Toni und der kleinen Vicky nach Deutschland zurückgekommen. Ricardas Behandlung hatte neun Wochen gedauert. Doch mit den Folgen würde sie weitaus länger zu kämpfen haben.

Das weihnachtliche Wiedersehen hier in Freystetten mit der ganzen Familie hatte allen offenbart, wie es um Ricarda stand. Großmutter Karla hatte mit den Tränen gekämpft, als sie ihre abgemagerte Tochter in die Arme geschlossen hatte.

«Meinst du nicht, Rica mutet sich zu viel zu, Henny?», fragte jetzt Käthe.

Auch sie war aus München gekommen, um Ricarda wiederzusehen.

«Mutter hat eine Seereise heil überstanden, Tante», erwiderte Henny. «Sie wird wieder zu Kräften kommen. Jetzt, wo sie in der Heimat ist.»

«Sie ist eine Kämpferin», pflichtete Georg seiner großen Schwester bei. «Ich bin so stolz auf sie.» Er blickte Henny an. «Und auf dich. Du hast Mutter das Leben gerettet.»

«Das waren eher die neuesten Erkenntnisse der Medizin», schwächte Henny ab.

«Du wendest sie richtig an, Henny», sagte Käthe. «Du bist eben ganz ihre Tochter.»

«Bist denn wirklich sicher, dass du wieder nach New York zurückwillst?», fragte Anselm. «Obwohl: Berge habt ihr da auch keine, oder?»

Seine Frage berührte ein Thema, das Henny schlaflose Nächte bereitete. Im Vertrauen darauf, dass Henny mit Vicky in ihr Haus zöge, hatte Florentine die Erklärung zugunsten ihrer Enkelin unterschrieben. Angesichts der großen Verantwortung, die sie mit der Behandlung ihrer Mutter übernommen hatte, war Henny der Scheidungskrieg mit Victor beinahe belanglos erschienen.

Und geschieden war sie auch noch nicht. Victors Anwalt hatte sich jedoch so verhalten, wie Florentine es kalkuliert hatte. Das Haus in der Behrenstraße würde Henny bekommen. Bislang hatte sie immer angenommen, dass es ihr nichts bedeute. Aber das war, bevor ihre Mutter so krank geworden war. In den langen Monaten in New York hatten sie beide sich wiedergefunden. Henny konnte sich nicht vorstellen, wieder von ihr Abschied zu nehmen.

Und endlich hatte sie wieder Georg, der ihr so viel bedeutete. Und Toni, die so liebevoll, mutig und schlau war. Großmutter Karla wurde auch nicht jünger! Es zerriss ihr das Herz, wenn sie darüber nachdachte, bald wieder die Menschen verlassen zu müssen, die sie liebte.

Sie hatte geahnt, wie schwer es werden würde, nach Hause zu kommen. Denn sie wusste: Wenn sie einmal zurückgekehrt war an den schönsten Ort auf der Welt, würde sie nie wieder fortwollen.

Ricarda saß in warme Decken gehüllt zwischen Siegfried und Antonia in der mit feinem Leder gepolsterten Kutsche. Es war dasselbe mit dem gräflichen Wappen geschmückte Gefährt, in dem sie als junges Mädchen an der Seite der Komtess ihre erste Ausfahrt erlebt hatte.

Das schräg einfallende Licht der Wintersonne zeichnete die weichen Konturen der sanften Hügel des Parks von Schloss Freystetten nach. Ein mildes Orange, das ins Gelbe überging, ein hingetuschtes Rosa und ein schwirrendes Blau verschmolzen am Horizont mit dem sphärischen Weiß des Himmels und dem schweren Weiß auf der Erde. Es war die gleiche Stimmung wie an dem Tag, den Ricarda nie vergessen würde. Seit dem Tod ihrer Schwester Antonia waren mehr als vier Jahrzehnte vergangen, und die damals jungen Bäume, die in kleinen Gruppen zusammenstanden, hatten sich zu Wäldern ausgewachsen.

Auch sonst hatte sich viel verändert. Vor allem aber sie sich selbst.

Jemanden wie sie, die von den Grippewellen verschont geblieben war, obwohl sie den Bakterien permanent ausgesetzt gewesen war, hatte die Diagnose Krebs wie ein Schlag vor den Kopf getroffen. Auch wenn Henny immer nur von einer malignen Geschwulst gesprochen hatte. Was eine Gratwanderung zwischen Fachsprache und Verharmlosung war. Ausgerechnet in einer so fremden Stadt wie New York zu erfahren, dass sich der Tod in ihrem Körper eingenistet hatte, hatte sich angefühlt, als wäre sie in einen schlechten Traum geraten.

Aus jedem Traum erwacht man wieder, hatte sie sich immer wieder gesagt und daran die Hoffnung auf einen guten Ausgang gebunden. Als sie wie paralysiert darauf gewartet hatte, dass der Tod sich aus ihrem Leib vertreiben ließe, hatte sie sich erinnert, dass sie in Afrika zwei schwere Malaria-Anfälle überlebt hatte. Damals war Toni erst fünf Jahre alt gewesen.

Während der Schiffspassage von New York zurück nach Hamburg hatte Ricarda ihre Tochter gefragt, wie sie diese schwere Zeit in Erinnerung hat. «Eigentlich gar nicht», hatte Toni geantwortet. «Wahrscheinlich hatte ich das Urvertrauen eines Kindes, dass alles gut wird.» Sie hatte ihre Mutter angelächelt. «Wären wir alle ein wenig mehr wie die Kinder, würde uns das Leben nicht so viel Angst machen. Es war wohl diese gutgläubige Zuversicht, mit der ich Henny einfach in New York angerufen und gebeten habe: Mach Mutter wieder gesund.»

Ohne Tonis Glauben an die Zukunft gäbe es diesen Augenblick für mich nicht, dachte Ricarda jetzt und drückte sanft ihre Hand.

«Fühlst du dich besser?», fragte Toni.

«Zu Hause zu sein ist die beste Medizin», sagte Ricarda.

«Das sind ja mal ganz neue Töne!» Siegfried lachte. Hatte er von seiner Frau doch immer nur zu hören bekommen, wie ungern sie nach Freystetten fuhr.

«Deine Mutter hat ihren berühmten Apfelkuchen gemacht», sagte Siegfried. «Ob du beim Kaffee ein Stück probieren kannst?»

«Ja, natürlich», versprach Ricarda. Schließlich war heute der erste Weihnachtstag. Sie würde höchstens vom Kuchen naschen können. Noch immer war ihr Hals infolge der radikalen Therapie wund. Der Tod war aus Ricardas Körper vertrieben, doch es konnte noch Wochen dauern, bis die Nachwirkungen verschwunden wären.

Die Kutsche hatte nun das Ende des Sees erreicht. Dort stand gerade fast die ganze Familie zusammen. Henny mit Vicky, Georg mit Sophie, dem kleinen Berthold und dem unvermeidlichen Anselm, Käthe, Großmutter Karla mit Rosel und Friedemann. Als sich die Kutsche ihnen näherte, winkten sie fröhlich.

«Es ist so schade, dass Henny und Vicky wieder nach New York zurückkehren», sagte Toni.

«Warten wir es mal ab», erwiderte Siegfried mit einem hintergründigen Lächeln. «Ich hatte da so eine Idee.»

«Welche?», fragte Ricarda gespannt.

«Kannst du dich noch an den fähigen Herrn Bumm erinnern, Rica?», fragte er.

«Wer ist das denn?», wollte Toni wissen.

«Der Leiter des Kaiserlichen Gesundheitsamts, mittlerweile Reichsamts», sagte Siegfried. «Wir trafen uns beim Weihnachtsfest unserer einstigen Burschenschaft. Da habe ich Franz Bumm von dieser neuen Therapie gegen Krebs erzählt, die eine uns wohlbekannte Onkologin in New York erfolgreich anwendet.»

«Vater! Wirklich? Das ist genial. Was sagt der gewiss ganz unvergleichliche Herr Bumm denn dazu?», fragte Toni überdreht.

Siegfried lächelte wissend. «Wenn wir nach Hause kommen, wird da wohl ein Brief auf Doktor Katharina H. Vandenberg warten. Eine fähige Juniorprofessorin wie sie kann das Deutsche Reich gut gebrauchen, nicht wahr?»

«Das ist das schönste Weihnachtsgeschenk, das du uns allen machen konntest», schwärmte Toni.

«Das hast du gut gemacht.» Ricarda lehnte sich eng an ihren Mann. «Ich liebe dich», sagte sie dicht an seinem Ohr.

«Und ich danke dir, dass du dich entschieden hast, noch bei uns zu bleiben», antwortete Siegfried. «In ein paar Wochen wirst du wieder ganz die Alte sein.»

«Wie neu wird sie sein!», verbesserte Toni übermütig. «Und du wirst deine Praxis wieder eröffnen.»

«Ja, das werde ich», sagte Ricarda.

Die Kutsche hielt nun bei der Gruppe, die sie erwartete. Georg öffnete den Schlag. Zuerst stieg Toni behände aus. Ricarda erhob sich vorsichtig. Henny eilte hinzu und reichte ihr die Hand, um sie zu stützen, und Toni nahm ihre andere. Sicher setzte sie den Fuß auf den Boden und hakte sich bei Siegfried ein.

Auf dem See glitt ihre Nichte Frieda übers Eis, und Ricarda kam ein Gedanke, der tröstlich und schön war: Rosels Tochter war jetzt so alt wie Ricarda damals, als ihr auf dem zugefrorenen See der Tod zum ersten Mal begegnete. Der Tod hatte ihr zwar ihre Schwester Antonia genommen. Aber er hatte Ricarda gleichzeitig ein neues Leben ermöglicht. Dass sie es immer noch führen durfte, verdankte sie ihren Kindern.

Ein Kreis schließt sich, dachte Ricarda. Die Vergangenheit bleibt hinter uns, damit die Zukunft sich entfalten kann.

DIE KAPITEL